KB113165

차라투스트라는 이렇게 말했다

Also sprach Zarathustra

세계문학전집 **94**

차라투스트라는 이렇게 말했다

Also sprach Zarathustra

프리드리히 니체

장희창 옮김

민음사

일러두기

1. 이 책의 번역은 데테베(dtv)에서 출간된 『비평 연구본 전집(Sämtliche Werke. Kritische Studienausgabe)』 4권의 1999년 개정판(초판 1980년)을 저본으로 삼았다.

2. 원문에서 철자를 각각 띄어 쓴 경우는 굵은 글씨로 표기했으며, 인용 부호를 써서 강조한 경우는 고딕체로, 역자의 강조는 작은따옴표로 표기하여 구분하였다.

차례

2부

3부

4부: 최종부

1부

차라투스트라는 이렇게 말했다

모든 이를 위한, 그러나 그 누구의 것도 아닌 책

차라투스트라의 머리말

1

차라투스트라는 서른이 되었을 때 고향과 고향의 호수를 떠나 산으로 들어갔다. 여기에서 그는 십 년의 세월을 지치지도 않고 정신과 고독을 즐기며 살았다. 하지만 마침내 심경의 변화가 일어났다. 어느 날 아침 동이 트자 그는 자리에서 일어나 태양 앞으로 걸어 나갔다. 그리고 태양을 향해 이렇게 말했다.

"그대 위대한 별이여! 그대가 빛을 비추어 주더라도 그것을 받아들일 존재가 없다면 그대의 행복은 무엇이겠는가!

지난 십 년 동안 그대는 여기 나의 동굴로 떠올랐다. 그러나 나와 나의 독수리와 나의 뱀이 없었다면 그대는 자신의 빛과 그 빛의 길이 싫어지고 말았을 것이다.

우리는 아침마다 그대를 기다렸고, 그대로부터 충만함을 얻는 대가로 그대를 축복해 주었다.

보라! 나는 너무도 많은 꿀을 모은 벌처럼 나의 지혜에 지쳤다. 그러므로 이제는 나를 향해 내미는 손들이 있었으면 한다.

나는 베풀어 주고 나누어 주려 한다. 인간들 가운데서 현명한 자들이 다시 그들의 어리석음을 기뻐하고, 가난한 자들이 다시 그들의 넉넉함을 기뻐할 때까지.

그러기 위해 나는 저 심연으로 내려가야 한다. 저녁마다 바다 저편으로 떨어져 하계(下界)를 비추어 주는 그대처럼, 그대 넘쳐흐르는 별이여!

나는 그대와 마찬가지로 **몰락**해야 한다. 내가 저 아래로 내려가 만날 사람들이 말하듯이.

그러니 나를 축복해 다오, 그대 고요한 눈이여! 크나큰 행복조차 질투심 없이 바라볼 수 있는 그대여!

넘쳐흐르고자 하는 이 잔을 축복하라! 황금빛 물이 흘러나오고 그대의 환희를 온 누리로 되비추어 줄 이 잔을!

보라! 이 잔은 다시 비워지기를 바란다. 차라투스트라는 다시 인간이 되고자 한다."

이렇게 하여 차라투스트라의 몰락이 시작되었다.

2

차라투스트라는 홀로 산을 내려갔다. 아무도 마주치지 않았다. 그러나 숲속에 다다랐을 때 한 노인이 갑자기 그의 앞에 나타났다. 숲에서 풀뿌리를 캐려고 자신의 신성한 오두막을 떠난 노인이었다. 노인이 차라투스트라에게 말했다.

"이 방랑자는 낯설지가 않아. 몇 해 전 이곳을 지나갔지. 이름이 차라투스트라라고 했던가. 그러나 그도 변했군.

그때 그대는 자신의 타고 남은 재를 산으로 날라 갔지. 그런데 오늘은 그대의 불덩이를 골짜기로 날라 가려고 하는가? 방화범이 받을 처벌이 무섭지도 않단 말이지?

그래, 분명 차라투스트라군. 눈이 맑아지고 입가의 역겨움은 말끔히 사라졌어. 마치 춤추는 자처럼 걸어가지 않는가?

차라투스트라는 변했어. 아이가 되었군. 각성한 자가 되었어. 그런데 이제 잠든 사람들한테 가서 무얼 하자는 건가?

그대는 마치 바닷속에 있는 듯 고독 속에서 살았고, 그 바다가 그대를 품어 주었지. 그런데도 아아, 그대는 뭍에 오르려 하는가? 아아, 그대는 다시 자신의 몸을 질질 끌고 다니려 하는가?”

차라투스트라가 대답했다. “인간들을 사랑하기 때문이오.”

성자가 말했다. “나도 무엇 때문에 숲과 황야를 헤매고 다녔던가? 인간을 너무 사랑했기 때문이 아니던가?

하지만 이제 나는 신을 사랑하네. 인간은 사랑하지 않아. 인간은 너무도 불완전한 존재야. 인간에 대한 사랑은 나를 파멸시킬 테지.”

차라투스트라가 대답했다. “사랑에 대해 내게 무슨 할 말이 있겠소? 다만 인간들에게 선물을 주고 싶다오.”

성자가 말했다. “인간에게는 아무것도 주지 말게. 차라리 그들로부터 얼마간을 빼앗아 그것을 그들과 나누어 가지도록 하게. 그래야 인간에게 더없이 큰 도움이 될 것이네. 그대가 좋기만 하다면 말일세!

그래도 주고 싶다면 자선을 베풀되 그것도 그들로 하여금 애걸하도록 하게."

"아니요." 차라투스트라가 대답했다. "자선을 베풀고 싶지는 않소. 나는 그럴 만큼 가난하지는 않다오."

성자는 차라투스트라의 말을 비웃으며 이렇게 말했다. "그들이 그대의 그런 선물을 받아들일지 시험해 보게! 그들은 은둔자를 불신하며, 우리가 선물을 주려고 왔다는 것을 믿지 않네. 거리를 지나는 우리의 발소리가 그들에게는 너무도 쓸쓸하게 들리지. 동이 트려면 아직도 먼 한밤중에 침대에 누워 누군가가 지나가는 소리를 들으며 '도둑이 어디로 가려는 걸까?'라고 중얼거리는 것처럼 말이네.

그러니 인간들에게 가지 말고 숲속에 머물게! 아니, 차라리 짐승들에게 가게나! 왜 그대는 나처럼 곰들 속의 한 마리 곰, 새들 속의 한 마리 새로 머물고자 하지 않는가?"

"성자는 숲에서 무슨 할 일이 있는지요?" 차라투스트라가 물었다.

성자가 대답했다. "나는 노래를 짓고 그 노래를 부르네. 그리고 노래를 짓고 웃고 울고 중얼거리면서 신을 찬양하지.

노래하고 울고 웃고 중얼거리면서 나는 신을, 나의 신을 찬양하네. 그런데 그대는 우리에게 어떤 선물을 가져왔는가?"

이 말을 듣고 차라투스트라는 성자에게 작별 인사를 하며 말했다. "드릴 것이 뭐 있겠소! 당신에게서 무언가를 빼앗는 일이나 없었으면 하오. 그러니 나를 빨리 보내 주기나 하시오!"

이렇게 하여 노인과 사나이는 웃으면서 서로 헤어졌다. 마치 웃고 있는 두 사내아이처럼.

그러나 혼자 있게 되자 차라투스트라는 마음속으로 이렇게 말했다. '이럴 수 있단 말인가! 저 늙은 성자는 숲속에 있어서 **신이 죽었다**는 소식조차 듣지 못했구나!'

3

차라투스트라는 숲에서 가장 가까운 도시로 들어섰을 때, 시장에 군중이 모여 있는 것을 보았다. 줄타기 광대의 공연이 예고되어 있었던 것이다. 차라투스트라는 군중을 향해 이렇게 말했다.

그대들에게 초인(超人)[1]을 가르치려 하노라. 인간은 극복되어야 할 그 무엇이다. 그대들은 자신을 극복하기 위해 무엇을 했는가?

지금까지 모든 존재는 자신을 넘어 무언가를 창조해 왔다. 그런데도 그대들은 이 거대한 밀물의 한가운데서 썰물이 되기를, 자신을 극복하기보다는 동물로 되돌아가기를 원하는가?

인간에게 원숭이란 무엇인가? 웃음거리 아니면 견디기 힘든 수치. 초인에게 인간도 꼭 그와 같은 존재, 즉 웃음거리 아니면 견디기 힘든 수치다.

---

1) 초인(Übermensch)은 '영원회귀'의 진리를 체득하고, '힘의 의지'를 실현할 미래의 인간을 가리킨다. '슈퍼맨'이라는 의미가 아님에 유의할 것. 어원으로 보나 문맥으로 보나 (다리를) '건너가다'라는 의미가 강하게 함축되어 있다.

그대들은 벌레로부터 인간에 이르는 길을 걸어왔고, 많은 점에서 아직도 벌레다. 일찍이 그대들은 원숭이였고, 지금도 그 어떤 원숭이보다 더 원숭이다.

그대들 중의 가장 현명한 자도 식물과 유령의 혼합물이자 튀기에 지나지 않는다. 하지만 그렇다고 해서 나보고 그대들에게 유령이나 식물이 되라고 명령하란 말인가?

보라, 나는 그대들에게 초인을 가르친다!

초인은 대지(大地)의 뜻이다. 그대들의 의지로 하여금 말하게 하라. 초인이 이 대지의 뜻이 **되어야 한다고**!

형제들이여, 간곡히 바라노니 **대지에 충실하라.** 그리고 하늘나라에 대한 희망을 말하는 자들을 믿지 말라! 그들은 스스로 알든 모르든 독을 타서 퍼뜨리는 자들이다.

그들은 삶을 경멸하며 말라 죽어 가고 스스로 중독된 자들로, 대지는 이들에게 지쳤다. 그러니 그들이야 죽든 말든 내버려 두라!

지난날에는 신에 대한 불경이 최대의 불경이었다. 그러나 신이 죽었으므로, 신에 대해 불경을 저지른 자들도 함께 죽었다. 이제 가장 무서운 것은 이 대지에 불경을 저지르고, 탐구할 수도 없는 것의 뱃속을 대지의 뜻보다 더 높이 존중하는 것이다!

일찍이 영혼은 몸을 경멸의 눈으로 바라보았다. 그때만 해도 그것이 최고의 경멸이었다. 영혼은 몸이 마르고 추해지고 굶주리기를 바랐다. 그렇게 영혼은 몸과 대지로부터 달아나고자 했다.

그러나 아, 바로 이 영혼 자신이 마르고 추해지고 굶주렸다. 잔혹함, 그것이야말로 영혼이 즐기는 쾌락이었다!

형제들이여, 말해 다오. 그대들의 몸이 그대들의 영혼에 대해 무엇을 알려 주는가를. 그대들의 영혼 자체는 빈곤함과 더러움과 가련하기 그지없는 안일함이 아니던가?

그렇다. 인간은 더러운 강물이다. 그러므로 우리는 먼저 바다가 되어야 한다. 더러워지지 않으면서 더러운 강물을 받아들이려면.

보라, 나는 그대들에게 초인을 가르친다. 초인은 바다이며, 그대들의 커다란 경멸은 그 속으로 가라앉을 수 있다.

그대들이 체험할 수 있는 최대의 것은 무엇인가? 그것은 위대한 경멸의 순간이다. 그대들의 행복 그리고 마찬가지로 그대들의 이성과 그대들의 덕이 역겨워지는 순간이다.

그대들이 이렇게 말하는 순간이다. "나에게 행복이란 무엇인가! 빈곤함과 더러움과 가련하기 그지없는 안일함이 아니던가. 나의 행복은 생존 자체를 받아들여야 하리라."

그대들이 이렇게 말하는 순간이다. "나에게 이성이란 무엇인가! 나의 이성은 사자가 먹이를 탐하듯 지식을 탐하는 것이 아닌가? 결국 나의 이성은 빈곤함과 더러움과 가련하기 그지없는 안일함일 뿐이다!"

그대들이 이렇게 말하는 순간이다. "나에게 덕이란 무엇인가! 나의 덕은 지금껏 나를 열광케 한 적이 없다. 나는 나의 선과 나의 악 사이에서 얼마나 시달렸던가! 그 모든 것은 빈곤함과 더러움과 가련하기 그지없는 안일함일 뿐이다!"

그대들이 이렇게 말하는 순간이다. "나에게 정의란 무엇인가! 나는 내가 타오르는 불꽃도 숯도 아님을 안다. 그러나 정의로운 자는 타오르는 불꽃이며 숯이다!"

그대들이 이렇게 말하는 순간이다. "나에게 동정심이란 무엇인가! 인간을 사랑한 자를 못 박은 십자가가 아니던가? 그러나 나의 동정심은 결코 십자가에 못을 박는 것이 아니다."

그대들은 이미 이렇게 말했던가? 이미 이렇게 외쳤던가? 아, 그렇게 외치는 소리를 내가 들었더라면!

그대들의 죄가 아니라 그대들의 만족감이 하늘을 향해 외친 것이다. 죄의 한가운데에 있는 그대들의 열망이 하늘을 향해 외친 것이다!

그대들을 그 혀로 핥아 줄 번갯불은 어디에 있는가? 그대들에게 접종되어야 할 그 광기는 어디에 있는가?

보라, 나는 그대들에게 초인을 가르치노라. 초인이 바로 번갯불이며, 바로 광기인 것이다!

차라투스트라가 이렇게 말했을 때 군중 속에서 한 사람이 소리를 질렀다. "우리는 줄타기 광대에 대해서 질릴 만큼 들었다. 그러니 이제 그자를 보여 달라!" 그러자 모든 사람이 차라투스트라를 비웃었다. 그러나 줄타기 광대는 자신을 두고 이 말을 한 것이라고 생각하고 곡예를 시작했다.

4

하지만 군중을 바라보던 차라투스트라는 의아해졌다. 그러고는 이렇게 말했다.

인간은 짐승과 초인 사이에 놓인 밧줄이다. 심연 위에 걸쳐진 밧줄이다.

저쪽으로 건너가는 것도 위험하고 줄 가운데 있는 것도 위험하며 뒤돌아보는 것도 벌벌 떨고 있는 것도 멈춰 서는 것도 위험하다.

인간의 위대함은 그가 다리(橋)일 뿐 목적이 아니라는 데 있다. 인간이 사랑스러울 수 있는 것은 그가 **건너가는** 존재이며 **몰락하는** 존재이기 때문이다.

나는 사랑한다. 몰락하는 자로서 살 뿐 그 밖의 삶은 모르는 자를. 왜냐하면 그는 건너가는 자이기 때문이다.

나는 사랑한다. 마음껏 경멸하는 자를. 왜냐하면 그는 마음껏 숭배하는 자이며, 저편 물가를 향해 날아가는 동경의 화살이기 때문이다.

나는 사랑한다. 몰락과 희생의 근거를 별들 너머에서 구하지 않고 언젠가는 대지가 초인의 것이 되도록 대지를 위해 희생하는 자를.

나는 사랑한다. 인식하기 위해 살며, 언젠가는 초인으로 살아가기 위해 인식하려는 자를. 이러한 자는 몰락하려고 한다.

나는 사랑한다. 초인에게 집을 지어 주고 초인에게 대지와 짐승과 초목을 마련해 주기 위해 일하고 발명하는 자를. 왜냐하면 그는 자신의 몰락을 원하기 때문이다.

나는 사랑한다. 자신의 덕을 사랑하는 자를. 덕이야말로 몰락하려는 의지이며 동경의 화살이기 때문이다.

나는 사랑한다. 한 방울의 정신도 자신을 위해서는 남겨 두지 않고 전적으로 자신의 덕의 정신이 되고자 하는 자를. 그런 자는 정신으로 다리를 건너간다.

나는 사랑한다. 자신의 덕으로부터 자신의 미감과 운명을 만들어 내는 자를. 그런 자는 자신의 덕을 위해 살려고 하고 또 죽으려고 한다.

나는 사랑한다. 너무 많은 덕을 가지려고 하지 않는 자를. 하나의 덕은 두 가지 덕보다도 뛰어난 법. 왜냐하면 덕이란 운명을 묶어 주는 매듭이기 때문이다.

나는 사랑한다. 자신의 영혼을 낭비하는 자를. 그리고 감사의 말을 들으려고도 하려고도 하지 않는 자를. 그런 자는 언제나 주기만 할 뿐 자신을 지키려고 하지는 않기 때문이다.

나는 사랑한다. 주사위를 던져 얻은 행운을 수치로 여기고 "나는 사기도박꾼이 아닌가?"라고 반문하는 자를. 그런 자는 파멸하려고 하기 때문이다.

나는 사랑한다. 행동에 앞서 황금의 말〔言〕을 던지고 언제나 약속한 것 이상으로 행하는 자를. 그런 자는 자신의 몰락을 원하기 때문이다.

나는 사랑한다. 다가올 미래의 세대를 옹호하고 인정하며, 지난 세대를 구제하는 자를. 그런 자는 오늘의 세대와 씨름하면서 파멸하고자 하기 때문이다.

나는 사랑한다. 자신의 신을 사랑하기 때문에 자신의 신을 징벌하는 자를. 그런 자는 자신의 신의 분노로 말미암아 파멸하지 않으면 안 되기 때문이다.

나는 사랑한다. 상처를 입어도 그 영혼의 깊이를 잃지 않으며 작은 체험만으로도 멸망할 수 있는 자를. 그런 자는 이렇게 하여 즐거이 다리를 건너간다.

나는 사랑한다. 자기 자신을 잊은 채 만물을 자신 안에 간직할 만큼 그 영혼이 넘쳐흐르는 자를. 그리하여 만물이 그의 몰락의 계기가 된다.

나는 사랑한다. 자유로운 정신과 자유로운 심장을 가진 자를. 그런 자에게 머리는 심장에 있는 내장일 뿐이다. 그러나 그의 심장은 그를 몰락으로 몰아간다.

나는 사랑한다. 인간의 머리 위에 걸쳐 있는 검은 구름으로부터 방울방울 떨어지는 무거운 빗방울 같은 자들을. 그들은 번개가 칠 것임을 알려 주고 예고자로서 파멸한다.

보라, 나는 번개의 예고자이며, 구름에서 떨어지는 무거운 빗방울이다. 이 번개야말로 초인이 아니던가.

5

차라투스트라는 말을 마치고 나서 다시 묵묵히 군중을 바라보며 생각했다. '저들은 그저 서서 웃기만 하는구나. 나의 말을 이해하지도 못하면서. 나는 그들의 귀에 맞는 입이 아니다.

우선 그들의 귀를 치워 버리고 눈으로 듣도록 해야 하나? 꽹과리처럼, 참회의 설교자처럼 요란을 떨며 말해야 하나? 혹 그들은 더듬거리며 말하는 사람만을 믿는 것은 아닐까?

그들은 나름대로 자랑스러운 것을 가지고 있다. 그들은 자기들이 자랑스러워하는 것을 무엇이라고 부르는가? 그들은 그것을 교양이라고 부른다. 그것이 그들을 염소치기 앞에서 돋

보이게 한다.

그러므로 그들은 **경멸**이라는 말을 듣기를 꺼린다. 이제 나는 그들의 자부심에 대해 이야기하려고 한다.

나는 그들에게 가장 경멸스러운 것이 무엇인지 말하고자 한다. 그것은 바로 **말종(末種) 인간**이다.

그리하여 차라투스트라는 군중을 향해 이렇게 말했다.

이제는 인간이 자신의 목표를 세워야 할 때다. 이제는 드높은 희망의 싹을 심을 때다.

인간의 대지는 아직도 싹을 심기에 충분할 만큼 비옥하다. 그러나 이 대지는 언젠가 메마르고 생기를 잃을 것이다. 그렇게 되면 이 대지로부터 다시는 나무가 자라지 못할 것이다.

슬프다! 인간이 동경의 화살을 더 이상 자신 너머로 쏘지 못하고, 윙윙거리며 활시위를 울릴 줄도 모르는 때가 머지않아 오겠구나!

그대들에게 말하거니와, 춤추는 별을 낳으려면 인간은 자신 속에 혼돈을 간직하고 있어야 한다.

슬프다! 인간이 더 이상 별을 낳지 못하는 때가 오겠구나! 슬프다! 자기 자신을 더 이상 경멸할 줄 모르는, 경멸스럽기 그지없는 인간들의 시대가 오고 있다!

보라! 나는 그대들에게 **말종 인간**을 보여 주련다.

"사랑은 무엇인가? 창조는 무엇인가? 동경은 무엇인가? 별은 무엇인가?" 말종 인간은 이렇게 물으며 눈을 깜박인다.

그러자 대지는 작아지고, 만물을 왜소하게 만드는 말종 인간들이 대지 위에서 깡충거리며 뛰어다닌다. 이 종족은 벼룩과 같아서 근절되지 않는다. 말종 인간이 가장 오래 사는 것이다.

"우리는 행복을 찾아냈다." 말종 인간들은 이렇게 말하며 눈을 깜박인다.

그들은 살기 어려운 지방을 떠났다. 온기가 필요해서였다. 게다가 아직도 이웃을 사랑하며 이웃 사람과 몸을 비비고 있다. 온기가 필요해서다.

병에 걸리거나 의심하는 것을 그들은 죄로 여긴다. 그들은 조심조심 걸어 다닌다. 돌이나 인간에게 걸려 비틀거리는 자는 바보일 뿐이다!

이따금 조금씩 독을 마시며 아늑한 꿈을 꾼다. 그리고 끝내는 많은 독을 마시고 즐거운 죽음을 맞이하기도 한다.

그들은 여전히 일한다. 일 자체가 일종의 소일거리이기 때문이다. 하지만 그들은 이 소일거리 때문에 몸이 상하지 않도록 조심한다.

그들은 가난해지지도 부유해지지도 못한다. 둘 다 너무 성가시기 때문이다. 아직도 다스리려 하는 자가 있는가? 아직도 순종하려 하는 자가 있는가? 이 둘 다 너무 성가시다.

돌보아 줄 양치기는 없고 가축 떼만 있을 뿐! 모두가 평등을 원하고 모두가 평등하다. 자기가 특별히 다르다고 느끼는 자는 제 발로 정신 병원으로 가게 마련이다.

"옛날에는 세상이 온통 미쳤더랬다." 가장 세련된 자들이 이렇게 말하며 눈을 깜박인다.

사람들은 영리하며 이 세상에서 일어나는 모든 일을 안다.

그러므로 그들의 조소에는 끝이 없다. 그들은 다투기도 하지만 곧 화해한다. 그러지 않으면 위가 상하기 때문이다.

그들은 낮의 쾌락도 밤의 쾌락도 조촐하게 즐긴다. 그러면서도 건강은 알뜰하게 챙긴다.

"우리는 행복을 찾아냈다." 말종 인간들은 이렇게 말하고 눈을 깜박인다.

여기에서 사람들이 머리말이라고 부르는 차라투스트라의 첫 번째 연설이 끝났다. 이 대목에서 군중의 고함 소리와 환호성이 그의 말을 중단시킨 것이다. 군중이 외쳤다. "아, 차라투스트라여, 우리에게 그 말종 인간을 달라. 우리를 그 말종 인간으로 만들어 달라! 그러면 그대에게 초인을 선사하겠다!" 그러면서 모든 군중은 환호성을 지르고 입맛을 다셨다. 하지만 슬퍼진 차라투스트라는 마음속으로 생각했다.

저들은 나를 이해하지 못한다. 나는 그들의 귀에 맞는 입이 아니다.

나는 너무 오랫동안 산속에 살면서 시냇물과 나무들이 하는 말에만 너무 귀를 기울였나 보다. 마치 염소치기에게 말하듯이 그들에게 말하지 않는가.

나의 영혼은 흔들림이 없고 오전의 산처럼 밝다. 그러나 저들은 내가 차가운 사람이며 끔찍한 농담이나 하는 냉소자라고 생각한다.

이제 그들이 나를 바라보면서 웃는다. 또한 그들은 웃으면서 나를 증오하기까지 한다. 그들의 웃음 속에는 얼음이 들어 있다.

6

　바로 그때 모든 사람의 말문을 막히게 하고 모든 사람의 눈을 휘둥그레지게 만드는 놀라운 일이 일어났다. 그동안 줄타기 광대가 재주를 부리기 시작한 것이다. 작은 문에서 걸어 나온 그는 두 탑 사이에 걸쳐져 시장(市場)과 군중의 머리 위로 지나가는 밧줄을 타기 시작했다. 그런데 그가 바로 밧줄 한가운데에 이르렀을 때 다시 작은 문이 열렸고 익살꾼처럼 알록달록한 옷을 입은 남자가 뛰어나와 재빠른 걸음으로 첫 번째 사나이를 따라갔다. 그러면서 무시무시한 목소리로 "빨리 가! 이 절름발이야." 하고 외쳤다. "이 느림보, 밀매업자, 창백한 상판대기! 빨리 가지 않으면 내 발꿈치를 들어 간질일 테다! 두 탑 사이에서 뭘 하는 거야? 넌 탑 속에 있는 게 낫겠어. 널 탑에 가둬 뒀어야 하는 건데. 네가 너보다 나은 사람의 앞길을 가로막고 있단 말이야!" 이렇게 소리 지르면서 그가 점점 더 가까이 다가갔다. 마침내 그가 한 걸음 차이로 바싹 다가섰을 때, 모든 사람의 말문을 막히게 하고 모든 사람의 눈을 휘둥그레지게 만드는 그 끔찍한 일이 일어났다. 그가 악마처럼 고함을 내뱉으면서 자기 앞을 가로막고 있는 사내를 홀쩍 뛰어넘은 것이다. 앞서 가던 자는 경쟁자의 승리를 보자 당황하며 허둥거리다 밧줄 위에서 발을 헛디뎠다. 그는 장대를 놓쳤고 손과 발을 허우적거리며 장대보다도 더 빨리 아래로 떨어졌다. 시장과 군중은 폭풍우가 몰아치는 바다 같았다. 모두들 흩어지면서 서로 짓밟았다. 특히 줄타기 광대의 몸이 떨어진 곳은 아수라장이었다.

그러나 차라투스트라는 그 자리에서 움직이지 않았다. 줄타기 광대는 차라투스트라 바로 옆에 떨어졌는데 무참하게 상처 입고 뼈가 부러졌으나 목숨은 아직 붙어 있었다. 내동댕이쳐진 사내는 잠시 후 의식을 회복했고 차라투스트라가 자기 옆에 꿇어앉아 있는 것을 보았다. 마침내 사내가 말했다. "거기에서 뭘 하고 있는 거요? 나는 벌써 오래전부터 악마가 내 발을 걸어 넘어지게 하리라는 걸 알고 있었소. 이제 악마가 나를 지옥으로 끌고 가려 하니 그대가 막아 주지 않겠소?"

"벗이여, 내 명예를 걸고 말하거니와……." 차라투스트라가 대답했다. "그대가 말하는 것 따위는 이 세상에 존재하지 않는다. 악마도 지옥도 말이다. 그대의 영혼은 그대의 몸보다도 빨리 죽을 것이니 이제 아무것도 두려워하지 말라!"

그 사내는 믿기지 않는다는 듯이 올려다보았다. "그대의 말이 진실이라면, 내가 생명을 잃는다 하더라도 아무것도 잃는 게 없다는 말이 되오. 그렇다면 나는 사람들이 회초리와 보잘것없는 음식으로 춤을 가르친 짐승이나 다를 바 없지 않소."

차라투스트라가 말했다. "그렇지 않다. 그대는 위험한 일을 천직으로 삼았으니 그 점에서 조금도 부끄럽지 않다. 그리고 이제 그 천직 때문에 파멸을 맞이한 것이다. 그러니 내 손으로 그대를 묻어 주겠다."

차라투스트라가 이렇게 말했을 때 죽어 가는 사람은 더 이상 대답하지 않았다. 그러나 그는 감사를 표하기 위해 차라투스트라의 손을 잡으려는 듯이 손을 움직였다.

7

어느덧 저녁이 되었고 시장은 어둠 속에 묻히기 시작했다. 군중도 흩어졌다. 호기심과 공포라는 것도 시들해지기 마련 아닌가. 그러나 차라투스트라는 땅에 누워 있는 죽은 자 곁에 앉아 깊은 생각에 잠겨 있었다. 그는 시간을 잊고 있었다. 그러나 마침내 밤이 되었고 찬바람이 이 고독한 사람 곁을 스쳐 지나갔다. 그때 차라투스트라는 몸을 일으키며 마음속으로 말했다.

차라투스트라는 오늘 참으로 멋진 고기잡이를 했다! 사람이 아니라 시체를 낚았으니. 인간 존재란 알 길 없는 것이고 결국 아무런 의미도 없는 것. 한 사람의 익살꾼조차 인간의 운명을 좌우할 수 있으니 말이다.

나는 인간들에게 그들의 존재 의미를 가르치려고 한다. 존재의 의미는 초인이며 인간이라는 검은 구름을 뚫고 번쩍이는 번개가 아닌가.

그러나 나는 아직도 그들로부터 멀리 떨어져 있으며 나의 생각은 그들의 생각과 통하지 않는다. 사람들에게 나는 아직도 바보와 시체의 중간에 있는 자로 보인다.

밤은 어둡고 차라투스트라의 길도 어둡다. 가자, 너 차갑고 뻣뻣한 길동무여! 내 손으로 그대를 묻을 곳으로 그대를 짊어지고 가겠다.

8

차라투스트라는 마음속으로 이렇게 말하고는 시체를 어깨에 메고 출발했다. 그러나 백 발짝도 가기 전에 어떤 자가 슬그머니 다가와서 그의 귀에 속삭였다. 그런데 보라! 그자는 탑에서 나온 바로 그 익살꾼이었다. "차라투스트라여, 이 도시를 떠나시오." 익살꾼이 말했다. "이곳의 많은 사람들이 그대를 미워하오. 선량하고 의로운 사람들도 그대를 증오하면서 그대를 적이요, 경멸하는 자라고 부르고 있소. 올바른 믿음을 가진 신자들도 그대를 미워하면서 그대가 위험인물이라고 말하고 있소. 사람들이 그 정도로 그대를 비웃기만 한 게 천만다행이었음을 아시오. 그대는 정말이지 익살꾼처럼 말했소. 또한 그대가 저 죽은 개와 함께한 것도 천만다행이었소. 그대가 그처럼 몸을 낮추었기 때문에 오늘 목숨을 구한 것이오. 그러나 어서 이 도시를 떠나시오. 그러지 않으면 내일은 내가 그대를, 말하자면 산 자가 죽은 자를 뛰어넘을 것이오." 익살꾼은 이렇게 말하고 사라졌다. 그러나 차라투스트라는 어두운 거리를 계속 걸어갔다.

도시의 성문 입구에서 차라투스트라는 무덤 파는 자들과 마주쳤다. 그들은 횃불로 그의 얼굴을 비추어 보고는 차라투스트라임을 알자 조롱을 퍼부었다. "차라투스트라가 죽은 개를 짊어지고 가는구나. 차라투스트라가 무덤 파는 인부가 되었다니 잘된 일이군! 우리 손은 이 구운 고깃덩이를 만지기에는 너무도 깨끗하지. 차라투스트라는 악마에게서 한 입의 음식을 훔치려는 걸까? 좋아! 맛있게 식사나 하렴! 여하간 악마가 차라투스트라보다 더 교활한 도둑은 아니어야 하겠지! 악마가 당신과 개 둘 다 훔쳐 가 먹어 치운다면 어떻게 되겠는가!" 그러면서 그들은 한바탕 웃어 대고 머리를 맞댄 채 수군거렸다.

차라투스트라는 아무 대꾸도 하지 않고 가던 길을 갔다. 숲과 늪을 지나 두 시간쯤 걸었을 때 그는 굶주린 늑대들이 요란하게 울부짖는 소리를 들었고, 그 자신도 배고픔을 느꼈다. 그래서 그는 불빛이 새어 나오는 외딴집 앞에 멈춰 섰다.

차라투스트라가 말했다. "허기가 강도처럼 나를 덮치는구나. 숲과 늪지대에서 허기가 나를 덮치다니. 그것도 깊은 한밤중에.

나의 허기는 변덕스럽기도 하지. 이따금 식사 후에 찾아오던데, 오늘은 하루 종일 찾아오지 않았으니 그 녀석은 도대체 어디에 있었던 것일까?"

이렇게 말하면서 차라투스트라는 그 집의 문을 두드렸다. 한 노인이 나왔다. 등불을 들고 나온 그 노인이 말했다. "누구이기에 이렇게 와서 겨우 잠든 나를 깨우는가?"

차라투스트라가 말했다. "산 사람 하나와 죽은 사람 하나요. 먹고 마실 것 좀 주시오. 하루 종일 먹고 마시는 것을 잊고 있었다오. 굶주린 사람을 먹이는 자는 자신의 영혼에 생기를 불어넣는 자라고 성현들도 말하지 않소."

노인이 안으로 들어갔다가 금방 나와서 차라투스트라에게 빵과 포도주를 주었다. 노인이 말했다. "이 부근은 굶주린 사람들에게는 좋지 않은 곳이네. 그래서 나는 여기에 살고 있고,

짐승과 사람들이 나를, 이 은둔자를 찾아오는 것일세. 그런데 그대의 길동무도 뭘 좀 먹고 마셔야 할 텐데. 그대보다 더 지친 것 같군." 이에 차라투스트라가 대답했다. "나의 길동무는 죽었소. 그러니 먹고 마시라고 달래기는 힘든 일이오." 그러자 노인이 퉁명스럽게 말을 받았다. "그건 나와 아무 상관 없는 일이지. 내 집 문을 두드린 사람은 또한 내가 주는 것을 받아야 해. 같이 먹고 잘들 가시게!"

차라투스트라는 길과 별빛에 의지하여 다시 두 시간을 걸어갔다. 안 그래도 그는 밤길에 익숙했고 잠든 만물의 얼굴을 보기를 좋아하던 터였다. 그러나 새벽이 밝아 올 무렵 차라투스트라는 깊은 숲속에 있었고 더 이상 길을 찾을 수 없었다. 그래서 그는 죽은 사람을 속이 텅 빈 나무 속에 내려놓고 자기 머리를 그쪽으로 두었다. 늑대로부터 죽은 자를 보호하기 위해서였다. 그는 땅과 이끼 위에 누웠고, 곧 잠이 들었다. 몸은 지쳐 있었으나 영혼은 평온했다.

9

차라투스트라는 오랫동안 잤다. 아침놀뿐만 아니라 오전도 그의 얼굴 위로 지나갔다. 마침내 그는 눈을 떴다. 차라투스트라는 놀란 눈길로 숲과 그 고요를 바라보았고, 놀란 눈길로 자기 내면을 살펴보았다. 그러고 나서 갑자기 뭍을 발견한 선원처럼 벌떡 일어나 환호성을 질렀다. 새로운 진리를 본 것이다. 그리하여 그는 마음속으로 말했다.

한줄기 빛이 내게 떠올랐다. 내게는 길동무가 필요하다. 내가 원하는 곳으로 같이 갈 살아 있는 길동무가. 지금 내가 짊어지고 가는 죽은 길동무나 시체가 아니다.

나를 따라올 살아 있는 길동무가 필요하다. 자기 자신을 따르기를 원하여 내가 가려는 곳으로 따르고자 하는 길동무가 필요하다.

한줄기 빛이 내게 떠올랐다. 차라투스트라는 이제 군중이 아니라 길동무들에게 말하려 한다! 차라투스트라는 기껏 가축이나 돌보는 양치기라든지 개가 되어서는 안 된다!

가축 떼 중에서 많은 가축을 꾀어내기 위해 내가 왔다. 군중과 가축 떼는 내게 화를 내리라. 하지만 차라투스트라는 양치기를 강도라고 부르리라.

나는 그들을 양치기라고 부르지만 그들은 착하고 의로운 자를 자처한다. 나는 그들을 양치기라고 부르지만 그들은 올바른 믿음을 가진 신자를 자처한다.

보라, 저 착하고 의로운 자들을! 그들은 누구를 가장 미워하는가? 그들이 존중하는 가치들을 적어 놓은 서판을 부수는 자, 그 파괴자와 범죄자를 가장 미워한다. 사실은 그가 바로 창조하는 자인데도 말이다.

보라, 저 온갖 믿음의 신자들을! 그들은 누구를 가장 미워하는가? 그들이 존중하는 가치들을 적어 놓은 서판을 부수는 자, 그 파괴자와 범죄자를 가장 미워한다. 사실은 그가 바로 창조하는 자인데도 말이다.

창조하는 자는 길동무를 찾을 뿐 시체를 찾지 않으며, 가축 떼나 신자들을 찾지도 않는다. 또한 창조하는 자는 새로운 가치를 새로운 서판에 써넣으며 함께 창조할 자를 찾는다.

창조하는 자는 길동무를, 그리고 함께 수확할 자를 찾는다. 창조하는 자 앞에서 만물이 익어 수확을 기다리고 있기 때문이다. 그러나 그에게는 백 개의 낫이 없으므로 손으로 이삭을 쥐어뜯으며 화를 낸다.

창조하는 자는 길동무를, 자신의 낫을 갈 줄 아는 자들을 찾는다. 그들은 파괴자요, 선과 악을 경멸하는 자들이라고 불릴 것이다. 그러나 그들이야말로 수확하는 자요, 축제를 벌이는 자들이다.

차라투스트라는 함께 창조하고 함께 수확하며 함께 축제를 벌일 자를 찾고 있다. 그가 가축 떼, 양치기, 시체와 무슨 일을 할 수 있단 말인가!

그리고 그대 나의 최초의 길동무여, 이제 헤어지자! 나는 그대를 속이 텅 빈 나무 속에 잘 묻어 두었고, 그대를 늑대들로부터 잘 숨겨 놓았다.

이제 그대와는 이별이다. 시간이 되었다. 아침놀과 또 다른 아침놀 사이에 나에게 새로운 진리가 찾아왔기 때문이다.

나는 양치기가 되어서도 무덤 파는 사람이 되어서도 안 된다. 다시는 군중과 말하지 않으리라. 죽은 자와 말하는 것도 이번이 마지막이다.

나는 창조하는 자, 수확하는 자, 축제를 벌이는 자와 함께 하리라. 그들에게 무지개를, 초인에 이르는 계단들을 모두 보여 주리라.

혼자 있는 은둔자들에게, 그리고 둘이서 지내는 은둔자들에게 나의 노래를 들려주리라. 그리고 일찍이 들어 본 적 없는 것을 들을 귀를 가진 자, 그자의 마음을 나의 행복으로 가득 채워 주리라.

나는 나의 목표를 향해 나의 길을 가련다. 머뭇거리는 자와 게으른 자를 뛰어넘으리라. 그리하여 나의 길이 그들에게는 몰락의 길이 되리라!

10

차라투스트라가 마음속으로 이렇게 말할 때 정오의 태양이 머리 위에서 빛나고 있었다. 그때 그는 무언가 이상한 느낌이 들어 하늘을 올려다보았다. 머리 위쪽에서 날카롭게 우짖는 새소리가 들려온 것이다. 그런데 보라! 한 마리의 독수리가 커다랗게 원을 그리며 공중을 날고, 한 마리의 뱀이 그 독수리의 목을 감고 매달려 있는 게 아닌가. 그리고 그 뱀은 먹이로서가 아니라 여자 친구로서 거기에 매달려 있는 것처럼 보였다.

"내 짐승들이다!" 하고 말하면서 차라투스트라는 진심으로 기뻐했다.

"태양 아래서 가장 긍지 높은 짐승, 태양 아래서 가장 영리한 짐승. 그것들이 무언가를 살펴보려고 나온 것이다.

차라투스트라가 아직 살아 있는지 알고 싶어 하는 것이다. 정말이지, 나는 아직도 살아 있는가?

나는 사람들 사이에 있는 것이 짐승들 사이에 있는 것보다 더 위험하다는 것을 깨달았다. 차라투스트라의 앞길은 험난하다. 그러니 나의 짐승들아, 나를 인도해 다오!"

차라투스트라는 이렇게 말하며 숲속의 성자가 한 말을 떠올렸다. 그러고는 한숨을 내쉬며 마음속으로 말했다.

'더 영리해지고 싶다! 나의 뱀처럼 송두리째 영리해지고 싶다!

그러나 나는 불가능한 것을 바라지 않는가. 나는 나의 긍지가 언제나 영리함과 함께하기를 바랄 뿐이다!

언젠가 나의 영리함이 나를 저버린다면, 아, 나의 영리함은 언제나 달아나려고만 한다! 그렇게 된다면 나의 긍지도 나의 어리석음과 함께 날아가 버리기를!'

이렇게 차라투스트라의 몰락이 시작되었다.

차라투스트라의 가르침

세 가지 변화에 대하여

나는 그대들에게 정신의 세 가지 변화에 대해 말하고자 한다. 어떻게 정신이 낙타가 되고, 낙타는 사자가 되며, 사자는 마침내 아이가 되는가를.

내면에 외경심이 깃들어 있는 강력한 정신, 인내심 많은 정신은 무거운 짐을 잔뜩 지고 있다. 그 정신의 강인함은 무거운 짐을, 가장 무거운 짐을 요구한다.

무엇이 무겁단 말인가? 인내심 많은 정신은 이렇게 물으며 낙타처럼 무릎을 꿇고는 짐을 가득 싣고자 한다.

그대 영웅들이여, 가장 무거운 짐은 무엇인가? 내가 짊어지고 나의 억센 힘에 기쁨을 느낄 가장 무거운 짐은? 인내심 많은 정신은 이렇게 묻는다.

자신의 오만에 고통을 주기 위해 자신을 낮추는 것, 자신의 지혜를 조롱하기 위해 자신의 어리석음을 드러내는 것, 이것이 가장 무거운 짐인가?

아니면 우리의 일이 승리를 구가할 때 그 일로부터 물러나는 것, 유혹하는 자를 유혹하기 위해 높은 산으로 올라가는 것, 이것이 가장 무거운 짐인가?

혹은 깨달음의 도토리와 풀로 연명하면서 진리를 위해 영혼의 굶주림을 참고 견디는 것, 이것이 가장 무거운 짐인가?

아니면 병석에 누워 있으면서도 문병 오는 자들을 돌려보내고, 그대가 들려주고자 하는 바를 결코 듣지 못하는 귀머거리와 우정을 맺는 것, 이것이 가장 무거운 짐인가?

혹은 진리의 연못이라면 더럽더라도 그 속으로 뛰어들어 차가운 개구리도 뜨거운 두꺼비도 물리치지 않는 것, 이것이 가장 무거운 짐인가?

혹은 우리를 경멸하는 자들을 사랑하고, 유령이 우리를 위협하더라도 그 유령에게 손을 내미는 것, 이것이 가장 무거운 짐인가?

인내심 많은 정신은 무겁기 그지없는 이 모든 짐을 짊어지고 그의 사막을 달려간다. 짐을 가득 실은 채 사막을 달리는 낙타처럼.

하지만 고독하기 그지없는 사막에서 두 번째 변화가 일어난다. 여기에서 정신은 사자가 된다. 정신은 자유를 쟁취하려 하고 사막의 주인이 되고자 한다.

정신은 여기에서 그의 마지막 주인을 찾는다. 정신은 마지막 주인, 최후의 신과 대적하려 하며, 승리를 위해 이 거대한 용과 일전을 벌이려 한다.

정신이 더 이상 주인으로, 신으로 여기지 않으려 하는 거대한 용은 무엇인가? 너는 해야 한다, 이것이 그 거대한 용의 이름이다. 그러나 사자의 정신은 이에 대항하여 "나는 원한다."라고 말한다.

너는 해야 한다는 황금빛으로 번쩍이며 정신이 가는 길을 가로막는다. 그것은 비늘 짐승으로서 비늘마다 "너는 해야 한다!"라는 명령이 금빛으로 빛난다.

천 년 묵은 가치가 이 비늘들에서 빛난다. 그리하여 모든 용들 가운데서 가장 힘센 용이 말한다. "사물들의 모든 가치, 그것은 나에게서 빛난다."

"모든 가치는 이미 창조되었다. 모든 창조된 가치, 그것이 바로 나다. 진실로 말하노니 나는 원한다라는 요구는 더 이상 있어서는 안 된다!" 용은 이렇게 말한다.

형제들이여, 무엇 때문에 정신에 사자가 필요한가? 왜 무거운 짐을 견디는 짐승으로, 체념과 외경심의 짐승으로 만족하지 못하는가?

새로운 가치의 창조. 이것은 사자도 아직 이루지 못하는 일이다. 그러나 새로운 창조를 위한 자유의 획득. 이것은 사자의 힘이 할 수 있는 일이다.

자유를 쟁취하고 의무 앞에서도 신성하게 아니요라고 말할 수 있기 위해서는, 형제들이여, 사자가 되어야 한다.

새로운 가치를 위한 권리를 쟁취하는 것. 이것은 인내심 많고 외경심을 가진 정신에게 주어질 수 있는 가장 놀라운 소득이다. 참으로 그 정신에게 그것은 강탈이며 강탈하는 짐승에게 주어지는 일이다.

정신도 한때 너는 해야 한다를 가장 신성한 것으로서 사랑했다. 하지만 이제 정신은 가장 신성한 것에서도 미혹(迷惑)과 자의(恣意)를 찾아내야 한다. 그의 사랑으로부터 자유를 강탈하려면 말이다. 그리고 바로 이러한 강탈을 위해 사자가 되어야 한다.

그러나 말하라, 형제들이여, 사자도 하지 못한 일을 어떻게 아이가 할 수 있단 말인가? 강탈하는 사자가 이제는 왜 아이가 되어야 하는가?

아이는 순진무구함이며 망각이고, 새로운 출발, 놀이, 스스로 도는 수레바퀴, 최초의 움직임이며, 성스러운 긍정이 아닌가.

그렇다. 창조라는 유희를 위해서는, 형제들이여, 성스러운 긍정이 필요하다. 정신은 이제 **자신의** 의지를 원하고 세계를 상실한 자는 이제 **자신의** 세계를 되찾는다.

나는 그대들에게 세 단계의 변화에 대해 말했다. 어떻게 정신이 낙타가 되었고, 낙타는 사자가 되었으며, 사자는 아이가 되었는가를.

차라투스트라는 이렇게 말했다. 그는 이때 **얼룩소**라는 도시에 머물고 있었다.

덕을 가르치는 강의에 대하여

차라투스트라는 잠과 덕에 대하여 뛰어난 설교를 한다는 어떤 현자에 대해 들었다. 그는 강연으로 대단히 존경받고 보수도 받으며, 천하의 젊은이들이 그의 강의를 경청한다는 것이었다. 차라투스트라도 그에게 가서 젊은이들과 함께 그의 강의를 들었다. 현자는 이렇게 말했다.

잠에 대한 경의와 부끄러움! 이것이 가장 중요하다! 그러므로 잠 못 이루며 밤에 깨어 있는 모든 자들을 멀리하라!

도둑조차 잠 앞에서는 조심한다. 그 때문에 밤이면 언제나 살금살금 발걸음 소리를 낮추어 돌아다니는 것이다. 그러나 뻔뻔한 야경꾼은 부끄러운 줄도 모르고 뿔피리를 불며 돌아다닌다.

잠을 잔다는 것, 그것은 결코 하찮은 기술이 아니다. 다음 날 종일 깨어 있으려면 꼭 잠을 자야 한다.

낮 동안 열 번 그대는 자신을 극복해야 한다. 그래야 적당히 피곤해지며, 또 영혼에게는 그것이 양귀비다.

낮 동안 열 번 그대는 자신과 다시 화해해야 한다. 자기 극복은 혹독한 것이고, 자신과 화해하지 못한 자들은 단잠을 이루지 못한다.

낮 동안 열 가지 진리를 그대는 찾아내야 한다. 그러지 않으면 그대는 밤에도 진리를 찾게 되고, 그로 인해 그대의 영혼은 굶주림에 시달린다.

낮 동안 열 번 그대는 웃고 쾌활하게 지내야 한다. 그러지 않으면 밤 동안 슬픔의 아버지인 위장이 그대를 괴롭힌다.

단잠을 이루기 위해서는 모든 덕을 갖추어야 한다. 하지만 이것을 아는 자는 드물다. 내가 거짓 증언을 한다면 어떻게 될까? 내가 간음을 한다면 어떻게 될까?

내가 이웃 하녀에게 욕정을 품는다면 어떻게 될까? 이러한 모든 것들이 단잠을 방해한다.

그리고 모든 덕을 갖춘다 할지라도 우리는 하나를 더 알아야 한다. 이러한 덕들도 올바른 시간에 잠재워야 한다는 사실을.

이러한 덕들, 이러한 얌전한 아가씨들이 서로 다투지 않도록 하기 위해서다! 더군다나 그대 때문에, 그대 불행한 자 때문에 말이다!

신과도 이웃과도 평화롭게 지내라! 단잠은 이것을 원한다. 그리고 이웃의 악마와도 평화롭게 지내라! 그러지 않으면 악마가 밤중에 그대 곁을 맴돈다.

관헌을 존경하고 그것에 복종하라. 비록 그들이 부정하다 할지라도 그렇게 하라! 그래야만 단잠을 이룰 수 있다. 권력이 구부정한 다리로 잘도 돌아다니는 걸 나더러 어쩌란 말인가?

자신의 양을 푸르디푸른 초원으로 이끄는 자를 나는 언제나 가장 뛰어난 양치기라고 부른다. 그래야만 단잠과 어울리므로.

나는 많은 명예도 커다란 재물도 바라지 않는다. 그것은 비장(脾臟)에 염증만 일으킬 뿐이다. 하지만 좋은 평판과 약간의 재물마저 없다면 단잠을 이루기 힘들다.

나는 부자연스러운 모임보다는 소박한 모임을 환영한다. 그러나 소박한 모임도 때에 맞게 이루어지고 때에 맞게 흩어져야 한다. 그래야만 단잠에 이롭다.

나는 마음이 가난한 자들이 무척 마음에 든다. 그들은 잠을 재촉하기 때문이다. 그들은 행복하다. 특히 사람들이 그들의 생각에 찬동을 표할 때면 그렇다.

덕이 있는 사람에게 낮은 이렇게 지나간다. 그러다가 밤이 오면 나는 잠을 부르지 않도록 조심한다! 덕의 주인인 잠은 자기를 부르는 소리를 싫어하기 때문이다!

그 대신 나는 낮 동안에 한 일, 낮 동안에 생각한 것들을 돌이켜 본다. 나는 씹고 또 씹으면서 암소처럼 끈질기게 자문한다. 그대가 극복한 열 가지는 무엇인가?

그리고 내 마음을 즐겁게 한 열 가지의 화해, 열 가지의 진리, 열 가지의 웃음은 무엇이었던가? 하고 자문한다.

그러한 것들을 숙고하며 이리저리 마흔 가지 생각에 흔들리다 보면 갑자기 잠이, 덕의 주인이 부르지도 않았는데 나를 덮친다.

잠이 다가와 내 눈에 노크한다. 그러면 눈이 감긴다. 잠이 내 입을 만진다. 그러면 입이 벌어진다.

참으로 도둑 중에서도 가장 사랑스러운 도둑인 잠은 발끝으로 살그머니 걸어와서 내 생각을 훔친다. 그러면 나는 이 교탁처럼 멍하니 서 있게 된다.

아니, 오래 서 있지도 못한다. 곧 드러눕는다.

차라투스트라는 현자의 이러한 말을 듣고 마음속으로 웃었다. 그때 그의 마음속에서 한 줄기 빛 같은 생각이 떠오른 것이다. 그는 마음속으로 이렇게 말했다.

마흔 가지 생각을 가지고 여기에 서 있는 현자는 나에게 바보로 보인다. 하지만 잠에 대해서는 잘 아는 것 같다.

이 현자 곁에서 사는 자들은 그것만으로도 이미 행복하다! 그러한 잠은 전염된다. 두꺼운 벽조차 뚫고 전염된다.

그의 강의에도 마력이 깃들어 있다. 그러므로 젊은이들이 덕의 설교자 앞에 앉아 있는 것이 결코 헛되지는 않다.

그의 지혜는 단잠을 이루기 위해서는 깨어 있으라는 것이다. 참으로 삶이 무의미하고, 무의미를 택하지 않을 수 없다면 내 경우에도 이것이 가장 선택할 만한 무의미가 아니겠는가.

덕의 교사를 찾아간 그들이 가장 갈망한 것이 무엇이었는지 나는 이제 분명히 이해한다. 그들은 단잠을, 게다가 양귀비꽃 같은 덕을 구한 것이다!

명성 높은 이 강단의 모든 현자들에게 지혜란 꿈 없는 잠이었다. 그들은 삶의 보다 나은 의미를 알 수 없었다.

오늘날에도 이 덕의 설교자와 비슷한 사람들이 몇몇 있기는 하다. 하지만 이 사람만큼 늘 정직하지는 않다. 여하간 그들의 시대는 지나갔다. 이제 그들은 더 이상 오래 서 있지 못한다. 그들은 이미 누워 있다.

이렇게 졸음이 오는 자들은 행복하다. 곧 꾸벅꾸벅 졸게 될 테니.

차라투스트라는 이렇게 말했다.

세계 너머의 세계를 믿는 자들에 대하여

차라투스트라도 한때는 세계 너머의 세계를 믿는 모든 자들과 마찬가지로 인간의 피안에 대한 망상을 품었다. 그때 세계란 고뇌하고 번민하는 신의 작품으로 보인 것이다.

그때 세계는 내게 꿈이요, 신이 창작한 허구로 보였다. 불만족스러워하는 신의 눈앞에 피어오르는 알록달록한 연기와도 같았다.

선과 악, 쾌락과 고통, 나와 너. 이것들이 나에게는 창조자의 눈앞에 피어오르는 알록달록한 연기로 생각되었다. 창조자는 자신으로부터 눈길을 돌리려 했고, 바로 그때 세계를 창조했던 것이다.

자신의 고통으로부터 눈길을 돌리고 자기 자신을 망각하는 것. 고통받는 자에게는 그것이 바로 도취적 쾌락이다. 도취적인 쾌락과 자기 망각. 내게는 한때 세계가 그렇게 보였다.

이 세계, 영원히 불완전한 세계, 영원한 모순의 모사(模寫)이며 그나마도 불완전한 모사. 이러한 세계를 만든 불완전한 창조자에게 주어진 도취적 쾌락. 나에게는 한때 세계가 이렇게 보였다.

그리하여 나는 세계 너머의 세계를 믿는 자들과 마찬가지로 일찍이 인간의 피안에 대한 망상을 가졌더랬다. 참으로 인간의 피안에 대해서였던가?

아, 형제들이여, 내가 꾸며 낸 이 신은 다른 모든 신과 마찬가지로 인간의 작품이자 인간의 망상이었다!

이 신은 인간이었고, 그나마 인간과 자아의 초라한 한 조각일 뿐이었다. 그것은, 이 유령은 참으로 나 자신의 타고 남은 재와 열기로부터 내게 온 것이었을 뿐! 피안으로부터 내게 온 것은 아니었다!

형제들이여, 그러고 나서 무슨 일이 일어났는가? 나는 자신을, 고통받는 나 자신을 극복한 것이다. 나는 자신의 타고 남은 재를 산으로 날라 가서 더욱 밝은 불꽃으로 만들어 냈다. 그런데 보라! 그때 유령들은 나를 피해 **달아나지 않았던가!**

이러한 유령을 믿는다는 것. 이제 그것은 병에서 치유되고 있는 나에게는 고뇌가 되고 고통이 되리라. 이제 나에게는 고뇌요, 굴욕이 되리라. 그러므로 나는 세계 너머의 세계를 믿는 자들에게 이렇게 말한다.

고뇌와 무능함. 이것이 그 모든 세계 너머의 세계를 꾸며 냈다. 더없이 괴로워하는 자만이 경험할 수 있는 저 짧은 행복의 망상. 그것이 세계 너머의 세계였다.

단숨에 목숨을 걸고 뛰어올라 궁극에 도달하려는 데서 오는 피로감, 이제 더 이상 아무것도 바라지 못하는 저 가련하고 무지한 피로감. 이것이 모든 신들과 세계 너머의 세계를 꾸며 낸 것이다.

형제들이여! 내 말을 믿으라! 몸에 절망한 자는 다름 아닌 몸이었다. 그 몸이 무지몽매한 정신의 손가락으로 궁극의 벽을 더듬은 것이다.

형제들이여! 내 말을 믿으라! 이 대지에 절망한 것은 다름 아닌 몸이었다. 존재의 뱃속이 하는 말을 들은 것은 바로 몸이었다.

그때 몸은 머리를 가지고서, 물론 머리만으로는 아니었지만, 궁극의 벽을 뚫고 저 세계로 넘어가고자 했다.

그러나 저 세계는 인간 앞에 잘 감추어져 있다. 저 탈인간화된 비인간적 세계는 말하자면 천상의 무(無)이다. 그리고 존재의 뱃속은 인간의 모습으로가 아니라면 결코 인간에게 말을 걸지 않는다.

참으로 모든 존재는 증명하기 어렵고 말을 시키기도 어렵다. 그대 형제들이여, 나에게 말해 다오. 모든 사물들 중에서 가장 놀라운 것이 가장 잘 증명된 것 아닌가?

그렇다. 이 자아와 자아의 모순과 혼란이 자신의 존재에 대해 가장 정직하게 말한다. 그리고 창조하고 의욕하고 평가하는 이 자아야말로 사물들의 척도이자 가치인 것이다.

이 가장 정직한 존재인 자아. 그것은 몸에 대해 말하며 몸을 원한다. 이 자아는 꾸며 대고 몽상하고 부러진 날개로 퍼덕거릴 때도 몸을 원한다.

자아는 점점 더 정직하게 말하는 것을 배운다. 그리고 점점 정직해질수록 자아는 몸과 대지를 찬양하는 말을 점점 더 많이 찾아내고 더 많은 경의를 표한다.

나의 자아는 내게 새로운 긍지를 가르쳤다. 그리고 나는 그 긍지를 인간들에게 가르친다. 더 이상 천상의 일들의 모래밭에 머리를 감추지 않고 자유롭게 고개를 쳐드는 긍지를 가르친다. 대지에 의미를 부여하는 대지의 머리를!

나는 인간에게 새로운 의지를 가르친다. 인간이 곧장 걸어온 이 길을 원하고 이 길을 받아들이며, 병든 자와 죽어 가는 사람처럼 그 길에서 벗어나 몰래 달아나지 말라고 가르친다!

병든 자와 죽어 가는 자들이야말로 몸과 대지를 경멸하고 하늘나라와 구원의 핏방울을 꾸며 낸 자들이었다. 그러나 이 달콤하고 음울한 독조차 그들은 몸과 대지로부터 만들어 낸 것이다!

그들은 자기들의 불행으로부터 달아나려 했으나 별들은 너무도 아득한 곳에 있었다. 그래서 그들은 탄식했다. "다른 존재와 다른 행복으로 기어들 수 있는 천상의 길이 있기만 하다면!" 그리하여 그들은 샛길과 핏빛 음료를 만들어 냈다!

이 배은망덕한 자들은 이제 그들의 몸과 이 대지로부터 벗어났다는 망상에 사로잡혔다. 그러나 그 탈주의 경련과 희열조차 누구 덕분이란 말인가! 바로 그들의 몸과 이 대지가 아니라면!

차라투스트라는 병든 자들에게 상냥하다. 참으로 그는 병든 자들 나름대로의 위안과 배은망덕에도 화를 내지 않는다. 다만 그들이 병에서 회복되고 극복하는 자가 되어 보다 건강한 몸을 가지기를 바랄 뿐이다!

또한 차라투스트라는 병에서 회복되고 있는 자가 지난날의 망상에 연연하고 밤중에 몰래 그의 신의 무덤으로 기어가더라도 화를 내지 않는다. 하지만 그런 자의 눈물조차 내게는 여전히 병이며 병든 몸으로 보인다.

꾸며 대고 신을 갈망하는 자들 가운데에는 언제나 병든 자들이 많았다. 그들은 인식하는 자를 맹렬하게 미워하며, 덕 가운데서 가장 새로운 덕인 정직을 더없이 미워한다.

그들은 언제나 까마득한 옛날을 뒤돌아본다. 당시만 해도 망상과 신앙은 지금과는 다른 모습이었다. 광기 어린 이성은 신과 닮은 것으로 여겨졌으며, 의심은 죄에 지나지 않았다.

나는 신과 닮은 이러한 자들을 너무도 잘 안다. 그들은 사람들이 자기들을 믿기를 바라며 의심이 죄가 되기를 바란다. 또한 나는 그들 자신이 가장 믿는 것이 무엇인가를 너무도 잘 안다.

참으로 그들이 가장 믿는 것은 세계 너머의 세계와 구제의 핏방울이 아니라 바로 그들의 몸이다. 말하자면 그들 자신의 몸이 그들에게는 물(物) 자체이다.

그러나 그들에게 몸이란 병든 것이며, 그것으로부터 벗어나고자 한다. 그리하여 죽음의 설교자에게 귀를 기울이고, 스스로 세계 너머의 세계를 설교한다.

형제들이여, 차라리 건강한 몸의 소리에 귀를 기울이라. 보다 정직하고 보다 순수한 소리에.

건강한 몸, 완전하고 반듯한 몸은 정직하고 보다 순수하게 말한다. 그리고 바로 이러한 몸이 대지의 뜻을 전해 준다.

차라투스트라는 이렇게 말했다.

몸을 경멸하는 자들에 대하여

몸을 경멸하는 자들에게 말하고자 한다. 나는 그들에게 새로 배우고 새로 가르치라고 말하지 않는다. 그 대신 자신의 몸에 작별을 고하고 침묵하라고 말할 뿐이다.

"나는 몸이며 영혼이다." 아이는 이렇게 말한다. 그렇다면 왜 우리는 아이처럼 말하지 못하는가?

그러나 각성한 자, 지자(智者)는 이렇게 말한다. "나는 전적으로 몸이며, 그 밖의 아무것도 아니다. 그리고 영혼은 몸에 속하는 어떤 것을 표현하는 말에 지나지 않는다."

몸은 하나의 거대한 이성이며, 하나의 의미로 꿰어진 다양성이고, 전쟁이자 평화이며, 가축 무리이자 양치기다.

형제여, 그대가 정신이라고 부르는 그대의 작은 이성도 그대의 몸의 도구이며, 그대의 커다란 이성의 작은 도구이고 장난감이다.

그대는 **자아**(Ich)라고 말하면서 이 말에 자부심을 느낀다. 그러나 보다 위대한 것은, 믿고 싶지 않겠지만, 그대의 몸이며 그대의 몸이라는 거대한 이성이다. 이 거대한 이성은 자아를 말하지 않고 자아를 행동한다.

감각이 느끼고 정신이 인식하는 것. 그것은 그 자체 내에 어떠한 목적도 가지지 않는다. 그러나 감각과 정신은 자기들이 모든 사물의 목적임을 그대에게 설득하려고 한다. 감각과 정신은 그처럼 허황되다.

감각과 정신은 도구이자 장난감에 지나지 않는다. 감각과 정신의 뒤에는 '자기(Selbst)'[2]가 있다. 자기는 감각의 눈으로 찾고 정신의 귀로 듣는다.

자기는 언제나 들으며 언제나 찾는다. 그것은 비교하고 강요하고 정복하고 파괴한다. 그것은 지배하며 또한 자아의 지배자이기도 하다.

그대의 사상과 감정의 배후에는, 형제여, 강력한 명령자, 알려지지 않은 현자가 있으니, 그 이름이 자기다. 그것은 그대의 몸속에 살며, 그것은 바로 그대의 몸이다.

그대의 몸에는 그대의 최고의 지혜 속에 있는 것보다 더 많

---

2) 융의 분석심리학에서 '자기(Selbst)'는 한 개인이 자신의 개인성을 넘어 유일자로서 보편적 인간성을 획득함으로써 도달하는 인간의 전체성 및 완전성에 해당하는 개념이다. 다시 말해 한 개인의 인격적 완성을 위한 목표 개념이 바로 '자기'다.

은 이성이 들어 있다. 그리고 그대의 몸이 무엇 때문에 그대의 최고의 지혜를 꼭 필요로 하는지 누가 알 것인가?

그대의 자기는 그대의 자아와 그 자아의 자랑스러운 도약을 비웃는다. "나에게 사상의 도약과 비상(飛翔)은 무엇이란 말인가? 그것은 나의 목적에 도달하는 우회로다. 나는 자아를 이끄는 끈이며 자아가 가진 개념들을 귓속말로 알려 주는 자다."라고 자기가 스스로에게 말한다.

자기가 자아에게 말한다. "여기에서 고통을 느끼라!" 그러면 자아는 고뇌하면서 어떻게 하면 더 이상 고뇌하지 않을 수 있을지 숙고한다. 바로 그 때문에 자아는 사고**해야만** 한다.

자기가 자아에게 말한다. "여기에서 쾌락을 느끼라!" 그러면 자아는 기뻐하면서 어떻게 하면 더 자주 기뻐할 수 있을지 숙고한다. 바로 그 때문에 자아는 사고**해야만** 한다.

몸을 경멸하는 자들에게 한마디 하려고 한다. 경멸은 사실 존경에서 나온다. 하지만 무엇이 존경과 경멸, 가치와 의지를 창조했던가?

창조하는 자기가 스스로 존경과 경멸, 쾌락과 고통을 창조했다. 창조하는 몸이 자신의 의지의 손으로 삼기 위해 정신을 창조했다.

그대들이 어리석음과 경멸에 빠져 있을 때에도, 그대들 몸을 경멸하는 자들이여, 그대들은 그대들의 자기에 봉사하고 있다. 내 그대들에게 말하노니, 그대들의 자기는 스스로 죽음을 원하며 삶으로부터 등을 돌리고 있다.

그대들의 자기는 그 스스로가 가장 원하는 일, 즉 자기 자신을 넘어 창조하는 일을 더 이상 할 수 없다. 자신을 넘어 창조하는 것은 자기가 가장 원하는 일이며, 자기의 최고의 열정인데도 말이다.

이제 자기가 그 일을 성취하기에는 너무 늦었다. 그리하여 그대들의 자기는 몰락을 원한다, 그대 몸을 경멸하는 자들이여.

그대들의 자기는 몰락을 원하고, 따라서 그대들은 몸을 경멸하는 자들이 되었다! 그대들은 더 이상 자신을 넘어 창조할 수 없기 때문이다.

그 때문에 그대들은 이제 삶과 대지에 분노한다. 그대들의 경멸하는 곁눈질에는 어떤 질투가 깃들어 있다.

나는 그대들의 길을 가지 않는다, 그대 몸을 경멸하는 자들이여! 그대들은 나에게는 결코 초인에 이르는 다리〔橋〕가 아니다!

차라투스트라는 이렇게 말했다.

환희와 열정에 대하여

형제여, 그대가 한 가지 덕을 가지고 있고 그것이 그대의 덕이라면, 그대는 이 덕을 누구와도 함께 가지지 못한다.

물론 그대는 이 덕에 이름을 붙이며 쓰다듬어 주고 싶으리라. 이 덕의 귀를 잡아당기며 장난이라도 치고 싶으리라.

그러나 보라! 이제 그대는 이 덕의 이름을 군중과 나누게 되었고, 그대는 그대의 덕과 더불어 군중이 되고 가축의 무리가 되었다!

그러니 차라리 이렇게 말하는 편이 나으리라. "내 영혼을 고통스럽게도 감미롭게도 만들며, 나의 내장의 굶주림이기도 한 것. 그것은 표현할 수도 없고 이름도 없다."

그대의 덕은 감히 친숙한 이름으로 부를 수 없을 만큼 높은 곳에 있어야 한다. 그리고 그대가 이 덕에 대해 말해야만 하는 경우라면, 더듬거리며 말하더라도 부끄러워하지 말라.

더듬거리며 이렇게 말하라. "그것은 **나의** 선(善)이며 나는 그것을 사랑한다. 그것은 온통 내 마음에 들며, 나는 그러한 선만을 원한다.

나는 그 덕을 신의 율법으로서, 인간의 규범이나 인간의 필수품으로서 원하는 것이 아니다. 그 덕은 나에게 대지의 저편이나 천국으로 안내하는 이정표가 되어서도 안 된다.

이 땅에서의 덕, 이것이 내가 사랑하는 바다. 그 덕은 별로 영리하지 않으며, 모든 사람들이 가진 이성도 아주 조금만 지니고 있을 뿐이다.

그러나 이 새는 내 옆에 둥지를 틀었다. 그러므로 나는 이 새를 사랑하고 포옹한다. 이 새는 지금 내 옆에서 황금의 알을 품고 있다."

이와 같이 그대는 더듬거리며 그대의 덕을 칭송해야 한다.

한때 그대는 열정을 지녔고, 그것들을 악이라고 불렀다. 그러나 이제 그대는 오직 그대의 덕만을 가지고 있을 뿐이다. 물론 그 덕은 그대의 열정으로부터 자라났다.

그대는 이러한 열정의 심장에 그대의 최고 목표를 새겼다. 그러자 이 열정은 그대의 덕이 되고 환희가 되었다.

그대가 성미 급한 자 또는 음탕한 자나 광신자나 복수심에 불타오르는 자의 혈통을 받았더라도,

결국 그대의 모든 열정은 덕이 되었고 그대의 악마는 모두 천사가 되었다.

한때 그대는 그대의 지하실에 들개들을 길렀다. 그러나 마침내 그 들개들은 새로 변하고 사랑스러운 여가수로 변했다.

말하자면 그대는 그대의 독으로 향유를 빚어냈다. 그대는 슬픔이라는 그대의 암소로부터 젖을 짜냈다. 그리하여 그대는 지금 그 젖가슴에서 흘러나오는 달콤한 젖을 마시고 있다.

앞으로 그대로부터는 어떠한 악도 자라나지 않으리라. 다만 그대의 여러 덕 사이의 갈등에서 생겨나는 악을 제외하면.

형제여, 그대가 행운을 잡았다면 그대는 하나의 덕을 가지고 있을 뿐 그 이상의 덕은 가지고 있지 않을 것이다. 그래야만 더욱 가볍게 다리를 건널 수 있기 때문이다.

많은 덕을 가진다는 것은 멋진 일이기는 하나 고통스러운 운명이기도 하다. 많은 사람들이 사막으로 가서 여러 덕 사이의 전투를 참아 내고, 전쟁터가 되는 것을 감당하느라 지친 나머지 스스로 목숨을 끊지 않았던가.

형제여, 전쟁과 전투는 악한 것인가? 그러나 이러한 악은 필연이며 그대의 여러 덕 사이에서 일어나는 질투와 불신과 비방은 피할 수 없는 것이다.

보라, 그대의 덕들은 제각각 최고의 자리를 탐하지 않는가. 그대의 덕들은 제각각 그대의 정신 전체를 요구한다. 그대의 정신을 **자신들의** 전령으로 삼고자 함이다. 그리하여 그대의 덕은 분노와 증오와 사랑에서 그대의 모든 힘을 요구한다.

어떤 덕이라도 다른 덕을 질투하며, 이 질투란 무서운 것이다. 여러 덕들이 질투로 인해 파멸에 이르지 않는가.

질투의 불꽃에 둘러싸인 자는 마침내 방향을 돌려 전갈처럼 자기 자신을 독침으로 쏜다.

아, 형제여, 그대는 그 어떤 덕이 스스로를 비방하고 찔러 죽이는 것을 본 적이 없는가?

인간이란 극복되어야 할 그 무엇이다. 그러므로 그대는 그대의 덕들을 사랑해야 한다. 왜냐하면 그대는 그 덕들로 말미암아 파멸할 것이기 때문이다.

차라투스트라는 이렇게 말했다.

창백한 범죄자에 대하여

재판관들이여, 제사를 지내는 자들이여, 그대들은 제물로 바쳐진 짐승이 고개를 끄덕이기 전에 죽일 수는 없단 말인가? 보라, 창백한 범인이 고개를 끄덕였고, 그의 눈은 커다란 경멸을 보인다.

"나의 자아는 극복되어야 할 그 무엇이다. 나의 자아는 인간에 대한 커다란 경멸이다."라고 그의 눈은 말한다.

그가 이렇게 자기 자신을 재판한 것은 그의 최고의 순간이었다. 그러니 이 숭고한 자가 다시 비열한 상태로 돌아가게 하지 말라!

이와 같이 자기 자신으로 말미암아 고통스러워하는 자에게는 어떠한 구원도 없다. 빨리 죽는 것을 제외하고는.

재판관들이여, 그대들은 앙갚음이 아니라 동정심에서 범죄자를 처형해야 한다. 그리고 그대들은 사형을 집행하면서 그대들 자신의 삶을 정당화하도록 애쓰라!

그대들이 죽이는 자와 화해하는 것만으로는 충분치 않다. 그대들의 슬픔이 초인에 대한 사랑이 되게 하라! 그리하여 그대들이 '아직도 살아 있음'을 정당화하라!

적이라고 부르되 악인이라고는 부르지 말라. 병자라고 부르되 죄인이라고는 부르지 말라.

그리고 그대 붉은 옷을 입은 재판관이여, 만일 그대가 생각 속에서 이미 저지른 모든 일을 요란하게 떠벌리려 한다면 모든 사람들이 "이 오물덩어리, 이 독충을 제거하라!" 하고 소리칠 것이다.

그러나 생각과 행위 그리고 그 행위의 표상(表像)은 서로 별개다. 그것들 사이에서는 인과의 수레바퀴가 돌지 않는다.

어떤 표상이 이 창백한 인간을 창백하게 만들었다. 그리고 그가 행위를 했을 때 그는 자신의 행위를 감당할 만한 자가 되었다. 그러나 행위를 한 후에는 그 행위의 표상을 감당하지 못했다.

그는 이제 자신을 언제나 어떤 행위의 행위자로서 보게 되었는데, 나는 이것을 망상이라고 부른다. 말하자면 그에게 예외가 본질로 전도된 것이다.

한 가닥의 줄이 암탉을 꼼짝 못 하게 묶어 놓는 경우를 생각해 보라. 이와 마찬가지로 행위자를 묶은 줄이 자신의 가련한 이성을 속박하고 만 것이다. 나는 이것을 행위 **이후**의 망상이라고 부른다.

들으라, 재판관들이여! 또 다른 망상이 있으니, 그것은 행위 이전의 망상이다. 아, 내가 보기에 그대들은 이 망상의 영혼 속으로 충분히 깊이 들어가지는 못했다!

붉은 옷을 입은 재판관은 이렇게 말한다. "이 범죄자는 왜 살인을 했는가? 강탈하고자 했기 때문이다." 그러나 나는 그대들에게 말한다. "그의 영혼은 강탈이 아니라 피를 원했다. 그는 칼의 행복에 굶주려 있었다!"

그러나 범죄자의 가련한 이성은 이러한 망상을 이해하지도 못하고 그것을 설득하려 했다. "피라니! 너는 적어도 강탈이라도 하지 않겠느냐? 복수라도 하지 않겠느냐?"

범죄자는 자신의 가련한 이성이 하는 말에 귀를 기울였고, 이성의 말은 범죄자를 납덩이처럼 짓눌렀다. 그리하여 범죄자는 살인을 하면서 강탈까지 한 것이다. 범인은 자신의 망상을 부끄러워하려고 하지 않은 것이다.

그리고 이제 다시 그의 죄책감이라는 납덩이가 그를 내리눌렀다. 그러자 그의 가련한 이성은 다시금 몹시 굳어지고 몹시 마비되고 무거워졌다.

만일 그가 고개를 내저을 수만 있다면 그의 무거운 짐은 굴러 떨어질 것이다. 그러나 누가 그 고개를 내저을 수 있단 말인가?

이 사람의 정체는 무엇인가? 정신을 통해서 세계로 손을 뻗치는 질병들의 퇴적물이다. 질병들은 이 세계에서 먹이를 찾으려 한다.

이 사람의 정체는 무엇인가? 서로 화목하게 지내는 경우가 드문 사나운 뱀들이 한 무더기로 엉켜 있는 것이다. 사나운 뱀들은 따로따로 떨어져 나가 이 세계에서 먹이를 찾는다.

이 가련한 몸을 보라! 이 몸이 고뇌하고 탐낸 것을 이 가련한 영혼이 제멋대로 해석했다. 그것을 살인의 쾌락으로 그리고 칼의 행복에 대한 갈망으로 해석한 것이다.

지금 병들어 있는 자를 지금 악이라고 불리는 악이 덮치며 습격한다. 그는 자신이 받은 고통으로 다른 사람에게 고통을 주려고 한다. 그러나 이와 다른 시대가 있었고 다른 악과 다른 선이 있었다.

한때 의심은 악이었고, 자기(Selbst)에 대한 의지도 악이었다. 그때 병든 자는 이단자요, 마녀였다. 이단자요, 마녀로서 그는 고통받았고 남에게 고통을 주려 했다.

그러나 그대들의 귀는 이런 말을 들으려 하지 않는다. 이런 말은 착한 자들에게 해로울 뿐이라고 그대들은 내게 말한다. 그러나 착한 자들이 나와 무슨 상관이란 말인가!

그대들이 말하는 착한 자들은 많은 점에서 내게 구역질을 일으킨다. 그러나 참으로 그들의 악은 그렇지 않다. 나는 저 창백한 범죄자처럼 그들도 자신을 파멸로 몰아갈 그런 망상을 지니기 바란다!

참으로 나는 바란다. 그들의 망상이 진리라고, 또는 성실이라고, 또는 정의라고 불리기를. 그러나 그들은 오래 살기 위해서, 그것도 가련한 안일 속에서나마 오래 살기 위해서 자신의 덕을 그대로 지니고 있는 것이다.

나는 흐르는 강물 가에 있는 난간이다. 붙들 수 있는 자는 나를 붙들라! 그러나 나는 그대들의 지팡이는 아니다.

차라투스트라는 이렇게 말했다.

읽기와 쓰기에 대하여

나는 모든 글 가운데서 피로 쓴 것만을 사랑한다. 피로 쓰라. 그러면 그대는 피가 곧 정신임을 알게 되리라.

다른 사람의 피를 이해하기란 쉬운 일이 아니다. 그래서 나는 책을 읽는 게으름뱅이들을 미워한다.

독자를 잘 아는 자라면 독자를 위해 더 이상 아무것도 하지 않으리라. 독자가 백 년을 산다면, 정신 자체가 썩는 냄새를 풍기리라.

모든 사람이 읽기를 배운다면, 결국에는 쓰는 것뿐만 아니라 생각 자체도 썩고 말리라.

한때 정신은 신이었다가 다음에는 인간이 되었고, 이제는 마침내 천민이 되었다.

피와 잠언으로 쓰는 자는 읽히는 것이 아니라 암송되기를 바란다.

산맥을 갈 때 가장 가까운 길은 봉우리에서 봉우리로 가는 것이다. 그러나 그러기 위해서는 다리가 길어야 한다. 잠언은 산봉우리라고 할 수 있다. 그러므로 거대하고 높이 자란 인간들만이 잠언을 들을 수 있다.

희박하고 순수한 공기, 가까이에 있는 위험, 즐거운 악의로 가득 찬 정신. 이런 것들은 서로 잘 어울린다.

나는 내 주위에 요마(妖魔)들이 있기를 원한다. 나는 그만큼 용감하기 때문이다. 유령을 쫓아내는 용기는 자신을 위해 요마를 마련한다. 용기는 큰 소리로 웃고 싶어 한다.

나는 더 이상 그대들처럼 느끼지 않는다. 내 발아래에 깔린 구름, 내가 비웃는 저 검고 무거운 구름. 바로 이것이 그대들의 번개 구름이다.

높이 오르려 할 때 그대들은 위를 올려다본다. 그러나 나는 이미 높은 곳에 있기 때문에 아래로 내려다본다.

그대들 중에 누가 웃는 동시에 높이 올라와 있을 수 있는가?

가장 높은 산에 오르는 자는 모든 비극적 유희와 비극적 엄숙함을 비웃는다.

용기를 가지라, 개의치 말라, 조롱하라, 난폭하게 행동하라. 지혜는 우리가 이렇게 되기를 원한다. 지혜는 여인이다. 따라서 언제나 전사(戰士)만을 사랑한다.

그대들이 내게 말한다. "삶은 감당키 어렵다." 하지만 무엇 때문에 그대들은 아침에는 긍지를 가졌다가 저녁에는 체념하는가?

삶은 감당키 어렵다. 그러나 내게 그처럼 연약한 태도를 보이지 말라! 우리 모두는 무거운 짐을 지고 갈 수 있는 귀여운 수나귀들이고 암나귀들이 아닌가.

한 방울의 이슬이 몸에 떨어지기만 해도 흔들리는 장미꽃 봉오리와 우리에게 어떤 공통점이 있는가?

그렇다. 우리가 삶을 사랑하는 것은 삶에 익숙해져서가 아니라 사랑에 익숙해졌기 때문이다.

사랑에는 언제나 약간의 망상이 들어 있다. 그러나 그 망상에도 언제나 약간의 이성이 들어 있다.

삶을 기꺼이 맞아들이는 내게도 나비와 비눗방울 그리고 인간들 가운데서 나비와 비눗방울 같은 자들이 행복에 대해 가장 많이 아는 것으로 보인다.

이 경쾌하고 단순하고 우아하고 활동적인 작은 영혼들이 날아다니는 것을 보노라면, 차라투스트라는 눈물을 흘리고 노래 부르지 않을 수 없다.

내가 신을 믿는다면 그 신은 다만 춤출 줄 아는 신이리라.

그리고 나의 악마를 보았을 때 나는 이 악마가 진지하고 철저하고 깊고 장엄하다는 것을 알았다. 요컨대 그것은 중력의 영(靈)이었다. 그리고 이 영으로 인해 모든 사물이 아래로 떨어지는 것이다.

우리는 분노로써 죽이는 것이 아니라 웃음으로써 죽인다. 자, 이제 중력의 영을 죽이자!

나는 걷는 법을 배웠다. 그 후로 나는 계속 달린다. 나는 나는 법을 배웠다. 그 후로 나에게는 누군가가 나를 밀고 나서야 움직이게 되는 그런 일은 없어졌다.

이제 나는 가벼우며, 이제 나는 날아다닌다. 이제 나는 자신을 내려다보며, 이제 어떤 신이 나를 통해 춤을 춘다.

차라투스트라는 이렇게 말했다.

산비탈의 나무에 대하여

차라투스트라는 한 젊은이가 자신을 피해 달아나는 것을 본 적이 있었다. 어느 날 저녁 그가 **얼룩소**라는 도시를 둘러싼 산속을 혼자 걸어갈 때였다. 그런데 보라, 지나가다 보니 이 젊은이가 어떤 나무에 기대앉아 지친 눈으로 골짜기를 바라보고 있는 것이 아닌가. 차라투스트라는 젊은이가 앉아 있는 나무를 감싸 안으며 이렇게 말했다.

이 나무를 두 손으로 흔들고 싶어도 내게는 그럴 만한 힘이 없네.

하지만 우리 눈에 보이지 않는 바람은 이 나무를 괴롭히며 자신이 원하는 방향으로 구부리지. 이와 같이 우리 인간도 보이지 않는 손에 의해 가장 심하게 구부러지고 고통받는 거네.

그러자 젊은이가 깜짝 놀라 일어나며 말했다. "차라투스트라의 목소리가 아닌가. 안 그래도 방금 그에 대해 생각하고 있었다."

차라투스트라가 대답했다. "왜 그렇게 놀라는가? 인간은 나무와 같은 존재가 아닌가.

인간이 높은 곳으로, 그리고 밝은 곳으로 올라가려고 할수록 그 뿌리는 더욱더 강인하게 땅속으로 파고들려 한다네. 아래쪽으로, 어둠 속으로, 심연 속으로, 악(惡) 속으로 뻗어 나가려 하는 거지."

"그렇지요, 악 속으로!" 젊은이가 소리쳤다. "어떻게 하여 그대는 나의 영혼을 들여다볼 수 있습니까?"

차라투스트라가 미소를 지으면서 말했다. "우리는 영혼을 들여다보지는 못하고 오히려 영혼을 꾸며 내는 걸세."

"그렇지요, 악 속으로!" 젊은이가 다시 소리쳤다. "진리를 말하시는군요, 차라투스트라여. 나는 높은 곳으로 올라가려 한 이후로 나 자신을 믿지 못하게 되었고 다른 사람들도 더 이상 나를 믿지 않습니다. 어떻게 이렇게 되었을까요?

나는 너무도 빨리 변합니다. 나의 오늘은 나의 어제를 부정합니다. 나는 올라갈 때 가끔 계단을 뛰어넘기도 하지만, 어떤 계단도 이런 행동을 용서하지 않습니다.

높이 오르면 나는 언제나 혼자입니다. 아무도 내게 말을 걸지 않으며 고독이라는 냉기만이 나를 떨게 합니다. 나는 도대체 이 높은 곳에서 무엇을 바라는 걸까요?

나의 경멸과 나의 동경은 함께 자라납니다. 내가 높이 오를

수록 나는 오르고 있는 그자를 더욱더 경멸합니다. 그는 도대체 이 높은 곳에서 무엇을 바라는 걸까요?

비틀거리며 오르고 있는 내 모습은 너무도 부끄러울 뿐입니다! 나는 헐떡거리는 내 숨소리를 비웃을 뿐입니다! 날아다니는 자는 또 얼마나 미운지요! 높은 곳에 있으면 왜 이리도 피곤한지요!"

여기에서 젊은이는 입을 다물었다. 차라투스트라는 그들 옆에 서 있는 나무를 바라보며 이렇게 말했다.

"이 나무는 여기 산 위에 외롭게 서 있네. 이 나무는 인간과 짐승들을 저 아래로 굽어보며 드높게 자랐어.

이 나무는 말을 하고 싶지만 자기 말을 알아듣는 자가 없을 테지. 그만큼 이 나무는 드높게 자란 것일세.

이제 이 나무는 기다리고 기다릴 뿐이네. 도대체 무얼 기다리는 걸까? 이 나무는 구름의 거처(居處) 가까이에 살면서 최초의 번개를 기다리는 게 아닐까?"

차라투스트라가 이렇게 말하자 젊은이는 격렬한 몸짓을 하며 외쳤다. "그렇습니다. 차라투스트라여. 당신은 진리를 말하고 있습니다. 높은 곳으로 올라가려 했을 때 사실 나는 나의 몰락을 원했지요. 당신이 바로 내가 기다리던 번개입니다! 보십시오, 당신이 우리 앞에 나타난 이후로 도대체 나의 존재는 무엇이란 말입니까? 당신에 대한 **질투**가 나를 파멸시켰습니다!" 젊은이는 이렇게 말하며 대성통곡했다. 그러나 차라투스트라는 그를 감싸 안고 함께 길을 떠났다.

한동안 나란히 걸어가다가 차라투스트라가 이렇게 말문을

열었다.

심장이 찢어지는 듯하구나. 그대의 말보다 그대의 눈에 온 갖 위험이 더 잘 나타나 있다.

그대는 아직도 자유롭지 못하며, 아직도 자유를 **찾아 헤매고** 있다. 자유를 향한 그대의 갈망 때문에 그대는 잠들지도 못하고 지나치게 긴장하고 있다.

그대는 툭 트인 산꼭대기로 올라가고자 한다. 그대의 영혼은 별들을 갈망한다. 심지어 그대의 비천한 충동도 자유를 갈망한다.

그대의 들개들은 자유를 바란다. 그대의 정신이 모든 감옥에서 벗어나려고 몸부림하는 동안에도 들개들은 지하실에서 쾌락을 달라고 짖어 댄다.

내가 보기에 그대는 아직도 자유를 꿈꾸는 죄수일 뿐이다. 아, 이러한 죄수의 영혼은 영리해진다. 그리고 동시에 교활해지고 사악해지기도 한다.

정신의 해방을 얻은 자는 다시 자기 자신을 정화해야 한다. 아직도 많은 구속과 곰팡이가 그에게 남아 있기 때문이다. 그의 눈은 더 순수해져야 한다.

그렇다. 나는 그대가 처한 위험을 안다. 그러나 나의 사랑과 희망을 걸고 그대에게 간절히 바라노니, 그대의 사랑과 희망을 던져 버리지 말라!

그대는 아직도 자신이 고귀하다고 느낀다. 그대를 원망하고 악의에 찬 눈길을 던지는 다른 사람들도 그대가 고귀하다고 느낀다. 그러나 잊지 말라. 고귀한 자 한 사람이 모든 사람의 길에 방해가 된다는 것을.

고귀한 자는 착한 사람들에게도 방해가 된다. 그래서 그를 착한 사람이라고 부르면서도 사실은 그를 제거하려고 한다.

고귀한 자는 새로운 것과 새로운 덕을 창조하려 한다. 반면에 착한 자는 옛것을 원하며 옛것을 간직하려 한다.

그러나 고귀한 자가 착한 사람이 될 수 있다는 것은 위험하지 않다. 오히려 고귀한 자가 뻔뻔스러운 자, 조롱하는 자, 파괴하는 자가 될 수 있다는 것이 위험하다.

아, 나는 최고의 희망을 잃어버린 고귀한 자들을 알았다. 희망을 잃은 그들은 이제 드높은 희망이라면 무조건 비방했다.

그들은 순간의 쾌락에 빠져 뻔뻔하게 살았고, 하루하루의 삶을 사는 것 이외에 거의 아무런 목표도 가지지 않았다.

"정신도 쾌락이다." 그들은 이렇게 말했다. 그리하여 그들의 정신의 날개는 찢어지고 말았다. 이제 그들의 정신은 여기저기 기어서 돌아다니고 이것저것 갉아 대며 몸을 더럽힌다.

한때 그들은 영웅이 되고자 했지만, 이제 탕아가 되었다. 그들에게 영웅은 원망과 공포의 대상일 뿐이다.

나의 사랑과 희망을 걸고 그대에게 간절히 바라노니, 그대 영혼 속의 영웅을 버리지 말라! 그대의 최고의 희망을 신성하게 간직하라!

차라투스트라는 이렇게 말했다.

죽음을 설교하는 자들에 대하여

죽음을 설교하는 자들이 있다. 사실 이 대지는 삶을 포기하고 떠나라는 설교를 들어 마땅한 자들로 가득하다.

대지는 쓸데없는 자들로 가득하며, 삶은 너무도 많고 많은 어중이떠중이들 때문에 썩어 있다. 그들을 **영원한 삶**이라는 미끼로 유혹하여 이 삶으로부터 떠나 버리게 만든다면 좋으련만!

노란 인간들. 사람들은 죽음의 설교자를 이렇게 부른다. 아니면 검은 **사람들**이라고도 부른다. 그러나 나는 그들을 다른 빛깔로 보여 주겠다.

마음속에 야수를 품고 돌아다니면서 쾌락에 빠져들거나 아니면 자기 자신을 갈기갈기 찢는 것 말고는 다른 선택을 하지 못하는 끔찍한 인간들이 있다. 그리고 쾌락이라고 했지만 그것도 자기 몸을 갈기갈기 찢는 것이다.

그들은, 이 끔찍한 자들은 아직 인간이 되지 못했다. 그들이 나서서 삶의 포기를 설교하고 스스로도 떠나 버린다면 얼마나 좋을까!

여기에 영혼의 결핵 환자들이 있다. 그들은 태어나자마자이미 죽어 가기 시작하며 피로와 체념의 가르침을 동경한다.

그들은 기꺼이 죽어 있고자 하니, 우리도 그들의 의지를 존중하자! 이 죽은 자들을 깨우지 않도록, 그리고 이 살아 있는 관(棺)들을 상하게 하는 일이 없도록 조심하자!

그들은 환자나 노인이나 시체와 마주치면 즉시 이렇게 말한다. "삶은 부정되었다!"

그러나 부정된 것은 오직 그들 자신이며, 생존의 한쪽 얼굴밖에 보지 못하는 그들의 눈일 따름이다.

짙은 슬픔에 싸여, 죽음을 가져오는 사소한 우연을 갈망하면서 그들은 이를 악문 채 기다린다.

아니면 그들은 달콤한 설탕 과자를 향해 손을 뻗으면서 아울러 자신의 유치함을 비웃기도 한다. 그들은 지푸라기 같은 삶에 매달리면서도 그들이 아직도 지푸라기에 매달려 있는 것을 비웃는다.

그들의 지혜는 말한다. "살아 있는 자는 바보다. 그런 만큼 우리도 바보다! 그리고 바로 이것이 삶에서 가장 어리석은 것이다!"

"삶은 고통일 뿐이다." 이렇게 말하는 사람들이 있는데 그것은 거짓말이 아니다. 그렇다면 **그대들**은 더 이상 살지 않도록 하라! 고통일 뿐인 삶을 사는 것을 그만두도록 하라!

그리고 덕에 대한 그대들의 가르침은 다음과 같아야 한다. "그대는 자살하도록 하라! 그대는 이 세상으로부터 소리 없이 사라지도록 하라!"

죽음을 설교하는 자들 가운데는 이렇게 말하는 자도 있다. "육욕은 죄다. 육욕을 버리고 아이를 낳지 말라!"

또한 이렇게 말하는 자들도 있다. "아이를 낳는 건 힘들다. 왜 아직도 아이를 낳는가? 불행한 자들만 낳을 뿐이면서!" 이들 역시 죽음을 설교하는 자들이다.

그리고 또 다른 자들은 이렇게 말한다. "아직도 동정심은 쓸모가 있다. 내가 가진 것을 받아들이라! 바로 나 자신인 것, 그것을 받아들이라! 그러면 삶의 구속이 좀 더 덜어지리라!"

그들이 온몸으로 동정하는 자들이라면, 그들은 이웃 사람들로 하여금 삶을 혐오하도록 만들 것이다. 사악해진다는 것, 그것이 그들의 올바른 선의일 테니까.

그들은 삶에서 벗어나고자 한다. 그러니 자신들의 쇠사슬과 선물로 다른 사람들을 더욱 단단하게 묶어 놓을 필요가 어디에 있단 말인가!

삶이 고된 노동이며 불안이라고 생각하는 그대들도 삶에 몹시 지쳐 있지 않은가? 그대들도 죽음의 설교를 들을 수 있을 만큼 아주 성숙하지 않은가?

고된 노동을 좋아하고 빠른 것, 새로운 것, 낯선 것을 좋아하는 그대들. 그대들은 모두 자신을 견뎌 내지 못하며, 그대들의 부지런함은 도피이자 자기 자신을 망각하려는 의지다.

그대들이 삶을 좀 더 믿었더라면, 순간에 자신을 내맡기는 일은 적었으련만. 그러나 그대들의 마음속에는 기다릴 만한 충분한 내용이 없다. 아니, 게으름을 피울 만한 그런 내용조차도 없다.

죽음을 설교하는 자들의 목소리가 도처에서 울려 퍼진다. 그리고 대지는 죽음의 설교를 들어 마땅한 사람들로 가득하다.

혹은 영원한 삶에 대한 설교라 할지라도 내게는 상관없다. 다만 그들이 빨리 떠나 버리기나 했으면!

차라투스트라는 이렇게 말했다.

전쟁과 전사들에 대하여

우리의 가장 뛰어난 적들로부터, 그리고 우리가 진심으로 사랑하는 자들로부터 아낌받고 싶지는 않다. 그러니 나로 하여금 그대들에게 진리를 말하게 하라!

전쟁 중인 내 형제들이여! 나는 진정으로 그대들을 사랑한다. 나는 그대들과 같은 부류이며 옛날에도 그랬다. 또한 나는 그대들의 가장 뛰어난 적이기도 하다. 그러므로 나로 하여금 그대들에게 진리를 말하게 하라!

나는 그대들 마음속의 증오와 질투를 안다. 그대들은 증오와 질투를 모를 정도로 위대하지는 않다. 그렇다면 증오와 질투를 부끄러워하지 않을 만큼은 위대해지도록 하라!

그리고 그대들이 인식의 성자(聖者)가 될 수 없다면 적어도 인식의 전사(戰士)는 되라! 인식의 전사는 성스러움의 길동무이자 선구자 아닌가.

많은 병사들이 눈에 보이지만, 나는 많은 전사들을 보고 싶다. 병사들이 걸친 옷을 사람들은 유니—폼이라고 부른다. 하지만 그들이 그 제복으로 감춘 것이 유니—폼하지는 않기를!

그대들은 언제나 자신의 눈으로 적을, **그대들**의 적을 찾아야 한다. 그리고 그대들 중에는 첫눈에 증오를 느끼는 자들이 있다.

그대들은 자신의 적을 찾아내어 자신의 전쟁을 수행해야 한다. 그대들의 사상을 위해! 그리고 그대들의 사상이 패배할지라도 그대들의 정직함만은 패배를 넘어 승리를 외쳐야 한다!

그대들은 평화를 사랑하되, 새로운 전쟁을 위한 수단으로서만 사랑해야 한다. 그리고 오랜 평화보다는 잠시 동안의 평화를 택해야 한다.

그대들에게 나는 노동이 아닌 투쟁, 평화가 아닌 승리를 권한다. 그대들의 노동이 투쟁이고 그대들의 평화가 승리이기를!

사람이란 활과 화살을 가질 때에만 말없이 가만히 앉아 있을 수 있다. 그러지 못할 경우에 사람들은 재잘거리며 다툰다. 그대들의 평화가 승리이기를!

그대들은, 좋은 명분이 전쟁조차 신성하게 만든다고 말하는가? 하지만 내 그대들에게 말하노니, 좋은 전쟁이 모든 명분을 신성하게 만드는 것이다.

이웃 사랑보다는 전쟁과 용기가 위대한 일을 더욱 많이 이루어 왔다. 지금까지 불행에 처한 사람들을 구해 낸 것은 그대들의 동정이 아니라 그대들의 용감함이었다.

무엇이 선이냐? 그대들은 묻는다. 대답하노니, 용감한 것이 선이다. 그러니 "선이란 아름다운 동시에 감동적인 것이다."라는 말은 어린 소녀들의 입에서나 듣도록 하라.

사람들은 그대들이 냉혹하다고 말한다. 그러나 그대들의 마음은 순수하다. 나는 그대들의 마음속 수줍음을 좋아한다. 그대들은 자신의 밀물을 부끄러워하지만 다른 자들은 자신의 썰물을 부끄러워한다.

그대들이 추악하다고? 좋다, 형제들이여! 그렇다면 숭고한 것을 걸치라. 그것은 추악함을 감싸는 외투가 아닌가!

그대들의 영혼은 위대해지면 오만해지고, 그대들의 숭고함 속에는 악의가 깃들어 있다. 나는 그대들을 잘 안다.

악의라는 점에서 오만한 자와 허약한 자는 일치한다. 그럼에도 그들은 서로를 오해한다. 나는 그대들을 잘 안다.

그대들은 증오해야 할 적들은 가지되, 경멸할 적은 갖지 말라. 그대들은 자신의 적을 자랑해야 한다. 그래야만 적의 성공이 또한 그대들의 성공이 되는 것이다.

저항. 그것은 노예들의 장점이다. 그러나 순종이 그대들의 장점이 되기를! 그대들의 명령 자체가 하나의 순종이기를!

뛰어난 전사는 나는 원한다보다는 너는 해야 한다라는 말을 듣기를 더 좋아한다. 그러므로 그대들은 자신이 좋아하는 모든 것으로부터 명령받도록 하라.

삶에 대한 그대들의 사랑이 최고의 희망에 대한 사랑이 되게 하라. 그리고 그대들의 최고의 희망이 삶에 대한 최고의 사상이기를!

하지만 그대들은 최고의 사상을 나로부터 명령받아야 한다. 인간은 극복되어야 할 그 무엇이다라는 사상을.

그러므로 그대들은 순종과 투쟁의 삶을 살도록 하라! 오래
—산다는 것이 무슨 보람 있는 일인가! 아낌받기를 원하면서 어찌 전사라 하겠는가!

나는 그대들을 아끼지 않으며 진정으로 사랑할 뿐이다, 전쟁 중인 나의 형제들이여!

차라투스트라는 이렇게 말했다.

새로운 우상에 대하여

그 어디엔가는 아직도 민족과 군중이 있을 것이다. 그러나 형제들이여, 우리에게 해당하는 이야기는 아니다. 우리에게는 국가가 있지 않은가.

국가라? 그것이 무엇인가? 자! 이제 내 말을 들어 보라. 그대들에게 민족의 죽음에 대해 말하려고 한다.

국가는 가장 냉혹한 괴물들 가운데서 가장 냉혹하다. 그 괴물은 차갑게 거짓말한다. 그 괴물의 입에서는 "나, 즉 국가는 민족이다."라는 거짓말이 기어 나온다.

그것은 거짓말이다! 민족을 창조하고 그 민족으로 하여금 하나의 신앙과 하나의 사랑에 매달리게 한 것은 창조하는 자들이었다. 그럼으로써 그들은 삶에 이바지한 것이다.

많은 사람들 앞에 덫을 놓고는 그 덫을 국가라고 부른 것은 파괴자들이다. 그들은 그 덫 위에 한 자루의 칼과 백 가지 욕망을 걸어 놓는다.

아직도 민족이 있는 곳이라면 사람들은 국가를 용납하지 않으며, 국가를 사악한 눈길이요, 관습과 법에 대한 죄악이라고 여기며 증오한다.

그대들에게 민족의 징표를 말해 주고자 한다. 모든 민족은 선과 악에 대해 말하는 자신의 혀를 가지고 있으나, 이웃 민족은 그 혀를 이해하지 못한다. 각각의 민족은 관습과 법 안에서 자신의 언어를 만들어 낸 것이다.

국가는 선과 악에 대한 온갖 말로 사람들을 속인다. 국가가 무슨 말을 하든 그것은 거짓말이며, 국가가 무엇을 가지고 있든 그것은 훔친 것이다.

국가에 있어서는 모든 것이 가짜다. 물어뜯기를 좋아하는 국가는 훔쳐 온 이빨로 물어뜯는다. 심지어 그의 내장조차 가짜다.

선과 악을 말할 때의 언어적 혼란. 나는 그대들에게 이것이 국가의 징표임을 알린다. 참으로 이 징표는 죽음에의 의지를 나타낸다! 참으로 이 징표는 죽음의 설교자들에게 이리 오라며 눈짓을 한다!

많고 많은 자들이 태어나며, 국가는 그러한 인간쓰레기들을 위해 고안되었다!

보라, 국가가 그 많고 많은 어중이떠중이들을 어떻게 유혹하는가를! 어떻게 그들을 삼키고 씹고 다시 씹는가를!

"이 땅 위에 나보다 더 위대한 것은 없다. 나는 질서를 부여하는 신의 손가락이다."라고 괴물은 울부짖는다. 그러면 기다란 귀를 가진 자나 근시들만 무릎을 꿇는 것이 아니다.

아, 그대 위대한 영혼을 가진 자들에게도 국가는 음산한 거짓말을 속삭인다! 아, 국가는 기꺼이 자신을 바치는 풍요로운 마음의 소유자들을 꿰뚫어 본다!

그렇다. 국가는 낡은 신을 극복한 그대들의 마음까지도 꿰뚫어 본다! 그대들은 전투에 지쳤고, 지친 나머지 이제 새로운 우상을 섬긴다!

국가는, 이 새로운 우상은 영웅과 명예로운 자들을 앞에 내세우고자 한다! 국가는, 이 냉혹한 괴물은 기꺼이 양심이라는 햇볕을 쬐고 싶어 한다!

그대들이 국가를, 이 새로운 우상을 숭배하면, 국가는 **그대들**에게 무엇이든 주려 한다. 그렇게 국가는 그대들의 빛나는 덕과 그대들의 자랑스러운 눈길을 매수한다.

국가는 그대들을 미끼로 삼아 많은, 너무나도 많은 군중을 유혹하려 한다! 그렇다. 그러기 위해 지옥이라는 예술품, 신의 영광으로 장식되어 쩔렁쩔렁 소리를 내는 죽음의 말(馬)이 고안되었다!

그렇다. 자기 스스로를 삶이라고 치켜세우는 그런 죽음이 많은 자들을 위해 고안되었다. 참으로 이것은 죽음을 설교하는 모든 자들에 대한 진심에서 우러나온 봉사가 아닌가!

착한 자나 악한 자나 모두 독을 마시게 되는 곳, 그곳을 나는 국가라고 부른다. 착한 자나 악한 자나 모두 자기 자신을 상실하는 곳, 그곳을 나는 국가라고 부른다. 모든 사람이 서서히 자살하며, 바로 그것을 삶이라고 부르는 곳, 그곳을 나는 국가라고 부른다.

이 인간쓰레기들을 보라! 그들은 창조하는 자들의 작품과 현자들의 보물을 훔친다. 그러면서 그들의 도둑질을 교육이라고 부른다. 그리하여 모든 것이 그들에게 병이 되고 재난이 된다!

이 인간쓰레기들을 보라! 그들은 언제나 병들어 있고, 담즙을 토해 내면서 그것을 신문이라고 부른다. 그들은 서로를 집어삼키지만 단 한 번도 소화하지 못한다.

이 인간쓰레기들을 보라! 그들은 부를 끌어모으지만 그 때문에 점점 더 가난해진다. 그들은 권력을 탐하며, 무엇보다도 권력의 지렛대인 많은 돈을 탐한다, 이 무능한 자들이!

그들이, 이 잽싼 원숭이들이 기어오르는 것을 보라! 그들은 서로 짓밟고 앞다투어 기어오르고 그러면서 뒤얽혀 진창과 심연 속으로 떨어지고 만다.

그들 모두 왕좌에 오르려고 한다. 행복이 왕좌에 앉아 있으리라고 생각하는 것. 그것이 그들의 망상이다! 때로는 진창이 왕좌에 앉아 있기도 하고 때로는 왕좌가 진창 위에 앉아 있기도 하는데 말이다.

내가 보기에 그들은 모두 망상에 사로잡힌 자들이고, 기어오르는 원숭이들이며, 열에 들뜬 자들이다. 냉혹한 괴물인 그들의 우상도, 그 우상 숭배자들도 모조리 악취를 풍긴다.

형제들이여, 그대들은 그들의 주둥이와 욕망이 내뿜는 악취 속에서 질식할 셈인가? 차라리 창문을 깨고 시원한 바깥으로 뛰쳐나가라!

악취에서 벗어나라! 이 인간쓰레기들이 벌이는 우상 숭배로부터 벗어나라!

악취에서 벗어나라! 이 인간 제물들이 내뿜는 후텁지근한 김에서 벗어나라!

위대한 영혼들에게 대지는 아직도 활짝 열려 있다. 조용한 바다 냄새가 감도는, 그런 자리가 혼자서 혹은 둘이서 은둔하고 있는 자들을 위해 아직도 많이 남아 있다.

위대한 영혼들에게는 아직도 자유로운 삶이 활짝 열려 있다. 참으로, 적게 소유한 자는 그만큼 더 적게 지배된다. 찬양할지어다, 소박한 가난을!

국가가 없어지는 곳, 그곳에서 비로소 인간다운 인간들의 삶이 시작된다. 그곳에서 꼭 있어야 할 자들의 노래, 단 한 번뿐이며 대체할 수 없는 노래가 시작된다.

국가가 **없어지는** 곳. 그곳을 보라, 형제들이여! 무지개가, 초인으로 이르는 다리가 보이지 않는가?

차라투스트라는 이렇게 말했다.

시장의 파리 떼에 대하여

달아나라, 벗이여, 그대의 고독 속으로! 내가 보기에 그대는 위인들이 내는 요란한 소음에 귀먹는가 하면 소인배들의 가시에도 마구 찔리고 있다.

숲과 바위는 그대와 더불어 기품 있게 침묵할 줄 안다. 그대가 사랑하는 나무처럼 되라. 바다 위로 넓은 가지를 펼치고 말없이 귀 기울이는 나무처럼 되라.

고독이 끝나는 곳에서 시장이 열린다. 그리고 시장이 열리는 곳에서 위대한 배우들의 소음과 독파리 떼의 윙윙거림이 시작된다.

이 세상의 가장 훌륭한 것들도 그것을 연출하는 자가 없으면 아무 의미가 없다. 이러한 연출자들을 군중은 위인이라고 부른다.

군중은 위대한 것, 즉 창조에 대해 거의 알지 못한다. 그러나 위대한 일을 연출하는 자들과 배우들에 대한 감수성만은 가지고 있다.

세계는 새로운 가치의 창조자를 중심으로 돌아가며, 눈에 보이지 않게 회전한다. 그러나 군중과 명성은 배우를 중심으로 돌아간다. 세상이 돌아가는 이치란 이와 같다.

배우도 정신을 가지지만 그 정신의 양심은 거의 지니지 않는다. 배우는 그로 하여금 더없이 강한 확신이 들게 만드는 것, 다시 말해 **그 자신**을 믿게 만드는 것을 언제나 믿는다!

내일이면 그는 새로운 믿음을, 모레면 보다 새로운 믿음을 갖게 되리라. 그의 감수성은 군중과 마찬가지로 잽싸며 변덕스러운 날씨와도 같다.

뒤집어엎기. 그것이 그에게는 증명을 의미한다. 열광시킴. 그것이 그에게는 설득을 의미한다. 그리고 피야말로 그에게는 모든 근거들 중에서 최상의 근거다.

섬세한 귀에만 살짝 미끄러져 들어가는 진리를 그는 거짓말이요, 무라고 부른다. 참으로 그는 이 세상에서 요란한 소음을 내며 떠드는 신들만 믿는다!

시장은 성대하게 차려입은 어릿광대들로 가득하다. 군중은 덩달아 자신의 위인들을 자랑스러워한다. 군중이 보기에는 그들이 시대의 지배자인 것이다.

그러나 시간이 어릿광대들을 몰아세운다. 그러면 그들은 이제 그대를 다그치면서 '**예**' 아니면 '**아니요**'를 듣고자 한다. 슬프다. 그대는 찬성과 반대 사이에 그대의 의자를 놓으려 하는가?

그대 진리를 사랑하는 자여, 이처럼 마구잡이로 몰아세우는 자들을 질투하지는 말라! 지금까지 진리가 마구 몰아세우는 자의 팔에 매달린 적은 한 번도 없었으니.

이 두서없는 자들에게서 벗어나 그대의 안식처로 돌아가라. 오직 시장에서만 '긍정인가?' 아니면 '부정인가?'라는 물음에 시달릴 뿐이다.

깊은 샘물에서의 체험은 모두 서서히 이루어진다. **무엇이** 그 깊은 곳으로 떨어졌는지 알려면 오래 기다려야 한다.

위대한 일은 모두 시장과 명성을 떠난 곳에서 일어난다. 옛날부터 새로운 가치의 창안자들은 시장과 명성을 떠난 곳에서 살아왔다.

달아나라, 벗이여, 그대의 고독 속으로. 그대는 독파리 떼에게 마구 쏘이고 있다. 달아나라, 사나운 바람이 거세게 불어오는 곳으로!

그대의 고독 속으로 달아나라! 그대는 왜소하고 가련한 자들과 너무 가까이에서 살아왔다. 그들의 눈에 보이지 않는 복수로부터 몸을 피하라! 그들은 오로지 그대에게 복수하기만을 노린다.

그들을 때려잡으려고 다시 손을 들어 올리는 일은 없도록 하라! 그들은 헤아릴 수 없이 많고, 파리채가 되는 것이 그대의 운명은 아니기 때문이다.

이 왜소하고 가련한 자들은 헤아릴 수 없이 많다. 당당한 건물들이 빗방울과 잡초 때문에 무너지는 경우를 수없이 보지 않았는가.

그대는 돌이 아니다. 그런데도 그대는 많은 빗방울 때문에 벌써 움푹 파였다. 그리고 앞으로도 떨어지는 물방울 때문에 부서지고 쪼개지리라.

그대는 독파리 떼 때문에 지치고, 백 군데나 쏘여 만신창이가 되었다. 그런데도 그대는 자존심 때문에 단 한 번도 화를 내지 않는구나.

독파리 떼는 아무 생각도 없이 그대의 피를 원한다. 핏기 없는 파리들의 영혼이 피를 요구하는 것이다. 파리 떼는 아무 생각도 없이 쏘아 대는 것이다.

그대 마음 깊은 자여, 그대는 작은 상처에도 너무 깊이 고통받는다. 상처가 채 아물기도 전에 똑같은 독충이 또 그대의 손 위로 기어오르다니.

이 살금살금 갉아먹는 자들을 죽이기에는 그대의 자존심이 너무도 세다. 하지만 그들의 독기 서린 부당한 짓거리를 참고 견디는 것이 그대의 운명이 되지는 않도록 조심하라!

그들은 그대의 주위에서 윙윙거리며 찬양의 노래를 부르기도 한다. 하지만 그들의 찬양은 뻔뻔스러운 짓이다. 그들은 다만 그대의 살갗과 그대의 피 가까이에 있고자 한다.

그들은 신이나 악마의 비위를 맞추듯 그대에게 아첨한다. 그들은 신이나 악마 앞에서 징징거리며 울듯이 그대 앞에서도 징징거리며 운다. 어쩌겠는가? 그들은 아첨하는 자이고 징징거리며 우는 자일 뿐인데.

그들은 이따금 그대에게 애교를 부리며 다가오기도 한다.

하지만 그것은 언제나 비겁한 자의 약은 꾀일 뿐이다. 그렇다. 비겁한 자는 영악하다!

그들은 옹색한 소견으로나마 그대에 대해 이모저모 생각한다. 그들에게 그대는 언제나 미심쩍은 존재다! 이모저모로 생각되는 것 모두가 미심쩍기만 하다.

그들은 그대의 모든 덕 때문에 그대를 처벌한다. 그들이 진심으로 용서하는 것은 오직 그대의 실책뿐이다.

그대는 온화하고 올바른 마음씨를 가졌기 때문에 이렇게 말한다. "왜소하게 살아간다고 해서 그것이 그들 탓은 아니다." 그러나 그들은 옹색한 소견으로 이렇게 생각한다. '모든 위대한 존재는 죄다.'

그대가 그들을 온화하게 대하더라도 그들은 경멸당한다고 느낀다. 그리하여 그들은 그대가 베푼 은혜를 은밀한 악행으로 되갚는다.

그대의 말없는 긍지는 언제나 그들의 기분에 거슬린다. 그러므로 그대가 허영심을 부릴 정도로 자신을 낮추기라도 한다면 그들은 기뻐 날뛰리라.

우리가 어떤 사람에 대해서 알아내는 것. 그것에 우리는 불을 붙일 수도 있다. 그러니 소인배들을 조심하라!

그대 앞에서 그들은 스스로 왜소하다고 느낀다. 그래서 그들의 비열함은 눈에 보이지 않는 복수심으로 그대를 향해 때로는 희미하게, 때로는 활활 타오른다.

그대가 그들에게 다가갔을 때 그들이 얼마나 자주 입을 다물어 버리고, 꺼져 가는 불꽃에서 피어나는 연기처럼 기력이 빠져 버리던가?

그렇다, 벗이여, 그대는 그대의 이웃에게 양심의 가책이 된다. 그들이 그대에게 아무런 가치도 없는 존재이기 때문이다. 그래서 그들은 그대를 증오하고 그대의 피를 빨려고 한다.

그대의 이웃은 언제나 독파리로 남으리라. 그대의 위대한 점, 바로 그것이 그들을 더욱더 유독하게, 더욱더 파리답게 만든다.

달아나라, 벗이여, 그대의 고독 속으로. 사나운 바람이 거세게 불어오는 곳으로! 파리채가 되는 것, 그것은 그대의 운명이 아니다.

차라투스트라는 이렇게 말했다.

순결에 대하여

나는 숲을 사랑한다. 도시에서는 살기 어렵다. 도시에는 욕정에 눈먼 자들이 너무도 많다.

음탕한 여인이 등장하는 꿈속으로 빠져드느니 살인자의 손에 걸리는 편이 차라리 낫지 않을까?

저 남자들을 보라. 그들의 눈이 말하지 않는가. 이 지상에서 여자와 자는 것보다 더 나은 것을 알지 못한다고.

그들의 영혼의 바닥에는 진창이 깔려 있다. 게다가 그들의 진창이 정신도 가지고 있다면 얼마나 슬픈 일인가!

그대들이 최소한 짐승으로서나마 완전하다면! 짐승에게는 순진무구함이 있으니까.

내가 그대들에게 관능을 죽이라고 권한단 말인가? 아니다.

그대들에게 관능의 순진무구함을 권하는 것이다.

그렇다면 내가 그대들에게 순결을 권한단 말인가? 아니다. 순결은 몇몇 사람에게는 덕이지만, 많은 사람에게는 거의 악덕에 가깝다.

이 많은 사람들은 자제한다. 그러나 그들이 행하는 모든 일에서 관능이라는 암캐가 질투의 눈을 번뜩인다.

그들의 덕의 높은 경지에까지, 그리고 심지어 냉철한 정신의 내부에까지 이 짐승과 짐승의 불만족이 뒤따라온다.

그리고 관능이라는 이 암캐는 한 점의 살코기를 거부당할 경우 얼마나 상냥하게 한 조각의 정신을 구걸할 줄 아는가?

그대들은 비극을 사랑하며 가슴을 쥐어뜯게 하는 모든 것을 사랑하는가? 하지만 나는 그대들의 암캐를 믿지 않는다.

그대들의 눈길은 너무나 잔인하며, 고뇌하는 사람들을 음탕한 눈길로 바라본다. 그리고 그대들의 육욕이 가면을 쓰고 스스로를 동정이라고 부르지는 않는가?

다음과 같은 비유로 그대들에게 말하고자 한다. 적지 않은 사람들이 자신들의 악마를 몰아내려다 오히려 암퇘지 떼에 섞이고 말았다.

순결을 지키기 어려워하는 자에게는 순결에 매달리지 말도록 권해야 한다. 순결이라는 것이 지옥으로 이르는 길, 즉 영혼의 진창과 욕정의 길이 되지 않도록 하기 위해서는.

내가 지금 더러운 것에 대해 말하는가? 하지만 이것이 나에게 최악의 것은 아니다.

인식하는 자가 그 진리의 물속으로 뛰어들기를 꺼리는 것은 그 물이 더러울 때가 아니라 얕을 때다.

참으로 근본으로부터 순결한 자들이 있다. 그들의 마음은 그대들보다 더 온화하고, 그대들보다 더 기꺼이, 그리고 환하게 웃는다.

그들은 순결에 대해서도 웃어넘기면서 이렇게 묻는다. "순결이 무엇이란 말인가!

순결이란 어리석음 아닌가? 순결이 우리에게 다가온 것이지, 우리가 순결에 다가간 것은 아니다.

우리는 이 손님에게 잠자리와 마음을 제공했다. 이제 그는 우리 곁에서 산다. 머물고 싶다면 얼마든지 있으려무나!"

차라투스트라는 이렇게 말했다.

벗에 대하여

'내 곁에는 언제나 한 사람이 더 있다.' 은둔자는 이렇게 생각한다. '언제나 하나에다 하나를 곱하지만 그 결과는 결국 둘이 된다!'

나와 또 다른 나는 언제나 너무 열심히 이야기를 나눈다. 그러니 한 사람의 벗마저 없다면 어찌 견디랴?

은둔자에게 벗은 언제나 제삼의 인물이다. 이 제삼의 인물은 두 사람, 즉 나와 또 다른 나 사이의 대화가 물속 깊이 가라앉는 것을 막아 주는 코르크 마개다.

아, 모든 은둔자에게는 너무나 많은 심연이 있다. 그러므로 그들은 한 사람의 벗과 그 벗의 높은 경지를 그리워한다.

다른 사람에 대한 우리의 믿음은 우리가 자신의 어떤 점을 믿고자 하는가를 드러낸다. 그러므로 벗에 대한 우리의 동경은 우리 자신을 폭로하는 것이다.

사람들은 이따금 사랑으로 질투를 뛰어넘으려고 한다. 그리고 사람들은 이따금 자신이 공격당할 여지가 있다는 사실을 숨기기 위해 공격을 시작하고 적을 만든다.

"최소한 내 적이나마 되어 다오!" 감히 우정을 청하지 못하는 경우에 참으로 공경하는 마음은 이렇게 말한다.

벗을 원한다면 그 벗을 위해 전쟁도 서슴지 않아야 한다. 그리고 전쟁을 치르기 위해서는 적이 **될 줄**도 알아야 한다.

자신의 벗도 적으로 존경할 줄 알아야 한다. 그대는 그대의 벗을 침범하지 않으면서도 그에게 가까이 다가갈 수 있단 말인가?

그대의 벗에게서 자신의 최강의 적을 찾아야 한다. 그대의 벗을 적대할 때 그대는 마음으로 그대의 벗에게 가장 가까이 다가가야 한다.

그대는 벗 앞에서 어떠한 옷도 걸치지 않으려 하는가? 있는 그대로의 벌거벗은 자신을 벗에게 보여 주는 것이 그대의 친구에게 영광이란 말인가? 하지만 그렇게 되면 그대의 벗은 그대를 악마에게 넘겨주고 싶어 할 것이다!

추호도 자신을 숨기지 않는 자는 다른 사람의 분노를 일으킨다. 그러므로 그대들이 벌거벗는 것을 두려워하는 데는 까닭이 있다! 그렇다. 그대들이 신이라면 옷을 부끄러워해도 될 테지!

그대가 벗을 위해 아무리 아름답게 치장한다 하더라도 충분치 못하다. 그대는 벗에게 초인을 향해 날아가는 하나의 화살, 초인을 그리워하는 동경이어야 하기 때문이다.

그대는 벗의 얼굴이 어떤지 알아보기 위해 벗의 잠든 모습을 본 적이 있는가? 그대의 벗의 얼굴은 도대체 무엇이란 말인가? 거칠고 고르지 못한 거울에 비친 그대 자신의 얼굴이 아니던가.

그대는 벗이 잠든 모습을 본 적이 있는가? 그리고 벗의 모습을 보고 깜짝 놀란 일은 없었던가? 아, 벗이여, 인간은 극복되어야 할 그 무엇이다.

벗이라면 미루어 짐작하는 일과 침묵하는 일에서 대가가 되어야 한다. 그 모든 것을 보려고 해서는 안 된다. 그대의 벗이 깨어 있을 때 어떤 행동을 하는지는 그대의 꿈을 통해 알도록 하라.

그대의 동정은 일종의 미루어 짐작하는 일이어야 한다. 우선 그대의 벗이 동정을 원하는지 알아야 한다. 아마도 그대의 벗은 그대의 불굴의 눈과 영원의 눈길을 사랑할 것이다.

그대의 벗에 대한 동정은 단단한 껍데기 속에 숨겨 두어야 한다. 그것을 깨물 경우 그대의 이 하나쯤은 부러질 각오를 해야 한다. 그래야만 그대의 동정이 섬세하고 감미로운 것이 되리라.

그대는 그대의 벗에게 맑은 공기이자 고독이며, 빵이고 약인가? 많은 사람이 자신을 묶은 쇠사슬은 풀지 못하지만 벗에게는 구원자가 될 수 있다.

그대는 노예인가? 그렇다면 그대는 벗이 될 수 없다. 그대는 폭군인가? 그렇다면 그대는 벗을 가질 수 없다.

여인들의 가슴속에는 너무도 오랫동안 노예와 폭군이 숨겨져 있었다. 그러므로 여인들은 아직도 우정을 맺을 수 없다. 여인들은 오직 사랑만을 알 뿐이다.

여인의 사랑에는 자신이 사랑하지 않는 모든 것에 대한 불공정함과 맹목성이 들어 있다. 그리고 여인의 지적인 사랑에조차 빛 외에 불의의 습격과 번개와 밤이 여전히 들어 있다.

여인에게는 아직도 우정을 맺을 능력이 없다. 여인은 여전히 고양이요, 새다. 또는 기껏해야 암소다.

여인에게는 아직도 우정을 맺을 능력이 없다. 그러나 말하라, 그대 남자들이여, 그대들 중 누가 우정을 맺을 능력을 가졌는가?

아, 그대 남자들이여, 그대들의 영혼은 얼마나 가난하고 인색한가! 그대들이 벗에게 주는 정도라면 나는 나의 적에게도 줄 수 있으리라. 그리고 그 때문에 더 가난해지지도 않으리라.

동지애라는 것이 있다. 그러나 우정이 있다면 얼마나 좋을까!

차라투스트라는 이렇게 말했다.

천 개의 목표와 하나의 목표에 대하여

차라투스트라는 많은 나라와 많은 민족을 보았다. 그리하여 그는 많은 민족들의 선과 악을 발견했으며, 지상에서 선과 악보다 더 큰 힘이 없다는 것을 알게 되었다.

우선 가치를 제대로 평가할 줄 모른다면 그 어떤 민족도 살아남지 못하리라. 그리고 한 민족이 자신을 보존하려면 이웃 민족이 하는 방식대로 가치를 평가해서는 안 된다.

한 민족에게 선이라고 여겨지는 많은 것들이 다른 민족에게는 웃음거리나 치욕으로 여겨지는 것을 나는 보았다. 많은 것들이 여기에서는 악이라고 불리고 저기서는 자줏빛 영광으로 장식됨을 보았다.

일찍이 그 어떤 이웃이 다른 이웃을 이해한 적은 결코 없었다. 한 민족의 영혼은 이웃 민족의 망상과 악의를 언제나 이상하게 여겼다.

민족은 저마다 가치의 표지판을 자랑스럽게 내걸고 있다. 보라, 그것은 각 민족이 극복해 온 일을 기록한 표지판이다. 보라, 그것은 저마다의 민족이 지닌 힘의 의지를 나타내는 목소리다.

저마다의 민족에게 어렵다고 여겨지는 일은 모두 찬양할 만한 일이다. 불가결하고 어려운 일이 선이라고 불리기 때문이다. 최대의 곤경으로부터도 해방시켜 주는 것, 드문 것, 가장 어려운 것. 이런 것들을 저마다의 민족은 신성하게 여기며 찬양한다.

어떤 민족을 지배와 승리와 영광으로 이끌어 주어 이웃 민족으로 하여금 공포에 떨게 하고 그들의 질투심을 불러일으키는 것. 이것이 그 민족의 드높은 장점이고 으뜸가는 것이며, 척도이자 만물의 의미다.

참으로 형제여, 그대가 우선 어떤 민족의 곤경, 그 민족의 땅과 하늘 그리고 그 이웃 민족을 알게 된다면, 그대는 그 민족이 이룩한 극복의 법칙을 헤아릴 수 있을 것이며, 그 민족이 왜 이 사다리를 타고 그들의 희망을 향해 올라가는지를 알 수 있으리라.

"그대는 언제나 일인자여야 하며 다른 자들보다 뛰어나야 한다. 질투에 불타는 그대의 영혼은 벗 외에는 누구도 사랑해선 안 된다." 이것이 그리스인들의 영혼을 전율케 했다. 그렇게 함으로써 그들은 그들 나름대로의 위대한 길을 갔다.

"진리를 말하고 활과 화살을 능숙하게 다루라." 내 이름[3]이 유래하는 저 민족은 이것을 소중하면서도 어려운 일로 여겼다. 그 이름은 내게 소중하면서도 어려운 것이다.

"어버이를 공경하며 영혼의 뿌리에 이르기까지 그 뜻을 따르라." 어떤 다른 민족[4]은 이러한 극복의 표지판을 내걸었고 그럼으로써 강력하고 영원한 민족이 되었다.

"충성을 다하고, 충성을 위해서는 악하고 위험한 일에도 명예와 피를 걸라." 어떤 다른 민족[5]은 이와 같이 가르쳤고, 그렇게 자신을 억제함으로써 거대한 희망을 잉태하여 몸이 무거워졌다.

참으로 인간들은 그들 자신에게 모든 선과 악을 부여했다. 참으로 그들은 어느 누구로부터 선과 악을 받아들이지도 찾아내지도 않았다. 그렇다고 해서 선과 악이 천상의 음성으로 그들에게 떨어진 것도 아니었다.

인간은 자신을 보존하기 위해 우선 사물에 가치를 부여했다. 인간은 먼저 사물에 그 의미를, 그 인간적 의미를 부여한 것이다! 그리하여 인간은 자기 스스로를 인간, 즉 평가하는 자라고 부른다.

가치 평가란 곧 창조 아닌가. 이 말을 들으라, 그대 창조하는 자들이여! 평가된 모든 사물에게는 평가 자체가 보물이며

---

3) 고대 페르시아의 배화교를 창시한 조로아스터의 독일어식 이름이 차라투스트라다.
4) 유대 민족을 가리킨다.
5) 고대 게르만족을 가리킨다.

귀중품이다.

가치 평가를 통해 비로소 가치가 생겨난다. 그러므로 그런 평가가 없다면 현존재라는 호두는 알맹이 없는 껍데기에 불과하다. 이 말을 들으라, 그대 창조하는 자들이여!

가치의 변화. 그것은 바로 창조하는 자의 변화를 말한다. 창조하는 자가 되려는 자는 언제나 파괴하기 마련이다.

처음에는 여러 민족이 창조의 주체였고 나중에야 개인이 창조의 주체가 되었다. 참으로 개인 자체는 최근의 창조물이다.

일찍이 여러 민족은 선(善)의 표지판을 머리 위에 내걸었다. 지배하려는 사랑과 복종하려는 사랑이 함께 이러한 표지판을 창조했다.

군중에 대한 애착은 자아에 대한 애착보다 더 오래되었다. 그러므로 군중의 양심이 거리낌 없는 양심으로 여겨지는 한 자아의 양심은 가책을 느끼는 양심으로만 남아 있을 따름이다.

참으로, 간교한 자아, 사랑 없는 자아는 다수의 이익을 앞세운 채 자신의 이익을 도모한다. 그러한 자아는 군중의 원천이 아니라 그 몰락일 뿐이다.

선과 악을 창조한 자는 언제나 사랑하는 자요, 창조하는 자였다. 모든 덕의 이름 속에서는 사랑의 불길이, 분노의 불길이 활활 타오르고 있다.

차라투스트라는 많은 나라와 많은 민족을 보았다. 차라투스트라는 이 세상에서 사랑하는 자들이 이루어 놓은 일보다 더 커다란 힘을 보지 못했다. 선과 악. 이것이 그러한 창조물들의 이름이다.

참으로 이러한 칭찬과 비난의 힘은 거대한 괴물과도 같다. 말하라, 형제들이여, 누가 나를 위해 이 괴물을 제압할 것인가? 말하라, 누가 천 개나 되는 이 짐승들의 목에 족쇄를 채울 것인가?

지금까지는 천 개의 목표가 있었으니, 그것은 천 개의 민족이 있었기 때문이다. 다만 천 개의 목에 채울 족쇄, 즉 '하나'의 목표가 없을 뿐이다. 인류는 아직도 목표를 가지지 못했다.

하지만 말하라, 형제들이여, 인류에게 아직도 목표가 없다면, 그것은 인류 자체도 아직 없음을 뜻하지 않는가?

차라투스트라는 이렇게 말했다.

이웃 사랑에 대하여

그대들은 이웃 사람 주위로 몰려가 듣기 좋은 말을 한다. 그러나 내 그대들에게 말하노니, 그대들의 이웃 사랑은 그대들 자신에게 해로운 사랑일 뿐이다.

그대들은 자신에게서 도피하여 이웃 사람들에게로 달아난다. 그리고 거기에서 하나의 덕을 만들어 내려고 한다. 그러나 나는 그대들의 몰아(沒我) 현상의 정체를 꿰뚫어 본다.

'너'라는 말은 '나'라는 말보다 더 오래되었다. '너'라는 호칭은 신성하게 불리지만 '나'라는 호칭은 아직 그러지 못한다. 그래서 사람들이 이웃에게 몰려가는 것이다.

그대들에게 이웃 사랑을 권하란 말인가? 차라리 나는 이웃을 피하고 가장 멀리 있는 자를 사랑하기를 권한다!

바로 가까이 있는 자들에 대한 사랑보다는 가장 멀리 있는 자들, 미래의 사람들에 대한 사랑이 더욱 고귀하다. 인간에 대한 사랑보다는 주어진 일과 유령에 대한 사랑이 더욱 고귀하다.

그대의 앞으로 달려오는 이 유령은, 형제여, 그대보다 더 아름답다. 왜 그대는 이 유령에게 그대의 살과 뼈를 주지 않는가? 오히려 그대는 두려워하면서 이웃에게로 달려간다.

그대들은 자신을 견디지 못하며 그대들 자신을 충분히 사랑하지 못한다. 그리하여 그대들은 이웃을 유혹하여 사랑하도록 만들고 이웃의 과오를 이용하여 그대들 자신을 도금하려 한다.

나는 그대들이 온갖 부류의 이웃과 그 이웃의 이웃을 견디지 못하기를 바란다. 그리하여 그대들은 그대들 자신으로부터 그대들의 벗과 그 벗의 넘쳐흐르는 마음을 창조해 내지 않으면 안 된다.

그대들은 자신을 칭찬하려는 목적으로 이웃이라는 증인을 끌어들인다. 그대들은 증인을 유혹하여 그대들에 대해 좋은 생각을 갖도록 만들며, 그렇게 함으로써 그대들 스스로가 자신에 대해 좋은 생각을 가지게 된다.

자신의 앎과 반대로 말하는 자만이 거짓말을 하는 것이 아니라, 자신의 무지를 무시하고 말하는 자도 거짓말을 하는 것이다. 그리하여 그대들은 이웃과 만나 그런 식으로 거짓말을 함으로써 자기 자신은 물론이고 이웃마저 기만한다.

바보는 이렇게 말한다. "사람들과 사귀면 성격이 망가진다. 아무런 성격도 가지고 있지 않을 때에는 특히 그러하다."

어떤 사람은 자신을 찾으려고 이웃에게 가고, 또 다른 사람은 자신을 잃고 싶어서 이웃에게 간다. 그대들 자신에 대한 그대들의 그릇된 사랑은 고독을 일종의 감옥으로 만들어 버린다.

그대들의 이웃 사랑 때문에 보다 멀리 있는 자들이 그 대가를 지불한다. 그대들이 다섯 명 모이면 여섯 번째 사람은 언제나 희생양이 된다.

나는 그대들이 축제를 벌이는 것도 좋아하지 않는다. 배우들이 너무도 많았고, 관객들마저 종종 배우처럼 행동했기 때문이다.

나는 그대들에게 이웃이 아니라 벗을 가지도록 가르친다. 벗은 그대들에게 이 대지 위에서의 축제요, 다가올 초인에 대한 예감이어야 한다.

나는 그대들에게 벗과 이 벗의 넘쳐흐르는 마음을 가르친다. 그러나 이 넘쳐흐르는 마음을 가진 자들로부터 사랑받으려면 우리는 먼저 그 사랑을 빨아들이는 해면(海綿)이 될 줄 알아야 한다.

나는 그대들에게 벗을 가르친다. 그 마음속에 세계가 선(善)의 껍질로서 완성되어 있는 벗에 대하여, 다시 말해 언제나 완성된 세계를 선사할 수 있는 창조적인 벗에 대하여 가르친다.

그리고 일찍이 세계가 벗 앞에서 굴러가 버린 것처럼, 이제 세계는 다시 둥그런 고리를 이루며 벗에게로 되돌아온다. 악을 통해 선이 생겨나고, 우연으로부터 여러 목적이 생겨나듯이.

미래 그리고 가장 멀리 떨어져 있는 것이 오늘 그대의 존재 이유가 되기를. 말하자면 그대는 벗의 내부에 있는 초인을 그대의 존재 이유로서 사랑해야 한다.

형제들이여, 나는 그대들에게 이웃 사랑을 권하지 않는다. 다만 그대들에게 가장 멀리 있는 자들을 사랑하라고 권한다.

차라투스트라는 이렇게 말했다.

창조하는 자의 길에 대하여

형제여, 그대는 고독 속으로 들어가려 하는가? 그대 자신에게 이르는 길을 찾으려 하는가? 그렇다면 잠시 가던 길을 멈추고 내 말을 들어 보라.

"찾는 자는 쉽사리 길을 잃는다. 모든 고독은 죄악이다."라고 군중은 말한다. 그리고 그대는 오랫동안 군중에 속해 있지 않았던가.

군중의 목소리가 아직도 그대의 마음속에서 울리고 있으리라. 그리고 "나는 이제 더 이상 너희들과 동일한 양심을 갖지 않는다."라고 말하면서 그대는 비탄과 고통을 느끼리라.

보라. 이 고통 자체를 낳은 것도 바로 그 '동일한' 양심이었다. 그리고 이 양심의 꺼져 가는 마지막 등불은 아직도 그대의 슬픔 위에서 어슴푸레 빛난다.

그러나 그대는 자신에게 이르는 길이기도 한, 그 슬픔의 길을 가려 하는가? 그렇다면 그렇게 할 수 있는 그대의 권리와 힘을 내게 보이라!

그대는 새로운 힘이며 새로운 권리인가? 최초의 움직임인가? 스스로의 힘으로 돌아가는 수레바퀴인가? 그대는 또한 별들을 강요하여 그대 주위로 돌게 할 수 있는가?

아, 드높은 곳으로 나아가고자 하는 갈망에 사로잡힌 자들은 얼마나 많은가! 경련하며 부르르 떠는 야심가들은 또 얼마나 많은가! 보여 달라. 그대가 갈망에 사로잡힌 사람도 야심에 불타는 자도 아니라는 것을!

아, 풀무보다 나은 일을 하지 못하는 위대한 사상들이 얼마나 많은가. 그것들은 단지 부풀리기만 하면서 그 속을 더욱 공허하게 만들지 않는가.

그대는 스스로 자유롭다고 믿는가? 내가 듣고 싶은 것은 그대가 굴레에서 벗어났다는 것이 아니라 그대를 지배하는 사상이 무엇인가이다.

그대는 굴레로부터 **벗어나도 좋은** 그런 자인가? 예속 상태에서 벗어나자마자 자신의 마지막 가치조차 내던져 버린 사람들이 허다하기 때문이다.

무엇으로부터의 자유냐고? 그것이 차라투스트라와 무슨 상관인가! 그대는 환한 눈길로 내게 말해야 한다. **무엇을 위한 자유인가**를.

그대는 자신에게 선과 악을 부여하고 그대의 의지를 그대의 머리 위로 율법처럼 내걸 수 있는가? 그대 자신이 그대의 율법의 재판관이 되고 복수자가 될 수 있는가?

자기 자신의 율법의 재판관이자 응징자가 되어 홀로 있는 것은 무시무시한 일이다. 그렇게 하나의 별이 황량한 공간 속으로, 그리고 얼음같이 차가운 고독의 숨결 속으로 던져지는 것이다.

오늘도 그대는 많은 사람들 때문에 고뇌한다, 그대 홀로 있는 자여. 오늘도 그대는 그대의 용기와 희망을 온전하게 가지고 있다.

그러나 고독은 언젠가 그대를 지치게 할 것이며, 그대의 긍지는 언젠가 구부러지고 그대의 용기는 으스러질 것이다. 그리하여 언젠가 외치게 되리라. "나는 외롭다!"

언젠가 그대는 자신의 고귀함을 더 이상 보지 못하고 자신의 비천함만을 너무 가까이 보게 되리라. 그대의 고매함이 마치 유령이라도 만난 것처럼 그대를 두렵게 하리라. 그리하여 언젠가 외치게 되리라. "모든 것은 거짓이다!"

고독한 자를 죽이려는 감정들이 있다. 이 감정들이 자기 목적을 달성하지 못하면 그들 스스로가 죽어야 한다! 하지만 그대는 감히 살해자가 될 수 있겠는가?

형제여, 그대는 경멸이라는 말을 벌써 아는가? 그리고 그대를 경멸하는 자들조차 공정하게 대하고자 하는 그대의 정의(正義)로운 고통도 아는가?

그대는 많은 사람들에게 강요하여 그대에 대한 그들의 생각을 바꾸게 했다. 그들은 그대의 그러한 행동을 혹독하게 비난한다. 그대는 그들에게 접근했다가 지나쳐 가 버렸다. 그들은 그러한 행동을 결코 용서하지 않는다.

그대는 그들을 넘어 올라간다. 그러나 그대가 높이 오를수록 질투에 찬 그들의 눈에 그대는 더욱더 왜소해 보인다. 더군다나 날아가는 자는 미움을 가장 많이 받는다.

"그대들이 나를 공정하게 대하기를 어떻게 바라겠는가! 나는 그대들의 불공정을 나에게 주어진 몫으로 감수할 뿐이다." 그대는 이렇게 말하지 않을 수 없다.

그들은 고독한 자를 향하여 부당한 심판과 오물을 던진다. 그러나 형제여, 그대가 하나의 별이 되고자 한다면, 그 모든 것에도 불구하고 그들을 여전히 비추어야 한다!

그리고 착하고 의로운 자들을 조심하라! 그들은 자기 자신의 덕을 만들어 내는 자들을 기꺼이 십자가에 매달아 처형한다. 그들은 고독한 자를 증오한다.

성스러운 단순성도 조심하라! 이 단순한 자들이 볼 때 단순하지 않은 모든 것은 성스럽지 못하다. 그러한 자들은 불놀이를, 화형의 장작더미를 가지고 놀기를 좋아한다.

그리고 그대의 사랑이 발작하지 않도록 조심하라. 고독한 자는 그가 '만나는 사람에게' 너무 성급하게 손을 내민다.

그대가 함부로 손을 내밀어서는 안 되는 사람들에게 그대는 앞발만을 내밀어야 한다. 그리고 그대의 앞발에 발톱까지 있으면 더욱 좋으련만.

그러나 그대가 마주칠 수 있는 최악의 적은 언제나 그대 자신이다. 그대 자신이 그대를 기다리며 동굴과 숲에서 잠복하고 있는 것이다.

고독한 자여, 그대는 그대 자신에게 이르는 길을 가고 있다! 그리고 그대의 길은 그대 자신과 그대의 일곱 악마 곁을 스쳐 지나간다!

그대는 자신에게 이단자가 될 것이며, 마녀, 예언자, 바보, 의심하는 자, 성스럽지 못한 자, 악한이 되리라.

그대는 그대 자신의 불꽃으로 스스로를 불태우려고 해야 한다. 우선 재가 되지 않고서 어떻게 거듭나기를 바라겠는가!

고독한 자여, 그대는 창조하는 자의 길을 가고 있다. 그대는 그대의 일곱 악마로부터 하나의 신을 창조하려고 한다!

고독한 자여, 그대는 사랑하는 자의 길을 가고 있다. 그대는 자신을 사랑하고 그럼으로써 자기 자신을 경멸한다. 사랑하는 자만이 경멸할 수 있다.

사랑하는 자는 경멸하기 때문에 창조하려고 한다! 자신이 사랑한 것을 경멸할 줄 모르던 자가 사랑에 대해 무엇을 알겠는가!

그대의 사랑과 함께, 그리고 그대의 창조와 함께, 형제여, 그대의 고독 속으로 들어가라. 그러면 나중에야 정의가 절름거리며 그대를 따라오리라.

나의 눈물과 함께 그대의 고독 속으로 들어가라, 형제여. 자신을 넘어 창조하려 하고, 그럼으로써 파멸하는 자를 나는 사랑한다.

차라투스트라는 이렇게 말했다.

늙은 여자와 젊은 여자에 대하여

"무엇 때문에 그대는 어스름 속에서 살금살금 걸어가는가, 차라투스트라여? 그대의 외투 아래 조심스럽게 숨기고 있는 것은 무엇인가?

선사받은 보물인가? 아니면 그대가 낳은 아이인가? 아니면, 그대 사악한 자의 벗이여, 이제 그대 스스로 도둑의 길로 나섰는가?"

참으로 형제여! 차라투스트라가 말했다. 그것은 선사받은 보물이다. 내가 가지고 다니는 것은 작은 진리다.

그러나 이 진리는 아이처럼 버릇이 없다. 그래서 내가 그 입을 막지 않으면 너무 큰 소리로 떠들어 댄다.

나는 오늘 해가 지는 시간에 혼자서 길을 가다가 한 노파를 만났다. 그 노파가 나의 영혼에게 이렇게 말했다.

"차라투스트라는 우리 여자들에게도 여러 가지를 말해 주었으나 여자에 대해서 말한 적은 한 번도 없다오."

그래서 내가 노파에게 대답했다. "여자에 대해서라면 남자들에게나 말할 일이지요."

"나에게도 여자에 대해서 말해 주시오. 너무 늙어서 무슨 말을 들어도 곧 잊어버리니까." 노파가 말했다.

그래서 나는 노파의 청을 들어주기로 하고 이렇게 말했다.

여자에게는 모든 것이 수수께끼다. 그리고 여자의 모든 문제에는 '하나의' 해결책이 있으니, 그것은 바로 임신이다.

여자에게 남자란 하나의 수단이다. 목적은 언제나 아이다. 그렇다면 남자에게 여자란 무엇인가?

참된 남자는 위험과 놀이, 이 두 가지를 원한다. 그러므로 남자는 위험천만한 장난감으로서 여자를 원한다.

남자는 전투를 위해, 여자는 전사의 휴식을 위해 교육받아야 한다. 다른 것은 모두 어리석은 일이다.

지나치게 달콤한 과일을 전사는 좋아하지 않는다. 그 때문에 전사는 여자를 좋아한다. 가장 달콤한 여자라도 맛이 쓰기 때문이다.

남자보다는 여자가 아이를 더 잘 이해한다. 그러나 여자보다는 남자가 더 아이답다.

진정한 남자 안에는 아이가 숨어 있다. 이 아이는 놀이를 하고 싶어 한다. 그러니 자, 그대 여자들이여, 남자 안에 숨어 있는 아이를 찾아내라!

여자는 보석같이 순수하고 섬세한 장난감이어야 한다. 아직은 존재하지 않는 어떤 세계에 속하는 여러 가지 덕의 빛을 발하는 보석이어야 한다.

한 줄기 별빛이 그대들의 사랑 속에서 빛나기를! 그대들의 희망이 '나는 초인을 낳고 싶다!'이기를.

그대들의 사랑에 용기가 깃들어 있기를! 그대들은 공포를 불러일으키는 '남자를' 향해 사랑으로 덤벼들라.

그대들의 사랑에 명예가 깃들어 있기를! 그 길이 아니면 여자가 명예를 이해할 가능성은 거의 없다. 그러나 사랑받기보다는 언제나 더 사랑하려 하고 결코 둘째가 되지 않는 것. 이 것을 그대들의 명예로 삼으라.

남자여, 여자가 사랑할 때면 두려워하라. 사랑하는 여자는 모든 것을 희생하며, 그녀에게 다른 것은 모두 무가치해지기 때문이다.

남자여, 여자가 증오할 때면 두려워하라. 남자는 영혼의 바닥이 악(惡)하기만 할 뿐이지만, 여자는 그 영혼의 바닥이 저열하기 때문이다.

여자는 누구를 가장 증오하는가? 쇠붙이가 자석에게 이렇게 말했다. "내가 너를 더없이 미워하는 건 네가 나를 끌어당기기만 했지 나를 붙들어 놓을 만큼 강하지 않기 때문이야."

남자의 행복은 '나는 원한다.'에 있다. 여자의 행복은 '그가 원한다.'에 있다.

'보라, 방금 이 세계가 완성되었다!' 완전한 사랑으로 순종하면서 모든 여자는 이렇게 생각한다.

그러므로 여자는 순종을 통해서 자신의 표면의 깊이를 발견해야 한다. 표면은 여자의 마음이며, 얕은 물 위에서 격렬하게 요동치는 살갗이다.

그러나 남자의 마음은 깊고 그 흐름은 땅 아래 동굴 속으로 솨솨거리며 흘러간다. 여자는 남자의 이런 힘을 희미하게 느끼기는 해도 이해하지는 못한다.

그러자 노파가 내게 대답했다.

"차라투스트라는 여러 가지 흥미로운 말을 했구려. 특히 그 말에 어울릴 만큼 '젊은 여자'들을 위해서 말이오.

이상한 일이오. 차라투스트라는 여자에 대해 아는 게 거의 없는데도 여자에 대해 맞는 말을 하다니 말이야! 여자에게는 어떠한 일도 불가능하지 않기 때문에 그런 일이 생긴 것인가?

자, 이제 감사의 표시로 작은 진리를 받으시오! 나는 이 진리를 알 만큼은 늙었지!

이것을 천으로 감싸서 그 입을 막도록 하오. 그러지 않으면 큰 소리로 떠들어 댈 테지, 이 작은 진리가 말이오."

"노파여, 내게 당신의 작은 진리를 주시오!" 내가 말했다. 그러자 노파가 대답했다.

"여자들에게 간다고? 그럼 회초리를 잊지 말게!"

차라투스트라는 이렇게 말했다.

독사가 문 상처에 대하여

　무더운 어느 날 차라투스트라는 두 팔로 얼굴을 가린 채 무화과나무 밑에서 잠이 들었다. 그때 독사 한 마리가 다가와서 목을 물었기 때문에 차라투스트라는 고통을 못 이기고 고함을 질렀다. 그는 얼굴에서 팔을 내리고 뱀을 바라보았다. 그러자 뱀이 차라투스트라의 눈빛을 알아보고는 어정쩡하게 몸을 돌려 달아나려 했다. 차라투스트라가 말했다. "도망가지 말라. 너는 감사하다는 말을 아직 듣지 않았다! 갈 길이 먼 나를 제때에 깨워 주었다."

　그러자 독사가 애처로운 목소리로 말했다. "그대의 길은 얼마 남지 않았다. 내 독은 치명적이다." 차라투스트라가 미소 지으며 말했다. "용이 뱀의 독 때문에 죽었다는 소리를 들은 적이 있는가? 여하간 독은 돌려주마! 너는 내게 독을 선사할 만큼 부유하지는 않아." 그러자 독사가 다시 그의 목을 감고는 상처를 핥았다.

언젠가 차라투스트라가 제자들에게 이 이야기를 들려주자 그들이 물었다. "차라투스트라여, 이 이야기에 담긴 교훈은 무엇입니까?" 그러자 차라투스트라가 이렇게 대답했다.

착하고 의로운 자들은 나를 도덕의 파괴자라고 부른다. 나의 이야기가 비도덕적이라는 것이다.

여하간 그대들에게 적이 있다면 그 악을 선으로 갚지 말라. 그것은 적을 부끄럽게 만든다. 차라리 적이 그대들에게 착한 일을 했음을 입증하여 보여 주라.

그리고 부끄러워하기보다는 차라리 화를 내라! 그리고 누가 그대들을 저주할 때 축복하려 들지 말라. 그런 것은 내 마음에 들지 않는다. 차라리 조금이나마 저주하라!

그리고 그대들에게 하나의 커다란 불의(不義)가 저질러진다면 재빨리 다섯 개의 작은 불의로 대처하라! 불의의 압력을 '홀로 견디는 자'는 보기에도 참혹하다.

그대들은 이 일을 이미 알았는가? 반쪽으로 나누어진 불의는 반쪽의 정의를 의미한다. 그리고 불의를 '감당할 수 있는 사람'이 불의를 받아들여야 한다.

티끌만큼도 복수하지 않는 것보다는 약간이라도 복수하는 편이 더 인간적이다. 그리고 징벌이 위반자에게 정의와 명예가 되지 않는 한 그대들의 징벌은 내 마음에 들지 않는다.

정의를 지키기보다는 자신의 불의를 인정하는 편이 더욱

고상하다. 자신이 정당할 경우에는 특히 그렇다. 다만 그대들은 그럴 수 있을 만큼 풍요로워야 한다.

나는 그대들의 냉혹한 정의를 좋아하지 않는다. 그대들의 재판관으로서의 눈길에서는 언제나 형리(刑吏)와 그 차가운 칼이 엿보인다.

말하라, 정의는 어디에 있는가? 눈멀지 않고 똑바로 응시하는 사랑인 정의는 어디에 있는가?

그렇다면 사랑을 만들어 내라. 모든 징벌뿐만 아니라 모든 죄도 감당하는 사랑을!

그렇다면 정의를 만들어 내라. 재판관을 제외하고 모든 사람에게 무죄를 선고하는 정의를!

그대들은 또한 이 말도 들으려고 하는가? 철저하게 정의롭고자 하는 자에게는 거짓말조차 인간에 대한 호의가 된다는 것을.

그러나 내 어찌 철저하게 정의롭기를 바랄 수 있겠는가! 내 어찌 모두에게 이미 그들에게 속해 있는 것을 나누어 줄 수 있겠는가! 다만 각자에게 내 몫을 나누어 주는 것으로 족하리라.

끝으로, 형제들이여, 모든 은둔자들에게 불의를 범하지 않도록 조심하라! 은둔자가 어떻게 잊을 수 있단 말인가! 은둔자가 어떻게 보복할 수 있단 말인가!

은둔자는 깊은 샘물과 같다. 그 속으로 돌을 던지기는 쉽다. 그러나 그 돌이 바닥에 가라앉고 나면, 말하라, 누가 그것을 다시 꺼내려고 하겠는가?

은둔자를 모독하는 일이 없도록 조심하라! 그러나 이미 모독했다면, 차라리 그를 죽여 버리라!

차라투스트라는 이렇게 말했다.

아이와 결혼에 대하여

형제여, 그대에게만 묻고 싶은 게 있다. 그대의 영혼이 얼마나 깊은지 알아보기 위해 나는 이 물음을 측심연(測深鉛)처럼 그대의 영혼 속으로 던진다.

그대는 젊고 아이를, 결혼을 원한다. 하지만 나는 그대에게 묻는다. 그대는 아이를 원해도 **될 만한** 인간인가?

그대는 승리에 승리를 거듭하는 자, 자기를 극복한 자, 관능의 지배자, 자신의 덕의 주인인가? 내가 그대에게 묻는다.

그렇지 않다면 그대의 이러한 갈망 뒤에는 짐승과 절박한 욕구가 있는 것 아닌가? 아니면 고독 때문인가? 아니면 자기 자신에 대한 불만 때문인가?

나는 그대의 승리와 그대의 자유가 스스로 아이를 갈망하기를 바란다. 그대는 자신의 승리와 해방을 기리기 위해 살아 있는 기념비를 세워야 한다.

그대는 그대 자신을 넘어서서 자신을 세워야 한다. 그러기 위해서 그대는 우선 그대 자신, 그대의 몸과 영혼을 반듯하게 세워야 한다.

그대는 그대 자신을 계속 번식시킬 뿐만 아니라 드높이 고양해야 한다! 그러기 위해서 결혼이라는 정원이 그대에게 도움이 되리라!

그대는 보다 높은 몸을, 최초의 움직임을, 스스로의 힘으로 돌아가는 수레바퀴를 창조해야 한다. 창조하는 자를 창조해야 한다.

창조한 자들보다 더 나은 한 사람을 창조하려는 두 사람의 의지. 이것을 나는 결혼이라고 부른다. 이러한 의지를 실천하려는 상대방에 대한 외경심을 나는 결혼이라고 부른다.

이것이 그대가 말하는 결혼의 의미이고 진리이기를. 그러나 많고 많은 어중이떠중이들, 이 인간쓰레기들이 결혼이라고 부르는 것. 아, 나는 이것을 무어라 불러야 한단 말인가?

아, 짝을 지은 두 영혼의 궁핍함이여! 아, 짝을 지은 두 영혼의 더러움이여! 아, 짝을 지은 두 영혼의 가련한 안일함이여!

그들은 이 모든 것을 결혼이라고 부른다. 그리고 그들의 결혼은 하늘에서 맺어졌노라고 말한다.

그러나 나는 하늘을, 인간쓰레기들이 말하는 이러한 하늘을 좋아하지 않는다! 아니, 나는 짐승들을, 하늘의 그물 속에 뒤얽혀 있는 이러한 짐승들을 좋아하지 않는다!

자신이 짝을 지어 주지도 않았으면서 축복을 내리기 위해 절뚝거리며 다가오는 신 또한 나에게서 멀리 떨어져 있으라!

하지만 이러한 결혼을 비웃지 말라! 자신의 어버이를 위해 울 이유가 없는 아이가 어디에 있단 말인가?

내가 보기에 어떤 남자는 품위가 있고 대지의 의미를 알 만큼 성숙한 것 같았다. 그러나 그의 아내를 보는 순간 나에게는 대지가 정신 병원으로 생각되었다.

그렇다. 성자와 거위가 서로 짝을 이룰 때 나는 대지가 경련을 일으키며 부르르 떨기를 바랐다.

그 성자는 마치 영웅이나 되는 것처럼 진리를 찾아 나섰으나 마침내 하나의 위장된 거짓말을 손에 넣었을 뿐이다. 그러고는 이것을 자신의 결혼이라고 부른다.

그는 아무나 만나지 않고 까다롭게 골랐다. 그러나 그는 단 한 번 만에, 그리고 영원히 자신의 인간관계를 망쳐 버렸다. 그러고는 이것을 자신의 결혼이라고 부른다.

그는 천사의 미덕을 갖춘 그런 시녀를 구하려 했다. 그러나 그는 단 한 번 만에 한 여자의 시종이 되었고, 더군다나 이제는 그 자신이 천사가 되어야 할 판이다.

이제 나는 모든 구매자들이 신중하며, 또 그들 모두가 교활한 눈을 가졌다는 것을 알았다. 그러나 가장 교활한 구매자조차 자기 아내를 살 때는 자루도 열어 보지 않고 사 버린다.

잠시 동안의 어리석은 행위들, 그대들은 이것을 사랑이라고 부른다. 그대들의 결혼은 잠시 동안의 어리석은 행위들을 종결시키는 하나의 길고 긴 어리석음인 것이다.

여자에 대한 그대들의 사랑과 남자에 대한 여자들의 사랑. 아, 부디 이러한 사랑이 고뇌하며 숨겨져 있는 신들에 대한 동정이었으면! 그러나 대개의 경우 남자와 여자라는 두 마리의 짐승은 서로의 정체를 막연하게 추측할 뿐이다.

또한 그대들의 최선의 사랑도 한갓 황홀한 비유이자 고통에 찬 열기일 뿐이다. 그러나 사랑이란 그대들이 나아갈 보다 고귀한 길을 비추는 횃불이어야 한다.

그대들은 언젠가는 자신을 넘어서서 사랑해야 한다! 그러니 우선 사랑하는 법을 **배우도록 하라!** 그대들이 사랑의 쓰디쓴 잔을 마셔야 한 것도 그 때문이다.

최선의 사랑이라는 잔 속에도 쓴맛은 있다. 그리하여 이 사랑은 초인에 대한 동경을 불러일으키며, 그대 창조하는 자를 목마르게 한다!

창조하는 자의 목마름, 초인을 향한 화살과 동경. 말하라, 형제여, 이것이 결혼에 대한 그대의 의지인가?

나는 이러한 의지, 이러한 결혼이 신성하다고 말한다.

차라투스트라는 이렇게 말했다.

자유로운 죽음에 대하여

많은 사람들은 너무 늦게 죽고 몇몇 사람들은 너무 일찍 죽는다. "알맞은 때에 죽도록 하라!"라는 가르침은 아직도 낯설게 들린다.

"알맞은 때에 죽으라."라고 차라투스트라는 가르친다.

하지만 때에 맞게 살아 보지도 못한 자가 어떻게 알맞은 때에 죽을 수 있겠는가? 차라리 이러한 자는 태어나지 말았어야 했다! 나는 인간쓰레기들에게 이렇게 충고한다.

그러나 인간쓰레기들도 자신의 죽음을 심각하게 받아들이며, 속이 텅 빈 호두조차 깨뜨려지기를 바란다.

모든 사람들이 죽음을 심각하게 받아들인다. 그러나 죽음은 아직도 축제가 되지 못했다. 인간은 가장 아름다운 축제를 벌이는 법을 아직도 배우지 못했다.

나는 삶을 완성시키는 죽음, 산 자에게 가시가 되고 굳은 맹세가 될 죽음을 그대들에게 보여 주고자 한다.

삶을 완성하는 자는 희망을 가진 자와 맹세하는 자들에게 둘러싸여 승리에 찬 죽음을 맞는다.

이와 같이 인간은 죽는 법을 배워야 한다. 이렇게 죽어 가는 자가 산 자들의 맹세를 이끌어 내지 못하는 곳에서 축제란 있을 수 없다.

이렇게 죽는 것이 최선이다. 그러나 차선(次善)은 투쟁 속에서 죽으면서 위대한 영혼을 마음껏 낭비하는 것이다.

그러나 투쟁하는 자에게나 승리자에게나 주인으로서 당당하게 오지 않고 히죽히죽거리면서 도둑처럼 살금살금 다가오는 죽음은 가증스럽다.

나는 그대들에게 나의 죽음을, 내가 **원하기 때문에** 나를 찾아오는 자유로운 죽음을 권한다.

그런데 나는 언제쯤 죽기를 원해야 할까? 목표와 후계자를 가진 자는 그 목표와 후계자를 위해 알맞은 때에 죽기를 원한다.

그리고 목표와 후계자에 대한 외경심을 가졌다고 해서 그가 삶의 성전에 시든 화환을 걸어 놓는 일은 없으리라.

참으로 나는 밧줄을 꼬는 자들처럼 되고 싶지는 않다. 그들은 실을 길게 잡아당기면서 자신은 언제나 저만치 뒤로 물러서지 않는가.

진리와 승리를 얻기에는 너무 나이 든 자들도 많다. 이가 빠진 입은 어떠한 진리에 대해서도 말할 권리를 더 이상 가지지 못하는 것이다.

그리고 명성을 얻고자 하는 자라면 누구라도 알맞은 때에 명예와 작별하고 알맞은 때에 떠나는 어려운 재주를 부려야 한다.

가장 맛이 좋을 때라 할지라도 자기 자신이 계속 먹히도록 내버려 두어서는 안 된다. 오랫동안 사랑받으려고 하는 자들은 이 점을 잘 안다.

물론 가을의 마지막 날까지 기다리도록 운명 지어진 신 사과들도 있다. 이 사과들은 익는 동시에 노랗고 쪼글쪼글해진다.

어떤 자는 마음이 먼저 늙고 어떤 자는 정신이 먼저 늙는다. 그리고 또 어떤 자는 젊은 시절에 백발이 된다. 그러나 늦게야 청년이 되는 자의 젊음은 오래간다.

많은 자들이 삶에 실패하며, 독충이 이런 자들의 마음을 갉아먹는다. 이런 자들은 그만큼 더 죽음에 성공하도록 유의해야 한다.

많은 자들이 결코 단맛을 내지 못한다. 이런 자들은 이미 여름에 썩는다. 이런 자들이 나뭇가지에 계속 매달려 있다면 그것은 비겁한 짓이다.

많고 많은 자들이 살고 너무 오랫동안 가지에 매달려 있는다. 폭풍우가 닥쳐와 썩고 벌레 먹은 이 열매들을 나무에서 떨어뜨려 버렸으면!

신속한 죽음을 설교하는 자들이라도 왔으면! 내가 보기에 이자들이야말로 삶의 나무를 제때에 뒤흔드는 폭풍우이리라!

그러나 내 귀에 들려오는 것은 천천히 죽어 가라는, 지상에서의 모든 것을 참고 견디라는 설교뿐이다.

아, 그대들은 이 땅의 것들을 참고 견디라고 설교하는가? 하지만 사실 이 땅의 것들이야말로 그대들을 잘도 참아 내지 않는가, 그대 비방이나 일삼는 자들이여!

참으로, 천천히 죽으라고 설교하는 자들이 존경하는 저 히브리 사람은 너무 일찍 죽었다. 그리고 그 이후로 그의 때 이른 죽음은 많은 사람들의 불운이 되었다.

그가, 이 히브리 사람 예수가 안 것은 히브리 사람들의 눈물과 비애 그리고 착하고 의로운 자들의 증오뿐이었다. 그리하여 죽음에 대한 동경이 그를 엄습한 것이다.

그가 황야에 머물면서 어떻게든 착하고 의로운 자들로부터 멀리 떨어져 있었더라면 좋았을 것을! 그랬더라면 그는 사는 법을, 대지를 사랑하는 법을 배웠을지도 모른다. 게다가 웃음까지 배웠을 것이다!

내 말을 믿으라, 형제들이여! 그는 너무 일찍 죽었다. 내 나이만큼만 살았더라도 그는 자신의 가르침을 철회했으리라! 그는 철회할 수 있을 만큼 고귀한 자였다!

그러나 그는 채 성숙하지 못했다. 그 젊은이의 사랑은 미숙했고, 인간과 대지에 대한 그의 증오도 미숙했다. 그의 마음과 정신의 날개는 아직도 묶인 채 무거웠다.

그러나 젊은이보다는 성년의 남자가 더 아이다우며 그만큼 덜 슬퍼하는 법. 성년의 남자는 죽음과 삶을 더 잘 이해한다.

'그렇다'라고 말할 시간을 더 이상 가지고 있지 않을 때 '그렇지 않다'라고 성스럽게 부정(否定)하는 자는 죽음에 대해서도, 죽음 바로 앞에서도 자유롭다. 그는 이렇게 죽음과 삶을 받아들인다.

나의 벗들이여, 그대들의 죽음이 인간과 이 대지에 대한 모독이 되지 않기를! 내가 그대들의 영혼의 꿀에 간절히 바라는 것이 바로 이 점이다.

죽음 앞에서도 그대들의 정신과 덕은 대지를 둘러싸는 저녁놀처럼 활활 타올라야 한다. 그러지 않으면 그대들의 죽음은 실패이리라.

나 자신도 그렇게 죽고 싶다. 그리하여 그대들이 나로 인하여 이 대지를 더욱 사랑할 수 있었으면 한다. 그리고 나를 낳아 준 대지의 품으로 돌아가 그곳에서 안식을 얻고 싶다.

참으로 차라투스트라는 하나의 목표를 가지고 있었다. 그는 자신의 공을 던졌다. 그러니 벗들이여, 나의 목표를 상속할 자가 되라. 나는 그대들에게 황금빛 공을 던지노라.

벗들이여, 나는 그 무엇보다도 그대들이 황금빛 공을 던지는 것을 보고 싶다! 그래서 나는 이 땅 위에 잠시 더 머물려고 한다. 나를 용서하라!

차라투스트라는 이렇게 말했다.

베푸는 덕에 대하여

1

차라투스트라가 그의 마음을 사로잡았던 **얼룩소**라는 도시를 떠날 때, 그의 제자를 자처하는 많은 사람들이 그를 따라왔다. 그들이 어떤 교차로에 이르렀을 때 차라투스트라는 이제 혼자 가고 싶다고 말했다. 왜냐하면 그는 혼자 가기를 좋아하는 사람이기 때문이었다. 그러자 그의 제자들이 이별의 정표로 그에게 지팡이를 주었는데, 그 황금 손잡이에는 뱀이 태양을 감고 있는 그림이 있었다. 차라투스트라는 이 지팡이를 보고 기뻐하면서 그것을 짚고 서서 제자들에게 이렇게 말했다.

자, 말해 보라, 황금은 어떻게 최고의 가치를 가지게 되었는가? 진귀하면서도 그 쓰임새가 정해지지 않았고 번쩍이면서도 그 빛이 부드럽기 때문이다. 금은 이렇듯 언제나 자기 자신을 베푼다.

금은 오직 최고의 덕의 이미지로서만 최고의 가치를 가지게 되었다. 베푸는 자의 눈길은 황금처럼 빛나며, 그 황금빛 광채는 달과 해 사이를 평화로 맺어 준다.

최고의 덕은 진귀하면서도 그 쓰임새가 정해지지 않았고 번쩍이면서도 그 빛은 부드럽다. 베푸는 덕이야말로 최고의 덕이다.

나의 제자들이여, 참으로 나는 그대들의 마음을 잘 안다. 그대들 또한 나와 마찬가지로 베푸는 덕을 구하지 않는가? 그대들이 어찌 고양이나 늑대와 같을 수 있겠는가?

그대들은 자신을 제물로 바치고 선물이 되고자 한다. 그리하여 그대들은 모든 부를 자신의 영혼 속에 쌓기를 갈망한다.

그대들의 영혼은 지치지도 않고 보물과 보석을 얻으려고 한다. 그대들의 덕의 베풀려는 의지는 결코 지치지 않기 때문이다.

그대들은 만물이 그대들을 향하여, 그리고 그대들 속으로 흘러들도록 한다. 그리고 만물이 그대들의 샘으로부터 그대들의 사랑의 선물이 되어 다시 흘러 나가도록 한다.

참으로 이와 같이 베푸는 사랑은 모든 가치의 강탈자가 되어야 한다. 하지만 나는 이러한 이기심이 온전하며 성스럽다고 말한다.

또 다른 이기심이 있다. 그것은 너무도 가난하고 굶주렸기 때문에 언제나 훔치려고 하는, 저 병든 자들의 이기심, 병든 이기심이다.

이 이기심은 빛나는 모든 것을 도둑의 눈으로 바라본다. 먹을 것을 풍성하게 가진 자들을 굶주린 자의 탐욕으로 부러워한다. 그러면서 베푸는 자들의 식탁 주위를 늘 맴돈다.

이러한 탐욕으로부터 질병과 눈에 보이지 않는 퇴화를 알아볼 수 있다. 이러한 이기심의 도둑 같은 탐욕은 몸이 병들어 있음을 말해 준다.

말하라, 형제들이여, 저열하고, 참으로 저열한 것은 무엇인가? 그것은 **퇴화** 아니겠는가? 베푸는 영혼이 없는 곳에서는 언제나 퇴화가 일어나기 마련이다.

우리의 길은 저 위쪽으로, 종(種)에서 종을 '넘어서는' 단계로 나아간다. 그러나 퇴화하는 마음은 "모든 것이 나를 위해 존재한다."라고 말하면서 우리에게 혐오감을 불러일으킨다.

우리의 마음은 저 위쪽을 향해 날아간다. 우리의 마음은 우리 몸의 비유이며, 상승의 비유다. 여러 가지 덕의 이름은 그와 같은 상승을 비유적으로 말한다.

그리하여 몸은 성장하는 존재이자 투쟁하는 존재로서 역사 속을 뚫고 나아간다. 그리고 정신은 몸에 대해 무슨 의미를 가지는가? 몸의 전투와 승리를 알려 주는 전령이며 몸의 동지이자 메아리 아닌가.

선과 악을 나타내는 모든 이름은 비유일 뿐이다. 이 이름들은 암시만 할 뿐 명백하게 말하지 않는다. 그러므로 이러한 이름들로부터 지식을 얻으려는 자는 멍청이다!

형제들이여, 그대들의 정신이 비유를 들어 말하고자 하는 모든 순간에 주의하라. 여기에 그대들의 덕의 근원이 있기 때문이다.

이때 그대들의 몸은 고양되고 소생한다. 그대들의 몸은 자신의 환희로 정신을 황홀하게 하며 정신으로 하여금 창조자, 평가하는 자, 사랑하는 자, 만물에 은혜를 베푸는 자가 되게 한다.

그대들의 마음이 강물처럼 드넓게 굽이굽이 흘러넘쳐 강변에 사는 사람들에게 축복이 되기도 하고 위험이 되기도 할 때, 바로 거기에 그대들의 덕의 근원이 있다.

그대들이 칭찬과 비난에 초연하고, 그대들의 의지가 사랑하는 자의 의지로서 만물에게 명령을 내리려고 할 때, 거기에 그대들의 덕의 근원이 있다.

그대들이 안락함과 부드러운 잠자리를 경멸하고 연약한 자들로부터 아무리 떨어져 자도 충분치 못하다고 느낄 때, 거기에 그대들의 덕의 근원이 있다.

그대들이 '하나의 의지'를 원하는 자가 되고, 모든 곤경으로부터의 이러한 전환을 필연으로 볼 때, 거기에 그대들의 덕의 근원이 있다.

참으로 그대들의 덕은 새로운 선이며 악이다! 참으로 새롭고도 그윽한 물결 소리이며, 새로운 샘물 소리다!

이 새로운 덕이 힘이다. 그대들의 덕은 지배적인 사상이며, 현명한 영혼이 그 사상을 둘러싼다. 그대들의 덕은 황금빛 태양이며, 인식의 뱀이 그 태양을 휘감는다.

2

이 대목에서 차라투스트라는 잠시 말을 멈추고 그의 제자들을 애정 어린 눈으로 바라보았다. 그러고 나서 말을 계속했는데, 그 목소리가 지금까지와 달랐다.

형제들이여, 그대들의 덕의 힘으로 대지에 충실토록 하라! 그대들이 베푸는 사랑과 그대들의 인식으로 하여금 대지의 뜻에 종사케 하라! 이렇게 그대들에게 부탁하고 간청한다.

그대들의 덕이 지상을 떠나 날아 올라가서 그 날개와 더불어 영원의 벽에 부딪치는 일이 없도록 하라! 아, 얼마나 많은 덕들이 헛되이 날아 올라갔던가!

헛되이 날아간 덕을 나처럼 다시 이 대지로 데려오라. 그렇다. 몸과 삶이 있는 곳으로 다시 데려오라. 이 덕이 대지에 그 의미를, 인간적인 의미를 부여하도록!

지금까지 정신도 덕도 수백 번이나 헛되이 날아올랐다가 떨어지곤 했다. 아, 우리 몸속에는 아직도 이러한 모든 망상과 과오가 산다. 그리하여 망상과 과오는 그곳에서 몸이 되고 의지가 되었다.

정신도 덕도 지금까지 수백 번 시도하고 수백 번 길을 잃었다. 그렇다. 인간은 하나의 시도였다. 아, 그 많은 무지와 오류가 우리의 몸이 되었다!

수천 년 이어 온 이성뿐만 아니라 수천 년 된 망상도 우리 속에서 갑자기 폭발한다. 그러므로 상속자가 된다는 것은 위험천만한 일이다.

한 걸음 한 걸음 우리는 아직도 우연이라는 거인과 투쟁한다. 지금까지 몰상식과 무의미가 전 인류를 지배해 온 것이다.

형제들이여, 그대들의 정신과 그대들의 덕으로 하여금 대지의 뜻에 종사케 하라! 만물의 가치는 그대들에 의해 새로이 정립되어야 한다! 그러므로 그대들은 투쟁하는 자가 되어야 한다! 창조하는 자가 되어야 한다!

몸은 앎을 통하여 자신을 정화한다. 몸은 앎과 더불어 시도함으로써 자신을 고양한다. 인식하는 자에게 모든 충동은 성스러워진다. 고양된 자들에게 영혼은 즐거운 것이다.

의사(醫師)여, 그대 자신부터 고치도록 하라. 그래야만 그대의 환자에게도 도움이 된다. 스스로 치유하는 것을 직접 보게 하는 것이야말로 환자에게 최상의 도움이 되기 때문이다.

아직 발길이 닿지 않은 천 개의 오솔길이 있으며, 천 개의 건강법과 천 개의 숨겨진 삶의 섬이 있다. 아직 발견되지 않은 채 무궁무진하게 남아 있는 것이 인간이며 인간의 대지다.

깨어나서 귀를 기울이라, 그대 고독한 자들이여! 은밀하게 날개를 퍼덕이며 미래로부터 바람이 불어온다. 예민한 귀에 좋은 소식이 들려온다.

그대 오늘을 사는 고독한 자들이여, 그대 세속과 결별한 은둔자들이여, 그대들은 언젠가 하나의 무리를 이루어야 한다. 스스로 자신을 선택한 그대들로부터, 하나의 선택된 민족이 태어나야 한다. 그리고 그 민족으로부터 초인이 태어나야 한다.

참으로 대지는 이제 치유의 장소가 되어야 한다! 대지의 주변에는 이미 새로운 향기, 치유를 가져오는 새로운 향기가 감돈다. 그리고 새로운 희망이!

3

차라투스트라는 이렇게 말하고 나서 침묵했는데, 아직 마지막 말은 하지 못한 사람 같았다. 망설이며 오랫동안 손에 든 지팡이를 이리저리 흔들던 그는 마침내 이렇게 말했다. 그의 목소리는 변해 있었다.

이제 나 홀로 가려고 한다, 제자들이여! 그대들도 이제 헤어져 제 갈 길을 가도록 하라! 나는 그러기를 바란다.

진실로 바라노니, 그대들은 나를 떠나라. 그리고 차라투스트라에 대항하라! 그리고 더 바람직한 것은 차라투스트라라는 존재를 부끄러워하는 일이다! 그가 그대들을 속였을지도 모르지 않는가.

인식하는 인간은 적을 사랑할 뿐 아니라 벗을 미워할 줄도 알아야 한다.

언제까지나 학생으로 머물러 있는 자는 선생에게 제대로 보답하지 못한다. 그대들은 어찌하여 나로부터 월계관을 빼앗으려 하지 않는가?

그대들은 나를 존경하지만, 어느 날 그 존경이 무너진다면 어떻게 하겠는가? 그 입상(立像)에 깔려 죽는 일이 없도록 조심하라!

그대들은 차라투스트라를 믿는다고 말하는가? 그러나 차라투스트라가 도대체 무어란 말인가! 그대들은 나의 신도들이라고 말한다. 하지만 신도가 도대체 어쨌단 말인가!

그대들이 나를 만났을 때, 그대들은 아직도 자신을 찾지 못하고 있었다. 신도란 언제나 이런 식이다. 신앙이란 이처럼 보잘것없다.

나를 버리고 그대들 자신을 찾도록 하라. 그리하여 그대들 모두가 나를 부정하게 된다면, 그때 내가 다시 그대들에게 돌아오리라.

참으로 형제들이여, 그때가 오면 나는 다른 눈으로 내가 잃은 자들을 찾으리라. 또 다른 사랑으로 그대들을 사랑하리라.

언젠가 그대들은 나의 벗이 되어야 하며, '하나의' 희망을 품은 아이들이 되어야 하리라. 그러면 나는 세 번째로 그대들과 함께하면서 위대한 정오를 축복하리라.

위대한 정오란 인간이 짐승과 초인 사이에 놓인 길의 한가운데에 서 있을 때이며, 저녁을 향해 나아가는 그의 길을 최고의 희망으로 축복하는 때이다. 왜냐하면 그 길은 새로운 아침을 향해 가기 때문이다.

이때 몰락해 가는 자는 자신이 저 너머로 건너가는 자임을 알고 스스로를 축복할 것이며, 그때 그의 인식의 태양은 그에게 정오의 태양이리라.

"모든 신은 죽었다. 이제 우리는 초인이 등장하기를 바란다." 이것이 언젠가 찾아올 위대한 정오에 우리의 마지막 의지가 되기를!

차라투스트라는 이렇게 말했다.

2부

차라투스트라는 이렇게 말했다

모든 이를 위한, 그러나 그 누구의 것도 아닌 책

"……그대들 모두가 나를 부정하게 된다면,
그때 내가 다시 그대들에게 돌아오리라. 참으로 형제들이여,
그때가 오면 나는 다른 눈으로 내가 잃은 자들을 찾으리라.
또 다른 사랑으로 그대들을 사랑하리라."
— 차라투스트라(「베푸는 덕에 대하여」, 1부, 136쪽)

거울을 가진 아이

그 후 차라투스트라는 다시 산으로 돌아와 동굴의 고독 속에 머물면서 사람들을 피했다. 그리고 씨를 뿌리고 수확을 기다리는 농부처럼 지냈다. 그러나 그의 영혼은 매우 초조했으며 사랑하는 사람들에 대한 그리움 또한 간절해졌다. 그들에게 줄 것을 아직도 많이 갖고 있었기 때문이다. 다시 말해 사랑하는 마음에서 활짝 폈던 손을 오므리고, 베푸는 자이면서 여전히 수치심을 간직하고 있기란 더없이 어려운 일이다.

이렇게 이 고독한 자에게 달이 가고 해가 갔다. 그 사이에 그의 지혜는 성장했고 그 충만함이 그에게 고통이 되었다.

어느 날 아침 동트기 전에 깨어난 그는 잠자리에 앉아 오랫동안 생각에 잠겼다가 마침내 자신의 마음을 향해 말했다.

"나는 왜 꿈속에서 깜짝 놀라 잠에서 깨었던가? 거울을 가진 아이가 내게 다가오지 않았던가?

'아, 차라투스트라여, 이 거울에 비친 그대를 보라!'라고 아이가 내게 말했다.

거울을 들여다보는 순간 나는 소스라치게 놀라 고함쳤고 마음이 뒤흔들렸다. 거울 속에서 내가 아니라 악마의 찌푸린 얼굴과 조롱하는 웃음을 보았기 때문이다.

참으로 나는 이 꿈의 조짐과 경고를 너무도 잘 이해한다. 나의 **가르침**이 위기에 빠졌으며, 잡초가 자라나 밀을 사칭(詐稱)하고 있음을 말해 주는 것이다!

나의 적들은 강해졌으며 나의 가르침의 본모습을 일그러뜨렸다. 그리하여 내가 가장 사랑하는 사람들조차 내가 그들에게 베푼 선물을 부끄럽게 여기지 않을 수 없게 되었다.

나는 벗들을 잃었다. 이제 잃어버린 벗들을 찾아야 할 때가 왔다!"

차라투스트라는 이렇게 말하면서 자리에서 벌떡 일어났다. 그 모습은 답답한 나머지 시원한 바깥 공기를 쐬려고 하는 자라기보다는 영감을 받은 예언자나 가수와 같았다. 그의 독수리와 뱀이 이상하다는 듯이 그를 바라보았다. 아침놀처럼 다가올 어떤 행복이 그의 얼굴에 서려 있었기 때문이다.

내게 무슨 일이 일어났는가, 나의 짐승들이여? 차라투스트라가 물었다. 내가 변하지 않았는가! 행복이 폭풍우처럼 나를 찾아오지 않았느냐?

나의 행복은 우매하므로, 그 입에서는 어리석은 말이 나오리라. 나의 행복은 아직은 너무나 어리다. 그러니 나의 행복을 너그럽게 보아 달라!

나는 나의 행복으로 말미암아 상처를 입었다. 고뇌하는 자들은 모두 나의 의사가 되어 달라!

나의 벗들에게로 다시 내려갈 수 있게 되었다. 그리고 나의 적들에게도! 차라투스트라는 설교하고 베풀고 사랑하는 자들에게 더없이 큰 사랑을 다시 보여 줄 수 있게 되었다.

나의 성급한 사랑은 굽이치는 물결을 이루어 솟구치고 다시 곤두박질치며 아래쪽으로, 해 뜨는 방향으로, 해 지는 방향으로 흘러내린다. 말없는 산으로부터, 고통의 뇌우로부터 나의 영혼은 골짜기로 촬촬거리며 흘러 내려간다.

너무나 오랫동안 나는 그리워하면서 저 먼 곳을 바라보았다. 너무나 오랫동안 고독에 잠겨 있었다. 그리하여 나는 침묵할 줄 모르게 되었다.

나의 온몸은 입이 되었고 높은 바위에서 떨어지는 시냇물의 쏴쏴거리는 소리가 되었다. 나는 내가 하는 말이 저 골짜기 아래로 떨어졌으면 한다.

그리하여 내 사랑의 커다란 물길이 길도 없는 곳으로 떨어진들 어떠하리. 그 커다란 물길이 끝내는 바다에 이르는 길을 찾고 말 텐데!

내 마음속에는 하나의 호수가 있다. 은둔자같이 조용히 숨어 자족하는 호수가 있다. 그러나 내 사랑의 커다란 물길은 이 호수의 둑을 허물고서 아래로 흘러간다. 저 아래 바다로!

나는 새로운 이야기를 전하기 위해 새로운 길을 간다. 나는 모든 창조하는 자들과 마찬가지로 낡아 빠진 말에 지쳤다. 나의 정신도 닳아 빠진 신발을 신고 돌아다니고 싶어 하지 않는다.

그 모든 이야기의 흐름이 내게는 너무 느리다. 폭풍이여, 나는 그대의 수레에 뛰어오르리라! 그리하여 나의 악의로 그대를 채찍질하여 달리게 하리라!

함성과도 같이, 환호성과도 같이 나는 드넓은 바다를 건너가리라. 나의 벗들이 머무는 그 크나큰 행복의 섬을 발견할 때까지.

벗들 사이에는 나의 적들도 있으리라. 하지만 내가 말을 건넬 수 있는 자이기만 하다면 그가 누구이든 이제 마음껏 사랑하리라! 나의 적들도 나의 더없는 행복의 일부 아닌가.

그리고 드세기 짝이 없는 나의 말에 올라타려 할 때 언제나 나를 가장 잘 도와주는 것은 나의 창(槍)이 아닌가. 나의 창은 언제나 대령하고 있는 내 발의 하인이 아닌가.

내가 나의 적들을 향하여 던지는 창이여! 마침내 창을 던질 수 있게 되었으니 내 적들이 얼마나 고마운가!

나의 구름의 전압은 너무도 높았다. 이제는 번갯불들의 호쾌한 웃음 사이로 아래를 향하여 우박을 퍼부으리라.

그리하여 나의 가슴은 힘차게 부풀어 오르면서 자신의 폭풍우를 저 산들 너머로 힘차게 몰아가리라. 그렇게 나의 가슴은 가벼워지리라.

참으로 나의 행복과 나의 자유는 폭풍우처럼 찾아온다! 그러나 나의 적들은 **사악함**이 그들의 머리 위에서 미쳐 날뛴다고 생각하리라.

그렇다. 벗들이여, 그대들도 나의 드센 지혜 때문에 놀라리라. 그리고 그대들도 나의 적들과 마찬가지로 달아나리라.

아, 나는 그대들을 양치기의 피리로 꾀어서 돌아오게 하고 싶다! 아, 지혜라는 나의 암사자가 상냥하게 으르렁거릴 수만 있다면! 우리는 이미 많은 것을 함께 배우지 않았던가!

나의 드센 지혜는 고독한 산 위에서 잉태되었다. 그리고 험준한 바위 위에서 나의 지혜는 아이를, 마지막 아이를 낳았다.

이제 나의 지혜는 황량한 들판 위를 바보처럼 뛰어다니며 부드러운 풀밭을 찾아 헤맨다. 나의 오래되고 드센 지혜는!

그대들의 마음의 부드러운 풀밭 위에, 벗들이여! 그대들의 사랑 위에 나의 드센 지혜는 자신의 사랑스럽기 그지없는 아이를 눕히고자 한다!

차라투스트라는 이렇게 말했다.

행복의 섬에서

무화과 열매들이 나무에서 떨어진다. 잘 익어 달콤한 그 열매들은 떨어지면서 붉은 껍질을 터뜨린다. 나는 익은 무화과 열매들에게 불어닥치는 북풍이다.

벗들이여, 이러한 무화과 열매처럼 나의 가르침은 그대들에게 떨어진다. 이제 그 과즙과 달콤한 살을 들도록 하라! 무르익은 가을, 하늘은 맑고 때는 오후다.

보라, 주위는 참으로 충만하다! 이러한 충만함 가운데서 아득한 바다를 바라보니 멋지지 않은가.

일찍이 사람들은 아득한 바다를 바라보면서 그것이 신이라고 말했다. 그러나 이제 나는 그대들에게 초인이라고 말하라고 가르친다.

신이란 하나의 억측에 불과하다. 그러므로 나는 그대들의 억측이 그대들의 창조적 의지보다 앞서지 않기를 바란다.

그대들은 하나의 신을 **창조**할 수 있는가? 그럴 수 없다면 제발 모든 신에 대해서 침묵하라! 하지만 그대들은 초인을 창조할 수는 있으리라.

형제들이여, 그대들 자신은 아마 초인을 창조하지 못할 수도 있으리라! 그러나 그대들은 자신을 초인의 아버지나 선조로 바꿀 수는 있으리라. 그리고 이것이 그대들의 최고의 창조이리라!

신이란 하나의 억측에 불과하다. 그러므로 나는 그대들의 억측이 생각의 가능성이라는 범주 내에 머물기를 바란다.

그대들은 신을 **사유**할 수 있는가? 만물을 인간이 생각할 수 있고, 볼 수 있고, 느낄 수 있는 것으로 변화시키는 것. 그대들은 그것을 진리에의 의지라고 불러야 한다! 그대들은 자신의 감각을 그 궁극까지 사유해야 한다!

그리고 그대들이 세계라고 부르는 것. 그것은 우선 그대들에 의해 창조되어야 한다. 이 세계는 그대들의 이성, 그대들의 심상(心像), 그대들의 의지, 그대들의 사랑 안에서 만들어져야 한다! 그대 인식하는 자들이여, 그러면 그대들은 그대들의 행복에 도달하리라!

그대 인식하는 자들이여, 이러한 희망도 없으면서 어떻게 삶을 참고 견디려 하는가? 도저히 파악할 수 없는 것 속에서, 비이성적인 것 속에서 그대들이 태어나야 할 까닭은 없다.

벗들이여, 그대들에게 내 마음을 모두 드러내어 밝히리라.

만일 신들이 존재한다면, 어떻게 내가 신이 아니라는 사실을 참고 견딜 수 있겠는가? **그러므로** 신들은 존재하지 않는다.

내가 이러한 결론을 내렸음이 분명하지만, 이제는 이 결론이 나를 끌고 간다.

신이란 하나의 억측에 불과하다. 하지만 이러한 억측의 그 모든 고통을 마시고도 죽지 않을 자가 있겠는가? 창조하는 자로부터 믿음을, 독수리로부터 높은 하늘에서 떠도는 재주를 빼앗으란 말인가?

신은 모든 곧은 것을 구부러지게 하고, 서 있는 모든 것을 비틀거리게 하는 사상이다. 무슨 말이냐고? 시간은 사라져 버려야 하고, 모든 지나가는 것은 허상이어야 한단 말인가?

이러한 것을 생각하면 온몸이 소용돌이치고 어지럽고, 위장은 구역질을 일으킨다. 참으로 이러한 일을 억측하는 것에 나는 현기증이라는 이름을 붙인다.

하나인 것, 완전무결한 것, 움직이지 않는 것, 충만한 것, 변하지 않는 것에 대한 이 모든 가르침. 이것을 나는 사악하고 인간에게 적대적인 것이라고 부른다.

불멸하는 것이란 오직 비유일 뿐이다! 시인들은 너무도 많은 거짓말을 한다.

그러나 최선의 비유라면 마땅히 시간의 흐름과 생성에 대해 말해야 한다. 이러한 비유는 모든 무상(無常)함을 찬양하고 옹호해야 한다.

창조하는 것. 이것이야말로 고통으로부터의 위대한 구원이며 삶을 가볍게 만든다. 하지만 창조하는 자가 되기 위해서는 고통과 많은 변신이 필요하다.

그렇다, 그대 창조하는 자들이여. 그대들의 삶에는 수많은 고통스러운 죽음이 있어야 한다! 그리하여 그대들은 그 모든 무상함의 대변자가 되고 옹호자가 되어야 한다.

창조하는 자 스스로가 새로 태어날 아이가 되려면, 그 자신이 산부(産婦)가 되어 그 산고를 겪으려 해야 한다.

참으로 나는 백 개의 영혼을 거쳐 왔고, 백 개의 요람과 산고를 겪으며 나의 길을 걸어왔다. 많은 작별을 하였고, 가슴이 찢어지는 듯한 최후의 순간들을 잘 안다.

그러나 나의 창조하려는 의지, 나의 운명이 이것을 바란다. 아니, 그대들에게 더 정직하게 말하자면 바로 이러한 운명을 나의 의지가 바라는 것이다.

나의 모든 감정은 괴로워하면서 감옥에 갇혀 있다. 그러나 나의 의욕은 언제나 나를 해방시키는 자로서, 그리고 나에게 기쁨을 주는 자로서 나를 찾아온다.

의욕은 해방을 가져온다. 이것이 의지와 자유에 대한 진정한 가르침이며, 차라투스트라는 이것을 그대들에게 가르친다.

더-이상-의욕하지 않음, 더-이상-평가하지 않음, 더-이상-창조하지 않음! 아, 이 커다란 권태로움이 언제나 나로부터 멀리 떨어져 있기를!

또한 인식함에 있어서도 나는 내 의지의 '생식-욕구'와 '생성-욕구'만을 느낀다. 그리고 나의 인식에 순진무구함이 있다면 그것은 나의 인식 속에 생식 의지가 있기 때문이다.

이 의지가 나를 꾀어내 신과 신들로부터 떠나게 했다. 만일

신들이 거기에 존재한다면 창조할 그 무엇이 남아 있을 것인가!

그러나 나의 의지, 나의 타오르는 창조적 의지는 언제나 새로이 나를 인간에게로 몰아간다. 그리하여 망치가 돌을 치도록 만든다.

아, 그대 인간들이여, 돌 속에는 하나의 형상이, 내가 바라는 형상들 중에서 가장 뛰어난 형상이 잠들어 있다! 아, 그 형상이 단단하고 흉하기 그지없는 돌 속에서 잠들어 있어야 한단 말인가!

이제 나의 망치가 그 형상을 가둔 감옥을 잔인하게 두들겨 부순다. 돌 조각이 사방으로 흩어진다. 하지만 그게 무슨 상관인가!

나는 이 형상을 완성하려고 한다. 어떤 그림자가 나를 찾아왔기 때문이다. 만물 가운데서 가장 조용하고 가장 가벼운 것이 나를 찾아온 것이다!

초인의 아름다움이 그림자로서 내게 다가온 것이다. 아, 형제들이여! 신들이 나와 무슨 상관이란 말인가!

차라투스트라는 이렇게 말했다.

동정하는 자들에 대하여

벗들이여, 그대들의 벗은 이렇게 빈정거리는 소리를 들은 적이 있다. "차라투스트라를 보라! 그는 마치 짐승 사이를 거닐듯 우리 사이로 돌아다니지 않는가?"

그러나 이렇게 말했더라면 좀 더 나았으리라. "저 인식하는 자는 짐승**인** 인간들 사이를 돌아다닌다."

인식하는 자에게는 인간 자체가 붉은 뺨을 가진 짐승이다.

인간의 뺨은 어떻게 붉어졌는가? 너무 자주 부끄러워해야 했기 때문이 아닌가?

아, 벗들이여! 인식하는 자는 이렇게 말한다. 수치, 수치, 수치. 이것이 인간의 역사다!

그러므로 고귀한 자는 다른 사람이 수치심을 가지지 않도록 배려하라고 자신에게 명령한다. 그는 모든 고뇌하는 자들 앞에서 부끄러움을 느끼라고 자신에게 명령한다.

참으로 나는 동정을 베풀면서 행복을 느끼는 자비로운 자들을 좋아하지 않는다. 그들에게는 수치심이 너무도 없다.

내가 동정하지 않을 수 없는 상황이라고 할지라도 나는 동정심 많은 자라는 말을 듣고 싶지는 않다. 내가 동정을 해야 할 때라도 가능한 한 멀리 떨어져서 동정하고 싶다.

그리고 다른 사람이 나를 알아보기 전에 얼굴을 가리고 도망치고 싶다. 그대들도 그렇게 하라, 벗들이여!

다만 나의 운명이 그대들처럼 고뇌하지 않는 자들이 있는 곳으로 나를 이끌어 주기를! 희망과 식사와 꿈을 함께 **나누어도 좋은** 자들이 있는 곳으로!

참으로 나는 고뇌하는 자들을 위해 이런저런 좋은 일을 했다. 그러나 내가 더 좋은 일을 했다고 생각한 것은 언제나 내가 더 잘 즐길 수 있을 때였다.

이 세상에 존재한 이후로 인간은 너무도 즐길 줄을 몰랐다. 형제들이여, 이것만이 우리의 원죄다!

우리가 더 잘 즐길 수만 있게 된다면 다른 사람에게 고통을 주거나 고통을 꾸며 내려는 생각도 가장 잘 버릴 수 있는 법이다.

그리하여 나는 고뇌하는 자들을 도운 나의 손을 씻으며 나의 영혼도 깨끗이 씻는다.

내가 고뇌하는 자의 괴로움을 본 것을 부끄러워하는 것은 그의 수치심 때문이며, 내가 그를 도와줄 때 그의 긍지가 심하게 상처를 입었기 때문이다.

커다란 친절은 감사의 마음이 아니라 복수심을 일으키며, 작은 선행은 잊히지 않는 경우에 좀벌레가 생겨난다.

"받아들일 때는 냉담하게 받도록 하라! 그리하여 그대들의 받아들임이 유별난 일이 되도록 하라!" 나는 베풀 것을 갖지 못한 자들에게 이렇게 권한다.

그러나 나는 베푸는 자다. 나는 벗으로서 벗들에게 하듯 베풀고 싶다. 하지만 낯선 자들이나 가난한 자들은 나의 나무로부터 몸소 과일을 따도록 하라. 그러면 덜 부끄러울 것이다.

하지만 거지들은 말끔히 쓸어 버리라! 참으로 그들에게는 주어도 화가 나고 주지 않아도 화가 난다.

죄를 지은 자와 양심의 가책을 느끼는 자들도 마찬가지로 쓸어 버리라! 나의 말을 믿으라, 벗들이여. 양심의 가책을 느끼면 남을 물게 되는 법이다.

그러나 가장 나쁜 것은 자잘한 생각들이다. 자잘한 생각을 하느니 악행을 저지르는 편이 차라리 낫다!

물론 그대들은 말할 것이다. "자잘한 악의들을 생각하고 즐김으로써 커다란 악행들을 예방하게 된다." 그러나 여기에서 예방은 통하지 않는다.

악행은 궤양과 같다. 악행은 근질거리고 쑤시다가 결국 터진다. 악행은 이처럼 정직하게 말한다.

"보라, 나는 병들었다." 악행은 말한다. 이것이 악행의 정직함이다.

그러나 자잘한 생각들은 진균과도 같다. 기어 다니고 파고

들면서도 자기가 있는 곳을 드러내지 않으려 한다. 작은 진균 때문에 온몸이 썩어 문드러지고 시들 때까지.

악마에게 사로잡힌 자에게도 나는 다음과 같이 속삭인다. "차라리 그대의 악마를 거대하게 키우라! 그대에게는 아직도 위대함에 이르는 길이 남아 있다!"

아, 형제들이여! 우리는 모든 사람들에 대해 너무 많이 안다! 많은 사람들의 본질이 훤하게 보인다. 하지만 바로 그 때문에 그들을 스쳐 지나갈 수 없다.

사람들과 함께 사는 것은 어렵다. 침묵하기란 매우 어려운 일이기 때문이다.

그러므로 우리는 우리에게 거역하는 자들이 아니라 우리와 아무 상관도 없는 자들에게 가장 부당하게 행동한다.

그러나 그대에게 고통받는 친구가 있다면, 그대는 그의 고통이 쉴 수 있는 휴식처가 되라. 그러면서도 딱딱한 침대, 야전 침대가 되라. 그래야만 그대가 그에게 가장 필요한 자가 될 것이다.

그리고 벗이 그대에게 악행을 저지를 때는 이렇게 말하라. "나는 그대가 내게 한 행동을 용서한다. 하지만 그대가 **그대 자신에게** 악행을 했다는 것. 이것을 내가 어떻게 용서할 수 있겠는가!"

그러므로 모든 커다란 사랑은 이렇게 말한다. 사랑은 용서와 동정조차 극복한다.

우리는 자신의 마음을 굳게 유지해야 한다. 마음을 제멋대로 내버려 두면 분별력마저 얼마나 빨리 달아나 버리는가!

아, 이 세상에서 동정하는 자들보다 더 바보 같은 짓을 하는 자들이 어디에 있었던가? 그리고 동정하는 자들의 어리석음보다 더 큰 고통을 가져온 것이 이 세상 어디에 있었던가?

자신의 동정심도 뛰어넘지 못하면서 사랑을 하는 모든 자들에게 애도를 표하라!

언젠가 악마가 내게 이렇게 말했다. "신에게도 지옥이 있으니, 인간에 대한 신의 사랑이 그것이다."

또 최근에 나는 악마가 이렇게 말하는 것을 들었다. "신은 죽었다. 인간에 대한 동정 때문에 신은 죽었다."

그러므로 동정하지 않도록 조심하라. **그곳으로부터** 인간들에게 짙은 먹구름이 몰려온다! 참으로 나는 뇌우의 징조를 잘 안다!

그러나 다음의 말도 명심하라. 모든 위대한 사랑은 모든 동정을 넘어선다. 위대한 사랑은 사랑의 대상조차 창조하려고 하기 때문이다!

"나는 자신을 나의 사랑에 바친다. 그리고 **나와 마찬가지로 내 이웃들도** 나의 사랑에 바친다." 모든 창조하는 자들은 이렇게 말한다.

하지만 모든 창조하는 자들은 냉혹하다.

차라투스트라는 이렇게 말했다.

성직자들에 대하여

언젠가 차라투스트라는 제자들에게 손짓을 하며 이렇게 말했다.

"이자들은 성직자들이다. 나의 적이다. 하지만 조용히, 칼을 잠재운 채 그들 곁을 지나가도록 하자!

그들 가운데도 영웅이 있다. 그들 중의 다수는 너무 많은 괴로움을 당했다. 그래서 그들은 이제 다른 사람들에게 고통을 주려고 한다.

그들은 사악한 적들이다. 그들의 겸손보다 더 복수심에 불타는 것은 없다. 그러므로 그들을 공격하는 자는 오히려 자신을 더럽히게 된다.

그러나 나의 피도 그들의 피와 친척 관계다. 그러므로 나는 나의 피가 그들의 피에 의해서도 존중받기를 바란다."

그들을 지나쳐 갈 때, 고통이 차라투스트라를 덮쳐 왔다. 이 고통과 잠시 싸운 후 그는 이렇게 말하기 시작했다.

저 성직자들은 가엾다. 내 미감6)에 거슬린다. 하지만 이것은 내가 인간들 사이로 돌아온 이후에 겪은 일 가운데서 가장 사소한 것에 불과하다.

나는 이 성직자들과 함께 괴로워했고 또 괴로워한다. 내가 보기에 그들은 감옥에 갇힌 죄수이며 낙인찍힌 자들이다. 그들이 구세주라고 부르는 자가 그들을 굴레에 묶어 놓았다.

거짓 가치와 미혹의 말이라는 굴레에! 아, 누구 한 사람이 나서서 그들을 그 구세주로부터 구원해 줄 것인가!

언젠가 바다가 그들을 사납게 몰아갔을 때, 그들은 어떤 섬에 상륙했다고 믿었다. 그러나 보라, 그것은 잠들어 있는 괴물이 아니었던가!

거짓 가치와 미혹의 말들. 그것은 죽을 운명을 타고난 인간들에게는 최악의 괴물이다. 그리고 이러한 괴물 가운데서 불길한 운명이 오랫동안 잠을 자며 기다리고 있다.

그러다 마침내 불길한 운명이 모습을 드러내면서 잠에서 깨어나고, 그 불길한 운명 위에 오두막을 지은 자들을 통째로 삼킨다.

---

6) 독일어 'Geschmack'의 번역이다. 보통 '취미'라고 번역하지만, 일상적인 의미에서의 취미로 오해될 여지가 많으므로 '미감(美感)'으로 번역했다. 니체에게 '미감'은 육체로서의 자기(自己)와 의식의 통일이라는 포괄적인 미학 개념이기 때문이다.

아, 성직자들이 지은 오두막들을 보라! 그들은 달콤한 향기를 풍기는 그들의 동굴을 교회라고 부른다!

아, 날조된 빛이여, 후텁지근한 공기여! 이곳에서는 영혼이 드높은 곳을 향해 날아가는 것을 허락지 않는다!

그들의 신앙은 오히려 이렇게 명령한다. "무릎을 꿇고 계단을 오르라, 그대 죄인들이여!"

참으로 나는 수치와 경건함이 깃든 그들의 사팔뜨기 눈을 보느니 차라리 뻔뻔한 자들을 보리라!

누가 이러한 동굴과 참회의 계단을 꾸며 냈는가? 몸을 숨기려 한 자들, 청명한 하늘 아래 부끄러워한 자들이 아닌가?

청명한 하늘이 무너진 천장 사이로 다시 보이고, 무너진 벽의 둘레로 풀과 붉은 양귀비가 내려다보일 때, 비로소 나는 내 마음을 이 신의 거처로 다시 돌리리라.

그들은 자신들을 거부하고 고통을 주는 그 존재를 신이라 불렀다. 그리고 참으로 그들의 경배 속에는 수많은 영웅적 자질이 깃들어 있었다!

그리고 그들은 인간을 십자가에 못 박는 것 말고는 달리 그들의 신을 사랑할 줄 몰랐다!

그들은 시체로 살고자 했고 자신의 시체를 검은 옷으로 감쌌다. 그들의 설교는 아직도 시체 안치실의 고약한 냄새를 풍긴다.

그리고 그들 곁에서 사는 것은 두꺼비가 달콤하고도 슬픈 노래를 불러 대는 검은 연못가에 사는 것이나 다름없다.

나로 하여금 그들의 구세주를 믿도록 하려면 좀 더 나은 노래를 들려주어야 하리라! 구세주의 제자들은 내 눈에 보다 더 구원을 받은 것처럼 보여야 하리라!

나는 그들의 벗은 몸을 보고 싶다. 오직 아름다움만이 참회를 설교할 자격이 있기 때문이다. 도대체 이러한 위장된 슬픔으로 누구를 설득할 수 있단 말인가!

참으로 그들의 구세주들 자신은 자유로부터, 자유의 제칠 천국으로부터 오지는 않았다! 참으로 그들의 구세주들 스스로가 인식의 양탄자 위를 걸어 본 적은 결코 없었다!

이러한 구세주들의 정신은 빈틈투성이다. 그리고 그들은 그 빈틈마다 자기들이 신이라고 부르던 그들의 망상을, 즉 빈틈을 메우는 대용품들을 채워 넣었다.

그들의 정신은 그들의 동정심에 빠져 익사했다. 그리고 그들 자신이 동정심으로 부풀어 오르고 또 부풀어 오르게 되면 그 표면에는 언제나 커다란 어리석음이 떠돌았다.

그들은 고래고래 고함을 지르면서 그들의 양 떼를 몰아 그들의 외나무다리를 건너가게 했다. 마치 미래로 이어지는 단 '하나'의 외나무다리만 있는 것처럼! 참으로 이 양치기들도 그 양 떼의 일부였다!

이 양치기들은 좁은 정신과 광대한 영혼을 가지고 있었다. 그러나 형제들이여, 가장 광대한 영혼의 영토라는 것이 지금까지는 얼마나 좁은 땅이었던가!

그들은 자신이 가는 길에 핏자국을 남겨 놓았으며, 어리석게도 피로써 진리를 증명해야 한다고 가르쳤다.

그러나 피는 진리의 최악의 증인이다. 피는 가장 순수한 가르침조차 유독하게 만들어 마음의 망상과 증오로 변하게 하기 때문이다.

그리고 자신의 가르침을 위해 불 속을 통과하는 자가 있더라도, 그것이 무엇을 증명한단 말인가! 참으로 자기 자신의 열정으로부터 자기 자신의 가르침이 생겨나는 것이 더 좋지 않은가!

후텁지근한 가슴과 차가운 머리. 이 둘이 서로 만나는 곳에서 구세주라는 광풍이 일어난다.

참으로 군중이 구세주라고 부르는 저 매혹적인 광풍보다 더 위대하고 더 고귀하게 태어난 자들도 있었다!

하지만 형제들이여, 그대들은 모든 구세주보다 더 위대한 자들에 의해 구제되어야 한다. 그대들이 자유에 이르는 길을 찾아야 한다면 말이다!

지금까지 단 한 사람의 초인도 존재한 적이 없었다. 나는 가장 위대한 인간과 가장 초라한 인간, 그 둘의 벗은 몸을 보았다.

그들은 아직까지 너무도 닮았다. 참으로 나는 가장 위대한 인간조차 너무나 인간적임을 알았다!

차라투스트라는 이렇게 말했다.

도덕군자들에 대하여

우리는 게으르게 잠들어 있는 마음을 향해 천둥과 하늘의 불꽃으로 말해야 하리라.

그러나 아름다움의 목소리는 나직하게 말을 걸며, 가장 활기찬 영혼 속으로만 기어든다.

오늘 나의 휘장은 나를 향해 가볍게 몸을 떨며 웃었다. 그 것은 아름다움의 신성한 웃음이며 떨림이었다.

도덕군자들이여, 오늘 나의 아름다움은 그대들을 비웃었다. 그 웃음소리는 내게 이렇게 말했다. "그대들은 아직도 대가를 바라는구나!"

도덕군자들이여, 그대들은 아직도 대가를 바라는구나! 덕에 대한 대가를, 대지에서의 삶에 대한 대가로 천국을, 그리고 그대들의 오늘에 대한 대가로 영원을 바라는가?

내가 그대들에게 대가를 지불할 자도 보수를 줄 자도 없다고 가르치므로 내게 화를 내는가? 참으로 나는 덕이 덕 자체의 보답이라고 가르친 적이 결코 없다.

아, 슬프다. 사람들은 사물의 바닥에 대가와 형벌이라는 거짓을 끌어들였다. 그리고 이제 그대들의 영혼의 바닥에까지 그 거짓을 끌어들였다, 그대 도덕군자들이여!

그러나 멧돼지의 긴 주둥이처럼 나의 말은 그대들의 영혼의 바닥을 파헤치리라. 나는 그대들에게 땅을 갈아엎는 쟁기라고 불리기를 바란다.

그대들의 바닥에 있는 모든 비밀은 백일하에 드러나야 한다. 그대들이 파헤쳐지고 부서져 태양 아래 드러날 때, 그대들의 허위도 그대들의 진실로부터 떨어져 나가리라.

다음이 그대들의 진실이기 때문이다. 그대들은 **너무나 순결해서** 복수, 형벌, 대가, 보복이라는 더러운 말과는 어울리지 않는다.

그대들은 마치 어머니가 자기 아이를 사랑하듯이 자신의 덕을 사랑한다. 하지만 그 어떤 어머니가 그러한 사랑의 대가를 바란단 말인가?

그대들의 덕이란 바로 그대들이 가장 사랑하는 자기(自己)다. 그대들 속에는 둥근 고리를 향한 갈망이 들어 있다. 다시 한번 자기 자신에게 도달하기 위해 모든 둥근 고리가 몸부림치며 회전하고 있는 것이다.

그대들의 덕이 하는 모든 일은 꺼져 가는 별과 같다. 그 빛은 언제나 떠돈다. 언제쯤 그 방랑을 멈출 것인가?

그대들의 덕의 빛은 맡은 일이 끝났음에도 이처럼 아직도 떠돌고 있다. 그 일이 잊히고 사멸되더라도 그 빛은 여전히 살아서 방랑을 계속한다.

그대들의 덕은 그대들의 자기일 뿐 낯선 것이거나 껍데기거나 걸치고 있는 외투와 같은 것이 아니라는 것. 도덕군자들이여, 이것이 그대들 영혼의 밑바닥으로부터 나오는 진실이다!

그러나 채찍을 맞고 일으키는 경련을 덕이라고 부르는 자들도 있다. 그대들은 그들의 비명 소리를 너무도 많이 들어 왔다!

또한 그들의 악덕이 느슨해지는 것을 덕이라고 부르는 자들도 있다. 그들의 증오와 그들의 질투심이 사지를 축 늘어뜨리는 순간, 그들의 정의가 깨어나면서 잠에 취한 눈을 비빈다.

또한 아래쪽으로 끌려 내려가는 자들도 있다. 그들의 악마가 잡아당기기 때문이다. 그러나 그들이 깊이 가라앉을수록 그들의 눈길과 신에 대한 그들의 갈망은 더욱 불타오르며 빛을 발한다.

아, 도덕군자들이여, 그들의 울부짖음이 그대들의 귀에도 들려오지 않았는가. "내가 **아닌** 것, 그것이 바로 나의 신이며 덕이다!"

또한 돌을 싣고 내려오는 수레처럼 무겁게 덜컹거리며 다가오는 자들도 있다. 그들은 품위와 덕에 대해 많은 말을 하며, 자기들의 제동기(制動機)를 덕이라고 부른다.

또한 태엽이 감긴 평범한 시계 같은 자들도 있다. 그들은 똑딱똑딱 소리를 내면서, 똑딱똑딱하는 소리를 덕이라고 불러

주기를 원한다.

참으로 나는 이러한 자들을 대하면 마음이 즐거워진다. 이러한 시계를 발견하면 나는 조롱하며 그 태엽을 감아 주리라. 그러면 그 시계는 계속해서 웅얼거리리라!

그리고 어떤 자들은 한 줌의 정의(正義)를 내세우면서 그 정의로 말미암아 만물에 해악을 끼친다. 그리하여 세계는 그들의 불의(不義)에 빠져 익사하고 만다.

아, 그들의 입에서 **덕**이라는 말이 나올 때면 얼마나 불쾌한가! 그들이 "나는 정의롭다."라고 말하면 내게는 언제나 "나는 복수했다!"라는 말처럼 들린다.[7] 그들은 그들의 덕으로 적의 눈을 후벼 내려고 한다. 그리고 그들이 자신을 높이는 것은 오직 다른 사람을 낮추기 위해서다.

그리고 또 그들의 늪에 앉아서 갈대 사이로 이렇게 말하는 자들도 있다. "덕, 그것은 아직도 말없이 늪에 앉아 있다.

우리는 아무도 물지 않으며, 물려고 덤비는 자는 피한다. 그리고 만사에 우리는 다른 사람이 내놓는 의견을 따른다."

그리고 몸짓을 좋아하면서, 덕을 일종의 몸짓이라고 생각하는 자들도 있다.

그들의 무릎은 언제나 기도를 드리고, 그들의 손은 덕을 찬양하나, 그들의 가슴은 그것에 대해서 아무것도 모른다.

그리고 "덕은 꼭 있어야 한다."라고 말하는 것이 덕이라고

---

7) 독일어에서 '정의롭다(gerecht)'와 '복수하다(gerächt)'는 발음이 서로 비슷하다.

여기는 자들도 있다. 그러나 그들이 믿는 것은 경찰이 꼭 있어야 한다는 것뿐이다.

그리고 인간의 고귀함을 보지 못하는 많은 자들은 인간의 저열함을 아주 가까이서 보고는 그것을 덕이라고 부른다. 그리하여 그들은 자신의 사악한 눈길을 덕이라고 여긴다.

그리고 어떤 자들은 고상하게 고양되기를 바라면서 그것을 덕이라고 부른다. 또 어떤 자들은 스스로 뒤집히기를 바라면서 역시 그것을 덕이라고 부른다.

이런 식으로 거의 모든 사람들은 자신이 덕에 관여한다고 믿는다. 누구라도 최소한 자신이 선과 악에 정통한 사람이라고 주장한다.

그러나 차라투스트라는 이러한 모든 거짓말쟁이들과 바보들에게 "**그대들이** 덕에 대해서 무엇을 안단 말인가! 그대들이 덕에 대해서 무엇을 알 **수 있단 말인가!**"라고 말하기 위해서 찾아온 것은 아니다.

벗들이여, 나는 오히려 그대들이 바보와 거짓말쟁이에게 배운 진부한 말에 염증을 내도록 하기 위해 온 것이다.

대가, 복수, 형벌, 정의로운 보복과 같은 말이나 "착한 행동이란 비이기적인 행동이다."라고 말하는 데 싫증 내도록 하기 위해서다.

아, 벗들이여, 마치 어머니가 아이의 내면에 있듯이 **그대들의** 자기(自己)가 행동 안에 있다는 것. 이것이 덕에 대한 **그대들의** 말이 되게 하라!

참으로 나는 그대들로부터 백 가지의 말과 그대들의 덕이 가장 사랑하는 장난감들을 빼앗았다. 그리하여 그대들은 아이들처럼 내게 화를 낸다.

아이들이 바닷가에서 놀고 있었다. 그때 파도가 밀려와서 그들로부터 장난감을 빼앗아 바다 깊은 곳으로 가져갔다. 그래서 아이들이 울고 있는 것이다.

그러나 같은 파도가 아이들에게 새 장난감을 가져다주고 아이들에게 알록달록한 새로운 조개들을 쏟아 놓으리라!

그러면 아이들은 위안을 얻으리라. 그리고 아이들과 마찬가지로, 벗들이여, 그대들도 위안을 얻으리라. 그리고 알록달록한 새로운 조개들도!

차라투스트라는 이렇게 말했다.

천민에 대하여

삶은 기쁨의 샘이다. 그러나 천민과 더불어 마시는 곳에서는 모든 샘이 중독된다.

나는 모든 정결한 것을 좋아한다. 그러나 이를 드러내며 웃는 입이나 불결한 자들의 갈증은 보고 싶지 않다.

그들이 샘물 속으로 시선을 던지면, 그 역겨운 미소가 샘물로부터 나에게로 반사되어 올라온다.

그들은 이 신성한 샘물에 음욕의 독을 탔다. 그리고 그들 자신의 더러운 꿈을 기쁨이라고 부르면서 기쁨이라는 말까지 중독시켰다.

그들이 그 축축한 심장을 불에 쪼이면 불꽃도 싫어한다. 천민이 불 가까이 다가오면 정신 자체가 부글부글 끓어오르면서 증기를 내뿜기 때문이다.

과일은 그들의 손에서 달착지근하게 짓물러진다. 그들의 눈길은 과일나무를 약하게 만들어 바람에 꺾이도록 하며 나무 꼭대기를 시들게 한다.

삶으로부터 등을 돌린 적지 않은 사람들은 다만 이 천민들로부터 등을 돌렸을 뿐이다. 그들은 샘물과 불꽃과 과일을 천민들과 나누는 것을 바라지 않았을 뿐이다.

그리고 사막으로 가서 맹수들과 함께 갈증에 시달린 많은 사람들은 다만 불결한 낙타 몰이꾼들과 함께 물통 둘레에 앉고 싶어 하지 않았다.

그리고 파괴자와 같이, 그리고 열매가 익어 가는 들판에 쏟아지는 우박과 같이 나타난 많은 사람들도 자신의 발을 천민들의 크게 벌린 입 속으로 밀어 넣어 그 목구멍을 틀어막기를 바랐을 뿐이다.

삶 자체에 적의와 죽음, 게다가 순교의 십자가가 필연이라는 사실을 알긴 했지만, 그것이 가장 삼키기 어려운 음식물은 아니었다.

뭐라고? 삶에는 천민도 **필요**하다고? 나는 언젠가 이렇게 물었고, 내가 거의 질식할 뻔한 게 바로 이 물음 때문이었다.

독을 탄 샘물, 악취가 진동하는 불, 더러운 꿈 그리고 생명의 빵에서 우글거리는 구더기도 필요하다고?

나의 증오가 아니라 나의 구역질이 내 생명을 굶주린 듯이 먹어 치웠다! 아, 천민에게도 상당히 풍요로운 정신이 있음을 볼 때마다 나의 정신은 피곤함을 느꼈다.

그리고 나는 지배자들이 지배라는 말을 어떻게 생각하는지 알고 나서는 그들로부터 등을 돌렸다. 그것은 권력을 잡기 위해 천민을 상대로 벌이는 흥정이자 거래일 뿐이었다!

군중 사이에서 나는 낯선 혀를 가지고 귀를 닫은 채 살아왔다. 그들의 흥정하는 말이나 권력을 위한 거래로부터 멀리 떨어져 있기 위해서였다!

그리고 코를 쥐고서 어제고 오늘이고 불쾌한 마음으로 지나왔다. 참으로 어제고 오늘이고 글을 쓰는 천민의 악취로 가득했다!

나는 오랫동안 귀먹고 눈멀고 벙어리가 된 불구자처럼 살아왔다. 권력의 천민, 문필의 천민 그리고 쾌락이나 좇는 천민들과 함께 살지 않기 위해서.

힘겹게, 조심스럽게 나의 정신은 계단을 올라갔다. 기쁨이라는 적선이 내 정신에는 청량제였다. 삶은 지팡이에 의지한 채 눈먼 이 사람 곁을 살금살금 지나갔다.

나에게 무슨 일이 일어났는가? 나는 어떻게 구역질로부터 자신을 구하였는가? 누가 나의 눈을 젊게 만들었는가? 나는 어떻게 어떠한 천민도 더 이상 샘가에 앉아 있지 않은 드높은 곳으로 날아올랐는가?

나의 구역질 스스로가 날개를 만들어 샘물로 다가갈 힘을 주지 않았던가? 참으로 나는 기쁨의 샘을 다시 찾으려고 가장 높은 곳으로 날아올라야 했다!

아, 형제여, 나는 그 샘을 찾았다! 여기 가장 높은 곳에서 나를 위해 기쁨의 샘물이 솟아오른다! 어떠한 천민도 물을 나와 함께 마시지 않는 삶이 여기에 있다!

너무도 격렬하게 흘러나오는구나, 그대 기쁨의 샘이여! 잔을 다시 가득 채우려고 그대는 거듭 잔을 비우는구나!

나는 좀 더 겸손하게 그대 곁으로 다가가는 법을 배워야 한다. 내 심장이 너무나 격렬하게 그대를 향해 흘러가고 있으니 말이다.

짧고 무덥고 우울하면서도 행복으로 넘치는 나의 여름이 내 심장 위에서 불타오르고 있다. 너무도 뜨거운 이 여름의 심장은 그대의 냉기를 얼마나 애타게 갈망하는가!

머뭇거리고 망설이던 내 봄날의 비애는 지나갔다! 6월에 날리는 내 눈송이의 심술궂음도 지나갔다. 나는 온통 여름이 되었고 여름의 한낮이 되었다!

시원한 샘물과 행복의 고요가 함께 있는 더없이 높은 곳에서의 여름. 아, 오라, 벗이여, 이 고요가 한층 더 행복해질 수 있도록!

여기야말로 **우리의** 드높은 경지이며 우리의 고향이기 때문이다. 여기, 모든 불결한 자들과 그들의 갈증이 도달하기에는 너무나 높고 가파른 곳에 우리는 살고 있다.

벗들이여, 그대들의 맑은 눈길을 나의 환희의 샘 속으로 던져 보라! 그렇다고 해서 그 샘이 흐려지겠는가! 샘은 **자신의** 순결한 눈길로 그대들에게 웃음을 보내리라.

우리는 미래라는 나무 위에 보금자리를 짓고, 독수리가 그 부리로 우리 고독한 자들에게 음식을 날라다 주리라!

참으로 독수리는 불결한 자들과는 함께 먹을 수 없는 음식을 날라다 주리라! 그자들이 그런 음식을 먹는다면 불을 먹기라도 한 것처럼 그 주둥이를 태우리라!

참으로 우리는 불결한 자들을 위하여 여기에 집을 마련한 것은 아니다! 우리의 행복은 그들의 몸과 정신에게는 얼음의 동굴이리라!

거센 바람처럼 우리는 그들 머리 위 높은 곳에서 살고자 한다. 독수리를 벗 삼고, 눈을 벗 삼고, 태양을 벗 삼는 거센 바람으로 살고자 한다.

그리고 언젠가는 바람처럼 그들 사이로 불어 들어가 나의 정신으로 그들의 정신의 숨결을 빼앗으리라. 나의 미래는 이것을 바란다.

참으로 차라투스트라는 모든 평지 위를 스쳐 가는 거센 바람이다. 그리고 경멸하며 침을 뱉는 모든 적들에게 이렇게 충고한다. "바람을 **향해** 침을 뱉지 않도록 조심하라!"

차라투스트라는 이렇게 말했다.

타란툴라에 대하여

보라, 이것이 타란툴라가 사는 구멍이다! 그대 눈으로 직접 보려 하는가? 여기에 그 거미줄이 걸려 있으니 건드려서 흔들리게 해 보라!

저기 타란툴라가 스스로 기어 나오는구나. 반갑다, 타란툴라여! 그대의 등에는 세모꼴의 검은 표지가 있다. 그리고 나는 그대의 영혼 속에 무엇이 도사리고 있는지도 안다.

그대의 영혼에는 복수심이 숨어 있다. 그대가 물면 어디든 검은 부스럼이 자란다. 그대의 독은 복수심으로 영혼에 현기증을 일으킨다!

그대 **평등**을 설교하는 자들이여, 영혼에 현기증을 일으키는 그대들에게 나는 비유로 말한다! 그대들은 타란툴라이며 몸을 숨긴 채 복수를 노리는 자들이다!

하지만 나는 이제 그대들이 숨은 곳을 폭로하려고 한다. 나는 그대들의 얼굴을 향해 나의 숭고한 웃음을 크게 터트리려고 한다.

나는 그대들의 거미줄을 찢는다. 그러면 그대들은 분노하여 허위의 동굴 밖으로 몸을 드러내리라. 그리고 그대들의 정의라는 말의 뒤편에서 그대들의 복수심이 튀어나오리라.

인간을 복수심으로부터 구제하는 것. 그것이 나에게는 최고의 희망으로 나아가는 다리(橋)이며 오랜 폭풍우 뒤의 무지개다.

그러나 타란툴라는 물론 다른 것을 원한다. "세상이 우리의 복수심의 폭풍우로 가득 차는 것. 바로 그것이야말로 우리에게는 정의다." 그들은 서로 이렇게 말한다.

"우리와 동등하지 않은 모든 자들에게 복수하고 모욕을 주리라. 그리고 평등에의 의지. 이것 자체가 앞으로는 덕의 이름이 되어야 한다. 그러므로 우리는 힘을 가진 모든 것에 반대해 함성을 지르리라!" 타란툴라의 마음을 가진 자들은 이렇게 맹세한다.

그대 평등을 설교하는 자들이여, 무력감에서 오는 폭군의 망상은 그리하여 그대들의 마음속으로부터 평등을 외친다. 그대들의 가장 은밀한 폭군적 욕망이 덕이라는 말을 가장한다!

구겨진 자부심, 억눌린 질투심, 그대들의 선조로부터 물려받았을지도 모르는 자부심과 질투심. 이것들이 불꽃이 되고 광기 어린 복수심이 되어 그대들의 마음속으로부터 터져 나온다.

아버지가 침묵한 것, 그것을 아들은 발설하기 마련이다. 그러므로 나는 이따금 아들이 아버지의 폭로된 비밀임을 발견했다.

그들은 마치 열광하는 자들과 같다. 그러나 그들을 열광케 하는 것은 심장이 아니라 복수심이다. 그리고 그들이 섬세하고 냉정해지더라도 그들을 그렇게 만드는 것은 정신이 아니라 질투심이다.

그들은 질투심에 이끌려서 사상가가 된다. 그리고 그들의 질투의 특징은 언제나 너무 멀리 간다는 것이다. 그리하여 그들은 결국 지친 나머지 눈 위에 누워서 자야 한다.

그들에게서는 비탄할 때마다 복수심이 울려 퍼지고, 찬양할 때마다 악의가 스며 나온다. 그리고 재판관이 되는 것이 그들에게는 최고의 행복인 것처럼 보인다.

벗들이여, 나는 그대들에게 이렇게 충고한다. 남을 처벌하려는 충동이 강한 자라면 누구도 믿지 말라!

그들은 비천한 종족과 혈통에 속하며, 그들의 얼굴에는 형리와 염탐꾼이 드러나 있다.

자신의 정의로움을 과시하기 위해 많은 말을 하는 자라면 누구도 믿지 말라! 참으로 그들의 영혼에 결핍된 것은 꿀만이 아니다.

그리고 그들이 착하고 의로운 자들을 자칭할 때, 잊지 말라, 그들이 바리새인이 되는 데 모자라는 것은 다만 권력뿐이라는 사실을!

벗들이여, 나는 뒤섞이거나 혼동되고 싶지 않다.

삶에 대한 나의 가르침을 전하는 설교자들도 있다. 그러면서 그들은 평등의 설교자이며 타란툴라이기도 하다.

이 독거미들이 동굴에 들어앉아 삶으로부터 등을 돌리고 있으면서도 삶의 의지에 대해 말하는 것은 다른 사람에게 해를 입히고자 하기 때문이다.

그렇게 함으로써 그들은 지금 권력을 가진 자들에게 해를 입히려고 한다. 이 권력자들에게는 죽음에 대한 설교가 아직도 가장 친숙하기 때문이다.

물론 사실이 그렇지 않다면 타란툴라들도 다르게 가르치리라. 바로 타란툴라들이야말로 한때는 가장 혹심하게 세계를 비방하고 이교도를 화형에 처하던 자들이니까.

나는 평등을 설교하는 이러한 자들과 뒤섞이거나 혼동되고 싶지 않다. 정의가 **내게** "인간은 평등하지 않다."라고 말하기 때문이다.

물론 인간은 평등해서는 안 된다! 내가 이와 다르게 말한다면 초인에 대한 나의 사랑은 도대체 무엇이란 말인가?

천 개의 다리와 좁은 판자 다리를 건너서 인간은 미래를 향해 돌진해야 하며 더 많은 전쟁과 불평등을 인간들 사이에 불러일으켜야 한다. 나의 위대한 사랑이 나로 하여금 이렇게 말하도록 한다!

적대 관계 속에서 인간은 여러 가지 이미지와 유령의 발명자일 수밖에 없으며, 또한 그들의 이미지와 유령을 동원하여 서로 간에 최고의 전쟁을 수행하지 않으면 안 된다!

선과 악, 부와 가난, 고귀함과 저열함 등 가치들의 모든 이름. 이것들은 무기가 되어야 하며, 삶은 언제나 자기 자신을 거듭해서 극복해야 함을 말해 주는 쩔렁거리는 표지가 되어야 한다!

삶은 스스로 기둥과 계단을 만들어 자기 자신을 드높은 곳에 세우려고 한다. 삶은 아득히 먼 곳을 지켜보며 더없는 행복의 아름다움을 동경한다. **그러므로** 삶에는 높이가 필요하다!

그리고 삶에는 높이가 필요하기 때문에 여러 계단과 이 계단을 올라가는 자들의 모순이 필요하다! 삶은 오르기를 원하며 오르면서 자신을 극복하려고 한다.

그런데 보라, 벗들이여! 여기 타란툴라가 사는 구멍이 있는 곳에 낡은 사원의 폐허가 하늘을 향해 솟아오르지 않았는가. 부디 밝은 눈으로 바라보라!

참으로 여기에 자신의 사상을 돌에 담아 높이 치솟게 한 자는 최고의 현자처럼 모든 삶의 비밀을 알았을 것이다!

아름다움의 내부에조차 투쟁과 불평등 그리고 힘과 그것을 넘어서는 힘을 쟁취하기 위한 전쟁이 들어 있다는 것. 그는 이러한 사실을 여기에서 가장 분명한 비유로 우리에게 가르쳐 주지 않는가.

여기에서 둥근 천장과 아치는 서로 경쟁이나 하듯 얼마나 거룩하게 서로 맞서는가. 거룩하게 분투하는 둥근 천장과 아치는 마치 빛과 그림자처럼 얼마나 서로 대립하며 용트림하는가.

벗들이여, 우리도 이와 같이 당당하고 아름답게 서로 적이 되자! 우리도 거룩하게 서로 **맞서서** 분투하자.

아! 지금 나의 오랜 적 타란툴라가 나를 물었다. 거룩할 만큼 당당하고 멋지게 타란툴라가 나의 손가락을 물었다!

'징벌과 정의가 있어야지.'라고 생각하며 타란툴라가 물었다. '그 누구도 여기에서 아무런 대가 없이 적대 관계를 예찬하는 노래를 부를 수는 없어!'

그렇다. 타란툴라가 복수했다! 그리고 아! 타란툴라는 이제 복수함으로써 나의 영혼에도 현기증을 일으킬 것이다!

그러니 벗들이여, 내가 현기증이 나지 **않도록** 여기 이 기둥에 나를 단단히 묶어 다오! 나는 복수심의 회오리에 휘말리기보다는 기둥에 묶인 성자가 되련다!

참으로 차라투스트라는 돌풍이나 회오리바람은 아니다. 그리고 춤추는 자이기는 하지만 결코 타란툴라의 춤을 추는 자는 아니다!

차라투스트라는 이렇게 말했다.

이름 높은 현자들에 대하여

이름 높은 현자들이여, 그대들 모두는 군중과 군중의 미신에 봉사해 왔을 뿐! 진리를 섬기지는 **않았다**! 그리고 바로 그때문에 사람들이 그대들을 공경하고 두려워한 것이다.

그리고 그대들의 무신앙은 군중에 이르는 재치이자 에움길이기 때문에 용인되었다. 이처럼 주인[8]은 노예들에게 방임을 허용하고 그들의 방종조차 즐기는 것이다.

그러나 군중에게 미움받는 자는 개들에게 쫓기는 늑대의 신세와 같다. 그렇게 미움받는 것은 그가 자유로운 정신이며, 속박에 맞서는 자이고, 숭배를 모르는 자이며, 숲속에 거처하

---

8) 군중을 가리킨다.

는 자이기 때문이다.

이러한 자를 사냥하여 그 은신처에서 몰아내는 것을 군중은 언제나 정의심이라고 불렀다. 군중은 날카롭기 그지없는 이빨을 가진 개들을 풀어 끊임없이 이러한 자의 뒤를 쫓도록 한다.

"진리가 여기에 있다. 군중이 여기에 있다! 그럼에도 그것을 찾는 자들에게 화 있을지어다!" 예전부터 사람들은 이렇게 말해 왔다.

이름 높은 현자들이여, 그대들은 군중의 그러한 숭배를 정당화하려 했으며, 그것을 진리에의 의지라고 불렀다!

그리고 그대들의 마음은 언제나 자신에게 말했다. "나는 군중으로부터 왔다. 또한 그들로부터 나에게 신의 음성이 들려온다."

군중의 대변자인 그대들은 늘 나귀처럼 집요하고 영리했다.

그리하여 군중을 자기 뜻대로 몰아가려는 많은 권력자들은 자기 말[馬] 앞에 한 마리의 귀여운 나귀를, 한 사람의 이름 높은 현자를 매어 놓았다.

이름 높은 현자들이여, 나는 그대들이 마침내 사자의 가죽을 완전히 벗어 버리기를 원한다!

맹수의 가죽을, 얼룩덜룩한 가죽을, 그리고 탐구하는 자와 찾는 자와 정복자의 더부룩한 변발(辮髮)을 벗어 던지라!

아, 나로 하여금 그대들의 진실됨을 믿게 하려면, 그대들은 우선 그대들의 숭배하는 의지부터 파괴해야 한다.

진실되다. 신(神) 없는 사막으로 가서 자신의 숭배하는 마음을 파괴해 버린 자를 나는 이렇게 부른다.

그자는 타는 듯한 햇볕 아래 누런 모래밭에서 목말라하면서 어두운 나무 그늘 아래 생명체들이 쉬고 있는, 샘물이 넘쳐흐르는 섬을 애타게 곁눈질하리라.

하지만 갈증에도 불구하고 그를 설득하여 이처럼 안락하게 사는 무리 사이에 섞이도록 하지는 못한다. 오아시스가 있는 곳에는 우상도 있기 때문이다.

굶주리고 난폭해지고 고독해지고 신을 부정한다. 사자의 의지는 스스로 이렇게 되기를 원한다.

노예의 행복에서 해방되고, 신들과 숭배함으로부터 구제되며, 두려워하지 않으면서 다른 사람을 두렵게 하고, 위대하면서도 고독해지는 것. 진실된 자들의 의지는 이와 같다.

진실된 자들, 자유로운 정신을 가진 자들은 예로부터 사막의 주인으로서 사막에서 살았다. 그러나 도시에는 피둥피둥 살찐 이름난 현자들, 수레를 끄는 가축들이 산다.

다시 말해 그들은 노새로서 끊임없이 끈다. **군중**이라는 짐마차를!

그렇다고 내가 그들에게 분노하는 것은 아니다. 내가 보기에 그들은 비록 황금 마구를 번쩍이고 있더라도 하인에 불과하며, 마구에 묶인 자에 불과하기 때문이다.

그리고 종종 그들은 선량하고 칭찬할 만한 하인이다. 왜냐하면 그들의 덕은 이렇게 말하기 때문이다. "너의 운명은 하인이다. 그러므로 너의 봉사를 가장 절실하게 필요로 하는 사람을 찾으라! 네가 그의 하인이 됨으로써 네 주인의 정신과 덕이 성장해야 한다. 그러면 네 주인의 정신과 덕과 더불어 너 자신도 성장하리라!"

그리고 참으로 그대 이름 높은 현자들이여, 그대 군중의 하인들이여! 그대들 자신은 군중의 정신과 덕과 더불어 성장했다. 그리고 군중은 그대들에 의해서 성장했다! 그대들의 명예를 위해 나는 이 말을 한다!

그러나 내가 보기에 그대들의 덕은 아직도 군중의 수준에 머물고 있다. 시력이 약하고 **정신**이 무엇인지도 모르는 군중 말이다!

정신은 스스로 삶 속으로 파고들고자 하는 삶이다. 삶은 자신의 고통을 통해서 자신의 지식을 증대한다. 그대들은 이것을 이미 알지 않았던가?

그리고 정신의 행복이란 이런 것이다. 향유를 바르고 눈물로 정화해 산 제물이 되는 것이다. 그대들은 이것을 이미 알지 않았던가?

그리고 장님의 맹목성, 그의 탐색과 모색은 그가 바라본 태양의 힘을 입증해야 한다. 그대들은 이것을 이미 알지 않았던가?

그리고 인식하는 자는 산을 재료로 삼아 **건설**할 줄 알아야 한다! 정신이 산을 그저 옮기기만 하는 것은 사소한 일에 지나지 않는다. 그대들은 이것을 이미 알지 않았던가?

그대들은 정신에서 타오르는 불꽃만을 알고 있을 뿐이며, 정신 그 자체인 모루를 알지 못하며 망치의 잔인성을 알지 못한다!

참으로 그대들이 정신의 긍지를 알려면 아직도 멀었다! 더욱이 정신이 겸손하게 말을 걸기라도 하면 그대들은 그 겸손함을 견디지 못하리라!

그리고 그대들은 한 번도 자신의 정신을 눈구덩이에 던져 보지 못했다. 그대들은 그렇게 할 정도로 충분히 뜨겁지 못하기 때문이다! 그러므로 그대들은 눈의 냉기가 주는 황홀함도 알지 못한다.

그리고 그대들은 내가 보기에 만사에 정신을 지나치게 믿는다. 그리하여 그대들은 종종 지혜를 동원하여 저급한 시인들을 위한 빈민 구제소와 병원이나 세운다.

그대들은 독수리가 아니다. 그러므로 그대들은 정신의 경악에서 오는 행복을 경험하지 못했다. 새가 아닌 자는 심연 위에 둥지를 틀어서는 안 된다.

내가 보기에 그대들은 미적지근한 자들이다. 그러나 모든 심원한 인식은 차갑게 흘러간다. 정신의 가장 깊은 샘은 얼음처럼 차가우며, 행동하는 손과 행동하는 자들의 청량제가 된다.

내가 보기에 그대들은 의젓하고 뻣뻣하게, 그리고 등을 꼿꼿하게 세우고 서 있다, 그대 이름 높은 현자들이여! 그 어떤 거센 바람과 의지도 그대를 몰아내지 못한다.

그대들은 둥글게 한껏 부풀어 거센 폭풍우에 떨면서 바다를 건너가는 돛을 본 적이 없는가?

돛과 같이 정신의 거센 폭풍우에 떨면서 나의 지혜는 바다를 건너간다. 나의 거친 지혜는!

그러나 그대 이름 높은 현자들이여, 그대 군중의 하인들이여, 어떻게 그대들이 나와 함께 **갈 수** 있을 것인가!

차라투스트라는 이렇게 말했다.

밤의 노래

밤이 왔다. 솟아오르는 모든 샘은 이제 더욱 소리 높여 말한다. 나의 영혼도 하나의 솟아오르는 샘물이다.

밤이 왔다. 사랑하는 자들의 모든 노래가 이제 비로소 깨어난다. 나의 영혼 또한 사랑하는 자의 노래다.

진정되지 않은 것, 진정될 수 없는 것이 내 마음속에 있다. 그것이 이제 말하려 한다. 사랑을 향한 열망이 내 마음속에 있고, 이 열망 자체가 사랑의 말을 속삭인다.

나는 빛이다. 아, 내가 밤이라면! 그러나 내가 빛으로 둘러싸여 있다는 것. 이것이 나의 고독이다!

아, 내가 어두운 밤과 같다면! 빛의 젖가슴을 얼마나 빨았을까!

그대 빛나는 작은 별들이여, 하늘의 반딧불들이여, 나는 그대들에게도 축복을 내리고 싶었다! 그러면 그대들이 내리는 빛의 선물로 더없이 행복해졌을 것이다.

하지만 나는 자신의 빛 속에 살며, 나에게서 솟아나는 불꽃을 다시 들이마신다.

나는 받는 자의 행복을 알지 못한다. 그리고 이따금 나는 훔치는 것이 받는 것보다 더 행복하리라고 꿈꾸었다.

나의 손이 끊임없이 베푼다는 것. 이것이 나의 가난이다. 내가 기대에 찬 눈들과 환하게 밝혀진 동경의 밤들을 보아야 한다는 것. 이것이 나의 질투다.

아, 모든 베푸는 자들의 불행이여! 아, 나의 태양의 일식이여! 아, 갈망을 향한 몸부림이여! 아, 포만감 속에서의 극심한 굶주림이여!

그들은 나로부터 받는다. 하지만 그렇다고 내가 그들의 영혼과 맞닿아 있단 말인가? 베푸는 것과 받는 것 사이에는 틈이 있다. 그리고 가장 좁은 틈새에 다리를 놓기가 가장 어려운 법이다.

나의 아름다움으로부터 굶주림이 자란다. 내가 비추어 주는 자들에게 고통을 주고 싶고, 나로부터 받는 자들에게서 빼앗고 싶다. 이토록 나는 악의에 굶주려 있다.

그들이 나를 향해 손을 뻗을 때, 나는 내 손을 거두고, 쏟아져 내리면서도 멈칫거리는 폭포와도 같이 멈칫거리며 망설인다. 이토록 나는 악의에 굶주려 있다.

나의 충만함이 그러한 복수를 생각해 낸다. 이러한 간계는 나의 고독으로부터 솟아난다.

베풂에서 오는 나의 행복은 베풂으로써 죽었다. 나의 덕은 넘쳐흐름으로써 자기 자신에게 싫증이 났다!

끊임없이 베푸는 자의 위험은 수치심을 잃는다는 데 있다. 항상 나누어 주는 자의 손과 가슴에는 끊임없이 나누어 주느라고 못이 박인다.

나의 눈은 더 이상 구걸하는 자들의 수치 때문에 눈물을 흘리지 않는다. 나의 손은 가득 채워진 손들의 떨림을 느끼기에는 너무 굳었다.

내 눈의 눈물과 내 마음의 부드러운 솜털은 어디로 가 버렸는가? 아, 모든 베푸는 자들의 고독이여! 아, 모든 비추는 자들의 침묵이여!

많은 태양들이 황량한 공간 속에서 돈다. 모든 어두운 것을 향해 이 태양들은 빛으로 말을 한다. 하지만 내게는 침묵을 지킨다.

아, 이것이 빛을 발하는 것에 대한 빛의 적개심이다. 빛은 가차 없이 자신의 궤도를 따라 돈다.

빛을 발하는 것에 대해서는 가장 깊은 마음으로 불공평하게, 여러 태양들에 대해서는 냉혹하게, 이처럼 모든 태양은 제각각 돌고 있다.

태양들은 폭풍처럼 그 궤도를 따라 날아간다. 그것이 태양들의 운행이다. 태양들은 가차 없는 자기의 의지를 따른다. 그것이 태양들의 냉혹함이다.

아, 그대 어두운 자들이여, 그대 밤과 같은 자들이여, 그대들은 비로소 빛을 발하는 것들로부터 자신의 열기를 만들어 낸다! 아, 그대들은 처음으로 빛의 젖가슴으로부터 젖과 청량 음료를 빨아들인다!

아, 얼음이 나를 에워싸고, 나의 손은 이 차가운 것에 화상을 입는다! 아, 나에게는 갈망이 있으며, 그 갈망은 그대들의 갈망을 애타게 그리워한다!

밤이 왔다. 아, 내가 빛이어야 하는가! 밤과 같은 것에 대한 갈망이여! 고독이여!

밤이 왔다. 지금 나에게서 열망이 샘물처럼 솟아오른다. 말하고자 하는 열망이.

밤이 왔다. 이제 솟아오르는 모든 샘물은 더욱 소리 높여 말한다. 나의 영혼도 하나의 솟아오르는 샘물이다.

밤이 왔다. 이제 비로소 사랑하는 자들의 모든 노래가 깨어 난다. 나의 영혼 또한 사랑하는 자의 노래다.

차라투스트라는 이렇게 말했다.

춤의 노래

어느 날 저녁 차라투스트라는 제자들과 함께 숲속을 지나갔다. 그는 샘물을 찾고 있었는데, 보라, 푸른 풀밭이 앞에 나타났다. 나무들과 관목 숲으로 아늑하게 둘러싸여 있는 그 풀밭 위에서는 소녀들이 함께 춤을 추고 있었다. 소녀들은 차라투스트라를 보자 춤을 멈추었다. 그러나 차라투스트라는 다정하게 소녀들 곁으로 다가가서 말했다.

"춤을 멈추지 말라, 사랑스러운 소녀들이여! 그대들을 찾아온 이 사람은 사악한 눈길을 번뜩이며 놀이를 망치는 자도 소녀들의 적도 아니다.

나는 악마 앞에서 신을 대변하는 자다. 악마는 중력의 영(靈)이 아니던가. 그대 경쾌한 소녀들이여, 내가 어떻게 신성한 춤에 적의를 가지겠는가? 더군다나 아름다운 복사뼈를 가진 소녀들의 발에?

참으로 나는 어두운 나무들이 이루는 숲이며 밤이다. 그러나 나의 어둠을 두려워하지 않는 자는 나의 측백나무 아래에서 장미꽃 만발한 비탈을 발견하리라.

또한 그자는 소녀들이 더없이 사랑하는 꼬마 신[9]도 발견할 것이다. 샘물 곁에서 조용히 눈을 감고 누워 있는 신을.

참으로 이 신은 밝은 대낮에 잠이 들었다, 이 빈둥거리는 게으름뱅이는! 나비들을 잡으려고 너무 열심히 뛰어다녔기 때문일까?

그대 아름다운 무희들이여, 이 꼬마 신을 내가 조금 나무라더라도 화내지 말라! 이 신은 아마도 소리를 지르며 울어 버릴 테지. 하지만 이 신은 우는 모습조차 웃음을 자아내지 않는가!

이 신은 눈물이 그렁그렁한 눈으로 그대들에게 춤을 청하리라. 그러면 나 자신도 이 신의 춤에 맞춰 노래를 부르리라.

중력의 영, 세계의 주인이라고 불리는 나의 더없이 강력한 악마를 기리는 춤의 노래와 조롱의 노래를."

그리고 나서 큐피드와 소녀들이 함께 춤을 추자 차라투스트라는 다음과 같이 노래 불렀다.

최근에 그대의 눈을 들여다보았노라, 아, 삶이여! 끝 모를 심연 속으로 가라앉는 것 같았지.

---

9) 큐피드를 가리킨다.

그러나 그대는 황금의 낚싯바늘로 나를 끌어 올렸다네. 그리고 내가 그대를 끝 모를 심연이라고 부르자 그대는 나를 비웃었지.

그대는 말했네. "물고기들도 모두 그렇게 말하지. **물고기들은** 깊이를 잴 수 없을 때면 바닥이 없다고 말하거든.

그러나 나는 변덕스럽고, 거칠고, 속 좁은 여자에 지나지 않고, 덕도 없다네.

그대 남자들이 내가 깊고, 신실하고, 영원하고, 신비롭다고 말하긴 해도.

그대 남자들은 우리에게 언제나 그대들 자신의 덕을 베풀기만 하지. 아, 그대 도덕군자들이여!"

이렇게 말하며 이 미덥지 못한 여자가 웃었지. 그러나 나는 그녀의 말이나 웃음을 결코 믿지 않네. 그녀가 자신에 대해 나쁘게 말할 때라도.

그리고 내가 나의 거친 지혜와 마주 앉아 이야기를 나눌 때였지. 그 지혜가 화를 내며 나에게 말했다네. "그대는 원하고 갈망하고 사랑하며, 오직 그 때문에 그대는 삶을 **찬양**한다!"

하마터면 나는 심술궂게 대답하여, 잔뜩 화가 난 지혜에게 진실을 말할 뻔했지. 사람이란 자신의 지혜에게 진실을 말할 때 가장 심술궂어지는 법 아니던가.

우리 셋의 관계를 다시 말하자면 이렇다네. 내가 온몸으로 사랑하는 것은 오직 삶뿐이며, 내가 삶을 증오할 때 참으로 삶을 가장 사랑한다!

그러나 내가 지혜를 다정하게, 때로는 지나치게 다정하게 대하는 것은 지혜가 나에게 삶을 통절하게 깨우쳐 주기 때문이지!

게다가 지혜는 자기 나름대로의 눈과 자기 나름대로의 웃음, 심지어 작은 황금의 낚싯대까지 가지고 있다네. 삶과 지혜, 이 둘이 이처럼 닮은 것을 어쩌란 말인가?

그리고 언젠가 삶이 나에게 "저 지혜란 도대체 무어냐?"라고 물었을 때 나는 구구절절 말했다네.

"아, 그렇다! 지혜란 그렇다! 사람들은 지치지도 않고 지혜에 목말라하며, 몇 겹의 베일을 뚫고 보려 하고 그물로 붙들려 한다.

지혜는 아름다운가? 모르겠다! 그러나 늙디늙은 잉어들도 지혜를 미끼로 꾈 수 있다.

지혜는 변덕스러우면서 고집이 세다. 이따금 나는 지혜가 입술을 깨물면서 난폭하게 머릿결을 거슬러 빗질하는 것을 보았다.

지혜는 심술궂고 거짓말쟁이고 다만 여자일 뿐이다. 그러나 지혜가 자기 자신에 대해 나쁘게 말할 때가 가장 유혹적이다."

내가 삶에게 이렇게 말하자 삶은 심술궂게 웃으면서 눈을 감았다네. 그리고 말했지. "그대는 누구 이야기를 하는가? 아마 나를 두고 말하는 것인가?

그러나 아무리 옳은 말이라도 **그것**을 나에게 대놓고 말하다니! 그러면 이제 그대의 지혜에 대해서도 말해 다오!"

아, 그러면서 그대는 다시 눈을 떴지. 아, 사랑하는 삶이여! 그리고 나는 다시 바닥 모를 심연 속으로 가라앉는 것 같았다네.

차라투스트라는 이렇게 노래했다. 그러나 춤이 끝나고 소녀들이 가 버리자 그는 슬퍼졌다.

"해가 벌써 졌구나." 그는 마침내 이렇게 말했다. "풀밭은 눅눅해지고 숲에서는 냉기가 몰려오는구나.

미지의 것이 나를 둘러싸고 깊은 생각에 잠겨 바라본다.

도대체! 그대는 아직도 살아 있는가, 차라투스트라여?

무엇 때문에? 무엇을 위해? 무엇에 의해서? 어디로? 어디에서? 어떻게? 아직도 살아 있다니, 어리석지 않은가?

아, 벗들이여, 나의 내면에서 이런 물음을 던지는 것은 저녁이다. 나의 슬픔을 용서하라!

저녁이 되었다. 저녁이 된 것을 용서하라!"

차라투스트라는 이렇게 말했다.

무덤의 노래

"저기에 무덤들의 섬, 말없는 침묵의 섬이 있다. 저곳에는 내 청춘의 무덤들도 있다. 그러므로 나는 삶의 늘 푸른 화환을 저쪽으로 가져가리라."

이렇게 결심하고 나는 바다를 건너갔다.

아, 그대 내 젊은 시절의 환영(幻影)과 형상들이여! 아, 그대 사랑의 모든 눈길들이여! 그대 거룩한 순간들이여! 어찌하여 그대들은 그토록 일찍 죽었는가? 나는 오늘 죽은 친구들을 생각하듯 그대들을 회상한다.

지금은 가고 없는, 나의 가장 사랑스러운 벗들이여, 그대들로부터 감미로운 향기가, 마음을 녹이고 눈물을 자아내는 향기가 풍기는구나. 참으로 이 향기는 고독한 항해자의 마음을 뒤흔들어 녹이는구나.

나는 여전히 가장 풍요로운 자며, 가장 선망받는 자다. 가장 고독한 내가! 내 일찍이 그대들을 **소유했고** 그대들도 아직 나를 소유하고 있기 때문이다. 말해 보라. 나 말고 어느 누구에게 이러한 장밋빛 사과들이 나무로부터 떨어졌던가?

나는 아직도 그대들의 사랑의 상속자며, 그대들을 추억하기 위한 다채로운 야생의 덕이 꽃피어 있는 그대들의 토양이다. 아, 그대 가장 사랑하는 자들이여!

아, 우리는 서로 가까이 있도록 운명 지어졌다. 그대 사랑스러우면서도 낯선 기적들이여. 그리고 그대들은 부끄럼을 많이 타는 새들처럼 나와 나의 소망을 찾아온 것이 아니라 믿음 있는 자로서 믿음 있는 자를 찾아왔다!

그렇다. 그대들은 나처럼 성실을 위해, 다정다감한 영원을 위해 만들어졌다. 그러나 나는 지금 그대들이 불성실하다고 말할 수밖에 없다. 그대 거룩한 눈길들과 순간들이여, 나는 아직도 그대들을 달리 부를 이름을 찾지 못했다.

참으로 그대들은 너무 일찍 죽었다, 그대 도망자들이여. 그러나 그대들이 내게서 달아나지도 내가 그대들에게서 달아나지도 않았다. 우리의 불성실함, 그 책임이 우리에게 있는 것은 아니다.

나를 죽이려고 사람들이 그대들의 목을 졸랐다, 그대 나의 희망을 노래한 새들이여! 그렇다. 그대 가장 사랑하는 자들이여, 악의는 언제나 그대들을 향하여 활을 쏘았다. 내 심장을 꿰뚫기 위해!

그리고 적중시켰다! 그대들은 언제나 내가 중심으로 사랑한 자, 나의 소유, 나를 사로잡은 자들이었다. **그 때문에** 그대들은 젊어서 죽어야 했다. 너무도 일찍!

내가 가진 가장 섬세한 것을 향해 사람들은 활을 쏘았다. 그대들이 바로 그것이었다. 그대들의 피부는 솜털과 같았고, 한 번 눈길을 주기만 해도 사라져 버리는 미소와 같았다!

나는 나의 적들에게 이렇게 말하리라. 그대들이 나에게 한 짓에 비하면 살인 정도는 아무것도 아니다!

그대들은 살인보다도 더 사악한 짓을 내게 했다. 그대들은 다시는 되찾을 수 없는 것을 나로부터 빼앗아 갔다. 이렇게 나는 그대들에게 말한다, 나의 적들이여!

그대들은 내 청춘의 환영과 가장 사랑스러운 기적을 죽였다! 그대들은 나로부터 나의 놀이 친구인 더없이 행복한 영들을 빼앗아 갔다. 이 영들을 추모하면서 나는 이 화환과 저주를 여기에 내려놓는다.

이 저주를 받으라, 나의 적들이여! 그대들은 차가운 밤이 음향을 삼키듯 나의 영원한 것들을 속절없게 만들지 않았는가! 영원한 것들은 다만 성스러운 눈〔眼〕의 섬광처럼 잠시 나타났다 사라지지 않았는가. 순간으로서!

한때 좋았던 시절에 나의 순결함은 이렇게 말했다. "모든 존재가 나에게는 성스러운 것이기를!"

그때 그대들은 추악한 유령들을 데리고 나를 습격했다. 아, 저 좋았던 때는 이제 어디로 가 버렸는가!

"하루하루가 나에게는 신성하기를!" 일찍이 내 젊은 시절의 지혜는 이렇게 말했다. 참으로 즐거운 지혜의 말이었다!

그러나 그때 그대 나의 적들은 나의 밤들을 훔쳐 내 잠 못이루는 고통에 팔아넘기고 말았다. 아, 저 즐거운 지혜는 지금 어디로 가 버렸는가?

일찍이 나는 상서로운 새의 조짐을 바랐다. 그러나 그때 그대들은 나의 길 위로 부엉이라는 괴물, 역겨운 새가 날아오르게 했다. 아, 나의 간절한 소망은 그때 어디로 달아나 버렸던가?

일찍이 나는 모든 역겨운 것을 뿌리치기로 맹세했다. 그런데 그때 그대들은 나의 이웃과 가장 가까운 이웃들을 종양으로 변질시키고 말았다. 아, 나의 고결한 다짐은 어디로 가 버렸는가?

나는 한때 눈은 멀었어도 더없이 행복한 길을 걸었다. 그때 그대들은 장님이 가는 길에 오물을 던졌다. 그리하여 나는 장님으로 걸어온 그 길에 구역질을 느꼈다.

그리고 내가 가장 어려운 일을 감당해 내고 그 승리에 찬 극복을 자축할 때, 그대들은 나를 사랑하는 자들로 하여금 외치게 했다. 나라는 존재가 그들에게 참을 수 없는 고통을 준다고.

참으로 그대들이 해 온 짓거리는 나의 가장 좋은 꿀, 나의 가장 뛰어난 꿀벌들의 부지런함을 쓰디쓰게 만들어 버렸다.

그대들은 자비심 넘치는 나에게 언제나 가장 몰염치한 거지들을 보냈다. 그대들은 동정심 넘치는 나에게 뻔뻔스럽기 짝이 없는 거지들이 몰리게 했다. 이렇게 그대들은 나의 덕의 믿음에 상처를 입혔다.

그리고 내가 나의 가장 신성한 것을 제단에 바치자 즉시 그대들의 경건함이라는 것이 그대들의 기름 번지르르한 제물을 그 옆에 놓았다. 그대들의 지방(脂肪)이 내뿜는 증기로 나의 가장 신성한 것을 질식시키기 위해서였다.

일찍이 나는 그때까지 춘 것과는 다른 방식으로 춤추고자 했다. 온 하늘을 훨훨 날며 춤추고자 했다. 그런데 그때 그대들은 나의 가장 사랑하는 가수를 꼬드겼다.

그리하여 이 가수는 이제 무시무시하고 음울한 곡조로 노래하기 시작했다. 아, 그의 노래는 내 귀에 마치 음산한 뿔피리 소리처럼 들렸다!

살인마적인 가수여, 사악함의 도구여, 순진하기 짝이 없는 자여! 나는 가장 멋진 춤을 출 만반의 준비를 하고 있었다. 그런데 그때 그대는 자신의 노랫소리로 나의 황홀경을 살해하고 만 것이다!

나는 오직 춤을 통해서만 최고의 사물들에 대한 비유를 말할 줄 안다. 하지만 그때 나의 최고의 비유는 말로 표현되지도 못하고 그대로 나의 사지에 남게 된 것이다!

최고의 희망은 말이 되지도 못한 채, 구원받지도 못한 채 나에게 그대로 남게 되었다! 그리하여 내 젊은 시절의 환영과 위안은 죽어 버렸다!

나는 이 고통을 도대체 어떻게 견디었던가? 어떻게 이러한 상처를 이겨 내고 극복했던가? 어떻게 나의 영혼은 이 무덤들로부터 다시 살아났는가?

그렇다. 내게는 상처 입히지 못하는 것, 결코 파묻어 버릴 수 없는 것, 바위라도 뚫고 나오는 것이 있으니, **나의 의지가** 그것이다. 이 의지는 말없이, 변함없이 세월을 뚫고 뚜벅뚜벅 걸어간다.

나의 의지, 나의 오랜 의지는 나의 발로 걸어간다. 나의 의지는 굳세며 상처 입지 않는다.

나의 발꿈치만은 상처 입지 않는다. 가장 인내심 강한 자여, 그대는 언제나 거기에 살아 있고 언제나 변함없다! 그대는 언제나 온갖 무덤들을 뚫고 나왔다!

그대 속에는 내 젊은 시절의 구원받지 못한 것이 아직 살아 있다. 그대는 삶으로서, 청춘으로서 희망을 안고 여기 누런 무덤의 폐허 위에 앉아 있다.

그렇다. 그대는 아직도 나에게는 모든 무덤들을 파헤치는 자다. 건투를 빈다, 나의 의지여! 무덤이 있는 곳에서만 부활이 있는 법이다.

차라투스트라는 이렇게 노래했다.

자기 극복에 대하여

최고의 현자들이여, 그대들을 앞으로 몰아가고 열정으로 불타오르게 하는 것을 그대들은 진리에의 의지라고 부르는가?

모든 존재자를 사유 가능하게 만들려는 의지. 나는 그대들의 의지를 이렇게 부른다!

모든 존재자를 그대들은 우선 사유 가능하게 **만들려고** 한다. 그대들은 모든 존재자가 본래 사유 가능한지에 대해 건강한 불신감을 가지고 의심하기 때문이다.

그리하여 모든 존재자는 그대들의 뜻에 따르고 굴복해야 한다! 그대들의 의지는 그렇게 되기를 바란다. 모든 존재자는 정신의 거울과 반사로서 정신을 매끈하게 비추어 주고 정신에 종속되어야 한다.

최고의 현자들이여, 이것은 힘의 의지로서 그대들의 의지 전체이기도 하다. 그대들이 선과 악, 그리고 가치 평가에 대해 말할 때조차 그렇다.

그대들은 아직도 그대들이 그 앞에 무릎 꿇을 수 있는 세계를 창조하려 한다. 이것이 그대들의 마지막 희망이며 도취다.

물론 현명하지 못한 자들, 즉 군중은 한 척의 나룻배가 그 위에서 헤쳐 나가는 강물과 같다. 그리고 이 나룻배에는 가치 평가라는 자가 가면을 쓴 채 엄숙한 표정으로 앉아 있는 것이다.

그대들은 그대들의 의지와 가치를 생성이라는 강물에 띄웠다. 그리하여 군중이 선과 악이라고 믿어 온 오래된 힘의 의지가 그 모습을 드러낸다.

최고의 현자들이여, 바로 그대들이 나룻배에 이 손님들을 태웠고 그들에게 화려한 장식과 자랑스러운 이름을 주었다. 그대들 그리고 지배적인 그대들의 의지가 그렇게 했다!

강물은 그대들의 나룻배를 저 멀리 떠내려 보낸다. 강물은 나룻배를 떠내려 **보내야** 한다. 부서지는 파도가 거품을 일으키고 노하여 용골(龍骨)에 부딪쳐도 소용없다!

최고의 현자들이여, 그대들의 위험은 강물에 있지 않고, 그대들의 선과 악의 종말에 있지도 않다. 오히려 저 의지 자체, 힘의 의지, 무진장으로 샘솟는 삶의 의지가 그대들의 위험이다.

선과 악에 대한 나의 말을 이해시키기 위해 나는 그대들에게 삶과 모든 생명 넘치는 것의 본성에 대해 말하리라.

나는 생명 넘치는 것을 추적해 왔으며, 그것의 본성을 알기 위해 가장 먼 길도, 가장 가까운 길도 마다하지 않고 걸어왔다.

생명 넘치는 것이 입을 굳게 다물고 있었으므로 나는 그 눈을 읽기 위해 백 개의 반사면을 가진 거울로 그의 시선을 포착했다. 그러자 그 눈이 나에게 말해 주었다.

그러나 생명 넘치는 것을 발견할 때마다 나는 순종이라는 말을 들었다. 모든 생명 넘치는 것은 순종하는 자다.

그리고 다음이 내가 들은 두 번째의 것이다. 즉, 자기 자신에게 순종할 수 없는 자에게는 명령을 내리라는 것이다. 이것이 생명 넘치는 것의 본성이다.

그러나 내가 들은 세 번째 말은 이렇다. 즉, 명령하기가 순종하기보다 더 어렵다는 것이다. 그것은 명령하는 자가 모든 순종하는 자의 짐을 지게 되고, 이 짐이 명령하는 자를 쉽사리 짓눌러 버리기 때문만은 아니다.

내가 보기에 모든 명령에는 시도와 모험이 따르며, 생명 넘치는 것이 명령을 내릴 때는 언제나 자신의 목숨을 걸기 때문이다.

그렇다. 생명 넘치는 것은 자신에게 명령할 때라도 그 대가를 치러야 한다. 생명 넘치는 것은 자신의 율법에 대한 재판관이 되어야 하며, 복수하는 자 그리고 희생물이 되어야 한다.

어찌하여 이렇게 된단 말인가! 나는 스스로에게 물었다. 생명 넘치는 것으로 하여금 복종하면서 명령을 내리고, 명령을 내리면서 복종하도록 설득하는 것은 무엇인가?

최고의 현자들이여, 내 말을 들어 보라! 내가 삶 자체의 심장 속으로, 그 심장의 뿌리 속까지 기어들었는지 깊이 생각해 보라!

나는 생명 넘치는 자를 발견할 때마다 힘의 의지를 발견했다. 그리고 시중드는 자의 의지에서도 주인이 되려는 의지를 발견했다.

약자는 강자를 섬겨야 한다고 약자가 자신의 의지를 설득한다. 하지만 그러면서 자기도 보다 약한 자의 지배자가 되려고 한다. 약자도 이러한 기쁨만은 버리지 못한다.

그리고 보다 작은 자가 가장 작은 자를 지배하는 기쁨과 힘을 갖기 위해 보다 큰 자에게 복종하는 것처럼 가장 큰 자도 힘을 위해 헌신하고 목숨을 건다.

모험을 감행하고 위험을 무릅쓰고 죽음을 건 주사위 놀이를 하는 것. 그것은 가장 큰 자의 헌신이다.

희생과 봉사 그리고 사랑의 눈길이 있는 곳에도 지배자가 되려는 의지가 있다. 이때 보다 약한 자는 샛길로 보다 강한 자의 성(城)으로, 심장으로 몰래 숨어들어 거기에서 힘을 훔친다.

삶 자체가 내게 비밀을 말해 주었다. "보라, 나는 **언제나 자기 자신을 극복해야 하는** 그 무엇이다."

"물론 그대들은 이것을 생식에의 의지 또는 목적에의 충동, 보다 높은 것, 보다 멀리 있는 것, 보다 다양한 것에로의 충동이라고 부른다. 그러나 이 모든 것은 한가지이며 하나의 비밀이다.

나는 이 하나를 단념하느니 차라리 몰락하겠다. 그리고 참으로 몰락이 일어나고 낙엽이 질 때, 보라, 그때 삶은 자신을 희생한다. 힘을 위해서!

내가 투쟁이어야 한다는 것, 생성과 목적과 여러 목적들 간의 모순이어야 한다는 것. 아, 나의 이러한 의지를 알아차리는 자는 나의 의지가 얼마나 **구부러진** 길을 가야 하는지도 알리라!

내가 무엇을 창조하든, 내가 그것을 얼마나 사랑하든 나는 곧 내가 창조한 것과 내 사랑의 적이 되어야 한다. 내 의지가 그것을 원하기 때문이다.

그리고 인식하는 자여, 그대도 나의 의지의 오솔길이며 발자국일 뿐이다. 참으로 나의 힘의 의지는 그대의 진리를 향한 의지도 발로 삼아 걸어간다.

진리를 향하여 **생존에의 의지**라는 말을 쏜 자는 물론 진리를 명중시키지 못했다. 이러한 의지는 존재하지 않는다!

왜냐하면 존재하지 않는 것은 요구할 수 없으며, 이미 현존하는 것이라면 새삼 생존을 요구할 리 없기 때문이다!

오직 삶이 있는 곳, 그곳에 또한 의지가 있다. 그러나 나는 그대에게 삶의 의지가 아니라 힘의 의지를 가르친다!

살아 있는 자에게는 삶 자체보다는 다른 많은 것이 더 높이 평가된다. 그리고 이러한 평가를 통해서 말하는 것이 바로 힘의 의지다!"

일찍이 삶은 나에게 이렇게 가르쳤다. 그리고 최고의 현자들이여, 나는 이 가르침에 의해 그대들의 마음의 수수께끼를 풀어 주려고 한다.

참으로 나는 그대들에게 말한다. 무상(無常)하지 않은 선과 악. 그런 것은 존재하지 않는다! 선과 악은 언제나 자기 자신으로부터 다시 극복되어야 한다.

가치를 평가하는 자들이여, 그대들은 선과 악에 대한 그대들의 평가와 말로 폭력을 행사한다. 이것이 그대들의 숨겨진 사랑이며 그대들의 영혼의 빛남이며 전율이자 흘러넘침이 아닌가.

그러나 그대들의 가치로부터 보다 강력한 폭력, 새로운 극복이 자라난다. 이것에 의해서 알과 껍데기가 부서진다.

선과 악에서 창조자가 되려 하는 자는 참으로 우선 파괴자가 되어 가치들을 파괴해야 한다.

이렇게 최고의 악은 최고의 선에 속한다. 그러나 최고의 선은 창조적인 선이다.

최고의 현자들이여, 이렇게 말을 떠벌리는 것이 좋지 않다 할지라도 우리는 오직 이 일에 대해 말해야 한다. 침묵은 더욱 나쁘며, 모든 은폐된 진리는 독성이 있기 때문이다.

그리고 우리의 진리 앞에서 부서질 수 있는 모든 것을 부숴 버리자! 아직도 세워야 할 집이 많지 않은가!

차라투스트라는 이렇게 말했다.

고매한 자들에 대하여

나의 바다 밑은 고요하다. 그 누가 짐작이나 하겠는가. 그 바다 밑에 익살맞은 괴물이 숨어 있다는 것을!

나의 심연은 요지부동이다. 그러나 나의 심연은 헤엄쳐 다니는 수수께끼들과 호쾌한 웃음으로 빛난다.

나는 오늘 고매한 자, 엄숙한 자, 정신의 참회자를 보았다. 아, 나의 영혼은 그 추함을 보고 얼마나 웃었던가!

가슴을 불룩하게 하고 숨을 가득 들이쉰 사람처럼 그자는, 그 고매한 자는 거기에 침묵하며 서 있었다.

사냥으로 포획한 추한 진리들을 주렁주렁 매달고, 찢어진 옷을 잔뜩 껴입은 채 몸에는 많은 가시를 달고 있었다. 그렇지만 장미는 보이지 않았다.

그는 웃음이 무엇인지, 아름다움이 무엇인지 아직도 배우지 못했다. 이 사냥꾼은 인식의 숲으로부터 우울한 얼굴로 돌아왔다.

사나운 짐승들과 싸우다가 돌아온 것이다. 그러나 그의 엄숙함에서는 아직도 한 마리의 사나운 짐승이 내다보고 있다. 극복되지 않은 한 마리의 사나운 짐승이!

그는 펄쩍 뛰어 덤비려는 호랑이처럼 여전히 거기에 서 있다. 그러나 나는 이처럼 긴장에 찬 영혼들을 싫어하며, 나의 미감은 이처럼 잠복해 있는 모든 자들을 싫어한다.

벗들이여, 그대들은 미감(美感)이나 기호(嗜好) 때문에 다투어서는 안 된다고 말하는가? 그러나 삶이란 모두 미감과 기호를 둘러싼 싸움일 뿐이다!

미감. 바로 그것은 저울추이자 저울판이며 무게를 다는 자다. 슬프도다, 저울추와 저울판과 무게를 다는 자를 둘러싼 싸움도 없이 살려고 하는 모든 생명 있는 것들이여!

그가, 그 고매한 자가 자신의 고매함에 신물이 나면 그때 비로소 그의 아름다움이 자라나리라. 그때 비로소 나는 그의 인간을 맛보고 그의 좋은 맛을 알게 되리라.

그가 자기 자신으로부터 등을 돌려야만 비로소 자신의 그림자를 뛰어넘으리라. 그리고 참으로! **자신의** 태양 속으로 들어가리라.

그는 그늘 속에 너무도 오래 앉아 있었다. 정신의 속죄자의 뺨은 창백해졌다. 기다리다 지쳐 거의 굶어 죽게 되었다.

그의 눈에는 아직도 경멸이 서려 있고, 그의 입에는 구역질이 숨겨져 있다. 그는 지금 쉬고 있지만 그의 휴식은 아직까지도 햇볕 아래로 나오지 않았다.

그는 황소와 같이 행동해야 하며, 그의 행복은 땅에 대한 경멸이 아니라 땅의 냄새를 풍겨야 하리라.

나는 그가 하얀색의 황소가 되어 씩씩거리며 콧김을 내뿜고 울부짖으며 쟁기를 끄는 모습을 보고 싶다. 그리고 그의 울부짖음도 지상의 모든 것을 찬양하는 것이었으면!

그의 표정은 아직도 어둡다. 그의 손의 그림자가 얼굴 위에 어른거리며, 그의 눈빛은 아직도 그늘져 있다.

그의 행위 자체가 아직도 그에게 그늘을 드리운다. 그의 손이 행위하는 자를 어둡게 가린다. 아직도 그는 자신의 행위를 극복하지 못한 것이다.

나는 그의 튼튼한 황소의 목덜미를 사랑하지만, 이제는 천사의 눈도 보고 싶다.

그는 자신의 영웅적 의지도 망각해야 한다. 바라건대 그가 고매한 자를 넘어 고양된 자이기를. 에테르가 그를, 의지하지 않는 자를 드높이 고양하기를!

그는 괴물을 정복하고 수수께끼를 풀었다. 그러나 그는 자신의 괴물과 수수께끼도 구제해야 하며 이 괴물과 수수께끼를 천상의 아이들로 변화시켜야 한다.

그의 인식은 아직 미소 짓는 것도, 질투하지 않는 것도 배우지 못했다. 그의 용트림하는 열정은 아직 아름다움 속에서 잔잔해지지 않았다.

참으로 그의 열망이 포만이 아니라 아름다움 속에서 침묵하고 침잠하기를! 우아함이란 위대한 사상을 가진 자의 관대함에 속하는 것이므로.

팔을 머리 위로 두른 채, 영웅은 그렇게 쉬어야 한다. 그리고 자신의 휴식조차 그렇게 극복해야 한다.

그러나 바로 영웅에게는 **아름다움이** 모든 것들 중에서 가장 어렵다. 아름다움이란 제아무리 격렬한 의지로도 획득할 수 없기 때문이다.

조금 넘치기도 하고 조금 모자라기도 하는 것, 그것이 아름다움에게는 중요하고 가장 중요하기 때문이다.

근육을 느슨하게 하고 의지라는 마구(馬具)를 풀고 서 있는 것. 이것이 그대들 모두에게는 가장 어려운 일이다, 그대 고매한 자들이여!

힘이 관대해지면서 눈에 보이는 세계로 내려올 때, 나는 이러한 하강을 아름다움이라고 부른다.

그대 강력한 자여, 나는 다른 누구도 아닌 그대에게 바로 아름다움을 요구한다. 그대의 선의(善意)가 그대의 마지막 자기 극복의 대상이 되기를.

나는 그대가 온갖 악을 행할 수 있다고 믿는다. 그 때문에 내가 그대에게 선을 요구하는 것이다.

참으로 나는 허약한 자들을 종종 비웃었다. 그들은 자기의 앞발이 마비되었기 때문에 스스로가 착하다고 믿지 않는가!

그대는 원기둥의 덕을 추구해야 한다. 원기둥은 높이 올라갈수록 더 아름다워지고 더 부드러워지지만, 그 속은 점점 더 단단해지고 더 강해지지 않는가.

그렇다. 그대 고매한 자여, 그대는 언젠가는 아름다워져서 그대 자신의 아름다움을 비추어 줄 거울을 마련해야 한다.

그때 그대의 영혼은 신적인 욕망으로 전율하리라. 그대의 자부심에도 숭배의 마음이 깃들리라!

영혼의 비밀이란 다음과 같다. 영웅이 영혼을 저버릴 때 비로소 꿈속에서 영웅을 넘어선 영웅이 그에게 다가온다.

차라투스트라는 이렇게 말했다.

교양의 나라에 대하여

나는 미래 속으로 너무 멀리 날아갔다. 공포가 나를 덮쳤다. 주위를 둘러보았더니, 보라! 시간만이 나의 동시대인이 아닌가.

그리하여 나는 몸을 돌려 고향으로 날아갔다. 점점 더 빨리 날아갔다. 이렇게 나는 그대들 곁으로, 그대 현대인들에게로, 교양의 나라로 돌아왔다.

처음으로 나는 그대들을 위한 눈과 그대들을 위한 선의의 열망을 가지고 왔다. 참으로 나는 마음속에 동경을 가지고 돌아왔다.

그러나 무슨 일이 일어났던가? 나는 매우 불안하긴 했지만 웃음을 참을 수 없었다! 내 눈은 지금껏 이처럼 알록달록한 반점투성이를 본 적이 없었다!

발도 떨리고 가슴도 두근거렸지만 나는 웃고 또 웃었다. "여기야말로 모든 염료 항아리들의 고향이로다!" 나는 말했다.

그대 현대인들이여, 그대들은 얼굴과 온몸의 오십 군데에 알록달록하게 색칠을 하고 여기에 이렇게 앉아서 나를 놀라게 하는구나!

게다가 쉰 개의 거울이 그대들을 둘러싼 채 그대들의 색채 유희에 아첨하고 그것을 흉내 내고 있구나!

참으로 그대들은 그대들 자신의 얼굴보다 더 나은 가면을 쓸 수는 결코 없으리라, 그대 현대인들이여! 누가 그대들을 **알아볼 수 있겠는가**!

온몸에 과거의 기호들이 가득 적혀 있으며, 이 기호들 위로 새로운 기호들이 덧칠해져 있다. 이와 같이 그대들은 모든 기호 해독자들로부터 자신을 잘도 숨겨 놓았다!

신장(腎臟)을 검사하는 자가 있더라도, 누가 그대들이 신장을 가지고 있다는 사실을 믿겠는가! 그대들은 염료와 아교 칠을 한 종잇조각들로 빚어 구워 낸 것처럼 보일 뿐이다.

모든 시대와 민족이 그대들의 베일을 통해 알록달록하게 내비친다. 모든 관습과 신앙이 그대들의 몸짓을 통해 알록달록하게 말한다.

누군가가 그대들로부터 베일과 겉옷 그리고 색깔과 몸짓을 벗겨 내더라도, 그의 손에 남는 것은 기껏해야 새들이나 놀라게 할 정도의 것이리라.

참으로 나야말로 이전에 색깔도 없는 그대들의 발가벗은

모습을 보고 놀란 새가 아닌가. 그때 나는 해골이 사랑의 추파를 던지는 것을 보고 도망치지 않았던가.

차라리 나는 저승에서, 과거의 망령들 사이에서 날품팔이꾼이 되리라! 그대들보다는 저승에 있는 자들이 오히려 더 살찌고 풍성하지 않은가!

벌거벗었든 옷을 입었든 그대들을 내가 견딜 수 없다는 것. 이것이야말로 나의 내장의 고통이다, 그대 현대인들이여!

미래에 다가올 모든 무시무시한 일들도, 잘못 날아가 버린 새들을 공포에 떨게 한 것도 참으로 그대들의 현실보다는 더욱 내밀하고 다정하다.

왜냐하면 그대들이 이렇게 말하기 때문이다. "우리는 전적으로 현실주의자이며, 우리에게는 신앙도 미신도 없다." 그러면서 그대들은 가슴을 불쑥 내민다. 아, 내밀 가슴조차 없으면서 말이다!

그렇다. 그대들이, 알록달록한 반점을 가진 자들이 어떻게 신앙을 **가질 수 있겠는가!** 그대들은 지금까지 신앙의 대상이 된 모든 것의 그림일 뿐이다!

그대들은 신앙 자체를 부정하며 배회하는 자들이며 모든 사상의 뼈를 탈골시키는 자들이다. **나는 그대들을 신앙을 가질 수 없는 자들**이라고 부른다, 그대 현실주의자들이여!

모든 시대들이 그대들의 정신 속에서 서로 다투며 와글거린다. 그리고 모든 시대의 꿈과 소란스러운 수다가 그래도 그대들의 각성 상태보다는 더욱 현실적이었다!

그대들은 열매를 맺지 못한다. **그러므로** 그대들에게는 믿음이 없다. 그러나 창조해야 했던 자는 언제나 예언적인 꿈과 별의 조짐을 가지고 있었다. 따라서 믿음을 믿었다.

그대들은 반쯤 열린 문이며, 그 문 옆에서는 무덤 파는 자들이 기다리고 있다. 그러므로 "모든 것은 멸망해 마땅하다."라는 것이 **그대들의** 현실이다.

아, 그대 열매 맺지 못하는 자들이여, 내 앞에 서 있는 그대들의 꼴을 보라. 갈비뼈가 얼마나 앙상한가! 그리고 그대들 중의 몇몇은 이러한 사실을 알았다.

그자들이 말했다. "내가 잠들어 있는 동안 어떤 신이 내게서 무언가를 몰래 빼내 간 게 아닌가? 참으로 어여쁜 여자 하나를 만들기에 족할 만큼!

내 갈비뼈의 초라함은 놀랍기만 하구나!" 많은 현대인들이 벌써 그렇게 말했다.

그렇다. 그대 현대인들이여, 그대들은 나의 웃음거리다! 그대들이 자신을 이상하게 여길 때 특히 그렇다!

내가 그대들의 놀람을 비웃지 못하고, 그대들의 사발에 담긴 모든 구역질 나는 것을 마셔야 한다면 나는 얼마나 비참하겠는가!

그러나 내게는 짊어져야 할 **무거운 짐**이 있으므로 그대들의 일은 가볍게 넘기고 말리라. 딱정벌레나 풍뎅이가 내 짐 위에 앉는다고 해서 무슨 부담이 되겠는가!

정말이지 내 짐을 더 이상 무겁게 만들고 싶지는 않다! 그대 현대인들이여, 나는 그대들로 인해서 심하게 지치고 싶지는 않다.

아, 나의 동경을 품고서 나는 이제 어디로 더 올라가야 하는가! 모든 산꼭대기로부터 나는 아버지의 나라들과 어머니의 나라들을 내려다본다.

그러나 어디에도 고향은 보이지 않았다. 나는 어떠한 도시에도 정주하지 못하고, 그 모든 문에서 새로 출발했다.

내가 근래에 마음을 준 현대인들은 내게는 낯설기만 하고 조롱거리일 뿐이다. 나는 아버지의 나라와 어머니의 나라로부터 쫓겨났다.

그러므로 나는 아직 발견되지 않은 채 저 머나먼 바다에 있는 **아이들의 나라**만을 사랑할 뿐이다. 나는 나의 돛에게 명령하여 그 나라를 찾고 또 찾는다.

내가 나의 조상들의 후손이라는 점에 대해 나는 내 아이들에게 보상을 하리라. 그 모든 미래에 대해서, 이 현재가 보상을 하리라!

차라투스트라는 이렇게 말했다.

결벽(潔癖) 성향의 인식에 대하여

어제 달이 떠올랐을 때 나는 달이 태양을 낳으려는 게 아닌가 하고 생각했다. 커다란 배를 불룩하게 한 채 달이 지평선 위에 걸쳐 있던 것이다.

그러나 달은 임신한 것처럼 나를 속인 거짓말쟁이였다. 그래서 나는 달이 여자라기보다는 남자라고 믿고 싶다.

물론 달은, 밤에만 돌아다니는 이 겁쟁이는 남자답지 못하다. 정말이지 그는 비뚤어진 양심을 품은 채 지붕 위로 돌아다닌다.

왜냐하면 그는, 저 달 속의 수도사는 음탕하고 질투심이 많아 이 대지와 사랑하는 자들이 누리는 온갖 즐거움을 탐내기 때문이다.

그렇다. 나는 그가 싫다. 지붕 위를 돌아다니는 이 수고양이가 싫다! 반쯤 닫힌 창가를 몰래 기어 다니는 자들은 그 누구든 역겹다!

경건하게, 말없이 그는 별들이 흩뿌려진 양탄자 위를 돌아다닌다. 그러나 나는 찰칵거리는 박차 소리도 내지 않으면서 소리 죽여 걸어 다니는 자의 발이 싫다.

정직한 사람이라면 걸을 때 소리가 난다. 그러나 고양이는 땅 위를 살금살금 걸어서 지나간다. 보라, 달이 고양이처럼 다가온다. 정직하지 못하게.

나의 이 비유는 그대 예민한 위선자들을 겨냥한다. 그대 순수-인식을 하는 자들을! 그대들을 나는 음탕한 자들이라고 부른다!

그대들도 대지와 지상의 것을 사랑한다는 사실을 나는 잘 안다! 그러나 그대들의 사랑에는 수치심과 비뚤어진 양심이 있다. 그대들은 달과 닮았다!

지상의 것을 경멸하라고 사람들이 그대들의 정신을 설득했다. 그러나 그대들의 내장까지 설득하지는 못했다. 사실 이 **내장**이 그대들에게 가장 강력한 것이 아닌가!

그리하여 이제 그대들의 정신은 그대들의 내장의 뜻에 따르는 것을 부끄러워하고, 자신에 대한 수치심 때문에 샛길과 허위의 길을 걷는다.

그대들의 기만당한 정신은 자신에게 이렇게 말한다. "나에게 최고의 것은 삶을 욕망 없이, 그렇다고 개처럼 혀를 늘어뜨리지는 않고서 관조하는 것이다.

그리고 이기심에서 음모를 꾸미지도 탐욕을 부리지도 않고 의지를 죽이고 관조하며 행복해지는 것이다. 온몸은 차갑고 잿빛이지만, 도취한 달의 눈빛을 하고서!"

유혹당한 자는 자신을 이렇게 유혹한다. "나에게 가장 사랑스러운 것은 달이 대지를 사랑하듯이 대지를 사랑하고 오직 눈만으로 대지의 아름다움을 더듬는 것이다.

그리고 내가 사물들 앞에 백 개의 눈을 가진 거울처럼 누워 있을 뿐 사물들로부터 달리 아무것도 바라지 않는 것을 나는 만물에 대한 결벽한 인식이라고 부른다."

아, 그대 예민한 위선자들이여, 음탕한 자들이여! 그대들의 욕망에는 순진무구함이 빠져 있다. 그 때문에 그대들은 욕망을 비방하는 것이다!

참으로 그대들은 창조하는 자로서, 생식하는 자로서, 생성을 기뻐하는 자로서 대지를 사랑하지는 않는다!

순진무구함은 어디에 있는가? 생식에의 의지가 있는 곳에 있다. 자기 자신을 넘어 창조하고자 하는 자는 내가 보기에 가장 순수한 의지를 가진 자다.

아름다움은 어디에 있는가? 내가 모든 의지를 가지고 **의욕하지 않을 수 없는** 곳에 있다. 내가 사랑하고 몰락하려고 함으로써 하나의 상(像)이 단지 하나의 상으로만 머물지 않는 곳에 있다.

사랑한다는 것과 몰락한다는 것. 그것은 아득한 옛날부터 짝을 이루어 왔다. 사랑에의 의지. 그것은 죽음조차 기꺼이 받아들인다. 나는 그대 비겁한 자들에게 이렇게 말한다!

그러나 그대들은 이제 그대들의 거세된 곁눈질이 관조라고 불리기를 바란다! 그리고 비겁한 눈길로 자신을 더듬는 것을 **아름답다**라고 불러야 한다고 말한다! 아, 고귀한 이름을 더럽히는 자들이여!

그대 결벽한 자들이여, 그대 순수 - 인식을 하는 자들이여, 그대들이 결코 아이를 낳지 못하리라는 것이 그대들에 대한 저주다. 그대들이 아무리 배를 불룩하게 하고 지평선에 누워 있더라도!

참으로 그대들의 입은 고상한 말로 가득하다. 하지만 그렇다고 해서 우리가 그대들의 마음이 넘쳐흐른다고 믿을 리 있겠는가, 그대 사기꾼들이여?

그대들에 비해 **나의** 말은 변변치 못하고 달갑지도 않은 데다 더듬거리기까지 한다. 나는 그대들이 식사할 때 식탁 밑으로 떨어지는 것을 기꺼이 줍는다.

그러나 나는 이러한 말들로 위선자들에게 진리를 말할 수 있다! 그렇다. 내가 주운 물고기 뼈, 조개껍데기 그리고 가시 많은 잎들은 위선자들의 코를 간지럽힐 수 있다!

그대들과 그대들의 식탁 주변에는 언제나 기분 나쁜 공기가 떠돈다. 그대들의 탐욕스러운 생각, 그대들의 거짓말과 비밀이 대기 속에 맴돈다!

무엇보다도 우선 그대들 자신을 믿으라. 그대들과 그대들의 내장을 믿으라! 자기 자신을 믿지 않는 자는 언제나 거짓말을 한다.

그대 순수한 자들이여, 그대들은 어떤 신의 가면을 얼굴에 쓰고 있다. 어떤 신의 가면 속으로 그대들의 징그러운 환형(環形)동물이 기어들었다.

그대 관조하는 자들이여, 참으로 그대들은 기만하고 있다! 차라투스트라도 한때는 그대들의 거룩한 피부에 현혹된 멍청이였다. 그 피부 속에서 둥그렇게 몸을 사리고 있는 뱀을 알아차리지 못했던 것이다.

나는 한때 그대들의 유희에서 어떤 신의 유희를 볼 수 있다고 마음대로 상상했다, 그대 순수-인식을 하는 자들이여! 한때 그대들의 재주보다 더 나은 재주는 없노라고 착각했다!

멀리 떨어져 있었으므로 나는 뱀의 더러움과 메스꺼운 냄새를 몰랐다. 도마뱀의 사악한 간지(奸智)가 음탕한 마음으로 여기에서 기어 다니는 것도 몰랐다.

그러나 나는 그대들에게 **가까이** 다가갔다. 그때 나에게 날이 밝아 왔다. 그리고 이제 낮이 그대들을 찾아간다. 달의 연애질은 이제 끝났다!

저기를 보라! 정체가 밝혀진 달은 저기에 창백한 얼굴로 서 있다. 아침놀 앞에!

벌써 그가, 저 활활 타오르는 자가 왔기 때문이다. 대지를 향한 **태양의** 사랑이 찾아왔기 때문이다! 순진무구함과 창조에의 열망이 모든 태양의 사랑이다!

저기를 보라. 태양이 얼마나 바삐 바다를 건너오는가! 그대들은 태양이 내뿜는 사랑의 목마름과 뜨거운 숨결을 느끼지 못하는가?

태양은 바다를 빨아들이려 한다. 저 깊은 바다를 자신의 높이까지 끌어 올려 마시려 한다. 그에 맞추어 바다의 욕망도 천 개의 젖가슴으로 솟아오른다.

바다는 태양의 목마름으로 입맞춤을 받아 빨아들여지기를 **바란다.**

바다는 공기가 되고 저 높은 천공이 되고 빛의 길이 되고 스스로 빛이 되기를 **바란다.**

참으로 나는 태양과 같이 삶을 사랑하며 모든 깊은 바다를 사랑한다.

이것이 **나의** 깨달음이다. 모든 깊은 것은 끌어 올려져야 한다. 나의 높이까지!

차라투스트라는 이렇게 말했다.

학자들에 대하여

내가 잠들어 누워 있을 때, 양 한 마리가 내 머리에 두르고 있던 담쟁이덩굴 화관(花冠)을 먹어 버렸다. 먹고 나서 이렇게 말했다. "차라투스트라는 더 이상 학자가 아니다."

양은 이렇게 말하고는 도도한 자세로, 의기양양하게 그곳을 떠나갔다. 어떤 아이가 나에게 이 이야기를 전해 주었다.

나는 여기, 아이들이 노는 무너진 담장 옆, 엉겅퀴들과 붉은 양귀비꽃들 사이에 누워 있기를 좋아한다.

아이들에게, 엉겅퀴들과 붉은 양귀비꽃들에게 나는 아직도 학자다. 그들은 악의를 품을 때조차 순진무구하다.

그러나 양들에게 나는 더 이상 학자가 아니다. 그것은 나의 운명이 바라는 바다. 나의 운명에 축복이 있기를!

사실은 다음과 같다. 나는 학자들의 집을 떠났고, 나오면서 그 문을 쾅 하고 닫아 버렸다.

나의 영혼은 굶주린 채 너무 오랫동안 학자들의 식탁에 앉아 있었다. 나는 그들과는 달라서 호두를 깨듯이 인식에 도달하는 훈련을 받지 못했다.

나는 자유를 사랑하고 신선한 대지 위의 공기를 사랑한다. 나는 학자들의 지위와 권위 위에서 잠드느니 차라리 황소 가죽 위에서 잠들고 싶다.

나는 너무나 뜨거우며 자신만의 사상으로 불타오른다. 그 때문에 나는 이따금 숨이 가쁘다. 그러므로 나는 먼지투성이의 모든 방을 떠나 야외로 나가야 한다.

그러나 학자들은 차가운 그늘 속에 차갑게 앉아 있다. 그들은 모든 일에서 관조하는 자가 되려고 하며, 태양이 내리쬐는 계단에 앉기를 회피한다.

길가에 서서 지나가는 행인들을 멍하니 바라보는 자들처럼 학자들도 기다리면서 다른 사람들이 생각해 낸 사상들을 멍하니 바라본다.

사람들이 손을 뻗어 학자들을 잡으면 마치 밀가루 포대를 건드린 것처럼 그들의 둘레로 뽀얗게 먼지가 인다, 원하지 않았음에도. 그러나 그 먼지가 곡물로부터 나온 것이며, 여름 들판의 황금빛 환희로부터 생겨 나온 것임을 누가 알겠는가?

그들은 현명한 체하지만, 나는 그들의 보잘것없는 잠언과 진리에서 오싹한 추위를 느낀다. 마치 늪에서 생겨나기라도 한 것처럼 그들의 지혜에서는 종종 악취가 풍긴다. 그리고 참으로 나는 그들의 지혜로부터 개구리가 꽥꽥거리는 소리를 들은 적도 있다!

그들은 능숙하며, 그들의 손가락은 재주가 많다. 그들의 다채로움에 비하면 **나의** 단순함은 무엇이란 말인가! 그들의 손가락은 실을 꿰고 연결하고 짜는 법을 모두 안다. 이렇게 그들은 정신의 양말을 짠다!

그들은 훌륭한 시계 장치다. 그러므로 조심해서 태엽을 제대로 감아 주기만 하면 된다! 그러면 어김없이 시간을 알려 주고 아울러 다소곳한 소음도 들려준다.

그들은 물레방아처럼 일한다. 절굿공이처럼 일한다. 그들에게 곡물을 던져 주기만 하면 된다! 그들은 곡물을 잘게 빻아 하얀 가루로 만드는 법을 이미 알기 때문이다.

그들은 서로서로 감시의 눈길을 보내면서 상대방을 잘 믿지 않는다. 보잘것없는 책략을 가지고 재간을 부리면서 그들은 절름발이 지식을 가진 사람들을 기다린다. 거미처럼 기다린다.

내가 보기에 그들은 언제나 조심조심 독을 조제해 왔다. 그러면서 그들은 언제나 유리 장갑을 손가락에 끼고 있었다.

또한 그들은 속임수를 써서 주사위 놀이를 하는 법을 안다. 주사위 놀이에 너무나 열중한 나머지 그들이 땀을 뻘뻘 흘리는 것을 나는 종종 보았다.

우리는 서로에게 낯설다. 그리고 그들의 덕은 그들의 속임수나 속임수를 쓰는 주사위 놀이보다도 더 내 미감에 거슬린다.

그래서 그들과 함께 살 때도 나는 그들을 내려다보며 살았고, 그 때문에 그들은 나를 미워했다.

그들은 누가 그들의 머리 위로 걸어 다니는 소리를 전혀 들으려고 하지 않는다. 오히려 그들은 나와 그들의 머리 사이에 목재와 흙과 오물을 깔아 놓았다.

그렇게 그들은 나의 발걸음 소리가 새어 들어오지 않게 했다. 그래서 나는 지금까지 최고의 학자들에게는 거의 알려지지 않았다.

그들은 그들과 나 사이에 모든 인간적 과오와 약점을 깔아 놓았다. 그리고 그것을 그들의 집의 **방음판**(防音板)이라고 부른다.

그럼에도 불구하고 나는 나의 사상들과 함께 그들의 머리 **위**를 걸어 다닌다. 그리고 내가 설혹 자신의 과오들을 밟고 걸어 다니더라도 나는 여전히 그들과 그들의 머리 위에 있을 것이다.

왜냐하면 인간은 평등하지 **않기** 때문이다. 정의가 그렇게 말한다. 내가 원하는 바가 무엇인지 **그들은** 감히 알지도 못한다!

차라투스트라는 이렇게 말했다.

시인들에 대하여

"내가 몸에 대해 더 잘 알게 된 이래로⋯⋯." 하고 차라투스트라가 한 제자에게 말했다. "나에게 정신은 다만 정신처럼 보이는 것일 뿐이다. 그리고 모든 **불멸**의 것, 그것도 다만 비유에 지나지 않는다."

"저는 선생님께서 전에도 그렇게 말씀하시는 것을 들은 적이 있습니다." 제자가 대답했다. "그때 선생님은 이렇게 덧붙이셨지요. '하지만 시인들은 거짓말이 너무 심하다.' 선생님께서는 왜 시인들이 거짓말을 너무 많이 한다고 말씀하셨는지요?"

"왜냐고?" 차라투스트라가 말했다. "자네는 '왜'라고 묻는가? 다른 사람들에게는 '왜'라고 물어도 되겠지. 하지만 나는 그런 자들과 다르네.

나의 체험이란 게 기껏 어제부터 시작되었단 말인가? 아닐 세, 내가 내 견해의 근거들을 체험한 것은 훨씬 전부터지.

그러므로 내가 이 근거들을 간직하고 있으려고 하면, 나는 기억을 저장하는 통이 되어 버리지 않겠는가?

나의 견해 자체를 간직하는 것조차 내게는 벌써 버거운 일일세. 그리고 사실 날아가 버린 새도 적지 않을 걸세.

그리고 나의 비둘기 집을 들여다보면 다른 곳에서 날아온 낯선 새도 이따금 보이는데, 그놈은 내가 손을 대기만 해도 몸을 부르르 떨지.

그런데 차라투스트라가 예전에 자네에게 무슨 말을 했다고? 시인들은 거짓말이 너무 심하다고 말했다고? 하지만 차라투스트라 또한 시인이라네.

지금 자네는 차라투스트라가 그렇게 말할 때 진실을 말했다고 생각하는가? 왜 자네는 그 말을 믿는가?"

제자가 대답했다. "나는 차라투스트라를 믿습니다." 그러나 차라투스트라는 고개를 가로저으며 미소 지었다.

그리고 말했다. 믿음은 나를 행복하게 만들지 못한다. 더욱이 나에 대한 믿음은 말할 것도 없다.

그러나 어떤 사람이 아주 진지하게 시인은 거짓말이 너무 심하다고 말했다면 그의 말은 옳다. 사실 **우리는** 거짓말을 너무 많이 한다.

또한 우리는 아는 것은 너무 적고 배우는 데도 서툴다. 그러므로 우리는 거짓말을 할 수밖에 없다.

그리고 우리 시인들 중에서 자신의 포도주에 다른 것을 섞지 않는 자가 있을까? 사실 우리의 지하 포도주 창고에서는 해로운 혼합이 자주 이루어졌다. 거기에서 말로 할 수 없는 온갖 일들이 일어났다.

그리고 우리 자신의 앎이 보잘것없기 때문에 정신적으로 가난한 자들이 진심으로 우리 마음에 든다. 젊은 여자들인 경우에는 특히 그렇다!

그리고 늙은 여자들이 밤마다 이야기해 주는 것들마저 우리는 애타게 갈망한다. 그리고 우리 자신은 이것을 우리에게서 영원히 여성적인 것이라고 부른다.

그리고 무언가를 배우는 자들에게는 **봉쇄되기 마련인** 지식에 이르는 특별한 비밀의 길이라도 있는 것처럼 우리는 군중과 그들의 지혜를 믿는다.

하여간 모든 시인들은 믿는다. 풀밭에 혹은 고독한 산비탈에 누워 귀를 기울이는 자는 하늘과 땅 사이에 있는 여러 사물들에 대해 무언가를 알게 된다고.

그리고 부드러운 흥분이 찾아오면 시인들은 언제나 자연 자체가 자신들과 사랑에 빠졌다고 믿는다.

그리고 자연이 자신들의 귀에 은밀한 말과 감미로운 사랑의 밀어를 속삭인다고 생각한다. 그리고 죽어야 할 운명을 타고난 모든 자들 앞에서 이것을 자랑하고 뽐낸다.

아, 하늘과 땅 사이에는 오직 시인들만이 꿈꿀 수 있었던 많은 것들이 있도다!

하늘 **위**에서는 특히 그렇도다. 왜냐하면 모든 신은 시인들의 비유이며 시인들의 궤변이기 때문이다!

참으로 우리는 언제나 천상으로, 즉 구름의 나라로 이끌려 올라간다. 그리고 우리는 이 구름 위에 알록달록한 껍데기들을 벗어 놓고는 이것들을 신이나 초인이라고 부른다.

이것들은 여기 구름 위에 앉아 있기에 충분히 가볍다! 이 모든 신들과 초인들은.

아, 어떻게든 실제로 일어난 일이라고 주장되고 있지만 손에 닿지도 않는 이 모든 것에 나는 얼마나 지쳤는가! 아, 나는 정말로 시인들에게 신물이 난다!

차라투스트라가 이렇게 말했을 때 그의 제자는 화가 났으나 침묵을 지켰다. 차라투스트라도 말이 없었다. 그의 눈은 머나먼 곳을 바라보기라도 하듯 자신의 내면으로 향해 있었다. 마침내 그는 한숨을 쉬고 숨을 깊이 들이마셨다.

그러고 나서 그가 말했다. 나는 오늘에, 그리고 옛날에 속하는 사람이다. 그러나 나의 내면에는 내일과 모레와 장래에 속하는 것이 들어 있다.

옛 시인이든 오늘의 시인이든 나는 시인들이라면 지쳤다. 그들 모두가 내게는 껍데기며, 얕은 바다에 지나지 않는다.

그들의 생각은 충분히 깊지 못했다. 그들의 감정은 심연에까지 가라앉지 못했다.

약간의 육체적 쾌락과 약간의 권태. 이것이 지금까지 그들의 최선의 사색이었다.

그들이 타는 하프 소리는 나에게는 모두 유령의 숨결, 유령이 스치고 지나가는 소리로 들린다. 그들은 음향의 열정에 대해 지금까지 무엇을 알았단 말인가!

그들은 내가 보기에 충분히 순결하지도 못하다. 자신들의 바다가 깊어 보이게 하려고 그들은 모든 물을 흐려 놓는다.

이렇게 함으로써 그들은 기꺼이 화해하는 자로 행동한다. 그러나 내가 보기에 그들은 중개인이고 혼합하는 자이며 어중이떠중이, 불순한 자에 지나지 않는다!

아, 나는 그들의 바다에 나의 그물을 던지고 좋은 고기를 잡으려 했다. 그러나 나의 손에 들어온 것은 언제나 어떤 낡은 신의 머리뿐이었다.

굶주린 자에게 바다는 이와 같이 돌덩이 하나를 주었다. 아마 시인들 자신도 바다에서 태어났으리라.

물론 사람들은 그들에게서 진주를 발견한다. 그만큼 시인들 자신은 단단한 조개껍데기와 닮았다. 다만 나는 시인들에게서 영혼 대신 소금에 전 점액을 발견했을 뿐이다.

그들은 또한 바다로부터 허영심도 배웠다. 바다야말로 공작들 중의 공작 아닌가?

바다는 물소들 가운데 가장 흉한 물소 앞에서도 꼬리를 길게 펼친다. 바다는 결코 지치는 법도 없이 은과 비단으로 자신의 기다란 부채를 만든다.

무뚝뚝하게 이 모습을 바라보는 물소의 영혼은 모래사장과 닮았다. 덤불과는 더욱 닮았다. 그러나 늪과 가장 닮았다.

아름다움이라든지 바다라든지 공작의 장식 따위가 물소에게 무슨 소용이란 말인가! 나는 이 비유를 시인들에게 말한다.

참으로 그들의 정신 자체가 공작들 중의 공작이며 허영의 바다 아닌가!

시인의 정신은 관객을 원한다. 그것이 비록 물소일지라도!

그러나 나는 이 정신에 지쳤다. 나는 이 정신 자체가 자신에게 지치는 때가 다가오는 것을 본다.

나는 시인들이 이미 변하여 이제 자신에게 시선을 돌리는 것을 보았다.

나는 정신의 속죄자들이 오는 것을 보았다. 속죄자들은 시인들로부터 성장한 것이다.

차라투스트라는 이렇게 말했다.

커다란 사건에 대하여

바다 가운데, 차라투스트라의 행복의 섬으로부터 멀지 않은 곳에 섬 하나가 있고 그 섬에서는 화산이 끊임없이 연기를 내뿜는다. 이 섬에 대해 군중이, 군중 가운데서도 특히 노파들이 말한다. 이 섬은 마치 하계의 문 앞에 놓여 있는 하나의 바윗덩어리와 같은 것이며, 바로 화산을 통해서 아래쪽으로 통하는 좁다란 길이 나 있는데, 이 길을 따라가면 하계의 문에 도달하게 된다고.

차라투스트라가 행복의 섬에 머물고 있던 즈음, 연기를 내뿜는 산이 있는 이 섬에 배 한 척이 닻을 내렸다. 선원들은 토끼 사냥을 하려고 상륙했다. 그러나 정오 무렵, 선장과 그 부하들이 다시 모였을 때, 그들은 갑자기 한 사나이가 공중에서 자기들에게 다가오는 것을 보았으며, 어떤 목소리가 "때가 왔다! 때가 성숙했다!"라고 또렷하게 말하는 것을 들었다. 그러나 그 모습이 바로 가까이 다가왔을 때 (그것은 그림자와도 같이 신속하게 화산이 있는 방향으로 날아갔지만) 그들은 그것이 놀랍게도 차라투스트라임을 알아보았다. 왜냐하면 선장을 제외하고는 그들 모두 차라투스트라를 본 적이 있었기 때문이다. 말하자면 그들은 군중과 마찬가지로 사랑 반 두려움 반으로 그를 사랑하고 있었다.

"저기를 보라!" 늙은 키잡이가 말했다. "차라투스트라가 지옥으로 떨어진다!"

이 선원들이 화산의 섬에 상륙한 그 시각에 차라투스트라가 사라졌다는 소문이 퍼졌다. 그래서 사람들이 그의 벗들에게 물어보았더니 그가 여행의 목적지도 밝히지 않고 밤중에 배를 탔다는 것이었다.

이렇게 불안이 번져 나갔고, 사흘 후에는 선원들의 이야기가 이 불안에 가세했다. 그리하여 이제 모든 군중은 악마가 차라투스트라를 데려갔노라고 말했다. 그의 제자들은 이 소문을 웃어넘겼으며, 제자들 중의 한 사람은 "내 생각에는 오히려 차라투스트라가 악마를 잡아갔을걸."이라고까지 말했다. 그러나 모든 제자들의 영혼 깊은 곳에는 근심과 그리움이 가득했고, 그러던 차에 닷새 만에 차라투스트라가 그들 앞에 나타나자 그들의 기쁨은 대단했다.

다음은 차라투스트라가 불개와 나눈 대화를 전한 것이다.

차라투스트라가 말했다. 대지는 피부를 가졌고, 이 피부는 여러 가지 병에 걸렸다. 예컨대 이 병 중의 하나는 인간이라는 병이다.

그리고 이러한 병 중의 다른 하나는 불개라고 불린다. 이 **개**에 대하여 인간들은 수없이 속이기도 하고 속기도 했다.

이 비밀을 파헤치기 위해서 나는 바다를 건너갔다. 그리고 이제 진심을 적나라하게 들여다보았다. 참으로! 그 발끝에서 목에 이르기까지.

나는 불개의 정체가 무엇인지 이제 알았다. 그리고 모든 폭발과 전복의 악마들에 대해서도 마찬가지로 알았다. 이 악마들 앞에서 두려워하는 것은 늙은 노파들만은 아니다.

나오너라, 불개야, 너의 심연에서! 그 심연이 얼마나 깊은지 실토하라! 네가 씩씩거리며 콧숨으로 뿜어내는 것은 어디에서 오는 것인가? 나는 소리쳤다.

너는 바닷물을 마음껏 퍼마신다. 너의 짜디짠 웅변이 그것을 말해 준다! 참으로 너는 깊은 곳에 사는 동물로서 너무 과다하게 표면으로부터 너의 영양을 취했다.

나는 기껏해야 너를 대지의 복화술사로 여긴다. 그리고 전복과 폭발의 악마들이 연설하는 것을 들을 때마다 나는 그들이 너와 비슷하다는 것을 알았다. 짜디짜고 기만적이고 천박하다는 것을.

너희는 울부짖을 줄 알고 재를 뿌려 어둡게 만들 줄 안다! 너희는 최고의 허풍선이고 진흙을 뜨겁게 끓이는 기술을 충분히 배웠다.

너희가 있는 곳, 그 가까이에는 언제나 진흙이 있어야 하고 해면질의 것, 속이 빈 것, 억지로 구겨 넣은 것이 잔뜩 있어야 한다. 그것들은 자유를 바란다.

너희 모두는 무엇보다도 기꺼이 자유라고 울부짖는다. 그러나 요란한 울부짖음과 연기가 커다란 사건을 둘러싸자마자 나는 커다란 사건에 대한 믿음을 잃어버린다.

내 말을 들으라, 지옥의 소음이라는 친구여! 커다란 사건, 그것은 우리의 가장 요란한 시간이 아니라 우리의 가장 고요한 시간이다.

새로운 소음을 창안한 자들의 둘레가 아니라 새로운 가치를 창안한 자들의 둘레를 세계는 돈다. 세계는 **소리도 없이** 돈다.

이제 고백하라! 너희가 일으킨 소음과 연기는 사라지고 나면 거의 언제나 아무런 일도 일어나지 않은 것과 마찬가지가 아니었던가. 하나의 도시가 미라가 되고 입상(立像)들이 진흙 속에 파묻힌다고 해서 무슨 소용이 있는가!

나는 입상을 전복시키는 자들에게 이렇게 말한다. 소금을 바다에, 입상들을 진흙탕 속에 던지는 것은 참으로 어리석기 짝이 없는 것이다.

너희의 경멸이라는 진흙탕 속에 입상은 쓰러져 있었다. 그러나 경멸 가운데서 다시 생명을 얻고 생생한 아름다움이 자라난다는 것. 이것이야말로 바로 입상의 법칙이다!

입상들은 이제 고통마저 이겨 낸 듯 더욱 거룩한 모습으로 다시 일어선다. 그리하여 참으로! 자기들을 전복시켜 준 데 대하여 입상들은 너희에게 감사하리라, 너희 전복자들이여!

그러나 왕들과 교회들 그리고 노쇠하여 덕이 쇠약해진 모든 것들에 대해 나는 이렇게 충고한다. 차라리 전복당하라! 그대들이 다시 생명을 얻고 그대들에게 덕이 다시 생겨나도록!

나는 불개 앞에서 이렇게 말했다. 그러자 불개가 무뚝뚝하게 내 말을 가로막으며 물었다. "교회라고? 그게 도대체 뭐냐?"

그래서 내가 대답했다. 교회? 그것은 일종의 국가다. 가장 기만적인. 하지만 입을 다물라, 너 위선적인 개여, 너는 이미 너의 동류를 가장 잘 알지 않는가!

너와 마찬가지로 국가란 위선적인 개다. 너와 마찬가지로 국가는 연기를 뿜고 울부짖으며 연설하기를 좋아한다. 너와 마찬가지로 사물의 배(腹)로부터 말하고 있다고 믿게 하기 위해서다.

어쨌든 국가라는 것은 지상에서 가장 중요한 동물이 되고자 하기 때문이다. 사람들도 국가를 그렇게 생각한다.

내가 이렇게 말하자 불개는 시기심 때문에 이성을 잃고 날뛰며 소리쳤다. "뭐라? 지상에서 가장 중요한 동물이라고? 사람들도 그렇게 생각한다고?" 그렇게 날뛰는 불개의 목구멍에서 증기와 소름 끼치는 소리가 터져 나왔다. 그래서 나는 불개가 분노와 시기심 때문에 질식이라도 하지 않을까 하는 생각이 들었다.

이윽고 불개는 진정되었고 헐떡거리던 숨도 가라앉았다. 불개가 어느 정도 진정되자마자 나는 미소 지으며 말했다.

"너는 화를 내고 있구나, 불개여. 그렇다면 내가 너에게 바른말을 한 모양이다!

내 말이 옳다는 것을 확인하기 위해 또 다른 종류의 불개에 대해 말할 테니 들어 보라. 이 불개는 참으로 대지의 심장으로부터 말한다.

그의 숨결은 황금의 입김과 황금의 비를 내뿜는다. 그의 심장이 그것을 원한다. 그러니 그에게 재와 연기 그리고 뜨거운 점액이 무슨 소용이겠는가?

이 불개로부터는 웃음이 마치 오색구름처럼 펄럭인다. 이 불개는 네가 목구멍에서 그르렁거리고 침을 뱉고 내장의 통증을 느끼는 것을 싫어한다!

황금과 웃음. 그는 이것을 대지의 심장으로부터 가져온다. 너도 알아 두라. **대지의 심장은 황금으로 만들어졌다.**"

불개는 더 이상 내 말을 참고 들을 수 없었다. 불개는 부끄러운 나머지 꼬리를 내리고 가냘픈 소리로 멍! 멍! 짖으며 동굴 속으로 기어 들어갔다.

차라투스트라는 이렇게 이야기했다. 그러나 그의 제자들은 그의 말에 거의 귀를 기울이지 않았다. 그들은 그에게 선원들과 토끼들과 공중을 날아간 남자에 대해 말하고 싶어 안달이었다.

"그 일을 어떻게 생각해야 한단 말인가?" 차라투스트라가 말했다. "내가 유령이라도 된단 말인가?

아마도 그것은 내 그림자였을 거네. 그대들은 방랑자와 그의 그림자에 대해 이미 어느 정도 듣지 않았는가?

그러나 내가 그림자를 더 단단하게 단속해야 한다는 사실만은 분명하네. 그러지 않으면 그 그림자가 나의 명성을 손상시킬 테지."

그리고 차라투스트라는 다시 한번 고개를 가로저으며 의아하게 여겼다. "그 일을 어떻게 생각해야 한단 말인가?" 그는 다시 한번 말했다.

"왜 유령은 **때가 왔다**! 때가 성숙했다! 하고 외쳤을까?

도대체 **무엇을 위해서** 때가 성숙했다는 것인가?"

차라투스트라는 이렇게 말했다.

예언자

"그리고 나는 크나큰 슬픔이 인간들을 덮치는 것을 보았다. 가장 뛰어난 자들도 그들의 일에 지쳐 있었던 것이다.

한 가지 가르침이 선포되었고 그것과 나란히 한 가지 신앙이 퍼졌다. 모든 것은 공허하다. 모든 것은 동일하다. 모든 것은 이미 있었던 것이다!

그러자 모든 언덕으로부터 메아리가 들려왔다. 모든 것은 공허하다. 모든 것은 동일하다. 모든 것은 이미 있었던 것이다!

우리는 분명히 수확을 했다. 그런데 왜 모든 열매가 썩고 누레졌는가? 어젯밤 사악한 달로부터 무엇이 떨어졌는가?

모든 노동은 헛된 것이 되었고, 우리의 포도주는 독이 되었으며, 사악한 눈길이 우리의 밭과 심장을 누렇게 태웠다.

우리 모두는 메말라 버렸다. 불덩이가 우리 위로 떨어지면 우리는 재처럼 여기저기로 흩날린다. 그렇다. 우리는 불덩이마저 지치게 만들었다.

모든 샘이 바싹 말랐고 바다도 뒤로 물러났다. 모든 대지가 갈라지려 한다. 하지만 깊은 심연은 삼키려 하지 않는다!

아, 우리가 익사할 만큼 깊은 바다가 어디에 남아 있기라도 하단 말인가. 우리의 비탄은 이렇게 울려 퍼진다. 얕은 늪들을 넘어서.

참으로 우리는 죽기에도 너무 지쳤다. 그리하여 우리는 깨어 있는 채로 계속 살아간다. 무덤 속에서!"

차라투스트라는 한 예언자가 이렇게 말하는 것을 들었다. 예언자의 말은 차라투스트라의 심금을 울렸고 그를 변화시켰다. 그는 슬픔에 잠겨 돌아다니느라 지쳤고, 그러다 보니 예언자가 말한 사람들과 비슷해졌다.

차라투스트라가 그의 제자들에게 말했다. 참으로 조금만 지나면 긴 어스름이 찾아오리라. 아, 나는 나의 빛을 어떻게 구원할 수 있을 것인가!

나의 빛이 비탄으로 질식되지 않기를! 나의 빛은 머나먼 세계를 위한, 그리고 가장 아득한 밤들을 비춰 주는 빛이 되어야 하리라!

이와 같이 근심하면서 차라투스트라는 돌아다녔다. 그리고 사흘 동안 마시지도 먹지도 쉬지도 않았으며 말도 하지 않았다. 그러다가 마침내 그는 깊은 잠에 빠졌다. 그러나 그의 제

자들은 그의 둘레에 앉아 긴 밤을 꼬박 새웠고, 그가 깨어나 다시 말하고 슬픔으로부터 회복될지 걱정하며 기다렸다.

마침내 차라투스트라는 잠에서 깨어나 말했다. 제자들에게 그의 음성은 아득히 먼 곳에서 들려오는 것 같았다.

자, 벗들이여, 내가 꾼 꿈에 대해 들어 보라. 그리고 그 의미를 풀도록 도와다오!

이 꿈은 내게는 아직 하나의 수수께끼다. 그 의미는 꿈속에 감추어지고 갇혀 있어서 아직도 자유의 날개를 달고 꿈을 넘어 날아오르지 못한다.

모든 삶을 단념했다, 그렇게 나는 꿈을 꾸었다. 나는 밤과 무덤의 파수꾼이 되었다. 저 쓸쓸한 죽음의 산성에서.

그 산성 위에서 나는 죽음의 관을 지키고 있었고, 둥근 천장 아래의 음침한 방은 죽음이 차지한 승리의 징표로 가득했다. 유리로 만든 관들로부터는 극복된 삶이 나를 내다보고 있었다.

나는 먼지 자욱하게 덮인 여러 가지 영원의 냄새를 맡았다. 나의 영혼은 먼지투성이로 답답하게 누워 있었다. 도대체 누가 이러한 곳에서 자신의 영혼에 바람이 통하게 할 수 있었겠는가!

한밤중의 밝음이 나를 둘러쌌고, 그 곁에는 고독이 웅크리고 있었다. 그리고 세 번째로는 나의 여자 친구들 중 가장 사악한 친구인 죽음의 고요가 목을 그르렁거리고 있었다.

나는 모든 열쇠 중에서 가장 심하게 녹이 슨 열쇠를 가지고 있었다. 그리고 나는 이 열쇠로 모든 문 중에서 가장 삐걱거리는 문을 열었다.

이 문짝이 열릴 때, 애통하게 울어 대는 까마귀 소리 같은 음향이 긴 복도에 울려 퍼졌다. 이 새는 요란하게 울어 댔다. 잠에서 깨어나기 싫었던 것이다.

그러나 다시 침묵이 찾아오고 사방이 조용해지자 홀로 이 음침한 침묵 속에 앉아 있던 나는 더욱 무서워지고 조바심이 생겼다.

나에게는 이렇게 시간이 지나가고 살금살금 달아났다. 시간이라는 것이 존재하기라도 했다면 말이다. 사실 내가 시간의 존재에 대해서 무엇을 알겠는가! 그러나 마침내 나는 잠에서 깨어났다.

세 차례 문을 두들기는 천둥 같은 소리가 났다. 그 소리는 둥근 천장의 방에서 다시 세 차례 메아리치면서 울부짖었다. 그때 나는 문 쪽으로 갔다.

알파! 나는 소리쳤다. 누가 자신의 재를 산으로 날라 가는가? 알파! 알파! 누가 자신의 재를 산으로 날라 가는가?

나는 열쇠를 밀어 넣고 문을 열려고 애썼다. 그러나 문은 손가락이 들어갈 만큼도 열리지 않았다.

그때 사나운 바람이 불어와서 문을 열어젖혔다. 바람은 윙윙거리고 날카롭게 찢는 소리를 내면서 나에게 검은 관 하나를 던졌다.

그리고 윙윙거리고 날카롭게 찢는 소리와 함께 쪼개지면서 관이 천 겹의 요란한 웃음소리를 토해 냈다.

그리고 아이들, 천사들, 올빼미들, 바보들, 아이들만큼이나 커다란 나방들의 천 개의 찡그린 얼굴들이 나를 향해 커다란 소리로 비웃고 조롱하며 거칠게 날뛰었다.

나는 깜짝 놀랐고, 몸서리치며 쓰러졌다. 그리고 공포 때문에 그 어느 때보다도 큰 소리로 울부짖었다.

그러나 나 자신의 울부짖는 소리가 나를 깨웠다. 그리하여 나는 정신을 차렸다.

이렇게 자신의 꿈 이야기를 한 후 차라투스트라는 침묵을 지켰다. 아직도 자신의 꿈을 해석하지 못했기 때문이다. 그러나 그가 가장 사랑하는 제자가 재빨리 자리에서 일어나 차라투스트라의 손을 잡으면서 말했다.

"당신의 삶 자체가 우리에게 이 꿈을 설명해 줍니다. 아, 차라투스트라여!

당신 자신이 윙윙거리는 날카로운 소리와 함께 죽음의 성에서 문을 열어젖히는 바람 아닙니까?

당신 자신이 삶의 온갖 악의와 천사들의 찡그린 얼굴로 가득 찬 관이 아닙니까?

참으로 차라투스트라는 아이의 천 겹 웃음처럼 모든 죽은 자들의 방으로 들어갑니다. 저 밤과 무덤지기와 불길한 열쇠 다발을 차고 절렁거리는 자들을 비웃으면서 말입니다.

당신은 자신의 커다란 웃음소리로 그들을 놀라게 하고 자빠뜨립니다. 그들의 기절과 깨어남은 그들에 대한 당신의 힘을 입증할 것입니다.

기나긴 어스름과 죽음의 권태가 다가올지라도 당신은 우리의 하늘에서 사라지지 않을 것입니다, 그대 삶의 대변자여!

당신은 우리에게 새로운 별들과 새로운 밤의 장관을 보여주었습니다. 참으로 당신은 웃음 자체를 마치 다채로운 빛깔의 천막처럼 우리의 머리 위로 펼쳤습니다.

이제 관들로부터 아이의 웃음이 영원토록 솟아오를 것입니다. 이제 거센 바람이 승리의 노래를 부르며 영원토록 모든 죽음의 권태를 엄습할 것입니다. 우리에게는 당신 자신이 이것에 대한 보증인이며 예언자입니다!

참으로 **당신은 그자들을, 당신의 적들을 꿈에서 본 것입니다.** 그것은 당신의 가장 괴로운 꿈이었습니다.

그러나 당신이 잠에서 깨어 그들로부터 떠나 당신 자신에게 돌아온 것처럼, 그들 자신도 스스로 잠에서 깨어 그들로부터 떠나 당신에게 돌아올 것입니다!"

제자는 이렇게 말했다. 다른 모든 제자들도 차라투스트라의 곁으로 몰려들어 그의 두 손을 잡고 그가 침대와 슬픔을 떠나서 그들에게 돌아오도록 설득하려고 했다. 그러나 차라투스트라는 멍한 시선을 한 채 그의 침대 위에 똑바로 앉아 있었다. 마치 낯선 고장을 오랫동안 돌아다니다 귀향한 사람처럼 그는 제자들의 얼굴을 찬찬히 살폈다. 하지만 그는 여전히 제자들의 얼굴을 알아보지 못했다. 그러나 제자들이 그를 자리에서 일으켜 세우자, 보라, 그 순간 그의 눈빛이 변했다. 그는 그동안 있었던 일을 알아차리고는 수염을 쓰다듬으며 힘찬 목소리로 말했다.

"좋다! 이제 이 일은 끝내자. 그러니 제자들아, 신나는 잔치를 열라, 그것도 곧 열도록 준비하라! 그로써 잡다한 악몽들을 씻어 버리자!

저 예언자도 내 곁에서 먹고 마시게 하라. 참으로 나는 그에게 그가 익사할 수 있는 바다를 보여 주리라!"

차라투스트라는 이렇게 말했다. 그리고 나서 그는 해몽자 역할을 한 제자의 얼굴을 오랫동안 바라보았다. 그리고 고개를 가로저었다.

구제에 대하여

어느 날 차라투스트라가 큰 다리를 건너가고 있을 때 불구자인 거지들이 그를 둘러쌌다. 그리고 한 꼽추가 그에게 이렇게 말했다.

"보시오, 차라투스트라여! 군중도 그대로부터 배우고 그대의 가르침을 믿게 되었소. 하지만 그대가 군중으로부터 전적인 믿음을 받으려면 아직 한 가지가 필요하오. 그대는 우선 우리 불구자들을 설득해야 하오! 지금 그대의 눈앞에는 문자 그대로 불구자들이 모여 있으니 그대는 참으로 절호의 기회를 맞이했소! 그대는 장님의 눈을 뜨게 하고 절름발이를 달리게 할 수 있소. 그리고 등 뒤에 너무 많은 짐을 짊어진 자에게서 약간의 무게쯤은 덜어 줄 수도 있소. 내 생각에는 이것이야말로 불구자들로 하여금 차라투스트라를 제대로 믿게 하는 올바른 방법일 것이오!"

그러나 차라투스트라는 이렇게 말한 사람에게 이렇게 대답했다. "꼽추에게서 그 혹을 떼어 내면, 그에게서 정신을 떼어 내는 것이다. 그리고 장님의 눈을 뜨게 하면, 그는 지상에서 나쁜 일을 너무 많이 보게 되고 따라서 그를 낫게 한 자를 저주하게 된다. 더욱이 절름발이를 달리게 하는 자는 그에게 최대의 해악을 가하는 것이다. 왜냐하면 그가 달리자마자 그의 악덕도 그와 함께 달리기 때문이다. 불구자에 대한 사람들의 가르침은 이와 같다. 그리고 사람들이 차라투스트라로부터 배우는 마당에 차라투스트라라고 사람들로부터 배우지 못할 까닭은 없지 않은가?

그리고 내가 인간들 사이에 있게 된 이후로 다음과 같은 일을 수없이 보았다. 이 사람에게는 눈 하나가, 저 사람에게는 귀 하나가, 세 번째 사람에게는 다리 하나가 없고, 또 혀나 코나 머리를 잃어버린 사람들도 있다.

사실 나는 더 나쁜 일들과 여러 가지 끔찍한 일들을 보고 있으며 또 보았다. 그것들에 대해서는 일일이 말하고 싶지도 않으며, 그중 몇 가지에 대해서는 침묵하고 싶지도 않을 정도다. 다시 말해 한 가지만을 너무 많이 가지고 있을 뿐 다른 모든 것은 결핍된 자들, 예컨대 하나의 커다란 눈 혹은 하나의 커다란 주둥이 혹은 하나의 커다란 배 혹은 그 밖의 커다란 것 이외에는 아무것도 가지지 않은 자들. 이런 자들을 나는 전도된 불구자라고 부른다.

내가 나의 고독을 뒤로하고 처음으로 이 다리를 건넜을 때의 일이다. 나는 내 눈을 믿을 수 없어 거듭거듭 바라보다가 마침내 말했다. '저 귀를 보라! 사람만큼이나 커다란 귀로구나!' 더 자세히 바라보았더니 정말이지 이 귀 밑에서 가련하리만큼 작고 빈약하고 여윈 어떤 것이 움직이고 있었다. 참으로 이 거대한 귀는 작고 가느다란 줄기 위에 얹혀 있는 꼴이었다. 그런데 이 줄기가 바로 인간이었다! 눈에 안경을 썼다면 시기심에 찬 작은 얼굴까지 볼 수 있었으리라. 게다가 보잘것없이 부풀어 오른 작은 영혼이 이 줄기에 매달려 대롱거리고 있는 것도 볼 수 있었으리라. 사람들이 내게 말하기를, 이 거대한 귀는 인간일 뿐 아니라 위대한 인간, 곧 천재라는 것이었다. 그러나 나는 사람들이 위대한 인간 운운할 때 결코 믿지 않았으며, 이 커다란 귀야말로 모든 것을 너무 적게, 다만 한 가지만은 너무 많이 가지고 있는 전도된 불구자라는 나의 생각을 고수했다."

차라투스트라는 꼽추에게, 그리고 꼽추를 자기들의 대변자로 내세운 자들에게 이렇게 말하고 나서는 잔뜩 불쾌한 기분으로 제자들을 향해서 말했다. "참으로 벗들이여, 인간들 사이를 돌아다니노라면 나는 마치 인간의 파편들과 손발들 사이를 돌아다니는 듯한 기분이 든다!

눈으로 보기에도 무서운 일이다. 인간이 산산조각 나서 싸움터나 푸줏간에서처럼 흩어져 있는 광경을 보는 것은.

내 눈이 현재로부터 달아나 과거로 향하더라도 언제나 같은 광경이 보인다. 파편들과 손발들과 무시무시한 우연들. 그러나 거기에 인간은 없다!

이 지상에서의 현재와 과거. 아! 벗들이여, 이것이 **내가** 가장 참기 어려운 것이다. 그러므로 내가 반드시 오고야 말 것을 예언하는 자가 아니었더라면 나는 더 이상 살 수 없었을 것이다.

예언자, 의욕하는 자, 창조하는 자, 미래 자체 그리고 미래로의 다리. 그리고 아, 이 다리 곁에 서 있는 불구자와 같은 존재. 차라투스트라는 이 모든 것이다.

그대들도 이따금 자신에게 묻는다. '우리에게 차라투스트라는 누구인가? 그를 무어라 불러야 하는가?' 그리고 나 자신과 마찬가지로 그대들은 물음으로써 자신에게 대답을 주었다.

그는 약속하는 자인가? 아니면 이루는 자인가? 정복자인가? 아니면 상속자인가? 가을인가? 아니면 쟁기인가? 의사인가? 아니면 치유된 자인가?

그는 시인인가? 아니면 진실한 자인가? 해방하는 자인가? 아니면 구속하는 자인가? 착한 자인가? 아니면 사악한 자인가?

나는 내가 직관하는 미래, 저 미래의 파편들로서의 인간들 사이를 돌아다닌다.

그리고 파편이며 수수께끼이자 무시무시한 우연인 것을 하나로 압축하고 모으는 것. 이것이 나의 모든 창작이며 노력이다.

그러므로 인간이 시인이며 수수께끼를 푸는 자 그리고 우연을 구제하는 자가 아니라면, 나는 내가 인간이라는 것을 어떻게 참겠는가!

지나가 버린 것을 구제하고 모든 **그러했다**를 내가 그렇게 되기를 원했다로 바꾸는 것. 이것이야말로 내가 구제라고 부르는 것이다!

의지, 그것은 해방하는 자와 기쁨을 가져다주는 자의 이름이다. 벗들이여, 나는 그대들에게 이렇게 가르쳤다! 그러나 거기에 덧붙여 이것도 배우라. 의지 자체는 아직도 감옥에 갇힌 수인(囚人)에 지나지 않음을.

의욕은 인간을 해방한다. 그러나 이 해방하는 자조차 사슬에 묶어 놓는 그것의 이름은 무엇인가?

그러했다. 이것이 분노하며 이를 부드득거리는 의지와 고독하기 그지없는 슬픔의 이름이다. 이미 이루어진 일 앞에서 무력하기만 한 의지는 모든 과거의 일에 대해 악의적인 방관자일 뿐이다.

의지는 과거로 되돌아가 의욕할 수 없다. 의지가 시간을 부수지 못하고 시간의 욕망을 이기지 못한다는 것. 이것이 의지의 가장 외로운 슬픔이다.

의욕은 인간을 해방한다. 의욕 자체는 슬픔으로부터 벗어나고 자신의 감옥을 조롱하기 위해 어떤 수단을 생각해 내는가?

아, 감옥에 갇힌 모든 수인은 바보가 된다! 감금된 의지도 바보 같은 방식으로 자신을 구제한다.

시간이 거꾸로 흐르지 않는다는 것. 이것이 의지의 원한이다. 과거에 있었던 것. 이것이 의지가 굴리지 못하는 돌의 이름이다.

그리하여 원한과 불만에 찬 의지는 돌을 굴리고 자신과 같이 원한과 불만을 느끼지 않는 것에게 복수를 한다.

해방하는 자인 의지는 그렇게 이제 가해자가 되었다. 그리고 고통받을 수 있는 모든 것에게 의지는 복수를 한다. 그 자신이 되돌아갈 수 없다는 이유로.

시간에 대한 적대감 그리고 그러했다에 대한 의지의 적대감. 그렇다. 이것이, 이것만이 **복수** 자체다.

참으로 우리의 의지 안에는 커다란 어리석음이 살고 있다. 그리고 이 어리석음이 정신을 획득했다는 것이 모든 인간적인 것들게 저주가 되고 말았다!

복수의 정신. 벗들이여, 이것이 지금까지는 인간들의 최상의 궁리였다. 그리고 고뇌가 있는 곳에는 언제나 징벌이 있기 마련이었다.

요컨대 복수가 스스로를 징벌이라고 칭한다. 복수는 거짓말로 선한 양심을 가장한다.

'의욕'하는 자 자신에게는 되돌아가서 '의욕'할 수 없음으로 인한 고뇌가 있기 때문에 의욕 자체와 모든 삶은 징벌일 수밖에 없다!

그리하여 정신 위로 겹겹이 구름이 쌓이고 마침내 망상이 설교하게 된 것이다. "모든 것은 사라진다. 그러므로 모든 것은 사라져 마땅하다!"

"시간은 자신의 아이들을 먹어 치워야 한다는 저 시간의 법칙. 이것이야말로 정의다." 망상은 이렇게 설교했다.

"사물들은 의로움과 징벌에 따라 도덕적으로 질서 잡혀 있다. 아, 사물의 흐름으로부터, 생존이라는 징벌로부터의 구제는 어디에 있는가?" 망상은 이렇게 설교했다.

"영원한 의로움이라는 것이 존재한다면 구제가 있을 수 있겠는가? 아, 그러했다라는 돌은 굴릴 수가 없구나. 그러므로 모든 징벌은 영원하지 않을 수 없도다!" 망상은 이렇게 설교했다.

"어떠한 행위도 말살될 수 없다. 어떻게 징벌에 의해서 행위가 없었던 것으로 될 수 있단 말인가! 생존이라는 것도 영원히 되풀이하여 행위와 죄책일 수밖에 없다는 것. 이것이야말로, 바로 이것이야말로 생존이라는 징벌에서 영원한 것이다!

의지가 마침내 자기 자신을 구제하고 의욕이 곧 무욕이 된다면 몰라도, 벗들이여, 이것이야말로 망상이 꾸며 낸 노래라는 사실을 그대들은 잘 안다!"

내가 그대들에게 "의지는 창조하는 자다."라고 가르쳤을 때 나는 그대들을 이 터무니없는 노래에서 벗어나도록 만들었다.

그 모든 그러했다는 파편이자 수수께끼고 무시무시한 우연이다. 창조적 의지가 그것에 대해 "내가 그렇게 되기를 원했다."라고 말할 때까지는.

창조적 의지가 그것에 대해 "그렇게 되기를 내가 바란다! 그렇게 되기를 나는 바랄 것이다!"라고 말할 때까지는.

하지만 의지가 이미 그렇게 말했단 말인가? 언제쯤 이런 일이 일어날 것인가? 의지는 벌써 자기 자신의 어리석음이라는 마구를 벗어났는가?

의지는 벌써 자기 자신을 구제하는 자, 기쁨을 가져다주는 자가 되었단 말인가? 의지는 복수의 정신을 잊었는가? 분노하며 이를 부드득거리는 정신을 잊었는가?

그리고 누가 의지에게 시간과의 화해를, 그리고 모든 화해보다도 더 높은 것을 가르쳤는가?

의지는, 힘의 의지는 모든 화해보다도 더 높은 것을 '의욕' 해야 한다. 하지만 의지에게 어떻게 이런 일이 일어나는가? 누가 의지에게 과거로 되돌아가 '의욕'하는 것까지도 가르쳤단 말인가?

그의 말이 여기에 이르렀을 때 차라투스트라가 갑자기 말을 멈추었는데 아주 놀란 사람처럼 보였다. 놀란 눈으로 그는 제자들을 바라보았다. 그의 눈은 마치 화살처럼 제자들의 생각과 그 생각의 배후를 꿰뚫어 보았다. 그러나 그는 잠시 후다시 웃으면서 부드럽게 말했다.

"사람들과 함께 사는 것은 어렵다. 침묵하기가 매우 어렵기 때문이다. 수다스러운 사람에게는 특히 그러하다."

차라투스트라는 이렇게 말했다. 꼽추는 자신의 얼굴을 가린 채 이야기에 귀를 기울이고 있었다. 그러나 차라투스트라가 웃는 소리가 들리자 꼽추는 호기심 어린 눈으로 그를 올려다보며 천천히 말했다.

"차라투스트라는 왜 우리에게는 자기 제자들에게 하는 말과 다른 말을 하는가?"

차라투스트라가 대답했다. "이상할 게 무언가! 꼽추에게는 꼽추에게 어울리는 말을 하는 것이다!"

"좋아." 꼽추가 말했다. "제자들에게는 마음을 털어놓아도 좋겠지.

하지만 차라투스트라는 왜 자기 제자들에게는 자신에게 하는 말과 다른 말을 하는 것인가?"

지혜로운 대인 관계에 대하여

무서운 것은 산꼭대기가 아니라 비탈이다!

눈길은 **아래쪽으로** 급전직하하고 손은 **위를 향하여** 내뻗는 비탈. 여기에서 마음은 자신의 이중의 의지 때문에 현기증이 난다.

아, 벗들이여, 그대들은 내 마음의 이중의 의지도 잘 알지 않는가?

눈길은 높은 곳으로 치솟아 올라가고 내 손은 심연을 붙든 채 그 위에 몸을 지탱하고자 하는 것. 이것이, 바로 이것이 **나의** 비탈이며 나의 위험이다!

나의 의지는 인간에게 매달린다. 나는 쇠사슬로 자신을 인간에게 묶는다. 나는 초인을 향해 위로 끌어당겨지기 때문이다. 나의 또 다른 의지가 위쪽으로 올라가려 하기 때문이다.

그 **때문에** 나는 인간들 사이에서 마치 인간들을 모르는 것처럼 장님으로 산다. 나의 손이 확고부동한 것을 잡고 있다는 믿음을 전적으로 잃어버리지는 않기 위해서다.

나는 그대 인간들을 알지 못하며, 이러한 어둠과 위안이 종종 내 주위를 둘러싼다.

나는 온갖 악한들이 오가는 성문 옆에 앉아서 묻는다. 누가 나를 속이려 하는가?

사기꾼들을 경계하지 않기 위해 나 스스로를 기만해 버린다는 것. 이것이 대인 관계에서 나의 첫 번째 지혜다.

아, 내가 인간을 경계한다면, 어떻게 인간이 나의 기구(氣球)를 붙들어 두는 닻이 될 수 있단 말인가! 나는 너무도 쉽게 위로 끌어당겨지고 말 것이다!

노심초사하지 말 것. 이러한 섭리가 나의 운명 위에 드리워 있다.

그러므로 인간들 사이에서 애태우며 시달리고 싶지 않은 자는 어떠한 잔으로든지 마실 줄 알아야 한다. 그리고 인간들 사이에서 정결하게 남아 있고 싶은 자는 더러운 물로도 씻을 줄 알아야 한다.

그래서 나는 이따금 다음과 같이 말함으로써 자신을 위로한다. "자! 기운을 내자! 변함없는 마음이여! 그대는 한 가지 불행에서 벗어났다. 그러니 이것을 그대의 행복으로 누리라!"

그리고 긍지에 찬 자들보다는 **허영심 강한 자들**을 아끼는 것. 이것이 대인 관계에서 나의 또 다른 지혜다.

상처받은 허영심은 모든 비극 작품의 모태 아닌가? 그러나 긍지가 상처 입은 곳에서는 긍지 이상으로 좋은 것이 자라날 것이다.

　삶이 멋진 볼거리가 되기 위해서는 그 연기를 멋지게 해내야 한다. 하지만 그러기 위해서는 좋은 배우가 필요하다.

　나는 허영심 강한 자들이 모두 훌륭한 배우임을 발견했다. 그들은 관객이 즐거운 마음으로 자기들의 연기를 보아 주기를 바란다. 그들의 모든 정신은 이러한 의지에 집중되어 있다.

　그들은 스스로 연출하고 스스로 꾸며 낸다. 나는 그들 가까이 있으면서 삶을 구경하는 것을 좋아한다. 그것은 슬픔을 치료해 준다.

　나는 허영심 강한 자들을 아낀다. 왜냐하면 나에게 그들은 나의 슬픔을 고쳐 주는 의사들이고 나로 하여금 연극에 집중하듯 인간에게 집중하게 만들기 때문이다.

　그리고 그 누가 허영심 강한 자들이 가진 겸손의 깊이를 제대로 잴 수 있겠는가! 나는 그들의 겸손 때문에 그들을 좋아하고 동정한다.

　허영심 강한 자는 그대들로부터 자신에 대한 믿음을 배우려 한다. 그는 그대들의 눈길을 먹고 살며 그대들의 두 손으로부터 게걸스럽게 칭찬을 먹어 치운다.

　그대들이 거짓말로 그를 칭찬하면 그는 그대들의 거짓말조차 믿는다. 왜냐하면 그는 마음속 깊은 곳에서 '**나**는 무엇인가?'라고 탄식하기 때문이다.

　그리고 자기 자신을 모르는 것이 참된 덕이듯 허영심 강한 자는 자신의 겸손을 알지 못한다!

그리고 대인 관계에서 나의 세 번째 지혜는 이렇다. 그대들이 겁에 질린다고 해서 내가 **악인들**을 싫은 눈길로 바라보는 않는다는 것이다.

나는 뜨거운 태양이 부화하는 기적들, 즉 호랑이와 야자나무와 방울뱀을 보면 말할 수 없이 행복하다.

인간들 사이에도 뜨거운 태양이 낳은 아름다운 새끼들이 있고 악인에게도 경탄할 만한 것이 많지 않은가.

그대들 중 최고의 현자들도 내게는 그다지 현명하게 보이지 않듯이 인간의 악의도 실제로는 소문에 미치지 못한다는 것을 알았다.

그래서 나는 이따금 고개를 흔들면서 물었다. 그대 방울뱀들이여, 그대들은 왜 아직도 고개를 딸랑거리고 있는가?

진실로 말하노니, 악에도 아직은 미래가 있다! 그리고 가장 뜨거운 남국은 인간에게 아직 발견되지 않았다.

겨우 폭 3.6미터에 생후 석 달밖에 되지 않았으면서 벌써 가장 사악한 악으로 불리는 것들이 얼마나 많은가! 하지만 언젠가는 보다 큰 용들이 세상에 나타나리라.

왜냐하면 초인이 자신에게 어울리는 거대한 용을 갖기 위해서는 작열하는 태양이 축축한 원시림을 더욱 달구어야 하기 때문이다!

우선 그대들의 살쾡이가 호랑이로, 그대들의 독두꺼비가 악어로 변해야 한다. 멋진 사냥꾼은 멋진 사냥을 해야 하기 때문이다!

그리고 참으로 그대 선량하고 의로운 자들이여! 그대들에게는 우스운 점이 허다하다. 특히 지금까지 악마라고 불려 온 것에 대한 그대들의 공포가 그렇다!

그대들의 영혼은 위대한 것과는 아주 거리가 멀다. 그러므로 그대들은 초인이 선의를 갖고 대하더라도 **공포에 질리고 마는** 것이다!

그리고 그대 현자들과 지자들이여, 그대들은 지혜의 뙤약볕으로부터 달아나리라. 초인이 즐겨 목욕하는 지혜의 뙤약볕으로부터!

나와 눈을 마주친 그대 최고의 인간들이여! 내가 그대들을 의심하면서 몰래 웃음 짓는 것은 그대들이 나의 초인을 악마라고 부를 것이라고 예감하기 때문이다!

아, 나는 이 최고이며 최선인 자들이 지겹다. 그들의 높이에서 나는 저 위, 저 밖, 저쪽으로 벗어나 초인에 이르기를 열망했다!

이 최선의 자들의 벌거벗은 몸을 보았을 때 온몸에 소름이 끼쳤고, 그때 나에게는 저 먼 미래를 향해 날아갈 날개가 자라났다.

지금껏 그 어떤 조각가가 꿈꾼 것보다 더 먼 미래를 향해, 더 남쪽의 남국을 향해, 신들이 모든 옷을 부끄러이 여기는 저쪽을 향해 날아갈 날개가 자라났다!

그러나 나는 **그대들**이 변장한 모습을 보고 싶다, 그대 이웃들이여, 동포들이여, 멋지게 차려입고 허풍 떨고 착하고 의로운 자로 빼기는 모습을 보고 싶다.

그리고 나 자신도 변장한 채 그대들 사이에 앉아 있고 싶다. 내가 그대들과 나를 **구분하지 못하도록**. 이것이 인간을 대하는 나의 마지막 지혜다.

차라투스트라는 이렇게 말했다.

가장 고요한 시간

벗들이여, 내게 무슨 일이 있었는가? 보다시피 나는 당황하고 쫓겨 마지못해 떠나기로 했다. 아, **그대들**로부터 떠나기로 했다!

그렇다. 다시 한번 차라투스트라는 자신의 고독 속으로 되돌아가야 한다. 내키지 않더라도 곰은 이번에는 자기 동굴로 되돌아가야 한다!

내게 무슨 일이 있었는가? 누가 이런 명령을 내리는가? 아, 나의 화가 난 여주인이 그것을 원한다. 그녀가 나에게 그렇게 말했다. 지금까지 내가 그대들에게 그녀의 이름을 말한 적이 있었던가?

어제저녁 무렵 **나의 가장 고요한 시간**이 내게 말했다. 그리고 이것이 나의 무서운 여주인의 이름이다.

일은 그렇게 벌어졌다. 그리고 창졸간에 떠나는 사람에 대해 그대들의 마음이 응어리지지 않도록 나는 모든 것을 말해야 한다!

그대들은 막 잠이 들려고 하는 자에게 들이닥치는 공포를 아는가?

발밑의 땅이 꺼지고 꿈이 시작되므로 그는 발가락까지 놀란다.

이것을 나는 그대들에게 비유로 말한다. 어제 가장 고요한 시간에 땅이 꺼지고 꿈이 시작된 것이다.

시곗바늘이 움직였고 나의 삶의 시계는 숨을 죽였다. 지금까지 내 주위에서 그러한 고요를 경험해 본 적이 결코 없었기 때문에 나의 심장은 깜짝 놀랐다.

이때 누군가가 내게 소리 없이 말했다. **"차라투스트라여, 그대는 그것을 아는가?"**

이 속삭임에 나는 깜짝 놀라 소리를 질렀고, 얼굴에서는 핏기가 가셨다. 그러나 나는 아무 대답도 하지 않았다.

그러자 이때 누군가가 다시 한번 소리 없이 내게 말했다. "그대는 그것을 안다, 차라투스트라여. 하지만 그대는 그것을 말하지 않는다!"

그래서 마침내 나는 반항하는 자처럼 대답했다. "그렇다. 나는 그것을 안다. 하지만 그것을 말하고 싶지는 않다!"

그때 누군가가 다시 소리 없이 내게 말했다. **"그대가 바라지** 않는다고? 차라투스트라여, 그게 사실이란 말인가? 그대의 반항심 속에 자신을 숨기지 말라!"

그래서 나는 아이처럼 울었고, 벌벌 떨며 말했다. "아, 나는 벌써 말하려고 했다. 하지만 내가 어떻게 말할 수 있단 말인가! 부디 이것만은 면하게 해 다오! 내 힘을 넘어서는 일이다!"

이때 누군가가 다시 소리 없이 내게 말했다. "무슨 문제가 있단 말인가, 차라투스트라여! 그대의 말을 내뱉고는 부서져 버리라!"

이에 내가 대답했다. "아, 그것이 **나의** 말인가? 나는 누구인가? 나는 보다 고귀한 자를 기다린다. 그 사람 앞에서 나는 부서질 만한 가치도 없다."

이때 누군가가 다시 소리 없이 내게 말했다. "무슨 문제가 있단 말인가? 내가 보기에 그대는 아직도 충분히 겸손하지 않다. 겸손은 가장 단단한 가죽을 두른다."

그래서 내가 대답했다. "지금까지 나의 겸손의 가죽이 견뎌 내지 못한 것이 있단 말인가! 나는 나의 산의 기슭에 산다. 나의 꼭대기들은 얼마나 높은가? 나에게 그것을 말해 준 사람은 지금까지 아무도 없다. 그러나 나는 나의 골짜기들을 잘 안다."

이때 누군가가 다시 소리 없이 내게 말했다. "아, 차라투스트라여. 산을 옮겨 놓아야 하는 자는 골짜기와 낮은 지대들도 옮겨 놓는다."

그래서 내가 대답했다. "지금까지 내 말은 어떠한 산도 옮겨 놓은 적이 없고 내가 한 말은 어떠한 인간에게도 도달하지 못했다. 나는 인간들에게 다가가기는 했지만 아직도 그들에게 도달한 적이 없다."

이때 누군가가 다시 소리 없이 내게 말했다. "그대가 **그것에 대해** 무엇을 알겠는가! 이슬은 가장 적막한 밤에 풀 위로 내려앉는 법이거늘."

그래서 내가 대답했다. "내가 나의 길을 발견하고 그 길로 달려갔을 때 사람들은 나를 비웃었다. 그리고 사실 그때 내 발이 떨렸다.

그래서 그들이 내게 이렇게 말했다. '너는 길을 잊더니 이제는 걸음조차 잊어버렸구나!'"

이때 누군가가 다시 소리 없이 내게 말했다. "그들의 조롱이 무슨 상관인가! 그대는 복종을 잊어버린 자다! 이제 그대는 명령을 내려야 한다!

만인에게 가장 필요한 자가 **누구**인지 그대는 모르는가? 그는 위대한 일을 명령하는 자다.

위대한 일을 해내기는 어렵다. 그러나 더욱 어려운 것은 위대한 일을 명령하는 것이다.

힘을 가졌으면서도 지배하려 하지 않는 것, 그것이 그대의 가장 용서받지 못할 점이다."

그래서 내가 대답했다. "내게는 온갖 명령을 내리기 위한 사자의 목소리가 없다."

이때 누군가가 다시 속삭이듯 내게 말했다. "가장 조용한 말이 폭풍우를 몰고 오며, 비둘기 걸음으로 오는 사상이 세계를 움직인다.

아, 차라투스트라여, 그대는 다가올 자의 그림자로서 걸어가야 한다. 그러면 그대는 명령할 것이고 명령하면서 앞서 나아갈 것이다."

그래서 내가 대답했다. "나는 자신이 부끄럽다."

이때 누군가가 다시 소리 없이 내게 말했다. "그대는 장차 아이가 되어야 하며 부끄러움을 몰라야 한다.

그대에게는 젊음의 긍지가 아직도 남아 있고, 나이 들어 젊어졌다. 그러나 아이가 되려고 하는 자는 자신의 젊음조차 극복해야 한다."

그래서 나는 한참 동안 곰곰이 생각하며 벌벌 떨었다. 그러나 마침내 나는 처음에 말한 것과 같은 말을 했다. "나는 바라지 않는다."

그러자 내 주위에서 웃음이 터졌다. 아, 이 웃음소리가 나의 내장을 찢고 나의 심장을 도려냈다!

그리고 누군가가 마지막으로 다음과 같이 말했다. "아, 차라투스트라여, 그대의 과일은 익었으나 그대는 그대의 과일에 어울릴 만큼 익지 못했구나!

그러므로 그대는 다시 고독 속으로 돌아가야 한다. 앞으로 더 무르익어야 한다."

그리고 나서 소리 없이 말하는 자는 다시 한번 웃고는 사라졌다. 그러자 나의 주위는 이중의 고요에 둘러싸인 것처럼 적막해졌다. 나는 땅바닥에 누워 있었고 온몸에서 땀이 흘러내렸다.

이제 그대들은 모든 이야기를 들었다. 내가 왜 나의 고독 속으로 되돌아가야 하는지도 들었다. 벗들이여, 그대들에게 아무것도 숨기지 않았다.

그대들은 내게서 이 말도 들었다. **누가** 모든 인간들 중에서 변함없이 가장 과묵하며, 또 그렇게 되기를 원하는가를!

아, 벗들이여! 내게는 아직도 그대들에게 말할 것이 있다. 내게는 아직도 그대들에게 줄 것이 있다! 그런데도 왜 나는 그것을 그대들에게 주지 않는가? 내가 인색하단 말인가?

차라투스트라가 이 말을 했을 때, 커다란 고통과 함께 벗들과의 이별이 가까워졌다는 생각이 그를 덮쳤다. 그래서 그는 큰 소리로 울었다. 아무도 그를 달랠 수 없었다. 그러나 밤이 되자 그는 벗들과 헤어져 홀로 길을 떠났다.

3부

차라투스트라는 이렇게 말했다
모든 이를 위한, 그러나 그 누구의 것도 아닌 책

"높이 오르려 할 때 그대들은 위를 올려다본다.

그러나 나는 이미 높은 곳에 있기 때문에 아래로 내려다본다.

그대들 중에 누가 웃는 동시에 높이 올라와 있을 수 있는가?

가장 높은 산에 오르는 자는 모든 비극적 유희와 비극적 엄숙함을 비웃는다."

— 차라투스트라(「읽기와 쓰기에 대하여」, 1부, 64쪽)

방랑자

한밤중에 차라투스트라는 섬의 등성이를 넘어갔다. 아침 일찍 건너편 해변에 닿아 그곳에서 배를 타기 위해서였다. 그곳에 다른 나라의 배들도 즐겨 정박하는 훌륭한 부두가 있었던 것이다. 거기에서 배들은 행복의 섬을 떠나 바다를 건너가려는 많은 사람들을 실어 날랐다. 그래서 차라투스트라는 산을 올라갔고, 그렇게 오르는 도중에 젊은 시절부터 수없이 거듭한 외로운 방랑을 회상했다. 얼마나 많은 산과 산등성이와 산꼭대기를 올랐던가.

그는 마음속으로 말했다. 나는 방랑자이며 산을 오르는 자다. 나는 평지를 사랑하지 않으며, 오랫동안 한자리에 가만히 있지 못한다.

앞으로 내가 어떠한 운명을 맞이하든, 무엇을 체험하든 거기에는 늘 방랑과 산을 오르는 일이 있을 것이다. 인간이란 결국 자기 자신만을 체험하는 존재가 아닌가.

내게 우연한 일들이 닥칠 수 있는 그런 때는 지나갔다. 이미 나 자신의 것이 아닌 어떤 일이 새삼 내게 **일어날 수** 있단 말인가!

오직 되돌아옴이 있을 뿐. 나의 고유한 자기 그리고 이 자기를 떠나 오랫동안 낯선 곳을 떠돌며 온갖 사물과 우연들 사이에 흩어져 있던 것, 그것은 마침내 집으로 돌아오고 만다.

또 한 가지를 나는 안다. 나는 이제 마지막 정상, 내게 그토록 오랫동안 유보되어 온 것 앞에 서 있다. 아, 나의 더없이 험난한 길을 이제 올라야 한다! 아, 나의 더없이 고독한 방랑이 시작된 것이다.

나와 같은 인간은 이러한 시간을 피하지 못한다. 자신에게 이렇게 말하는 시간을. "이제 비로소 그대는 위대함으로 통하는 그대의 길을 간다! 정상과 심연, 그것은 이제 하나로 연결되었다!

그대는 위대함으로 통하는 그대의 길을 간다. 지금까지 그대의 최후의 위험이라고 불리던 것이 이제 그대의 최후의 피난처가 되었다!

그대는 위대함으로 통하는 그대의 길을 간다. 그대의 뒤에 이미 어떠한 길도 없다는 것. 그것이 이제 그대의 최상의 용기가 되어야 한다!

그대는 위대함으로 통하는 그대의 길을 간다. 몰래 그대의 뒤를 따르는 자는 아무도 없어야 한다! 그대가 걸어온 길을 그대의 발로 지워 버렸고, 그 길 위에는 '불가능'이라고 씌어 있다.

이제 그대는 타고 오를 사다리가 없으므로 자신의 머리를 타고 올라가야 한다! 그렇게 하지 않고서 어떻게 위로 올라갈 수 있겠는가?

그대 자신의 머리를 타고 그대 자신의 심장을 넘어가라! 그 대의 가장 부드러운 것도 이제 가장 준엄한 것이 되어야 한다.

끊임없이 자신을 아끼기만 하는 자는 결국 그렇게 너무 아 끼다 병들고 만다. 그러니 준엄해지는 것을 칭송하라! 버터와 꿀이 넘쳐흐르는 땅을 나는 칭송하지 않는다!

많은 것을 보려면 자기 자신을 **놓아 버릴** 줄 알아야 한다. 산을 오르는 모든 사람들에게는 이러한 혹독함이 필요하다.

인식하는 자로서 눈에 보이는 것에 지나치게 집착한다면 어떻게 만사에 겉으로 드러난 근거 이상의 것을 볼 수 있을 터 인가!

그러나 아, 차라투스트라여, 그대는 모든 사물의 바닥과 배 경을 보려고 했다. 그러므로 그대는 그대 자신을 넘어서 올라 가야 한다. 위로, 더 위로, 그대의 별들이 그대의 **발아래** 놓일 때까지!

그렇다! 나 자신과 나의 별들마저 저 아래로 내려다보는 것, 나는 그것을 나의 **정상**이라고 부른다. 그것은 나의 **마지막** 정상으로 내게 남겨진 것이다!"

차라투스트라는 산을 오르는 동안 자신에게 준엄한 잠언으로 이렇게 말하면서 마음을 달랬다. 그 어느 때보다도 마음의 상처가 깊었던 것이다. 이윽고 산등성이의 꼭대기에 올랐을 때였다. 보라, 그의 눈앞으로 또 다른 바다가 펼쳐져 있었다. 그는 한동안 말없이 제자리에 서 있었다. 그 꼭대기에서의 밤은 차갑고 맑았으며 별빛으로 환했다.

내게 주어진 운명을 안다. 마침내 그가 비통하게 말했다. 좋다! 각오가 되었다. 이제 나의 마지막 고독이 시작되었다.

아, 내 발밑의 이 검고 슬픈 바다여! 아, 이 둔중하고 음울한 불쾌감이여! 아, 운명과 바다여! 그대들에게로 이제 **내려**가야 한다.

나는 지금 나의 가장 높은 산 앞에, 나의 멀고 먼 방랑 앞에 서 있다. 그러므로 나는 우선 일찍이 내가 내려간 것보다 더 깊이 내려가야 한다.

내가 일찍이 내려간 것보다 더 깊은 고통 속으로, 고통의 검디검은 만조에 다다를 때까지! 나의 운명이 그러기를 원한다. 좋다! 각오가 되었다.

가장 높은 산들은 어디에서 오는가? 일찍이 나는 물었다. 그리고 나는 그것들이 바다로부터 온다는 것을 배웠다.

그 증거는 산의 바위와 산 정상의 암벽에 씌어 있다. 가장 높은 것은 가장 깊은 것으로부터 나와서 그 높이에 도달해야 한다.

차라투스트라는 싸늘한 산꼭대기에서 이렇게 말했다. 그러나 바다 쪽으로 다가가 마침내 절벽 밑에 홀로 서게 되었을 때 지친 그는 어느 때보다 더 그리움에 사무쳤다.

만물이 잠들어 있구나. 그가 말했다. 바다도 잠들어 있다. 바다의 눈이 잠에 취해 낯선 눈길로 나를 바라보는구나.

하지만 바다의 숨결은 온화하다. 나는 그것을 느낀다. 또한 나는 바다가 꿈꾼다는 것도 느낀다. 바다가 딱딱한 베개 위에서 꿈을 꾸며 꿈틀거리는구나.

들으라! 들으라! 나쁜 기억들 때문에 바다가 끙끙대며 신음하지 않는가! 아니면 좋지 못한 여러 가지 기대 때문인가?

아, 그대 어둠에 싸인 괴물이여, 나는 그대와 더불어 슬프고, 그대 때문에 나 자신을 원망한다.

아, 안타깝다, 내 손이 충분히 강했더라면! 참으로 즐거이 그대를 나쁜 꿈들로부터 구해 주고 싶건만!

차라투스트라는 이렇게 말하면서 슬픔과 쓰라림 때문에 자신을 비웃었다. "이런! 차라투스트라여! 그대는 바다를 위해 위로의 노래라도 부르려 하는가!

아, 그대 마음씨 좋은 바보, 차라투스트라여, 그대 너무도 쉽게 믿는 자여! 그대는 언제나 그랬다. 그대는 언제나 믿음을 갖고 모든 무시무시한 것에 접근했다.

온갖 괴물을 그대는 쓰다듬어 주려고 했다. 따뜻한 숨결, 앞발에 난 부드러운 털 조금. 그것만으로도 그대는 지체 없이 그것을 사랑하고 유혹하려 했다.

사랑, 살아 있기만 하다면 무엇이든 가리지 않는 그러한 사랑은 가장 고독한 자에게는 위험천만한 일이다! 참으로 사랑에서 나의 바보스러움과 겸손은 우습기만 하다!"

차라투스트라는 이렇게 말하고는 다시 한번 웃었다. 그러나 그 순간 그는 두고 온 벗들을 떠올렸다. 그리고 머릿속 생각만으로 그들에게 몹쓸 죄를 짓기라도 한 것처럼 그는 자신의 생각 때문에 화를 냈다. 그러고 나서 그 웃던 자는 곧 울기 시작했다. 분노와 그리움 때문에 차라투스트라는 비통하게 울었다.

환영(幻影)과 수수께끼에 대하여

1

차라투스트라가 배에 탔다는 소문이 뱃사람들 사이에 번졌다. 행복의 섬에서 온 어떤 남자가 그와 함께 승선했기 때문이다. 그 소문을 듣고 선상에서는 커다란 호기심과 기대가 생겨났다. 그러나 차라투스트라는 이틀 동안 아무 말도 하지 않았으며, 슬픔 때문에 냉정해지고 귀머거리가 되어 어떤 눈짓에도, 어떤 물음에도 대답하지 않았다. 하지만 이틀째 되는 날 저녁, 그는 여전히 침묵을 지켰지만 귀만은 다시 열었다. 먼 곳으로부터 와서 다시 먼 곳으로 가는 이 배에는 귀 기울여 들을 만한 진기한 일과 위험천만한 이야기들이 많았기 때문이다. 안 그래도 차라투스트라는 멀리 여행하고 돌아다니면서 위험 없이는 살아가지 못하는 모든 사람들의 벗이 아니었던 가. 그리고 보라! 듣는 동안에 마침내 그의 혀가 풀리고 마음의 얼음이 부서졌다. 그리하여 그는 다음과 같이 말하기 시작했다.

대담무쌍한 탐구자들이여, 탐험자들이여, 그리고 일찍이 꾀많은 돛을 달고 무시무시한 바다를 항해한 자들이여,

피리 소리만 듣고도 온갖 미궁의 골짜기로 끌려드는 영혼을 가진, 수수께끼에 취한 자들이여, 여명(黎明)을 즐기는 자들이여,

그대들은 겁먹은 손으로 한 가닥 실을 좇아가기를 바라지 않는 자들이며, **추측**할 수 있는데 굳이 **확인**하는 것을 미워하는 자들이다.

그 때문에 나는 그대들에게만 내가 **본** 수수께끼를 말한다. 가장 고독한 자의 환영을 말해 주려고 한다.

근래에 나는 시체와 함께 빛바랜 어스름 속을 침울하게 걸은 적이 있다. 우울하게 입을 굳게 다물고. 내게 단 하나의 태양만 진 것은 아니었다.

자갈 사이로 고집스럽게 올라간 오솔길, 풀포기도 관목도 자랄 수 없는 심술궂고 쓸쓸한 오솔길. 이러한 산속의 오솔길이 완고한 내 발아래 밟히며 달그락거리는 소리를 냈다.

자갈들의 조롱에 찬 삐걱거리는 소리에도 그 위를 걷고, 미끄러운 돌을 짓밟으면서 나의 발은 힘겹게 위로 향했다.

저 위로. 내 발을 저 아래 심연으로 끌어내리는 정령, 나의 악마이자 불구대천의 적인 중력의 영을 거슬러 올라갔다.

저 위로. 반은 난쟁이고 반은 두더지인, 절름거리면서 남까지 절름거리게 만드는 이 중력의 영이 내 등에 걸터앉아 나의 귓속으로 납을, 나의 뇌 속으로 납과 같은 사상을 방울방울 떨어뜨렸음에도 내 발은 계속 위로 올라갔다.

"아, 차라투스트라여, 그대 지혜의 돌이여!"라고 그 중력의 영은 한 마디 한 마디 비웃듯이 속삭였다. "그대는 자신을 높이 던졌으나 모든 던져진 돌은 반드시 떨어지기 마련이다!

아, 차라투스트라여, 그대 지혜의 돌이여, 그대 투석기로 던져진 돌이여, 그대 별을 파괴하는 자여! 그대는 자신을 너무도 높이 던져 올렸다. 그러나 모든 던져진 돌은 떨어지기 마련인 것을!

아, 차라투스트라여, 그대 자신에게로 돌아와 그대를 쳐 죽이게 되어 있는 돌을 그대는 멀리도 던졌다. 하지만 그 돌은 **그대** 머리 위로 다시 떨어지리라."

그러고 나서 난쟁이는 입을 다물었다. 침묵이 오래 지속되었다. 그의 침묵은 나를 답답하게 했다. 이런 식으로 둘이 있는 것은 참으로 혼자 있는 것보다 더 외로운 법이다!

나는 오르고 또 올랐고 꿈꾸고 생각했다. 그러나 모든 것이 나를 짓눌렀다. 나는 심한 가책에 시달리고는 다시금 더 사악한 악몽 때문에 잠에서 깨어나는 병자와 같았다.

그러나 내게는 내가 용기라고 부르는 어떤 것이 있었다. 이 것이 지금까지 나의 모든 좌절감을 죽여 왔다. 이 용기가 마침내 내게 걸음을 멈추고 말하라고 명령했다. "난쟁이여! 그대인가! 아니면 나인가!"

말하자면 용기는, **공격적인** 용기는 최상의 살해자다. 왜냐하면 모든 공격에는 승리의 음악이 울려 퍼지기 때문이다.

인간은 가장 용감한 동물이다. 그리하여 인간은 모든 짐승을 극복했다. 승리의 음악을 울리면서 인간은 모든 고통을 극복했다. 인간의 고통은 더없이 깊은 고통이었음에도.

용기는 심연 앞에서의 현기증도 살해한다. 인간이 서 있는 곳 가운데 어디 심연 아닌 곳이 있던가! 본다는 것 자체가 심연을 들여다보는 것 아닌가?

용기는 최상의 살해자다. 용기는 동정도 살해한다. 동정이야말로 가장 깊은 심연임에도. 삶을 깊이 통찰하는 만큼 인간은 고통도 깊이 통찰한다.

그러나 용기는, 공격하는 용기는 최상의 살해자다. 이 용기는 죽음조차 살해한다. 왜냐하면 용기는 "**그것**이 삶이었던가? 좋다! 그러면 다시 한번!"이라고 말하기 때문이다.

이러한 말에는 승리의 음악이 힘차게 울려 퍼진다. 귀 있는 자는 들을지어다.

2

"멈추라! 난쟁이여!"라고 내가 말했다. "나인가? 아니면 그대인가? 하지만 우리 둘 중에서는 내가 더 강하다. 그대는 나의 심연의 사상을 알지 못한다! **이 사상**을 그대는 감당치 못한다!"

이때 내 몸이 가벼워졌다. 난쟁이가, 이 호기심 많은 난쟁이가 내 어깨에서 뛰어내린 것이다! 그러고는 내 앞에 있는 돌

위에 쪼그리고 앉았다. 그리고 우리가 발을 멈춘 바로 그곳에 성문으로 통하는 길 하나가 있었다.

"이 성문 입구를 보라! 난쟁이여!" 나는 계속해서 말했다. "이 출입구에는 두 개의 얼굴이 있다. 두 길이 여기에서 만난다. 아직까지 어느 누구도 이 두 길의 끝까지 가 보지 못했다.

뒤쪽으로 뻗은 이 기나긴 오솔길, 이 길은 영원으로 이어진다. 그리고 밖으로 뻗은 저 기나긴 오솔길, 그것은 또 하나의 영원이다.

그 두 길은 서로 모순된다. 그것들은 서로 정면으로 부딪친다. 그리고 여기 이 성문에서 두 길이 마주친다. 성문의 이름은 그 위쪽에 순간이라고 씌어 있다.

그대 난쟁이여, 그러나 누군가가 그 길 가운데 하나를 따라 앞으로 더 앞으로 더 멀리 가는 경우에도 이 길들이 영원히 서로 모순된다고 생각하는가?"

그러자 난쟁이가 경멸하듯이 중얼거렸다. "모든 곧은 것은 우리를 속인다. 모든 진리는 굽어 있으며, 시간 자체도 하나의 둥근 고리다."

"그대 중력의 영이여!" 내가 화를 내며 말했다. "그렇게 쉽게 생각지 말라! 그렇게 한다면 나는 그대가 쪼그리고 앉아 있는 곳에 그대를, 절름발이를 그곳에 그대로 쪼그리고 있게 내버려 둘 것이다. 사실은 내가 그대를 **이 높은 곳**으로 데려오지 않았던가!"

"보라, 이 순간을!" 내가 계속해서 말했다. "이 순간이라는 성문 입구로부터 기다란 영원의 오솔길 하나가 **저 뒤쪽으로**

뻗어 있다. 우리 뒤로 하나의 영원이 놓여 있는 것이다.

만물 가운데서 달릴 **수 있는** 것이라면 이미 언젠가 이 오솔길을 달렸음이 분명하지 않은가? 만물 가운데서 일어날 **수 있는** 일은 이미 언젠가 일어났고 행해졌고 달려 지나가 버렸음이 분명하지 않은가?

그리고 모든 것이 이미 존재했던 것이라면 그대 난쟁이는 이 순간을 무엇이라고 생각하는가? 이 성문 입구도 이미 존재했던 것임이 틀림없지 않은가?

만물은 그런 식으로 굳게 연결되어 있지 않은가? 이 순간이 다가올 **모든** 미래의 일들을 자신에게로 끌어당기도록 말이다. **그리하여** 이 순간은 자신마저 끌어당기지 않는가?

왜냐하면 만물 가운데서 달릴 **수 있는** 것은 이 **바깥으로 통하는** 기나긴 오솔길을 언젠가 한 번은 달릴 것임이 **분명하기** 때문이다!

달빛 속에 느릿느릿 기어 다니는 이 거미, 이 달빛 자체 그리고 영원한 사물들에 대해 함께 속삭이며 성문 입구에 있는 나와 그대, 우리 모두는 이미 존재했던 것임이 분명하지 않은가?"

그리고 되돌아와 우리 앞에 있는 또 다른 골목길, 그 길고도 무시무시한 골목길을 달려가야 하지 않는가. 그렇게 우리는 영원히 되돌아올 수밖에 없지 않은가?

이렇게 나는 점점 더 목소리를 낮추며 말했다. 나 자신의 여러 가지 생각과 그 생각들의 배경이 두려웠기 때문이다. 그때 갑자기 가까운 곳에서 개 한 마리가 **짖어 대는** 소리가 들려왔다.

내 일찍이 개가 저토록 짖어 대는 것을 들은 적이 있었던
가? 나의 생각은 옛날로 달려갔다. 그렇다! 나의 어린 시절,
아득히 먼 어린 시절로.

그때도 어떤 개 한 마리가 그렇게 짖어 댔다. 개들조차 유령
을 믿는, 더없이 적막한 한밤중에 개 한 마리가 털을 곤두세
우고 머리를 치켜든 채 떨고 있는 것을 보았다.

나는 그 모습에 동정을 느꼈고, 바로 그때 보름달이 죽음처
럼 말없이 집 위로 떠올랐다. 둥근 불덩어리인 그 달은 바로
그때 멈추어 섰다. 평평한 지붕 위에 조용히, 마치 남의 땅 위
에 멈추어 서기라도 한 것처럼.

그러자 그 개는 두려움에 몸을 떨었다. 개들도 도둑과 유령
의 존재를 믿기 때문이다. 그리하여 다시 이렇게 개가 짖는 소
리를 듣고 나는 새삼 연민의 정을 느낀 것이다.

그런데 난쟁이는 어디로 갔는가? 성문으로 통하는 길은?
거미는? 그리고 그 모든 속삭임은? 도대체 꿈이었던가? 깨어
있었던가? 갑자기 나는 험준한 절벽 사이에 서 있었다. 홀로.
쓸쓸하게. 황량하기 그지없는 달빛 속에.

그런데 거기에 어떤 인간이 누워 있었다! 거기에는! 그리고
거기에서 날뛰고 털을 곤두세우고 킹킹거리던 개가 이제 내
가 오는 것을 보고는 다시 짖었다. **부르짖었다.** 내 일찍이 개가
그토록 애타게 도움을 청하며 울부짖는 것을 들은 적이 있었
던가?

그리고 참으로 내가 그때 본 것, 그러한 것을 나는 결코 본
적이 없었다. 어떤 젊은 양치기가 입에 한 마리의 육중하고 검

은 뱀을 문 채 몸을 비틀고 구역질하고 경련을 일으키며 얼굴을 찡그리고 있었던 것이다.

내 일찍이 인간의 얼굴에서 이토록 심한 구역질과 창백한 공포를 본 적이 있었던가? 그는 자고 있었던 것일까? 어쨌든 뱀이 그의 목구멍 속으로 기어들어 그곳을 꽉 문 것이다.

내 손이 뱀을 잡아당기고 또 잡아당겼으나 소용없었다! 내 손은 뱀을 목구멍에서 빼내지 못했다. 그때 내 안에서 그 무엇이 "물라! 물어뜯으라!" 하고 소리쳤다.

"대가리를 물라! 물어뜯으라!" 이렇게 내 안에서 그 무엇이 외쳤다. 나의 공포, 나의 증오, 나의 구역질, 나의 연민, 내게 있는 좋고 나쁜 것이 한꺼번에 내 안에서 소리를 질렀다.

나를 둘러싼 그대 대담한 자들이여! 그대 탐구자들, 탐험자들이여, 그리고 그대들 가운데 꾀 많은 돛을 달고 미지의 바다를 항해한 자들이여! 그대 수수께끼를 즐기는 자들이여!

그때 내가 본 수수께끼를 풀어 다오. 더없이 고독한 자가 본 환영을 설명해 다오!

그것은 하나의 환영이며 예견이었다. 그때 비유 속에서 나는 **무엇**을 보았던가? 그리고 언젠가 꼭 오고야 말 그자는 **누구**인가?

뱀이 목구멍 속으로 기어든 양치기는 **누구**인가? 가장 무겁고 가장 검은 것이 통째로 목구멍 속으로 기어들 인간은 **누구**인가?

여하간 양치기는 내가 고함을 쳐 말한 대로 물었다. 덥석 물었다! 뱀 대가리를 저 멀리 뱉어 버렸다. 그러고는 벌떡 일어섰다.

이제 양치기도 아니고 인간도 아닌, 변화한 자, 빛에 둘러싸인 자로서 그가 **웃었다**! 일찍이 지상에서 **그가** 웃듯이 웃은 자는 아무도 없었다!

아, 형제들이여, 나는 인간의 웃음이 아닌 웃음을 들었다. 그리고 이제 갈증이, 결코 잠재울 수 없는 동경이 나를 갉아먹는다.

이러한 웃음에 대한 나의 동경이 나를 갉아먹는다. 아, 이제 삶을 어떻게 견딜 것인가! 그리고 지금 죽어야 한다는 것도 어떻게 견딜 것인가!

차라투스트라는 이렇게 말했다.

원하지 않은 행복에 대하여

이러한 수수께끼와 쓰라림을 가슴에 안은 채 차라투스트라는 항해를 계속했다. 그러나 행복의 섬들과 벗들을 떠난 지나흘이 지나서야 그는 자신의 모든 고통을 극복할 수 있었다. 승리감에 차 군건한 발로 그는 다시 자신의 운명을 밟고 섰다. 그때 차라투스트라는 환호하는 자신의 양심을 향해 이렇게 말했다.

나는 다시 혼자이고, 홀로 맑은 하늘과 드넓은 바다와 더불어 있으며, 또 그러기를 바란다. 나의 주위는 다시 오후가 되었다.
내 일찍이 벗들을 처음 만난 것은 오후였고, 그다음에 만난 것도 어느 오후였다. 모든 빛이 점점 고요해지는 시간이었다.

하늘과 땅 사이에서 아직 길을 가고 있는 행복은 지금도 자신이 깃들일 밝은 영혼을 찾고 있기 때문이다. **행복으로 넘쳐** 이제 모든 빛은 더욱 고요해졌다.

아, 내 삶의 오후여! 일찍이 **나의** 행복도 거처를 찾아 골짜기로 내려갔다. 그리고 그곳에서 나의 행복은 마음을 활짝 열고 손님을 반기는 이 영혼들을 찾아낸 것이다.

아, 내 삶의 오후여! 그 한 가지를 얻는다면, 내 사상이 힘차게 뿌리내리고 내 최고의 희망의 아침놀을 얻기만 한다면 무엇인들 버리지 않으리!

창조하는 자는 일찍이 길동무와, **자신**의 희망의 아이들을 찾아다녔다. 그런데 보라, 창조하는 자는 알게 되었다. 그가 먼저 아이들을 창조하지 않고서는 그들을 찾을 수 없다는 사실을.

그리하여 나의 아이들에게로 가기도 하고 그 아이들로부터 되돌아오기도 하면서 나는 자신의 일을 수행한다. 자기 아이들을 위해 차라투스트라는 자기 자신을 완성해야만 하는 것이다.

사람이란 본래 자기 아이와 일만을 사랑하는 법이기 때문이다. 그리고 자기 자신에 대한 커다란 사랑이 있다면 그 사랑은 잉태의 징조다. 나는 그 점을 깨달았다.

나의 정원과 최고의 토양에서 자라는 나무들, 나의 아이들은 첫봄을 맞이하여 푸릇푸릇 자라고 있으며, 나란히 서서 함께 바람에 흔들린다.

참으로! 이러한 나무들이 함께 어울려 서 있는 곳, 거기에 행복의 섬들이 **있다**!

그러나 언젠가 나는 그 나무들을 뽑아내 하나하나 따로 심으려 한다. 나무들이 저마다 고독과 반항과 예지를 배우도록.

그들은 불굴의 삶의 살아 있는 등대로서, 옹이로 울퉁불퉁하고 휘어진 채 부드러우면서도 굳건하게 바닷가에 서 있어야 한다.

폭풍이 바다로 돌진하고 산맥의 기다란 코가 물을 빨아들이는 곳, 그곳에서 각각의 나무들은 언젠가 **저마다의** 시련을 맞이하고 깨달음에 이르도록 밤과 낮을 뜬눈으로 지켜보아야 한다.

각각의 나무는 나의 종족이며 나의 혈통인지 알아보기 위해 식별되고 시험되어야 한다. 각각의 나무가 유장한 의지의 소유자로서 말함에서도 과묵하고, 주면서 **받는다**고 생각할 만큼 관대한지 알아보기 위해서다.

언젠가 나의 길동무가 되고 차라투스트라와 함께 창조하고 함께 축제를 벌이며, 만물의 보다 온전한 완성을 위해 나의 의지를 나의 서판에 기록하는 자인지를 알아보기 위해서다.

그리고 그러한 자를 위해, 또 그와 같은 자들을 위해 나는 **나 자신을** 완성해야 한다. 그리하여 나는 이제 나의 행복을 거부하고 모든 불행에 나를 내맡기려 한다. **나 자신**에 대한 마지막 시험과 깨달음을 위해.

참으로 내가 떠나야 할 시간이었다. 방랑자의 그림자와 가장 지루한 기다림과 가장 고요한 시간, 그 모든 것이 나를 설득했다. 때가 성숙했다!

바람이 열쇠 구멍으로 불어 들어와 오라! 하고 내게 말했다.

문은 영리하게 활짝 열리면서 가라! 하고 말했다.

그러나 나는 나의 아이들에 대한 사랑의 사슬에 묶여 누워 있었다. 열망이 나에게 이러한 올가미를 씌운 것이다. 내 아이들의 먹이가 되고 아이들을 위해 나 자신을 버리고자 하는 사랑에 대한 열망이.

열망한다는 것, 내게 그것은 이미 나 자신을 버렸음을 뜻한다. **나는 너희를 소유하고 있다, 나의 아이들아**! 이러한 소유에서는 모든 것이 확실해야 하며 어떤 미련도 남아선 안 된다.

내 사랑의 태양이 찌는 듯이 내 머리 위로 내리쬐었고, 차라투스트라는 자기 자신의 체액 속에서 들끓었다. 그때 그림자와 의심이 내 머리 위로 날아가 버렸다.

나는 이미 찬 서리와 겨울을 갈망하고 있었다. "아, 찬 서리와 겨울이 나를 다시 부러뜨리고 삐걱거리게 만들었으면!" 나는 탄식했다. 그러자 얼음처럼 차가운 안개가 내 안에서 피어올랐다.

나의 과거가 무덤들을 파헤치며 나타났고, 산 채로 매장된 많은 고통이 깨어났다. 그것들은 수의에 싸인 채 잠들어 있었을 뿐이다.

그리하여 모든 것이 징표로서 내게 소리쳤다. **때가 성숙했다**! 그러나 나는 듣지 않았다. 마침내 나의 심연이 요동치고 나의 사상이 나를 물어뜯을 때까지.

아, 심연의 사상이여, 그대는 **나의** 사상이 아니던가! 그대가 무덤을 파헤치는 소리를 들어도 더 이상 떨지 않을 힘을 나는 언제나 갖게 될 것인가?

그대가 무덤을 파헤치는 소리에 나의 심장은 목까지 두근거린다! 그대의 침묵도 내 목을 조르는구나, 그대 심연처럼 침묵하는 자여!

내가 그대에게 **올라오라**고 감히 소리친 적은 결코 없었다. 내가 그대를 내 몸속에 가지고 있는 것만으로도 충분했다! 나는 최고조에 달한 사자의 용기와 오만불손함에 이를 만큼 강하지는 못했다.

내게는 그대의 무게가 언제나 무섭고도 충분히 무서웠다. 그러나 언젠가는 그대에게 올라오라고 소리칠 힘과 사자의 목소리를 가지고야 말리라!

내가 우선 이것을 극복한다면, 나는 보다 위대한 것도 극복하리라. 그러면 하나의 **승리**는 나의 완성을 보증하는 봉인이 되리라!

그때까지 나는 미지의 바다 위를 떠돌 것이다. 우연이, 매끄럽게 말하는 우연이 나에게 아첨을 떤다. 앞으로도 뒤로도 둘러보지만 아직 끝이 보이지 않는다.

아직도 내게는 마지막 결전의 시간이 오지 않았다. 아니면 이 시간이 지금 막 나에게 온 것일까? 참으로 나를 둘러싼 바다와 삶이 음흉한 아름다움으로 나를 바라본다!

아, 내 삶의 오후여! 아, 저녁을 앞둔 행복이여! 아, 대양의 항구여! 아, 미지에 깃든 평화여! 내 그대들을 어찌 믿겠는가!

참으로 나는 그대들의 음침한 아름다움을 믿지 않는다! 나는 벨벳처럼 부드러운 미소를 믿지 않는 연인과 같다.

질투심 많은 자가 냉정하면서도 부드럽게, 더없이 사랑하는 이를 밀쳐 내는 것처럼 나는 이 행복의 시간을 밀쳐 낸다.

가거라. 그대 행복의 시간이여! 그대와 함께 내게 원하지도 않은 행복이 찾아왔다! 나는 깊디깊은 고통과 기꺼이 만나고 자 여기에 서 있다. 그대는 좋지 못한 때에 찾아왔다!

가거라. 그대 행복의 시간이여! 차라리 저쪽, 내 아이들이 있는 곳에 거처를 마련하라! 서둘라! 그리고 저녁이 오기 전에 **나의** 행복으로 아이들을 축복하라!

벌써 저녁이 가까워졌다. 해가 떨어진다. 가거라, 나의 행복이여!

차라투스트라는 이렇게 말했다. 그러고는 밤새도록 그의 불행을 기다렸다. 그러나 아무 소용이 없었다. 밤은 여전히 밝고 고요했으며 행복 자체가 점점 더 가까이 다가왔다. 그러나 아침 무렵 차라투스트라는 마음속으로 웃었다. 그러고는 조롱하듯이 말했다. "행복이 뒤에서 쫓아온다. 내가 여인들 꽁무니를 쫓아다니지 않기 때문에 이렇게 된 것이다. 어쨌든 행복은 여인이다."

해 뜨기 전에

아, 내 머리 위의 하늘이여, 그대 맑고 맑은 자여! 깊고 깊은 자여! 그대 빛의 심연이여! 그대를 바라보며 나는 신성한 욕망에 몸을 떠노라.

그대의 높이로 나를 던져 올리는 것, 그것이 **나의** 깊이다! 그대의 맑고 맑음 속에 나를 숨기는 것, 그것이 **나의** 순진무구함이다!

신의 아름다움이 신의 모습을 가리듯 그대 하늘은 그대의 별들을 숨긴다. 그대는 말하지 않는다. **그렇게** 침묵 속에서 그대는 자신의 지혜를 내게 알린다.

오늘 그대는 쏴쏴거리는 바다 위로 말없이 내게 떠올랐고, 그대의 사랑과 수줍음은 끓어오르는 나의 영혼에 계시를 전한다.

그대는 자신의 아름다움에 몸을 숨긴 채 그토록 아름답게 내게로 왔고, 그대의 지혜를 드러내며 내게 말없이 말을 전한다.

아, 어떻게 내가 그대 영혼의 온갖 수줍음을 헤아리지 못한단 말인가! 해 뜨기 **전에** 그대는 더없이 고독한 자인 내게로 왔다.

우리는 처음부터 친구 사이 아니던가. 우리는 원한도, 공포도, 바닥도 함께 나누지 않는가. 심지어 태양까지도.

우리는 서로 너무도 많은 것을 알기에 서로 말이 없다. 우리는 서로 침묵을 지키며, 서로 잘 안다는 사실에 대해 미소를 보낸다.

그대는 나의 타오르는 불에서 나오는 빛이 아닌가? 그대는 나의 통찰과 한 자매인 영혼을 가지지 않았는가?

우리는 함께 모든 것을 배웠다. 우리는 함께 자신을 넘어 자신에게로 오르고 구름 한 점 없이 환하게 미소 짓는 법을 배웠다.

우리의 발아래로 강제와 목적과 죄책감이 비처럼 자욱할 때, 밝은 눈으로 저 아래를 향하여 쾌청하게 미소 짓는 법을 배웠다.

그리고 나는 홀로 방황했다. 밤마다 정처도 없이 나의 영혼은 **누구**를 갈구했던가? 나는 산에 올랐고, 산 위에서 내가 그대를 찾은 것이 아니라면 **누구**를 찾았던가?

나의 그 모든 방랑과 산행(山行)은 불가피한 것이었으며 무력한 자의 미봉책이었을 따름이니, 나의 의지가 한결같이 바란

것은 오로지 **날아가는 것, 그대 안으로** 날아가는 것뿐이다!

나는 떠도는 구름과 그대를 더럽히는 모든 것을 무엇보다 미워하지 않았던가? 나는 그대를 더럽히는 나 자신의 증오조차 미워했다!

떠도는 구름을, 이 살금살금 돌아다니는 도둑고양이들을 보면 나는 화가 난다. 이 고양이들은 그대와 내가 공유하는 것, 저 거대하고 끝없는 '그렇다'와 '아멘'이라는 말을 앗아 가기 때문이다.

이렇게 중간에 끼어들고 간섭하는, 떠도는 구름을 나는 미워한다. 축복하지도 처절하게 저주하지도 못하는 이 어중이떠중이들을 나는 미워한다.

나는 그대 맑고 맑은 하늘이 떠도는 구름으로 더럽혀지는 걸 보느니 차라리 닫힌 하늘 아래 큰 통 속에, 하늘 없는 심연 속에 앉아 있을 테다!

이따금 나는 톱니 모양을 한 번개의 황금 줄로 떠도는 구름을 묶어 두기를 갈망했다. 나 자신이 천둥과도 같이 되어서 불쑥 솟아오른 구름의 배를 북채로 두들기고 싶었다.

분노에 떠는 고수(鼓手)로서. 그들이 내게서 그대의 '그렇다!'와 '아멘!'을 빼앗아 가기 때문이다. 그대 내 머리 위의 하늘이여! 그대 맑고 맑은 자여! 빛나는 자여! 그대 빛의 심연이여! 떠도는 구름이 그대에게서 나의 '그렇다!'와 '아멘!'을 빼앗아 가기 때문이다.

이 신중하고 의심 많은 고양이의 조용함보다 차라리 나는 소음과 천둥 그리고 폭풍우의 저주를 바라기 때문이다. 그리고 또 인간들 중에서 살금살금 걸어 다니는 자, 어중이떠중이, 의심하고 망설이기만 하면서 떠도는 구름 그 모두를 가장 미워하기 때문이다.

그러므로 축복할 줄 모르는 자는 저주하는 법을 **배워야** 한다! 청명한 하늘로부터 내게로 내려온 이 밝은 가르침, 이 별은 어두운 밤중에도 나의 하늘에서 빛난다.

그대 맑고 맑은 자여! 빛나는 자여! 그대 빛의 심연이여! 그대가 나를 둘러싸기만 한다면 나는 축복하는 자이며 '그렇다'라고 말하는 자다. 그때 나는 모든 심연 속으로 나의 '그렇다'라는 축복의 말을 가지고 간다.

나는 축복하는 자, '그렇다'라고 말하는 자가 되었다. 나는 언젠가 축복을 내릴 두 손의 자유를 얻고자 오랫동안 고투했고 고투하는 자였다.

이것이 나의 축복이니 모든 사물 위에 사물 자체의 하늘로서, 둥근 지붕으로서, 하늘색의 종으로서, 그리고 영원한 보증으로서 펼쳐져 있도록 하라. 이렇게 축복하는 자는 행복할지어다!

왜냐하면 만물은 영원이라는 우물가에서, 그리고 선악의 너머에서 세례를 받기 때문이다. 그러나 선악 자체는 어중간한 그림자, 축축한 슬픔, 떠도는 구름일 뿐이다.

"만물 위에는 우연이라는 하늘, 순진무구함이라는 하늘, 의외라는 하늘, 자유분방함이라는 하늘이 있다."라고 내가 가르친다면 그것은 참으로 축복일 뿐 결코 모독은 아니다.

우연. 이것이야말로 세상에서 가장 오래된 귀족이다. 나는 이 귀족을 만물에 돌려줌으로써 만물을 목적이라는 노예 상태로부터 구해 준 것이다.

어떠한 영원의 의지도 만물 위에 군림하고 스며들기를 원치 않는다고 내가 가르쳤을 때, 나는 이 자유와 천상의 명랑함을 하늘색 종처럼 만물 위에 걸어 놓은 것이다.

"모든 일에서 불가능한 한 가지가 있으니, 그것은 곧 합리성이다!"라고 내가 가르쳤을 때, 나는 저 의지의 자리에 자유분방함과 어리석음을 앉힌 것이다.

약간의 이성, 별에서 별로 흩어져 있는 지혜의 씨앗, 이 효모는 만물에 섞여 있다. 지혜는 이 어리석음을 위해 만물에 섞여 있는 것이다!

물론 약간의 지혜는 이미 존재한다. 그러나 나는 만물에서 다음과 같은 행복한 확신을 발견했다. 즉 만물은 오히려 우연이라는 발로 **춤추고자** 한다.

아, 내 머리 위의 하늘이여, 그대 맑고 맑은 자여! 드높은 자여! 영원한 이성(理性)이라는 거미도 이성의 거미줄도 없는 것, 그것이 내게는 바로 그대의 맑음이다.

그대는 신성한 우연들을 위한 무도장이며, 신성한 주사위와 주사위 놀이 하는 자들을 위한 신들의 탁자다! 그것이 내게는 바로 그대의 맑음이다.

그대는 얼굴을 붉히는가? 말로 나타낼 수 없는 것을 내가 말했는가? 그대를 축복하려다 오히려 모독했단 말인가?

아니면 그대가 얼굴을 붉힌 것은 우리 둘이 함께 있다는 부끄러움 때문인가? 이제 **낮**이 오고 있으므로 그대는 내게, 가라고, 침묵하라고 명령하는가?

세계는 깊다. 일찍이 낮이 생각한 것보다 더 깊다. 낮이 되었다고 모두가 말해도 되는 것은 아니다! 어쨌든 낮이 오고 있다. 그러니 이제 우리 헤어지자!

아, 내 머리 위의 하늘이여, 그대 수줍어하는 자여! 타오르는 자여! 아, 그대 해 뜨기 전의 나의 행복이여! 낮이 오고 있다. 그러니 이제 우리 헤어지자!

차라투스트라는 이렇게 말했다.

왜소하게 만드는 덕에 대하여

1

다시 뭍에 올랐을 때 차라투스트라는 곧바로 그의 산과 동굴로 가지 않고 여기저기를 여행하며 물어보고 이것저것 알아보았다. 그는 자신에 대해 이렇게 농담을 던지기도 했다. "수없이 구불거리며 원천으로 되돌아가는 강을 보라!" 그는 자기가 없는 동안 **인간에게** 무슨 일이 일어났는지, 인간이 더 위대해졌는지 더 왜소해졌는지를 직접 확인하고 싶었던 것이다. 그러던 중에 그는 새 집들이 나란히 서 있는 것을 발견하고는 이상하게 여기며 말했다.

"이 집들은 무어란 말인가? 참으로 이 집들은 어떤 거대한 영혼이 자신을 비유로 말하기 위해 지은 것은 아닌 듯하다!

어떤 멍청한 아이가 자기 장난감 상자에서 이 집들을 꺼낸 것인가? 그렇다면 다른 아이가 그것들을 도로 자기 상자에 갖다 넣어야 할 테지!

그리고 이 방과 작은 공간들. 다 자란 **어른들**이 그곳을 들락거릴 수 있을까? 이 방들은 비단옷 입힌 인형들을 위해서 만들어진 것으로 보인다. 혹은 남들로 하여금 집어먹도록 하는 동시에 자기도 슬쩍 집어먹는 도둑고양이들을 위해서 만들어진 것처럼 보이기도 한다."

차라투스트라는 멈추어 서서 생각에 잠겼다가 마침내 슬픈 목소리로 말했다. "**모든 것**이 더욱 왜소해졌구나!

어디를 보나 문들이 더 낮아졌다. **나와** 같은 인간은 아직 이 문으로 들어갈 수 있지만 허리를 굽혀야 한다! 아, 내가 더 이상 허리를 굽힐 필요가 없는, **소인배 앞에서** 허리 굽히지 않아도 되는 고향으로 언제나 돌아가려나?" 그러고 나서 차라투스트라는 탄식하며 먼 곳을 바라보았다.

바로 그날 그는 인간을 왜소하게 만드는 덕에 대해 말했다.

2

나는 눈을 뜬 채 이들 군중 사이를 지나간다. 그들은 내가 그들의 덕을 질투하지 않음을 용서치 않는다.

그들은 나를 물어뜯는다. 소인배에게는 왜소한 덕이 필요할 뿐이라고 내가 그들에게 말하기 때문이다. 소인배에게도 **존재 이유가 있다**는 사실을 내가 받아들이지 않기 때문이다!

나는 여기 낯선 농가에 있는 수탉과도 같다. 암탉들조차 그 수탉을 쪼아 대지만, 나는 이 암탉들을 나쁘게 생각하지 않는다.

나는 모든 자잘한 불쾌감을 공손하게 받아들이는 것과 마찬가지로 암탉들도 정중하게 대한다. 왜소한 것을 보고 앙칼지게 대하는 것은 고슴도치의 지혜로 생각되기 때문이다.

밤이 되어 난롯가에 앉으면 그들은 모두 내 이야기를 한다. 나에 대해 말하지만 누구도 나에 대해 생각하지는 않는다!

이것이 내가 알게 된 새로운 적막함이다. 나를 둘러싸고 그들이 내는 소음은 나의 사상을 외투로 덮어 버린다.

그들은 서로 떠들어 댄다. "이 음침한 구름이 우리에게 무슨 짓을 하려 하는가? 이 구름이 전염병을 퍼뜨리지 못하도록 조심하자!"

최근에는 어떤 여자가 내게 오려는 자기 아이를 끌어당기며 소리쳤다. "얘들아, 저리 비켜! 저런 눈은 아이들 혼을 태워 버린단다."

내가 말하면 그들은 기침을 한다. 그들은 기침으로 거센 바람에 맞설 수 있다고 생각한다. 그러나 그들은 광풍처럼 몰아치는 내 행운의 바람 소리에 대해 아무것도 알아채지 못한다.

"차라투스트라 때문에 조금이라도 시간을 낭비할 수는 없어."라고 그들은 반박한다. 하지만 차라투스트라를 위해 조금도 시간을 낼 수 없는 시간 따위가 도대체 무슨 의미란 말인가?

그리고 그들이 나를 칭찬한다고 해도 내가 어떻게 **그들의** 칭찬 위에 누워 편히 잠들 수 있겠는가? 내게는 그들의 칭찬이 가시 박힌 허리띠와도 같다. 그 허리띠는 풀어 놓아도 나를 할퀸다.

그리고 나는 그들로부터 다음과 같은 것도 배웠다. 칭찬하는 자는 보답하려는 듯 꾸며 대지만 사실은 더 많이 받기를 바라는 것이다!

내 발에게 물어보라. 그들이 칭찬하고 유혹하는 곡조가 마음에 드는가를! 참으로 나의 발은 이러한 박자, 이렇게 똑딱거리는 소리에 맞춰 춤추고 싶어 하지도 가만히 서 있고 싶어 하지도 않는다.

그들은 나를 유혹하고 칭찬하여 왜소한 덕으로 끌고 가려 한다. 그들은 왜소한 행복의 똑딱거리는 소리를 따르라고 내 발을 설득한다.

나는 눈을 뜬 채 이들 군중 사이를 지나간다. 그들은 **더 왜소해졌고** 점점 더 왜소해진다. **행복과 덕에 대한 그들의 가르침 때문에 그렇게 되었다.**

다시 말해 그들은 덕에서도 겸양을 부리는데, 그것은 안일함을 바라기 때문이다. 겸손한 덕만이 안일함과 어울린다.

물론 그들도 그들 나름대로 걷고 앞으로 나아가는 것을 배운다. 그것을 나는 그들의 **절뚝거림**이라고 부른다. 그들은 바삐 걸어가는 모든 자들에게 장애물이 된다.

그들 중의 다수는 앞으로 나아가면서 뻣뻣한 목으로 뒤돌아본다. 그때 나는 서슴지 않고 이러한 자를 향해 달려가 부딪친다.

발과 눈은 거짓말을 해서는 안 되며 서로 거짓말했다고 나무라서도 안 된다. 하지만 왜소한 자들 중에는 거짓말쟁이가 많다.

그들 중 몇몇은 자신의 의지를 갖고 있지만, 나머지는 대부분 다른 사람들의 의욕의 대상일 뿐이다. 그들 중 몇몇은 진짜지만, 나머지 대부분은 서투른 배우에 지나지 않는다.

그들 중에는 자기도 모르는 가운데 배우가 된 자, 할 수 없이 배우가 된 자도 있다. 진짜는 언제나 드물며 진짜 배우는 특히 그렇다.

여기에 남자다운 남자는 드물다. 그러므로 그들의 여자들이 남성화되는 것이다. 왜냐하면 남자다운 남자만이 여자들 속에 있는 **참다운 여자를 구제하기** 때문이다.

그리고 나는 그들 사이에서 가장 사악한 위선, 즉 명령을 내리는 자조차 봉사하는 자의 덕으로 가장하는 것을 보았다.

"나도 봉사하고, 그대도 봉사하고, 우리는 봉사한다." 여기에서는 지배하는 자들의 위선도 이와 같이 기도한다. 그러니 슬프도다, 으뜸가는 주인이 **다만** 으뜸가는 종복일 뿐이라니!

아, 내 눈의 호기심은 그들의 위선 속으로도 날아들었다. 그리하여 햇살이 비쳐 드는 창가에서 그들이 누리는 그 모든 똥파리의 행복과 붕붕거리는 날갯짓 소리를 알게 되었다.

호의가 있는 곳에 그만큼의 약점이 있고, 정의와 동정이 있는 곳에 그만큼의 약점도 있음을 나는 본다.

그들은 서로 둥글둥글 잘 지내고 정직하고 친절하다. 마치 작은 모래알들이 다른 모래알들과 더불어 둥글둥글 잘 지내고 정직하고 친절하듯이.

작은 행복을 겸손하게 얼싸안는 것, 그들은 이것을 순종이라고 부른다! 그러면서 그들은 어느새 또 다른 작은 행복을 향해 곁눈질한다. 겸손하게.

사실 그들이 한결같이 원하는 것은 단 한 가지다. 즉 누구로부터도 고통받지 않기를 바란다. 그러므로 그들은 누구보다도 먼저 모든 사람에게 친절을 베푼다.

그러나 그것은 **비겁함**이다. 이미 그것이 덕이라고 불리고 있기는 해도.

그리고 그들, 이 왜소한 자들이 거칠게 말하더라도 **나는** 거기서 그들의 쉰 목소리만을 들을 뿐이다. 말하자면 살짝 바람만 불어도 그들의 목소리는 쉬고 마는 것이다.

그들은 영리하며, 그들의 덕은 영리한 손가락을 가졌다. 그러나 그들에게는 주먹이 없다. 그들의 손가락은 주먹 뒤로 기어들어 숨을 줄 모른다.

그들에게 덕이란 겸손해지고 양순해지는 것이다. 그리하여 그들은 늑대를 개로 만들었고, 인간 자체를 인간 최고의 가축으로 만들었다.

"우리는 우리의 의자를 **한가운데에** 놓았다."라고 그들은 싱글싱글 웃으며 내게 말했다. "죽어 가는 검투사로부터도, 배부른 돼지로부터도 멀리 떨어져서."

하지만 이것은 **범용**에 지나지 않는다. 이미 그것이 중용이라고 불리고 있기는 해도.

3

나는 이들 군중 사이를 지나가며 많은 말을 떨어뜨린다. 그러나 그들은 받아들일 줄도, 간직할 줄도 모른다.

그들은 내가 음욕과 악덕을 비방하려고 오지 않았다는 점을 이상하게 여긴다. 그렇다. 나는 소매치기들에게 경고나 하려고 온 것은 아니다!

그들은 내가 그들의 영리함을 더욱 재기발랄하고 더욱 날카롭게 해 줄 준비가 되어 있지 않음을 이상하게 여긴다. 석필 (石筆)처럼 나를 긁어 대는 목소리를 가진, 잘난 체하는 자들만으로는 만족하지 못하기라도 하는 것처럼!

그리고 내가 "애처롭게 호소하고 기꺼이 합장하며 숭배하는 그대들 마음속 그 모든 비겁한 악마들을 저주하라!"라고 소리치면 그들은 외친다. "차라투스트라는 신을 부정한다."

특히 순종을 가르치는 그들의 교사들이 그렇게 외친다. 하지만 나는 바로 그러한 교사들의 귀에 대고 이렇게 외치고 싶다. 그렇다! **나는** 신을 부정하는 **차라투스트라다**!

이 순종의 교사들! 왜소하고 병들고 부스럼딱지가 덕지덕지 앉은 곳이면 어디든 그들은 기어 다닌다. 마치 이들처럼. 다만 구역질 때문에 나는 그것들을 눌러 죽이지 않을 뿐이다.

그렇다! **그들의** 귀에 들려줄 나의 설교는 이렇다. 나는 신을 부정하는 차라투스트라다. "나보다 더 가차 없이 신을 부정하며, 내가 그의 가르침을 기꺼이 청할 만한 자, 그자는 누구인가?"라고 말하는 차라투스트라다.

나는 신을 부정하는 차라투스트라다. 나는 어디에서 나와 대등한 자를 찾을 수 있는가? 스스로 자신의 의지를 펼치고 그 어떤 순종도 거부하는 자는 모두 나와 대등한 자다.

나는 신을 부정하는 차라투스트라다. 나는 나의 냄비 속에서 모든 우연을 요리한다. 그리고 우연이 거기에서 잘 요리되었을 때 비로소 나는 그 우연을 나의 음식으로 받아들인다.

그렇다. 많은 우연이 교만하게 내게로 다가왔다. 하지만 나의 **의지**는 더욱 교만하게 우연을 향해 말했다. 그러자 우연은 애원하며 무릎을 꿇었다.

내 곁에서 숙소와 마음의 평안을 얻기를 애원하면서, 그리고 아양을 떨며 "보라, 아, 차라투스트라여, 친구만이 친구를 찾아온다!"라고 설득하면서.

그러나 **나의** 말을 들을 귀를 가진 자가 아무도 없는 곳에서 나더러 무슨 말을 하란 말인가! 그러므로 나는 사방에서 불어오는 바람을 향해 이렇게 외치려고 한다.

그대들은 점점 더 작아진다, 그대 왜소한 자들이여! 그대들은 가루처럼 부서져 떨어진다, 그대 안일한 자들이여! 그대들은 멸망하고 말리라.

그대들의 그 많은 왜소한 덕, 그대들의 사소한 체념, 그대들의 시시한 순종 때문에!

지나치게 유순하고 지나치게 관대한 것, 이것이 그대들의 토양이다! 하지만 나무는 **성장하려면** 단단한 바위를 뚫고 굳게 뿌리내려야 한다.

그대들이 어떤 일을 아무리 태만하게 하더라도, 그 일은 온 인류의 미래라는 직물에 짜여 들어간다. 그대들의 무위(無爲)

마저 거미줄이며, 미래로부터 피를 빨아 먹고 사는 거미다.

그리고 그대들은 받을 때도 마치 훔치듯이 한다, 그대 왜소한 도덕군자들이여. 그러나 악당들마저 **명예심**이 있어 이렇게 말하지 않는가. "강탈할 수 없을 때에만 훔쳐라."

"저절로 주어진다." 이것 역시 순종의 가르침이다. 그러나 나는 그대 안일한 자들에게 이렇게 말한다. 그대들은 **저절로 빼앗길 것이며**, 더욱더 많은 것을 빼앗기리라!

아, 그대들은 그 모든 **어정쩡한** 의욕을 버리고 태만이든 행동이든 과감하게 결정해야 하리라!

아, 그대들은 나의 다음과 같은 말을 알아들어야 한다. "그대들이 의욕하는 바를 언제든 행하라. 하지만 그보다 먼저 **의욕할 수 있는** 자가 되라!"

"그대들의 이웃을 언제나 자신처럼 사랑하라. 하지만 우선 **자기 자신을 사랑하는** 자가 되라!

커다란 사랑으로 사랑하며, 커다란 경멸로 사랑하라!" 신을 부정하는 차라투스트라는 이렇게 말한다.

하지만 나의 말을 들을 귀를 가진 자가 아무도 없는 곳에서 나더러 무슨 말을 하란 말인가! 여기에서 내가 말을 하기에는 한 시간쯤 너무 이르다.

이들 군중 사이에서 나는 나 자신을 이끄는 선구자이며, 어두운 골목길로 울려 퍼지는 나 자신의 닭 울음소리다.

하지만 **그대들의** 시간이 다가온다! 나의 시간도 오고 있다! 시시각각 그대들은 더 왜소해지고 더 가난해지고 더 메말라 간다, 가련한 잡풀이여! 가련한 토양이여!

그대들은 **곧** 마른풀이나 황야같이 되어 내 앞에 서게 되리라. 참으로! 그대들 자신에게 지친 채로, 물이 아니라 차라리 **불**을 갈망하면서!

아, 축복받은 번갯불의 시간이여! 아, 정오 이전의 비밀이여! 나는 언젠가 그것들을 내달리는 불로 만들고 불꽃의 혀를 가진 예고자로 만들리라.

그대들은 언젠가는 불꽃의 혀로 이렇게 알려야 한다. 다가온다, 가까이 오고 있다, **위대한 정오가**!

차라투스트라는 이렇게 말했다.

감람산에서

고약한 손님인 겨울이 내 집에 와 앉아 있다. 내 손은 그의 다정한 악수로 파래졌다.

나는 이 고약한 손님을 존중하지만, 그를 기꺼이 혼자 내버려 둔다. 나는 이 겨울이라는 손님으로부터 즐겨 달아난다. **잘** 달리는 자는 이 손님으로부터 쉽게 달아난다!

따뜻한 발과 따뜻한 생각을 가지고서 나는 바람 잔잔한 그곳, 나의 감람산 양지바른 곳으로 달려간다.

거기에서 나는 나의 엄격한 손님을 보고 웃으면서도 그에게 친절히 대한다. 그가 내 집에서 파리를 내쫓고 자잘한 소음들도 가라앉혀 주기 때문이다.

말하자면 그는 한 마리의 모기가 왱왱거리는 것도 견디지 못한다. 그러니 두 마리야 말해 무엇 하리. 또한 그는 골목길도 적막하게 만들어 버리기 때문에 밤이면 달빛마저 그곳을 두려워한다.

겨울은 무뚝뚝한 손님이다. 하지만 나는 그를 존중하며, 유약한 남자들처럼 배불뚝이 불의 우상에게 기도드리는 일 따위는 하지 않는다.

우상에게 기도하느니 차라리 이를 조금 덜덜 떨어 대는 것이 낫다! 그것이 내 성미에 맞는다. 특히 나는 발정하여 후텁지근한 김을 모락모락 뿜어 대는 그 모든 불의 우상을 혐오한다.

내가 사랑하는 자를 나는 여름보다는 겨울에 더욱 사랑한다. 나는 이제, 겨울이 내 집을 찾아온 후로 나의 적들을 더욱 기꺼이, 더욱 통쾌하게 비웃는다.

참으로 통쾌하게, 내가 침대로 **기어들** 때조차. 남몰래 기어든 나의 행복도 그때 웃어 대고 장난질을 하며, 나의 거짓 꿈조차 웃음을 참지 못한다.

나는 기어 다니는 자란 말인가? 생애를 통틀어 내가 권력자 앞에서 긴 적은 단 한 번도 없다. 설령 내가 거짓말을 한 적이 있더라도, 그것은 사랑으로 말미암은 것이었다. 그러므로 나는 겨울의 침대 속에서도 즐겁기만 하다.

호사스러운 침대보다는 소박한 침대가 나를 더욱 따뜻하게 해 준다. 내가 나의 가난을 질투하기 때문이다. 게다가 나의 가난은 겨울 동안 내게 가장 충실하다.

나는 매일매일을 악의로 시작하고, 겨울을 냉수욕으로 조롱한다. 그 때문에 엄격한 나의 집 손님은 투덜거린다.

또한 나는 자그마한 초로 나의 손님인 겨울을 간질이기를 좋아한다. 겨울이 마침내 잿빛 여명으로부터 하늘을 드러내도록.

말하자면 아침 무렵에 나는 특히 악의에 넘친다. 우물가에서 두레박이 덜거덕거리고, 따뜻한 입김과 더불어 말 울음소리가 잿빛 거리로 울려 퍼지는 시간에.

그때 나는 조바심을 내며 기다린다. 밝은 하늘, 백발의 노인, 흰 눈 수염을 단 겨울 하늘이 마침내 내 앞에 나타나기를.

이따금 자신의 태양조차 숨겨 버리는 말없는 겨울 하늘이!

이 하늘로부터 나는 길고 밝은 침묵을 배운 것일까? 아니면 그와 내가 따로따로 그것을 생각해 낸 것일까?

모든 뛰어난 사물들의 근원은 천 겹으로 되어 있다. 모든 뛰어나고 자유분방한 사물들은 기쁨으로 넘쳐 현존재 속으로 뛰어든다. 이 사물들이 이러한 도약을 어떻게 단 한 번만 하고 그친단 말인가!

긴 침묵 또한 뛰어나고 자유분방한 것의 하나로, 겨울 하늘과 마찬가지로 둥근 눈을 가진 밝은 얼굴로 바라본다.

그것은 겨울 하늘처럼 자신의 태양과 굽힐 줄 모르는 태양의 의지를 숨긴다. 참으로 나는 이러한 기술과 이러한 겨울의 자유분방함을 **잘** 배웠다!

나의 침묵이 침묵을 통해서 자기 자신을 노출하지 않도록 배웠다는 것. 이것이 나의 가장 사랑스러운 악의고 기술이다.

수다스러운 말과 주사위로 요란한 소리를 내면서 나는 엄숙한 감시자들을 속여 넘긴다. 나의 의지와 목적은 이러한 모든 엄중한 감시자들로부터 몰래 벗어나야 한다.

그 누구도 나의 바닥과 궁극의 의지를 엿보지 못하도록 나는 길고 밝은 침묵을 생각해 낸 것이다.

나는 영리한 자들을 많이도 보았다. 그들은 아무도 그들을 꿰뚫어 보거나 들여다보지 못하도록 자기 얼굴을 베일로 가리고 그들의 물을 흐려 놓았다.

그러나 바로 그러한 자들에게 더욱 영리하고 의심 많은 자와 호두 까는 자가 찾아와, 바로 그들에게서 그들이 가장 깊이 숨기고 있던 고기를 낚아 버렸다!

그러한 자들이 아니라 밝고 씩씩하고 투명한 자들이 내가 보기에는 가장 영리하게 침묵하는 자들이다. 그들의 바닥은 너무도 **깊기** 때문에 가장 맑은 물조차 그 바닥을 드러내 보여 주지 못한다.

그대 흰 눈 수염을 단 말없는 겨울 하늘이여, 그대 내 머리 위에 있는 둥근 눈의 백발노인이여! 아, 그대 내 영혼과 내 자유분방한 영혼에 대한 천상의 비유여!

그러므로 나는 사람들이 나의 영혼을 찢어발기지 못하도록 황금을 삼킨 자처럼 나 자신을 **숨겨야** 하는가?

내 주위에 있는, 그 질투하고 비방하는 모든 자들이 나의 긴 다리를 **보지 못하도록** 나는 죽마(竹馬)를 **타야** 하는가?

자욱한 연기 속처럼 답답하고, 빈둥거리고, 닳아빠지고, 메마르고, 슬픔에 지친 이러한 영혼들, 그들의 질투가 어떻게 나의 행복을 견뎌 낼 **수 있단** 말인가?

그러므로 나는 그들에게 나의 정상에 있는 얼음과 겨울을 보여 줄 뿐 나의 산이 온통 태양의 띠를 두르고 있다는 것은 보여 주지 **않는다**.

그들은 다만 나의 겨울의 윙윙거리는 폭풍 소리를 들을 뿐 내가 그리움에 사무친 무겁고도 뜨거운 남풍과도 같이 따뜻한 바다를 건너가는 소리는 듣지 **못한다**.

그들은 나의 여러 가지 재난과 우연을 가련하게 여기기도 한다. 그러나 **나는** 말한다. "우연이여, 올 테면 오라. 우연은 아이처럼 순진무구하다!"

그들이 어떻게 나의 행복을 견딜 **수 있겠는가**. 만일 내가 재난과 겨울의 곤궁함과 백곰 가죽 모자와 눈 내리는 하늘의 외투로 나의 행복을 감싸 숨기지 않았다면!

만일 내가 그들의 **동정**을, 질투하고 비방하는 자들의 동정을 가련하게 여기지 않았다면!

만일 내가 그들 앞에서 한숨 쉬고 혹한에 떨고 끈덕지게 그들의 동정 속으로 **파고들지** 않았다면!

내 영혼이 그 겨울과 엄동설한의 폭풍을 **숨기지 않는다**는 것, 이것이 내 영혼의 지혜로운 자유분방함이며 호의다. 내 영혼은 동상조차 숨기지 않는다.

어떤 자에게 고독은 병자의 도피를 말한다. 다른 자에게 고독은 병자들**로부터의** 도피를 말한다.

나는 그들이, 나를 둘러싼 이 모든 가엾은 사팔뜨기 녀석들이 내가 엄동의 추위에 덜덜 떨고 한숨 쉬는 소리를 **들었으면** 한다. 이처럼 탄식하고 덜덜 떨면서도 나는 그들의 따뜻하게 데운 방으로부터 달아난다.

그들이 나의 동상에 대해 함께 동정하고 함께 탄식할 수만 있다면. 하지만 그들은 이렇게 탄식한다. "그는 차가운 인식의 얼음으로 우리까지 **얼어붙게 한다!**"

어느새 나는 따뜻한 발로 나의 감람산을 이리저리 거닌다. 나의 감람산의 양지바른 곳에서 나는 노래하며 모든 동정을 비웃는다.

차라투스트라는 이렇게 노래했다.

스쳐 지나감에 대하여

그리하여 많은 군중과 여러 도시를 천천히 지나가면서 차라투스트라는 에움길로 그의 산과 그의 동굴을 향해 돌아갔다. 그런데 보라, 그가 자기도 모르는 새에 **대도시**의 성문 앞에 이르렀을 때, 입에 거품을 문 바보가 두 손을 활짝 벌린 채 그를 향해 뛰어오며 길을 가로막았다. 이자는 사람들이 **차라투스트라의 원숭이**라고 부르던 바보였다. 왜냐하면 이 바보가 차라투스트라의 문장과 억양을 조금 익혔고 즐겨 그의 지혜를 빌려 썼기 때문이다. 그 바보가 차라투스트라에게 이렇게 말했다.

"아, 차라투스트라여, 여기는 대도시입니다. 여기에서 당신은 아무것도 찾지 못하고, 오히려 모든 것을 잃을 뿐입니다.

어찌하여 당신은 이 진흙탕을 걸어서 건너려 하십니까? 당신의 발도 생각하셔야죠! 차라리 이 문에 침을 뱉고 발길을 돌리십시오!

여기는 은둔자의 사상에는 지옥과 같은 곳입니다. 여기에서는 위대한 사상이 산 채로 삶겨 쪼그라듭니다.

여기에서는 모든 위대한 감정이 썩어 버립니다. 여기에서는 메마르게 덜거덕거리는 왜소한 감정만이 덜거덕거릴 수 있을 뿐입니다!

당신은 이미 정신의 도살장과 음식점 냄새를 맡지 못합니까? 이 도시는 도살된 정신이 내뿜는 증기로 자욱하지 않습니까?

당신은 영혼들이 더러운 누더기처럼 축 늘어져 매달려 있는 것을 보지 못합니까? 게다가 사람들은 이 누더기로 신문도 만들지요!

당신은 여기에서 정신이 말장난이 되었다는 것을 듣지 못했습니까? 정신은 역겨운 말의 구정물을 토해 냅니다! 그리고 그들은 이 말의 구정물로 신문을 만듭니다.

그들은 서로 몰아대지만 어디로 가는지 모릅니다. 그들은 서로 열을 올리지만 왜 그러는지도 모릅니다. 그들은 자기들의 양철 판을 두들기고 자기들의 금화를 절겅거립니다.

그들은 추위에 떨며 화주(火酒)로 몸을 녹이려 합니다. 몸이 달아오른 그들은 얼어붙은 정신에서 냉기를 얻고자 합니다. 그들은 모두 병약한 자들이며 여론에 중독되었습니다.

온갖 욕정과 악덕이 여기에 있습니다. 여기에는 도덕군자들도, 잽싸게 한자리를 차지한 덕망 높은 자들도 많습니다.

그들 영악한 자들은 손가락을 놀려 글을 써 댑니다. 그들의 엉덩이는 앉아 기다리느라 굳은살이 박였지요. 복도 많게 가슴에 별 모양의 장식을 단 그들은 또한 속을 넣어 빈약한 엉덩이를 부풀린 딸애들을 하늘로부터 선사받기도 했습니다.

또 여기에는 만군을 주재하는 신 앞에서의 경건이라는 것도 허다하며 그 앞에서 독실하게 침이라도 핥겠다는 아첨도 허다합니다.

하늘로부터 별과 자애로운 침이 뚝뚝 떨어집니다. 별로 치장하지 못한 가슴들은 모두 저 하늘을 동경합니다.

달[10]은 달무리를 가졌고, 달무리는 귀태(鬼胎)[11]를 가졌습니다. 그러나 거지 같은 군중과 잽싸게 자리를 차지한 온갖 덕은 달무리로부터 나오는 모든 것을 향해 기도를 드립니다.

'저는 봉사합니다, 그대도 봉사합니다, 그러므로 우리는 봉사합니다.' 모든 잽싼 덕은 군주를 향해 이렇게 아룁니다. 공을 세워 받은 별이 마침내 빈약한 가슴에 찰싹 달라붙도록!

그러나 달은 그 모든 지상적인 것 둘레를 변함없이 돕니다. 그러므로 군주도 그 모든 가장 지상적인 것 둘레를 돕니다. 그것은 다른 게 아니라 소상인들의 황금이지요.

만군을 주재하는 신은 결코 금괴의 신이 아닙니다. 생각은 군주가 하지만, 조종은 소상인이 하니까요!

당신 마음속의 밝고 강력하고 선한 모든 것에 걸고 맹세합

---

10) 왕을 가리킨다.
11) 왕 주위의 고위 권력층을 가리키는 것으로 보인다.

니다. 아, 차라투스트라여! 이 소상인들의 도시에 침을 뱉고 돌아가십시오!

이곳에서 피란 피는 모두 부패하고 미지근하고 거품을 부글거리며 혈관 속을 흘러갑니다. 모든 찌꺼기가 떠돌며 함께 부글거리는 거대한 쓰레기장인 이 대도시에 침을 뱉으십시오!

억눌린 영혼과 빈약한 가슴, 툭 튀어나온 눈, 끈적끈적한 손가락이 우글거리는 이 도시에 침을 뱉으십시오.

치근대는 자, 몰염치한 자, 악착같이 써 대고 고래고래 고함을 지르는 자, 열에 들뜬 야심가들의 도시,

모든 썩은 것, 추잡한 것, 색정적인 것, 어둠침침한 것, 너무 익어 문드러진 것, 곪아 터진 것, 선동적인 것이 한데 어울려 곪아 터지는 곳,

이 커다란 도시를 향해 침을 뱉고 돌아가십시오!"

그러나 여기에서 차라투스트라는 거품을 물고 열변을 토하는 바보의 말을 제지하면서 그의 입을 막았다.

"제발 그만하게!" 차라투스트라가 소리를 질렀다. "그대의 이야기와 어투에 구역질을 느낀 지 이미 오래네!

그대는 무슨 까닭으로 개구리와 두꺼비가 되어야 할 만큼 오랫동안 늪가에 살았더란 말인가?

이제 그대의 핏줄 속으로 썩고 부글거리는 늪의 피가 흐르고, 그 때문에 꽥꽥거리며 욕설을 퍼붓지 않는가?

그대는 왜 숲으로 가지 않았는가? 아니면 왜 대지를 갈지 않았는가? 바다는 푸른 섬들로 가득하지 않은가?

나는 그대의 경멸을 경멸한다. 그리고 그대는 내게 경고하면서 그대 자신에게는 왜 경고하지 않는가?

나의 경멸과 나의 경고하는 새는 오직 사랑으로부터 날아오를 뿐 늪으로부터 날아올라서는 안 된다!

입에 거품을 문 바보여, 사람들은 그대를 나의 원숭이라고 부른다. 그러나 나는 그대를 나의 투덜대는 돼지라고 부르리라. 투덜댐으로써 그대는 바보스러움에 대한 나의 예찬을 욕되게 한다.

애초에 그대를 투덜대게 만든 것은 누구였던가? 아무도 그대에게 충분히 **알랑거리지** 않았기 때문이 아닌가. 그래서 그대는 그처럼 요란하게 투덜댈 구실을 마련키 위해 이 쓰레기 더미 위에 앉은 것이다.

마음껏 **복수할** 구실을 마련하기 위해서! 그대 허영심에 찬 바보여, 그대가 내뿜는 그 모든 거품은 말하자면 복수심이다. 나는 그대를 꿰뚫어 본다!

그러나 그대의 바보 같은 말은 그것이 지당할 때조차 **내게** 상처를 준다! 심지어 차라투스트라의 말이 백번 **옳은 경우라도 그대는** 나의 가르침을 이용하여 언제나 부정을 **저지를 것이다!**"

차라투스트라는 이렇게 말했다. 그리고 대도시를 바라보며 한숨을 쉬고 오랫동안 침묵을 지켰다. 그러다가 마침내 이렇게 말했다.

이 바보뿐 아니라 이 대도시도 구역질이 난다. 여기에서나 저기에서나 더 나아질 것도 더 나빠질 것도 없다.

슬프도다, 이 거대한 도시여! 나는 오래전부터 이 거대한 도시를 태워 버릴 불기둥을 보았으면 하고 바랐다.

그러한 불기둥들이 위대한 대낮보다 먼저 와야 하기 때문이다. 그러나 이 일에도 때가 있고 정해진 운명이 있는 법!

그대 바보여, 작별의 말로 나는 그대에게 다음의 가르침을 전한다. 더 이상 사랑할 수 없는 곳은 **스쳐 지나가야** 한다!

차라투스트라는 이렇게 말하고 바보와 그 대도시를 스쳐 지나갔다.

배신자들에 대하여

1

아, 조금 전까지만 해도 이 초원에 있던 푸르고 알록달록한 모든 것이 어느덧 시들어 잿빛이 되었단 말인가? 이곳에서 내 얼마나 많은 희망의 꿀을 나의 벌통으로 날랐던가?

이 젊은 가슴들은 이제 모두 늙어 버렸다. 아니, 그것도 아니다! 다만 지치고 천박해지고 안일해졌을 뿐이다. 하지만 그들은 이를 두고 "우리는 다시 경건해졌다."라고 말한다.

조금 전까지만 해도 나는 그들이 이른 아침 씩씩한 걸음으로 달려 나가는 것을 보았다. 하지만 그들의 인식의 발은 지쳐 버렸다. 그리하여 그들은 이제 그들이 지녔던 아침의 씩씩함조차 헐뜯는다!

참으로 그들 중의 다수가 한때 춤꾼처럼 발을 들어 올렸고, 나의 지혜에 깃든 웃음도 그들을 향해 눈짓했다. 그리고 그들도 깊은 생각에 잠겼다. 그런데 지금 막 내 눈에 보인 것은 그들이 몸을 웅크린 채 십자가 쪽으로 기어가는 모습 아닌가.

그들은 한때 모기와 젊은 시인처럼 빛과 자유를 찾아 훨훨 날아다녔다. 그러나 조금 나이가 들고 조금 열정이 식어 버리자 어느새 그들은 속이 시커먼 자, 음모를 꾸미는 자, 난로 옆에 쪼그리고 앉은 자가 되어 버렸다.

고독이 고래처럼 나를 삼켜 버렸기 때문에 그들의 마음이 절망해 버렸단 말인가? 그들의 귀가 오랜 그리움으로 나와 내가 부는 나팔 소리와 나의 전령의 외침 소리에 귀를 기울이다가 **허사에 그치고** 말았기 때문인가?

아! 그들 중에서 유장한 마음의 용기를 가지면서도 자유분방한 자들은 언제나 드물다. 그런 자들의 정신은 끈질기다. 하지만 나머지 인간들은 **비겁**할 뿐이다.

나머지 인간들. 그들은 가장 많은 인간들, 진부한 인간, 인간쓰레기, 흔하고 흔한 인간들로서, 모두 비겁한 자들이다!

나와 동류인 인간은 또한 나와 같은 체험을 하리라. 즉, 그의 최초의 길동무는 시체와 익살꾼이 되어야 한다는 말이다.

그러나 그의 **신자**를 자처할 그의 두 번째 길동무는 가슴에 많은 사랑과 많은 어리석음과 덜 익은 숭배 의식이 가득한 싱싱한 무리들이리라.

인간들 가운데 나와 동류인 자는 그러한 신자들에게 자기 마음을 주지 말아야 한다. 이러한 줏대 없고 비겁한 인간성을 꿰뚫어 보는 자는 이러한 화사한 봄기운과 알록달록한 초원을 믿지 말지어다!

만일 그들이 달리 **행동할 수 있었다면** 그들은 달리 **원했을** 것이다. 하지만 어정쩡한 자들이 전체를 온통 망쳐 버리는 법. 나뭇잎은 시들기 마련이니 그 점에 대해 무엇을 슬퍼하리오!

나뭇잎으로 하여금 흩날려 떨어지게 하라, 아, 차라투스트라여. 그리고 슬퍼하지 말라! 오히려 나뭇잎 사이로 산들바람이 불어오게 하라.

이 나뭇잎 사이로 바람이 불어오게 하라, 아, 차라투스트라여, **모든 시든 것**이 그대로부터 더 빨리 달아나도록!

2

"우리는 다시 경건해졌다."라고 이 배신자들은 고백한다. 그리고 그들 중의 상당수는 너무 비겁하여 그런 고백조차 하지 못한다.

나는 그들의 눈을 들여다본다. 그리고 그들의 얼굴을 똑바로 쳐다보면서 그들의 뺨이 붉어지도록 이렇게 말한다. 그대들은 다시 **기도하는** 자가 되었구나!

하지만 기도한다는 것은 일종의 수치! 만인의 경우가 다 그렇지는 않지만, 그대와 나 그리고 머릿속에 양심을 가진 자에게는 그렇다! 기도한다는 것은 **그대**에게 수치일 뿐이다!

그대도 잘 알다시피, 즐겨 합장을 하고 손을 무릎에 얹은 채 편안히 살고 싶어 하는 그대 마음속의 비겁한 악마, 이 악마가 그대에게 "한 분의 신이 **존재한다!**"라고 말하는 것이다.

그러나 **그렇게 됨으로써** 그대는 빛으로부터 결코 휴식을 얻지 못한 채 빛을 두려워하는 자들에 속하고 만다. 이제 그대는 날마다 그대의 머리를 밤과 안개 속으로 더 깊숙이 밀어 넣어야 한다!

그대는 참으로 잘도 때를 골랐다. 지금 막 밤새들이 다시 날아오르지 않는가. 빛을 두려워하는 모든 족속에게 그때가, **축제도 없는 저녁 축제의 시간**이 오지 않았는가.

소리를 듣고 냄새를 맡건대 사냥과 행진의 시간이 왔다. 물론 거친 사냥이 아니라 얌전하게 절뚝거리고 킁킁 냄새를 맡으며 조용히 걷고 조용히 기도하는 자들을 사냥할 시간이 온 것이다.

다정다감한 영혼의 위선자들을 사냥할 시간이 온 것이다. 마음을 옭아매려는 온갖 쥐덫이 다시 설치되었다! 게다가 내가 커튼을 걷어 올릴 때마다 작은 나방이 한 마리씩 퍼덕거리며 날아오른다.

이 작은 나방은 다른 작은 나방과 함께 거기에 웅크리고 있었던 것일까? 도처에 도사리는 작은 교단(敎團)들이 냄새를 풍기기 때문이다. 그리고 작은 방들 안에는 새로 들어온 신앙의 형제들과 그들의 악취가 있다.

그들은 저녁마다 오랜 시간 나란히 앉아 이렇게 말한다. "다시 어린아이가 되어 **사랑하는 주여**라고 부르게 해 주소서!" 달콤한 과자를 만들어 내는 그 경건한 자들 때문에 입도 위도 상한 채로.

혹은 그들은 교활하게 잠복하는 십자거미를 저녁마다 오랜 시간 살펴보기도 한다. 그 거미 자신이 거미들에게 이렇게 설교한다. "십자가 밑이야말로 거미줄을 치기에 알맞다."

혹은 그들은 하루 종일 늪가에 앉아 낚싯대를 드리우고, 그렇게 함으로써 그들 자신이 **심원한 깊이**에 닿아 있다고 믿는다. 그러나 고기 한 마리 없는 곳에서 낚시질하는 자에 대해 나는 천박하다는 말조차 하고 싶지 않다!

혹은 그들은 노래하는 시인 곁에서 기쁘고 경건한 마음으로 하프 타는 법을 배운다. 이 노래하는 시인은 하프로 젊은 여인들의 마음을 사로잡으려 하는데 그것은 늙은 여인들과 그들의 칭찬에 식상했기 때문이다.

혹은 그들은 박식한 반미치광이로부터 전율을 배운다. 이자는 유령이 그를 찾아오고, 그 대신 정신이 그에게서 완전히 달아나 버리도록 어두운 방 안에서 기다린다.

혹은 그들은 투덜거리고 불평하면서 피리를 불고 돌아다니는 늙은이에게 귀를 기울인다. 이 늙은이는 음울한 바람으로부터 쓸쓸한 곡조를 배웠다. 이제 그는 바람 소리에 따라 피리를 불고, 음울한 곡조로 슬픔을 설교한다.

그리고 그들 중 몇몇은 심지어 야경꾼이 되기도 했다. 그들은 이제 밤마다 뿔피리를 불고 돌아다니면서 이미 오래전에 잠들어 버린 낡은 일들을 일깨운다.

어젯밤 나는 정원 담장에서 오래된 일들에 관한 다섯 가지 말을 들었다. 그러한 늙고 우울하고 말라빠진 야경꾼들의 입에서 나온 말이었다.

"그는 아버지로서 자기 자식을 충분히 돌보지 않는다. 그

점에서는 인간의 아버지들이 훨씬 낫다!"

"그는 너무 늙었다! 자식들을 이미 더 이상 돌보지 않는다." 다른 야경꾼이 이렇게 대답했다.

"도대체 그에게 자식이 **있기라도 하단 말인가**? 그 자신이 이 점을 증명하지 않으면 누가 증명하겠는가! 그가 언젠가는 이 점을 철저하게 증명해 주기를 나는 오래전부터 바랐다."

"증명한다고? 마치 **그자가** 지금까지 무언가를 증명한 적이라도 있다는 듯한 말투로군! 증명하는 것은 그에게는 무리야. 그는 사람들이 그를 **믿는다**는 데만 골몰하지."

"그래! 그래! 신앙이, 그에 대한 신앙이 그를 행복하게 만들지. 이것이 늙은 자들의 방식이야! 우리도 마찬가지고!"

이렇게 두 늙은 야경꾼, 빛을 두려워하는 자들이 서로 말을 나누었다. 그러고 나서는 슬픈 곡조로 뿔피리를 불었다. 이것이 지난밤 정원 담장에서 있었던 일이다.

그때 나의 심장은 우스운 나머지 뒤집혀 터질 것 같았고, 어디로 가야 할지 몰라 하다가 끝내는 횡격막 속으로 가라앉고 말았다.

참으로 술 취한 나귀를 보고, 야경꾼이 이처럼 신을 의심하는 소리를 듣고 우스운 나머지 내가 질식한다면 그것은 나의 죽음이 되리라.

사실 그 같은 의심을 하기에는 너무 **때늦지** 않았는가? 누가 새삼 그렇게 오래전에 잠들어 버린, 빛을 두려워하는 일들을 일깨운단 말인가!

낡은 신들은 이미 오래전에 최후를 고했다. 그리고 참으로 낡은 신들은 착하고 즐거운 신들로서 종말을 고하지 않았던가!

하지만 낡은 신들이 **황혼 속으로** 사라진 것은 아니다. 그것은 거짓말이다! 오히려 낡은 신들은 너무 **웃어 대다가 죽고 말았다**!

그것은 가장 극단적으로 신을 부정하는 말, 즉 "신은 하나뿐이다! 나 이외의 다른 신을 섬기지 말라!"라는 말이 어떤 신의 입으로부터 나왔을 때 생긴 일이다.

분노의 수염을 단 늙은 신, 질투의 신이 이처럼 자기 분수를 잊은 것이다.

그러자 모든 신들이 웃었고 그들의 의자에 앉아 몸을 흔들어 대며 소리쳤다. "신들은 존재하지만 유일신은 존재하지 않는다는 것, 바로 이것이야말로 신성함 아닌가?"

귀 있는 자는 들을지어다.

차라투스트라는 얼룩소라고 불리는, 그가 사랑한 도시에서 이렇게 말했다. 이제 여기에서 그의 동굴과 그의 짐승들이 있는 곳으로 다시 돌아가는 데는 이틀이면 된다. 귀향이 가까워 옴에 따라 그의 영혼은 기뻐 어쩔 줄을 몰랐다.

귀향

아, 고독이여! 그대 나의 **고향**인 고독이여! 황량한 타향에서 너무도 오랫동안 황량하게 살았기 때문에 나는 눈물 없이는 그대에게로 돌아갈 수 없다!

자, 어머니들이 그러는 것처럼 손가락으로 나를 위협해 다오. 자, 어머니들이 미소 짓는 것처럼 내게 미소 지어 다오. 자, 제발 말해 다오. "그 언젠가 마치 폭풍처럼 내게서 달아나 버린 자는 누구였던가?

헤어지면서 '너무 오래 고독 속에 있었기 때문에 침묵하는 것을 잊고 말았다!'라고 외친 자는. **침묵**, 그대는 그것을 이제 배웠는가?

아, 차라투스트라여, 나는 모든 것을 안다. 그대 외톨이여,

그대는 내 곁에 있을 때보다 많은 사람들 가운데 있으면서 더 **버림받지** 않았던가!

버림받은 것과 고독은 서로 다르다. **그것**을 그대는 이제 배웠다! 그대가 인간들 가운데서 언제나 황량하고 낯설 것이라는 사실을.

인간들이 그대를 사랑할 때조차 황량하고 낯설 것이라는 사실을. 왜냐하면 인간들이란 무엇보다도 우선 **보살핌받기를** 바라는 존재이기 때문이다!

그러나 그대는 이제 여기 그대의 고향, 그대의 집에 와 있다. 여기에서 그대는 무슨 말이든 할 수 있고 속 깊은 이야기를 다 털어놓을 수 있다. 여기에서는 감추어진 감정이든 꽉 막혀 버린 감정이든 조금도 부끄럽지 않다.

여기에서는 만물이 어리광을 부리며 그대의 언어에 다가와 그대에게 아양을 떤다. 만물이 그대의 등에 올라타기를 원하기 때문이다. 여기에서 그대는 모든 비유에 올라탄 채 모든 진리를 향해 간다.

여기에서 그대는 모든 사물에게 솔직하고 정직하게 말을 건네도 된다. 참으로 그 누구든 만물과 터놓고 이야기한다면 그것은 만물의 귀에 칭찬처럼 들리리라!

그러나 버림받았다는 것은 그와 다른 일이다. 아, 차라투스트라여, 그대는 아직도 기억하는가? 그대가 숲속에서 갈 길을 몰라 시체 옆에 서 있고, 그대의 새가 머리 위에서 큰 소리로 울던 때를.

'나의 짐승들아, 나를 인도해 다오! 나는 사람들 사이에 있는 것이 짐승들 사이에 있는 것보다 더 위험하다는 것을 깨달 았다.'라고 그대가 말하던 때를. 버림받았다는 것은 바로 **이런 것**을 두고 하는 말이다!

아, 차라투스트라여, 그대는 아직도 기억하는가? 그대가 그 대의 섬에 앉아 속이 빈 나무들 사이에서 샘물처럼 솟아나는 포도주를 베풀어 주고 나누어 주고, 목마른 자들에게 부어 주 고 따라 주던 때를.

마침내 취한 자들 사이에서 그대 홀로 목마른 채로 앉아 '빼 앗는 게 주는 것보다 더 행복하지 않은가? 그리고 훔치는 게 빼앗는 것보다 훨씬 행복하지 않은가?'라고 밤마다 탄식하던 때를. 버림받았다는 것은 바로 **이런 것**을 두고 하는 말이다!"

아, 차라투스트라여, 그대는 아직도 기억하는가? 그대의 가 장 고요한 시간이 찾아와서 그대를 그대 자신으로부터 내쫓 던 때를, 그대의 가장 고요한 시간이 '말하라, 그리고 부숴 버 리라!' 하고 사악하게 속삭이던 때를.

가장 고요한 시간이 그대로 하여금 그대의 모든 기다림과 침묵을 후회하게 만들고 그대의 겸손한 용기를 좌절케 하던 때를. 바로 **그것**이 버림받았다는 것이다!"

아, 고독이여! 그대 나의 고향인 고독이여! 그대의 목소리는 얼마나 행복하고 다정하게 나에게 말을 거는가!

우리는 서로 묻지 않는다. 우리는 서로를 탓하지도 않는다. 우리는 활짝 열린 문을 통해 스스럼없이 함께 들락거린다.

그대 곁에서는 모든 것이 툭 트이고 밝기 때문이다. 시간도 여기에서는 더욱 가벼운 발걸음으로 달린다. 빛 속에서보다는 어둠 속에서 시간이 더 무거워지는 것이다.

여기 고독 속에서는 모든 존재의 말과 그 말의 상자가 나를 위해 활짝 열린다. 모든 존재가 여기에서는 말이 되려고 하며, 모든 생성이 여기에서는 나로부터 말하는 법을 배우려고 한다.

그러나 저 아래에서는 모든 말이 헛될 뿐이다! 거기에서는 잊어버림과 스쳐 지나가 버림이 최선의 지혜다. **그것을** 나는 이제 배웠다!

인간들 사이에서 벌어지는 모든 일을 파악하려고 하는 자는 모든 일에 손을 대야 한다. 하지만 그렇게 하기에는 내 손이 너무나 정결하다.

나는 그들의 숨결조차 들이마시고 싶지 않다. 아, 내가 그처럼 오랫동안 그들이 내는 소음과 사악한 숨결 가운데서 살았다니!

아, 나를 에워싼 복된 고요여! 아, 나를 감싼 깨끗한 향기여! 아, 이 고요는 깊은 가슴으로부터 얼마나 깨끗한 숨을 쉬는가! 아, 얼마나 조용히 귀 기울이는가, 이 복된 고요는!

그러나 저 아래, 거기에서는 모든 것이 말을 하지만 귀담아 듣는 자는 아무도 없다. 사람들은 종을 울려 자기들의 지혜를 알리려 하지만 시장 잡상인들의 딸랑거리는 동전 소리가 그 소리를 덮어 버리고 만다!

그들 사이에서는 모든 것이 말을 하지만, 아무도 그것을 이해할 줄 모른다. 모든 것이 그저 얕은 물속으로 떨어질 뿐 깊은 샘 속으로 떨어지는 것은 아무것도 없다.

그들 사이에서는 모든 것이 말을 하지만, 아무것도 이루어지지 않으며 아무것도 매듭지어지지 않는다. 모든 것이 꼬꼬 댁하며 울어 대지만, 누가 자신의 둥지에 조용히 앉아 알을 품으려 한단 말인가?

그들 사이에서는 모든 것이 말을 하고, 모든 것이 지겹도록 토의된다. 그래서 어제까지는 시대 자체와 시대의 이빨이 감당하기에 아직 너무도 딱딱하던 것이 이제는 잘게 씹히고 물어뜯긴 채 현대인의 주둥이에 매달려 있다.

그들 사이에서는 모든 것이 말을 하고, 모든 것이 누설된다. 그래서 한때는 깊은 영혼의 비밀이자 비밀 이야기로 일컬어지던 것이 오늘은 거리의 나팔수와 그 밖의 나비들의 것이 되고 말았다.

아, 인간 존재여, 그대 기이한 존재여! 그대 어두운 골목길의 소음이여! 이제 그대는 다시 내 뒤에 있다. 나의 최대의 위험이 내 뒤에 있는 것이다!

나의 최대의 위험은 언제나 보살핌과 동정 속에 도사리고 있었다. 모든 인간 존재는 보살핌받고 동정받기를 바란다.

진리를 감추고, 바보의 손을 가지고 바보가 된 마음으로, 그리고 동정에서 나온 사소한 거짓말을 허다하게 하면서, 나는 인간들 가운데서 그렇게 살았다.

나는 가면을 쓴 채 그들 가운데 앉아 있었다. 내가 **그들을** 참아 내고 있다고 **나 자신이** 오해받을 것을 뻔히 알면서, 그리고 나 자신에게 "너 바보여, 너는 인간을 알지 못한다!"라고 즐거이 타이르면서.

인간은 인간 사이에 살면서 인간을 잊어버린다. 모든 인간에게는 너무나 많은 겉치레가 있다. 저 멀리까지 보거나 저 먼 곳을 갈망하는 눈이 여기에서 무슨 소용이겠는가!

그래서 인간들이 나를 오해했을 때, 바보인 나는 그것에 대해 나보다는 오히려 그들을 이해해 주었다. 나를 가혹하게 대하는 데 익숙했고, 이따금 그러한 관용에 대한 대가로 나 자신에게 복수하기도 했다.

독파리에게 쏘이고 방울방울 떨어지는 악의에 의해 마치 돌처럼 움푹 패면서 나는 그들 사이에 앉아 이렇게 자신을 타일렀다. "모든 왜소한 것은 자기 자신의 왜소함에 대해 아무런 죄도 없다."

특히 착한 자를 자칭하는 자들이야말로 가장 독성이 강한 파리라는 것을 나는 알게 되었다. 그들은 철모르고 쏘아 대며 철모르고 속인다. 그들이 어떻게 나에 대해 공정**할 수 있단 말인가**!

착한 자들 가운데서 사는 자는 동정심 때문에 거짓말을 배운다. 동정심은 모든 자유로운 영혼을 둘러싼 공기를 후텁지근하게 만든다. 착한 자들의 어리석음이란 그만큼 헤아리기 어렵다.

나 자신과 나의 풍요로움을 감추는 것, **그것을** 나는 저 아래에서 배웠다. 모든 사람의 정신이 가난하다는 것을 알았기 때문이다. 내가 모든 사람과 알고 지냈다는 말은 나의 동정심에서 나온 거짓말이었다.

그들의 정신이 어느 정도면 **충분하고**, 그들의 정신이 어느 정도면 이미 **과다한가를** 알아차렸고 또 냄새 맡았다는 말도 나의 거짓말이었다!

나는 그들의 완고한 현자들이 완고하다고 하지 않고 지혜롭다고 했다. 이처럼 나는 말을 삼켜 버리는 것을 배웠다. 그들 무덤 파는 자들을 나는 탐구자이며 음미자라고 불렀다. 이와 같이 나는 말을 바꿔치기하는 것을 배웠다.

무덤 파는 자들은 무덤을 파다가 병까지 파내어 병을 얻는다. 낡은 폐허 밑에는 나쁜 냄새가 고여 있다. 그러므로 수렁을 휘젓지 말아야 한다. 사람은 산 위에서 살아야 한다.

축복받은 콧구멍으로 나는 다시 산의 자유를 호흡한다! 마침내 나의 코는 모든 인간이 뿜어 대는 냄새로부터 구제되었다!

거품이 이는 포도주로 간질여지는 것처럼 나의 영혼은 매운 공기로 간질여져서 **재채기**를 한다. 재채기를 하고는 자신을 향해 환호한다. 건강하시오!

차라투스트라는 이렇게 말했다.

세 가지 악에 대하여

1

꿈속에서, 아침 꿈속에서 나는 오늘 어떤 곶(岬)에 서 있었다. 세계의 저편에서 나는 저울을 들고 세계를 **달고** 있었다.

아, 아침놀이 이처럼 일찍 나를 찾아왔다. 달아오르면서 나를 깨웠다. 이 질투심 많은 자가! 아침놀은 나의 아침 꿈이 달아오르는 것을 언제나 시샘한다.

시간이 있는 자에게는 측량할 수 있는 것, 유능한 계량자에게는 달 수 있는 것, 억센 날개를 가진 자에게는 접근 가능한 것, 신성한 호두 까는 자에게는 추측할 수 있는 것, 내 꿈은 세계를 이런 식으로 보았다.

대담한 항해자, 반쯤은 배고 반쯤은 회오리바람이며 나비

332

처럼 말이 없고 매처럼 성미 급한 내 꿈, 이 꿈이 오늘 무슨 연유로 세계를 달아 볼 인내심과 여유를 갖게 되었는가!

그 모든 무한의 세계들을 조롱하는 나의 지혜, 미소 지으며 깨어 있는 낮의 지혜가 남몰래 내 꿈에게 말한 것일까? 왜냐하면 이 지혜는 이렇게 말하기 때문이다. "힘이 있는 곳에서는 수(數)가 여주인이 되고, 그 수는 보다 큰 힘을 가진다."

나의 꿈은 얼마나 확신에 차서 이 유한의 세계를 바라보는가. 새로운 것에 대한 호기심도 과거에 대한 호기심도 없이, 두려움도 없고 애걸도 하지 않으면서.

마치 잘 익은 사과가, 시원하고 부드러운 벨벳의 껍질을 가진 황금 사과가 내 손에 쥐여 있는 것처럼, 그렇게 세계는 내게 주어졌다.

마치 나무가, 여행에 지친 나그네가 기대고 발도 얹을 수 있도록 휘어 있는, 가지 무성하고 의지 강한 나무가 내게 눈짓하는 것처럼, 그렇게 세계는 나의 곶 위에 놓여 있었다.

마치 섬세한 손길이 내게 상자 하나를, 수줍어하면서도 존경하는 눈을 매혹시키도록 열어 놓은 상자 하나를 건네주는 것처럼, 그렇게 오늘 세계는 내게 주어졌다.

인간에 대한 사랑을 위협하여 몰아낼 만큼의 수수께끼도 아니고, 인간의 지혜를 잠재울 만큼의 해답이 주어진 것도 아닌, 사람들이 그렇게 험담을 퍼부어 온 이 세계가 오늘 내게는 인간적으로 좋아 보였다!

오늘 이른 아침에 이렇게 세계를 달아 보게 하다니 나의 아침 꿈이 얼마나 고마운가! 이 꿈, 이 마음의 위안자인 나의 아침 꿈은 인간적으로 좋은 것으로서 내게로 왔다!

낮이 되자 나는 이 꿈을 본받고 이 꿈의 가장 좋은 점을 모방하고 배우려고 했다. 그래서 나는 이제 세 가지 가장 나쁜 것을 저울에 달아 인간적인 관점에서 제대로 재어 보려고 한다.

육욕, 지배욕, 이기심. 이 세 가지는 지금껏 가장 저주받아 왔고 가장 나쁜 것으로 비방되고 왜곡되어 왔다. 하지만 나는 이 세 가지를 인간적으로 제대로 보려고 한다.

자! 여기에는 나의 곶이 있고, 저기에는 바다가 있다. 내 사랑하는, 충실하고 나이 많은, 백 개의 머리[12]를 가진 괴물 개, **저 바다**가 털투성이로 알랑거리며 내게로 물결치며 다가온다.

자! 여기에서 나는 광란하는 바다를 내려다보며 저울을 들고 있으리라. 그리고 입회할 증인으로, 그대 은둔자인 나무여, 그대를 선택하리라. 짙은 향기와 넓게 퍼진 가지를 자랑하는 내 사랑하는 그대를!

어느 다리를 통해 현재는 미래로 가는가? 어떠한 강제에 의해 높은 것이 마지못해 낮은 것을 향해 가는가? 그리고 가장 높은 것으로 하여금 더 높이 자라라고 명령하는 것은 무엇인가?

지금 저울은 수평 상태로 조용히 멈춰 있다. 내가 세 가지 무거운 물음을 던져 넣자 세 가지 무거운 대답이 다른 쪽 저울판 위로 올라왔다.

---

12) 파도를 가리킨다.

2

육욕. 그것은 참회의 옷을 입은 모든 육체 경멸자들에게 찌르는 가시가 되고 형벌 기둥이 되며, 세계 너머의 세계를 믿는 자들로부터는 속된 것으로 저주받는다. 육욕은 혼란과 오류 가운데서 헤매는 모든 교사들을 조롱하며 바보로 만든다.

육욕. 그것은 천민들에게는 그들을 태워 버리는, 서서히 타오르는 불이다. 벌레 먹은 모든 목재와 악취 풍기는 모든 누더기에게는 언제라도 욕정에 불을 붙여 김을 내게 하는 난로다.

육욕. 그것은 자유로운 마음을 가진 자들에게는 순진무구하고 자유로운 것, 지상 낙원의 행복, 모든 미래가 현재에 바치는 넘쳐흐르는 고마움이다.

육욕. 그것은 시들어 버린 자들에게만은 달콤한 독, 하지만 사자의 의지를 가진 자들에게는 뛰어난 강장제 그리고 정성을 다해 아껴 온 포도주 중의 포도주다.

육욕. 그것은 더 높은 행복과 최고의 희망을 예고하는 크나큰 상징적 행복이다. 많은 사람들에게 결혼과 결혼 이상의 것이 언약되어 있으니 말이다.

남자와 여자 사이보다 자신이 자신에게 더 낯선 많은 사람들에게. 그런데 남자와 여자 사이가 **얼마나 낯선지**를 누가 완전히 알아차렸단 말인가!

육욕. 하지만 나는 내 사상의 둘레에, 내 말의 둘레에 담장을 치리라. 돼지와 광신자가 나의 정원으로 침입하지 못하도록!

지배욕. 그것은 냉혹하기 그지없는 마음을 가진 자를 후려치는 벌겋게 달아오른 채찍이며, 잔인무도한 자가 자신을 위

해 남겨 놓은 무시무시한 고문이며, 이글거리는 화형장 장작
더미의 음침한 불꽃이다.

지배욕. 그것은 허영심으로 넘치는 많은 군중에게 들러붙
은 심술궂은 쇠파리이며, 모든 애매한 덕을 비웃고, 어떠한 말
[馬]이나 어떠한 자만심의 등에도 올라타고 가며 조롱을 퍼붓
는 여자다.

지배욕. 그것은 썩고 속이 빈 모든 것을 부수고 깨뜨리는 지
진이며, 구르고 으르렁거리고 징벌하면서 회칠한 무덤을 파괴하
는 자이고, 섣부른 대답 옆에 번개처럼 달라붙는 의문 부호다.

지배욕. 그 시선 앞에서 인간은 기어 다니고 머리를 조아리
고 알아서 기며 뱀과 돼지보다 더 비굴해진다. 마침내 참다못
한 인간이 커다란 경멸로 소리칠 때까지.

지배욕. 그것은 커다란 경멸을 가르치는 무서운 여선생으
로, 도시들과 나라들의 정면에서 대놓고 "너희는 사라지라!"라
고 외친다. 마침내 그것들이 "**나는** 물러가리라!"라고 외칠 때
까지.

지배욕. 그러나 그것은 또한 매혹적인 몸짓으로 순결한 자,
고독한 자에게로, 그리고 저 위쪽의 자족하는 고귀한 자에게
로 올라간다. 대지의 하늘에 보랏빛 행복을 매혹적으로 그려
보이는 사랑처럼 달아오르면서.

지배욕. 그러나 고귀한 것이 아래로 내려와 권력을 갈망한
다면 누가 그것을 **탐욕**이라고 부르리! 참으로 그러한 갈망과
하강에는 그 어떤 병도 탐욕도 없다!

고독의 저 높이가 영원한 외로움의 상태에서 자족하며 머

물려고 하지 않는다는 것, 산이 골짜기로 내려오고, 높은 곳의 바람이 낮은 곳으로 불어오려고 한다는 것.

아, 그러한 동경에 대해 누가 올바른 세례명과 그 덕에 맞는 이름을 찾아낼 수 있단 말인가! 베푸는 덕. 차라투스트라는 일찍이 이름 붙일 수 없는 것을 이렇게 불렀다.

그리고 그때 다음과 같은 일도 일어났는데, 그것은 참으로 처음 있는 일이었다! 즉 차라투스트라가 강력한 영혼으로부터 샘솟는 건전하고 건강한 **이기심**을 복된 것으로 찬양한 것이다.

주변의 모든 사물이 거울이 될 만큼 아름답고 승리감으로 넘치는, 싱싱하고 고귀한 몸을 자기 것으로 하는 강력한 영혼으로부터 솟아오르는 이기심을 복된 것으로 찬양한 것이다.

춤추는 자의 유연하고 설득력 있는 몸, 그것의 비유와 정수(精髓)가 바로 자기-희열적 영혼이다. 그리고 이러한 몸과 영혼의 자기-희열이 스스로를 덕이라고 부르는 것이다.

그러한 자기-희열은 마치 성스러운 숲으로 자신을 둘러싸듯 우량과 열등이라는 말로 자신을 감싼다. 그리고는 행복이라는 이름 아래 자기-희열은 자신으로부터 경멸스러운 모든 것을 추방한다.

자기-희열은 자신으로부터 모든 비겁함을 추방한다. 자기-희열은 말한다. 열등하다는 것, **그것은 비겁함이다**! 자기-희열은 끊임없이 염려하고 한숨짓고 슬퍼하는 자 그리고 작디작은 이익을 주워 모으는 자를 비루한 인간으로 여긴다.

또한 자기-희열은 슬픔에 잠긴 모든 지혜를 경멸한다. 참으로 어둠 속에서 피어나는 지혜, 밤그림자 같은 지혜도 있는 법이다. 이런 지혜는 언제나 "모든 것은 덧없다!"라고 탄식한다.

자기-희열은 또한 소심한 불신을 가소롭게 여기며, 눈길이나 행동하는 손 대신에 맹세를 바라는 자를 우습게 본다. 너무 지나치게 불신하는 모든 지혜도 마찬가지로 우습게 본다. 이러한 지혜는 비겁한 영혼의 속성이기 때문이다.

자기-희열이 더욱 가소롭게 여기는 것은 재빨리 영합하는 자, 곧장 뒤로 드러누워 버리는 개 같은 자, 굴복하는 자다. 이처럼 비굴하고 개 같고 겸손하고 재빨리 영합하는 지혜도 있는 것이다.

자기-희열이 증오하고 구역질을 하는 것은 자신을 조금도 지키려 하지 않는 자, 독기 서린 침이나 사악한 눈길을 꿀꺽 삼켜 버리는 자, 너무도 인내심이 많은 자, 모든 것을 참고 견디는 자, 모든 일에 만족하는 자를 볼 때다. 이것들은 노예의 속성이기 때문이다.

신들과 신들의 발길질에 굴종하든, 인간들과 인간들의 어리석은 견해에 굴종하든 이 복된 이기심은 **모든** 노예의 속성에 침을 뱉는다.

열등함. 기가 죽어 소심하게 굴종하는 모든 것, 자연스럽지 못하게 깜빡이는 눈, 억눌린 마음, 두껍고 비겁한 입술로 입맞춤하는 저 거짓되고 사근사근한 태도를 복된 이기심은 그렇게 부른다.

사이비 지혜. 노예와 노인과 지친 자가 말하는 익살을 복된 이기심은 그렇게 부른다. 그리고 특히 불량하고 무분별하고 말도 안 되는 성직자들의 어리석음을 복된 이기심은 그렇게 부른다.

사이비 현자들, 모든 성직자들, 이 세계에 지친 자들, 영혼이 여자나 노예의 속성을 가진 자들. 아, 그 옛날부터 그들의 장난질이 이기심을 얼마나 괴롭혔던가!

이기심을 괴롭히는 것, 바로 그것이 덕으로 여겨지고 덕으로 불렸다! 그리고 자기 상실의 상태. 세계에 지친 모든 비겁한 자와 십자거미들 자신이 그것을 소망한 데는 상당한 이유가 있었던 것이다!

그러나 이 모든 자들에게 이제 낮이, 변화가, 목 베는 칼이, **위대한 정오**가 다가오고 있다. 이제 많은 일이 백일하에 드러나리라!

그리고 자아를 두고 건전하고 성스럽다고 말하며, 이기심을 복되다고 말하는 자, 참으로 그는 예언자로서 그가 아는 것을 말한다. "**보라, 다가온다, 가까이 오고 있다, 위대한 정오가!**"

차라투스트라는 이렇게 말했다.

중력의 영에 대하여

1

나의 말투는 군중의 말투. 나의 말은 앙고라토끼들에게는 너무도 거칠고 진실하다. 나의 말은 모든 잉크-물고기들과 펜대-여우들에게는 더욱 낯설게 들린다.

나의 손은 바보의 손. 슬프도다, 모든 테이블과 벽이여, 아직도 바보가 장식하거나 갈겨쓸 빈 공간을 남겨 두었다니!

나의 발은 말〔馬〕의 발. 이 발로 거침없이 종횡으로 나뭇등걸과 돌멩이 위를 달가닥거리며 달린다. 나는 듯 달릴 때면 나는 미친 듯 즐겁다.

나의 위장은 아마도 독수리의 위장인가? 무엇보다 양고기를 좋아하니 말이다. 하여간 나의 위장이 새의 위장임은 분명하다.

때 묻지 않은 것을 먹고, 그것도 조금만 입에 대고, 서슴지 않고 그 자리에서 비상하여 멀리 날아가려고 하는 것. 그것이 나의 천성일진대 그것이 어찌 새의 천성이 아닐 수 있단 말인가!

그리고 특히 내가 중력의 영과 적대적이라는 것, 바로 그것이 새의 천성임을 말해 준다. 참으로 나는 중력의 영과는 불구대천의 원수, 철천지원수, 조상 대대로의 원수 사이다! 아, 나의 적대감이 이미 날지 않은 곳이 어디에 있으며 헤매며 날아 보지 않은 곳이 어디에 있던가!

나는 그것에 대해 노래할 수도 있을 것이며, 노래**하려고** 한다. 비록 내가 텅 빈 집에 홀로 앉아 있기라도 하듯 내 귀에다 대고 노래해야 하더라도.

집 안이 청중으로 가득해야 비로소 목청이 부드러워지고 손이 수다스러워지고 눈의 표정이 또렷해지고 가슴이 열리는 가수들도 있다. 하지만 나는 그들과 다르다.

2

언젠가 인간에게 나는 법을 가르치는 자는 모든 경계석(境界石)을 옮겨 버릴 것이다. 그의 눈앞에서 모든 경계석이 스스로 공중으로 날게 될 것이다. 그리고 그는 대지에게 가벼운 것이라는 새로운 세례명을 내릴 것이다.

타조는 가장 빠른 말보다도 더 빠르게 달리지만, 아직도 그 머리를 무거운 대지에 무겁게 처박고 있다. 아직 날지 못하는 인간도 타조와 같다.

그러한 인간에게 대지와 삶은 무겁기만 하다. 그리고 그것은 중력의 영이 **바라는** 바다! 그러나 가벼워져서 새가 되기를 바라는 자는 자신을 사랑해야 한다. **나는** 이렇게 가르친다.

물론 병약한 자들과 허약한 자들의 방식으로 사랑해서는 안 된다. 이러한 자들에게는 자기애조차 악취를 풍기기 때문이다!

인간은 건전하고 건강한 사랑으로 자신을 사랑하는 법을 배워야 한다는 것이 나의 가르침이다. 자기 자신을 참고 견디느라 방황하는 일이 없도록 하기 위해서다.

그러한 방황은 **이웃 사랑**이라는 세례명으로 불린다. 이 말로써 지금까지 최대의 속임수와 위선이 자행되었다. 특히 온 세계를 괴롭혀 온 자들에 의해서.

그리고 참으로 자신을 사랑하는 것을 **배우는 것**은 오늘이나 내일을 위한 계율은 아니다. 오히려 이것은 모든 기술 중에서 가장 세밀하고 가장 교묘하며 가장 커다란 인내심이 요구되는 궁극의 기술이다.

말하자면 모든 소유물은 그 소유자에게는 깊숙이 숨겨져 있기 때문이다. 그리고 모든 지하 보물 창고로부터는 자기 자신의 것이 가장 늦게 발굴되는 법이다. 중력의 영이 바로 그렇게 만들었다.

요람에 들자마자 사람들은 우리에게 묵직한 말과 가치를 지참금으로 넣어 준다. 선과 악. 그 지참금은 이렇게 불리며, 그 지참금 때문에 우리의 삶이 허락된다.

그리고 아이들이 자기 자신을 사랑하는 것을 제때에 저지하기 위해 사람들은 아이들을 자기들 곁으로 불러온다. 중력의 영이 바로 그렇게 만들었다.

그리고 우리, 우리는 자신에게 지참금으로 주어진 것을 딱딱한 어깨에 메고 험준한 산 너머로 힘겹게 운반해 간다! 그러면서 땀을 흘리면 사람들은 우리에게 말한다. "그렇다, 삶이란 짊어지기 무거운 것이다!"

그러나 인간 자신에게는 오직 인간만이 짊어지기 무거운 짐이다! 인간이 그의 어깨에 너무나 많은 낯선 것을 짊어지고 헐떡거리며 가기 때문이다. 인간이 낙타처럼 무릎을 꿇고 자기 등에 마음껏 짐을 싣도록 하기 때문이다.

특히 외경심을 품은 강인하고 끈질긴 자, 그자는 **낯설고** 무거운 말과 가치를 너무나 많이 짊어지고 있다. 그리하여 그에게는 이제 삶이 사막으로 보인다!

그리고 참으로! **자기 자신의 것**이라고 해도 많은 것을 짊어지기는 힘겹다! 게다가 인간의 내면에 들어 있는 것은 굴과 같지 않은가. 구역질 나고 미끌미끌해서 손으로 잡기 어렵지 않은가.

그러므로 고상한 치장과 고상한 껍질이 중간에서 매파 역할을 해야 한다. 사람들은 또한 껍질과 아름다운 외관과 영리한 맹목 상태를 **갖추는** 기술도 배워야 한다!

많은 껍질이 가련할 정도로 빈약하고 너무나 껍질 자체이기 때문에 인간 내면에 있는 많은 부분이 오히려 왜곡되게 드러난다. 그래서 숨겨져 있는 많은 선의와 힘은 결코 빛을 보지 못하게 된다. 말하자면 가장 맛있는 음식이 그것을 제대로 맛

볼 미식가를 만나지 못하는 것이다!

여인들, 더없이 섬세한 여인들은 잘 안다. 조금 살이 찌거나 조금 마른 것이 무슨 의미인가를. 그 조금에, 아, 얼마나 많은 운명이 깃들어 있는가!

인간의 정체란 알기 어려우며, 특히 인간 자신에게는 더없이 어렵다. 정신이 영혼에 대해 때때로 거짓말을 하기 때문이다. 중력의 영이 그렇게 만들었다.

그러나 자기 자신의 본성을 알아낸 자는 이렇게 말한다. 이것이 **나의** 선이고 악이다. 그렇게 함으로써 그는 '만인을 위한 선과 만인을 위한 악'에 대해 지껄이는 두더지와 난쟁이의 말문을 막히게 한다.

참으로 나는 만물이 선하며 이 세계가 최선의 세계라고 하는 자들을 좋아하지 않는다. 나는 이러한 자들을 통째로 만족한 자라고 부른다.

모든 것의 맛을 볼 줄 아는 완전한 만족감. 이것이 최선의 미감은 아니다! 나와 그렇다와 아니다를 말할 줄 아는, 아주 반항적이고 까다롭기 그지없는 혀와 위장을 나는 존경한다.

모든 것을 씹고 소화해 내는 것. 그것이야말로 돼지의 특성이다! 언제나 '이-아'[13]라고 외치는 것, 그것은 나귀와 나귀의 정신을 가진 자만이 배운다!

짙은 노랑과 뜨거운 빨강, **나의** 미감은 이것을 원한다. 나의

---

13) 나귀는 '그렇다'라는 의미의 독일어 'Ya(야)'를 제대로 발음하지 못하고 'I-a(이-아)'라고 소리 지른다.

미감은 모든 색깔에 핏빛을 섞는다. 그러나 자기 집을 흰색으로 회칠하는 자는 나에게 흰색으로 회칠한 그의 정신을 드러낼 뿐이다.

어떤 자는 미라에게, 어떤 자는 유령에게 반한다. 그리고 둘 다 모든 살과 피에 적대적이다. 아, 그 둘은 **나의** 미감에 얼마나 거슬리는가! 나는 피를 사랑하기 때문이다.

나는 모든 사람이 침을 뱉거나 토하는 곳에서 살거나 머물고 싶지 않다. 이것이 나의 미감이다. 오히려 나는 도둑들 사이에서, 거짓 맹세를 하는 자들 사이에서 살고 싶다. 그자들 중 누구도 입에 황금을 물고 있지 않기 때문이다.

나에게 더욱 역겨운 것은 모든 아첨꾼들이다. 그리고 내가 발견한 가장 역겨운 인간 짐승에게 나는 기생충이라는 세례명을 지어 주었다. 이 짐승은 사랑하려 하지 않으면서 사랑을 먹고 살기를 원했다.

나쁜 짐승이 되느냐 아니면 짐승을 부리는 나쁜 조련사가 되느냐, 나는 이것 말고 달리 선택의 여지가 없는 모든 자가 가련하다고 말한다. 이러한 자들 곁에 나는 어떠한 오두막도 짓지 않으리라.

나는 또한 항상 **기다려야** 하는 자들도 가련하다고 말한다. 이러한 자들은 나의 미감에 거슬린다. 모든 세금 징수관, 소상인, 왕, 그 밖의 나라와 가게를 지키는 감시자들 말이다.

참으로 나도 기다리는 것을 배웠다. 그것도 철저하게 배웠다. 그러나 나는 다만 **나를** 기다렸을 뿐이다. 그리고 그 무엇보다도 나는 서고 걷고 달리고 뛰어오르고 기어오르고 춤추는 것을 배웠다.

나의 가르침은 이렇다. 언젠가 나는 것을 배우려는 자는 우선 서고 걷고 달리고 뛰어오르고 기어오르고 춤추는 것을 배워야 한다. 나는 것을 한꺼번에 배우지는 못하는 법이다!

나는 줄사다리로 여러 창문을 기어오르는 것을 배웠으며, 민첩한 다리로 높은 돛대에 기어오르기도 했다. 인식의 높은 돛대 위에 앉는 것이 내게는 적잖은 행복으로 여겨졌다.

높은 돛대 위에서 깜박거리는 작은 불꽃. 그 불꽃은 물론 자그마하지만 표류하는 선원이나 난파자들에게는 커다란 위안이 된다!

여러 가지 길과 방법으로 나는 나의 진리에 도달했다. 나의 눈길이 저 먼 곳을 내려다볼 수 있는 높이에 이르기 위해 내가 단 하나의 사다리만을 타고 오른 것은 아니었다.

그리고 내가 길을 물어볼 때는 언제나 마지못해 그랬을 뿐이다. 길을 물어보는 것은 언제나 나의 미감에 거슬렸다! 오히려 나는 길 자체를 물어보고 시험해 보았다.

시도와 물음, 그것이 나의 모든 행로였다. 그리고 참으로, 사람들은 이러한 물음에 대답하는 것을 **배워야** 한다! 이것이 나의 미감이다.

그것은 좋은 미감도 나쁜 미감도 아니며, 내가 부끄러워하지도 숨기지도 않는 **나의** 미감이다.

"이것이 지금 **나의** 길이다. 그대들의 길은 어디에 있는가?" 나는 나에게 길을 물은 자들에게 대답했다. 말하자면 모두가 가야 할 그런 길은 존재하지 않는다!

차라투스트라는 이렇게 말했다.

낡은 서판(書板)과 새로운 서판에 대하여

1

여기에 나는 앉아서 기다리고, 내 주위에는 낡고 부서진 서판들 그리고 또 반쯤 쓰인 새로운 서판들이 놓여 있다. 나의 시간은 언제 오는가?

나의 하강, 나의 몰락의 시간은. 왜냐하면 나는 다시 한번 인간들에게로 가고 싶기 때문이다.

나는 지금 그때를 기다린다. 우선 **나의** 시간이 왔음을 알리는 조짐, 다시 말해 비둘기 떼를 거느리고 큰 소리로 웃는 사자가 반드시 내게로 올 것이기 때문이다.

그동안 나는 시간 여유를 가진 자로서 나 자신에게 말한다. 아무도 나에게 새로운 것을 말해 주지 않으므로 내가 나 자신에게 말해야 한다.

2

내가 인간들에게로 갔을 때 그들은 낡은 자만심 위에 앉아 있었다. 모두들 인간에게 무엇이 선이고 무엇이 악인가를 오래전부터 이미 안다고 믿었다.

그들은 덕과 관련된 모든 발언을 낡고 넌더리 나는 일로 여겼다. 그러므로 깊이 푹 자고 싶은 사람은 잠자리에 들기 전에 선과 악에 대해 이야기하곤 했다.

그래서 나는 다음과 같이 가르침으로써 그 잠을 방해하였다. 선과 악이 무엇인지는 **누구도 알지 못한다**. 창조하는 자를 제외하고는!

그리고 이 창조하는 자는 인간의 목표를 창조하고 대지에 의미와 미래를 부여하는 자다. 이 창조하는 자가 비로소 무엇이 선이고 악인지를 **결정한다**.

그리고 나는 그들의 낡은 강단, 저 낡은 자만심만이 앉아 있던 곳을 뒤엎어 버리라고 그들에게 명령했다. 그들의 위대한 덕의 교사들과 성자들과 시인들과 구세주들을 비웃어 주라고 명령했다.

그들의 침울한 현자들, 그리고 검은 옷을 입은 허수아비로서 삶의 나무 위에 앉아 경고하던 자들을 비웃어 주라고 나는 명령했다.

나는 무덤들 사이로 난 그들의 큰길가에, 심지어 썩은 살코기와 콘도르 옆에도 앉아 있었다. 그러면서 나는 그들의 모든 과거와 그 썩어 문드러진 영광을 비웃었다.

참으로 마치 참회의 설교자처럼, 바보처럼 나는 그들의 모든 큰일과 작은 일에 대해 분개하면서 소리쳤다. 그들의 최선이 저렇게 왜소하다니! 그들의 최악이 저렇게 왜소하다니! 이렇게 나는 비웃어 주었다.

산에서 태어난, 참으로 거센 지혜인 나의 지혜로운 동경은 마음속으로 이렇게 소리치며 웃었다! 날개를 퍼덕거리는 나의 위대한 동경은.

이 동경은 종종 통쾌한 웃음과 함께 나를 앞으로 위로 저 멀리로 잡아당겼다. 나는 그때 햇빛에 도취한 황홀경 속으로 화살처럼 전율하며 날아갔다.

어떤 꿈에서도 보지 못한 아득한 미래로, 지금까지 그 어떤 조각가들이 꿈꾼 것보다 더 뜨거운 남쪽 나라로, 신들이 춤을 추며 자신들이 걸친 옷을 수치스럽게 생각하는 저쪽으로.

다시 말해 나는 비유로 말하며 시인들처럼 절뚝거리고 말을 더듬는다. 그리고 참으로 나는 아직도 시인이어야 한다는 사실이 부끄럽다!

모든 생성이 내게는 신들의 춤, 신들의 자유분방함으로 생각되고, 세계는 해방되어 제멋대로 자신에게로 다시 달아난다고 여겨지던 곳에서 말이다.

많은 신들이 서로 간에 영원히 달아나고 영원히 다시 찾고, 행복하게 서로를 반박하고, 서로 간에 다시 귀를 기울이고, 서로 간에 다시 하나가 된 곳에서 말이다.

모든 시간이 내게는 순간에 대한 복된 조롱처럼 생각되고,

필연이 자유 자체이며, 필연이 자유의 가시와 더불어 행복하게 논 곳에서 말이다.

또한 내가 나의 늙은 악마이자 철천지원수, 즉 중력의 영과 이 영이 창조한 모든 것, 다시 말해 강제, 규정, 필요와 귀결, 목적과 의지, 그리고 선과 악을 다시 찾아낸 곳에서 말이다.

춤추며 **넘어가고**, 춤추며 건너갈 수 있는 그 무엇이 거기에 없을 수 있단 말인가? 가벼운 자, 가장 가벼운 자를 위해 두더지들과 무거운 난쟁이들이 있어야 하지 않겠는가?

3

그곳에서 나는 또한 **초인**이라는 말을 길을 가다 주웠으며, 인간은 극복되어야 할 어떤 존재임을 알았다.

그곳에서 인간은 다리일 뿐 목적이 아니고, 새로운 아침놀에 이르는 길로서 행복에 겨워 자신의 정오와 저녁을 찬양한다는 것을 알았다.

위대한 정오에 대한 차라투스트라의 말을 주운 것도, 그 밖에 자줏빛의 두 번째 저녁놀처럼 내가 인간들의 머리 위로 내건 것을 주운 것도 그곳이었다.

참으로 나는 그들에게 새로운 밤과 함께 새로운 별도 보여주었다. 그리고 구름과 낮과 밤 위에 나는 알록달록한 천막과도 같은 웃음을 팽팽하게 펼쳤다.

나는 그들에게 **내가** 전심전력으로 추구하는 것을 가르쳤다. 즉 인간에게 단편(斷片)이고 수수께끼고 무시무시한 우연인 것을 하나로 뭉쳐 총괄하는 것을 가르쳤다.

시인으로서, 수수께끼 푸는 자로서, 그리고 우연을 구제하는 자로서 나는 그들에게 미래에 창조적으로 관여하고 **과거에 있었던** 모든 것을 창조적으로 구제하는 것을 가르쳤다.

인간에게 과거를 구원하고 일체의 그러했다를 개조하여 의지가 마침내 "나는 그렇게 되기를 바랐다! 그렇게 되기를 나는 바랄 것이다!"라고 말해야 한다고 가르쳤다.

이것을 나는 그들에게 구제라고 불렀고, 이것만을 구제라고 부르라고 가르쳤다.

이제 나는 **나 자신의 구제**, 내가 마지막으로 그들에게 갈 때를 기다린다.

다시 한번 나는 인간들에게로 가고자 하기 때문이다. 인간들 **사이에서** 나는 몰락하려 하며 죽어 가면서 그들에게 나의 더없이 풍요로운 선물을 주고 싶기 때문이다!

나는 이것을 가라앉는 태양, 저 넘쳐흐르는 자로부터 배웠다. 가라앉으면서 태양은 그 무궁무진한 재화로부터 황금을 바다에 흩뿌리지 않는가.

가난하기 짝이 없는 어부조차 **황금의** 노로 저을 만큼! 일찍이 이 광경을 보았을 때 내 눈에는 하염없이 눈물이 흘렀다.

가라앉는 태양처럼 차라투스트라도 몰락하고 싶어 한다. 지금 그는 여기에 앉아서 기다린다. 그 주위에는 낡고 부서진 서판들 그리고 또 반쯤 쓰인 새로운 서판들이 놓여 있다.

4

보라, 여기에 새로운 서판 하나가 있다. 하지만 나와 함께

이 서판을 골짜기로, 그리고 육신의 심장 속으로 날라 갈 형제들은 어디에 있단 말인가?

아득히 먼 곳에 있는 자들을 위한 나의 커다란 사랑은 이렇게 요구한다. **그대의 이웃을 아끼지 말라**! 인간은 극복되어야 하는 존재다.

극복에는 여러 가지 길과 방법이 있으니 그대는 그 점에 유의하라! 하지만 익살꾼만은 이렇게 생각한다. "인간은 **뛰어넘어 버려도 되는** 존재다."

그대의 이웃들 사이에서도 그대 자신을 극복하도록 하라. 그리고 그대가 자신의 힘으로 빼앗을 수 있는 권리를 남으로부터 받는 일은 없도록 하라!

그대가 하는 일을 누구도 그대에게 되풀이하여 돌려줄 수는 없다. 보라, 되갚음이란 존재하지 않는다.

자기 스스로 명령을 내리지 못하는 자는 복종해야 한다. 그리고 많은 사람이 자신에게 명령을 **내릴 수** 있지만, 자기 자신에게 복종하기에는 부족한 점이 아직도 많다!

5

고귀한 영혼의 기질은 이렇다. 그러한 영혼은 아무것도 **공짜로** 얻으려 하지 않으며, 삶에서는 특히 그러하다.

천민의 부류는 공짜로 살려고 한다. 그러나 삶으로부터 내맡김이라는 은혜를 입은 우리 다른 사람들은 언제나 깊이 숙고한다. **그에 대해** 어떻게 가장 잘 보답할 수 있는가를!

이렇게 말하는 것은 참으로 고귀하지 않은가. "삶이 **우리에**

게 약속한 것, 그것을 **우리는** 삶에게 지키고자 한다!"

그리고 즐길 만한 것을 주지 못한 곳에서는 즐기려 하지도 말라. 즐기기를 **원해서도** 안 된다!

왜냐하면 향락과 순진무구함은 가장 심하게 부끄러움을 타기 때문이다. 그 둘은 사람들이 자기를 찾는 것을 꺼린다. 그러므로 사람들은 향락과 순진무구함을 **소유해야** 한다. 그리고 오히려 죄책과 고통을 **찾아야** 한다!

6

아, 형제들이여, 맏이는 언제나 제물로 바쳐지는 법이다. 그런데 지금 보니 우리가 맏이 아닌가.

우리 모두는 비밀의 제단에서 피를 흘리며, 우리 모두는 낡은 우상들의 영광을 위해 불태워지고 구워진다.

우리의 가장 좋은 점은 아직 젊다는 것이다. 그것이 늙은이들의 입맛을 부추긴다. 우리의 살은 연하고 우리의 피부는 어린 양의 피부일 뿐이다. 그러니 어떻게 우리가 우상을 섬기는 늙은 성직자들의 입맛을 돋우지 않겠는가!

우리 자신 속에도 우상을 섬기는 저 늙은 성직자가 살고 있으니, 그는 푸짐한 잔치판을 벌이기 위해 우리의 가장 좋은 부분을 굽는다. 아, 형제들이여, 맏이가 어떻게 제물이 되지 않을 수 있단 말인가!

그러나 우리 같은 인간은 이것을 바란다. 그리고 나는 자신을 아끼지 않는 자들을 사랑한다. 나는 그렇게 몰락하는 자들을 진심으로 사랑한다. 그들이야말로 저 너머로 건너가는 자들이기 때문이다.

7

진실하다는 것. 그렇게 **될 수 있는** 자는 소수에 불과하다! 그리고 그렇게 될 수 있는 자는 아직 그렇게 되기를 바라지 않는다! 그리고 착한 자들은 그렇게 되기가 가장 어렵다.

아, 이 착한 자들! **착한 자들은 결코 진리를 말하는 법이 없다.** 정신에서 이처럼 착해진다는 것은 일종의 병이다.

그들, 이 착한 자들은 양보하고 참고 견딘다. 그들의 마음은 다른 사람을 따라서 말하고, 바닥에서부터 복종한다. 그러나 복종하는 자는 **자신의 내면에 귀를 기울이지는 않는다.**

하나의 진리가 태어나기 위해서는 착한 사람들이 악이라고 부르는 모든 것이 함께 모여야 한다. 아, 형제들이여, 그대들은 **이러한** 진리에 어울릴 만큼 충분히 악한가?

저돌적인 모험, 오랜 의심, 잔인한 부정, 권태, 생동하는 것 속으로 파고듦. **이런 것**들이 함께 모이는 것은 얼마나 드문 일인가! 그러나 이러한 씨앗으로부터 진리가 태어나는 법이다!

지금까지 모든 **지식**은 사악한 양심과 **더불어** 성장했다! 그러니 부숴 버려라, 부숴 버려라, 그대 인식하는 자들이여, 낡은 서판을!

8

물에 기둥이 세워지고, 판자 다리와 난간이 그 강물 위로 설치되면, 참으로 그때는 누구도 만물은 유전(流轉)한다라고 말하는 자를 믿지 않는다.

얼간이들조차 그의 말을 반박한다. 그들이 말한다. "뭐라고? 만물이 유전한다고? 다리 기둥과 난간이 강물 **위에** 저렇게 있지 않은가!

강물 **위에서는** 모든 것이 고정되어 있지 않은가. 사물들의 모든 가치, 다리들, 개념들, 모든 선과 악. 이러한 모든 것이 **고정**되어 있지 않은가!"

혹독한 겨울, 강물이라는 짐승을 길들여 얼어붙게 만드는 조련사와도 같은 겨울이 오면, 가장 재치 있는 사람조차 불신을 배운다. 그렇게 되면 참으로 얼간이들만 이렇게 말하지는 않는다. "만물은 **정지해 있어야 하지 않는가?**"

"본래부터 모든 것은 정지해 있다." 이것은 그야말로 겨울의 가르침이고 불모의 시기에 어울리는 말이며, 겨울잠을 자는 자들과 난로 주위에서 쪼그리고 있는 자들에게는 좋은 위안이다.

"본래부터 모든 것은 정지해 있다." 하지만 얼음을 녹이는 봄바람은 **이와는 정반대로** 설교한다!

봄바람은 황소다. 그러나 밭을 가는 황소가 아니라 사납게 날뛰는 황소이며, 분노의 뿔로 얼음을 깨뜨리는 파괴자다! 더군다나 깨어져 떠내려가는 얼음은 **판자 다리를 무너뜨린다**!

아, 형제들이여, **이제** 만물은 **유전**하지 않는가? 모든 난간과 판자 다리가 물속으로 가라앉지 않았는가? 누가 아직도 선과 악에 **매달리려 하는가**?

"슬프도다! 기쁘도다! 봄바람이 분다!" 부디 이렇게 설교하라, 형제들이여, 모든 거리거리에서!

9

선과 악이라고 불리는 낡아 빠진 망상이 있다. 이 망상의 수레바퀴는 지금까지 예언자와 점성가 주위를 돌고 있었다.

한때 사람들은 예언자와 점성가를 **믿었다. 그리하여** 사람들은 "모든 것은 운명이다. 그대는 당연히 해야 하기 때문에 하지 않으면 안 된다!"라고 믿었다.

그러고 나서 다시 사람들은 모든 예언자와 점성가를 믿지 않게 되었다. **그리하여** 사람들은 "모든 것은 자유다. 그대가 원하기 때문에 그대는 할 수 있다!"라고 믿었다.

아, 형제들이여, 별들과 미래에 대해서 지금까지는 망상만 있었을 뿐 아무것도 알려지지 않았다. **그러므로** 선과 악에 대해서도 지금까지 망상만 있었을 뿐 아무것도 알려지지 않았다!

10

"빼앗지 말라! 죽이지 말라!" 사람들은 일찍이 이런 말들을 신성하다고 했다. 이러한 말들 앞에서 사람들은 무릎을 꿇고 머리를 수그리고 신을 벗었다.

하지만 내 그대들에게 묻노니 그러한 신성한 말보다 더 고약한 강도나 살인자가 이 세상 어디에 있었던가?

모든 삶 자체에 빼앗음과 살해가 있지 않은가? 그리고 그러한 말들이 신성하다고 불림으로써 **진리** 자체가 살해되지 않았던가?

혹은 모든 삶에 모순되고 그 삶을 거역하는 것이 신성하다고 말한 것은 죽음의 설교였던가? 아, 형제들이여, 부숴 버리라, 낡은 서판을 부숴 버리라!

11

지나가 버린 모든 것이 버림받는 것을 보고 나는 모든 지나가 버린 것을 동정한다.

다가오는 모든 세대의 자비와 정신과 망상에 의해 과거에 있었던 모든 것은 교량으로 해석되고 그럼으로써 희생된다!

엄청난 폭군, 재기 발랄한 괴물 독재자가 나타나서 때로는 자비롭게 때로는 무자비하게 모든 지나가 버린 것에 강제로 멍에를 씌워 마침내 모든 지나가 버린 것을 그들의 교량과 조짐과 전령과 닭 울음소리로 만들어 버릴지도 모른다.

그리고 또 하나의 위험이 있으니 이 또한 내 동정치 않을 수 없다. 천민들의 기억은 할아버지까지 거슬러 올라가지만, 그 할아버지와 함께 시간이 멈추어 버린다는 사실이 그것이다.

이렇게 모든 지나가 버린 것은 버림받는다. 천민이 주인이 되고 모든 시간이 얕은 물속에서 익사하는 일이 언제 일어날지 모르기 때문이다.

그러므로 아, 형제들이여, 이제 **새로운 귀족**이 필요하다. 모든 천민과 모든 폭군적인 것에 맞서는 적대자가 되고 새로운 서판에 고귀한이라는 말을 새롭게 써넣을 귀족 말이다.

다시 말해 **귀족이 존재하기 위해서**는 많은 고귀한 자와 많은 부류의 고귀한 자가 필요하다! 혹은 내가 한때 비유로 말한 것처럼 "신들은 존재하지만 하나의 신은 존재하지 않는다는 것. 이것이야말로 신성하지 않은가!"

12

아, 형제들이여, 나는 그대들을 새로운 귀족으로 서품하고 임명장을 내린다. 그대들은 미래를 낳고 기르고 씨 뿌리는 자가 되어야 한다.

참으로 그대들은 소상인들처럼 꾀죄죄한 돈으로 살 수 있는 귀족이 되어서는 안 된다. 값이 매겨진 모든 것은 그 가치가 미미하기 때문이다.

그대들이 어디에서 왔는가가 아니라 어디로 가는가를 앞으로 그대들의 명예로 삼으라! 그대들 자신을 넘어서서 가려는 그대들의 의지와 그대들의 발, 그것을 그대들의 새로운 명예로 삼으라!

참으로 그대들이 어떤 군주를 섬겼다는 것은 명예가 아니다. 군주들이 지금 무슨 소용이란 말인가! 혹은 현재 서 있는 것을 더욱 단단하게 세우기 위한 보루가 됐다는 것도 명예가 아니다!

그대들의 일가가 궁정 생활을 원만하게 익히고, 그대들이 홍학처럼 알록달록한 옷을 차려입고 얕은 못에 오랜 시간 서 있는 것을 배웠다는 것도 명예는 아니다.

서 있을 수 있다는 것은 궁정인들에게 하나의 공로이기 때문이다. 그리고 모든 궁정인들은 **앉아도 좋다**는 것이 죽음 이후의 복에 속한다고 믿는다!

또한 사람들이 신성하다고 부르는 영이 그대들의 조상을 약속의 땅으로 인도했다는 것도 명예는 아니다. **나는** 이러한 약속의 땅을 찬양하지 않는다. 왜냐하면 그곳에서 모든 나무 중에서 가장 사악한 나무, 곧 십자가가 자라났기 때문이다. 그 땅에는 찬양할 만한 것이라고는 눈을 씻고 봐도 없다!

그리고 참으로 이 성령이 그 기사들을 어디로 인도했든 간에 이러한 행렬에서는 염소와 거위 그리고 십자가 낙인이 찍힌 인간과 괴팍한 인간들이 언제나 **선두에** 서서 걸어갔다!

아, 형제들이여, 그대들의 귀족은 뒤쪽이 아니라 **저 앞쪽을** 바라보아야 한다! 그대들은 모든 아버지의 땅, 선조의 땅에서 추방된 자들이어야 한다!

그대들은 자기 **후손들의 땅을** 사랑해야 한다. 이 사랑이 그대들의 새로운 귀족다운 특성이 되기를. 아득히 먼 바다의 아직 발견되지 않은 땅을 사랑하기를! 나는 이 땅을 찾고 또 찾으라고 그대들의 돛에게 명령한다.

그대들이 그대들의 조상의 후손인 것을 그대들의 후손에게 **보상해야** 한다. **그렇게** 그대들은 모든 지나가 버린 것을 구제해야 한다! 나는 이 새로운 서판을 그대들의 머리 위에 내건다.

13

"무엇을 위해 사는가? 모든 것은 덧없다! 삶, 그것은 짚을 터는 것이다. 삶, 그것은 자기 자신을 불태우지만 따뜻해지지 않는 것이다."

이러한 케케묵은 잡담이 아직도 **지혜로** 여겨진다. 낡고 곰

팡내가 나기 **때문에** 더욱더 존중된다. 곰팡이조차 고귀해지
는 것이다.

아이들이라면 그렇게 말해도 무방하리라. 아이들은 불에
덴 적이 있기 때문에 불을 무서워하지 않는가! 낡은 지혜의
책들에는 이처럼 아이들 같은 점이 여러 가지로 많다.

그리고 시도 때도 없이 짚이나 터는 자가 어떻게 타작에 대
해 비방한단 말인가! 사람들은 마땅히 이러한 바보들의 입을
봉해 버려야 한다!

이러한 자들은 식탁에 앉으면서 아무것도 가져오지 않는
다. 왕성한 식욕조차 가져오지 않는다. 그러면서 모든 것은 덧
없다!라고 비방만 한다.

하지만 잘 먹고 잘 마시는 것은, 아, 형제들이여, 참으로 하
찮은 기술이 아니다. 부숴 버리라, 결코 기뻐할 줄 모르는 자
들의 서판을 부디 부숴 버리라!

14

"순결한 자에게는 모든 것이 순결해 보인다."라고 군중은 말
한다. 그러나 나는 그대들에게 말한다. 돼지 눈에는 모든 것이
돼지로 보인다!

그러므로 머리뿐 아니라 심장마저 축 늘어뜨리고 있는 의
기소침한 광신자들은 "세계 자체가 하나의 더러운 괴물이다."
라고 설교한다.

이러한 자들은 모두 불결한 정신의 소유자이기 때문이다.
세계를 **뒤로부터** 보지 않으면 안심하지도 쉬지도 못하는 자

들, 즉 세계 너머의 세계를 믿는 자들이 특히 그렇다!

귀에 거슬릴지라도 나는 **그들에게** 정면으로 다음처럼 말하리라. 세계는 엉덩이[14]를 가졌다는 점에서는 인간과 비슷하다. **이 정도까지는** 진실이다!

세계에는 많은 오물이 있다. **이 정도까지는** 진실이다! 하지만 그렇다고 해서 세계 자체가 더러운 괴물은 아니다!

세계에는 나쁜 냄새를 풍기는 것이 많다는 말에는 지혜가 들어 있다. 구역질 자체가 날개를 만들어 내며 샘의 원천을 예감하는 힘을 만들어 낸다!

최선인 자에게도 구역질을 일으키는 그 무엇이 있다. 최선인 자도 극복되어야 할 그 어떤 존재가 아니던가!

아, 형제들이여, 세계에는 많은 오물이 있다는 말에는 많은 지혜가 들어 있다!

15

나는 세계 너머의 세계를 믿는 신심 깊은 자들이 그들의 양심을 향해 참으로 악의도 허위도 없이 다음과 같은 잠언을 말하는 것을 들었다. 이 세상에 이러한 잠언보다 더 허구적이고 악의적인 것이 없음에도 말이다.

"세계로 하여금 세계이게 하라! 이에 맞서 단 하나의 손가락도 세우지 말라!"

---

14) 독일어 'Hinter'에는 '배후의', '뒤의'라는 뜻 말고도 '엉덩이'라는 뜻이 있다. '세계 너머의 세계를 믿는 자들(Hinterweltler)'을 조롱하기 위한 표현이다.

"원하는 자로 하여금 제멋대로 사람들의 목을 조르고 찔러 죽이고 살을 베고 도려내게 하라. 이에 맞서 단 하나의 손가락도 세우지 말라! 이렇게 함으로써 사람들은 세계를 포기하는 것을 배우게 되느니."

"그리고 그대 자신의 이성을 그대 스스로 목 졸라 죽이라. 그것은 이 세계로부터 오는 이성이기 때문이다. 이렇게 함으로써 그대 자신은 세계를 포기하는 것을 배우리라."

부숴 버리라, 아, 형제들이여, 신심 깊은 자들의 이 낡은 서판을 부디 부숴 버리라! 이 세계-비방자들의 잠언을 박살 내라!

16

"열심히 배우는 자는 거친 욕구를 모두 잊어버린다." 사람들은 오늘 어둑한 골목 곳곳에서 이렇게 속삭인다.

"지혜는 피곤하게만 할 뿐 아무 보상도 주지 않는다. 그러므로 그대는 욕구하지 말라!" 나는 이러한 새로운 서판이 공공의 시장에 보란 듯이 내걸린 것을 보았다.

부숴 버리라, 형제들이여, 이 **새로운** 서판도 제발 부숴 버리라! 세계에 지친 자들, 죽음의 설교자들 그리고 또 간수들이 이 서판을 내걸었다. 보라, 그것은 노예가 되라고 설교하지 않는가!

엉터리로 배우고 최선의 것을 배우지 못했으며 모든 것을 너무 일찍, 너무 빨리 배웠고, 제대로 씹어 **먹지** 못했기 때문에 그들의 위장에 탈이 난 것이다.

그들의 정신은 말하자면 탈이 난 위장이며, **이 위장이** 죽음

을 권유한다. 왜냐하면 아, 형제들이여, 정신은 참으로 위장**이
기** 때문이다.

삶은 쾌락의 샘이다. 그러나 슬픔의 아버지, 즉 병든 위장으
로 말하는 자들의 모든 샘은 유독해졌다.

인식한다는 것, 그것은 사자의 의지를 가진 자를 위한 **즐거
움**이다! 그러나 이미 지쳐 버린 자는 다른 사람에 의해 의욕당
할 뿐이며, 온갖 물결에 희롱당한다.

언제나 도중에서 망연자실 길을 잃어버리는 것, 이것이 허
약한 인간들의 특성이다. 그리하여 마침내 피로에 지친 그들
이 묻는다. "무엇 때문에 우리는 지금까지 길을 걸어왔던가!
모든 것이 동일할 뿐인데!"

그러므로 **그들의** 귀에는 "보람 있는 일이란 아무것도 없다!
그대들은 욕구하지 말라!" 하는 설교가 달콤하게 울린다. 하
지만 이것은 노예가 되라는 설교가 아닌가.

아, 형제들이여, 차라투스트라는 길에 지친 모든 사람에게
시원한 광풍으로서 다가간다. 그는 많은 사람들의 코로 하여
금 재채기를 하게 만들 것이다!

나의 자유로운 숨결은 벽을 뚫고 감옥 속으로, 그리고 갇혀
있는 정신 속으로 들어간다.

의욕은 인간을 자유롭게 한다. 의욕함은 곧 창조하는 것이
기 때문이다, 나는 가르친다. 그대들은 **오직** 창조하기 위해 배
워야 한다!

그리고 그대들은 배운다는 것, 잘 배운다는 것이 무엇인지
를 우선 나로부터 **배워야** 한다! 귀 있는 자는 들을지어다!

17

저기 나룻배가 있다. 저 너머에 아마도 광막한 무(無)로 통하는 길이 있으리라. 하지만 누가 이 **아마도**에 올라타려 하겠는가?

그대들 중 어느 누구도 죽음의 나룻배에 올라타려 하지 않는다! 그렇다면 어찌하여 그대들은 **세계에 지친 자**를 자처하는가!

세계에 지친 자들! 하지만 그대들은 아직 한 번도 대지에 등을 돌린 자가 되지는 않았다! 그대들은 여전히 대지를 탐내며, 대지에 대한 자신의 권태를 아직도 깊이 사랑하고 있음을 나는 안다.

그대들의 입술이 아래로 처져 있는 것도 무리가 아니다. 지상에서의 작은 소망이 아직도 그 입술 위에 앉아 있기 때문이다! 그리고 눈 속에는 잊을 수 없는 지상에서의 쾌락의 구름 한 조각이 떠다니지 않는가?

이 지상에는 뛰어난 창작품들이 많다. 그중에 어떤 것은 쓸모가 있으며 어떤 것은 쾌적하다. 그렇기에 이 대지는 사랑할 가치가 있다.

이 지상에는 여자의 젖가슴처럼 아주 잘 만들어져 쓸모가 있는 동시에 쾌적한 것들이 많다.

그러나 그대 세계에 지친 자들이여! 그대 지상의 게으름뱅이들이여! 그대들은 채찍질을 당해 마땅하다! 그대들의 발은 채찍으로 맞아 다시 팔팔해져야 한다!

왜냐하면 그대들은 대지에 지친 병자이거나 늙어 쇠약해진 것들이기 때문이다. 그게 아니라면 그대들은 교활한 게으름뱅이거나 살금살금 돌아다니며 군것질을 즐기는 쾌락의 고양이이기 때문이다. 다시 활기차게 **달릴** 생각이 없다면, 그대들은 마땅히 사라져야 한다!

그러나 끝장을 보려면 새로운 시구를 짓는 것보다 더 많은 **용기**가 필요한 법. 모든 의사들과 시인들은 그 점을 안다.

18

아, 형제들이여, 피로감이 만들어 낸 서판도 있고, 게으름, 썩어 빠진 게으름이 만들어 낸 서판도 있다. 이것들은 서로 같은 말을 하더라도 서로 다른 말로 들리기를 원한다.

보라, 여기 이 초췌한 자를! 자신의 목표에서 단 한 뼘 떨어져 있을 뿐인데도 지쳐서 여기 먼지 속에 꼼짝 않고 누워 있다, 이 용감한 자가!

지친 나머지 길과 대지와 목표와 자기 자신을 향해 하품을 하면서, 한 발짝도 앞으로 나아가려 하지 않는다, 이 용감한 자가!

이제 태양은 그의 머리 위에서 이글거리고 개들이 몰려와 그의 땀을 핥는다. 하지만 그는 여기에 꼼짝 않고 누워서 오히려 탈진해 있기를 바란다.

자신의 목표에서 겨우 한 뼘쯤 떨어진 곳에서 탈진해 있기를 바라다니! 참으로 그대들은 그의 머리를 잡아끌어 그의 천국으로 데려가야 한다, 이 영웅을!

더 좋은 것은 그를 누운 자리에 그대로 내버려 두는 것이다. 마음을 달래 주는 잠이 시원하고 황홀한 비와 함께 그를 찾아오도록.

그를 누워 있게 내버려 두라, 그가 스스로 잠에서 깨어날 때까지. 모든 피로와 피로 때문에 그의 입에서 나온 모든 가르침을 스스로 취소할 때까지!

다만 형제들이여, 그대들은 그에게서 개들을, 살금살금 숨어 다니는 저 게으른 자들을 쫓아 버리라. 그리고 우글거리며 몰려드는 온갖 구더기들도.

교양 있는 자들이라는, 저 우글거리며 몰려드는 구더기들을. 저 구더기들은 모든 영웅의 땀을 즐기지 않는가!

19

나는 내 둘레에 원들을, 성스러운 경계선들을 그린다. 점점 높은 산에 오를수록 나와 함께 오르는 자는 더욱 적어진다. 나는 점점 더 성스러워지는 산들로 산맥을 만든다.

그러나 그대들이 나와 함께 어디로 올라가든 아, 형제들이여, **식객**들이 그대들과 함께 오르지 않도록 하라!

식객. 이것은 벌레이며, 기어 다니는 연한 벌레로서, 그대들의 병들고 상처 난 부위마다에서 살을 찌우려고 한다.

그리고 식객의 재간이란 **다른 게 아니라** 상승하는 영혼들이 피로를 느끼는 지점을 알아내는 것이다. 식객은 그대들의 원망과 불만 속에, 그리고 그대들의 민감한 수치심 속에 역겨운 둥지를 튼다.

강자의 허약한 곳, 고귀한 자의 너무나 부드러운 곳, 식객은 그 안에 구역질 나는 둥지를 튼다. 식객은 위대한 자의 조그마한 상처 부위에 산다.

모든 존재자 중 최고의 부류는 무엇이고 최저의 부류는 무엇인가? 다른 게 아니라 식객이 최저의 부류다. 하지만 최고의 부류에 속하는 자가 가장 많은 식객을 먹여 살린다.

다시 말해 가장 긴 사다리를 가지고 가장 깊이 내려갈 수 있는 영혼 옆에 어떻게 가장 많은 식객이 모여들지 않을 수 있단 말인가?

가장 광대하게 자신의 내면을 달리면서 길을 잃고 방황할 수 있는 더없이 용량이 큰 영혼, 기쁜 나머지 우연 속으로 돌진하는 가장 필연적인 영혼.

생성 속으로 가라앉는, 존재하는 영혼, 의욕과 갈망 속으로 **가라앉기를 원하는, 소유하는 영혼.**

자기 자신으로부터 달아나는가 하면 또한 가장 넓은 원을 그리며 자기 자신을 따라잡는 영혼. 어리석음이 가장 달콤하게 말을 걸어오는 더없이 현명한 영혼.

자기 자신을 가장 사랑하는 영혼, 그 안에서 만물이 흘러가고 거꾸로 흘러가고, 썰물이 되고 밀물이 될진대, 아, **최고의 영혼**이 어떻게 최악의 식객들을 기르지 않을 수 있단 말인가?

20

아, 형제들이여, 그래 내가 잔혹한단 말인가? 그러나 나는 이렇게 말한다. 떨어지는 것을 보면 또한 밀쳐 버리라고.

오늘날 떨어지고 쇠퇴하는 모든 것을 누가 지키고자 한단 말인가! 지키기는커녕 나는 그것을 밀쳐 버리고 **싶다**!

그대들은 바위를 가파른 심연 속으로 굴릴 때의 쾌감을 아는가? 오늘날의 이러한 인간들, 그들이 어떻게 나의 심연 속으로 굴러오는가를 보라!

나는 더 나은 배우들의 등장을 알리는 하나의 서막이다, 아, 형제들이여! 나는 하나의 선례다! 나의 선례를 **따르라**!

그리고 그대가 가르쳐 날게 할 수 없는 자에게는 **보다 빨리 추락하는 법을** 가르치라!

21

나는 용감한 자들을 사랑한다. 하지만 양날의 칼이 되는 것만으로는 충분치 않다. **누구를** 벨 것인지도 알아야 한다!

그리고 때로는 자신을 억제하면서 지나가 버리는 데 보다 큰 용기가 들어 있다. **이렇게 함으로써** 그는 보다 어울리는 적을 맞이하기 위해 자신의 힘을 아끼는 것이다!

그대들은 증오할 가치가 있는 적을 가질 뿐 경멸할 적을 가져서는 안 된다. 그대들은 그대들의 적을 자랑스럽게 생각해야 하기 때문이다. 나는 일찍이 그렇게 가르친 적이 있다.

보다 어울리는 적을 맞이하기 위해, 아, 벗들이여, 그대들은 자신을 아껴야 한다. 그러기 위해서 그대들은 웬만하면 스쳐 지나가야 한다.

특히 그대들의 귀에 민족과 민족들에 대해 요란하게 떠들어 대는 허다한 천민의 곁을 지나쳐야 한다.

그들의 찬성과 반대 앞에서 그대들의 눈을 맑게 지키라! 거기에는 올바름도 많고 그릇됨도 많다. 그것을 제대로 보는 자는 화가 나기 마련이다.

안쪽을 들여다보는 것과 칼로 베어 버리는 것, 여기에서 그것은 같은 행위이다. 그러므로 그대들은 숲속으로 돌아가서 그대들의 칼로 하여금 쉬게 하라!

그대들의 길을 가라! 그리고 민족과 민족들로 하여금 그들의 길을 가도록 내버려 두라! 참으로 한 줄기 희망의 번갯불도 더 이상 비치지 않는 어두운 길을!

아직도 번쩍거리고 있는 모든 것이 소상인의 황금뿐이라면 소상인들이 활개 치도록 내버려 두라! 왕들의 시대는 이미 지나갔다. 오늘날 스스로 민족을 자처하는 자는 왕이 될 자격이 없다.

보라, 이 민족들 스스로가 지금 어떻게 소상인처럼 행동하는가를. 그들은 온갖 쓰레기로부터 작디작은 이익이나마 놓치지 않고 주워 모은다!

그들은 서로 엿보고, 서로 무언가를 알아낸다. 이것을 그들은 **선린**(善隣)이라고 부른다. 아, 어떤 민족이 스스로에게 "나는 민족들을 다스리는 **지배자**가 되려고 한다."라고 말한, 먼 옛날의 행복했던 시대여.

왜냐하면 형제들이여, 최선의 것이 지배해야 하고 최선의 것이 지배하고 **싶어 해야** 하기 때문이다! 이와 다른 가르침이 활개 치는 곳에 최선의 것이란 **없다.**

22

만일 **그들이** 빵을 공짜로 얻기라도 한다면, 슬픈 일이다! **그들은** 무엇을 향해 소리쳐 댈 것인가! 그들의 생계유지, 그것은 다른 게 아니라 그들의 즐거운 오락 아닌가. 그러므로 그들의 곤경은 당연하다!

그들이 바로 맹수다. 그들의 노동에는 약탈이 있고, 그들의 벌이에도 책략이 있다! 그러므로 그들의 곤경은 당연하다!

그러므로 그들은 좀 더 뛰어난 맹수, 더욱 섬세하고 더욱 영리하고 **더욱 인간을 닮은** 맹수가 되어야 한다. 말하자면 인간은 최고의 맹수다.

인간은 모든 짐승으로부터 이미 덕을 강탈했다. 모든 짐승 중에서 인간이 가장 힘겹게 살아왔기 때문이다.

새들만이 아직 인간의 머리 위에 있을 뿐이다. 그러므로 인간이 나는 것마저 배운다면, 슬프도다! 인간의 약탈욕은 **어느 높이**까지 날아갈 것인가!

23

나는 남자와 여자에게 이렇게 바란다. 남자는 전쟁을 잘하고 여자는 아이를 잘 낳되 남자와 여자가 둘 다 머리와 발로 춤을 잘 추기를.

그러므로 한 번이라도 춤추지 않은 날은 잃어버린 날이기를! 그리고 한 번도 커다란 웃음을 선사하지 못한 진리는 모두 거짓이기를!

24

그대들의 결혼. 그것이 나쁜 **결합**이 되지 않도록 유의하라! 그대들은 너무 빨리 결합한다. 그리하여 결혼의 파괴가 **뒤따라온다**!

왜곡된 결혼, 속이는 결혼보다 차라리 결혼의 파괴가 낫다! 어떤 여자가 나에게 이렇게 말했다. "물론 나는 결혼을 파괴했어요. 하지만 결혼이 먼저 파괴했어요, 나를!"

잘못 결합된 부부는 언제나 최악의 복수심에 불타는 자들임을 나는 보았다. 더 이상 혼자 지낼 수 없게 된 것에 대해 그들은 모든 세상 사람들을 향하여 보복한다.

그런 까닭에 나는 정직한 사람들이 서로 이렇게 말하기를 바란다. "우리는 서로 사랑한다. 우리의 사랑을 지속할 수 있도록 서로 **조심**하자! 아니면 우리의 약속이 실수여야 한단 말인가?"

"우리가 위대한 결혼을 해도 좋은지 알아보기 위해 일정 기간 동안 작은 결혼을 해 보자! 둘이 언제나 함께 있다는 건 엄청난 일이 아닌가!"

이렇게 나는 모든 정직한 자들에게 권한다. 내가 만일 다른 식으로 권하고 말한다면, 초인에 대한, 그리고 앞으로 오고야 말 모든 것에 대한 나의 사랑은 무어란 말인가!

그대를 계속해서 증식할 뿐만 아니라 **드높이도록 하라**, 아, 형제들이여, 그것을 위해 부디 결혼이라는 정원이 그대들에게 도움이 되기를!

25

옛 원천에 대해 잘 알던 자가, 보라, 마침내 미래의 샘과 새로운 원천을 찾으리라.

아, 형제들이여, 머지않아 **새로운 민족들**이 생겨나고 새로운 샘이 새로운 골짜기로 쏴쏴거리며 흘러내릴 것이다.

다시 말해 지진은 많은 샘을 파묻어 버리며 많은 것들로 하여금 갈증에 허덕이게 하겠지만 또한 여러 가지 내부의 힘과 비밀스러운 일들을 드러내리라.

지진은 새로운 샘들을 드러낸다. 오랜 민족들의 지진 속에서 새로운 샘이 솟아나오는 것이다.

그리고 이때 "보라, 여기에 많은 목마른 자들을 위한 하나의 샘, 그리움에 찬 많은 자들을 위한 하나의 마음이, 많은 도구들을 위한 하나의 의지가 있다."라고 외치는 자 주위로 하나의 **민족**이, 다시 말해 시도하는 많은 사람들이 모여든다.

누가 명령할 수 있고, 누가 복종해야 하는가가 **여기에서 시험된다**! 아, 얼마나 오랜 모색과 탐구와 실패 그리고 학습과 새로운 시도가 있었던가!

인간 사회. 그것은 시도요, 오랜 세월에 걸친 모색이라고 나는 가르친다. 하지만 인간 사회는 명령자를 구한다!

하나의 시도다. 아, 나의 형제들이여! 계약은 결코 **아니다**! 박살 내라, 마음이 물렁한 자들, 어중이떠중이 같은 자들의 이러한 말을 부디 박살 내라!

26

아, 형제들이여! 인간의 모든 미래에서 최대의 위험은 어떤 자들 때문인가? 착한 자와 의로운 자들 때문이 아닌가?

"착하고 의롭다는 것이 무엇인지를 우리는 이미 알고 또 이를 체득했다. 아직도 그것을 추구하고 있는 자들은 가엾구나!"라고 말하고 마음속으로 느끼는 자들에게 최대의 위험이 있다.

악한 자들이 어떠한 해악을 끼치든 착한 자들이 끼치는 해악이야말로 가장 해롭다!

세계를 비방하는 자들이 어떠한 해악을 끼치더라도 착한 자들이 끼치는 해악이야말로 가장 해롭다.

아, 형제들이여, 일찍이 어떤 사람이 착하고 의로운 자들의 마음을 꿰뚫어 보고는 "그들은 바리새인이다."라고 말했다. 그러나 사람들은 그의 말을 알아듣지 못했다.

착하고 의로운 자들 자신이 그의 말을 알아들을 수 없었다. 그들의 정신은 그들의 알량한 양심에 사로잡혀 있었기 때문이다. 하지만 착한 자들의 우둔함이란 실은 헤아릴 수 없을 만큼의 영리함이 아닌가.

그러므로 진실은 이러하다. 즉, 착한 자들은 바리새인이 **될 수밖에** 없다. 그들에게 다른 선택의 여지는 없다!

착한 자들은 자신의 독자적인 덕을 만들어 낸 자를 십자가에 못 박을 **수밖에 없다!** 이것이 진실**이다!**

그러나 그들의 땅, 착하고 의로운 자들의 땅과 마음 그리고 토양을 발견한 두 번째 사람은 다른 이가 아니라 "그들은 누구를 가장 미워하는가?"라고 물은 사람이다.

그들은 **창조하는 자**를 가장 미워한다. 서판과 낡은 가치를 부수고 파괴하는 자를 그들은 범죄자라고 부른다.

다시 말해 착한 자들, 그들은 창조할 **수** 없다. 그들은 언제나 종말의 시작일 뿐이다.

그들은 새로운 가치를 새로운 서판에 써넣는 자를 십자가에 못 박고 **스스로**의 미래를 제물로 바침으로써 인간의 모든 미래를 십자가에 못 박는다!

착한 자들, 그들은 언제나 종말의 시작이었다.

27

아, 형제들이여, 그대들은 또한 이 말을 알아들었는가? 그리고 내가 일찍이 말종 인간에 대해서 말한 것도?

인간의 모든 미래에서 최대의 위험은 어떤 자들 때문인가? 착하고 의로운 자들 때문이 아닌가?

"박살 내라, 착하고 의로운 자들을 제발 박살 내라!" 아, 형제들이여, 그대들은 도대체 이 말을 이해했는가?

28

그대들은 나로부터 달아나는가? 놀랐는가? 그대들은 이 말을 듣고 벌벌 떠는가?

아, 형제들이여, 내가 그대들에게 착한 자들과 착한 자들의 서판을 박살 내라고 했을 때, 나는 비로소 인간을 자신의 거친 바다로 출항시킨 것이다.

그리하여 그제야 처음으로 인간에게 커다란 놀라움, 거대한 전망, 커다란 질병, 커다란 구토, 커다란 뱃멀미가 닥쳐온다.

착한 자들은 그대들에게 거짓 해안과 거짓 안전을 가르쳤다. 그대들은 착한 자들의 거짓말 속에서 태어났고 거기에서 보호받았다. 모든 것은 착한 자들에 의해 철저하게 속고 왜곡되었다.

그러나 인간이라는 땅을 발견한 자는 또한 인간의 미래라는 땅도 발견했다. 그러므로 이제 그대들은 항해자가 되라, 용감하고 끈기 있는 항해자가 되라!

때를 맞추어 똑바로 서서 걸으라. 아, 형제들이여, 꼿꼿하게 서서 걷는 것을 배우라! 바다에는 폭풍우가 몰아친다. 많은 사람들이 그대들에게 의지하여 다시 꼿꼿하게 서려고 한다.

바다에는 폭풍우가 몰아친다. 바닷속에는 모든 것이 들어 있다. 자! 기운을 차리라! 그대들 노련한 뱃사람의 마음이여!

조상의 땅이 아니다! 우리의 키는 우리 **아이들의 땅**이 있는 **곳으로** 가고자 한다! 그곳을 향해 바다보다 더 거칠게 우리의 커다란 동경은 폭풍처럼 나아간다!

29

"왜 그렇게 단단한가?"라고 언젠가 숯이 다이아몬드에게 말했다. "우리는 가까운 친척이 아니던가?"

왜 그렇게 연약한가? 아, 형제들이여, 이렇게 **나는** 그대들에게 묻는다. 그대들은 나의 형제가 아니란 말인가?

왜 그렇게 연약하고 굴욕적이고 유순한가? 그대들의 마음속에는 왜 그렇게 많은 부정과 거부가 들어 있는가? 그대들의 눈길에는 왜 그렇게 시시한 운명밖에 들어 있지 않은가?

그대들이 가차 없는 운명이 되고자 하지 않는다면 어떻게 그대들은 나와 함께 창조할 수 있을 텐가?

다시 말해 창조하는 자들은 단단하다. 그러므로 마치 밀랍에 찍듯이 그대들의 손을 수천 년 위에 찍는 것을 그대들은 더없는 행복으로 생각해야 한다.

마치 청동에 써넣듯이, 청동보다 더 단단하고 청동보다 더 고귀하게 수천 년의 의지 위에 써넣는 것을 더없는 행복으로 생각해야 한다. 가장 고귀한 자만이 완전하게 단단하다.

그러므로 아, 형제들이여, 나는 그대들의 머리 위에 이 새로운 서판을 내건다. **"단단해지라!"**

30

아, 그대 나의 의지여! 그대 모든 역경의 전회여! 그대 **나의 필연이여!** 모든 사소한 승리로부터 나를 지켜 달라!

내가 운명이라고 부르는, 그대 내 영혼의 섭리여! 그대 내 속에 있는 자여! 내 위에 있는 자여! 커다란 운명을 위해 나를 지키고 아껴 달라!

그리고 나의 의지여, 그대의 궁극적인 것을 위해 그대의 마지막 위대함을 아껴 두라. 그래야만 그대의 승리 **속에서** 그대가 가차 없이 행동할 수 있다! 아, 자신의 승리에 굴복하지 않은 자 누가 있었던가!

아, 이 도취의 어스름 속에서 누구의 눈이 흐려지지 않았던가! 아, 누구의 발이 승리감에 젖어 비틀거리면서 똑바로 서는 것을 잊어버리지 않았던가!

내가 언젠가 위대한 정오를 맞이할 준비를 갖추고 성숙해 있기 위해서, 달아오른 청동처럼, 번개를 품은 구름처럼, 부풀어 오르는 젖가슴처럼 준비를 갖추고 성숙해 있기 위해서.

나 자신에 대해, 그리고 나의 가장 은밀한 의지에 대해 준비되어 있기를, 자기의 화살을 찾아 욕정에 이글거리는 활처럼, 자기의 별을 찾아 욕정에 이글거리는 화살처럼.

자신의 정오를 맞아 준비를 갖춘 성숙한 별처럼, 모든 것을 섬멸하는 태양의 화살에 의해 달아오르고 꿰뚫리는 행복한 별처럼.

승리를 위해 섬멸의 준비를 갖춘 태양 자체와 가차 없는 태양의 의지처럼!

아, 의지여, 모든 역경의 전회여, 그대 **나의** 필연이여! 하나의 커다란 승리를 위해 나를 아껴 달라!

차라투스트라는 이렇게 말했다.

치유되는 자

1

동굴로 돌아온 지 얼마 되지 않은 어느 날 아침, 차라투스트라는 미친 사람처럼 잠자리에서 벌떡 일어나 무시무시한 목소리로 외쳤다. 그리고 아직도 잠자리에 누운 채 일어나려고 하지 않는 다른 사람이 곁에 있는 것처럼 행동했다. 하지만 차라투스트라의 목소리가 너무 크게 울렸기 때문에 그의 동물들이 놀라서 달려왔고, 차라투스트라의 동굴 가까이에 있는 모든 동굴과 은신처로부터 모든 동물들이 달려 나왔다. 각각의 동물에게 주어진 다리와 날개의 종류에 따라 날기도 하고 퍼덕이기도 하고, 기기도 하고 뛰기도 하면서. 그때 차라투스트라는 다음과 같이 말했다.

솟아나라, 심연의 사상이여, 나의 깊이로부터! 잠에 취한 벌레여, 나는 그대의 수탉이며 새벽이다. 깨어나라! 깨어나라! 나의 목소리가 닭 울음처럼 그대를 깨우리라!

그대의 귀를 묶은 사슬을 풀고 들어 보라! 그대의 목소리를 듣고 싶다! 깨어나라! 깨어나라! 여기에서는 무덤들도 귀기울일 만큼 천둥이 친다!

그대의 눈에서 졸음과 온갖 흐릿함과 캄캄한 것을 씻어 내라! 그대의 눈으로도 내 말에 귀 기울이라. 나의 목소리는 타고난 장님까지도 듣게 하는 치료제다.

그리고 일단 깨어나면 그대는 영원히 깨어 있어야 한다. 증조모들을 잠에서 깨우고는 다시 그들에게 계속 더 주무시라! 하고 말하는 것은 **나의** 방식이 아니다!

그대는 몸을 움직이고 기지개를 켜고 그르렁거리는가? 깨어나라! 깨어나라! 그대는 그르렁거리지만 말고 내게 말해야 한다! 신을 부정하는 자 차라투스트라가 그대를 부른다!

나 차라투스트라, 삶의 대변자, 고뇌의 대변자, 둥근 고리의 대변자인 내가 그대를 부르는 것이다. 그대 나의 가장 깊은 심연의 사상을 부르는 것이다!

기쁘도다! 그대가 오고 있고, 나는 그대의 목소리를 듣는다! 나의 심연이 **말을 하고**, 나는 나의 궁극의 깊이를 빛 속으로 드러냈다!

기쁘도다! 이리 오라! 손을 잡자. 앗! 놓아라! 아얏! 구역질, 구역질, 구역질, 슬프도다!

2

차라투스트라는 이렇게 말하고는 갑자기 시체처럼 쓰러졌다. 그러고는 마치 시체처럼 오랫동안 그 자리에서 움직이지 않았다. 그리고 다시 정신을 차렸을 때도 창백한 얼굴로 몸을 벌벌 떨면서 그대로 누워 오랫동안 먹지도 마시지도 않으려고 했다. 그의 그런 상태는 이레 동안 계속되었다. 하지만 독수리가 먹이를 구하려고 날아간 것을 제외하고 그의 짐승들은 밤낮으로 그의 곁을 떠나지 않았다. 독수리는 약탈하여 모아 온 것을 차라투스트라의 침상에 놓았다. 그리하여 차라투스트라는 마침내 노랗고 빨간 딸기, 포도, 들장미 열매, 향긋한 푸성귀 그리고 솔방울 아래 묻히게 되었다. 더군다나 그의 발치에는 독수리가 힘들여 양치기로부터 빼앗아 온 두 마리의 새끼 양이 널브러져 있었다.

마침내 이레 만에 차라투스트라는 침상에서 몸을 일으켰다. 그러고는 들장미 열매 하나를 손에 들고 냄새 맡으며 즐겼다. 그때 그의 짐승들은 이제 그와 이야기할 때라고 생각했다.

"아, 차라투스트라여." 그의 짐승들이 말했다. "이미 이레 동안이나 그대는 그렇게 눈을 감고 누워 있었다. 이제 다시 그대의 발로 일어서지 않으려 하는가?

그대의 동굴로부터 걸어 나오라. 세계가 마치 꽃밭처럼 그대를 기다린다. 바람은 그대를 그리워하는 진한 향기와 유희한다. 그리고 모든 시냇물은 그대를 쫓아 흘러가고자 한다.

그대는 이레 동안이나 홀로 있었기 때문에 만물이 그대를 그리워한다. 그대의 동굴에서 걸어 나오라! 만물이 그대의 의사가 되고자 한다!

새로운 깨달음이 그대를 찾아왔는가, 쓰디쓰고 무거운 깨달음이? 마치 발효한 반죽처럼 그대는 누워 있었고 그대의 영혼은 부풀어 올라 모든 가장자리를 넘어 팽창했다."

아, 나의 짐승들이여, 차라투스트라가 대답했다. 그렇게 계속 더 재잘거리라. 더 듣고 싶구나! 그대들이 재잘거리면 나는 기운이 난다. 재잘대는 소리가 들리는 곳이라면, 이미 세계는 내게 꽃밭과 같다.

말과 소리가 있다는 것은 얼마나 사랑스러운 일인가. 말과 소리는 영원히 분리되어 있는 것 사이에 걸쳐진 무지개이자 가상(假像)의 다리가 아닌가?

저마다의 영혼은 다른 세계를 가지고 있다. 저마다의 영혼에게 다른 영혼들은 세계 너머의 세계다.

가장 비슷한 것들 사이에서 가상은 가장 아름답게 거짓말을 한다. 왜냐하면 가장 좁은 틈새야말로 다리를 놓기가 가장 어렵기 때문이다.

나에게 어떻게 나의 바깥이 있을 수 있단 말인가? 바깥은 없다! 그러나 우리는 모든 소리를 들을 때마다 이 점을 잊어버린다. 잊어버린다는 것은 얼마나 즐거운 일인가!

인간이 사물로부터 기운을 얻기 위해 사물에 이름과 소리가 주어진 것이 아닌가? 말한다는 것은 하나의 아름다운 바보짓. 말함으로써 인간은 모든 사물을 넘어 춤추며 간다.

모든 발언 그리고 소리의 모든 거짓말은 얼마나 사랑스러운

가! 소리와 더불어 우리의 사랑은 알록달록한 무지개 위에서 춤을 춘다.

"아, 차라투스트라여." 짐승들이 이어서 대답했다. "우리처럼 생각하는 자들에게는 모든 사물 자체가 춤춘다. 만물이 다가와서 손을 내밀고 웃다가는 달아난다. 그리고 되돌아온다.

모든 것은 가고, 모든 것은 되돌아온다. 존재의 수레바퀴는 영원히 굴러간다. 모든 것은 죽고, 모든 것은 다시 피어난다. 존재의 세월은 영원히 흘러간다.

모든 것은 꺾이고, 모든 것은 새로이 이어진다. 존재의 동일한 집이 영원히 세워진다. 모든 것은 헤어지고, 모든 것은 다시 인사를 나눈다. 존재의 둥근 고리는 영원히 자기 자신에게 충실하다.

모든 순간에 존재는 시작한다. 모든 '여기'를 중심으로 '저기'라는 공(球)이 회전한다. 중심은 어디에나 있다. 영원의 오솔길은 굽어 있다."

아, 그대 어릿광대들이여, 손풍금이여! 차라투스트라는 대답하며 다시 웃었다. 이레 동안에 성취되어야 했던 일을 그대들은 정말로 잘 아는구나.

그리고 저 괴물이 어떻게 나의 목구멍으로 기어 들어와 나를 질식시켰던가를! 나는 그 괴물의 머리를 물어뜯어 뱉어버리지 않았던가.

그런데 그대들, 그대들은 벌써 이 일을 소재로 리라에 맞춰부를 노래를 만들었단 말인가? 그러나 나는 지금 여기에 누워 있다. 물어뜯고 내뱉느라 지치고, 나 자신을 구제하다 병이

들어서.

그런데 그대들은 이 모든 일을 그저 바라보고 있었단 말인가? 아, 나의 짐승들이여, 그대들 역시 잔인하단 말인가? 그대들은 마치 인간들처럼 나의 커다란 고통을 바라보려고만 했더란 말인가? 사실 인간이야말로 가장 잔인한 짐승이 아닌가.

비극을 보고 투우를 보고 십자가 처형을 보면서 인간은 지금까지 지상에서 가장 큰 행복을 누렸다. 그리고 인간이 지옥을 꾸며 냈을 때도, 보라, 그것은 인간의 지상 천국이었다.

위대한 인간이 비명을 지를 때마다 왜소한 자는 나는 듯이 달려온다. 그리고 그의 목구멍으로부터 욕정 때문에 혀가 나온다. 그러면서 그것을 동정이라고 부른다.

왜소한 인간, 특히 시인은 얼마나 침이 마르도록 말로 삶을 고발하는가! 그의 말에 귀를 기울이라. 그러나 온갖 고발 속에 들어 있는 쾌락을 흘려듣지 말라!

삶에 대한 이러한 고발자들. 삶은 눈 깜박할 사이에 그러한 자들을 넘어선다. 이 뻔뻔한 여자가 이렇게 말하기 때문이다. "당신은 나를 사랑하나요? 잠시만 기다리시죠. 지금은 당신에게 내줄 시간이 없어요."

인간은 자신에 대해서 가장 잔인한 짐승이다. 그러므로 스스로를 죄인이니 십자가를 진 자니 속죄자라고 칭하는 모든 사람을 만날 때, 이러한 불평과 고발에 깃들어 있는 육욕을 놓치지 말지어다!

그런데 나 자신은 이렇게 말함으로써 인간에 대한 고발자가 되려는 것일까? 아, 나의 짐승들이여, 지금까지 내가 유일

하게 배운 것은 인간에게는 최선을 위해서 최악이 필요하며,

모든 최악의 깃은 인간에게 최선의 **힘**이며, 최고의 창조자를 위한 가장 단단한 돌이라는 것이다. 그리고 인간은 보다 착해지는 **동시에** 보다 악해져야 한다는 것이다.

나는 인간이 악하다는 사실을 안다. 하지만 **그 때문에** 내가 고문대에 묶인 적은 없다. 오히려 나는 아직 어느 누구도 외쳐 본 적이 없을 정도로 이렇게 외쳤다.

"아, 인간의 최악이 저토록 작다니! 아, 인간의 최선이 저토록 작다니!"

인간에 대한 커다란 권태. **그것이** 나의 목을 졸랐고 나의 목으로 기어 들어왔다. 그리고 예언자가 예언한 것, 즉 "모든 것은 동일하다. 어떤 것도 보람이 없다. 앎이 목을 조른다."라는 말이 나의 목을 조르고 나의 목으로 기어 들어왔다.

기다란 황혼이, 죽도록 지치고 죽도록 취한 슬픔이 내 앞에서 절름거리며 걸어갔다. 그리고 이 슬픔이 하품하는 입으로 말했다.

"그대가 염증을 낸 인간, 그 왜소한 인간은 영원히 회귀한다." 나의 슬픔은 하품을 하며 말했다. 그리고 발을 질질 끌고 걸어가며 잠을 이루지 못했다.

나에게 인간이란 대지는 동굴로 변했고, 이 대지의 가슴은 내려앉았으며, 모든 살아 있는 생명체는 인간 부패물, 뼈 그리고 썩어 빠진 과거가 되었다.

나의 탄식은 모든 인간의 무덤 위에 주저앉아서 더 이상 일어날 수 없었다. 나의 탄식과 질문은 밤낮으로 투덜거리고 꽥

팩거리고 갉아먹으면서 탄식했다.

"아, 인간이 영원토록 회귀하는구나! 왜소한 인간도 영원토록 회귀하는구나!"

나는 일찍이 가장 위대한 인간과 가장 왜소한 인간, 이 둘의 벗은 몸을 보았다. 서로 간에 너무나 닮았고, 가장 위대한 인간조차 너무나 인간적이었다.

최대의 인간조차 너무나 왜소했다! 이것이 인간에 대한 나의 권태였다! 그리고 가장 왜소한 인간조차 영원히 회귀한다는 것! 이것이 모든 생존에 대한 나의 권태였다!

아, 역겹다! 역겹다! 역겹다! 차라투스트라는 이렇게 말하고 탄식하며 몸을 떨었다. 왜냐하면 자신의 질병이 생각난 것이다. 이때 그의 짐승들이 그의 말문을 가로막았다.

"더 이상 말하지 말라, 그대 치유되는 자여!" 그의 짐승들이 그에게 대답했다. "차라리 바깥으로 나가라, 세계가 마치 꽃밭처럼 그대를 기다리는 곳으로.

장미와 꿀벌과 비둘기 떼가 있는 곳으로 가라! 특히 노래하는 새들이 있는 곳으로 가라. 그 새들에게서 그대가 **노래하는 것**을 배우도록!

노래하는 것은 치유되는 자에게 어울리기 때문이다. 건강한 자라면 말을 해도 좋으리라. 건강한 자는 노래하기를 원하더라도 치유되는 자와는 다른 노래를 원한다."

"아, 그대 어릿광대들이여, 손풍금이여, 제발 입을 다물라!"

하고 대답하면서 차라투스트라는 그의 짐승들에게 미소를 지었다. "그대들은 잘 아는가, 내가 이레 동안에 어떠한 위안을 마련했는가를!

내가 다시 노래해야 한다는 것, **이러한** 위안과 **이러한** 치유를 나는 마련했다. 그대들은 이 일을 소재로 리라에 맞춰 부를 노래를 다시 만들려고 하는가?"

"더 이상 말하지 말라." 그의 짐승들이 다시 그에게 말했다. "차라리 그대 치유되는 자여, 우선 그대의 리라를 마련하라, 새로운 리라를!

왜냐하면 보라, 아, 차라투스트라여! 그대의 새로운 노래를 위해서는 새로운 리라가 필요하기 때문이다.

노래하라, 마음껏 소리 지르라, 아, 차라투스트라여, 새로운 노래들로 그대의 영혼을 치유하라. 지금껏 어떤 인간에게도 닥치지 않았던 그대의 커다란 운명을 짊어지도록!

왜냐하면 그대의 짐승들은 아, 차라투스트라여, 그대가 누구이며 그대가 어떤 사람이 되어야 하는가를 잘 알기 때문이다. 보라, **그대는 영원회귀의 교사다.** 이것이 이제 **그대의** 운명이다!

그대가 처음으로 이 가르침을 베풀어야 한다는 것. 이 커다란 운명이야말로 바로 그대의 최대의 위험이자 병이 아닐 수 있겠는가!

보라, 그대가 무엇을 가르치는지 우리는 안다. 만물이, 그리고 만물과 더불어 우리 자신도 영원히 회귀한다는 사실을. 또한 우리가, 그리고 우리와 더불어 만물도 영원한 횟수에 걸쳐 이미 존재했다는 사실을.

그대는 가르친다. 생성의 위대한 해〔年〕가 존재하며, 위대한 해라는 괴물이 존재한다고. 그리고 이 해는 새로이 흘러가고 흘러나오기 위해 마치 모래시계처럼 거듭거듭 새로이 뒤집어져야 한다고.

그러므로 이 모든 해는 최대의 것에서도, 그리고 최소의 것에서도 언제나 동일하다. 그리고 우리 자신도 모든 위대한 해에서 최대의 것에서나 최소의 것에서나 언제나 동일하다.

그리하여 그대가 이제 죽기를 바란다면, 아, 차라투스트라여, 보라, 그때 그대가 자신에게 무슨 말을 하게 될지도 우리는 안다. 그러나 그대의 짐승들은 그대에게 아직은 죽지 말라고 간청한다!

그러면 그대는 떨림도 없이 오히려 행복감으로 넘쳐 안도의 숨을 내쉬며 말하리라. 왜냐하면 커다란 무거움과 무더위가 그대로부터 덜어질 것이기 때문이다, 그대 인내심 강한 자여!

그대는 말하리라. '이제 나는 죽어서 사라진다, 당장에 무(無)가 된다. 영혼도 육체와 마찬가지로 죽는다.

하지만 내가 얽혀 있는 원인들의 매듭은 회귀하고, 이 매듭은 나를 다시 창조하리라! 나 자신이 영원회귀의 원인들에 속해 있는 것이다.

나는 다시 온다, 이 태양과 더불어, 이 대지와 더불어, 이 독수리와 더불어, 그리고 이 뱀과 더불어. 그러나 하나의 새로운 삶 또는 보다 나은 삶 또는 비슷한 삶으로 다시 돌아오는 것은 **아니다.**

나는 최대의 것에서도, 그리고 최소의 것에서도 동일한 이 삶으로 영원히 되돌아오는 것이다. 만물에게 다시 영원회귀를 가르치기 위함이며,

위대한 대지의 정오와 위대한 인간의 정오에 대해 다시 말하기 위해서며, 다시 사람들에게 초인의 도래를 알리기 위함이다.

나는 나의 말을 했고, 나의 그 말 때문에 부서진다. 그러므로 나의 영원한 운명은 다음과 같이 되기를 원한다. 예고자로서 나는 파멸하고자 한다!

이제 몰락하는 자가 자신에게 축복을 내릴 때가 왔다. 이렇게 하여 차라투스트라의 몰락은 **끝난다.**'"

이렇게 말을 마친 후 짐승들은 침묵을 지키면서 차라투스트라가 그들에게 무언가를 말해 주기를 기다렸다. 그러나 차라투스트라는 짐승들이 침묵한다는 것을 알아채지 못했다. 오히려 그는 잠들지 않았으면서도 잠든 사람처럼 두 눈을 감은 채 조용히 누워 있었다. 자신의 영혼과 이야기를 나누고 있었던 것이다. 그러나 뱀과 독수리는 그가 이처럼 침묵하는 것을 보고는 그를 에워싼 커다란 고요를 존중하며 조심스럽게 그곳을 떠났다.

위대한 동경에 대하여

아, 나의 영혼이여, 나는 그대에게 오늘이라는 말을 할 때 마치 앞으로와 이전에를 말하듯 하라고 가르쳤으며, 모든 여기와 거기 그리고 저기를 넘어 둥글게 춤추며 가라고 가르쳤다.

아, 나의 영혼이여, 나는 그대를 모든 구석진 곳으로부터 해방했고, 그대로부터 먼지와 거미와 어둑함을 몰아냈다.

아, 나의 영혼이여, 나는 그대로부터 자그마한 수치심과 꾀죄죄한 덕을 씻어 냈고, 태양의 눈앞에 벌거벗은 채 서라고 그대를 설득했다.

정신이라고 불리는 폭풍우로서 나는 그대의 물결치는 바다위로 날아갔다. 나는 그 바다로부터 구름이란 구름은 모두 날려 버렸으며, 죄라고 불리는 목 조르는 여자까지도 목 졸라 죽였다.

아, 나의 영혼이여, 나는 그대에게 폭풍우처럼 '아니다'라고 말하고, 맑게 갠 광활한 하늘이 '그렇다'라고 말하듯이 '그렇다'라고 말할 권리를 주었다. 그대는 빛처럼 조용히 서 있는가 하면 어느새 아니라고 말하는 폭풍우를 뚫고 나간다.

아, 나의 영혼이여, 나는 그대에게 이미 창조된 것과 아직 창조되지 않은 것을 누릴 자유를 돌려주었다. 누가 앞으로 다가올 일의 즐거움을 그대만큼 알겠는가?

아, 나의 영혼이여, 나는 그대에게 벌레가 야금야금 갉아 먹는 것과는 다른 경멸을 가르쳤다. 가장 경멸할 때 가장 사랑하는, 커다란 경멸, 사랑으로 넘치는 경멸을 가르쳤다.

아, 나의 영혼이여, 나는 그대에게 가르쳤다. 바다에게 자신의 높이에 이르도록 설득하는 태양처럼 그대가 그대의 근거들을 그대에게 오도록 설득하라고.

아, 나의 영혼이여, 나는 그대로부터 모든 복종과 무릎 꿇음과 '주여!'라고 말하는 것을 덜어 주었다. 나는 그대 자신에게 곤경의 역전(逆轉)과 운명이라는 이름을 주었다.

아, 나의 영혼이여, 나는 그대에게 새로운 이름들과 알록달록한 장난감들을 주었다. 그리고 그대를 운명으로, 포괄자들의 포괄자로, 시간의 탯줄로, 그리고 하늘색의 종(鐘)으로 불렀다.

아, 나의 영혼이여, 나는 그대의 대지에 모든 지혜를 쏟아부어 마시게 했다. 모든 새로운 포도주와 헤아릴 수 없이 오래 묵은 도수 높은 지혜의 포도주를 쏟아부어 마시게 했다.

아, 나의 영혼이여, 나는 그대에게 모든 태양과 모든 밤과 모든 침묵과 모든 동경을 쏟아부었다. 그리하여 그대는 포도 덩굴처럼 성장했다.

아, 나의 영혼이여, 그대는 이제 너무도 풍성하고 묵직한 모습으로 거기에 서 있다. 부풀어 오른 젖가슴과 고혹적인 갈색의 황금 – 포도송이가 달린 포도 덩굴처럼.

그대의 행복의 무게로 말미암아 밀리고 눌리고 넘쳐흐름을 기다리면서, 하지만 그대의 기다림을 수줍어하면서.

아, 나의 영혼이여, 이제 어디에도 이보다 더 사랑으로 넘치고 더 넓고 더 광대한 영혼은 없을 것이다! 미래와 과거가 그대에게서보다 더 밀접하게 결합된 곳이 어디에 있단 말인가?

아, 나의 영혼이여, 나는 그대에게 모든 것을 주었다. 그러므로 나의 두 손에는 그대 때문에 아무것도 없다. 그런데 지금! 지금 그대는 나에게 미소 지으면서 슬픔에 차서 말하는가? "우리 중에 누가 고마워해야 한단 말인가? 받는 자가 받아들였다는 사실에 대해 주는 자는 당연히 고마워해야 하지 않는가? 준다는 것은 절실한 요구가 아닌가? 받아들이는 것은 동정 때문이 아닌가?"

아, 나의 영혼이여, 나는 그대의 슬픔에 찬 미소를 이해한다. 그대의 넘쳐흐르는 풍성함 자체가 이제 그리움의 손을 뻗치는 것이다.

그대의 충만함은 쏴쏴거리는 바다 너머 저쪽을 바라보고 추구하며 기다린다. 넘쳐흐르는 그리움이 그대의 미소 짓는 눈〔目〕의 하늘로부터 내다본다.

그리고 참으로, 아, 나의 영혼이여! 누가 그대의 미소에 눈물 흘리지 않았던가? 천사들조차 그대의 미소로 넘쳐흐르는 선의를 보고 눈물에 짖는다.

그대의 선의, 넘쳐흐르는 선의는 불평하거나 눈물을 흘리지 않으려고 한다. 하지만 아, 나의 영혼이여, 그대의 미소는 눈물을 그리워하며, 그대의 떨리는 입은 흐느낌을 동경한다.

"운다는 것은 모두 불평이 아닌가? 그리고 불평하는 것은 모두 고발이 아닌가?" 그대는 자신에게 이렇게 말한다. 그러므로 그대는, 아, 나의 영혼이여, 그대의 고뇌를 쏟아 놓기보다는 차라리 미소 짓는다.

충만함에서 오는 그대의 고뇌 전부를, 그리고 포도 수확자와 포도 따는 칼을 기다리는 포도 덩굴의 모든 고뇌를 걷잡을 수 없이 눈물로 쏟아 놓기보다는!

그러나 그대가 울지 않으려 한다면, 그대의 자줏빛 슬픔을 눈물로 달래고 싶지 않다면 그대는 **노래해야** 한다, 아, 나의 영혼이여! 보라, 그대에게 이렇게 예언하는 나 자신이 미소 짓는다.

들끓어 오르는 거센 노래를 불러야 하리라. 모든 바다가 잠잠해지면서 그대의 그리움에 귀를 기울일 때까지.

그리움에 찬 고요한 바다 위로 황금빛 기적인 나룻배가 떠돌고, 그 황금 주위로 선하고 악하고 경이로운 모든 사물들이 깡충거리며 뛰어다닐 때까지.

또한 크고 작은 많은 짐승들과, 제비꽃빛 오솔길을 달릴 수 있을 만큼 가볍고 놀라운 발을 가진 모든 것들이 깡충거리며 뛰어다닐 때까지.

그것들 모두는 황금의 기적, 자유 의지의 나룻배 그리고 그 주인을 향해서 달린다. 그러나 그 주인은 다이아몬드로 된 포도 칼을 가지고 기다리는 포도 수확자다.

그대의 위대한 해방자는, 아, 나의 영혼이여, 이름 없는 자다! 미래의 노래들이 비로소 그 자의 이름을 발견할 것이다! 그리고 참으로 그대의 숨결은 이미 미래의 노래의 향기를 풍긴다.

그대는 이미 달아올라 꿈꾸며, 그윽한 울림으로 솟아오르는 모든 위안의 샘물을 이미 성급하게 마신다. 그대의 슬픔은 어느새 미래의 노래의 더없는 행복 속에서 쉬고 있다!

아, 나의 영혼이여, 나는 그대에게 모든 것을 주었다. 나의 마지막 것까지 주었다. 그러므로 내 두 손은 그대 때문에 텅 비었다. **내가 그대에게 노래하라고 말한 것**, 보라, 그것이 나의 마지막 것이었다!

내가 그대에게 노래하라고 했으니 이제 말하라, 말해 보라. 이제 우리 중에서 **누가** 고마워해야 하는가? 그러나 이것이 보다 나을 것이다. 나에게 노래를 들려달라, 노래를 불러 달라, 아, 나의 영혼이여! 그리하여 나로 하여금 감사하게 하라!

차라투스트라는 이렇게 말했다.

또 다른 춤의 노래

1

"얼마 전에 나는 그대의 눈 속을 들여다보았다. 아, 삶이여. 나는 그대의 밤의 눈 속에서 황금이 번쩍이는 것을 보았다. 나의 심장은 이 환희 때문에 멈추어 버렸다.

밤의 수면 위에서 황금의 나룻배 한 척이 번쩍이는 것을 보았다. 가라앉아 물에 잠기는가 하면 다시 손짓하며 솟아올라 흔들거리는 황금의 나룻배를!

신들린 듯 춤추는 나의 발에 그대는 눈길을 던졌다. 웃는 듯 묻는 듯 녹이는 듯 흔들거리는 눈길을.

오직 두 번 그대는 작은 두 손으로 그대의 딸랑이를 흔들었다. 그 순간 이미 나의 발은 신들린 듯 춤추며 흔들거렸다.

나의 발꿈치는 들렸고 나의 발가락은 그대를 이해하려고 귀를 기울였다. 춤추는 자의 귀는 발가락에 있지 않은가!

그대 쪽으로 나는 뛰어올랐다. 그러자 그대는 나의 도약을 피해 달아났다. 달아나며 휘날리던 그대의 머리카락이 나를 향해 혀처럼 날름거렸다!

나는 그대로부터, 그리고 그대의 뱀으로부터 서둘러 도망쳤다. 그때 그대는 이미 몸을 반쯤 돌린 채 서 있었고, 그 눈은 욕구로 가득 차 있었다.

구불구불한 눈길로 그대는 나에게 구불구불한 길을 가르친다. 구불구불한 길에서 나의 발은 배운다, 간계를!

가까이 있으면 그대가 두렵고, 멀리 있으면 그대가 그립다. 그대가 달아나면 나는 이끌리고, 그대가 찾으면 나는 멈칫한다. 괴롭다. 하지만 나는 그대를 위해 기꺼이 그 어떤 괴로움도 참아 오지 않았던가!

그대가 차갑게 대하면 마음에 불이 붙고, 그대가 증오하면 유혹을 느끼고, 그대가 달아나면 묶여 버리고, 그대가 조롱하면 감동받는다.

누가 그대라는 여자를 미워하지 않았던가, 엄청난 속박자이자 농락자이며, 유혹자이고 탐구자이고 발견자인 그대를! 누가 그대를 사랑하지 않았던가, 순진무구하고 참을성 없고 바람같이 급하고 아이의 눈을 가진 여죄수인 그대를!

그대 말썽꾸러기 자체여, 그대는 지금 나를 어디로 끌고 가는가? 그러고는 어느새 다시 내게서 달아나는구나, 그대 알랑거리는 개구쟁이여, 배은망덕한 자여!

나는 춤추며 그대 뒤를 쫓아가고, 희미한 발자국이나마 찾아서 그대 뒤를 따른다. 그대는 어디에 있는가? 손을 내밀어 달라! 아니면 손가락 하나만이라도!

여기에는 동굴과 덤불숲들이 있다. 그러므로 길을 잃기 마련이다! 멈추라! 그 자리에 서라! 부엉이와 박쥐들이 어지럽게 날아다니는 것을 그대는 보지 못하는가!

그대 부엉이여! 그대 박쥐여! 그대는 나를 놀리려 하는가? 우리는 어디에 있는가? 그대는 이렇게 울부짖고 캥캥거리는 것을 개들에게 배웠구나.

그대는 입을 실룩거리며 나에게 흰 이빨을 사랑스럽게 드러내고, 악의에 찬 그대의 눈은 더부룩한 곱슬머리 속에서 나를 향해 달려든다!

이것은 온갖 장애를 넘어가는 막춤이다. 나는 사냥꾼이니 그대는 나의 개가 되려고 하는가, 아니면 나의 영양이 되려고 하는가?

이제 내 곁에 있구나! 그대 악의에 찬 도약자여, 서두르라! 이제 위로! 저 너머로 가라! 슬프도다! 나 자신은 도약하다 쓰러졌다!

아, 그대 거만한 자여, 보라, 내가 바닥에 엎드려 자비를 애걸하는 것을 보라! 나는 그대와 더불어 보다 사랑스러운 오솔길을 걷고 싶다!

알록달록하고 고요한 덤불을 지나가는 사랑의 오솔길을! 혹은 저기 호수를 끼고 도는 오솔길을 가고 싶다. 거기 호수에서는 황금빛 물고기들이 헤엄치고 춤춘다!

그대는 이제 지쳤는가? 저 너머에 양 떼와 저녁놀이 있다. 양치기들의 피리 소리를 들으며 잠드는 것은 멋지지 않은가?

그대는 그토록 지쳤는가? 내가 그대를 저 너머로 날라 가리니 마음 놓고 팔을 늘어뜨리라! 그리고 갈증이 난다면, 내가 가진 것이 있긴 하지만 그대의 입은 그것을 마시려 하지 않을 것이다!

아, 이 저주받은, 재빠르고 부드러운 뱀이여, 매끄러운 마녀여! 그대는 어디로 사라졌는가? 하지만 나는 내 얼굴에서 그대의 손이 만든 두 개의 얼룩과 붉은 반점을 느낀다!

언제나 양처럼 온순한 양치기로 있는 것에 나는 참으로 지쳤다! 그대 마녀여, 지금까지는 내가 그대를 위해 노래했으므로 이제는 그대가 나를 위해 소리쳐야 한다!

내가 휘두르는 채찍의 박자에 맞추어 그대가 나를 위해 춤추고 소리쳐야 한다! 그런데 나는 채찍을 잊었더란 말인가? 아니다!"

2

그러자 삶은 사랑스러운 두 귀를 막고는 나에게 이렇게 대답했다.

"아, 차라투스트라여, 그대의 채찍을 그렇게 무시무시하게 휘두르지 말라! 그대는 알지 않는가, 소란 법석이 사상을 죽인다는 것을. 방금 아주 사랑스러운 사상이 내 머릿속에 떠올랐기에 하는 말이다.

우리는 둘 다 착한 일도 하지 않고 나쁜 일도 하지 않는 자들이다. 선악의 저편에서 우리는 우리의 섬과 푸른 초원을 발견하였다. 오직 우리 둘이서만! 그러므로 우리는 서로 잘 지내야 한다!

사실 우리가 서로 죽도록 사랑하는 것은 아니다. 하지만 죽도록 사랑하지 않는다고 해서 서로 미워해야 한단 말인가?

내가 그대에게 호감을 가졌고 이따금은 지나치게 잘 해준다는 것을 그대는 안다. 그리고 그 이유는 내가 그대의 지혜를 부러워한다는 데 있다. 아, 지혜라는, 이 늙고 미친 멍청이 여자여!

그대의 지혜가 언젠가 그대에게서 달아나 버린다면, 아! 그때는 나의 사랑도 재빨리 그대로부터 달아나리라."

그렇게 말하고 나서 삶은 깊은 생각에 잠겨 자기 뒤를, 그리고 주변을 돌아보며 나지막하게 말했다. "아, 차라투스트라여, 그대는 내게 그렇게 충실하지는 않구나!

그대는 자신이 말한 만큼 나를 사랑하지 않은 지 이미 오래다. 나는 안다, 그대가 머지않아 내 곁을 떠날 생각을 한다는 것을.

무겁고도 무거운, 윙윙거리는 낡은 종이 하나 있다. 윙윙거리는 그 소리는 밤마다 그대의 동굴까지 들려온다.

한밤중에 이 종이 시간을 알릴 때, 즉 한 번에서 열두 번까지 종이 울리는 사이에 그대는 그렇게 생각한다.

나는 안다, 아, 차라투스트라여, 그대가 머지않아 내 곁을 떠날 생각을 한다는 것을!"

"그렇다."라고 나는 머뭇거리며 대답했다. "하지만 그대는 이 것도 알지 않는가."라고 말하면서 나는 그녀의 노랗고 멍청하고 헝클어진 머리카락 사이로 그녀의 귀에 대고 무언가를 속삭였다.

"그대가 그것을 **안단 말인가**, 아, 차라투스트라여? 그것을 아는 자는 아무도 없다."

그러고 나서 우리는 서로를 쳐다보았고, 때마침 서늘한 저녁이 내리는 푸른 초원을 바라보며 함께 울었다. 하지만 그때 내게는 삶이 이전의 나의 모든 지혜가 사랑스러웠던 것보다도 더욱더 사랑스러웠다.

차라투스트라는 이렇게 말했다.

3
하나![15]
아, 인간이여! 귀 기울이라!

둘!
깊은 한밤중은 무엇을 말하는가?

---

15) 이 노래는 시계의 종소리에 따라 전개된다.

셋!

"나는 잠자고 있었다, 잠자고 있었다——,

넷!

나는 깊은 꿈에서 깨어났다.

다섯!

세계는 깊다,

여섯!

낮이 생각한 것보다 더 깊다.

일곱!

세계의 슬픔은 깊다——,

여덟!

기쁨은——마음의 고통보다도 더 깊다.

아홉!

고통은 말한다, 사라지라!

열!

그러나 모든 기쁨은 영원하려고 한다——,

열하나!

──깊고 깊은 영원을 원한다!"

열둘!

일곱 개의 봉인(封印)
혹은 '그렇다'와 '아멘'의 노래

1

내가 예언자로서 바다와 바다 사이에 치솟은 높은 절벽 위를 방랑하고,

무거운 비구름처럼 과거와 미래 사이를 방랑하며, 무더운 저지대(低地帶)를 미워하고 지친 나머지 죽지도 살지도 못하는 모든 것에 적의를 품는 저 예언자적 정신으로 가득하다면.

그리고 어두운 가슴속에서 번갯불과 구원의 광선을 준비하면서 그렇다!라고 말하고 그렇다!라고 웃으면서 예언자적 광선을 마련하는 번개를 잉태한다면.

복이 넘치도다, 이렇게 잉태한 자는! 그리고 참으로, 언젠가

미래의 빛을 밝힐 자는 오랫동안 무거운 뇌우로서 산등성이에 걸려 있어야 한다!

아, 내가 어떻게 영원을 갈망치 않을 수 있단 말인가, 반지 중의 반지인 결혼반지, 회귀의 둥근 고리를 갈망치 않을 수 있단 말인가!

나는 지금껏 단 한 번도 내 아이를 낳게 하고 싶은 여자를 찾지 못했다. 내가 사랑하는 이 여자를 제외하고는. 그대를 사랑하기 때문이다, 아, 영원이여!

그대를 사랑하기 때문이다, 아, 영원이여!

2

나의 분노가 일찍이 무덤들을 파헤치고 경계석들을 밀쳐 버리고 낡은 서판들을 가파른 골짜기로 굴려 박살내 버렸다면.

나의 조롱이 곰팡내 풍기는 말들을 불어서 날려 버리고, 내가 십자거미들에게는 마치 빗자루처럼, 낡고 습기 찬 묘혈에 대해서는 쓸어 버리는 바람으로서 왔다면.

내가 늙은 세계 비방자들의 기념비 옆에서 세계를 축복하고 세계를 사랑하면서 옛 신들이 묻힌 곳에 기쁜 마음으로 앉아 있었더라면.

왜냐하면 하늘이 그 맑은 눈으로 파괴된 천장 사이로 바라볼 때면 나는 교회들과 신들의 무덤조차 사랑하며, 마치 풀이나 붉은 양귀비꽃처럼 즐겨 부서진 교회에 앉아 있기 때문이다.

아, 내가 어떻게 영원을 갈망치 않을 수 있단 말인가, 반지 중의 반지인 결혼반지, 회귀의 둥근 고리를 갈망치 않을 수 있단 말인가!

나는 지금껏 단 한 번도 내 아이를 낳게 하고 싶은 여자를 찾지 못했다. 내가 사랑하는 이 여자를 제외하고는. 그대를 사랑하기 때문이다, 아, 영원이여!

그대를 사랑하기 때문이다, 아, 영원이여!

3

일찍이 창조적인 입김으로부터, 그리고 우연들로 하여금 별의 윤무를 추도록 강요하는, 저 천상의 필연으로부터 한 줄기 입김이 나를 찾아왔다면.

일찍이 행위의 오랜 천둥이 불평하면서도 온순하게 뒤를 따르는, 저 창조적인 번개의 웃음으로 내가 웃었다면.

일찍이 내가 대지라는 신들의 탁자 위에서 대지가 진동하고 무너지고 불의 흐름이 용솟음쳐 오를 만큼 신들과 주사위 놀이를 했더라면.

왜냐하면 신들의 탁자란 대지이고, 대지는 창조적인 새로운 말과 신들의 주사위 놀이로 벌벌 떨기 때문이다.

아, 내가 어떻게 영원을 갈망치 않을 수 있단 말인가, 반지 중의 반지인 결혼반지, 회귀의 둥근 고리를 갈망치 않을 수 있단 말인가!

나는 지금껏 단 한 번도 내 아이를 낳게 하고 싶은 여자를 찾지 못했다. 내가 사랑하는 이 여자를 제외하고는. 그대를 사랑하기 때문이다, 아, 영원이여!

그대를 사랑하기 때문이다, 아, 영원이여!

4

일찍이 내가 모든 사물이 잘 섞여 있는, 저 거품 부글거리는 양념 섞는 항아리로부터 실컷 마셨다면.

일찍이 나의 손이 가장 먼 것을 가장 가까운 것에, 불을 정신에, 쾌락을 고통에, 그리고 가장 악한 것을 가장 착한 것에 쏟아부었다면.

나 자신이 양념 섞는 항아리 속에서 모든 사물을 잘 섞이게 하는, 저 구원의 소금 한 알갱이라면.

왜냐하면 선과 악을 결합시키는 소금이 있기 때문이며, 또한 최악의 것도 양념이 될 수 있고 최후의 거품을 넘쳐흐르게 할 자격이 있기 때문이다.

아, 내가 어떻게 영원을 갈망치 않을 수 있단 말인가, 반지 중의 반지인 결혼반지, 회귀의 둥근 고리를 갈망치 않을 수 있단 말인가!

나는 지금껏 단 한 번도 내 아이를 낳게 하고 싶은 여자를 찾지 못했다. 내가 사랑하는 이 여자를 제외하고는. 그대를 사랑하기 때문이다, 아, 영원이여!

그대를 사랑하기 때문이다, 아, 영원이여!

5

내가 바다와 바다의 성질을 가진 모든 것에 호의적이고, 더군다나 바다가 나에게 분노하여 덤벼들 때 내가 더없이 호의적이 된다면.

발견되지 않은 것 쪽으로 돛을 향하게 하는, 저 탐구의 쾌락이 내게 있다면, 항해자의 쾌락이 내게 있다면,

일찍이 나의 환희가 "해안은 사라졌다, 이제 나의 마지막 쇠사슬이 풀렸다, 무한(無限)의 경계가 내 둘레에서 쏴쏴거리고, 공간과 시간이 나를 위해 저 먼 곳까지 빛을 발한다. 자! 오라! 옛 마음이여!" 하고 외쳤더라면,

아, 내가 어떻게 영원을 갈망치 않을 수 있단 말인가, 반지 중의 반지인 결혼반지, 회귀의 둥근 고리를 갈망치 않을 수 있단 말인가!

나는 지금껏 단 한 번도 내 아이를 낳게 하고 싶은 여자를 찾지 못했다. 내가 사랑하는 이 여자를 제외하고는. 그대를 사랑하기 때문이다, 아, 영원이여!

그대를 사랑하기 때문이다, 아, 영원이여!

6

나의 덕이 춤추는 자의 덕이고, 내가 이따금 두 발로 황금과 에메랄드의 황홀경으로 뛰어들었다면.

나의 악의가 웃음 짓는 악의이고, 장미의 비탈과 백합꽃 울타리에 호젓하게 자리 잡고 있다면.

왜냐하면 웃음 속에는 모든 악이 나란히 있지만, 그 모든 악은 악 자체의 크나큰 행복에 의해 신성해지고 사면받기 때문이다.

그리고 모든 무거운 것이 가벼워지고 모든 몸이 춤꾼이 되고 모든 정신이 새가 되는 것, 그것이 나의 알파요, 오메가라

면, 그리고 참으로 이것이 나의 알파요, 오메가라면!

아, 내가 어떻게 영원을 갈망치 않을 수 있단 말인가, 반지 중의 반지인 결혼반지, 회귀의 둥근 고리를 갈망치 않을 수 있단 말인가!

나는 지금껏 단 한 번도 내 아이를 낳게 하고 싶은 여자를 찾지 못했다. 내가 사랑하는 이 여자를 제외하고는. 그대를 사랑하기 때문이다, 아, 영원이여!

그대를 사랑하기 때문이다, 아, 영원이여!

7

일찍이 내가 내 머리 위로 고요한 하늘을 펼치고 나 자신의 날개로 나 자신의 하늘을 날았더라면.

내가 유희하면서 깊디깊은 빛의 아득함 속으로 헤엄쳐 가고 나의 자유에 새의 자유가 찾아왔더라면.

새의 지혜는 이렇게 말하지 않는가. "보라, 위도 아래도 없다! 그대를 주위로 던지라, 저 멀리로, 뒤로, 그대 가벼운 자여! 노래하라! 더 이상 말하지 말라!

모든 말은 무거운 자들을 위해 만들어진 것이 아닌가? 가벼운 자들에게 모든 말은 거짓말이 아닌가! 노래하라! 더 이상 말하지 말라!"

그러니, 아, 내가 어떻게 영원을 갈망치 않을 수 있단 말인가, 반지 중의 반지인 결혼반지, 회귀의 둥근 고리를 갈망치 않을 수 있단 말인가!

나는 지금껏 단 한 번도 내 아이를 낳게 하고 싶은 여자를 찾지 못했다. 내가 사랑하는 이 여자를 제외하고는. 그대를 사랑하기 때문이다, 아, 영원이여!

그대를 사랑하기 때문이다, 아, 영원이여!

4부 최종부

차라투스트라는 이렇게 말했다
모든 이를 위한, 그러나 그 누구의 것도 아닌 책

아, 이 세상에서 동정하는 자들보다
더 바보 같은 짓을 하는 자들이 어디에 있었던가?
그리고 동정하는 자들의 어리석음보다 더 큰 고통을 가져온 것이
이 세상 어디에 있었던가? 자신의 동정심도 뛰어넘지 못하면서
사랑을 하는 모든 자들에게 애도를 표하라!
언젠가 악마가 나에게 이렇게 말했다.
"신에게도 지옥이 있으니, 인간에 대한 신의 사랑이 그것이다."
또 최근에 나는 악마가 이렇게 말하는 것을 들었다.
"신은 죽었다. 인간에 대한 동정 때문에 신은 죽었다."
　　　　　— 차라투스트라(「동정하는 자들에 대하여」, 2부, 155쪽)

제물로 바친 꿀

차라투스트라의 영혼 위로 다시 세월이 흘렀건만, 그는 개의치 않았다. 하지만 그의 머리는 하얗게 세어 있었다. 어느날 그는 자신의 동굴 앞에 있는 바위에 앉아 말없이 저 먼 곳을 바라보았다. 그곳에서 구불구불한 계곡들 너머로 바다를 굽어볼 수 있었던 것이다. 그때 그의 짐승들이 깊은 생각에 잠겨 그의 주위를 맴돌다가 마침내 그의 앞에 앉았다.

그의 짐승들이 물었다. "아, 차라투스트라여, 그대는 자신의 행복을 기다리는가?" 그가 대답했다. "행복이라니! 행복에 뜻을 두지 않은 지 이미 오래다. 다만 나의 일을 생각할 뿐이다." 다시 짐승들이 말했다. "아, 차라투스트라여, 그대는 세상일에 너무 만족한 나머지 그런 말을 하는 것이다. 그대는 푸른 하늘색 행복의 호수에 누워 있지 않은가?" 그러자 차라투스트라가 웃으며 대답했다. "유쾌한 어릿광대들이여, 그대들은 멋진 비유를 골랐다! 하지만 그대들은 또한 알지 않는가? 나의 행복은 무거우며, 흘러가는 물결과 같지 않다는 것을. 나의 행복은 나를 짓누르고 나에게서 떠나지 않으려 하며, 마치 진득진득 녹은 역청과도 같음을."

그러자 짐승들은 다시 생각에 잠겨 그의 주위를 맴돌다가 그의 앞에 앉았다. 그리고 말했다. "아, 차라투스트라여, **그런 이유로** 그대의 머리는 하얗게 세어 아마(亞麻)처럼 보이건만 그대 자신은 더욱 노래지고 더욱 어두워지지 않았는가? 보라, 그대는 그대의 역청[16] 속에 앉아 있다!" 차라투스트라가 웃으며 말했다. "무슨 말을 하는가, 나의 짐승들이여? 참으로 내가 역청이란 말을 사용한 것은 헐뜯어 보려고 한 이야기였다. 내게 일어난 일과 같은 것은 익어 가는 모든 과일에서도 일어난다. 나의 피를 더욱 짙게 하고 나의 영혼을 더욱 고요하게 만드는 것은 내 혈관 속을 흐르는 **꿀**이다." 이에 짐승들이 대답하면서 그의 곁으로 다가갔다. "맞는 말일 테지, 아, 차라투스트라여, 하지만 오늘은 높은 산에나 오르는 게 어떨까? 공기가 맑아 오늘은 어느 때보다도 세상을 더 잘 볼 수 있으니 말이다." 차라투스트라가 대답했다. "그렇다, 나의 짐승들이여, 그대들의 조언은 적절했다. 마음에 든다. 오늘 나는 높은 산에 오르려고 한다! 그러나 거기에서도 내가 꿀을, 더욱 노랗고 더

---

16) 독일어 'Pech(역청)'에는 '곤경'이란 뜻도 있다.

욱 희고 더욱 좋고 얼음처럼 신선한, 벌집의 황금 꿀을 가질 수 있도록 해 달라. 내가 산 위에서 제물로 꿀을 바치려 한다는 것을 그대들은 알아야 한다."

그러나 차라투스트라는 산꼭대기에 오르자 그를 따라온 짐승들을 집으로 돌려보냈다. 이제 홀로 있게 되자 그는 마음껏 웃으면서 주위를 둘러보고는 이렇게 말했다.

내가 제물에 대해, 제물로 바칠 꿀에 대해 말한 것은 술책일 뿐이었으니, 참으로 효과 있는 우행(愚行)이었다! 여기 산위에서 은둔자의 동굴 앞이나 은둔자의 짐승들 앞에서보다 자유롭게 말할 수 있게 되었으니 말이다.

제물을 바치다니! 천 개의 손을 가진 낭비자인 나는 내게 주어지는 것을 마음껏 낭비한다. 그런데도 내가 제물을 바친다고 말할 수 있단 말인가!

그리고 꿀을 갈망했지만 진정으로 내가 원한 것은 투덜거리는 곰과 기이하고 까다롭고 사악한 새들도 입맛을 다시는 좋은 미끼와 달콤한 즙과 점액이었을 뿐이다.

사냥꾼이나 어부가 필요로 하는 최상의 미끼를 바랐을 뿐이다. 이 세계가 짐승이 사는 어두운 숲과 같고 모든 거친 사냥꾼들의 유원지 같은 것이라면 내게는 오히려 그 세계가 바닥을 알 수 없는 풍요로운 바다처럼 여겨지기 때문이다.

갖가지 물고기와 가재로 가득한 바다, 신들조차 낚시꾼이 되고 그물을 던지는 어부가 되기를 열망하는 바다 말이다. 이처럼 세계는 크고 작은 기묘한 것들로 가득하다!

특히 인간의 세계, 인간의 바다가 그렇다. 이 **바다**에 이제 황금 낚싯대를 던지면서 내가 말한다. 열리라, 그대 인간의 심연이여!

열리라, 그리고 그대의 물고기와 번쩍이는 가재를 내게 던지라! 내가 가진 최고의 미끼로 오늘 기이하기 그지없는 인간이라는 물고기를 낚는다!

나의 행복을 사방팔방으로 저 멀리, 일출부터 정오를 거쳐 일몰까지 던진다. 인간이라는 수많은 물고기들이 나의 행복을 잡아당기고 거기에 매달려 버둥거리는 것을 배우지나 않을까 해서다.

그 물고기들이 나의 숨겨진 뾰족한 낚싯바늘을 물고 **나의** 높이로 올라오지 않을 수 없도록. 말하자면 심연의 바닥에 사는 그지없이 알록달록한 것들이 인간을 낚는 모든 어부들 중에서 가장 악의적인 어부에게로 올라오지 않을 수 없도록 하기 위해서다.

다시 말해 나는 원래부터 끌고 잡아당기고 잡아 올리고 끌어당기는 **그러한** 어부다. 잡아당기는 자, 키우는 자 그리고 일찍이 자기 자신에게 "그대의 본래 모습 그대로 되라!"라고 적절하게 말한 엄격한 교사다.

그러므로 지금부터는 인간들이 내게로 **올라**오는 것이 좋겠다. 왜냐하면 아직도 나의 하강을 알리는 조짐이 나타나지 않았기 때문이다. 언젠가는 그래야겠지만 아직은 인간들 사이로 내려가고 싶지 않다.

나는 여기 높은 산 위에서 교활하게, 비웃어 가면서 기다린다. 인내심 없는 자로서나 인내심 있는 자로서가 아니라 인내 자체를 잊어버린 자로서 기다린다. 왜냐하면 내게는 인내라는 것이 아무 의미도 없기 때문이다.

말하자면 나의 운명이 내게 넉넉하게 시간을 준 것이다. 운명이 나를 잊어버렸단 말인가? 아니면 운명이 커다란 바위 뒤의 그늘에 앉아서 파리라도 잡고 있단 말인가?

그리고 나는 참으로 나의 영원한 운명에게 감사한다. 나를 재촉하지도 몰아세우지도 않고 나에게 장난질과 심술궂은 짓을 할 시간을 주었으니 말이다. 그리하여 나는 오늘 고기를 잡으러 이 높은 산으로 올라왔다.

높은 산에서 고기를 낚은 인간이 지금껏 있었던가? 내가 여기 산 위에서 하려는 일이 바보 같다 할지라도 나는 오히려 이것이 더 좋다. 내가 저 밑에서 기다림에 지쳐 경직되고 얼굴이 창백해지고 노랗게 되기보다는.

기다림에 지쳐 괜히 거들먹거리고 분노를 못 이겨 헐떡거리는 자가 되고, 이 산 저 산에서 울부짖는 거룩한 폭풍이 되고, 아래쪽으로 골짜기를 향해 "들으라, 그러지 않으면 신의 채찍으로 너희를 때리리라!" 하고 외치는 인내심 없는 자가 되기보다는.

하지만 그렇게 화를 내는 자들을 내가 싫어하는 것은 아니다. 그들은 내게 고작 해야 웃음거리에 지나지 않을 뿐이다! 이들 비상사태를 알리는 커다란 북과 같은 자들은 초조할 수밖에 없지 않은가? 오늘이 아니면 앞으로 발언할 기회를 결코 얻지 못할 것이므로!

그러나 나와 나의 운명은, 즉 우리는 오늘을 향해 말하지 않으며, 결코 오지 않을 날을 향해 말하지도 않는다. 우리는 말하기 위한 인내와 시간과 그 시간을 뛰어넘는 시간을 이미 가졌다. 언젠가 그것은 오고야 말 것이며, 그냥 지나가 버리지는 않을 것이기 때문이다.

그렇다면 대체 그 무엇이 언젠가 오고야 말 것이며, 그냥 지나가 버리지는 않을 것이란 말인가? 우리의 거대한 하차르,[17] 다시 말해 우리의 위대하고도 머나먼 곳에 있는 인간의 왕국, 차라투스트라의 천년 왕국이 바로 그것이다.

그런데 그렇게 멀다는 것이 얼마만큼 멀다는 것일까? 하지만 그게 나와 무슨 상관이란 말인가! 멀다고 해서 내가 조금이나마 흔들리는 건 결코 아니다. 두 발로 나는 이 땅 위에 굳건히 서 있을 뿐이다.

영원한 토대 위에, 굳건한 원시암 위에, 이 가장 높고 가장 굳건한 원시 산맥 위에 서 있을 뿐이다. 날씨를 가르는 경계선을 이루는 이 산맥 쪽으로, 모든 바람이 어디에서? 어디로부터? 어디로? 하고 물으면서 불어오지 않는가?

자, 웃으라, 웃으라, 나의 밝고 건강한 악의여! 높은 산들로부터 아래를 향하여 그대의 번쩍이며 조롱하는 커다란 웃음을 던지라! 그대의 번쩍이는 웃음으로 아름답기 그지없는 인간이라는 고기들을 내게로 꾀어내라!

그리고 모든 바닷속에 있는 것 가운데 **내게** 속하는 것, 만

---

17) 하차르는 천(千)이라는 뜻의 고대 페르시아어다.

물 가운데 나의 본래 자기, **그것**을 내게로 낚아 올리라, **그것**을 내게로 끌어 올리라. 모든 어부 중에서 가장 악의적인 어부인 나는 그것을 기다린다.

바깥으로, 저 바깥으로, 나의 낚싯바늘이여! 안으로, 아래로, 나의 행복의 미끼여! 그대의 다디단 이슬을 방울져 떨어지게 하라, 내 마음속의 꿀이여! 물라, 나의 낚싯바늘이여, 모든 검은 슬픔의 배〔腹〕를!

바깥으로, 저 바깥으로, 나의 눈이여! 아, 수많은 바다가 나를 둘러싸고 있지 않은가, 동터 오는 인간의 미래가 나를 둘러싸고 있지 않은가! 그리고 나의 머리 위로 펼쳐진 장밋빛 고요를 보라! 구름 한 점 없는 침묵을 보라!

긴박한 외침

다음 날 차라투스트라는 동굴 앞 그의 바위에 다시 앉아 있었다. 한편 짐승들은 바깥세상을 이리저리 돌아다니고 있었는데, 새 꿀을 포함하여 새로운 먹이를 구해 오기 위해서였다. 차라투스트라가 묵은 꿀을 마지막 한 방울까지 다 써 버리고 낭비해 버린 것이다. 그러나 그는 이렇게 앉아서 지팡이를 손에 들고 땅 위에 비친 자기 모습의 그림자를 따라 그리며 깊은 생각에 잠겨 있었다. 그러다가 깜짝 놀라 몸을 움찔했다. 참으로! 자기 자신과 자신의 그림자 때문이 아니었다. 자신의 그림자 옆에 또 다른 그림자가 있는 것을 본 것이다. 그가 재빨리 주위를 둘러보며 일어섰을 때, 보라, 그의 옆에는 바로 그 예언자가 서 있었다. 언젠가 차라투스트라가 식탁에 초대하여 음식을 나누어 먹은 적이 있는 예언자로서, "모든 것은 동일하다, 보람 있는 것은 아무것도 없다, 세계는 무의미하다, 앎은 목을 조른다."라고 가르치며 커다란 권태를 알린 자였다. 그런데 그동안 그 예언자의 표정은 변해 있었다. 그래서 그의 눈을 들여다보는 순간 차라투스트라의 마음은 다시 한 번 놀랐다. 너무도 많은 불길한 예고와 잿빛 섬광이 이 얼굴 위로 스쳐 지나간 것이다.

차라투스트라의 영혼에 무슨 일이 일어났는지를 알아차린 예언자는 얼굴을 씻어서 없애 버리기라도 하려는 듯이 손으로 자기 얼굴을 문질렀다. 차라투스트라도 똑같이 했다. 그러고 나서 두 사람은 말없이 정신을 가다듬고 기운을 차리면서 악수를 나누었다. 서로를 다시 알아보았다는 표시였다.

"환영하네." 차라투스트라가 말했다. "그대 커다란 권태의 예언자여, 그대가 전에 나의 식탁 친구이자 다정한 손님이었던 사실을 헛되이 만들고 싶지는 않네. 오늘도 나와 함께 먹고 마시도록 하자. 물론 흡족해하는 늙은이가 그대와 더불어 식탁에 앉는 걸 용서하라!" 그러자 예언자가 고개를 흔들며 대답했다. "흡족해하는 늙은이라니? 그대가 누구든, 또 어떤 사람이 되려 하든, 아, 차라투스트라여, 그대는 너무 오랜 세월 동안 그 상태로 여기 산 위에 머물러 있었다. 그대의 나룻배는 더 이상 이 마른땅에 머물러서는 안 된다!" 차라투스트라가 웃으면서 물었다. "그래, 내가 마른땅에 앉아 있단 말인가?" 예언자가 대답했다. "일렁이는 물결이 그대의 산을 둘러싸고 점점 높이 차오른다. 커다란 곤경과 슬픔의 물결이. 이 물결은 곧 그대의 나룻배를 밀어 올려 그대를 싣고 떠날 것이다." 이 말을 들은 차라투스트라는 말을 멈춘 채 이상하다고 생각했다. 예언자가 계속해서 말을 이었다. "그대의 귀에는 아직 아무것도 들리지 않는가? 깊은 심연으로부터 쏴쏴거리는 소리와 우르릉거리는 소리가 올라오지 않는가?" 차라투스트라가 다시 침묵하며 귀를 기울이자 그때 길고 긴 긴박한 외침이 들려왔다. 심연들이 서로서로에게 떠넘기는 외침이었다. 어떤 심연도 그 외침을 간직하고 싶지 않았던 것이다. 그만큼 그 외침은 불길하게 들려왔다.

차라투스트라가 마침내 말했다. "그대 사악한 예고자여, 저것은 애타게 구조를 간청하는 외침이며, 인간의 외침이다. 검은 바다 어딘가로부터 들려오는 것이다. 하지만 인간의 곤경이 나와 무슨 상관인가! 나에게 남겨진 나의 마지막 죄, 그대는 아마도 이 죄의 이름을 알 테지?"

"**동정**이 아닌가!" 예언자는 넘쳐흐르는 마음으로 대답하면서 두 손을 머리 위로 쳐들었다. "아, 차라투스트라여, 내가 온 것은 그대를 그대의 마지막 죄로 유혹하기 위해서다."

이 말이 끝나자마자 다시 한번 외침이 울려 퍼졌다. 전보다 더 길고 더 불안하게, 그리고 훨씬 더 가까운 곳에서. "들리는가? 들리는가? 아, 차라투스트라여!" 예언자가 외쳤다. "저 외침은 그대를 향하고 있다. 그대를 부르고 있다. 자, 자, 자, 때가 왔다, 때가 성숙했다!"

차라투스트라는 이 말을 듣고 침묵을 지켰다. 마음이 혼란스럽고 흔들렸다. 마침내 그가 갈피를 잡지 못한 채 물었다.

"저기서 나를 부르는 자는 누구란 말인가?"

그러자 예언자가 격한 목소리로 대답했다. "아니, 그대는 알지 않는가? 그대는 왜 자신을 속이는가? 그대를 향해 소리치는 자는 **차원 높은 인간**이다!"

차라투스트라가 두려움에 떨며 소리쳤다. "차원 높은 인간이라니? **그자**가 무얼 바란단 말인가? **그자**가 무얼 바란단 말인가? 차원 높은 인간이란 자가? 그자가 여기에서 무얼 바란단 말인가?" 그의 몸은 땀으로 범벅이 되었다.

그러나 예언자는 차라투스트라의 불안에는 아랑곳하지 않고 심연을 향해 귀를 기울이고 또 기울였다. 하지만 그곳은 한동안 조용하기만 했으므로 그는 눈길을 뒤로 돌려 차라투스트라가 서서 떠는 것을 보았다.

"아, 차라투스트라여." 그가 슬픈 목소리로 말하기 시작했다. "거기 서 있는 그대 모습을 보니 행복 때문에 현기증을 느끼는 사람 같지는 않구나. 쓰러지지 않으려면 그대는 춤을 추어야 한다!

그러나 그대가 아무리 내 앞에서 춤추고 이리저리 가로 뛰기를 한다 해도 아무도 내게 '보라, 여기에서 최후의 유쾌한 인간이 춤추고 있다!'라고 감히 말하지 않을 것이다.

그렇게 말할 사람을 찾아서 이 산 위로 올라오는 사람은 헛걸음을 하는 것이다. 그는 동굴들과 동굴 속의 동물, 은둔자들의 은신처는 찾아낼지 몰라도 행복의 수직갱, 보물 창고, 새로운 행복의 금광맥은 발견하지 못할 것이다.

이처럼 묻혀 버린 자들, 은둔자들에게서 어떻게 행복을 찾아낸단 말인가! 나는 최후의 행복을 역시 행복의 섬에서, 그리고 잊힌 저 멀리 바다 사이에서 찾아야 하는가?

하지만 모든 것은 동일하고, 아무것도 보람이 없으며, 찾아 헤맴도 아무 소용 없다. 행복의 섬들이란 이미 존재하지 않는다!"

이렇게 예언자는 탄식했다. 그러나 그의 마지막 탄식 소리에 차라투스트라는 깊은 구렁텅이에서 빛 속으로 나온 자처럼 다시 마음이 밝아지고 자신감이 들었다. 그는 힘찬 목소리로 외치면서 수염을 쓰다듬었다. "아니다! 아니다! 삼세번 말하지만 아니다! **그것은** 내가 더 잘 안다! 행복의 섬들은 여전히 존재한다. **그것에 대해서는** 입을 다물라, 그대 한숨이나 짓는 슬픔의 자루여!

그것에 대해 쫑알대기를 멈추라, 그대 오전의 비구름이여! 나는 이미 그대의 슬픔에 젖어, 흠뻑 비 맞은 개처럼 여기에 서 있지 않은가?

나는 다시 몸을 말리기 위해 이제 몸을 털고 그대로부터 달아난다. 그대는 이것을 이상하게 여기지 말라! 내가 그대에게 불손하다고 생각하는가? 하지만 여기는 **나의** 뜰이다.

하지만 그대가 말하는 차원 높은 인간에 대해서는, 좋다! 저기 숲들 속으로 나는 듯이 달려가 그를 찾겠다. **그곳에서** 그의 외침이 들려오지 않았던가. 아마도 그곳에서 거친 짐승에게 쫓기고 있는지도 모른다.

어쨌든 그는 **나의** 영토 안에 있다. 내 영토 안에서 그가 해를 입어서는 안 된다! 그리고 참으로 내 곁에는 사나운 짐승들이 많지 않은가."

이렇게 말한 차라투스트라는 돌아서서 가려고 했다. 그때 예언자가 말했다. "아, 차라투스트라여, 그대는 매정한 자로다!

나는 이미 알았다. 그대가 내게서 떠나고 싶어 한다는 것을! 그대는 차라리 숲속으로 달려가 사나운 짐승들을 뒤쫓고 싶어 한다!

하지만 그게 무슨 도움이 되겠는가? 저녁이면 그대는 나를 다시 볼 텐데. 나는 그대의 동굴 속에 그루터기처럼 참을성 있고 묵묵하게 앉아서 그대를 기다리겠다!"

"좋을 대로 하시지!" 차라투스트라는 길을 떠나면서 뒤를 향해 소리쳤다. "내 동굴에 있는 내 물건은 그대, 내 다정한 손님의 것이기도 하니까!

그리고 동굴 안에서 꿀을 찾아내거든, 좋다! 그 꿀을 핥아 먹으렴, 그대 불평투성이 곰이여, 그리하여 그대의 영혼을 달콤하게 만들게나! 저녁이면 우리 둘 다 기분이 좋아야 하니까.

오늘 하루가 끝났으므로 가뿐하고 즐거워지고 싶다! 그리고 그대 자신은 나의 춤추는 곰으로서 나의 노랫가락에 맞추어 춤출 것이다.

그대는 내 말을 믿지 않는가? 고개를 흔들며 아니라고 하는가? 그래! 그래! 늙은 곰아! 하지만 나도 예언자다."

차라투스트라는 이렇게 말했다.

왕들과의 대화

1

산과 숲속을 채 한 시간도 가지 않아서 차라투스트라는 갑자기 기묘한 행렬을 보았다. 그가 내려가려고 하는 바로 그 길로 왕관을 쓰고 자줏빛 띠를 두른, 홍학처럼 알록달록하게 치장한 두 명의 왕이 맞은편에서 걸어온 것이다. 그들은 짐을 진 나귀 한 마리를 앞세워 몰면서 왔다. '이 왕들이 내 영토에서 무얼 하려는 걸까?' 차라투스트라는 깜짝 놀라 마음속으로 말하고는 덤불 뒤로 재빨리 몸을 숨겼다. 하지만 왕들이 그가 있는 곳으로 다가왔을 때 그는 혼자 중얼거리는 사람처럼 목소리를 낮추어 말했다. "신기하군! 신기해! 어째서 이렇게 앞뒤가 맞지 않는 일이 있을까? 왕은 둘인데 나귀는 한 마리뿐이니!"

그러자 두 왕은 그 자리에 멈추어 섰고 미소를 지으면서 목소리가 들려온 쪽을 바라보았다. 그러고는 서로 얼굴을 마주 보았다. "우리 중에도 그런 식으로 생각하는 자가 있지만, 그걸 말로 드러내는 자는 없지." 오른편 왕이 말했다.

그러자 왼편 왕이 어깨를 으쓱하며 대답했다. "아마 염소치기일 거야. 아니면 너무 오랫동안 바위와 나무 사이에서 살아온 은둔자일 테지. 사람들과 도통 사귀지 않고 혼자 있게 되면 바른 예절도 저버리는 법이니까 말일세."

"바른 예절이라니?" 다른 왕이 못마땅해하면서 언짢게 대답했다. "도대체 우리가 무엇을 피해 달아나고 있단 말인가? 바른 예절로부터가 아닌가? 우리의 상류 사회로부터 달아나지 않는가?

참으로 금박을 입힌 가짜고 화장을 떡칠한 우리의 천민과 함께 사느니 차라리 은둔자들이나 염소치기들 사이에서 사는 게 낫다. 천민이 상류 사회를 자처하더라도 말이다.

천민이 스스로를 귀족이라고 부르더라도 말이다. 거기에서는 모든 것이 가짜고 썩었고, 특히 피가 그렇다. 그리고 그것은 뿌리 깊은 나쁜 질병들과 질이 더욱 나쁜 돌팔이 의사들 때문이다.

오늘날 내가 가장 좋고 가장 사랑스럽다고 생각하는 자는 건강한 농부다. 거칠고 교활하고 고집스럽고 끈기 있는 농부다. 이들이야말로 오늘날 가장 고귀한 종족이다.

농부는 오늘날 최선의 존재다. 농부 종족이야말로 주인이 되어 마땅하다! 하지만 눈앞에 보이는 건 천민의 제국일 뿐.

다시는 속지 않으리. 천민은 말하자면 잡동사니에 지나지 않는다.

천민 - 잡동사니. 그 안에서는 모든 것이 뒤섞여 있다. 성자와 불량배, 귀공자와 유대인, 노아의 방주에서 나온 모든 가축이 뒤섞여 있다.

바른 예절이라! 우리에게 모든 것은 거짓이고 썩었다. 그 누구도 경외하는 마음을 가질 줄 모른다. 우리는 바로 **이러한 자들로부터** 달아난다. 그들은 알랑거리면서도 성가신 개들이다. 그들은 종려나무 잎에 도금을 한다.

구역질이 나의 목을 조른다. 우리 왕 자신도 가짜가 되었기 때문이다. 노랗게 변색된 선조들의 화려한 옷과 가장 어리석은 자들, 오늘날 권력과 결탁하여 온갖 폭리를 취하는 가장 교활한 자들을 위해 만들어진 기념 메달들을 건 채 가장하고 있기 때문이다!

우리는 으뜸가는 자들이 **아니다**. 하지만 우리는 그런 **척해야** 한다. 이러한 사기극에 진절머리가 나서 마침내 우리는 구역질을 하게 되었다.

우리는 이러한 천민들로부터 달아났다. 그 모든 울부짖는 자, 쇠파리 같은 글쟁이들, 소상인 냄새, 몸부림치는 명예욕, 사악한 숨결로부터 도망쳐 나왔다. 제기랄, 천민들 사이에서 살다니.

제기랄, 천민들 사이에서 으뜸인 척하다니! 아, 역겹다! 역겹다! 역겹다! 이제 우리 왕들이 무슨 소용인가!"

"그대의 고질병이 또 도졌구나." 여기에서 왼편 왕이 말했다.

"구역질이 그대를 덮치는구나, 내 가련한 형제여. 하지만 누군가가 우리의 말을 듣고 있다는 걸 그대도 알 테지."

이들의 대화에 눈과 귀를 기울이던 차라투스트라는 숨어 있던 곳에서 즉시 일어나 왕들 쪽으로 걸어갔다. 그러고는 말하기 시작했다.

"그대들의 말에 귀를 기울이는 자, 그대들의 말을 즐거이 듣고 있는 자는, 그대 왕들이여, 차라투스트라라고 불리는 자다.

내가 이전에 '왕들이 무슨 소용인가!'라고 말한 바로 그 차라투스트라다. 나를 용서하라. 그대들이 서로 '우리 왕들이 무슨 소용인가!'라고 말했을 때 내가 기뻐했음을.

그러나 여기는 **나의** 영토이고 내가 지배하는 곳이다. 그런데 그대들은 나의 영토에서 무엇을 찾고 있는가? 아마도 그대들은 도중에 **내가** 찾고 있는 자를, 다시 말해 차원 높은 인간을 **만났을** 것이다."

이 말을 들은 왕들은 자기 가슴을 치며 한목소리로 말했다. "우리의 정체가 드러나고 말았구나!

비수 같은 말로 그대는 우리 가슴의 깊고 깊은 어둠을 도려낸다. 그대는 우리의 곤경을 알아차렸다. 왜냐하면, 보라! 우리는 차원 높은 인간을 찾으러 길을 떠났기 때문이다.

비록 왕이기는 하지만 우리는 우리보다 더 높은 인간을 찾으러 길을 떠났다. 그러한 인간에게 이 나귀를 끌고 가는 것이다. 최고의 인간이 지상에서도 최고의 지배자가 되어야 하기 때문이다.

인간의 모든 운명 중에서 이 지상의 힘 있는 자들이 동시에 으뜸가는 인간이 아닌 경우보다 더 가혹한 불행은 없다. 이런 경우에 모든 것은 거짓이 되고 비뚤어지고 터무니없어진다.

더군다나 이 힘 있는 자들이 최하의 인간이고, 인간이라기보다는 오히려 가축인 경우에 천민의 값은 점점 더 높이 올라간다. 그리하여 마침내 천민의 덕은 이렇게 말하리라. 보라, 나만이 덕이다!"

차라투스트라가 대답했다. "방금 내가 무슨 말을 들었던가? 왕들이 이렇게 지혜롭다니! 감격스럽다. 참으로 그들의 말에 맞추어 한 편의 시를 짓고 싶은 생각이 간절하다.

모든 사람들의 귀에 와닿는 시가 못 되더라도 말이다. 기다란 귀들에 대해 고려하는 것을 잊은 지 이미 오래가 아닌가. 자아! 힘을 내라!"

(그런데 여기에서 나귀도 한마디 거드는 일이 일어났다. 나귀가 또렷한 소리로 악의를 품은 채 "이-아." 하고 소리친 것이다.)

그 옛날, 기원 1년의 일이었을 것이다.

술 마시지 않고도 취한 여자 무당이 말했다.

"슬프도다, 세상이 기울었다!

타락에! 타락이다! 세상이 이토록 깊이 가라앉은 적은 없었다!

로마는 가라앉아 창녀가 되고 사창가가 되었다.

로마의 황제는 타락하여 가축이 되고, 신 자신은 유대인이 되었다!"

2

차라투스트라가 이렇게 시를 읊는 것을 듣고 왕들은 즐거워했다. 오른편 왕이 말했다. "아, 차라투스트라여, 우리가 그대를 만나러 길을 떠난 것은 얼마나 잘한 일인가!

왜냐하면 그대의 적들이 자기들의 거울에 비친 그대의 모습을 우리에게 보여 주었기 때문이다. 거울 속 그대의 모습은 찌푸린 악마의 얼굴로 조소하고 있었으므로 우리는 그대가 무서웠다.

그러나 그건 아무래도 좋았다! 그대는 그대의 잠언으로 거듭해서 우리의 귀와 가슴을 찔렀다. 그리하여 마침내 우리는 말했다. 그자의 모습이 무슨 상관이란 말인가!

우리는 그의 말을, '그대들은 새로운 전쟁을 일으킬 수단으로서 평화를 사랑해야 한다. 그것도 오랜 평화보다는 잠시 동안의 평화를!'이라고 가르치는 그대의 말을 **들어야 한다**.

'무엇이 선한가? 용감한 것이 선하다. 좋은 전쟁은 모든 구실을 신성하게 만든다.'라고 그렇게 전투적으로 말한 자는 지금껏 한 명도 없었다.

아, 차라투스트라여, 이러한 말을 듣고 우리 몸속에서는 우리 조상의 피가 끓어올랐다. 그것은 낡은 포도주 통에게 봄이 하는 말과도 같았다.

칼들이 붉은 반점을 가진 뱀들처럼 어지럽게 뒤엉켰을 때, 우리의 조상은 삶을 누릴 만하다고 보았다. 모든 평화의 햇빛을 그들은 느른하고 미적지근한 것으로 여겼고, 오랜 동안의 평화를 수치스럽게 생각했다.

그들, 우리의 조상은 번쩍이는 칼들이 마른 채로 그냥 벽에 걸려 있는 것을 볼 때면 얼마나 탄식했던가! 이 칼들처럼 그들은 전쟁을 갈망했다. 칼은 피를 마시고 싶어 하고 욕망 때문에 번쩍이는 것이 아닌가."

왕들이 이처럼 열성적으로 자기 조상들의 행복에 대해 말하고 재잘거리자 차라투스트라에게는 그들의 열성을 비웃어 주고 싶은 욕구가 슬며시 일어났다. 그가 눈앞에서 보고 있는 자들은 애타게 평화를 그리워하며, 늙고 고운 얼굴을 가진 왕들임이 분명했기 때문이다. 하지만 그는 자제하면서 말했다. "좋다! 저쪽 길로 가면 차라투스트라의 동굴이 나온다. 오늘 저녁은 기나긴 저녁이 되리라! 하지만 지금은 긴박한 외침이 즉시 그대들 곁을 떠나라고 재촉한다.

왕들이 나의 동굴에 앉아서 기다린다면 나의 동굴로서도 영광일 것이다. 하지만 그대들이 오래 기다려야 할 것임은 분명하다!

그래! 당연하지 않은가! 오늘날 기다리는 것을 배우는 데 궁전보다 더 좋은 곳이 어디에 있겠는가? 게다가 오늘날 왕들에게 남아 있는 덕의 전부는 기다릴 **수 있다는 것**이 아닌가?"

차라투스트라는 이렇게 말했다.

거머리

그러고 나서 차라투스트라는 생각에 잠겨 숲을 통과하고 늪지대 옆을 지나 더 멀리, 더 깊이 들어갔다. 어려운 일을 두고 깊이 숙고하는 자라면 누구에게나 흔히 있는 일이지만, 그는 자신도 모르는 새에 어떤 사람을 발로 밟았다. 그 순간, 보라, 외마디 비명과 두 마디 저주와 스무 가지 고약한 욕설이 그의 면전으로 튀어 올랐다. 그는 놀란 나머지 지팡이를 치켜들고 밟힌 자를 다시 때렸다. 그러나 그는 곧 차분함을 되찾았다. 그리고 그의 마음은 자신이 방금 저지른 어리석은 짓에 대해 웃었다.

"용서하라." 격분한 나머지 어느새 몸을 일으키고 앉아 있는 밟힌 자에게 그는 이렇게 말했다. "용서하라, 그리고 하나의 비유를 우선 들어 보라.

머나먼 것을 꿈꾸던 방랑자가 쓸쓸한 거리에서 잠든 개를, 양지바른 곳에 누워 있는 개를 무심결에 밟았다고 생각해 보라.

그래서 죽도록 깜짝 놀란 이 둘이 격분한 나머지 불구대천의 원수처럼 서로 으르렁거리며 대드는 것 같은 일이 우리에게 일어났다.

그러나! 그러나 형편이 조금만 달랐더라면 그들은 서로 어루만져 주었을 것이다. 이 개와 이 외로운 자가 말이다! 사실 이 둘은 외로운 자들이다!"

"그대가 누구든⋯⋯." 짓밟힌 자가 여전히 화난 소리로 말했다. "그대는 자신의 비유로 나를 너무도 심하게 짓밟고 있다. 그대의 발로 밟은 것에 그치지 않고 말이다! 그래, 보라, 내가 개란 말이지?" 앉아 있던 자는 이 말을 하면서 자리에서 일어나 자신의 맨팔을 늪에서 뽑아냈다. 사실 처음에 그는 사지를 뻗은 채 땅 위에 누워 있었다. 늪의 야생 동물을 기다리며 잠복하는 자처럼 몸을 숨기고 알아보지 못하게 한 채로.

"도대체 그대는 무슨 짓을 하고 있는가!" 차라투스트라가 놀라 소리쳤다. 그의 맨팔에서 많은 피가 흘러내리는 것을 보았기 때문이다. "그대에게 무슨 일이 있었는가? 그대 불행한 자여, 못된 짐승이 그대를 물기라도 했는가?"

피를 흘리는 자는 여전히 화가 난 채로 웃었다. "그대가 무슨 상관인가!"라고 말하면서 그는 자리를 뜨려고 했다. "여기는 나의 집이며 나의 영역이다. 묻고 싶다면 내게 물어보라. 하지만 어리석은 자에게는 쉽게 대답하지 않겠다."

그러자 차라투스트라가 동정 어린 목소리로 확인시켜 주었다. "그대는 헛짚었다. 여기 그대가 있는 곳은 그대의 집이 아니라 나의 영토다. 그리고 나로서는 이 영토 안에서 누구도 해를 입게 만들고 싶지 않다.

내킨다면 나를 그대 마음대로 부르라. 나는 나 자신일 뿐이다. 나 자신은 나를 차라투스트라라고 부른다.

자, 저 위쪽으로 가면 차라투스트라의 동굴이 나온다. 멀지 않은 곳이다. 그대는 내 집에서 상처를 돌보지 않겠는가?

그대 불행한 자여, 그대는 살다 보니 운이 나빴다. 처음에는 어떤 생물이 그대를 물었다. 그리고 다음에는 인간이 그대를 밟았다!"

차라투스트라의 이름을 듣는 순간 밟힌 자의 태도가 달라졌다. "나에게 이런 일이 닥치다니!" 그가 외쳤다. "이 삶에 있어서 **누가** 나와 상관있단 말인가? 이 사람, 즉 차라투스트라와 저 생물, 즉 거머리를 제외한다면 말이다.

거머리 때문에 나는 여기 이 늪가에 어부처럼 누워 있으면서 나의 축 늘어진 팔을 이미 열 번이나 물렸다. 게다가 더욱 멋진 고슴도치인 차라투스트라 자신이 나타나서 피를 탐내 물기까지 했다!

아, 행복하구나! 아, 기적이로다! 이 늪으로 나를 꾀어낸 이 날은 찬양받으라! 오늘날 살아 있는, 더없이 싱싱한 흡혈 동물은 찬양받으라, 위대한 양심의 거머리인 차라투스트라는 찬양받으라!"

밟힌 자는 이렇게 말했다. 차라투스트라도 그의 말과 그의 기품 있고 경건한 태도를 보고 기뻤다. "그대는 누구인가?"라고 물으면서 그는 손을 내밀었다. "우리 사이에는 해명해야 할 일과 환하게 밝혀야 할 일이 많이 남아 있다. 어느새 날도 더 맑고 환해질 것 같지 않은가?"

"나는 **지적인 양심을 지닌 자**다." 질문을 받은 자가 대답했다. "정신의 일에서 나보다 더 엄격하고 더 정밀하고 더 냉철한 자는 흔치 않을 것이다. 내게 그것을 가르친 사람, 즉 차라투스트라 자신을 제외한다면 말이다.

어설프게 많은 것을 아느니 차라리 아무것도 모르는 게 더 낫다! 다른 사람의 판단에 따라 움직이는 현자보다는 차라리 자기 힘에 의지하는 바보가 더 낫다! 나는 사물의 바닥으로 돌진한다.

그 바닥이 크든 작든 무슨 상관인가? 그 바닥이 늪이라 불리든 하늘이라 불리든 무슨 상관인가? 한 뼘의 바닥만 있으면 나는 그로써 족하다. 그 바닥이 실제로 바닥이고 토대이기만 하다면!

한 뼘의 바닥. 사람들은 그 위에 설 수도 있다. 참다운 지식의 양심에 크고 작음은 결코 존재하지 않는다."

"그렇다면 그대는 거머리의 본질을 잘 알겠구나?" 차라투스트라가 물었다. "그대는 거머리의 마지막 바닥까지 속속들이 파고들려 하는가, 그대 양심을 지닌 자여?"

"아, 차라투스트라여!" 밟힌 자가 대답했다. "그건 엄청난 일이다. 내가 어떻게 그런 일을 감히 시도라도 한단 말인가!

하지만 내가 대가로서 잘 아는 것은 거머리의 **두뇌**다. 그것이 **나의** 세계다!

그것도 역시 하나의 세계인 것이다! 그리고 여기에서 나의 긍지가 주제넘게 발언하는 것을 너그럽게 보아 달라. 이 분야에서는 나와 대적할 자가 없으니까 말이다. 그래서 '여기는 나의 집이다.'라고 내가 말한 것이다.

나는 얼마나 오랫동안 이 한 가지 분야, 즉 거머리의 뇌를 파고들었던가. 미끄러운 진리가 더 이상 내게서 미끄러져 나가지 못하도록 말이다! 여기야말로 **나의** 영토다!

그 하나를 위해 나는 다른 모든 것을 내던져 버렸고, 다른 모든 것에 무관심했다. 그리하여 나의 지식 바로 곁에 나의 캄캄한 무지가 누워 있다.

내 정신의 양심은 내가 한 가지만을 알고 그 밖의 모든 것은 조금도 알지 못하기를 바란다. 그 모든 어설픈 정신, 흐릿하고 떠다니고 몽상적인 모든 것은 나로 하여금 구역질 나게 한다.

나의 정직함이 끝나는 곳에서 나는 장님이 되고 또 장님이 되기를 바란다. 그러나 내가 알고자 하는 경우라면 나는 정직하고자 한다. 냉정하고 엄격하고 정밀하고 잔인하고 가차 없어지려고 한다.

아, 차라투스트라여, **그대**는 언젠가 '정신은 스스로 삶 속으로 파고드는 삶이다.'라고 말했으며, 그 말이 나를 그대의 가르침으로 이끌고 유혹했다. 그리고 참으로 나는 자신의 피로 나 자신의 지식을 증대시켰다!"

"모습 그대로군." 차라투스트라가 말을 가로막았다. 그 양심을 지닌 자의 맨팔에서 여전히 피가 흘러내렸기 때문이다. 열 마리의 거머리가 같은 자리에 들러붙어 피를 빨고 있었던 것이다.

"아, 그대 괴상한 친구여, 지금 이 겉모습, 즉 그대 자신이 나에게 얼마나 많은 것을 가르쳐 주는가! 아마도 내가 그대의 엄격한 귀에 모든 것을 쏟아부어서는 안 될 것이다!

자! 그러면 우리는 여기에서 헤어지자! 하지만 그대를 다시 만났으면 한다. 저 위로 올라가면 나의 동굴이 있다. 오늘밤 거기에서 그대는 나의 친애하는 손님이 될 것이다!

그리고 차라투스트라가 그대를 밟은 데 대해 그대의 몸에 보상하고 싶다. 그럴 생각이다. 그러나 지금은 긴박한 외침이 급히 그대 곁을 떠나라고 소리친다."

차라투스트라는 이렇게 말했다.

마술사

1

그러나 바위 하나를 돌아서 가는 순간, 차라투스트라는 같은 길의 아래쪽으로 멀지 않은 곳에서 한 사람을 보았다. 그자는 미친 사람처럼 손발을 마구 휘두르다가 마침내 배를 깔고 땅에 넘어졌다. 그때 차라투스트라는 마음속으로 이렇게 말했다. '잠깐! 저기에 있는 저자는 차원 높은 인간임에 틀림없다. 저 불길하게 들리는 긴박한 외침도 그가 질렀을 것이다. 어디 도울 방도가 있는지 알아보자.' 그래서 그 사람이 땅에 엎드려 있는 곳으로 다가간 그는 거기에서 멍한 눈으로 떨고 있는 노인을 보았다. 차라투스트라는 그 노인을 일으켜 세워 다시 자기 발로 서게 하려고 무진 애를 썼다. 하지만 아무 소용도 없었다. 그 불행한 자는 누군가가 자기를 도우려 곁에 있다는 사실도 알아차리지 못하는 것 같았다. 오히려 애처로운 몸짓을 하며 계속해서 주위를 둘러보았다. 온 세상으로부터 버림받아 고독해진 사람 같았다. 그러나 마침내 심하게 떨고 경련을 일으키고 몸을 비틀더니 다음과 같이 한탄하기 시작했다.

누가 나를 따뜻하게 맞아 주는가, 누가 아직도 나를 사랑하는가?
뜨거운 손을 다오!
마음의 화로를 다오!
쭉 뻗은 채로 와들와들 떨고,
사람들이 발을 따뜻하게 데워 주는 반쯤 죽은 사람처럼,
아! 알지 못할 열병으로 떨고,
날카롭고 차디찬 서리의 화살에 맞아 덜덜 떨면서,
사상이여, 그대에게 쫓기고 있노라!
이름 붙일 수 없는 자여! 은폐된 자여! 소름 끼치는 자여!
그대 구름 뒤의 사냥꾼이여!
그대의 번개에 맞아,
그대 어둠 속에서 나를 바라보는, 조롱하는 눈이여,
──나는 이렇게 쓰러져 누워 있노라,
몸을 구부리고, 몸부림치고,
모든 영원한 고문에 시달리면서,
그대 가장 잔인한 사냥꾼의

화살에 맞았노라,
그대 미지의—신이여!

더 깊이 맞히라!
다시 한번 맞히라!
심장을 꿰뚫고 파헤치라!
촉이 무딘 화살로 하는
이 고문은 무슨 의미인가?
왜 그대는 다시 바라보는가,
인간의 고통에 권태를 느끼지 않고,
인간의 고통을 즐거워하는 신들의 번개 눈으로 바라보는가?
그대는 죽일 생각도 없이,
고문에 고문만 되풀이하는가?
무엇 때문에—**나를** 고문하는가,
그대 인간의 고통을 즐거워하는 미지의 신이여?

아아! 그대는 살금살금 다가오는가?
이런 한밤중에
그대는 무엇을 하려 하는가? 말하라!
그대는 나를 몰아세우고 압박한다.
아! 벌써 너무 가까이 왔구나!
저리 가라! 저리 가라!
그대는 나의 숨소리를 듣고
그대는 나의 심장에 귀를 기울인다,

그대 질투심으로 넘치는 자여

도대체 무엇을 질투하는가?

저리 가라! 저리 가라! 사다리는 무엇에 쓰려 하는가?

그대는 **안으로**,

나의 심장 속으로

들어오려 하는가, 나의 가장 은밀한

생각 속으로 들어오려 하는가?

염치없는 자여! 미지의 ──도둑이여!

무엇을 훔치려 하는가?

무엇을 엿들으려 하는가?

고문으로 무엇을 얻으려 하는가,

그대 고문하는 자여?

그대 ── 처형자 ── 신이여!

그래, 나는 개처럼

그대 앞에서 뒹굴어야 하는가?

몸을 바쳐, 정신을 잃을 만큼 도취하여

그대에게 ── 사랑을 보이려 꼬리를 흔들어 대란 말인가?

소용없는 일이다! 계속 찌르라,

가장 잔인한 가시여! 아니,

나는 개가 아니라 ──그대가 사냥에서 잡은 짐승일 뿐이다,

더없이 잔인한 사냥꾼이여!

나는 그대의 자만심으로 넘치는 포로다,

그대 구름 뒤에 숨은 강도여!

말하라, 이제는,

그대는 **내게서** 무엇을 바라는가, 노상강도여?

그대 번개 속에 몸을 숨긴 자여! 알 수 없는 자여! 말하라,

그대는 무엇을 **바라는가**, 알 수 없는 신이여? ─

뭐라고? 몸값을 내라고?

얼마만큼의 몸값을 바라는가?

잔뜩 요구하라 ─ 나의 긍지는 이렇게 권한다!

그리고 짤막하게 말하라 ─ 나의 또 다른 긍지는 이렇게 권한다!

아아!

나를 ─ 그대는 원하는가? 나를?

나를 ─ 통째로?

아아!

바보인 그대가 나를 고문하는가,

나의 긍지를 고문으로 부숴 버리려 하는가?

나에게 **사랑**을 다오 ─ 누가 나를 여전히 따뜻하게 해 주는가?

누가 아직도 나를 사랑하는가? ─ 따뜻한 손을 다오,

마음의 화로를 다오,

나 가장 고독한 자에게

얼음을 다오. 아! 일곱 겹의 얼음은

적 자신을,
적을 애타게 그리워하라고 가르친다.
다오, 어서 다오,
더없이 잔인한 적이여,
나에게──**그대를** 다오!──

그가 사라졌다!
그 자신이 달아나 버렸다,
나의 마지막으로 남은 유일한 친구,
나의 커다란 적,
나의 알려지지 않은 자,
나의 처형자──신이!──

──아니다! 돌아오라,
그대의 모든 고문과 함께!
모든 고독한 자들 중에서 가장 마지막 사람에게
아, 돌아오라!
내 눈물의 시내는 흐르고 또 흐른다,
그대를 향해!
그리고 나의 심장의 마지막 불꽃은──
그대를 향해 불타오른다!
아, 돌아오라,
나의 미지의 신이여! 나의 고통이여! 나의 마지막──
행복이여!

2

여기에서 더 이상 참을 수 없었던 차라투스트라는 자신의 지팡이를 들어 한탄하는 자를 힘껏 내리쳤다. "그만하라!" 차라투스트라는 분노에 차 웃으며 한탄하는 자에게 말했다. "그만하라, 그대 배우여! 화폐 위조범! 새빨간 거짓말쟁이! 나는 그대를 잘 안다!

나는 그대의 발을 데워 주려고 한다, 고약한 마술사여. 나는 그대와 같은 자들에게 뜨거운 맛을 보이는 법을 잘 안다!"

"그만하라." 그 늙은이가 말했다. 그리고 땅에서 벌떡 일어났다. "더 이상 때리지 말라, 아, 차라투스트라여! 나는 이렇게 연기하고 있을 뿐이다!

이런 것은 내가 하는 연기의 하나다. 내가 그대에게 이렇게 시범을 보인 것은, 내가 그대를 시험해 보고 싶었기 때문이다! 그런데 참으로 그대는 나를 잘도 꿰뚫어 보았다!

그대도 나에게 만만치 않은 시범으로 그대를 잘 보여 주었다. 그대는 **냉혹한 자**다, 그대 현명한 차라투스트라여! 그대는 자신의 진리들로 냉혹하게 구타한다. 그대의 곤봉이 나에게 **이러한** 진리를 강요한다!"

"알랑거리지 말라." 차라투스트라가 여전히 흥분하여 눈살을 찌푸리며 대답했다. "그대 말 그대로 배우여! 그대는 거짓말쟁이다. 그대가 진리에 대해 무슨 할 말이 있단 말인가? 그대 공작(孔雀) 중의 공작이여, 그대 허영의 바다여, 그대는 내 앞에서 **무엇을** 연기했는가, 그대 고약한 마술사여. 그대가 그런 모습으로 한탄할 때 나는 **누구를** 보고 있다고 믿어야 했겠는가?"

늙은이가 대답했다. "**정신의 속죄자다. 이 속죄자를** 나는 연기로 보여 주었다. 이 말은 일찍이 그대 자신이 만들어 내지 않았던가.

이 속죄자는 마침내 자신의 정신을 자기 자신과 맞서게 하는 시인이자 마술사이며, 자신의 사악한 지식과 양심 때문에 얼어붙고 마는 변화된 자다.

그러니 고백하라, 아, 차라투스트라여. 그대가 나의 연기와 거짓말을 알아차리기까지 한참이나 걸렸다는 것을! 그대가 두 손으로 내 머리를 떠받쳐 주었을 때 **그대**는 나의 곤경이 사실이라고 **믿었다.**

나는 그대가 이렇게 한탄하는 소리를 들었다. '사람들이 이 자를 너무도 홀대했다. 너무도 적게 사랑했다!' 그러므로 그대를 이만큼이나 속인 것에 대해 나의 악의는 마음속으로 기뻐한 것이다."

그러자 차라투스트라가 냉정하게 말했다. "그대는 나보다 더 눈치 빠른 자도 속여 넘겼을 것이다. 하지만 나는 속이는 자들을 미리부터 경계하지는 않는다. 나는 조심이나 하는 그런 위인은 **아니다.** 나의 운명이 그렇게 만들어 놓았다.

하지만 그대는 다른 사람을 **속여야 하는** 존재다. 그대에 대해 나는 그것까지도 안다! 그대는 두 겹, 세 겹, 네 겹, 다섯 겹으로 위장해야 한다! 그리고 그대가 방금 고백한 것도 내가 보기에는 충분히 진실하지도 충분히 허위적이지도 못하다!

그대 고약한 화폐 위조범이여, 그대가 어떻게 달라질 수 있단 말인가! 그대는 의사에게 벌거벗은 자기 몸을 보일 때도 병을 꾸미리라.

'나는 **그저** 연기하고 있을 뿐이다.'라고 말할 때도 그대는 내 앞에서 거짓말을 꾸며 댔다. 물론 그 말 속에는 **진지함도** 있었다. 그대는 어느 정도 정신의 속죄자**이기** 때문이다!

나는 그대라는 인간을 잘 안다. 그대는 모든 사람을 속이는 마술사가 되었다. 하지만 그대 자신에 대해서는 그대의 어떠한 거짓말도 술책도 통하지 않는다. 그대 자신이 그대의 마술에서 풀려났기 때문이다.

그대가 수확한 진리들 중의 하나가 구역질이다. 그대의 어떠한 말도 더 이상 진짜가 아니다. 하지만 그대의 입은, 다시 말해 그대의 입에 들러붙어 있는 구역질만은 진짜다."

여기에서 늙은 마술사가 반항적인 목소리로 외쳤다. "도대체 그대는 누구인가? 오늘날 살아 있는 가장 위대한 자인 **나에게** 감히 그렇게 말하는 자는 누구인가?" 그 순간 그의 눈에서 푸른 번갯불이 차라투스트라를 향해 튀어나왔다. 하지만 그는 곧바로 태도를 바꾸고는 슬픈 목소리로 말했다.

"아, 차라투스트라여, 나는 지쳤다. 나의 연기 때문에 구역질이 난다. 나는 **위대하지** 않다. 그런 척해 봤자 무슨 소용이 있겠는가! 하지만 그대는 잘 안다. 내가 위대함을 추구했다는 것을!

나는 위대한 인간을 연기로 보여 주려 했고 많은 사람을 설득했다. 하지만 이러한 거짓말은 나의 능력에 버거웠다. 그리하여 나는 이러한 거짓말 때문에 파멸하고 있다.

아, 차라투스트라여, 내게서는 모든 것이 거짓말이다. 그러나 내가 파멸한다는 것, 나의 이러한 파멸만은 **진짜**다!"

이에 차라투스트라는 눈길을 옆으로 돌리고는 음울하게 말했다. "그것은 그대의 영광이다. 그대가 위대함을 추구한다는 것은 그대의 영광이다. 하지만 그 과정에서 그대의 모습이 드러나고 만다. 그대는 위대하지 않은 것이다.

그대 고약하고 늙은 마술사여, 그대가 자신에게 염증을 내고 '나는 위대하지 않다.'라고 솔직히 말하는 것. **그것이야말로** 그대의 최선이며 그대의 가장 정직한 점으로서 내가 존중하는 것이다.

이러한 점에서 나는 정신의 속죄자로서의 그대를 존중한다. 그리고 그것이 숨 한 번 쉬는 동안이고 찰나에 지나지 않더라도 이 순간만큼은 그대는 진짜였다.

그러나 말하라. 그대는 여기, **나의** 숲과 바위에서 무엇을 찾는가? 그리고 내가 가는 길에 그대가 누워 있었을 때, 그대는 **내게** 어떤 시험을 하려고 했는가?

어떤 식으로 **나를** 시험하려 했는가?"

이렇게 말하는 차라투스트라의 눈이 번쩍거렸다. 늙은 마술사는 잠시 동안 침묵하고 나서 말했다. "내가 그대를 시험했다고? 나는 오로지 찾고 있을 뿐이다.

아, 차라투스트라여, 나는 진짜 인간, 올바른 자, 단순한 자, 명료한 자, 정직 자체인 자, 지혜의 그릇, 인식의 성인, 위대한 인간을 찾고 있다!

아, 차라투스트라여, 도대체 그대는 알지 못하는가? **나는 차라투스트라를 찾고 있다.**"

여기에서 둘 사이에 오랫동안 침묵이 흘렀다. 차라투스트라는 자기 자신 속에 깊이 침잠하여 눈을 감고 있었다. 그러고 나서 그는 자신의 말상대에게로 돌아와서 마술사의 손을 잡고는 더없이 정중하면서도 교활하게 말했다.

"좋다! 저 위로 올라가면 차라투스트라의 동굴이 나온다. 그 동굴 안에서 그대가 찾고 싶어 하는 자를 찾아도 좋다.

그리고 나의 짐승들에게 조언을 받으라. 나의 독수리와 뱀에게. 그 짐승들은 그대가 찾는 데 도움을 줄 것이다. 하지만 나의 동굴은 크다.

물론 나 자신은, 나는 지금까지 위대한 인간을 보지 못했다. 오늘날 가장 예민한 자들의 눈조차 위대한 것을 보기에는 조잡하다. 지금 이 세상은 천민의 나라이기 때문이다.

팔다리를 뻗치고 기지개를 켜며 으스대는 자들이라면 나는 이미 많이 보았다. 그러면 군중은 소리쳤다. '자, 보라, 위대한 인간을!' 하지만 이런저런 풀무 따위가 무슨 도움이 된단 말인가! 결국에는 바람만 새어 나올 뿐인데.

너무 오랫동안 바람을 불어넣으면 개구리는 마침내 터져 버리고, 바람이 새어 나온다. 부풀어 오른 자의 배를 찔러 버리는 것, 그것을 나는 멋진 심심풀이라고 부른다. 이 말을 명심해 두라, 너희 소년들이여!

지금은 천민의 세상이다. 그러니 무엇이 크고 무엇이 작은지를 누가 **알 것인가**! 누가 위대한 것을 찾는 데 성공한단 말인가! 오직 바보들만 그럴 것이다. 바보들만 성공을 거두리라.

그대 유별난 바보여, 그대는 위대한 인간을 찾고 있는가? 누가 그대에게 그렇게 하라고 **가르쳤는가**? 지금이 그런 일을 할 때란 말인가? 아, 그대 고약한 탐구자여, 무엇 때문에 그대는 나를 시험하는가?"

마음의 위안을 얻은 차라투스트라는 이렇게 말했다. 그러고는 웃으면서 자기의 길을 계속 걸어갔다.

일자리를 잃음

차라투스트라는 마술사에게서 풀려난 지 얼마 되지 않아 자기가 가는 길에 다시 누군가가 앉아 있는 것을 보았다. 검은 옷을 입은, 키가 크고 얼굴이 비쩍 마르고 창백한 사람이었다. **이 남자는** 차라투스트라를 매우 불쾌하게 만들었다. '슬프구나.' 그가 마음속으로 말했다. '저기에 슬픔이 가면을 쓰고 앉아 있구나. 내가 보기에는 성직자 부류인 것 같다. **저들이** 나의 영토에서 무얼 하려는 걸까?

이럴 수가! 저 마술사에게서 겨우 벗어나나 했더니 금방 또 다른 마술사가 내 길을 가로막는구나.

손을 얹어 요술을 부리는 마술사, 신의 은총을 빙자하여 괴이한 일을 보여 주는 자, 성유(聖油)로 축성된 세계 비방자. 이런 자는 악마가 데려가야 마땅하거늘!

그러나 악마란 언제나 있어야 할 자리에 있지 않는 법. 언제나 너무 늦게 오거든. 망할 놈, 난쟁이, 저 안짱다리 말이야!'

차라투스트라는 조바심을 내며 마음속으로 이렇게 저주를 하고 어떻게 하면 눈길을 돌린 채 검은 옷을 입은 남자 곁을 살짝 빠져나갈 수 있을지 생각해 보았다. 하지만, 보라, 사정은 여의치 않았다. 바로 그 순간에 앉아 있던 그자가 벌써 그를 본 것이다. 그자는 예기치 않게 행운과 맞닥뜨린 사람과 같이 자리에서 벌떡 일어나 차라투스트라 쪽으로 돌진했다.

"누구인지는 모르겠으나, 그대 방랑자여." 그가 말했다. "길을 잃고 헤매는 자, 찾고 있는 자, 이곳에서 여차하면 해를 입게 될 늙은이를 도와 다오!

여기 이 세계는 낯설고도 머나먼 곳이다. 게다가 야수들이 울부짖는 소리도 들었다. 그리고 나를 보호해 줄 수 있는 사람도 더 이상 살아 있지 않다.

나는 최후의 경건한 사람, 홀로 숲속에 살면서 오늘날 세상 사람들이 모두 아는 일에 대해 아무것도 듣지 못한 성자이면서 은둔자인 사람을 찾고 있었다."

그러자 차라투스트라가 물었다. "오늘날 세상 사람들이 모두 안다는 것은 **무엇을** 말하는가? 일찍이 세상 사람들 모두가 믿었던 늙은 신이 이제 더 이상 살아 있지 않다는 것을 말함인가?"

그러자 늙은이가 침울하게 대답했다. "그대의 말 그대로다. 나는 이 늙은 신에게 마지막 임종까지 봉사했다.

하지만 이제 나는 일자리를 잃었고 모실 주인도 없다. 그렇다고 해서 자유롭지도 않다. 추억에 잠길 때 말고는 잠시도 즐겁지 않으니까 말이다.

내가 여기 산으로 올라온 것은 마침내 나를 위해, 늙은 교황이자 교부(敎父)인 나에게 어울리는 축제를 다시 열기 위해서다. 왜인고 하니 나는 마지막 교황이기 때문이다! 그래서 경건한 추억과 예배를 위한 축제를 올리려는 것이다.

하지만 이제 그 사람, 그토록 경건했던 사람은 죽었다. 노래와 웅얼거림으로 자신의 신을 끊임없이 찬양하던 숲속의 저 성자 말이다.

내가 그의 오두막을 발견했을 때, 그 사람은 이미 보이지 않았다. 두 마리의 늑대만이 오두막 안에서 그의 죽음을 슬퍼하며 울부짖고 있었다. 모든 짐승들이 그를 사랑했기 때문이다. 그래서 나는 그곳을 빠져나왔다.

그렇다고 해서 내가 이 숲과 산으로 온 것이 헛걸음이 되도록 내버려 두어야 했단 말인가? 그래서 나는 다른 사람을, 신을 믿지 않는 모든 사람들 가운데서 가장 경건한 자, 즉 차라투스트라를 찾기로 결심했다!"

늙은이는 이렇게 말하고는 자기 앞에 서 있는 사람을 날카로운 눈길로 바라보았다. 그러자 차라투스트라는 늙은 교황의 손을 잡고는 경탄을 금치 못하면서 한동안 그 손을 바라보았다.

그러고 나서 말했다. "자, 보라, 그대 귀한 자여, 이 얼마나 아름답고 기다란 손인가! 이것은 끊임없이 축복을 나누어 준

자의 손이다. 그런데 이제 이 손은 그대가 찾는 자인 나를, 차라투스트라를 꼭 붙들고 있다.

내가 바로 신을 부정하는 차라투스트라다. '내가 기꺼이 그 가르침을 받아들일 만큼 나보다 더 신을 부정하는 자는 누구인가?'라고 묻는 차라투스트라다."

차라투스트라는 이렇게 말했다. 그러고는 그의 눈길로 늙은 교황의 사상과 그 사상의 바닥을 꿰뚫어 보았다. 마침내 교황이 말문을 열었다.

"신을 가장 많이 사랑하고 소유하던 자, 그자야말로 이제는 신을 가장 많이 잃어버렸다. 보라, 우리 둘 중에서 이제 나 자신이 더욱더 신을 부정하는 자가 아닐까? 하지만 누가 그것을 기뻐하겠는가!"

깊은 침묵 후에 차라투스트라가 생각에 잠긴 채 물었다. "마지막까지 신에게 봉사했으므로 그대는 그가 **어떻게** 죽었는지 알 테지? 동정심이 그의 목을 졸라 죽였다고들 하던데 그게 사실인가?

그 인간이 십자가에 매달려 있는 것을 보고 견딜 수 없었고, 그래서 인간에 대한 사랑이 그의 지옥이 되고, 결국은 그의 죽음이 되었다는 게 사실이란 말인가?"

늙은 교황은 대답하지 않았다. 그 대신 수줍고 고통스럽고 침울한 표정을 지으면서 눈길을 돌렸다.

"신을 그냥 보내 주라." 오랫동안 생각에 잠겼던 차라투스트라가 여전히 늙은이의 눈을 정면으로 바라보며 말했다.

"신을 그냥 보내 주라. 그는 사라졌다. 그대가 이 죽은 자에 대해 좋은 말만 하는 것은 그대의 인품을 돋보이게 한다. 하지만 그대도 나와 마찬가지로 그가 **누구**였던가를, 그리고 그가 유별난 길을 걸어왔다는 것을 잘 알지 않는가?

그러자 늙은 교황이 유쾌하게 말했다. "세 개의 눈이 보는 데서 하는 말이지만(그는 한쪽 눈이 멀었다.), 신의 일에 관한 한 나는 차라투스트라보다 더 잘 안다. 그게 당연하지 않은가?

나는 오랜 세월 동안 사랑으로 그를 섬겼고, 나의 의지는 그의 모든 의지를 따랐다. 하지만 좋은 하인이란 모르는 게 없는 법이라 자기 주인이 스스로에게 숨기고 있는 일들조차 안다.

비밀로 가득 찬 숨은 신이었다. 참으로 그는 자신의 아들에게 올 때도 샛길로 왔다. 그리하여 그의 신앙의 문턱에 간음이란 것이 있게 된 것이다.

그를 사랑의 신으로 칭송하는 자는 사랑이 무언지를 제대로 모르는 사람이다. 이 신은 또한 재판관까지 되고 싶어 하지 않았던가? 그러나 사랑하는 자는 보상과 앙갚음의 저 너머에서 사랑하는 법이다.

동방에서 온 이 신은 젊은 시절에 냉혹하고 복수심에 불타올랐으며 자기 마음에 드는 사람들을 즐겁게 해 주려고 지옥을 만들었다.

하지만 마침내 그는 늙고 연약해지고 물러지고 동정심만 남게 되어 아버지보다는 할아버지와 닮게 되었다. 아니, 비틀거리는 늙은 할머니와 가장 많이 닮게 되었다.

그리하여 그는 시들어 버린 채 난로 한쪽 구석에 앉아 자기 발에 힘이 빠진 것을 슬퍼하며 세상만사에 지치고 의욕도 없던 중 어느 날 마침내 너무도 커다란 동정심 때문에 질식하고 말았다."

여기에서 차라투스트라가 끼어들며 말했다. "그대 늙은 교황이여, 그대는 **그 일**을 눈으로 직접 보았는가? 아마 그랬을 수도 있고 그러지 않았을 **수도** 있을 테지. 신들이란 죽을 때 언제나 여러 가지 유형의 죽음을 맞이하는 법이니까.

어쨌든 좋다! 이렇든 저렇든 그는 사라지지 않았는가! 그는 나의 귀와 눈의 미감에도 거슬렸다. 그리고 더 고약한 말은 삼가겠다.

나는 밝게 쳐다보며 정직하게 말하는 모든 것을 사랑한다. 그러나 그대도 잘 알다시피, 그대 늙은 성직자여, 그에게는 그대와, 즉 성직자와 비슷한 점이 있었다. 말하자면 그의 언행은 애매모호했다.

그는 또한 불분명하기까지 했다. 씩씩거리며 격노하는 이자는 우리가 그의 말을 잘못 이해한다고 얼마나 화를 냈던가! 하지만 그는 왜 좀 더 분명하게 말하지 않았던가?

그리고 그게 우리의 귀 탓이었다면, 왜 그는 우리에게 그의 말을 잘못 알아듣는 귀를 주었던가? 우리의 귀에 진흙이 있었다고 치자. 좋다! 그렇다면 누가 진흙을 집어넣었단 말인가?

그자는, 제대로 수련하지 못한 이 도공(陶工)은 너무도 많은 실패를 했다! 그런데도 그가 자신의 항아리와 피조물을 보고 잘못 만들어졌다면서 복수했다는 사실. 그것은 **좋은 미감**에 거슬리는 죄다.

경건함 속에도 좋은 미감은 들어 있는 법. 그래서 마침내

이 미감이 말했다. '**이따위** 신은 꺼지라! 차라리 신이 없는 게 낫다. 차라리 혼자 힘으로 운명을 만들리라. 차라리 바보가 되리라. 차라리 나 자신이 신이 되리라!'"

귀를 곤두세우고 있던 늙은 교황이 이 대목에서 말했다. "이 무슨 말인가! 아, 차라투스트라여, 그대는 이처럼 신앙이 없으면서도 그대가 생각하는 것보다는 더욱 경건하구나! 그대 마음속의 어떤 신이 그대를 무신론자로 개종시켰구나.

그대로 하여금 유일신을 믿지 못하게 하는 것, 그것이야말로 그대의 경건함이 아닌가? 그리고 그대의 너무도 커다란 정직함은 그대를 또한 선악의 저 너머로 데려가리라!

자, 보라. 그대에게 무엇이 그대로 남겨져 있는가를? 그대에게는 영원한 옛날부터 축복을 내리도록 정해진 눈과 손과 입이 있지 않은가. 손 하나만으로 축복을 내리는 것이 아니다.

비록 그대는 신을 가차 없이 부정하는 자가 되려고 하지만, 나는 그대 곁에 있으면 오랜 축복의 비밀스럽고 성스러운 향기를 맡는다. 그러면 나는 즐거워지고 또 슬퍼진다.

나를 손님으로 맞아 달라, 아, 차라투스트라여, 단 하룻밤만! 지금 내게는 이 지상에서 그대 곁보다 더 아늑한 곳은 없다!"

"아멘! 그렇게 될지어다!" 차라투스트라가 매우 의아하게 생각하면서 말했다. "저기 위로 올라가면 차라투스트라의 동굴이 있다. 정말이지 나는 그대를 기꺼이 그곳으로 데려가고 싶다, 그대 귀한 자여. 나는 모든 경건한 사람들을 사랑하기 때문이다. 하지만 지금은 긴박한 외침이 빨리 그대 곁을 떠나라고 나를 부른다.

나의 영토에서는 아무도 해를 입지 말아야 한다. 나의 동굴은 좋은 항구가 되어야 한다. 그리고 내가 가장 바라는 것은, 슬퍼하는 자 모두를 굳건한 땅 위에 튼튼한 발로 다시 서게 하는 것이다.

하지만 누가 **그대의** 슬픔을 어깨에서 내려 줄 것인가? 그렇게 하기에 나는 너무 약하다. 참으로 오랜 세월을 우리는 기다려야 할지도 모른다. 그대를 위해 누군가가 그대의 신을 다시 깨울 때까지.

말하자면 저 늙은 신은 더 이상 살아 있지 않기 때문이다. 이 신은 남김없이 죽었다."

차라투스트라는 이렇게 말했다.

더없이 추악한 자

차라투스트라의 발은 다시 산을 넘고 숲을 지났으며, 그의 눈은 찾고 또 찾았다. 하지만 그의 눈이 보고 싶어 한 사람, 즉 커다란 곤경에 빠져 절박하게 외친 사람은 어디에도 보이지 않았다. 하지만 길을 걷는 내내 그의 마음은 기쁨과 감사로 가득했다. 그가 말했다. "오늘이라는 날은 내게 참으로 좋은 일들을 마련해 주는구나. 시작이 좋지 않았던 것의 대가로 말이다! 나는 정말로 유별난 말상대들을 만나지 않았던가!

나는 이제 그들의 말을 잘 익은 곡식 낟알을 씹듯이 오래 씹어야겠다. 그들의 말이 젖처럼 나의 영혼에 흘러 들어올 때까지 나의 이는 그것들을 잘게 부수고 갈아야 한다!"

하지만 다시 어떤 바위를 돌아서는 순간, 갑자기 풍경이 돌

변하면서 차라투스트라는 죽음의 나라로 들어섰다. 검고 붉은 절벽들이 우뚝 솟아 있었고 풀도 나무도 없었으며 새소리도 들리지 않았다. 다시 말해 모든 짐승들, 심지어 맹수들조차 피해 가는 골짜기였다. 다만 추악하고 몸통이 굵은 녹색의 뱀들만이 늙어서 죽음을 맞으러 오는 곳이었다. 그래서 양치기들은 이 골짜기를 '뱀의 죽음'이라고 불렀다.

차라투스트라는 어두컴컴한 기억 속으로 빠져들었다. 언젠가 한번 이 골짜기에 서 있었던 것 같은 느낌이 들었다. 그리고 이런저런 생각이 그의 마음을 내리눌렀기 때문에 발걸음은 느려지고 점점 더 느려지다가 마침내 멈추어 서게 되었다. 그 순간 눈을 뜨자 길에 무언가가 앉아 있는 것이 보였다. 그 모습은 인간과 비슷했으나, 거의 인간 같지 않았고 무어라 말로 표현하기도 어려웠다. 이러한 것을 눈으로 보았다는 사실 때문에 차라투스트라는 갑자기 커다란 수치심에 사로잡혔다. 백발까지 붉어질 정도로 얼굴이 달아오른 그는 눈길을 옆으로 돌린 채 이 불길한 장소를 떠나려고 걸음을 뗐다. 하지만 그때 죽어 있던 황야가 요란하게 소리를 질렀다. 마치 한밤중에 막혀 있는 수도관으로 물이 지나가면서 꼬르륵 까르륵 소리를 내는 것처럼 땅으로부터 꼬르륵거리고 까르륵거리는 소리가 솟아 올라왔다. 그리고 마침내 이 소리는 인간의 목소리가 되고 인간이 말을 건네는 소리가 되었다. 그 소리는 다음과 같았다.

"차라투스트라여! 차라투스트라여! 나의 수수께끼를 풀라! 말하라, 말하라! **목격자에 대한 복수**는 무엇이어야 하는가?

나는 그대를 꾀어서 돌아오게 한다. 여기는 얼음이 미끄럽다! 조심하라, 조심하라. 그대의 긍지가 여기에서 다리를 부러뜨리지 않도록 하라!

그대는 스스로가 지혜롭다고 생각한다, 그대 긍지 넘치는 차라투스트라여! 그렇다면 이 수수께끼를 풀라, 그대 냉혹한 호두까기여, 내가 바로 수수께끼다! 그러니 **내가** 누구인지 말하라!"

차라투스트라가 이 말을 들었을 때, 그의 영혼에 어떤 일이 일어났을 것 같은가? 말하자면 **동정심이 그를 덮쳤다.** 그는 갑자기 쓰러졌다. 오랫동안 많은 벌목꾼들에게 저항해 온 떡갈나무가 뿌지직하면서 갑작스럽게, 나무를 쓰러뜨리고자 했던 사람들 자신을 놀라게 하면서 쓰러지듯이 그는 쓰러졌다. 하지만 그는 어느새 땅에서 일어났고, 표정은 단호했다.

"나는 그대를 잘 안다." 차라투스트라가 청동을 두들기는 것 같은 목소리로 말했다. **"그대는 신을 살해한 자가 아닌가!** 나를 가게 해 다오.

그대는 **그대를** 본 자, 즉 그대를 끊임없이 보고 또 꿰뚫어 본 자를 **참아 내지** 못했다, 그대 더없이 추악한 자여! 그대는 이 목격자에게 복수를 한 것이다!"

차라투스트라는 이렇게 말하고 자리를 떠나려고 했다. 그러나 말로 나타낼 수 없는 자가 그의 옷자락을 붙들고 다시 꼬르륵거리기 시작하면서 할 말을 찾았다. "멈추라!" 그가 마침내 말했다.

"멈추라! 지나가지 말라! 나는 어떠한 도끼가 그대를 땅으로 쓰러뜨렸는지 알고 있었다. 만세, 아, 차라투스트라여, 그대가 다시 일어서다니!

나는 잘 안다. 신을 죽인 자, 즉 신의 살해자가 어떤 기분이 되는지를 그대가 안다는 것을. 멈추라! 내 곁에 앉으라. 부질없는 짓은 아니다.

그대에게가 아니라면 내가 누구에게 가려고 했겠는가? 멈추라, 앉으라! 하지만 나를 바라보지는 말라! 그렇게 함으로써 나의 추악함에 경의를 표하라!

사람들이 나를 쫓아온다. 이제 **그대는** 나의 마지막 피난처다. 그들은 증오로 뒤쫓는 것도 **아니고** 추적자를 시켜 뒤쫓는 것도 **아니다**. 아, 이런 추적이라면 나는 비웃고 자랑하고 기뻐해도 되리라!

지금까지 보선대 모든 성공은 제대로 쫓기는 자의 것이 아니었던가? 그리고 잘 뒤쫓는 자는 또한 **따라가는 것**을 손쉽게 배운다. 뒤쫓는 자는 분명히 뒤쪽에서 쫓아가기 때문이다! 하지만 이것은 그들의 **동정심**이다.

그들의 동정심 때문에 나는 도망쳐서 그대에게로 피난하는 것이다. 아, 차라투스트라여, 나를 보호해 다오. 그대 나의 마지막 피난처여, 그대 나를 아는 유일한 자여.

신을 죽인 자가 어떤 기분일지 그대는 잘 안다. 멈추라! 그리고 그대도 떠나고 싶다면, 그대 성급한 자여, 내가 온 길로 가지는 말라. 그 길은 험하고 험하다.

그대는 내가 더듬거리며 너무 오래 횡설수설해서 화가 났는가? 게다가 충고까지 한다고? 하지만 이건 알아 두라. 내가 더

없이 추악한 자이며,

가장 크고 가장 무거운 발을 가진 자라는 사실을. **내가** 걸어온 길, 그 길은 험해진다. 내가 모든 길을 죽도록 짓밟으며 깔아뭉개 버리기 때문이다.

그런데도 그대는 아무 말 없이 내 곁을 지나갔고, 그러면서 얼굴을 붉히는 것을 나는 똑똑히 보았다. 그 때문에 나는 그대가 차라투스트라임을 알아보았다.

다른 사람이었다면 누구든 눈길과 말로 나에게 그의 자선을, 그의 동정을 던졌을 것이다. 하지만 나는 거지가 아니며, 그대도 이 점을 알았다.

거지가 되기에 나는 너무도 **풍부하다**. 위대한 것, 무시무시한 것, 더없이 추악하고 말로 표현하기 더없이 어려운 것을 넘치도록 가졌다! 그대가 부끄러워한 것이, 아, 차라투스트라여, 나에게는 **영광**이었다!

나는 동정하며 몰려드는 군중으로부터 간신히 빠져나왔다. '동정은 귀찮고 성가신 것이다.'라고 오늘 가르치는 유일한 자, 바로 그대를 찾기 위해서다. 아, 차라투스트라여!

신의 동정이든 인간의 동정이든 간에 동정은 부끄러움을 모르는 짓이다. 도와주지 않으려 하는 것이 돕겠다고 달려드는 덕보다 더 고귀할 수 있다.

그러나 **그것**, 즉 동정은 오늘날 모든 왜소한 인간들에 의해 덕 자체라고 불린다. 왜소한 인간들은 커다란 불행과 커다란 추악함과 커다란 실패에 대해 아무런 외경심도 품지 않는다.

마치 개 한 마리가 우글거리며 몰려 있는 양 떼 너머로 저 먼 곳을 바라보듯 나는 이러한 모든 자들 너머로 저 먼 곳을 바라본다. 그들은 왜소하고 털이 부드러우며 마음 씀씀이가 따뜻한 회색 인간들이다.

마치 왜가리 한 마리가 머리를 뒤로 젖힌 채 경멸하듯, 야트막한 연못 저 너머로 바라보듯 나는 잿빛의 작은 물결과 의지들과 영혼들의 우글거림 저 너머로 먼 곳을 바라본다.

너무나 오랫동안 사람들은 그들의, 이 왜소한 인간들의 권리를 인정해 주었다. **그리고** 마침내 그들에게 힘까지 주었다. 그리하여 이제 그들은 '왜소한 인간들이 선이라고 부르는 것만이 선하다.'라고 가르친다.

자신이 왜소한 인간 출신인 저 설교자가 말한 것, 즉 자기 자신을 두고 '내가 진리다.'라고 증언한 저 기이한 성자요, 왜소한 인간들의 대변자가 말한 것이 오늘날 진리라고 일컬어진다.

이 불손한 자는 이미 오랫동안 왜소한 인간들로 하여금 그들의 볏을 높이 세우게 했다. '내가 진리다.'라고 가르치면서 이자는 적지 않은 오류를 가르쳤다.

불손한 자로서 지금까지 그보다 더 공손하게 대접받은 자가 있었던가? 하지만 그대는, 아, 차라투스트라여, 그의 곁을 지나가면서 말했다. '아니다! 아니다! 삼세번 말하지만 아니다!'

그대는 그가 범한 오류를 조심하라고 경고했다. 그리고 그대는 동정을 조심하라고 경고한 첫 번째 사람이었다. 모든 사람에 대해서 경고한 것도 아니고 아무에게도 경고하지 않은 것도 아니라, 바로 그대와 그대의 동류들에게 경고한 것이다.

그대는 심하게 고통받는 자들의 부끄러움에 대해 부끄러움을 느낀다. 그리고 참으로 그대가 '동정으로부터 커다란 구름이 생긴다. 조심하라, 그대 인간들이여!'라고 말할 때도 그런다.

그대가 '모든 창조하는 자들은 냉혹하다. 모든 커다란 사랑은 동정을 넘어선다.'라고 가르칠 때, 아, 차라투스트라여, 나는 그대가 뇌우의 징조를 참으로 잘 배웠다고 생각한다!

그리고 그대도 **스스로** 동정에 빠지지 않도록 자기 자신에게 경고하라! 왜냐하면 많은 사람들이 그대에게로 오고 있기 때문이다. 고뇌하고 의심하고 절망하고 물에 빠지고 추위에 얼어붙은 많은 사람들이.

나는 그대에게 나도 조심하라고 경고한다. 그대는 나의 더없이 골치 아픈 수수께끼, 즉 나 자신이 누구며 내가 무엇을 했는지 안다. 나는 그대를 쓰러뜨리는 도끼를 잘 아는 것이다.

하지만 신은 죽어야**만 했다.** 그는 **모든 것**을 본 눈으로 보았다. 그는 인간의 깊이와 바닥을, 인간의 숨겨진 모든 부끄러움과 추악함을 보았다.

그의 동정은 부끄러움을 몰랐다. 그는 나의 가장 더러운 구석까지 기어들었다. 호기심이 넘치고 너무나 주제넘고 지나치게 동정하는 이자는 죽어야만 했다.

그는 끊임없이 **나를** 지켜보았다. 나는 그런 목격자에게 복수하고 싶었다. 그러지 않고는 더 이상 살고 싶지 않았다.

모든 것을 본 신, **그러므로 인간도** 본 신, 이 신은 죽어야만 했다! 인간은 그러한 목격자가 살아 있음을 **참을 수** 없었던 것이다."

더없이 추악한 자는 이렇게 말했다. 그러나 차라투스트라는 자리에서 일어나 떠나가려고 했다. 내장 속까지 서늘해지는 느낌이 들었기 때문이다.

차라투스트라가 말했다. "그대 말로 나타낼 수 없는 자여, 그대는 자신이 걸어온 길로 가지 말라고 내게 경고해 주었다. 그에 대한 감사로 나는 그대에게 나의 길을 권하겠다. 보라, 저 위로 올라가면 차라투스트라의 동굴이 나온다.

나의 동굴은 크고 깊으며, 구석진 곳이 많다. 거기에는 자신을 가장 잘 숨기는 자마저 만족시키는 은신처가 있다.

그리고 동굴 바로 옆에는 기어 다니거나 날개를 퍼덕거리거나 뜀박질하는 짐승들을 위한 백 개의 구석진 곳과 샛길이 있다.

스스로를 내쫓아 추방된 자여, 그대는 인간과 인간의 동정 사이에서 살고 싶지 않단 말인가? 자, 그렇다면 나처럼 행동하라! 그렇다면 나에게서 배우라! 오직 행동하는 자만이 배우는 법이니까.

무엇보다 우선 나의 짐승들과 이야기하라! 더없이 긍지 높고 더없이 영리한 짐승, 이 짐승들은 우리 두 사람을 위한 진정한 충고자가 되리라!"

차라투스트라는 이렇게 말했다. 그러고는 이전보다 더 깊이 생각에 잠겨, 그리고 더 천천히 걸어갔다. 자신에게 이런저런 질문을 던졌으나 대답이 쉽게 나오지 않았기 때문이다.

'인간이란 얼마나 가련한가!' 그는 생각했다. '참으로 추악하고 참으로 꼬르륵거리며 숨겨진 수치심으로 가득하지 않은가!

사람들은 내게 말한다, 인간은 자기 자신을 사랑한다고. 아, 이 자기애는 얼마만큼 커야 한단 말인가! 이 자기애는 얼마만큼 자기를 경멸한단 말인가!

저기에 있는 저자도 자기를 경멸하는 만큼이나 자기를 사랑했다. 내가 보건대 그는 크게 사랑하는 자며 크게 경멸하는 자다.

저자보다 더 깊이 자기를 경멸하는 자를 나는 아직까지 보지 못했다. **그것도** 높이가 아닌가. 슬프다. 어쩌면 **저 사람**은 내가 외침을 들은 차원 높은 인간이 아닐까?

나는 크게 경멸하는 자들을 사랑한다. 그러나 인간은 극복되어야 할 그 무엇이다.'

제 발로 거지가 된 자

차라투스트라는 더없이 추악한 자와 헤어지고 나자 몸이 얼어붙는 듯하면서 고독을 느꼈다. 마음속으로 많은 추위와 고독감이 오갔기 때문에 손발이 차가워진 것이다. 그러나 오르락내리락하면서 앞으로 또 앞으로 나아가고, 때로는 푸른 목장을 스쳐 지나가고 때로는 이전에 급하게 흘러내리던 개천이 바닥을 드러낸 것 같아 보이는 돌투성이 황무지를 지나가는 동안 그의 마음은 갑자기 좀 더 따뜻해지고 좀 더 유쾌해졌다.

"나에게 무슨 일이 있었던가?" 그는 자신에게 물었다. "그 어떤 따뜻하고 생생한 것이 나를 상쾌하게 한다. 그것이 내 가까이에 있음이 분명하다.

나는 이제 덜 외롭다. 미지의 길동무와 형제들이 내 주위를 돌아다니고 그들의 따뜻한 숨결이 내 영혼에 와 닿는다."

그래서 그는 주변을 살피면서 그의 외로움을 달래 줄 자들을 찾았다. 그런데, 보라, 거기 언덕 위에 암소들이 나란히 줄을 지어 서 있었다. 가까이에 있는 암소들 냄새 때문에 그의 마음이 따뜻해진 것이다. 그 암소들은 어떤 자의 말에 열심히 귀를 기울이고 있어서, 자기들 쪽으로 다가오는 사람에게 아무런 주의도 기울이지 않았다. 암소들 곁으로 바짝 다가갔을 때, 차라투스트라는 암소들 가운데서 말하는 사람의 목소리를 분명하게 들었다. 모든 암소들이 말을 하는 사람 쪽으로 머리를 돌리고 있는 것도 눈에 들어왔다.

그러자 차라투스트라는 성급하게 뛰어 올라가 짐승들을 이리저리 헤쳐 놓았다. 누군가가 여기에서 암소들의 동정 따위로는 쉽게 해결할 수 없는 고통을 겪고 있는 게 아닐까 하는 걱정이 들었기 때문이다. 하지만 암소들 사이로 들어간 그는 자신의 생각이 틀렸음을 알았다. 왜냐하면, 보라, 거기에 한 사람이, 즉 평화를 갈구하며 그 눈으로 선(善) 자체를 설교하는 산상 수훈자가 땅바닥에 앉아 있었기 때문이다. 그 자는 짐승들에게 자기를 두려워할 필요가 없다고 설득하는 것 같았다. "그대는 여기에서 무엇을 찾고 있는가?" 차라투스트라는 의아하게 생각하면서 외쳤다.

산상 수훈자가 대답했다. "내가 여기에서 무엇을 찾느냐고? 그대 훼방꾼아! 그대가 찾는 것과 같은 것을 찾고 있다. 다시 말해 이 지상에서의 행복을 찾고 있다.

그러기 위해서 나는 이 암소들로부터 배우려고 한다. 나는 아침나절의 절반 동안이나 암소들을 설득했고, 그래서 방금 암소들이 나에게 가르쳐 주려던 참이었다. 그런데 왜 그대가 끼어들어 일을 방해하는가?

마음을 돌려 암소처럼 되지 않는 한 우리는 하늘나라에 들어가지 못한다. 우리가 암소들로부터 배울 것이 한 가지 있으니, 그것은 되새김질이다.

참으로 인간이 온 세계를 얻더라도 되새김질 이 하나를 배우지 못한다면 무슨 소용이겠는가? 그런 자는 자신의 슬픔으로부터 해방되지 못하리라.

자신의 커다란 슬픔으로부터. 그리고 이 슬픔은 오늘날 **구역질**이라고 불린다. 오늘날 그 마음과 입과 눈이 구역질로 가득 차지 않은 자가 있단 말인가? 그대도 마찬가지다! 그대도! 하지만 이 암소들을 보라!"

산상 수훈자는 이렇게 말했다. 그러고는 자신의 눈길을 차라투스트라에게로 돌렸다. 지금까지 그의 애정 어린 눈길은 암소들만을 향하고 있었던 것이다. 그러나 차라투스트라를 보는 순간 그의 태도가 돌변했다. "나와 이야기하는 이자는 누구인가?" 깜짝 놀라 소리치면서 그는 땅에서 벌떡 일어났다.

"이자는 구역질을 하지 않는 인간, 바로 차라투스트라다. 커다란 구역질을 극복한 자다. 이것은 차라투스트라 자신의 눈이고 입이며 마음이다."

이렇게 말하면서 그는 자기와 말하는 자의 두 손에 입맞춤을 했다. 눈에서는 눈물이 넘쳐흘렀다. 그는 그야말로 예기치 않게 하늘에서 떨어진 귀한 선물과 보석을 받은 사람인 것처럼 행동했다. 하지만 암소들은 이 모든 일을 바라보며 이상하다고 생각했다.

"나에 대해서는 말하지 말라, 그대 유별난 자여! 사랑스러운 자여!"라고 말하면서 차라투스트라는 상대방의 애정 어린 몸짓을 제지했다. "우선 그대의 이야기를 들려달라! 그대는 일찍이 커다란 재산을 던져 버리고 제 발로 거지가 된 자가 아닌가?

자신의 재산과 부자임을 부끄럽게 여기면서 자신의 충만함과 자신의 마음을 베풀기 위해 가장 가난한 자들에게로 도망친 자가 아닌가? 하지만 가장 가난한 자들은 그를 받아들이지 않았지."

"그대도 알다시피 그들은 나를 받아들이지 않았다." 제 발로 거지가 된 자가 말했다. "그래서 마침내 나는 짐승들에게로, 이 암소들에게로 왔다."

"그렇다면 그대는 제대로 배웠구나." 차라투스트라가 말을 중간에 가로챘다. "올바르게 주는 것이 올바르게 받는 것보다 더 어렵다는 것을, 그리고 제대로 베푸는 것이 하나의 **솜씨**이며 선의(善意)를 드러내는 명장(名匠)의 교묘하기 그지없는 최후의 기술이라는 것을."

"요즈음은 특히 그렇다." 제 발로 거지가 된 자가 말했다. "모든 저열한 것이 폭동을 일으키고 겁을 내면서도 그 나름대로 천민의 방식으로 교만을 떠는 오늘날은 말이다.

그대도 잘 알다시피 거대하고 불길하며 장기적으로 서서히 진행되는 천민과 노예의 폭동이 일어나고 있기 때문이다. 이 폭동은 점점 더 자라난다!

이제 모든 자선과 자그마한 기부는 저 저열한 자들을 분개시킬 뿐이다. 그러므로 넘치도록 부유한 자는 조심할 일이다!

오늘날 배는 불룩하지만 지나치게 가느다란 목을 가진 병으로부터 물방울을 떨어뜨리는 자들. 오늘날 사람들은 그러한 병들의 목을 기꺼이 부러뜨린다.

이글거리는 탐욕, 노기에 찬 질투, 원망 어린 복수심, 천민의 자부심. 이런 모든 것이 나의 면전으로 뛰어올랐다. 가난한 자에게 복이 있다는 것은 이미 진실이 아니다. 하늘나라는 차라리 암소들에게 있다."

"그런데 왜 부자들에게는 하늘나라가 없는가?" 차라투스트라는 평화를 갈구하는 자에게로 다정하게 다가와 거친 숨을 몰아쉬는 암소들을 가로막으면서 시험하듯이 물었다.

"그대는 왜 나를 시험하는가?" 이 사람이 응수했다. "그대는 이 일을 나보다 더 잘 안다. 무엇이 나를 가장 가난한 자들에게로 몰아갔던가, 아, 차라투스트라여? 우리 가장 부유한 자들에 대한 구역질 때문이 아니었던가?

온갖 쓰레기로부터 그들의 이익을 긁어모으는 부(富)의 죄수들에 대한 구역질 때문이 아니었던가? 차가운 눈〔目〕과 음란한 사상으로 하늘을 향해 악취를 풍기는 이 천민에 대한 구역질 때문이 아니었던가?

조상이 소매치기였거나 시체를 먹는 새였거나 쓰레기 줍는 자들이었으며, 기꺼이 세태를 추종하고 음행을 저지르고 쉽게 잊어버리면서 모두 창녀나 다름없는 아내들을 거느리던, 저 금칠하고 위장한 천민에 대한 구역질 때문이 아니었던가?

위에도 천민, 아래에도 천민! 오늘날 가난하다는 것과 부유하다는 것은 무슨 의미인가! 이러한 구분을 나는 잊어버렸다. 그래서 나는 달아났다. 멀리, 더 멀리로. 마침내 이 암소들이 있는 곳까지."

평화를 갈구하는 자는 이렇게 말했다. 말을 하는 동안 그는 거칠게 숨을 몰아쉬며 땀을 뻘뻘 흘렸다. 그래서 암소들은 다시금 이상하다고 생각했다. 하지만 차라투스트라는 평화를 갈구하는 자가 이렇게 냉혹하게 말하는 동안 내내 미소를 띠고서 상대방의 얼굴을 바라보았고 침묵을 지키면서 고개를 가로저었다.

"그대가 그처럼 냉혹한 말을 쓴다면, 그대 산상 수훈자여, 그대는 자신에게 폭력을 가하는 것이다. 그대의 입도 그대의 눈도 그러한 냉혹함을 감당할 만큼 성장하지 못했다.

내가 생각하기에는 그대의 위장 또한 마찬가지다. 그러한 모든 분노와 미움과 끓어오르는 흥분은 **그대의 위장**에 거슬린다. 그대의 위장은 보다 부드러운 음식을 원한다. 그대는 육식주의자가 아니다.

내가 보기에 그대는 채식주의자며 뿌리를 채집하는 자다. 아마도 그대는 곡물도 깨물어 부수리라. 분명히 그대는 육식의 즐거움을 싫어하고 꿀을 좋아한다."

"그대는 나를 잘도 알아보았다." 제 발로 거지가 된 자가 홀가분해진 마음으로 대답했다. "나는 꿀을 좋아하고 곡물을 씹는다. 나는 입맛에 맞고 숨을 맑게 하는 것을 찾고 있었다.

또한 시간이 오래 걸리고, 유약한 건달과 게으름뱅이에게 어울리는 소일거리, 즉 씹을 것을 찾고 있었다.

물론 이런 일에는 암소들이 적격이다. 암소들은 되새김질과 일광욕을 고안해 내지 않았던가. 게다가 암소들은 가슴을 부풀게 하는 모든 무거운 사상을 멀리한다."

"자!" 차라투스트라가 말했다. "그대는 **나의** 짐승들을, 나의 독수리와 나의 뱀을 만나 보아야 한다. 이 짐승들과 같은 것은 오늘날 지상에 존재하지 않는다.

보라, 저기로 가면 나의 동굴이 나온다. 오늘밤에는 동굴에서 묵으라. 그리고 짐승의 행복에 관해 나의 짐승들과 이야기하라.

내가 집으로 돌아갈 때까지. 지금은 긴박한 외침이 빨리 그대 곁을 떠나라고 재촉하는 형편이다. 그대는 나의 거처에서 새로운 꿀, 얼음처럼 신선한 금빛 벌집의 꿀을 보게 될 것이다. 그것을 먹으라!

하지만 지금은 빨리 그대의 암소들과 헤어지라, 그대 유별난 자여! 사랑스러운 자여! 이별이 이미 힘들어졌을지라도 말이다. 암소들은 그대의 가장 마음씨 고운 벗이었고 스승이었으니까 말이다!"

"내가 보다 사랑하는 한 사람을 제외한다면 그렇다." 제 발로 거지가 된 자가 말했다. "나는 그대가 좋다. 암소보다도 더 좋다, 아, 차라투스트라여!"

"가라, 떠나라! 그대 고약한 아첨꾼이여!" 차라투스트라는 화가 나서 소리쳤다. "그대는 왜 그러한 칭찬과 아첨의 꿀로 나의 기분을 망쳐 버리는가?"

"가라, 내게서 떠나라!" 그는 다시 한번 소리를 지르면서 상냥한 거지를 향해 자기 지팡이를 휘둘러 댔다. 그러자 거지는 부리나케 그곳을 떠났다.

그림자

제 발로 거지가 된 자가 달아나고 차라투스트라가 다시 혼자 있게 되자마자 그의 뒤쪽에서 새로운 목소리가 들려왔다. 이 목소리는 "멈추라, 차라투스트라여! 기다려 다오! 바로 나란 말이다, 아, 차라투스트라여, 바로 나다, 그대의 그림자다!" 하고 외쳤다. 하지만 차라투스트라는 기다리지 않았다. 그의 산속으로 군중이 밀고 당기며 몰려드는 것을 보는 순간 갑자기 불쾌감이 들었기 때문이다. "나의 고독은 어디로 가 버렸는가?" 그가 말했다.

'참으로 이건 부담스럽다. 이 산이 인간들로 우글거리다니. **이런** 세계는 더 이상 나의 영토가 될 수 없다. 내게는 새로운 산이 필요하다.

내 그림자가 나를 부른다고? 내 그림자가 무슨 상관이란 말인가? 쫓아오든 말든 마음대로 하라! 나는, 그림자로부터 달아난다.'

차라투스트라는 마음속으로 이렇게 말하고는 그곳을 떠났다. 그러나 그의 등 뒤에 있던 자가 그의 뒤를 쫓아왔다. 그래서 곧 세 사람이 나란히 달리는 꼴이 되었다. 즉 맨 앞에서는 제 발로 거지가 된 자, 그다음에서는 차라투스트라 그리고 세 번째이자 맨 뒤에서는 그의 그림자가 달렸다. 그들이 그렇게 달린 지 얼마 되지 않아 차라투스트라는 자신의 어리석음을 곧 깨닫고는 모든 불쾌감과 염증을 한꺼번에 털어 버렸다.

"이런!" 그가 말했다. "우리 늙은 은둔자들과 성자들에게도 지금까지 가소롭기 그지없는 일이 종종 일어나지 않았던가?

참으로 산속에서 살다 보니 나의 어리석음이 높게도 자랐구나! 지금 늙은 바보들의 여섯 개의 다리가 앞뒤에서 뛰어가며 덜거덕거리는 소리를 듣는 꼴이라니! 차라투스트라가 그림자 따위를 두려워해도 된단 말인가? 어쨌든 그림자의 다리가 내 다리보다 더 길긴 긴 모양이구나."

차라투스트라는 눈으로 웃고 내장으로 웃으면서 이렇게 말하고는 멈추어 서서 재빨리 뒤돌아보았다. 그런데, 보라, 그 순간 하마터면 그는 자기 뒤를 쫓아오던 그림자를 땅바닥에 쓰러뜨릴 뻔했다. 그림자가 그의 발꿈치 뒤로 그만큼 바싹 쫓아왔던 것이다. 게다가 그 그림자는 너무도 허약해 보였다. 그래서 그림자를 자세히 살피던 그는 갑자기 나타난 유령을 보기라도 한 것처럼 깜짝 놀라고 말았다. 뒤를 쫓아온 이자가 너무도 얇고, 거무스레하고, 텅 비고, 지친 것처럼 보였던 것이다.

"그대는 누구인가?" 차라투스트라가 격한 목소리로 물었다. "그대는 여기에서 무엇을 하고 있는가? 그리고 무엇 때문에 그대는 나의 그림자를 자칭하는가? 그대는 내 마음에 들지 않는다."

그림자가 대답했다. "너그럽게 보아 다오. 내가 그러한 자에 지나지 않으며, 내가 그대의 마음에 들지 않는다 해도. 아, 차라투스트라여! 바로 그 점 때문에 내가 그대와 그대의 좋은 미감을 칭송하는 것이 아닌가.

나는 이미 오래전부터 그대의 발꿈치를 쫓아다니던 방랑자다. 나는 언제나 길 위에 있고, 목적지도 없고, 고향도 없다. 참으로 내게는 영원한 유대인이 되기에 모자라는 점이 거의 없다. 내가 영원하지 못하고 유대인도 아니라는 점을 제외한다면 말이다.

뭐라고? 내가 언제나 길 위에 있어야 한다고? 온갖 바람결에 휘말리며 정처 없이 떠돈다고? 아, 대지여, 그대는 내게 너무나 둥글었다!

나는 이미 모든 표면 위에 앉아 보았고, 피곤에 지친 먼지처럼 거울과 유리창 위에서 잠을 잤다. 모든 것이 나로부터 빼앗기만 할 뿐 아무것도 주지 않아서 나는 얇아졌다. 그리하여 나는 거의 그림자와 같이 된 것이다.

하지만, 아, 차라투스트라여, 나는 무수한 세월 동안 그대의 뒤를 따라 날아가고 걸어갔으며, 그대의 눈에 띄지 않게 숨기도 했지만 언제나 그대의 최상의 그림자였다. 그대가 앉아 있는 곳이라면 어디든 나도 앉아 있었다.

그대와 함께 나는 가장 멀고 가장 추운 세계를 헤매고 다녔다. 자진해서 겨울의 지붕들과 눈 위를 달리는 유령처럼.

그대와 함께 나는 그 모든 금지된 것, 가장 사악한 것, 멀고도 먼 곳 속으로 힘껏 파헤치며 들어갔다. 그러므로 내게 어떤 덕이 있다면, 그것은 내가 그 어떤 금지 앞에서도 두려워하지 않았다는 것이다.

그대와 함께 나는 나의 마음이 일찍이 존경하던 것을 부수어 버렸고, 모든 경계석과 우상을 쓰러뜨렸으며, 가장 위험한 소망들을 쫓아다녔다. 참으로 나는 어떤 범죄든지 한 번은 그 위로 지나갔다.

그대와 함께 나는 말과 가치와 위대한 이름에 대한 믿음을 잊어버렸다. 악마가 허물을 벗을 때면 그 이름도 따라서 벗겨지지 않는가? 말하자면 이름도 껍질이다. 어쩌면 악마 자신도 껍질에 지나지 않으리라.

'참된 것은 따로 없다. 모든 것이 허용된다.' 나는 자신에게 이렇게 말했다. 차디찬 물속으로 나는 머리며 심장과 함께 뛰어들었다. 아, 그 때문에 나는 얼마나 자주 빨간 게처럼 벌거벗은 채 서 있었던가!

아, 나의 모든 선함, 모든 수치, 착한 자들에 대한 모든 믿음은 어디로 갔는가! 아, 일찍이 내가 가졌던 저 거짓 순진함, 착한 자들과 그들의 고상한 거짓말의 순진무구함은 어디로 갔는가!

참으로 너무도 자주 나는 진리의 발 뒤를 바싹 쫓아갔다.

그러자 진리는 내 머리를 발로 찼다. 그리고 이따금 나는 거짓말을 하려고 했는데, 보라! 그때 비로소 내가 진리에 명중시킨 것이다.

나는 너무나 많은 것을 알게 되었다. 이제 아무것도 나의 관심을 끌지 못한다. 내가 사랑하는 것 가운데 살아남은 것은 하나도 없다. 그런데도 내가 여전히 나 자신을 사랑할 수 있단 말인가?

'내가 원하는 대로 살아가자. 그러지 않는다면 아예 살지도 않겠다.' 나는 이렇게 원하며, 최고의 성자도 이렇게 원한다. 하지만, 슬프다! **내가** 어떻게 여전히 소망을 가질 수 있단 말인가?

내게는 있는가, 아직도 목표가? **나의** 돛이 향해 달려가는 항구가?

순풍은 불어오는가? 아, 자기가 **어디로** 가고 있는지를 아는 자만이 어떤 바람이 적당하고 어떤 바람이 자신의 순풍인지를 안다.

무엇이 내게 아직도 남아 있는가? 지치고 파렴치한 마음, 불안정한 의지, 퍼덕거리는 날개, 부러진 척추가 남아 있다.

고향에 대한 **나의** 이러한 추구. 아, 차라투스트라여, 그대는 잘 알거니와 이러한 추구는 **나의** 불행이었으며, 그것이 나를 삼켜 버린다.

'어디에 있는가, **나의** 고향은?' 나는 이렇게 물으며 찾고 있다. 또 찾아보았지만 찾지는 못했다. 아, 영원히 모든 곳에 있고, 아, 영원히 어디에도 없는, 아, 영원한 부질없음이여!"

그림자는 이렇게 말했다. 그리고 그림자의 말을 들은 차라투스트라의 얼굴에는 슬픔이 깃들었다. 마침내 그가 슬픈 목소리로 말했다. "그대는 나의 그림자로다!

그대의 위험은 결코 작지 않다, 그대 자유로운 정신이여, 방랑자여! 그대의 낮은 불길했다. 이제 그대에게 더 불길한 저녁이 찾아오지 않도록 조심하라!

그대처럼 정처 없는 자들은 마침내 감옥조차 행복한 곳이라고 여기게 된다. 감옥에 갇힌 죄인들이 잠자는 모습을 그대는 본 적이 있는가? 그들은 편안하게 자며, 그들의 새로운 안전을 즐긴다.

그대는 옹졸한 신앙, 경직되고 엄한 망상에 사로잡히는 일이 없도록 주의하라! 이제부터는 옹졸하고 굳어 있는 모든 것이 그대를 유혹하고 시험에 들게 하리라.

그대는 목적지를 잃었다. 슬프다, 어찌하여 그대는 이러한 상실을 농담 삼아 말하고 잊어버리려 하는가? 이 손실과 함께 그대는 길도 잃어버린 것이다!

그대 가련한 방랑자여, 떠돌이여, 그대 지친 나비여! 그대는 오늘밤 휴식과 집의 아늑함을 누리려 하는가? 그렇다면 나의 동굴로 올라가라!

저 길로 가면 나의 동굴이 나온다! 하지만 지금 나는 다시 그대와 빨리 헤어지려 한다. 이미 그림자 같은 것이 내 몸 위에 누워 있다.

나의 주위가 다시 밝아지도록 나는 홀로 가고 싶다. 그러려면 아직도 오랫동안 즐거이 다리에 의존해야 한다. 그러나 저녁이면 내가 있는 곳에서 춤판이 벌어질 것이다!"

차라투스트라는 이렇게 말했다.

정오에

그러고 나서 차라투스트라는 걷고 또 걸었다. 더 이상 아무도 만나지 않고 혼자 가면서 끊임없이 자기 자신을 다시 발견했다. 그리고 그의 고독을 즐기고 맛보았으며 좋았던 일들을 생각했다. 몇 시간에 걸쳐서. 그러나 정오 무렵이 되어 태양이 바로 차라투스트라의 머리 위로 왔을 때, 그는 구부정하고 울퉁불퉁 마디가 많은 노목 옆을 지나가게 되었다. 이 노목은 한 그루 포도나무의 풍요로운 사랑에 휘감겨 자신의 모습을 숨기고 있었다. 말하자면 이 나무는 노란 포도송이를 무성하게 매단 채 방랑자를 맞아들인 것이다. 그는 약간의 목마름을 풀기 위해 포도 한 송이를 따고 싶었다. 하지만 포도송이를 따려고 손을 뻗쳤을 때, 그는 또 다른 욕망이 더욱 강렬하게 이는 것을 느꼈다. 때가 바로 정오였으므로 이 나무 옆에 몸을 누이고 잠자고 싶었던 것이다.

차라투스트라는 그렇게 했다. 알록달록한 풀들의 고요함과 은밀함이 깃든 땅에 몸을 누이자마자 자신의 가벼운 목마름은 깜박 잊어버린 채 잠이 들었다. 왜냐하면 차라투스트라의 잠언 그대로 한 가지 일이 다른 일보다 더 긴급했기 때문이다. 다만 그의 눈은 뜨여 있었다. 그의 눈은 노목과 포도나무의 사랑을 보고 또 보고 칭송하고 또 칭송해도 싫증나지 않았던 것이다. 하지만 잠이 들면서 차라투스트라는 마음속으로 이렇게 말했다.

조용! 조용! 세계는 방금 완전해지지 않았는가? 내게 대체 무슨 일이 일어나고 있는가?

부드러운 바람이 평평한 바다 위에서 남몰래 깃털처럼 가볍게 춤추듯이, 그렇게 잠이 내 위에서 춤춘다.

잠은 내 눈을 감겨 주지 않으며 내 영혼을 깨어 있게 한다. 이 잠은 가볍다. 참으로! 깃털처럼 가볍다.

잠은 나를 달랜다. 하지만 내가 어찌하랴? 잠은 저 안에서 나를 손으로 쓰다듬며 가볍게 툭툭 건드리기도 한다. 잠들라는 것이다. 그렇다, 잠은 내 영혼이 늘어지도록 재촉한다.

내 영혼은 참으로 길게 늘어져 있고 지쳐 있다. 나의 유별난 영혼은! 일곱 번째 날 저녁이 바로 정오에 내 영혼을 찾아오기라도 했단 말인가? 내 영혼은 너무 오랫동안 선하고 성숙한 것들 사이를 행복에 겨워 방황했는가?

내 영혼은 길게 늘어진다. 길게, 점점 더 길게! 말없이 누워 있다, 나의 놀라운 영혼은. 내 영혼은 좋은 것을 이미 너무 많이 맛보았다. 이 황금의 슬픔이 내 영혼을 짓누르며, 내 영혼은 입을 삐죽거린다.

고요가 감도는 만(灣)으로 들어선 배, 오랜 항해와 알 길 없는 바다에 지쳐 이제 뭍에 기대고 있는 배와 같다. 뭍이 더 믿음직하지 않은가?

그러한 배가 뭍에 정박하여 기댈 때는 한 마리 거미가 뭍으로부터 배에 이르기까지 거미줄을 치는 것만으로도 충분하다. 더 강한 밧줄은 필요치 않다.

이와 같이 지친 배가 너무도 고요한 만에서 쉬는 것처럼 나도 지금 뭍 가까이에서 쉬고 있다. 참으로 가느다란 실로 뭍에 묶여 성실하게, 믿음직하게 기다리면서.

아, 행복이여! 아, 행복이여! 그대는 노래하려 하는가, 아, 나의 영혼이여? 그대는 풀밭에 누워 있다. 하지만 지금은 어떤 양치기도 피리를 불지 않는, 은밀하고 엄숙한 시간이다.

조심하라! 뜨거운 정오가 초원에서 잠들어 있다. 노래하지 말라! 조용! 세계는 완전하다.

노래하지 말라, 그대 풀밭의 새여, 아, 나의 영혼이여! 속삭이지도 말라! 자, 보라, 조용! 늙은 정오가 자면서 입맛을 다신다. 늙은 정오가 방금 한 방울의 행복을 마시지 않았는가,

황금빛 행복, 황금빛 포도주의 해묵은 갈색의 한 방울을 마신 것인가? 그의 얼굴 위로 무언가가 스쳐 지나가며, 그의 행복이 웃는다. 이렇게, 신이 웃는다. 조용!

"행복해지려면 아주 적은 것만으로 족하다, 행복해지려면!"
나는 일찍이 이렇게 말하면서 내가 현명하다고 생각했다. 하
지만 그것은 불경한 생각이었다. **그것을** 나는 이제 배웠다. 영
리한 바보들이 말은 더 잘하는 법이다.

가장 적은 것, 가장 조용한 것, 가장 가벼운 것, 도마뱀의
바스락거림, 한 번의 숨결, 한 번의 스침, 순간의 눈길. 바로 이
처럼 **작은 것**이 **최고의** 행복을 만든다. 조용!

내게 무슨 일이 일어났는가. 들어 보라! 시간이 날아가 버
렸는가? 내가 추락하고 있는 것은 아닌가? 내가 이미 떨어져
버린 것은 아닌가. 들어 보라! 영원의 샘 속으로 떨어지지 않
았는가?

내게 무슨 일이 일어나고 있는가? 조용! 무언가가 나를 찌
른다. 애석하게도 나의 심장을 찌르는 것인가? 심장을! 아, 파
괴하라, 파괴하라, 심장이여, 벌써 이렇게 행복해지고 이렇게
찔린 다음에는!

뭐라고? 세계는 방금 완전해지지 않았는가? 둥글게 성숙하
지 않았던가? 아, 황금의 둥근 고리여, 이 둥근 고리는 어디로
날아가 버리는가? 나는 그 뒤를 쫓아간다! 서두르라!

조용! (이쯤에서 차라투스트라는 기지개를 켰다. 그러고는 자기
가 잠들어 있다는 것을 느꼈다.)

그가 자신에게 말했다. "일어나라! 그대 잠꾸러기여! 그대
낮잠 자는 자여! 자, 일어나라, 그대 늙은 다리들이여! 때가 왔
다. 때가 지났다. 갈 길은 아직도 멀다.

그대들은 이제 잘 만큼 잤다. 도대체 얼마나 잔 것일까? 영

원의 반만큼이다! 자, 이제 일어나라, 나의 늙은 심장이여! 그렇게 잤으니 이제 그대는 얼마나 오래 깨어 있을 수 있는가?"(그러나 그는 다시 잠이 들었다. 그의 영혼이 그에게 맞서고 저항하면서 다시 누워 버린 것이다.)

"제발 나를 내버려 두어 다오! 조용! 세계는 방금 완전해지지 않았는가? 아, 황금의 둥근 공이여!"

"일어나라!" 차라투스트라가 말했다. "그대 작은 도둑이여, 그대 작은 게으름뱅이여! 뭐라고? 아직도 축 늘어져서 하품하고 탄식하며 깊은 샘 속으로 떨어지는가?

도대체 그대는 누구인가! 아, 나의 영혼이여!"(이때 그는 깜짝 놀랐다. 한줄기 햇살이 하늘에서 그의 얼굴로 떨어졌기 때문이다.)

"아, 내 머리 위의 하늘이여." 그는 한숨 쉬면서 말하고는 몸을 일으켰다. "그대는 나를 내려다보는가? 그대는 나의 유별난 영혼에 귀를 기울이는가?" 차라투스트라는 한숨을 쉬면서 말하고는 일어났다.

"그대는 언제쯤 지상의 만물 위에 내린 이 이슬방울을 마시려 하는가? 그대는 언제쯤 이 유별난 영혼을 들이켜려 하는가?

언제쯤인가, 영원의 샘이여! 그대 명랑하면서도 소름끼치는 정오의 심연이여! 언제쯤 그대는 내 영혼을 그대 속으로 다시 마시려 하는가?"

차라투스트라는 이렇게 말했다. 그러고는 마치 낯선 취기에서 깨어나기라도 하듯이 나무 옆 그의 자리에서 일어났다. 그런데 보라, 태양은 아직도 그의 머리 바로 위에 있었다. 그러므로 차라투스트라가 그렇게 오래 자지는 않았으리라고 누군가가 추측하더라도 맞는 말일 것이다.

환영 인사

오랫동안 찾아 헤매고 다녔으나 헛수고만 하고 차라투스트라가 다시 그의 동굴로 돌아온 것은 늦은 오후가 되어서였다. 그러나 그가 동굴로부터 채 스무 걸음도 떨어지지 않은 곳에서 동굴을 마주하며 멈춰 섰을 때 전혀 예상치 못한 일이 벌어졌다. **긴박한 외침**이 다시 커다랗게 들려온 것이다. 그런데 놀랍게도! 이번에는 이 외침이 바로 그의 동굴에서 들려왔다. 이것저것 뒤섞여 있는 길고도 묘한 외침이 차라투스트라의 귀에 분명히 들려왔다. 멀리서 들었더라면 마치 한 사람의 입에서 나온 외침처럼 들렸을 것이다.

차라투스트라는 그의 동굴로 뛰어 들어갔다. 그런데, 보라! 이 같은 아우성 뒤에 어떤 광경이 그를 기다리고 있었던가! 거기에는 낮 동안 그가 만난 자들이 모두 한자리에 앉아 있었다. 오른편 왕과 왼편 왕, 늙은 마술사, 교황, 제 발로 거지가 된 자, 그림자, 지적인 양심을 지닌 자, 슬픔에 잠긴 예언자 그리고 나귀가 거기에 모여 있었다. 그중에서도 더없이 추악한 자는 하나의 왕관을 쓰고 두 개의 자줏빛 허리띠를 두르고 있었다. 더없이 추악한 자는 모든 추악한 자들과 마찬가지로 변장하고 아름답게 꾸미는 것을 좋아했기 때문이다. 그런데 이 음울한 무리 한가운데서 차라투스트라의 독수리가 깃털을 곤두세운 채 안절부절못하고 있었다. 독수리는 자신의 긍지에도 불구하고 미처 대답할 수 없는 너무나 많은 물음에 답해야 했기 때문이다. 영리한 뱀은 독수리의 목을 감고 있었다.

차라투스트라는 크게 놀라면서 이 모든 광경을 바라보았다. 그러고 나서 그는 손님 하나하나를 상냥하면서도 호기심 어린 눈길로 살펴보며 그들의 영혼을 읽어 나갔다. 그러고는 다시 한번 놀랐다. 거기에 모인 자들은 그동안 자리에서 일어나 차라투스트라가 무슨 말을 해 주기를 공경하는 마음으로 기다렸다. 그래서 차라투스트라는 이렇게 말했다.

"그대 절망한 자들이여! 그대 유별난 자들이여! 내가 들은 것이 **그대들의** 긴박한 외침이었단 말인가? 이제야 알겠다. 내가 오늘 헛되이 찾아다닌 자, 즉 **차원 높은 인간**을 어디에서 찾을 수 있는지를.

차원 높은 인간, 그가 바로 내 동굴에 앉아 있다니! 그러나 놀랄 일이 무언가! 바로 나 자신이 제물로 바친 꿀과 행복에 대한 교활한 감언으로 그를 나에게로 꾀어내지 않았던가?

하지만 내가 보기에 그대들은 서로 어울려 지내는 일에 미숙하다. 여기에 나란히 앉아 있으면서도 서로의 마음을 언짢게 만들지 않는가, 그대 긴박하게 외치는 자들이여? 우선 한 사람이 와야 한다.

그대들을 다시 웃게 만들 자, 마음씨 좋고 쾌활한 어릿광대, 춤추는 자이자 바람이자 난폭한 자, 어떤 늙은 바보가 와야 한다. 그대들 생각은 어떤가?

나를 용서하라, 그대 절망한 자들이여! 내가 그대들 앞에서 품위도 없이 참으로 이런 손님들에게 어울리지 않는 보잘것없는 말로 이야기하는 것을! 하지만 그대들은 **무엇이** 내 마음을 방자하게 만드는지를 알 리가 없다.

아마도 그대들 자신과 그대들의 모습 때문인 것 같다. 여하간 나를 용서하라! 절망한 자를 보면 누구든 대담해지는 법이다. 절망한 자에게 말을 건네 격려할 만큼은 모두들 충분히 강하다고 스스로 생각지 않는가.

나 자신에게도 그대들은 이러한 힘을 주었다. 참으로 좋은 선물이었다, 그대 귀한 손님들이여! 선물다운 선물이었다! 자, 그러므로 내가 그대들에게 나의 것을 내놓더라도 화내지는 말라.

여기는 나의 영토이며 내가 지배하는 곳이다. 하지만 오늘 저녁과 오늘 밤에는 나의 것이 곧 그대들의 것이다. 나의 짐승들이 그대들을 모실 것이다. 나의 동굴이 그대들의 쉼터가 되기를!

나와 함께 내 집에 머물러 있는 한 누구도 절망할 필요가 없다. 나의 영토에서 나는 모든 사람을 그의 맹수들로부터 보호해 준다. 안전, 이것이 내가 그대들에게 내놓는 첫 번째 것이다!

그리고 두 번째 것은 나의 작은 손가락이다. 그대들은 우선 **손가락**을 잡은 다음에 손 전체를 잡으라. 좋다! 그리고 덧붙여서 마음까지도 가지라! 여기에 온 것을 환영하노라, 환영하노라. 나의 손님들이여!"

차라투스트라는 이렇게 말하면서 사랑과 악의로 넘치는 웃음을 흘렸다. 이렇게 환영 인사가 끝나자 손님들은 다시 한 번 머리를 숙여 절하고는 공경하는 마음으로 침묵을 지켰다. 다만 오른편 왕이 그들을 대표하여 그에게 대답했다.

"아, 차라투스트라여, 그대가 내민 손과 그대의 환영 인사에서 우리는 그대가 차라투스트라임을 알아차렸다. 그대는 우리 앞에서 자신을 낮추며 몸을 굽혔다. 하마터면 그대는 우리의 공경심에 금이 가게 할 뻔했다.

누가 그대처럼 도도한 긍지를 지니고서도 몸을 낮출 수 있단 말인가? **그 점이** 우리 자신의 기운을 북돋아 주며, 우리의 눈과 마음을 상쾌하게 만들어 준다.

이것 하나만을 보기 위해서라도 우리는 이 산보다 더 높은 산도 기꺼이 올랐을 것이다. 호기심에 넘치는 우리는 흐린 눈을 밝게 해 주는 것이 무엇인지를 보기 위해 여기까지 올라온 것이다.

그리고 보라, 우리의 긴박한 외침은 이제 모두 온데간데없다. 우리의 마음과 가슴은 활짝 열려 황홀경을 노닌다. 여차하면 우리의 마음이 방자해질 정도다.

아, 차라투스트라여, 지상에서 자라는 것 중에서 높고 강한 의지보다 더 기쁜 것은 없다. 이 의지야말로 대지 위에서 자라는 가장 아름다운 식물이다. 이 나무 하나로 땅 전체에 생기가 돈다.

아, 차라투스트라여, 그대처럼 자라는 자를 나는 소나무에 비교한다. 장구하고 말이 없고 엄격하고 외롭게 서 있는, 더없이 좋고 더없이 유연하면서 당당하기까지 한 소나무.

마침내 **자신의** 지배권을 누리기 위해 억세고 푸른 가지들을 내뻗고, 바람과 뇌우 그리고 언제나 높은 곳에 거처하는 것들에게 당차게 질문하는 소나무.

명령하는 자, 승리에 승리를 거듭하는 자로서 더욱 강력하게 대답하는 소나무. 아, 이런 식물을 보기 위해 높은 산으로 오르지 않을 자 어디에 있겠는가?

여기에 있는 그대라는 나무로 말미암아, 아, 차라투스트라여, 음울한 자도 패배한 자도 생기를 되찾고, 정처 없이 떠도는 자도 그대의 모습에 안심하며 마음을 치유한다.

참으로 그대의 산과 그대라는 나무에 오늘날 많은 사람들의 눈길이 쏠려 있다. 어떤 커다란 동경이 일어났으며, '차라투스트라는 누구인가?'라고 이 사람 저 사람이 묻는다.

그리고 일찍이 그대가 그대의 노래와 꿀을 귓속으로 방울방울 떨어뜨려 준 자들, 말하자면 숨어 지내는 자들, 혼자 사는 은둔자들, 둘이서 사는 은둔자들 모두가 갑자기 자기 마음을 향해 이렇게 말했다.

'차라투스트라가 아직도 살아 있단 말인가? 살아간다는 것은 더 이상 보람 없는 일이며, 모든 것은 동일하고 모든 것은 부질없다. 그게 아니라면 이제 우리는 차라투스트라와 더불어 살아야 하지 않는가!'

'그렇게 오래전에 예고해 놓고도 그는 왜 오지 않는가?' 많은 사람들이 묻는다. '고독이 그를 삼켜 버리기라도 했단 말인가? 아니면 우리가 그에게로 가야 하는가?'

이제는 고독 자체가 푸석푸석해지고 허물어졌다. 허물어져서 시신을 더 이상 보존하지 못하는 무덤과 같다. 도처에 부활한 자들이 눈에 띈다.

이제 그대의 산 주위로 물결이 점점 더 높이 차오른다, 아, 차라투스트라여. 그리고 그대가 어떤 높이에 있든 많은 물결이 그대에게로 올라오고 말 것이다. 그렇게 된다면 그대의 나룻배도 더 이상 마른 땅에 놓여 있지 못할 것이다.

우리 절망한 자들은 지금 그대의 동굴에 와서 더 이상 절망하지 않는다. 하지만 이것은 보다 나은 자들이 그대에게로 오는 길 위에 있음을 말하는 참된 조짐일 뿐이다.

사람들 가운데서 신의 마지막 잔재라고 할 수 있는 자, 다시 말해 커다란 동경과 커다란 구역질과 커다란 권태를 가진 모든 자들이 그대에게로 오는 길 위에 있기 때문이다.

다시금 **희망하기**를 배우지 못한다면, 아, 차라투스트라여, 그대로부터 커다란 희망을 배우지 못한다면 더 이상 살고 싶어 하지 않는 모든 자들이 오고 있다!"

오른편 왕은 이렇게 말했다. 그러고는 차라투스트라의 손을 잡고 입맞춤을 하려고 했다. 하지만 차라투스트라는 그의 공손한 몸짓을 물리치고 깜짝 놀라 마치 먼 곳으로 달아나기라도 하려는 것처럼 말없이 갑작스럽게 뒷걸음질을 쳤다. 그러나 그는 잠시 후 다시 손님들 곁으로 와서 환하고 세심한 눈길로 그들을 바라보며 말했다.

"나의 손님들이여, 그대 차원 높은 인간들이여, 나는 독일식으로 분명하게[18] 말하고자 한다. 내가 여기 이 산속에서 기다린 것은 **그대들이** 아니었다."

("독일식으로 분명하게라고? 신이여 그를 보살펴소서!" 여기에서 왼편 왕이 중얼거렸다. "그는, 동방에서 온 이 현자는 친애하는 독일인을 잘 모르나 보다!

그는 아마도 '독일식으로 투박하게'라고 말하려고 했으리라. 좋다! 그것이 오늘날 최악의 미감은 아니니까 말이다!")

차라투스트라가 계속해서 말했다. "참으로 그대들 모두는 차원 높은 인간일지 모른다. 그러나 내가 보기에 그대들은 충분히 높지도 강하지도 못하다.

내가 보기에, 다시 말해 내 속에서 침묵하고 있으나 언제까지나 침묵하고 있지는 않을, 가차 없는 자가 보기에는 말이다. 그리고 그대들이 내게 속하더라도 나의 오른팔로서는 아니다.

말하자면 그대들처럼 병들고 연약한 다리로 서 있는 자는 스스로 알든 숨기고 있든 무엇보다도 **보살핌받기**를 원한다.

그러나 나는 나의 팔과 다리를 아끼지 않는다. **나는 나의 전사들을 아끼지 않는다.** 그러니 어찌 그대들이 **나의** 전쟁에

---

18) 'deutsch(독일식으로)'와 'deutlich(분명하게)'는 두운을 이룬다.

도움이 된단 말인가?

그대들과 함께라면 내 모든 승리도 망쳐지고 말 것이다. 그리고 그대들 중의 상당수는 요란하게 울리는 내 북소리를 듣기만 해도 혼비백산해서 쓰러지고 말리라.

또한 내가 보기에 그대들은 충분히 아름답지 못하며 좋은 혈통을 타고난 것도 아니다. 나는 나의 가르침을 비춰 줄 맑고 매끄러운 거울이 필요하다. 그대들의 표면에서라면 나 자신의 모습조차 일그러지기 때문이다.

많은 짐과 많은 추억이 그대들의 어깨를 짓누른다. 여기저기 고약한 난쟁이들이 그대들의 몸 구석구석에 쪼그리고 앉아 있다. 그대들의 안에도 천민이 숨어 있는 것이다.

그리고 그대들이 높고 더 높은 종족이라도 그대들에게서는 많은 것이 굽어 있고 기형적이다. 그대들을 두들겨서 곧바로 펴 줄 대장장이는 이 세상에 없다.

그대들은 다리[橋]에 불과하다. 더 차원 높은 자들이 그대들을 딛고 저 너머로 건너가기를! 말하자면 그대들은 계단이다. 그러므로 그대들을 딛고 저 너머 **자신의** 높이로 오르는 자들에게 화내지 말라!

그대들의 씨앗으로부터 언젠가 나의 진정한 아들과 완전한 상속자가 자라날 수도 있을 것이다. 하지만 그것은 먼 훗날의 일이다. 그대들 자신은 나의 유산과 이름을 물려받을 자들이 못 된다.

내가 여기 이 산속에서 기다려 온 것은 그대들이 아니다. 내가 그대들과 함께 마지막으로 산을 내려가서도 안 된다. 그대들은 더 차원 높은 인간들이 나에게로 오고 있다는 조짐으로서 내게 왔을 뿐이다.

그대들은 커다란 동경, 커다란 구역질, 커다란 권태를 가진 인간들이 아니며 그대들이 신의 잔재라고 부른 자들도 **아니다**.

아니다! 아니다! 삼세번 말하지만 아니다! 나는 여기 산속에서 **다른 사람들**을 기다리고 있다. 그들이 오지 않는 한 나는 여기에서 단 한 발짝도 떼지 않을 것이다.

더 차원 높은 인간, 더 강한 인간, 승리에 승리를 거듭하는 인간, 더 쾌활한 인간, 몸과 영혼이 반듯한 자들을 기다리고 있다. **웃는 사자**들은 오고 말 것이다.

아, 나의 손님들이여, 그대 유별난 자들이여. 그대들은 내 아이들에 대해서 아직 아무것도 듣지 못했는가? 그리고 내 아이들이 내게로 오고 있다는 것도?

말해 다오, 나의 정원, 나의 행복이 넘치는 섬, 나의 새롭고 아름다운 종족에 대해 말해 다오. 어찌하여 그대들은 그것들에 대해 아무 말도 하지 않는가?

내 그대들의 사랑에 호소하노니 부디 이 선물을 잊지 말아 다오. 내 아이들에 대해 이야기해 달라는 것이다. 그 아이들 때문에 나는 부유하며, 또 그 아이들 때문에 나는 가난해졌다. 내 무엇을 주지 않았던가.

이 하나를 얻기 위해 무언들 주지 못하리. **이** 아이들, **이** 생기발랄한 새싹들, 내 의지와 내 최고의 희망인 **이** 생명나무를 위해서라면!"

차라투스트라는 이렇게 말하고는 갑자기 말을 멈추었다. 그의 동경이 그를 덮쳤기 때문이다. 그는 마음의 동요를 이기기 위해 눈을 감고 입을 다물었다. 손님들도 모두 말없이 어쩔 줄 몰라 하면서 가만히 서 있었다. 늙은 예언자만이 손과 몸짓으로 신호를 보냈을 뿐이다.

만찬

여기에서 예언자가 차라투스트라와 그의 손님들이 나누는 인사를 중단시킨 것이다. 그는 잠시의 여유도 없는 자처럼 다짜고짜 앞으로 나와 차라투스트라의 손을 잡고 외쳤다. "그러나 차라투스트라여!

그대는 한 가지 일이 다른 일보다 더 필요하다고 말한 바 있다. 자, 이제 **내게는** 다른 모든 일보다도 더 시급한 일이 하나 있다.

이참에 한마디 하자면, 그대는 나를 **만찬**에 초대하지 않았던가? 여기에는 먼 길을 걸어온 자들이 많다. 설마 말잔치만 베풀려고 하는 건 아닐 테지?

또한 그대들 모두는 얼어 죽는 것, 물에 빠져 죽는 것, 숨이

막혀 죽는 것 그리고 또 다른 신체적 곤경에 대해서 너무도 많은 이야기를 나누었다. 하지만 **나의** 곤경, 즉 굶주림에 대해서는 아무도 생각지 않았다." (예언자는 이렇게 말했다. 차라투스트라의 짐승들은 이 말을 듣고는 놀라 달아났다. 그들이 낮 동안에 동굴로 가져다 둔 것으로는 예언자 한 사람의 배를 채우기에도 부족하다고 보았기 때문이다.)

예언자가 계속해서 말했다. "목도 마르다. 여기에는 이미 지혜로운 말씀처럼 찰랑거리는, 다시 말해 지칠 줄 모르고 넘쳐흐르는 물소리가 들려오지만, 내가 마시고 싶은 것은 **포도주**다! 모든 사람이 차라투스트라처럼 물만 마시는 것은 아니다. 게다가 물은 지치고 시든 자에게는 맞지 않는다. **우리한테는** 포도주가 제격이다. **포도주**야말로 순식간에 회복시키며 즉석에서 건강을 되찾아 준다!"

예언자가 포도주를 내놓으라고 조르는 틈을 타서 말수가 적은 왼편 왕도 말문을 열었다. "포도주라면 **우리가**, 곧 나와 내 형제인 오른편 왕이 마련해 두었다. 포도주는 충분히 있다. 나귀에 가득 실려 있다. 다만 빵이 없을 뿐이다."

그러자 차라투스트라가 대꾸하면서 웃었다. "빵이라고? 은둔자들에게 없는 것이 바로 빵이다. 하지만 인간은 빵뿐 아니라 부드러운 새끼 양의 고기도 먹고 산다. 내게는 새끼 양 두 마리가 있다.

그것들을 서둘러 잡고 샐비어로 양념하여 요리하자. 나는 그렇게 양념한 것을 좋아한다. 뿌리와 열매도 부족하지 않다. 미식가나 식도락가도 만족시킬 만큼 충분히 있다. 또한 깨뜨릴 호두와 그 밖의 수수께끼 놀이도 마련되어 있다.

곧장 신나는 잔치를 벌이자. 하지만 함께 먹으려는 자는 왕이라 할지라도 손을 보태야 한다. 차라투스트라의 집에서는 왕도 요리사가 되어야 한다."

이 제안을 모두 진심으로 반겼다. 다만 제 발로 거지가 된 자만이 고기와 포도주와 양념에 반대했을 뿐이다.

그가 익살스럽게 말했다. "자, 이제 미식가 차라투스트라의 말을 들어 보자! 이런 잔치나 벌이자고 동굴로, 높은 산으로 올라왔단 말인가?

이제야 납득이 간다. 그가 언젠가 우리에게 '소박한 가난을 찬양할지어다!'라고 가르치고 또 거지들을 쫓아 버리려 한 연유가."

그러자 차라투스트라가 그에게 말했다. "기분 좀 내게. 나처럼 말이야. 그대 습관대로 하라, 그대 뛰어난 자여. 그대의 곡물을 잘게 씹고 그대의 물을 마시고 그대의 요리를 칭송하라. 그렇게 해서 그대의 기분이 좋아진다면!

나는 나와 같은 자들을 위한 율법일 뿐 만인을 위한 율법은 아니다. 그러나 내게 속하는 자들은 강한 뼈대에 가벼운 발을 가져야 한다.

전쟁과 축제를 즐기는 자여야 하며, 음울한 자나 몽상가가 아닌 자로서 아무리 어려운 일도 마치 축제를 지내는 것처럼 대범하게 받아들이는, 건강하고 온전한 자여야 한다.

최상의 것은 내게 속한 자와 나의 것이다. 사람들이 우리에게 주지 않으면 우리는 그것을 빼앗는다. 최고의 음식, 그지없이 맑은 하늘, 가장 강력한 사상, 더없이 아름다운 여자를!"

차라투스트라는 이렇게 말했다. 그러자 오른편 왕이 대답했다. "진귀한 일이다! 일찍이 현자의 입에서 이처럼 영리한 말을 들은 적이 있던가?

그리고 참으로 현자들에게 너무도 진귀한 것은 이러한 현자들이 지혜로우면서도 영리하고, 또한 나귀가 아니라는 사실이다."

오른편 왕은 이렇게 말하고는 머리를 갸우뚱했다. 그러자 나귀는 악의를 가지고 "이-아." 하고 외치면서 그의 말에 응답했다. 하지만 이것은 여러 역사책들이 최후의 만찬이라고 부르는, 저 기나긴 잔치의 시작이었을 뿐이다. 그리고 이 잔치에서는 오직 **차원 높은 인간에 대해서**만 이야기되었다.

차원 높은 인간에 대하여

1

내가 처음으로 인간들에게 갔을 때 나는 은둔자다운 어리석음을, 커다란 어리석음을 저질렀다. 시장으로 간 것이다.

나는 모든 사람들에게 말했지만, 사실은 누구에게도 말하지 않은 셈이 되고 말았다. 그날 저녁 줄타기 광대와 시체만이 나의 길동무가 되었는데, 나 자신도 거의 시체나 다름없었다.

그러나 새로운 아침과 더불어 내게는 새로운 진리가 찾아왔다. 그때 나는 "시장과 천민 그리고 천민의 소음과 천민의 기다란 귀가 나와 무슨 상관인가!"라고 말할 수 있게 되었다.

그대 차원 높은 인간들이여, 이것을 배우라. 시장에서는 차원 높은 인간을 아무도 믿지 않는다는 사실을. 그러나 그대들이 거기에서 말하고 싶다면 마음대로 하라! 하지만 천민은 눈을 깜박이며 말할 것이다. "우리 모두는 평등하다."

천민은 이렇게 눈을 깜박이며 말한다. "그대 차원 높은 인간들이여, 차원 높은 인간 같은 것은 없다. 우리는 모두 평등하다. 인간은 인간일 뿐이다. 신 앞에서 우리는 모두 평등하다!"

신 앞에서라고! 그러나 이제 이 신은 죽었다. 천민 앞에서 우리는 평등해지고 싶지 않다. 그대 차원 높은 인간들이여, 시장을 떠나라!

2

신 앞에서라고! 그러나 이제 이 신은 죽었다! 그대 차원 높은 인간들이여, 이 신은 그대들의 가장 커다란 위험이었다.

신이 무덤 속에 드러눕고 나서야 그대들은 비로소 부활했다. 이제 비로소 위대한 정오가 오고 있으며, 이제 차원 높은 인간이 주인이 된다!

그대들은 이 말을 알아들었는가, 아, 형제들이여? 그대들은 놀라는구나. 그대들의 심장이 현기증이라도 일으켰는가? 여기에서 심연이 그대들에게 입을 벌렸는가? 여기에서 지옥의 개가 그대들을 향해 짖는가?

좋다! 좋다! 그대 차원 높은 인간들이여! 이제 비로소 인간의 미래라는 산이 산통(産痛)을 시작하는 것이다. 신은 죽었다. 이제 **우리**는 초인이 살기를 바란다.

3

자나 깨나 근심하는 자들은 오늘날 이렇게 묻는다. "어떻게 인간이 보존될 수 있는가?" 그러나 차라투스트라는 유일한 자로서, 그리고 첫 번째 인간으로서 이렇게 묻는다. "어떻게 인간이 **극복**될 수 있는가?"

내가 마음에 두는 것은 초인이다. 인간이 아니라 **초인**이 나의 첫 번째이자 유일한 목표다. 가장 가까운 이웃도, 가장 가난한 자도, 가장 고통받는 자도, 가장 착한 자도 나의 목표는 아니다.

아, 형제들이여, 내가 인간을 사랑할 수 있는 것은 인간이 건너가는 존재이며 몰락하는 존재라는 점에서다. 그리고 또한 그대들에게도 나로 하여금 사랑하고 희망을 가지도록 하는 면이 많다.

그대들이 경멸했다는 것, 그대 차원 높은 인간들이여, 그것이 나로 하여금 희망을 가지게 한다. 크게 경멸하는 자들은 크게 존경하는 자들이기 때문이다.

그대들이 절망했다는 것, 거기에는 존경할 만한 점이 많다. 그대들은 참고 견디는 것도 가소롭게 재치를 부리는 것도 배우지 않았기 때문이다.

오늘날에는 왜소한 자들이 주인이 되었다. 그들 모두는 인종과 겸손과 재치와 근면과 조심과 그 밖의 그렇고 그런 자잘한 덕을 설교한다.

여자 같은 자, 노예 출신인 자, 특히 천민이라는 잡동사니, **이런 자**들이 이제 모든 인간 운명의 주인이 되려고 한다. 아,

역겹다! 역겹다! 역겹다!

이런 자들은 지치지도 않으면서 묻고 또 묻는다. "어떻게 인간은 가장 좋게, 가장 오래, 그리고 가장 안락하게 보존될 수 있는가?" 이렇게 물음으로써 그들은 오늘의 주인이 된다.

오늘을 지배하는 이 주인들을 극복하라, 아, 형제들이여, 이 왜소한 자들을. **이런 자들이** 초인에게 가장 커다란 위험이 된다!

극복하라, 그대 차원 높은 인간들이여, 자잘한 덕을, 가소로운 재치를, 모래알 같은 조바심을, 개미떼 같은 잡동사니를, 가련한 자기만족을, 최대 다수의 행복을!

그리고 굴종하느니 차라리 절망하라. 참으로 나는 그대들이 오늘을 살 줄 모른다는 점 때문에 그대들을 사랑한다. 그대 차원 높은 인간들이여! 그렇기 때문에 **그대들은** 가장 잘 살고 있는 것이다!

4

그대들은 용기가 있는가, 아, 형제들이여? 그대는 대담한가? 목격자 앞에서의 용기가 **아니라** 어떤 신도 돌보아 주지 않는 은둔자의 용기와 독수리의 용기를 가졌는가?

차가운 영혼, 노새, 장님, 술주정뱅이를 내가 대담하다고 이르는 것은 아니다. 공포를 알되 공포를 **제어하는** 자, 심연을 보되 **긍지**를 가지고 보는 자가 대담한 것이다.

심연을 보되 독수리의 눈으로 보는 자, 독수리의 발톱으로 심연을 **붙드는 자**, 그가 용감한 자이다.

5

"인간은 악하다." 모든 최고의 현자들이 나를 달래기 위해 이렇게 말했다. 아, 이 말이 오늘날에도 참되기를! 악이야말로 인간의 최상의 힘이기 때문이다.

"인간은 더욱 착해지고 더욱 악해져야 한다." **나는** 가르친다. 초인이 최고의 선을 이루기 위해서는 최고의 악이 필요하기 때문이다.

인간의 죄를 괴로워하면서 그 죄를 짊어지는 것은 저 왜소한 자들을 위한 설교자에게나 어울리는 일이었다. 그러나 나는 커다란 죄를 나의 커다란 **위안**으로 삼아 즐긴다.

내가 이런 말을 한 것은 기다란 귀들을 향해서가 아니었다. 모든 말이 모두의 입맛에 맞는 것은 아니다. 그것은 미묘하고도 심원한 일이다. 양의 발톱으로 그것들을 붙잡을 수는 없다!

6

그대 차원 높은 인간들이여, 그대들은 내가 여기에 있는 이유가 그대들이 저질러 놓은 잘못을 바로잡기 위해서라고 생각하는가?

아니면 내가 이제부터 그대 고뇌하는 자들을 보다 안락하게 잠재우려 한다고 생각하는가? 아니면 그대 방황하는 자들, 길 잃은 자들, 사다리를 잘못 타고 올라온 자들에게 더 편안한 새로운 보도(步道)를 가리켜 주려 한다고 생각하는가?

아니다! 아니다! 삼세번 말하지만 아니다! 그대 족속들 중의 더 많은, 더 뛰어난 자들은 파멸해야 한다. 그대들은 더욱

힘들고 더욱 처절한 상황에 놓여야 한다. 오직 그렇게 됨으로 써만,

오직 그렇게 됨으로써만 인간은 번개에 맞아 부서질 **만한** 높이로 성장한다. 번개를 맞기에 충분한 높이로!

나의 마음과 나의 동경은 드문 것, 장구한 것, 머나먼 것을 향한다. 그대들의 왜소하고 허다하고 짤막한 불행에는 관심도 없다!

내가 보기에 그대들은 아직도 충분히 고통받지 않는다! 그 대들은 자신들 때문에 고통받을 뿐 아직 **인류** 때문에 고통받 지는 않기 때문이다. 그 점을 부인한다면 그대들은 거짓을 말 하는 것이리라! 그대들 모두는 **내가** 고통받은 것 때문에 고통 받지는 않는다.

7

번개로부터 손상을 입지 않는 정도로는 충분치 않다. 번개 를 다른 방향으로 돌리고 싶지는 않다. 오히려 번개가 **나를** 위 해 일하는 것을 배워야 한다.

나의 지혜는 이미 오래전부터 구름처럼 모이고 있으며, 더 욱 조용해지고 더욱 어두워지고 있다. **언젠가** 번개를 낳게 될 모든 지혜는 이와 같이 된다.

오늘을 사는 이 인간들에게 나는 **빛**이 되고 싶지도 빛으로 불리고 싶지도 않다. 다만 **그들을** 장님으로 만들고자 한다. 나 의 지혜의 번개여! 그들의 눈을 뽑아 버리라!

8

그대들의 능력 너머에 있는 것이라면 바라지 말라. 자기 능력 이상의 것을 바라는 자들에게는 사악한 속임수가 있다.

그들이 위대한 것을 원할 때는 특히 그렇다! 왜냐하면 그들은, 이 교묘한 화폐 위조자들, 연극배우들은 위대한 것에 대한 불신을 일깨우기 때문이다.

그러다가 마침내 억센 말과 주렁주렁 매달린 덕과 번쩍이는 거짓 작품으로 꾸며 대면서 자신마저 속이고 사시(斜視)로 쳐다보며 회칠한 벌레의 먹이가 되는 것이다.

이 점을 특히 유의하라, 그대 차원 높은 인간들이여! 다시 말해 오늘날 내게는 정직함보다 더 값비싸고 진귀한 것은 없다.

요즘 세상은 천민들의 것이 아닌가? 그러나 천민들은 무엇이 크고 무엇이 작고 무엇이 올곧고 무엇이 정직한지를 모른다. 천민은 자기도 모르는 새에 구부러지고 언제나 거짓말을 한다.

9

오늘을 맞아 건강한 불신감을 가지도록 하라, 그대 차원 높은 인간들이여, 그대 용감한 자들이여! 그대 솔직한 자들이여! 그리고 그대들의 근거를 비밀에 부치도록 하라! 요즘 세상은 천민의 것이니까.

천민이 한때 근거도 없이 믿게 된 것을 누가 천민에게 근거를 보여 줌으로써 뒤집어엎을 수 있단 말인가?

시장에서 사람들은 몸짓으로 상대를 설득한다. 하지만 근거는 천민에게 불신감을 줄 뿐이다.

그리고 시장에서 설혹 진리가 승리할 때가 있더라도 그대들은 건강한 불신감으로 이렇게 자문하라. "얼마나 강력한 오류가 이 진리를 위해 싸웠던가?"

또한 학자들을 조심하라! 그들은 그대들을 미워한다. 왜냐하면 그들은 불임(不姙)이기 때문이다! 그들은 차갑고 메마른 눈을 가졌으며, 그들 앞에서는 모든 새가 깃털이 뜯긴 채 누워 있다.

이러한 자들은 거짓말하지 않는다는 것을 뽐낸다. 하지만 속일 줄도 모르는 무력한 자가 진리에 대한 사랑에 도달하려면 멀고도 멀다. 부디 조심하라!

열정으로부터의 자유도 인식과는 거리가 멀다! 나는 차가워진 정신을 믿지 않는다. 거짓말할 줄 모르는 자는 진리가 무엇인지도 모른다.

10

높이 오르고자 한다면 그대들 자신의 다리를 사용하라! 그대들은 위쪽으로 **실려 가는** 일이 없도록 하라. 다른 사람의 등이나 머리에 올라타지도 말라!

그대는 말을 타고 왔는가? 그대는 이제 말을 타고 목적지로 바삐 가는가? 좋다, 벗이여! 그런데 그대의 절름거리는 발도 함께 말을 타고 있구나!

그대가 목적지에 닿아 그대의 말에서 뛰어내릴 때, 그대의 바로 그 **높이**에서, 그대 차원 높은 인간이여, 그대는 비틀거릴 것이다!

11

그대 창조하는 자들이여! 그대 차원 높은 인간들이여! 사람이란 오직 자기 아이만을 임신하는 법이다.

무엇이든 곧이듣거나 설득당하는 일이 없도록 하라! **그대들의** 이웃이란 도대체 누구인가? 그리고 그대들이 **이웃을** 위해 행동하는 일은 있더라도, 이웃을 위해 창조하는 일은 결코 없도록 하라!

그대 창조하는 자들이여, 부디 무엇을 위해서라는 것을 잊어버리라. 그대들의 덕은 그대들이 바로 무엇을 위해서, 무엇을 목표로, 무엇 때문에 어떤 일을 하는 일이 없기를 바란다. 이러한 거짓되고 자잘한 말들에 대해서 그대들은 귀를 막아야 한다.

이웃을 위해서는 다만 왜소한 자들의 덕일 뿐이다. 왜소한 자들 사이에서는 유유상종이라든지 초록은 동색이라는 말이 통한다. 왜소한 자들은 그대들의 자기애(自己愛)를 누릴 권리도 힘도 없다!

그대들의 자기애에는, 그대 창조하는 자들이여, 임산부의 조심성과 배려가 있다! 아직 아무도 눈으로 보지 못한 것, 즉 과실(果實)을 그대들의 온전한 사랑이 감싸고 아끼고 기른다.

그대들의 온전한 사랑이 있는 곳, 즉 그대들의 아이 곁에 그대들의 온전한 덕 또한 있다! 그대들의 일, 그대들의 의지가 그대들의 이웃이다. 거짓 가치에 속아 넘어가는 일이 없도록 하라!

12

그대 창조하는 자들이여, 그대 차원 높은 인간들이여! 아이를 낳아야 할 자는 병들었고, 이미 아이를 낳은 자는 불결하다.

여인들에게 물어보라. 즐거워서 아이를 낳는 것이 아니다. 산통 때문에 수탉들과 시인들이 꽥꽥거리며 울어 댄다.

그대 창조하는 자들이여, 그대들에게도 불결한 것이 많다. 그것은 그대들이 어머니가 되어야 하기 때문이다.

새로운 아이의 탄생. 아, 그와 더불어 새로운 오물이 얼마나 많이 이 세상에 태어났는가! 저리 물러서라! 아이를 낳은 자는 자신의 영혼을 깨끗이 씻어야 한다!

13

그대들의 능력을 넘어서서 유덕해지려고 하지 말라! 가능하지 않은 일은 바라지도 말라!

그대들의 선조의 덕이 이미 걸어간 발자취를 따르라! 그대들의 선조의 의지가 더불어 올라가지 않는다면 그대들은 어떻게 높이 오르겠다는 것인가?

맏이가 되려는 자는 막내가 되지 않도록 주의하라! 그리고 그대들의 선조의 악덕이 있는 곳에서 성자인 양 하지 말라!

여자와 독한 포도주와 멧돼지 고기를 즐긴 선조를 가진 자, 그자가 자신의 순결을 고집한다면 어찌 말이 되겠는가?

멍청이 같은 짓이리라! 생각해 보면 참으로 큰 문제로다. 이러한 자가 한 여자 또는 두 여자 또는 세 여자를 거느린 남편이라면!

그리고 이러한 자가 수도원을 세우고 그 문에 성인(聖人)에 이르는 길이라고 써 놓는다면 나는 말하리라. 그 무슨 쓸데없는 짓인가! 새로운 바보짓일 뿐이다!

그는 자신을 위한 교도소와 피난처를 만든 것이다. 부디 도움이나 되기를! 하지만 그렇게 되지 않으리라고 나는 믿는다.

고독 속에서는, 이 고독 속으로 끌려온 그 무엇이 성장하며, 또한 내면의 짐승도 성장한다. 이렇게 많은 사람들은 고독과 헤어진다.

지금까지 황야의 성자들보다 더 더러운 것이 이 지상에 있었던가? **이 성자들**의 둘레에는 악마만이 아니라 돼지도 어슬렁거렸다.

14

뛰어오르기에 실패한 호랑이가 수줍고 부끄러워 어쩔 줄 몰라 하는 것처럼, 그대 차원 높은 인간들이여, 그대들이 슬금슬금 옆길로 새어 달아나는 것을 나는 자주 보았다. 그대들의 **주사위**가 잘못 던져진 것이다!

그러나 그대 주사위 놀음을 하는 자들이여, 그게 무슨 문제란 말인가! 그대들은 어떻게 놀이를 하고 조롱해야 하는지 그 방법을 배우지 못한 것이다! 우리는 언제나 조롱과 놀이를 위해 마련된 커다란 테이블 위에 앉아 있지 않은가?

그리고 그대들이 커다란 일을 그르쳤더라도 그 때문에 그대들 자신도 실패작이란 말인가? 그리고 그대들 자신이 실패작이라도 그 때문에 인류 자체도 실패작이란 말인가? 한데 인류 자체가 실패작이라면, 좋다! 좋아!

15

한 사물이 귀한 종에 속할수록 그것이 성공할 가능성은 더 적어진다. 그대 여기에 있는 차원 높은 인간들이여, 그대들 모두는 실패작이 아닌가?

용기를 내라, 그게 어쨌단 말인가! 얼마나 많은 일이 아직도 가능한가! 마땅히 웃어야 하는 방식으로 그대들 자신을 비웃는 것을 배우라!

그대들이 실패했고 반밖에 성공치 못했다 하더라도 무엇이 이상한가, 그대 반쯤 파멸한 자들이여! 그대들 속에서 거세게 밀치며 다가오지 않는가, 인간의 **미래**가?

인간의 가장 멀고 가장 깊고 별처럼 가장 높은 것, 인간의 엄청난 힘. 이러한 모든 것이 그대들의 항아리 속에서 서로 부딪치며 거품을 내지 않는가?

많은 항아리가 부서진다 해도 무엇이 이상한가! 마땅히 웃어야 하는 방식으로 그대들 자신에 대해 비웃는 것을 배우라! 그대 차원 높은 인간들이여, 아, 얼마나 많은 일이 아직도 가능한가!

그리고 참으로 얼마나 많은 일이 이미 성공했는가! 이 대지에는 자그마하고 좋고 완전한 사물들이, 잘 완성된 것이 얼마나 풍성하게 널려 있는가!

그대들의 둘레에 자그마하고 좋고 완전한 사물들을 두라, 그대 차원 높은 인간들이여! 이러한 사물들의 황금 같은 성숙은 마음을 치유한다. 완전한 것은 희망을 갖도록 가르친다.

16

여기 대지 위에서 지금까지 있었던 가장 큰 죄악은 무엇인가? 그것은 "웃는 자에게 화 있을지어다!"라고 한 그자의 말이 아니었던가.

그는 대지 위에서 웃어야 할 어떤 근거도 찾아내지 못했단 말인가? 그렇다면 그는 서툴게 찾았을 뿐이다. 아이조차 여기 이 대지에서 그 근거를 찾아내는데 말이다.

그는 충분히 사랑하지 않은 것이다. 충분히 사랑했더라면 그는 우리 웃는 자들도 사랑했을 것이다! 그러나 그는 우리를 미워하고 비웃었으며, 우리에게 울부짖고 이빨 가는 것을 가르쳐 주겠노라고 약속했다.

사랑하지 않는다고 곧바로 저주한단 말인가? 이것은 내가 보기에 옳지 못한 미감이다. 그러나 그는, 이 무조건적인 자는 그렇게 했다. 천민 출신이었으니까.

사실은 그 자신이 충분히 사랑하지 않았을 뿐이다. 충분히 사랑했더라면 그는 사람들이 그를 사랑하지 않는다고 그토록 화를 내지는 않았을 것이다. 모든 위대한 사랑은 사랑을 **원하지** 않으며, 위대한 사랑은 그 이상의 것을 원하기 때문이다.

이러한 무조건적인 자들을 모두 피하라! 그들은 가련하고 병든 방식으로, 천민의 방식으로 산다. 그들은 이 삶을 나쁘게 보며, 이 지상을 사악한 눈길로 바라본다.

이러한 무조건적인 자들을 모두 피하라! 그들의 발걸음은 무겁고 그들의 마음은 후텁지근하다. 그들은 춤출 줄 모른다. 이러한 자들에게 대지가 어떻게 가벼울 수 있단 말인가!

17

모든 좋은 사물들은 둥글게 곡선을 그리며 목표에 접근한다. 그것들은 고양이처럼 등을 둥글게 하고 가까이 있는 행복 앞에서 속으로 기분 좋게 그르렁거린다. 모든 좋은 사물들은 웃고 있다.

어떤 자가 **자신의** 길을 가는지 가지 않는지는 걸음걸이가 보여 준다. 자, 내가 걸어가는 것을 보라! 하지만 자신의 목표에 접근한 자는 춤을 춘다.

참으로 나는 지금까지 입상(立像)처럼 서 있었던 적은 없다. 지금도 나는 딱딱하고 둔탁하고 돌로 만든 기둥처럼 여기에 서 있지 않다. 나는 재빠르게 달리는 것을 좋아한다.

그리고 대지 위에 수렁과 짙은 슬픔이 있더라도 가벼운 발을 가진 자는 진창 위를 사뿐히 달리며 마치 깨끗하게 쓸어 놓은 얼음판 위인 양 춤을 춘다.

그대들의 마음을 고양하라, 형제들이여, 높게! 더 높게! 그리고 다리도 잊지 말라! 그대들의 다리도 높이 들어 올리라, 그대 멋지게 춤추는 자들이여. 게다가 더욱 좋은 것은 물구나무를 서는 것이다!

18

웃는 자의 이 면류관, 이 장미꽃 다발의 화관. 나 자신이 이 화관을 내 머리에 씌웠다. 나 자신이 나의 커다란 웃음을 신성하다고 말했다. 오늘날 나는 이렇게 할 수 있을 만큼 강력한 사람을 아무도 보지 못했다.

춤추는 차라투스트라, 날개로 신호를 보내는 자, 경쾌한 차라투스트라, 모든 새들에게 신호를 보내며 날아갈 준비를 갖춘 자, 만반의 준비를 갖춘, 더없이 행복하고 마음이 가벼운 자.

예언자 차라투스트라, 참되게 웃는 차라투스트라, 성급하지도 무조건적이지도 않은 자, 뛰어오르기와 가로뛰기를 사랑하는 자. 나 자신이 이 화관을 내 머리에 씌웠다!

19

그대들의 마음을 고양하라, 형제들이여, 높게! 더 높게! 그리고 다리도 잊지 말라! 그대들의 다리도 높이 들어 올리라, 그대 멋지게 춤추는 자들이여. 게다가 더욱 좋은 것은 물구나무를 서는 것이다!

행복하면서도 거동이 무거운 짐승들도 있다. 처음부터 굼뜬 발을 가진 자들도 있다. 그들은 코끼리가 물구나무를 서려고 애쓰는 것처럼 기이하게 몸부림을 한다.

그러나 불행 때문에 바보가 되기보다는 행복 때문에 바보가 되는 것이 낫다. 절름거리며 걷기보다는 둔탁하게라도 춤추는 것이 낫다. 그러므로 나에게서 지혜를 배우라. 가장 나쁜 것조차 두 가지의 좋은 이면(裏面)을 가진다는 것을 알라.

가장 나쁜 것조차 춤추기 좋은 다리를 가진다는 것을 알라. 그러니 부디 배우라, 그대 차원 높은 인간들이여, 그대들의 곧은 다리로 바로 서는 것을!

그러니 부디 털고 잊어버리라, 슬픔에 빠지는 것을, 모든 천민의 슬픔을! 아, 나에게는 오늘날 천민 익살꾼들조차 참으로 슬프게 보인다! 하지만 요즘 세상은 천민의 것이다.

20

바람처럼, 산 위의 동굴에서 거세게 불어오는 바람처럼 행동하라. 바람은 자신의 피리 곡조에 맞춰 춤추려 하며, 이 바람의 발자국 아래에서 바다는 떨며 뛰논다.

나귀들에게 날개를 달아 주고 암사자들에게서 젖을 짜는 이 멋지고 자유분방한 정신, 모든 오늘과 모든 천민에게 폭풍처럼 불어닥치는 이 정신을 칭송하라.

엉겅퀴 같은 머리, 자질구레한 일에 시달리는 머리 그리고 모든 시든 잎과 잡초를 적대시하는 이 정신, 마치 풀밭인 것처럼 늪지대와 슬픔 위에서 춤을 추는 이 거칠고 멋지고 자유로운, 폭풍의 정신을 칭송하라!

천민이라는 바싹 마른 개와 모든 일그러진 음침한 패거리를 미워하는 이 정신, 모든 비관론자들과 종양 환자들의 눈에 먼지를 불어 넣는, 모든 자유로운 정신 중에서도 가장 자유로운 이 정신, 이 웃음 짓는 폭풍을 칭송하라!

그대 차원 높은 인간들이여, 그대들의 가장 나쁜 점은, 그대들 모두가 사람이 당연히 춤추어야 하는 방식으로 춤추는 것을, 다시 말해 그대들 자신을 넘어서서 춤추는 것을 배우지 않았다는 것이다! 그대들이 실패했다고 해서 무슨 문제란 말인가!

　얼마나 많은 일이 아직도 가능한가! 그러므로 부디 그대들 자신을 넘어서서 웃는 것을 **배우라**! 그대들의 마음을 고양하라, 그대 멋지게 춤추는 자들이여, 높게! 더 높게! 그리고 멋지게 웃음 짓는 것도 제발 잊지 말라!

　웃는 자의 이 면류관, 이 장미꽃 다발의 화관, 그대들에게, 형제들이여, 이 화관을 던진다! 웃음은 신성하다고 나는 말했다. 그러므로 그대 차원 높은 인간들이여, **배우라**, 웃는 것을!

슬픔의 노래

1

이렇게 말할 때 차라투스트라는 그의 동굴 입구 가까운 곳에 서 있었다. 그러나 마지막 말을 하고는 그의 손님들에게서 빠져나와 잠시 동안 툭 트인 바깥으로 몸을 피했다.

"아, 나를 둘러싼 맑은 향기여!" 그가 외쳤다. "아, 나를 둘러싼 복된 고요여! 그런데 나의 짐승들은 어디에 있는가? 오라, 이리 오라, 나의 독수리여, 나의 뱀이여!

말해 다오, 나의 짐승들이여! 이 차원 높은 인간들 모두가 좋지 않은 **냄새를 풍기는** 건 아닌지? 아, 나를 둘러싼 맑은 향기여! 이제야 나는 알고 느낀다, 나의 짐승들이여, 내가 그대들을 얼마나 사랑하는지를."

그리고 나서 차라투스트라는 다시 말했다. "나는 그대들을 사랑한다, 나의 짐승들이여!" 그가 이렇게 말하자 독수리와 뱀이 그에게로 가까이 다가와서 그를 올려다보았다. 이처럼 그들 셋은 말없이 나란히 모여서 좋은 공기를 냄새 맡고 좋은 공기를 들이마셨다. 차원 높은 인간들과 함께 있을 때보다 여기 바깥의 공기가 더 상쾌했기 때문이다.

2

그러나 차라투스트라가 자신의 동굴을 떠나자마자 늙은 마술사가 자리에서 일어나 교활하게 이리저리 둘러보며 말했다. "그는 나가고 없다!

그대 차원 높은 인간들이여, 차라투스트라와 마찬가지로 나도 이 칭송과 아첨의 이름으로 그대들을 간질이며 비위를 맞춘다. 어느새 나의 사악한 기만과 마술의 정령이, 나의 슬픔의 악마가 나를 덮치고 있다.

이 악마는 저 차라투스트라에 대한 철두철미한 적대자다. 하지만 이 악마를 용서하라! 지금 이 악마는 그대들 앞에서 마술을 부리고 **싶어 한다**. 지금 이 순간 그는 **자신의** 때를 맞이한 것이다. 내가 이 사악한 정령과 씨름한다는 것은 부질없는 일이다.

그대들이 말로 자신에게 어떠한 명예를 수여하든 말든, 다시 말해 그대들이 자신을 자유정신 또는 진실한 자 또는 정신의 참회자 또는 사슬에서 풀려난 자 또는 커다란 동경을 품은 자라고 부르든 말든,

그대들 모두를 나의 사악한 정령, 마술의 악마는 좋아한다. 나와 마찬가지로 **심한 구역질**에 시달리고 신의 죽음을 받아들이면서, 포대기에 싸여 요람에 누워 있는 어떤 새로운 신도 인정하지 않는 그대들 모두를 말이다.

그대 차원 높은 인간들이여, 나는 그대들을 잘 안다. 나는 또한 그에 대해서도 잘 안다. 본의 아니게 내가 사랑하는 이 괴물, 이 차라투스트라에 대해서도 말이다. 내가 보기에 그는 종종 성자들의 아름다운 가면이 아닌가 하는 생각이 든다.

나의 사악한 정령, 즉 슬픔의 악마가 마음에 들어 하는 새롭고도 기이한 가장무도회 같다는 생각이 든다. 나의 사악한 정령의 의지 때문에 내가 차라투스트라를 사랑한다고 나는 이따금 생각한다.

어느새 **이 정령**이 나를 습격하여 나를 몰아세운다, 이 슬픔의 정령, 이 저녁 어스름의 악마가. 그리고 참으로 그대 차원 높은 인간들이여, 그는 갈망한다.

자, 눈을 뜨고 보기만 하라! 이 정령은 **발가벗은 채로** 오기를 갈망한다. 남자인지 여자인지 나는 아직 모른다. 하지만 이 정령은 온다. 이 정령은 나를 몰아세운다. 슬프도다! 그대들의 감각을 활짝 열라!

날이 저물고 모든 사물에게, 가장 좋은 사물에게도 이제 저녁이 찾아온다. 이제, 듣고 보라, 그대 차원 높은 인간들이여, 남자든 여자든 이 저녁 무렵의 슬픔의 정령이 어떠한 악마인가를!"

늙은 마술사는 이렇게 말했다. 그리고 교활하게 이리저리 둘러보고 나서 그의 하프를 손에 잡았다.

3

대기는 맑게 개고,

이슬의 위안이 어느새

보이지도 들리지도 않게

땅으로 내려앉을 때,

위안하는 자인 이슬은 모든 온화한 위안자처럼

부드러운 신발을 신고 있다.

그대는 기억하는가, 기억하는가, 뜨거운 마음이여,

일찍이 그대가 얼마나 목말라했는가를,

천상의 눈물을, 방울방울 맺히는 이슬을,

햇볕에 그을고 지쳐서 얼마나 목말라했는가를,

노랗게 물든 풀밭의 오솔길에서

저녁 태양의 짓궂은 눈길이,

눈부신 태양의 이글거리는 눈길이, 남의 불행을 기뻐하는 눈길이

검은 나무들 사이를 뚫고 그대의 주위로 달려오지 않았던가.

"**진리**의 구혼자라고? 그대가?" 태양의 눈길은 이렇게 비웃었다.

"그렇지 않다! 한 사람의 시인에 불과하다!

한 마리의 짐승, 교활하고, 먹이를 훔치러 살금살금 기어 다

니고,

속임수를 써야 하고,

알면서도 고의로 거짓을 말해야 하는 한 마리의 짐승이다.

먹이를 탐내고,

알록달록한 가면을 쓰고,

자기 자신에게 가면이 되고,

자기 자신에게 먹이가 되는,

이러한 자가 —— 진리의 구혼자라고?

그렇지 않다! 어릿광대일 뿐이다! 시인일 따름이다!

오직 알록달록한 것만을 말하면서,

어릿광대의 가면을 쓰고 알록달록하게 소리 지르면서,

기만적인 말〔言〕의 다리〔橋〕 위로 이리저리 돌아다니고,

알록달록한 무지개 위로,

거짓 하늘과

거짓 대지 사이를

이리저리 헤매고 이리저리 떠도는

어릿광대일 **뿐**이다! 시인일 **따름**이다!

이런 자가 —— 진리의 구혼자라고?

말없는, 딱딱한, 매끈한, 차가운

조각상이 되지도 않았고,

신의 기둥이 되지도 않았으며,

신전 앞에 세워진

신의 문지기가 되지도 않았다.

그렇다! 이러한 진리의 입상들에 오히려 적대적이었고,

어떠한 들판에서도 신전 앞에서보다는 마음이 더 아늑했으며,

고양이 같은 변덕으로 가득 차서

모든 창문으로부터

홀쩍! 모든 우연 속으로 뛰어들고,

온갖 원시림의 냄새를 킁킁 맡고,

병적인 동경심으로 냄새 맡으며 돌아다닌다.

그것은 그대가 원시림 속에서,

알록달록한 반점을 가진 맹수들 사이에서

죄악에 찬 건강으로, 알록달록하게, 그리고 멋지게 달리기 위해서다.

탐스럽게 입술을 내밀고,

복에 넘치도록 조롱하고, 복에 넘치도록 지옥이 되고, 복에 넘치도록 피에 굶주리면서,

강탈하고, 살금살금 돌아다니고, 속이면서 달리기 위해서다.

혹은 독수리같이 오랫동안,

오랫동안 심연을,

자신의 심연을 응시한다.

아, 여기에서 심연은 아래로,

더 밑으로, 더 안으로

점점 더 깊은 심연으로 어지럽게 맴돌며 떨어진다!

그러다가

별안간 일직선으로,
날개를 펴고 쏜살같이
어린 양들을 습격한다,
눈 깜박할 새에 내려와 격심한 굶주림으로
어린 양들을 탐한다.
모든 어린 양들의 영혼에 적개심을 품은 채,
양처럼 보고, 어린 양의 눈길로 바라보며,
털이 곱슬곱슬하고 잿빛이며,
어린 양과 양의 따뜻한 마음씨를 가진
모든 것에 증오의 적개심을 드러낸다!

이렇게
시인의 동경은,
천 개의 가면을 쓴 **그대의** 동경은
독수리와 같고, 표범과 같다.
그대 어릿광대여! 그대 시인이여!

이러한 그대는 인간을
신으로도 양으로도 보았다.
인간 내면에 있는 신을
인간 내면에 있는 양과 마찬가지로 **찢어 버리는 것**,
그리고 찢어 버리면서 **웃는 것**.

이것, 바로 이것이야말로 그대의 더없는 행복이다!

표범이요, 독수리인 자의 커다란 행복이다!
시인이요, 어릿광대인 자의 커다란 행복이다!"

대기는 맑게 개고,
초승달은 어느새
진홍색 저녁놀 사이에서 초록빛으로,
시기하면서 살금살금 걸어가고,
──낮에 적의를 품은 채,
걸음걸음마다 몰래
장미의 해먹을 낫질하여 마침내 장미의 해먹은 가라앉는다,
밤의 어둠 아래로 창백하게 가라앉는다.

이처럼 나 자신도 일찍이 가라앉았다.
나의 진리에 대한 광기로부터 벗어나
나의 대낮의 동경으로부터 벗어나,
낮에 염증을 내고 빛 때문에 병들어,
──아래로, 저녁 쪽으로, 그림자 쪽으로 가라앉았다.
하나의 진리 때문에
불태워지고 목말라하면서.
──그대는 아직도 기억하는가, 기억하는가, 뜨거운 마음이여,
그때 그대가 얼마나 목말라했던가를?
그 하나의 진리란 곧 내가 **모든** 진리로부터
추방되었다는 것이 아니던가.
어릿광대일 뿐이다!

시인일 따름이다!"

학문에 대하여

마술사는 이렇게 노래했다. 그리고 함께 있던 자들은 모두 자기도 모르는 새에 새처럼 그의 교활하고도 우울한 육욕의 그물에 빠져들었다. 오직 지적인 양심을 지닌 자만이 걸려들지 않았다. 그는 마술사로부터 재빨리 하프를 빼앗으며 소리쳤다. "공기를! 신선한 공기를 들여보내라! 차라투스트라를 불러오라! 그대는 이 동굴을 후텁지근하고 유독하게 만든다, 그대 사악한 늙은 마술사여!

그대 기만하는 자여, 간교한 자여, 그대는 미지의 욕망과 황폐함으로 유인한다. 슬프다, 그대 같은 자가 **진리**에 대해 떠들며 소동을 벌이다니!

슬프다, **이러한** 마술사 앞에서 경계하지 않는 모든 자유로운 정신들이여! 그들의 자유는 이렇게 끝장난다. 그대는 감옥으로 돌아가라고 가르치며 유혹하는구나.

그대 슬픔에 찬 늙은 악마여, 그대의 비탄으로부터는 유혹의 피리 소리가 들려온다. 그대는 순결을 찬양함으로써 몰래 육욕을 부추기는 자와 마찬가지다!"

양심을 지닌 자가 이렇게 말했다. 하지만 늙은 마술사는 주위를 둘러보며 자신의 승리를 즐겼고, 그럼으로써 양심을 지닌 자가 그에게 불러일으킨 불쾌감을 삼켜 버렸다. "조용히!" 그는 겸손한 목소리로 말했다. "좋은 노래는 좋은 반응을 원한다. 좋은 노래를 듣고 나서는 한참 동안 침묵해야 한다.

여기 있는 자들, 차원 높은 인간들은 모두 그렇게 하고 있지 않은가? 하지만 그대는 나의 노래를 제대로 이해하지 못했단 말인가? 그대에게는 마술의 정령이 거의 깃들어 있지 않나 보다."

그러자 양심을 지닌 자가 대답했다. "그대의 그 말은 나와 그대를 서로 떼어 놓기 때문에 나에게는 칭송으로 들린다. 좋다! 그런데 그대 나머지 사람들은 어찌 된 영문인가? 그대들 모두 탐욕스러운 눈길로 거기에 앉아 있으니 말이다.

그대 자유로운 영혼들이여, 그대들의 자유는 어디로 갔는가! 내가 보기에 그대들은 발가벗고 춤추는 못된 소녀들을 오랫동안 바라보던 자들처럼 보인다. 그대들의 영혼 자체가 춤추고 있으니 말이다!

그대 차원 높은 인간들이여, 그대들 속에는 저 마술사가 사악한 마술의 정령 그리고 기만의 정령이라고 부르는 것이 더 많이 들어 있음이 분명하다. 우리는 참으로 서로 다르다.

그리고 차라투스트라가 자신의 동굴로 돌아오기 전에 우리는 서로 충분히 이야기를 나누며 생각했다. 그러므로 나는 우리가 서로 **다른** 존재라는 사실을 어느 정도 알게 되었다.

그대들과 나, 우리는 여기 산 위에서도 서로 다른 것을 **구하고 있다**. 나로 말하자면 더 많은 **안전**을 구하려고 차라투스트라에게로 왔다. 그자야말로 아직도 가장 견고한 탑이며 의지이기 때문이다.

오늘날 모든 것이 흔들거리고 온 대지가 진동하는 때에 말이다. 하지만 그대들의 눈빛만 보아도 대충 알 수 있거니와 그대들은 더 많은 **불안전**을,

더 많은 전율을, 더 많은 위험을, 더 많은 지진을 구하고 있는 듯하구나. 보아하니 그대들은 갈망한다. 나의 주제넘음을 너그러이 보아 다오, 그대 차원 높은 인간들이여,

그대들은 **내가** 가장 두려워하는 더없이 사악하고 더없이 위험한 삶을 갈망한다. 야수의 삶을, 숲과 동굴과 가파른 산과 미로와도 같은 골짜기를 갈망하는 것이다.

그리고 그대들이 제일 마음에 들어 하는 자는 위험으로부터 **벗어나게 하는** 지도자가 아니라 그대들을 모든 길에서 빗나가게 유혹하는 자다. 그러나 이러한 욕망이 그대들 마음속에 **실제로 있다** 하더라도 나는 이것이 이루어지기는 **불가능하다**고 생각한다.

공포라는 것은 인간의 타고난 감정이고 근본적인 감정이다. 공포로부터 모든 것, 타고난 죄와 타고난 덕이 설명된다. 또한 **나**

의 덕도 공포로부터 자라났으니, 이름하여 학문이라고 불린다.

말하자면 맹수에 대한 공포는 인간의 마음속에서 가장 오랜 세월 동안 자라난 것이며, 인간이 자신 속에 숨겨 두고 두려워하는 짐승도 여기에 포함된다. 차라투스트라는 이것을 내면의 짐승이라고 부른다.

이러한 길고도 오래된 공포, 이것이 마침내 세련되게 다듬어지고 영적으로 해석되고 정신적인 것으로 성장하면서 오늘날 **학문**이라고 불리게 된 것으로 보인다."

양심을 지닌 자가 이렇게 말했다. 그러나 방금 자신의 동굴로 돌아와 마지막 말을 듣고 그 뜻을 미루어 짐작한 차라투스트라가 양심을 지닌 자에게 한 손 가득 장미를 던져 주고는 그가 들은 진리라는 말을 비웃었다. "뭐라고!" 그가 소리쳤다. "내가 여기에서 방금 무슨 말을 들었는가? 참으로 그대가 바보거나 아니면 내가 바보라는 생각이 든다. 하지만 나는 그대의 진리를 당장에 물구나무서게 하겠다.

공포는 우리에게 예외적인 것이다. 그러나 용기와 모험, 미지의 것이나 아직 시도되지 않은 것에 도전하는 기쁨. 한마디로 **용기**야말로 지나온 인간 역사의 전부다.

인간은 가장 사납고 가장 용기 있는 짐승들을 시기하여 그것들로부터 모든 덕을 강탈했다. 이렇게 인간은 비로소 인간이 되었다.

이러한 용기, 독수리의 날개와 뱀의 지혜를 가진 이 인간의 용기가 마침내 세련되게 다듬어지고 영적으로 해석되고 정신적인 것으로 성장한 것이다. 내 생각에는 **이것이** 오늘날 일컬어지기를……."

"차라투스트라!" 그 순간 함께 앉아 있던 모든 자들이 이구동성으로 외치면서 커다란 소리로 웃음을 터뜨렸다. 그러자 그들로부터 무거운 구름 같은 것이 피어올랐다. 마술사도 웃으면서 재치 있게 말했다. "좋다, 그놈은 사라졌다, 나의 사악한 정령은!

그자는 사기꾼이며 거짓과 기만의 정령이라고 내가 말했을 때, 나 자신이 이미 그대들에게 이 정령을 조심하라고 경고한 것이 아니던가?

특히 그가 발가벗은 채 모습을 드러냈을 때 말이다. 하지만 **내가** 이 정령의 간계를 어떻게 간파할 수 있단 말인가! **내가** 이 정령을 만들고 세계를 창조하기라도 했단 말인가?

자! 우리 다시 긴장을 풀고 즐거운 시간을 보내자! 차라투스트라가 성난 눈길로 바라보지만 말이다. 그를 보라! 그가 나를 원망하지 않는가!

하지만 밤이 오기 전에 그는 다시 나를 사랑하고 칭송할 것이다. 그런 어리석음마저 없다면 그는 오래 살지 못할 것이기 때문이다.

그는 자신의 적들을 사랑한다. 내가 본 모든 사람들 중에서 그가 이 기술에 가장 익숙하다. 하지만 그 대신에 그는 자기 친구들에게 복수를 한다!"

늙은 마술사는 이렇게 말했고, 차원 높은 인간들은 그에게 박수갈채를 보냈다. 차라투스트라는 좌중을 한 바퀴 돌며 악의와 사랑으로 그의 벗들과 악수를 나누었다. 마치 모든 자들에게 무언가를 보상하고 사죄해야 하는 자이기라도 한 것처럼. 하지만 그러다가 동굴 입구 쪽으로 오게 되었을 때, 보라, 그는 다시 바깥의 신선한 공기와 자신의 짐승들이 그리워졌고, 그 때문에 바깥으로 빠져나가려 했다.

사막의 딸들 사이에서

1

"떠나지 말라!" 그때 차라투스트라의 그림자를 자처했던 방랑자가 말했다. "우리 곁에 머물라. 그러지 않으면 저 오래된 축축한 슬픔이 다시 우리를 덮칠지도 모른다.

저 늙은 마술사가 자신이 가진 최악의 것으로 우리를 이미 극진히 대접했다. 그래서, 보라, 저 선량하고 경건한 교황은 눈에 눈물이 가득한 채 다시 마음을 가다듬고 슬픔의 바다로 출항하고 있다.

저 왕들은 우리 앞에서 태연한 표정을 지으려고 하는 것 같다. 오늘날 우리 중에서 **그들이야말로** 태연한 표정으로 지내는 법을 가장 잘 배우지 않았는가! 하지만 보는 자가 없다면 그들의 마음속에서 사악한 움직임이 다시 꿈틀거리리라. 그 점은 내기를 걸어도 좋다.

떠도는 구름, 축축한 슬픔, 가려진 하늘, 도둑맞은 태양, 울부짖는 가을바람의 사악한 움직임이 다시 시작될 것이다.

우리의 울부짖음과 긴박한 외침이라는 사악한 놀이가 다시 시작될 것이다. 우리 곁에 머물라, 아, 차라투스트라여! 이곳에는 발언하고 싶어 하는 많은 숨겨진 불행이 있다. 많은 저녁, 많은 구름, 많은 축축한 공기가 있다!

그대는 사나이의 거친 음식과 힘찬 잠언으로 우리를 먹여 주었다. 그러므로 후식으로 저 연약하고 여성 같은 정령이 다시 우리를 덮치는 일이 없도록 해 달라!

그대만이 주위의 공기를 맑고 힘차게 만든다! 지금껏 내가 지상에서 그대의 동굴 안 그대의 곁에서보다 더 좋은 공기를 마신 적이 있었던가?

나는 많은 나라들을 보았으며, 나의 코는 여러 종류의 공기를 맛보고 평가할 줄 알게 되었다. 하지만 그대 곁에서 나의 콧구멍은 가장 커다란 기쁨을 맛본다.

다만 예외로서, 다만 예외로서, 아, 나의 오래된 추억을 말하는 것을 용서하라. 내가 그 옛날 사막의 딸들 사이에서 지은 바 있는, 후식을 위한 옛 노래를 한 곡 부를 테니 용서하라.

사막의 딸들이 있는 곳에도 여기와 마찬가지로 신선하고 맑은 동방의 공기가 있었다. 거기에서 나는 구름 끼고 축축하고 슬픔에 젖은 늙은 유럽으로부터 가장 멀리 떨어져 있었다!

그때 나는 그러한 동방의 소녀들을 사랑했다. 한 점의 구름도, 한 점의 사상도 끼지 않은, 또 다른 푸른 하늘을 사랑했다.

그대들은 믿지 못하리라. 그녀들이 춤추지 않을 때면 얼마나 귀엽게 앉아 있었던가를. 깊이, 그러면서 아무런 생각도 없이, 마치 자그마한 비밀처럼, 리본을 단 수수께끼처럼, 후식용 호두처럼 말이다.

참으로 알록달록하고 이국적이었다! 한 점의 구름도 없이, 풀어 보라고 주어진 수수께끼처럼. 이 소녀들을 즐겁게 해 주기 위해 그때 나는 후식을 위한 시 한 편을 지었다.”

방랑자요, 그림자인 자가 이렇게 말했다. 그리고 어떤 대답이 돌아오기도 전에 그는 재빨리 늙은 마술사의 하프를 손에 들고 다리를 꼬고 앉아 차분하게, 그리고 지혜롭게 주위를 둘러보았다. 그리고 콧구멍으로 천천히 음미하듯 공기를 들이마셨다. 새로운 나라에서 새롭고 낯선 공기를 맛보는 자와 같이. 그러고 나서 그는 포효하듯 노래 부르기 시작했다.

2
“사막은 자라난다. 사막을 품고 있는 자에게 화 있을지라!”

──아! 장엄하구나!

참으로 장엄하구나!

위엄 넘치는 시초(始初)여!

아프리카처럼 장엄하구나!

사자와 같은,

또는 울부짖는 유덕한 원숭이와 같은

── 그러나 그대들과는 아무 상관 없는,
그대 너무도 사랑스러운 여자 친구들이여,
그대들의 발밑에 내가
처음으로
한 사람의 유럽인으로서, 야자나무 아래에
앉아도 좋다는 허락을 받았다. 셀라.

참으로 놀랍다!
지금 내가 여기에 앉아 있다니,
사막 가까이에, 그리고 이미
사막으로부터 다시 이토록 멀리 떨어져 있다니,
게다가 조금도 황폐해지지 않은 채.
이 작디작은 오아시스에
내 파묻혀 있노라.
── 이 오아시스는 방금 하품하면서
그 사랑스러운 입을 벌렸다,
모든 자그마한 입들 중에서 가장 좋은 냄새가 나는 입을.
나는 그 입 속으로 떨어졌다,
아래로, 한가운데로──그대들 사이로,
그대 너무도 사랑스러운 여자 친구들이여! 셀라.

만세, 만세, 저 고래여,
자기 손님을 이토록
잘 대접해 주다니! 나의 교양 넘치는 암시를

그대는 이해하는가?

저 고래의 배(腹)에 축복 있기를.

그것이 이토록

사랑스러운 오아시스의 배라면,

이 오아시스의 배와 같다면. 하지만 나는 그것을 믿지 않는다.

── 내가 유럽에서 왔기 때문이다.

모든 늙수그레한 아내들보다

더 의심 많은 유럽에서.

신이여, 제발 뜯어고치소서!

아멘!

지금 나는 여기에 앉아 있다.

이 작디작은 오아시스에

대추야자 열매처럼

갈색으로, 다디달고, 금빛으로 익어

소녀의 동그란 입을 갈망하면서.

그러나 그보다는 소녀답고,

얼음처럼 차고, 눈처럼 희고, 날카로운 앞니를 갈망하면서.

말하자면 모든 뜨거운 대추야자 열매의 마음은

이러한 앞니를 갈망한다. 셀라.

방금 말한 남국의 열매와

흡사하게, 너무도 흡사하게

나는 여기에 누워 있다. 날아다니는 작은

딱정벌레들이

어지러이 춤추고 살랑거리며 돌아다니고,

마찬가지로 더욱 작고

더욱 어리석고 더욱 심술궂은

소망들과 착상들이 나불거리며 돌아다니는 가운데,

그대들에게 둘러싸여서,

그대 말없이 예감 넘치는

소녀 고양이들이여,

두두와 줄라이카여!

── 많은 감정을 한마디에

담아 표현하자면 **스핑크스에 둘러싸여**

(신이여, 이렇게 말로 죄를

짓는 것을 용서하라!)

── 나 여기에 앉아 있노라. 더없이 상쾌한 공기를 마시면서,

진정한 낙원의 공기,

밝고 가벼우며, 금빛으로 빛나는 공기를 마시면서.

아마도 이처럼 상쾌한 공기는 언젠가 달로부터 내려왔으리라.

그것은 옛 시인이 말하듯이

우연히 그렇게 된 것일까,

아니면 자유분방함 때문에 일어난 일일까?

그러나 나 회의하는 자는 이 이야기를

의심하노니 내가 유럽에서

왔기 때문이다,

모든 늙수그레한 아내들보다

더 의심 많은 유럽에서.

신이여, 제발 뜯어고치소서!

아멘!

너무도 상쾌한 이 공기를 마시면서,

콧구멍을 술잔처럼 부풀게 하고,

미래도 없이, 기억도 없이

나 여기에 앉아 있노라, 그대

너무도 사랑스러운 여자 친구들이여,

나는 야자나무를,

그것이 어떻게, 마치 무희처럼

몸을 구부리고 비틀고 허리를 흔드는지를 바라보노라.

—— 그렇게 오래 구경하다 보면 어느새 따라 하게 되는 법!

나에게 보이듯이 야자나무는 무희처럼

너무 오랫동안, 위험할 정도로 너무 오랫동안

쉬지도 않고 오직 한쪽 다리로만 서 있었던가?

—— 그래서 나에게 보이듯이 야자나무는

다른 쪽 다리를 잊어버렸단 말인가?

헛되긴 했으되

나는 잃어버린 한 쌍의 보석 중 나머지 하나를

——말하자면 다른 쪽 다리를—— 찾고 있었다.

야자나무의 그지없이 사랑스럽고 너무도 우아한

부채 모양의, 펄럭이고 번쩍거리는 스커트

근처의 성스러운 곳에서.

그렇다, 그대 아름다운 여자 친구들이여, 그대들이 나의 말을 고스란히 믿는다는 생각이 들어 하는 말인데,

실은 야자나무가 그것을 잃어버렸다!

그것은 없어져 버렸다!

영원히 사라져 버렸다!

다른 쪽 다리는!

아, 애석하구나, 이 사랑스러운 다른 쪽 다리여!

어디쯤에서 머뭇거리며 버림받은 것을 슬퍼할까?

저 외로운 다리는?

어쩌면 으르렁거리는

누런 금발의 사자와 같은 맹수 앞에서

두려움에 떨고 있는 것일까? 아니면 이미

물어뜯기고 질경질경 씹혀 버렸는가 ──

가엾구나, 슬프고! 슬프다! 질경질경 씹혀 버렸구나! 셀라.

아, 울지 말라,

연약한 마음이여!

울지 말라, 그대

대추야자 열매의 마음들이여! 젖가슴들이여!

그대 감초의 마음을 가진

작은 주머니여!

더 이상 울지 말라,

창백한 두두여!

사나이가 되라, 줄라이카여! 용기를 내라! 용기를!

──아니, 어쩌면

기운을 불어넣어 주는 것, 마음을 강하게 해 주는 어떤 것이

여기 이 자리에 있어야 하지 않는가?

엄숙한 잠언이?

장엄한 격려의 말이?

자! 나타나라, 위엄이여!

덕의 위엄이여! 유럽인의 위엄이여!

바람을 일으키라, 다시 바람을 일으키라,

덕의 풀무여!

자!

다시 한번 울부짖으라!

덕이 넘치게 울부짖으라!

도덕의 사자로서

사막의 딸들 앞에서 울부짖으라!

──덕의 울부짖음은,

그대 너무도 사랑스러운 소녀들이여,

유럽인의 열정, 유럽인의 뜨거운 열망 이상이기 때문이다!

그리고 나는 이미 거기에 서 있다.

유럽인으로서

나는 달리 될 수가 없다, 신이여, 나를 도우소서!

아멘!

"사막은 자라난다, 사막을 품고 있는 자에게 화 있을지라!"

일깨움

1

방랑자요, 그림자인 자의 노래가 끝나자 동굴 안은 갑자기 시끌벅적한 소음과 웃음소리로 가득 찼다. 모여 있던 손님들 모두가 한꺼번에 말을 하고, 나귀조차 이러한 들뜬 분위기에 휩싸여 가만히 있지 않았기 때문에 차라투스트라는 자기 손님들에게 약간의 혐오와 조롱의 감정을 느꼈다. 손님들이 즐거워하는 것이 기뻤음에도 말이다. 손님들이 즐거워하는 것은 그가 보기에 회복의 조짐이었다. 그래서 그는 바깥으로 빠져나가 그의 짐승들에게 말했다.

"그들의 곤경은 이제 어디로 가 버렸는가?"라고 말하고 그는 어느새 사소한 불쾌감을 털어 내며 깊이 숨을 들이마셨다.

"그들은 내게 오더니 긴박한 외침을 잊어버린 모양이다!

유감스럽게도 소리를 질러 대는 것은 아직 잊지 않았지만." 그러고 나서 차라투스트라는 귀를 막았다. 바로 그때 나귀의 "이-아." 하는 소리가 차원 높은 인간들의 환호성 사이에 묘하게 섞여서 들려왔기 때문이다.

그가 다시 말하기 시작했다. "신들이 났군. 어찌 알겠어? 자기들의 주인에게 폐가 된다는 사실을 말이야. 내게서 웃음을 배우긴 했어도, 그들이 배운 건 **나의** 웃음이 아니야.

하지만 그게 무슨 상관인가! 그들은 늙은이일 뿐이다. 그들은 나름대로 회복하고 있고, 나름대로 웃는다. 나의 귀는 이미 더 나쁜 일도 견디면서 화를 참지 않았던가.

오늘은 승리의 날이다. 그는, 나의 숙적인 **중력의 영**은 이미 물러나고 달아난다! 그처럼 불길하고 무겁게 시작된 오늘이 얼마나 가뿐하게 끝맺음하려고 하는가!

오늘이 **끝나려고 한다.** 어느새 저녁이 찾아왔다. 훌륭한 기사(騎士)인 저녁이 바다를 넘어 말을 타고 온다! 복된 자, 집으로 돌아오는 자인 저녁이 자신의 자줏빛 말안장에 앉아 흔들거리는 모습을 보라!

하늘은 맑은 눈길로 그 모습을 바라보고, 세계는 깊이 누워 있다. 아, 그대 나를 찾아온 모든 유별난 자들이여, 나와 더불어 산다는 것, 그것만으로도 이미 보람 있는 일이 아닌가!"

차라투스트라는 이렇게 말했다. 그때 동굴로부터 차원 높은 인간들의 고함 소리와 웃음소리가 다시 들려왔다. 그래서 그는 다시 말하기 시작했다.

"그들은 미끼를 물고 있다. 나의 미끼가 효과를 보인다. 그들에게서도 그들의 적이, 중력의 영이 물러난다. 그들은 이미 그들 자신을 비웃을 줄 안다. 내가 제대로 들은 것일까?

사나이를 위한 나의 음식이, 즙이 흐르고 힘이 넘치는 나의 잠언이 효과를 내고 있다. 그들에게 배나 부풀게 만드는 야채를 내놓지는 않았다! 전사(戰士)의 음식, 정복자의 음식을 먹였다. 그리하여 나는 그들에게 새로운 욕망을 일깨웠다.

새로운 희망이 그들의 팔과 다리에서 용솟음치고 그들의 심장은 기지개를 켠다. 그들은 새로운 말을 찾아내며, 그들의 정신은 머지않아 자유분방함을 호흡하리라.

이러한 음식은 분명 아이들을 위한 것은 아니며, 그리움에 지친 늙은 여자들, 젊은 여자들에게는 더더욱 맞지 않을 것이다. 이들의 내장은 다른 방식으로 달래야 한다. 하지만 나는 이들의 의사도 교사도 아니지 않은가.

차원 높은 인간들로부터 **구역질**이 물러난다. 그렇다! 이것은 나의 승리다. 나의 영토에서 그들은 안전해지고 바보 같은 부끄러움을 모조리 극복하면서 마음껏 속을 털어놓는다.

그들은 자신의 마음을 한껏 드러낸다. 좋은 시간이 그들에게 되돌아온 것이다. 그들은 축제를 열고 다시 그 맛을 되씹는다. 그들은 **고마움을 알게** 된다.

그들이 **고마움을 알게 된 것**을 나는 최선의 조짐으로 여긴다. 머지않아 그들은 축제를 생각해 낼 것이고 그들이 누린 그 옛날의 기쁨을 기록할 기념비를 세울 것이다.

그들은 **치유되는 자들**이다!" 차라투스트라는 마음속으로 기뻐하며 이렇게 말하고는 먼 곳을 바라보았다. 그의 짐승들은 그에게로 다가와 그의 행복과 그의 침묵에 경의를 표했다.

2

그러나 별안간 차라투스트라의 귀는 깜짝 놀랐다. 그때까지 시끌벅적한 소음과 웃음소리로 가득 찼던 동굴이 순식간에 쥐 죽은 듯이 조용해졌기 때문이다. 그의 코는 솔방울을 태울 때 나는 듯한 자욱한 연기와 향의 냄새를 맡았다.

"무슨 일인가? 그들이 무슨 일을 벌이는가?" 그는 이렇게 혼잣말로 묻고는 손님들이 눈치채지 못하게 동굴 입구로 살그머니 다가가 들여다보았다. 놀랍고도 놀라운 일이 벌어지고 있었다. 그는 자기 눈을 믿을 수 없었다!

"그들 모두가 다시 **경건해지다니, 기도하고** 있다니 미쳤구나!" 그는 놀란 나머지 입을 다물 수 없었다. 어처구니없었다! 차원 높은 모든 인간들, 곧 두 명의 왕, 일자리를 잃은 교황, 사악한 마술사, 제 발로 거지가 된 자, 방랑자요, 그림자인 자, 늙은 예언자, 지적인 양심을 지닌 자 그리고 더없이 추악한 자. 그들 모두가 아이들처럼, 독실한 노파들처럼 무릎을 꿇고 앉아 나귀[19]에게 예배를 드리는 것이 아닌가. 그리고 바로 그때 더없이 추악한 자가 차마 입에 담을 수 없는 것이 속에서 치밀어 오르기라도 하는 것처럼 꼬르륵거리고 헐떡이기 시작했다.

---

19) 나귀는 군중을 가리키는 것으로 보인다.

마침내 그가 이것을 말로 드러냈을 때, 보라, 그것은 그들이 예배드리고 향을 피워 올리는 나귀를 찬양하는 경건하고 기이한 연도(連禱)였다. 그 연도는 다음과 같이 울렸다.

아멘! 우리 하느님에게 찬미와 영예와 지혜와 감사와 영광과 권능이 무궁무진토록 있으라!

그러자 나귀는 "이-아." 하고 외치며 응답했다.

우리 하느님은 우리의 짐을 짊어지고 종의 모습으로 나타나며, 충심으로 인내하고, 결코 '아니다'라고 말하지 않는다. 그리고 자기의 하느님을 사랑하는 자는 자기의 하느님을 징벌한다.

그러자 나귀는 "이-아." 하고 외치며 응답했다.

우리 하느님은 자신이 창조한 세상에 대해 '그렇다'라고 말하는 것을 제외하고는 아무 말도 하지 않는다. 우리 하느님은 이렇게 자신의 세상을 찬양한다. 말하지 않는 것이 우리 하느님의 교묘함이다. 그러므로 우리 하느님이 잘못하는 경우는 거의 없다.

그러자 나귀는 "이-아." 하고 외치며 응답했다.

우리 하느님은 눈에 띄지 않게 세상을 다닌다. 우리 하느님의 몸은 잿빛이며, 우리 하느님은 이 잿빛으로 당신의 덕을 감싼다. 우리 하느님은 정신을 가졌으되 이를 숨긴다. 하지만 누구든 우리 하느님의 기다란 귀를 믿는다.

그러자 나귀는 "이-아." 하고 외치며 응답했다.

기다란 귀를 가진 우리 하느님이 오직 '그렇다'라고 할 뿐 결코 '아니다'라고 말하지 않는 것은 얼마나 숨겨진 지혜인가! 우리 하느님은 당신의 모습에 따라, 다시 말해 가능한 한 어리석게 이 세상을 창조하지 않았는가?

그러자 나귀는 "이-아." 하고 외치며 응답했다.

그대는 곧바른 길도, 구불구불한 길도 간다. 우리 인간들이 무엇을 곧바르고 무엇을 구불구불하다고 생각하든 그대는 별로 마음 쓰지 않는다. 선과 악의 저 너머에 그대의 나라가 있기 때문이다. 순진무구함이 무엇인지조차 모르는 것이 그대의 순진무구함이다.

그러자 나귀는 "이-아." 하고 외치며 응답했다.

보라, 그대는 아무도 마다하지 않는다, 거지든 왕이든 마다하지 않는다. 그대는 갓난애도 불러들이고, 악동들이 그대를 유혹할 때도 그저 "이-아." 하고 말한다.

그러자 나귀는 "이-아." 하고 외치며 응답했다.

그대는 암나귀와 싱싱한 무화과를 좋아한다. 그대는 식성이 까다롭지 않다. 그대가 한창 배고플 때는 엉겅퀴조차 그대의 마음을 간질인다. 여기에 하느님의 지혜가 있다.

그러자 나귀는 "이-아." 하고 외치며 응답했다.

나귀 축제

1

연도가 여기에 이르자 차라투스트라는 더 이상 참을 수 없어서 그 자신이 나귀보다 더 크게 "이-아." 하고 고함을 질렀다. 그러고는 미쳐 버린 자기 손님들 가운데로 뛰어들었다. "이무슨 짓들인가, 사람의 자식들이여?" 그는 기도하는 자들을 바닥에서 와락 일으켜 세우면서 소리쳤다. "차라투스트라가 아닌 다른 자가 그대들을 보았다면 어쩔 뻔했는가.

누구든 이렇게 판단하리라. 그대들이 새로운 신앙으로 가장 사악한 신성 모독자가 되었든지 아니면 모든 노파들 중에서 가장 어리석은 노파가 되었노라고.

그리고 그대, 그대 늙은 교황이여, 나귀 한 마리를 이렇게 신으로 경배하는 것이 그대에게 어울리는 일이란 말인가?"

교황이 대답했다. "아, 차라투스트라여, 용서하라. 하지만 신의 일에서는 내가 그대보다 더 밝다네. 당연한 일이 아닌가.

형상도 없는 신을 경배하느니 차라리 이 나귀의 모습을 한 신을 경배하겠네! 이 잠언을 생각해 보게, 내 귀한 벗이여, 그대는 이 잠언 속에 지혜가 숨겨져 있음을 금방 알아차릴 것이네.

'신은 하나의 정신이다.'라고 말한 자, 그자는 지금껏 이 지상에서 무신앙으로 나아가는 가장 커다란 걸음을 내딛고 도약한 것이라네. 그러한 말은 이 지상에서 쉽사리 다시 주워 담을 수 없다네!

나의 늙은 심장은 이 지상에 경배할 그 무엇이 있다는 사실 때문에 마구 쿵쾅거리며 뛴다네. 용서하라. 아, 차라투스트라여, 늙고 경건한 교황의 마음을!"

"그런데 그대는……" 차라투스트라가 방랑자요, 그림자인 자에게 말했다. "스스로를 자유정신이라 부르며 또 그렇게 착각하고 있는가? 그러면서 여기에서 그런 식으로 우상을 섬기며 성직자연하는가?

참으로 그대는 피부가 갈색인, 그대의 고약한 소녀들과 있을 때보다도 여기에서 더 나쁜 짓을 벌이고 있다. 그대 고약한 풋내기 신자여!"

"고약하고도 남지." 방랑자요, 그림자인 자가 대답했다. "그대의 말이 옳다. 하지만 나로서도 별다른 도리가 없다! 옛 신이 다시 살아났으니. 아, 차라투스트라여, 그대가 무슨 말을 해도 소용없다.

더없이 추악한 자에게 모든 책임이 있다. 그자가 신을 소생시켰다. 그리고 그자가 자신이 일찍이 신을 죽였다고 말하긴 했지만, **죽음**이란 늘 그랬듯이 신들에게는 하나의 편견일 뿐이다."

그러자 차라투스트라가 말했다. "그리고 그대는, 그대 늙고 고약한 마술사는 무슨 짓을 했단 말인가! 이 자유로운 시대에 누가 앞으로 그대를 믿겠는가? **그대**가 그런 나귀를 신으로 모시고 믿는 터에 말이다.

그대는 멍청한 짓을 했다. 그대가, 그대 현명한 자가 그런 멍청이 짓을 하다니!"

영리한 마술사가 대답했다. "아, 차라투스트라여! 그대의 말이 옳다. 어리석은 짓이었다. 내게도 그 같은 일을 하는 것이 꽤나 어려웠다."

"그리고 그대는……." 차라투스트라가 지적인 양심을 지닌 자에게 말했다. "깊이 생각하고 깊이 생각하라. 그리고 손가락을 코끝에 대어 보라. 양심에 거리끼는 게 아무것도 없단 말인가? 그대의 정신은 이러한 기도와 이 같은 성도(聖徒)가 내뿜는 뿌연 안개에 빠져들기에는 너무도 명료하지 않은가?"

"무언가가 있다." 지적인 양심을 가진 자는 이렇게 대답하면서 손가락을 코끝으로 가져갔다. "이런 연극에는 내 양심에 거슬리지 않는 무엇이 있다.

아마도 나는 신을 믿어서는 안 되나 보다. 하지만 분명한 것은 신이 이 모습으로 나타날 때 가장 믿음직하다는 점이다.

더없이 경건한 자들의 증언에 따르면 신은 영원한 존재여야 한다. 그토록 많은 시간을 가졌으니 여유가 있을 수밖에. 가능한 한 아주 천천히 그리고 가능한 한 무심하게. **이렇게 하더라도** 그와 같은 존재는 아주 많은 것을 이루어 낼 수 있지 않은가.

그리고 정신을 너무 많이 소유한 자는 우둔함과 우매함에 빠져 오히려 어리석어지기도 한다. 아, 차라투스트라여, 그대 자신을 생각해 보라!

참으로 그대 자신을! 그대 또한 그 충만함과 지혜로 말미암아 나귀가 될 수도 있다.

완전한 현자는 가장 구불구불한 길도 기꺼이 가지 않는가? 겉모습이 그것을 말해 준다, 아, 차라투스트라여, 바로 **그대의 겉모습이!**"

"그리고 마지막으로 그대가……."라고 말하면서 차라투스트라는 아직도 바닥에 누워서 나귀를 향해 손을 높이 치켜들고 있는 더없이 추악한 자에게로(그는 나귀에게 마실 포도주를 바치고 있었다.) 몸을 돌렸다. "말하라, 그대 말로 나타낼 수 없는 자여, 그대는 여기에서 무슨 짓을 벌였는가!

내가 보기에 그대는 변했다. 그대의 눈은 불타오르고, 고매함이라는 외투가 그대의 추악함을 덮고 있다. 그대는 **무슨** 일을 저질렀는가?

그대가 신을 소생시켰다고들 하는데 그게 사실인가? 무엇 때문에 그랬는가? 신은 정당한 이유로 살해되어 제거되지 않았던가?

내가 보기에 깨어난 것은 바로 그대 자신인 듯하다. 무슨 일을 벌였는가? 왜 **그대는** 생각을 바꾸었는가? 무엇이 **그대로**

하여금 개종하게 했는가? 말하라, 그대 말로 나타낼 수 없는 자여!"

"아, 차라투스트라여." 더없이 추악한 자가 대답했다. "그대는 무뢰한이다!

내 그대에게 묻노니, 신이 아직 살아 있는지, 되살아났는지, 아니면 완전히 죽었는지를 우리 둘 중에서 누가 더 잘 알겠는가?

하지만 나는 한 가지는 안다. 가장 철저하게 살해하려 하는 자는 **웃는다는 사실을**. 아, 차라투스트라여, 나는 그것을 언젠가 그대로부터 배웠다.

'사람들은 분노함으로써가 아니라 웃음으로써 살해한다.'라고 언젠가 그대가 말했다. 아, 차라투스트라여, 그대 숨어 있는 자여, 분노도 없이 파괴하는 자여, 그대 위험한 성자여, 그대는 무뢰한이다!"

2

이같이 무례하기 짝이 없는 대답에 놀란 차라투스트라는 동굴 입구의 문까지 뛰어서 되돌아갔다. 그리고 모든 손님을 향해 힘찬 목소리로 외쳤다.

"아, 그대 무례한 바보들이여, 어릿광대들이여! 무엇 때문에 그대들은 내 앞에서 위장하고 자신을 숨기는가!

그대들 한 사람 한 사람의 마음은 모두 쾌락과 악의로 몹시도 허우적거리는구나. 그것은 그대들이 마침내 아이처럼 되었기 때문이다. 경건해졌기 때문이다.

그대들이 마침내 또다시 아이들처럼 기도하고, 합장하고,

'사랑하는 하느님.' 하고 불렀으니 말이다!

그러나 이제 **이** 아이들의 방을 떠나라. 오늘 온갖 유치한 짓거리들이 벌어지는 나의 동굴을 떠나라. 그리고 여기 바깥으로 나와 그대들의 열렬하고 아이 같은 분방함과 마음의 소란을 차갑게 가라앉히라!

물론 아이들처럼 되지 않고서는 그대가 **저** 하늘나라에 들어갈 수 없다. (그러고 나서 차라투스트라는 두 손으로 위쪽을 가리켰다.)

하지만 우리는 털끝만큼도 하늘나라로 들어가고 싶지 않다. 우리는 성숙한 어른이 되었다. **우리는 지상의 나라를 원한다.**"

3

차라투스트라는 다시 말하기 시작했다. "아, 나의 새로운 벗들이여, 그대 놀라운 인간들이여, 차원 높은 인간들이여, 그대들은 정말 내 마음에 든다.

이제 그대들은 다시 즐거워졌구나! 참으로 그대들 모두가 활짝 피어났구나. 내 생각에는 그대들과 같은 꽃을 위하여 **새로운 축제**를 열어야겠다.

작으면서도 대담한 하나의 난센스, 어떤 예배와 나귀 축제, 어떤 늙고 즐거운 차라투스트라 - 어릿광대, 그대들에게로 불어와 영혼을 맑게 하는 그런 거친 바람이 있어야겠다.

이 밤과 이 나귀 축제를 잊지 말라, 그대 차원 높은 인간들이여! **이것을** 그대들은 내 곁에서 생각해 냈고, 나는 그것을 좋은 징조로 받아들인다. 치유되는 자만이 이와 같은 것을 생각해 낼 수 있으니 말이다!

이 나귀 축제를 다시 한번 벌이라. 그대들을 위해, 그리고 나를 위해! 그리고 **나를** 기억하기 위해!"

차라투스트라는 이렇게 말했다.

밤 산책자의 노래

1

그러는 동안 한 사람 한 사람씩 바깥으로, 서늘하고 생각에 잠긴 듯한 밤 속으로 걸어 나갔다. 차라투스트라 자신도 더없이 추악한 자의 손을 잡고 이끌었다. 그의 밤의 세계와 커다랗고 둥근 달과 동굴 옆 은빛 폭포를 보여 주기 위해서였다. 그리하여 이들 모두는 마침내 나란히 말없이 서 있게 되었다. 하나같이 노인들이었지만 그들의 마음은 위안을 받아 용기로 넘쳤고, 지상에서 이렇게 행복할 수 있다는 것이 믿어지지 않았다. 어느새 밤의 은밀함이 그들의 마음속으로 더 가까이 더 가까이 다가왔다. 그래서 차라투스트라는 다시금 생각했다. '아, 이들은 이제 정말 내 마음에 든다, 차원 높은 인간들은!'

하지만 그는 이 말을 입 밖으로 내지는 않았다. 그들의 행복과 그들의 침묵을 존중해서였다.

그런데 그때 저 경이롭고도 길었던 그날 일어난 일 가운데서도 가장 놀라운 일이 벌어졌다. 더없이 추악한 자가 다시 한번 그리고 마지막으로 꼬르륵거리며 헐떡이기 시작한 것이다. 그가 마침내 말문을 열었을 때, 보라, 그의 입에서 맑고도 부드럽게 하나의 물음이 튀어나왔다. 그의 말에 귀 기울이던 모든 사람들의 마음을 움직인, 훌륭하고 심원하고 명료한 물음이었다.

"나의 벗들이여." 더없이 추악한 자가 말했다. "그대들 생각은 어떤가? 오늘 하루 때문에 **나는** 처음으로 지금까지 살아온 것이 만족스러워졌다.

하지만 이 정도 증언만으로는 충분치 못하리라. 어쨌든 이 대지 위에서 사는 것은 보람 있는 일이다. 차라투스트라와 더불어 보낸 하루와 축제는 내게 대지를 사랑하는 법을 가르쳐 주었다.

'바로 이것이 삶이 아니었던가?' 나는 죽음을 향해 말하고자 한다. '자, 다시 한번!'

벗들이여, 그대들 생각은 어떤가? 그대들도 나처럼 죽음을 향해 말하고 싶지 않은가? **바로 이것이** 삶이 아니었던가? 차라투스트라를 위해 자! 다시 한번!"

더없이 추악한 자가 이렇게 말했을 때는 자정이 가까울 때였다. 그런데 그때 무슨 일이 일어났던가? 차원 높은 인간들은 그의 질문을 듣는 순간 갑자기 그들이 변화되고 회복했음을, 그리고 누가 그들을 이렇게 만들어 주었는지 깨닫게 되었던 것이다. 그래서 그들은 차라투스트라에게로 뛰어가 감사해하고 존경하고 어루만지고 그의 손에 입을 맞추었는데, 그 방식은 각양각색이어서 일부는 웃고 일부는 울었다. 그중에서도 늙은 예언자는 만족한 나머지 춤을 추었다. 많은 이야기꾼들이 생각하는 것처럼 그때 그가 달콤한 포도주에 잔뜩 취하긴했어도, 분명 그는 달콤한 삶에 더욱 취했고 모든 권태를 이미물리쳤던 것이다. 심지어 그때 나귀조차 춤을 추었으며, 더없이 추악한 자가 앞서 나귀에게 포도주를 마시도록 한 게 헛되지 않았다고 말하는 자들도 있다. 이것은 사실일 수도 사실이아닐 수도 있다. 그리고 그날 저녁 나귀가 춤을 춘 일이 없었다 할지라도 그때 나귀의 춤보다 더 엄청나고 더 기이한 여러가지 놀랄 만한 일들이 일어난 것은 사실이다. 요컨대 차라투스트라가 습관적으로 말하듯이 "그게 무슨 상관이란 말인가!"

2

더없이 추악한 자에 의해 이런 일이 벌어졌을 때, 차라투스트라는 취한 사람처럼 거기에 서 있었다. 그의 눈길은 빛을 잃었고 그의 혀는 웅얼거렸으며 그의 발은 비틀거렸다. 그때 차라투스트라의 영혼 속으로 어떠한 사상이 스쳐 지나갔는지누가 헤아릴 수 있으랴? 그러나 분명히 그의 정신은 제자리를떠나 앞서 달려가 저 먼 곳에, 기록에 있는 대로 말하자면 두바다 사이의 높은 산등성이 위쪽,

과거와 미래 사이에서 무거운 구름처럼 떠돌았다. 그러나 차원

높은 인간들이 그를 팔에 안고 있는 동안 그는 차츰차츰 제정신을 찾았다. 그러면서 그를 존경하고 걱정해 주는 자들이 몰려드는 것을 양손으로 제지했다. 하지만 말은 하지 않았다. 그러다가 갑자기 고개를 홱 돌렸다. 무슨 소리가 들려온 것 같았기 때문이다. 그는 손가락을 입에 갖다 대고 말했다. "**오라!**"

그러자 주위가 더욱 조용해지고 은밀해졌다. 그런 가운데 깊은 곳으로부터 천천히 종소리가 들려왔다. 차원 높은 인간들과 마찬가지로 차라투스트라는 이 소리에 귀를 기울였다. 그러다가 그는 다시 한번 손가락을 입에 갖다 대고 말했다. "**오라! 오라! 이제 한밤중이 다가온다!**" 그의 목소리는 변해 있었다. 하지만 그는 자리에서 꿈쩍도 하지 않았다. 주위는 더욱 조용해지고 더욱 은밀해졌다. 모든 것들이 귀를 기울였다. 나귀도, 차라투스트라의 영예로운 짐승인 독수리와 뱀도, 또한 차라투스트라의 동굴 그리고 크고 서늘한 달과 밤도 귀를 기울였다. 차라투스트라는 세 번째로 손을 입에 갖다 대고 말했다.

"**자! 자! 자! 이제 떠나자! 때가 왔다. 밤 속으로 떠나자!**"

3

그대 차원 높은 인간들이여, 한밤중이 다가온다. 그래서 나는 저 낡은 종이 내 귀에 대고 말하듯 그대들의 귀에 들려주려 한다.

어떤 인간보다도 더 많은 체험을 한 저 한밤중의 종이 내게 말하듯, 그처럼 은밀하고, 그처럼 놀랍고, 그처럼 진지하게.

저 종은 이미 그대들의 선조의 고통스러운 심장의 박동을 헤아렸다. 아! 아! 그 탄식을 들어 보라! 꿈속에서 웃는 것을 들어 보라! 이 늙고 깊고 깊은 한밤중이!

조용! 조용! 낮에는 들을 수 없던 많은 것이 이제 들려온다. 서늘한 바람으로 그대들 마음속의 모든 잡음이 조용해진 지금,

이제야 그것이 말을 하고 이제야 그 말이 들리고, 이제야 그것이 밤마다 깨어 있는 영혼 속으로 살금살금 기어든다! 아! 아! 한밤중의 탄식을 들어 보라! 한밤중이 꿈속에서 웃고 있지 않은가!

한밤중이, 저 늙고 깊고 깊은 한밤중이 **그대들에게** 은밀하게, 놀랍게, 진지하게 말하는 것을 듣지 못하는가?

아, 인간이여, 주의를 기울이라!

4

슬프도다! 시간은 어디로 가 버렸는가? 나는 깊은 샘 속으로 가라앉지 않았는가? 세계는 잠들어 있다.

아! 아! 개는 짖어 대고, 달은 빛난다. 나의 한밤중의 마음이 방금 생각한 것을 그대들에게 말하느니 나는 차라리 죽고 또 죽고 싶다.

이제 나는 이미 죽은 존재다. 모든 것은 끝났다. 거미여, 너는 왜 나의 둘레에 거미줄을 치는가? 피를 원하는가? 아! 아! 이슬이 내린다, 때가 왔다.

내가 추위에 떨고 얼어붙으면서 이렇게 묻고 또 묻고 또

묻는 때가 왔다. "이것을 감당할 만한 마음을 가진 자는 누구인가?

누가 대지의 주인이어야 하는가? 그대 크고 작은 강물들이여, 그대들은 **그렇게** 흘러가야 한다!고 누가 말하는가?"

때가 가까이 왔다, 아, 인간이여, 그대 차원 높은 인간이여, 주의를 기울이라! 이 말은 섬세한 귀, 바로 그대의 귀를 위한 것이다. **깊은 한밤중은 무엇을 말하는가?**

5

나는 저 멀리로 실려 가고 영혼은 춤을 춘다. 나날의 일이여! 나날의 일이여! 누가 대지의 주인이어야 하는가?

달은 서늘하고 바람은 말이 없다. 아! 아! 그대들은 벌써 충분히 높이 날았는가? 그대들은 춤춘다. 하지만 다리는 결코 날개가 아니다.

그대 멋진 춤꾼들이여, 이제 모든 즐거움은 사라졌다. 포도주는 찌끼만 남았고, 모든 술잔은 흐물흐물해졌으며, 무덤은 더듬거리며 말한다.

그대들은 충분히 높이 날아오르지 못했다. 이제 무덤은 더듬거리며 말한다. "죽은 자들을 구제하라! 밤은 왜 이리도 긴가? 달이 우리를 취하게 만든 건 아닌가?"

그대 차원 높은 인간들이여, 무덤을 구제하고, 시체를 깨우라! 아, 벌레는 아직도 무엇을 파헤치는가? 가까이 왔다. 때가 가까이 왔다.

종은 윙윙거리고 마음은 웅얼대고 나무를 파먹는 벌레, 마음을 파먹는 벌레는 아직도 파헤친다. 아! 아! **세계는 깊다!**

6

감미로운 리라여! 감미로운 리라여! 나는 그대의 음조를 사랑한다, 그대의 술 취한 두꺼비의 음조를! 얼마나 오래전부터, 얼마나 먼 곳으로부터 그대의 음조는 내게 들려오는가, 멀고 먼 사랑의 연못으로부터!

그대 낡은 종이여, 그대 감미로운 리라여! 온갖 고통이 그대의 마음을 찢어 놓았다. 아버지의 고통이, 선조의 고통이, 태곳적 선조의 고통이 그대의 마음을 찢어 놓았다. 그리하여 그대의 말은 성숙했다.

황금의 가을처럼, 황금의 오후처럼 그리고 나 은둔자의 마음처럼 성숙했다. 이제 그대는 말한다. 세계 자체가 성숙했고 포도송이는 갈색으로 익었다고.

이제 그것은 죽기를 바란다, 행복한 나머지 죽기를 바란다. 그대 차원 높은 인간들이여, 그대들은 맡지 못하는가? 은밀하게 어떤 냄새가 피어오른다.

영원의 안개와 향기, 지난날의 장밋빛 행복을 담은 누르스름한 황금 포도주의 향기가 피어오른다.

한밤중에 죽음을 맞이하는 도취의 행복을 알리는 향기가 피어오른다. 그것은 노래한다. 세계는 깊고 **낮이 생각한 것보다 더 깊다**!고.

나를 놓아두라! 그대로 내버려 두라! 그대가 상관하기에는
나라는 존재가 너무나도 깨끗하다. 나를 건드리지 말라! 나의
세계는 방금 완성되지 않았는가?

나의 피부는 그대의 손이 닿기에는 너무나 깨끗하다. 나를
내버려 두라, 그대 어리석고 우둔하고 둔감한 낮이여! 한밤중
이 더 밝지 않은가?

더없이 깨끗한 자들이 대지의 주인이 되어야 하거늘, 가장
알려지지 않은 자들, 가장 강력한 자들, 모든 낮보다 더 밝고
더 깊은 한밤중의 영혼들이 주인이 되어야 하거늘.

아, 낮이여, 그대는 나를 손으로 어루만지며 찾고 있는가?
그대는 나의 행복을 손으로 더듬거리며 찾고 있는가? 그대가
보기에 나는 풍요롭고도 외로우며, 보물 구덩이이자 황금의
저장고인가?

아, 세계여, 그대는 **나를** 원하는가? 그대에게 나는 세속적
으로 보이는가? 종교적으로 보이는가? 신적으로 보이는가? 하
지만 낮과 세계여, 그대들은 너무도 뒤뚱거린다.

보다 영리한 손을 가지라. 보다 깊은 행복, 보다 깊은 불행
에 손을 뻗치라. 어떤 신에게 손을 뻗치되 내게는 손을 뻗치지
말라.

나의 불행, 나의 행복은 깊다, 그대 유별난 낮이여. 나는 신
도 아니고 신의 지옥도 아니다. **신의 지옥의 고통은 깊다.**

8

신의 고통은 보다 깊다, 그대 기묘한 세계여! 신의 고통에는 손을 뻗치되 내게는 손을 뻗치지 말라! 나라는 존재는 무엇인가! 술에 취한 감미로운 리라던가.

아무도 이해하지 못하지만 귀머거리 앞에서 **말해야 하는** 한밤중의 리라이며 두꺼비처럼 웅얼거리는 종이 아닌가, 그대 차원 높은 인간들이여! 그대들은 나를 이해하지 못한다!

가 버렸도다! 가 버렸도다! 아, 청춘이여! 아, 정오여! 아, 오후여! 이제 저녁이, 밤이, 한밤중이 왔다. 개도 짖고 바람도 짖는다.

바람은 개가 아닌가? 바람은 낑낑거리고 멍멍거리며 짖어 댄다. 아! 아! 저 탄식하는 것을 보라! 꼬르륵거리고 헐떡이는 것을 보라, 한밤중이!

맑고 맑은 정신으로 말하는 것을 보라, 이 술 취한 여시인이! 자신의 취기에 너무 취해 버린 것일까? 완전히 깨어 버린 것인가? 되새김질하고 있는가?

꿈속에서 자신의 고통을 되새김질하고 있는 것이다, 이 늙고 깊은 한밤중은. 그리고 더 나아가 자신의 쾌락도 되새김질하고 있는 것이다. 쾌락은, 이미 고통이 깊어졌더라도, **쾌락은 마음의 고통보다 더 깊다**.

9

그대 포도나무여! 무엇 때문에 그대는 나를 찬양하는가? 내가 그대를 베어 내지 않았던가! 나는 잔인하게 굴고, 그대는 피를 흘린다. 무엇 때문에 그대는 나의 술 취한 잔인성을 찬양하는가?

"완전해진 것, 모든 성숙해진 것은 죽기를 바란다!" 그대는 말한다. 축복 있으라, 축복 있으라, 가지 치는 가위여! 하지만 설익은 모든 것은 살기를 바라니 슬프구나!

고통은 말한다. "가거라! 사라지라, 그대 고통이여!" 하지만 모든 고통받는 자들은 살기를 바란다. 성숙하고 즐거워하고 그리움으로 넘치기 위해,

보다 멀리 있는 것, 보다 높은 것, 보다 밝은 것을 그리워하기 위해서. 고통받는 자들은 모두 이렇게 말한다. "나는 상속자를 원한다. 아이들을 원한다. 나는 **나를** 바라지 않는다."

하지만 쾌락은 상속자도 아이들도 바라지 않는다. 쾌락은 자기 자신을, 영원을, 회귀를 원하며, 모든 것의 영원한 자기 동일성을 원한다.

고통은 말한다. "찢겨서 피를 흘리라, 마음이여! 방황하라, 다리여! 날개여, 날라! 앞쪽으로! 위쪽으로! 고통이여!" 좋다! 좋아! 아, 나의 늙은 마음이여! **고통은 말하지 않는가. "사라져 버리라!"**

10

그대 차원 높은 인간들이여, 그대들은 어떻게 생각하는가? 나는 예언자인가? 꿈꾸는 자인가? 술 취한 자인가? 해몽하는 자인가? 한밤중의 종인가?

한 방울의 이슬인가? 영원의 안개이며 향기인가? 그대들은

듣지 못하는가? 냄새 맡지 못하는가? 방금 나의 세계는 완전해졌고, 한밤중은 또한 정오이기도 하다.

고통 또한 쾌락이고, 저주 또한 축복이며, 밤 또한 한낮의 태양이다. 가라. 아니면 배우라. 현자 또한 바보라는 사실을.

그대들은 지금까지 하나의 쾌락에 대해 '그렇다'라고 말한 적이 있는가? 아, 벗들이여, 그렇게 했다면 그대들은 또한 **모든** 고통에 대해서도 '그렇다'라고 말한 것이 된다. 만물은 사슬로 연결되고 실로 꿰어지고 사랑으로 엮여 있다.

그대들이 일찍이 어떤 한순간을 향해 "다시 한번!" 하고 원한 적이 있다면, 그대가 일찍이 "너는 내 마음에 드는구나, 행복이여! 찰나여! 순간이여!"라고 말한 적이 있다면, 그대들은 **그 모든 것**이 되돌아오기를 바란 것이 된다!

모든 것이 새롭고, 모든 것이 영원하며, 모든 것이 사슬로 연결되고 실로 꿰어지고 사랑으로 엮여 있는 그런 세계를 **사랑한** 것이다, 아, 그대들은.

그대 영원한 자들이여, 이러한 세계를 영원히 그리고 끊임없이 사랑하라. 그리고 고통을 향해 "사라지라, 하지만 되돌아오라!" 하고 말하라. **왜냐하면 모든 쾌락은 영원을 원하기 때문이다!**

11

모든 쾌락은 만물의 영원함을 바라고 꿀과 찌꺼기와 술 취한 한밤중을 원하고 무덤과 무덤의 눈물 어린 위안과 황금빛 저녁놀을 원한다.

쾌락이 **무엇인들** 원하지 않으리! 쾌락은 모든 고통보다도 더 목마르고 더 간절하고 더 굶주리고 더 놀랍고 더 은밀하다. 쾌락은 **자기 자신**을 원하고 **자기 자신**을 물어뜯으며, 그 속에서는 '둥근 고리의 의지'가 몸부림친다.

쾌락은 사랑을 원하고, 쾌락은 증오를 원하며, 쾌락은 넘치도록 풍요하며 베풀고 집어 던지고 누군가가 자기를 받아들이도록 애걸하며 받아들이는 자에게 감사한다. 그리고 쾌락은 즐겨 미움받기를 원한다.

쾌락은 너무도 풍요하여 고통을, 지옥을, 증오를, 치욕을, 불구자를, **세계**를 갈망한다. 왜냐하면 이 세계는, 아, 말하지 않아도 그대들은 이 세계를 잘 알지 않는가!

그대 차원 높은 인간들이여, 쾌락은, 제멋대로 날뛰는 복된 쾌락은 그대들을 그리워한다. 그대들의 고통을 그리워한다, 그대 실패한 자들이여! 모든 영원한 쾌락은 실패한 자들을 그리워한다.

모든 쾌락은 자기 자신을 원하며, 따라서 마음의 고통 또한 원하기 때문이다! 아, 행복이여, 아, 고통이여! 아, 찢어지라, 마음이여! 그대 차원 높은 인간들이여, 부디 배우라, 쾌락은 영원을 원한다는 것을,

쾌락은 **모든** 사물의 영원성을 원하고, **깊디깊은 영원을 원한다**는 것을!

12

이제 그대들은 나의 노래를 익혔는가? 그대들은 이 노래가

무엇을 말하려 하는지 알았는가? 좋다! 좋아! 그대 차원 높은 인간들이여, 그렇다면 이제 나의 돌림 노래를 불러 보라!

이제 스스로 이 노래를 불러 보라. 노래의 제목은 다시 한번이고, 노래의 의미는 모든 영원 속으로!다. 노래하라, 그대 차원 높은 인간들이여, 차라투스트라의 돌림 노래를!

아, 인간이여! 주의를 기울이라!

깊은 한밤중은 무엇을 말하는가?

"나는 잠들어 있었다, 나는 잠들어 있었다,

깊은 꿈에서 나는 깨어났다.

세계는 깊다,

낮이 생각한 것보다 더 깊다.

세계의 고통은 깊다.

쾌락은 ── 마음의 고통보다도 더 깊다.

고통은 말한다. '사라져 버리라!'

하지만 모든 쾌락은 영원을 원한다.

── 깊디깊은 영원을 원한다!"

징조

밤이 지나고 아침이 오자 차라투스트라는 침상에서 벌떡 일어나 허리띠를 졸라매고는 어두운 산에서 솟아오르는 아침 태양처럼 이글이글 타오르면서 힘차게 동굴 밖으로 나왔다.

'그대 위대한 별이여.' 그가 예전처럼 말했다. '그대 그윽한 행복의 눈이여, 그대가 빛을 비추어 주더라도 그것을 받아들일 **존재**가 없다면 그대의 행복은 무엇이겠는가!

그대가 이미 잠에서 깨어나 베풀어 주고 나누어 주는데도 그것들이 아직도 자기 방에 머물러 있다면 그대의 긍지에 찬 수치심은 얼마나 분노할 것인가!

좋다! **내가** 잠에서 깨어났는데도 그들은, 차원 높은 인간들은 아직 잠들어 있다. **그들은** 나의 참된 길동무가 될 수 없다!

내가 여기 나의 산에서 기다리는 것도 그들은 아니다.

나는 나의 일을 향해, 나의 낮을 향해 가려고 한다. 하지만 그들은 나의 아침의 징조가 무슨 의미인지 모른다. 나의 발소리는 그들에게 기상 신호가 되지 못한다.

그들은 아직도 나의 동굴에서 잠들어 있고 그들의 꿈은 아직도 나의 밤 산책자의 노래를 되새김질한다. 그들의 몸뚱이에는 **나의 말**을 경청하는 귀, **순종하는** 귀가 없다.'

태양이 떠올랐을 때 차라투스트라는 마음속으로 이렇게 말했다. 그러고는 의아한 생각이 들어 공중 높은 곳을 바라보았다. 머리 위에서 그의 독수리가 날카롭게 외치는 소리를 들었기 때문이다. "좋아!" 그는 위쪽을 향해 소리쳤다. "마음에 들어. 마땅히 그래야 해. 내가 잠에서 깨니 나의 짐승들도 일어나지 않는가.

나의 독수리는 잠에서 깨어나 나처럼 태양을 경배한다. 독수리는 자신의 발톱으로 새로운 빛을 붙든다. 그대들은 나의 참된 짐승들이다. 나는 그대들을 사랑한다.

하지만 내게는 아직도 참된 인간들이 없구나!"

차라투스트라는 이렇게 말했다. 그때 다음과 같은 일이 일어났다. 갑자기 무수한 새 떼가 몰려들어 날개를 퍼덕이며 날아다니는 것 같은 소리가 들려온 것이다. 수많은 날개들이 퍼덕거리는 소리와 그의 머리 주위로 모여드는 소리가 너무도 요란했기 때문에 그는 눈을 감았다. 그리고 참으로 그 소리는 구름처럼 그의 머리 위로 덮쳐 왔다. 새로 나타난 적의 머리 위로 쏟아지는 화살의 구름과도 같았다. 하지만 보라, 이번에는 사랑의 구름이었다, 새로운 벗의 머리 위로 몰려드는.

'이게 무슨 일인가?' 깜짝 놀란 차라투스트라는 이렇게 생각하며 동굴 입구 옆에 있는 커다란 바위에 천천히 앉았다. 그리고 두 손을 주변으로 위로 아래로 뻗으며 귀여운 새들을 물리치고 있을 때, 보라, 더 기묘한 일이 그에게 일어났다. 그가 자기도 모르는 새에 어떤 무성하고 따뜻한 털 뭉치 속으로 손을 집어넣은 것이다. 그와 동시에 그의 눈앞에서 포효하는 소리가 울려 퍼졌다. 부드럽고 기다란 사자의 울부짖음 소리가.

"징조가 왔다."라고 말하는 차라투스트라의 마음에 변화가 일어났다. 그리고 참으로 그의 눈앞이 환하게 되었을 때, 그의 발치에는 노랗고 힘센 짐승이 엎드려 있었다. 그 짐승은 사랑으로 넘쳐 머리를 그의 무릎에 기대고는 그에게서 떨어지지 않으려고 했다. 마치 옛 주인을 다시 찾은 개와 같았다. 하지만 비둘기들도 사랑에서는 사자 못지않게 뜨거웠다. 비둘기들이 사자의 코끝을 휙 스쳐 지나갈 때마다 사자는 머리를 흔들어 대며 의아한 표정을 짓고는 웃었다.

이러한 모든 일을 두고 차라투스트라는 오직 한마디 말을 할 뿐이었다. **"나의 아이들이 가까이 왔구나, 나의 아이들이."** 그러고 나서 그는 완전한 침묵에 들었다. 하지만 그의 마음은 녹아들었고 눈에서는 눈물이 흘러 방울방울 그의 손에 떨어졌다. 그는 어떤 것에도 주의를 기울이지 않고 꼼짝도 하지 않은 채 짐승들을 물리치지도 않으면서 그대로 앉아 있었다. 비둘기들은 이리저리 날아다니며 그의 어깨 위에 앉기도 하고 그의 백발을 어루만지기도 하면서 지치지도 않고 정겨움과 은근한 기쁨을 표시하였다. 힘센 사자는 차라투스트라의 손으로 떨어지는 눈물을 끊임없이 핥으면서 수줍은 듯 으르렁대고 웅얼거렸다. 이 짐승들은 이렇게 행동했다.

이러한 광경은 한동안 계속되었다. 아니, 잠시 동안이었는지도 모른다. 왜냐하면 엄밀하게 말해 지상에는 이러한 일을 잴 수 있는 **어떠한** 시간도 존재하지 **않기** 때문이다. 그동안 차라투스트라의 동굴 안에서는 차원 높은 인간들이 잠에서 깨어나 나란히 줄을 서서 정렬하고 있었다. 차라투스트라에게 가서 아침 인사를 하기 위해서였다. 잠에서 깨어나 보니 그가 이미 그들 사이에 없었던 것이다. 하지만 그들이 동굴 입구에 도달하고 그들의 요란한 발소리가 그들보다 앞서 달려 나갔을 때, 깜짝 놀란 사자가 별안간 차라투스트라로부터 등을 돌리고 사납게 울부짖으면서 동굴 쪽으로 달려들었다. 차원 높은 인간들은 사자가 울부짖는 소리를 듣는 순간 이구동성으로 외치며 달아나 순식간에 사라져 버렸다.

멍하고 낯선 느낌에 빠져 있던 차라투스트라 자신은 자리에서 일어나 주위를 둘러보았다. 놀란 표정으로 그 자리에 서서 마음속으로 묻고 또 생각해 보았다. 혼자였다. "무슨 소리를 들었던가?" 그는 마침내 천천히 말했다. "방금 내게 무슨 일이 일어났단 말인가?"

어느새 기억이 되살아난 그는 어제와 오늘 사이에 일어난 모든 일을 한꺼번에 떠올렸다. "그래, 여기 이 바위로구나." 하고 말하며 그는 수염을 쓰다듬었다. "어제 아침 나는 **이 바위**

에 앉아 있었다. 그때 그 예언자가 여기 나에게로 걸어왔다. 그리고 여기에서 처음으로 그 외침을, 내가 방금 들은 외침을 들었다. 긴박하고 커다란 외침을.

아, 그대 차원 높은 인간들이여, 어제 아침 저 늙은 예언자가 내게 예언한 것은 바로 **그대들의** 곤경에 대해서였다.

그는 그대들의 곤경을 미끼로 나를 꾀어내 시험하려고 한 것이다. 그가 나에게 말했다. '아, 차라투스트라여, 내가 온 것은 그대가 그대의 마지막 죄를 짓도록 유혹하기 위해서다.'

이에 차라투스트라는 '나의 마지막 죄라니?'라고 되묻고는 분노하면서 자신의 말을 비웃지 않았던가. 나의 마지막 죄? 나의 마지막 죄로서 아직까지 내게 남아 있는 것이 **무엇이란** 말인가?"

차라투스트라는 다시 한번 자신 속으로 침잠했고, 다시 그 커다란 바위에 앉아 곰곰이 생각했다. 그러다가 갑자기 자리에서 벌떡 일어났다.

"동정이다! 차원 높은 인간들에 대한 동정이다!" 그는 이렇게 소리쳤고 그의 얼굴은 청동빛으로 변했다. "좋다! **그것도** 이제는 끝이다!

나의 고통과 나의 동정. 그것이 어쨌단 말인가! 내가 **행복**을 얻으려 애쓰기라도 한단 말인가? 나는 나의 **과업**을 위해 분투하지 않는가!

자! 사자가 왔다. 나의 아이들도 가까이 있다. 차라투스트라는 성숙했다. 나의 때가 왔다.

이것은 **나의** 아침이다. 나의 낮이 시작된다. **자, 솟아오르라,**

솟아오르라, 그대 위대한 정오여!"

차라투스트라는 이렇게 말했다. 그러고는 어두운 산 위로 솟아오르는 아침 태양처럼 타오르며 힘차게 그의 동굴을 떠났다.

『차라투스트라는 이렇게 말했다』는 이로써 끝난다.

인간은 극복되어야 할 그 무엇이다

1 동물에서 초인(위버멘쉬)으로: 자기극복의 여정

독자로서 나는 특히 그의 문체에 끌렸다. 건강한 웃음과 장난기와 당당한 걸음과 거침없는 완력. 그 문체의 탄탄한 조직 속으로 뚫고 들어가 새로이 휘젓고 거센 흐름에 몸을 던져 나의 것으로 흡수하지 않으면 튕겨나 버린다. 박진감 넘치는 그 문체에 반해 번역을 했더랬다. 어떤 이가 반박했다. 왜 그리 마구 내달리느냐고. 누가 쫓아오느냐고. 원래 문체가 그렇다고 나는 답변했다. 상대는 오류가 아닌가 하고 지적하면서 오히려 핵심을 말해 버린 것이다. 문체는 이성(理性)의 영역이 아니라 몸의 영역이라는 반증인 셈이다. 니체는 제노바와 니스, 엥가딘 고지(高地) 등을 방랑하면서 시상과 영감이 떠오를 때마다 그 자리에서 휘갈겨 메모를 하곤 했다. 시인 김수영이 그러지 않았던가. 시는 온몸으로 온몸을 밀고 나가는 것이라고. 니체의 말을 빌리자면, 완전한 문장이란 하나의 생리적 전체다.

무의식의 심연 속에서 인간의 욕망 또는 충동은 끊임없이 소용돌이치며 서로 맞닥뜨린다. 우리 몸속에, 무의식 속에 도대체 뭐가 들어 있는 것인가? 인간은 근본적으로 충동이고 본능이며 무지이고 근거 없음이 아닌가? 니체는 무엇보다도 그 무의식의 본격적인 발견자였다. 프로이트에 앞서 무의식의 세계를 집중적으로 탐사했다. "세계는 깊다, 낮이 생각한 것보다 더 깊다." 그는 사나운 들개, 맹수, 내면의 짐승 등의 비유를 들어 어둠의 세계를 밝은 곳으로 드러낸다.

그의 주저 『차라투스트라는 이렇게 말했다』의 화두는 무의식 속의 욕망과 그 극복의 문제다. 괴테의 『파우스트』도 거의 같은 맥락이다. 괴테는 처절할 정도로 잘근잘근 인간의 욕망을 투시하면서 인간 구원의 가능성을 모색하고 출구를 타진한다. 허무주의자이자 물신주의자인 메피스토펠레스는 인간에게 구원의 가능성은 없다고 단정한다. 그러나 괴테가 보기에 "착한 인간은 어두운 욕망 한가운데서도 올바른 길을 알고 있다." 『차라투스트라는 이렇게 말했다』의 해설서라고 할 수 있는 『선악의 저편』에서 니체는 말한다. "나에게 인간은 지상에서 그와 비견될 만한 것이 없는 유쾌하고 용기 있고 창의적인 동물이다. 이 동물은 어떤 미궁에 있어도 여전히 가야 할 올바른 길을 찾아낸다."[20] 지상(대지), 유쾌함, 용기, 창의, 동물

---

20) 프리드리히 니체, 김정현 옮김, 『선악의 저편』(책세상, 2002), 313쪽.

이란 단어는 니체 철학의 핵심어다.

파우스트와 메피스토펠레스가 영혼을 걸고 계약을 맺은 후 브로켄산에서 광란의 밤을 보낸 '발푸르기스의 밤'. 그곳은 인간 욕망의 적나라한 현장이었다. 산으로 올라가는 게 아니라 인간의 욕망 깊숙이 들어간 것이다. 『파우스트』도 『차라투스트라는 이렇게 말했다』도 인간의 무의식 속에서 들끓어 오르는 욕망과 충동을 극복하고 인간이 동물에서 초인으로 이르는 자기극복의 과정을 끈질기게 추적한 기록이다. 무의식 속 야생의 들개를 극복하고 창공에서 자유로이 노래하고 춤추는 새로 태어나라는 것이다. 예컨대 관능에 의한 타락이 아니라 관능의 '순진무구한' 추구를 말한다.

요컨대 자기극복은 욕망과 충동을 어떻게 긍정적 에너지로 전환할 것인가의 문제다. 니체가 보기에 2000년 역사의 서구 형이상학은 이성을 앞세워 인간의 욕망을 은폐해 왔다. 이성이라는 이름의 위선과 망상의 역사였다. 관습과 대결한 지혜로운 인간들은 광인으로 불렸다. 선악을 가늠하는 도덕률이 자연인 것처럼 행세해 온 것이다. 니체는 선악의 저편에서 망상의 내력을 탐사하고 도덕률을 돌파하고 무너뜨린다. 자연의, 무의식 속의 욕망은 은폐와 통제의 대상이 아니라 극복의 대상이다.

인간 안에는 피조물과 창조자가 함께 들어 있다. 한쪽에는 소재와 파편, 진흙과 오물, 무의미와 혼돈이 있다. 그러나 다른 한쪽에는 창조자, 형성자, 해머의 냉혹함도 있다. 능동적 주체의 냉혹한 자기극복 과정은 피할 도리가 없다. 인간은 찢기고 단련되고 정련되도록 고통받아야 한다. 자기극복 과정에서의 고통은 필연이며 안락이야말로 인간의 종말이다. 육체적 만족과 안일만을 추구하는 동물의 삶을 살 수도 있고 고통스러운 노력을 통해 자기 자신을 극복하는 삶을 살 수도 있다. 인간은 '아직도 완성되지 않은 동물'이다.

어쨌든 우리가 마주치는 최악의 적은 언제나 우리 자신이다. 우리 자신의 무의식이 우리라는 의식을 기다리며 동굴과 숲에서 잠복하고 있는 것이다. 그대의 들개들은 그대가 자유를 갈망하는 동안에도 지하실에서 쾌락을 달라고 짖어 댄다. 그러나 일시적으로 정신의 해방을 얻은 자도 다시 자기 자신을 정화해야 한다. 아직도 많은 구속과 곰팡이가 남아 있기 때문이다. 차라투스트라의 오랜 방랑은 그 해방과 자기 정화의 과정이다.

니체는 몸을 읽는 해석 과정을 무엇보다도 자기극복의 문제에서 출발한다. "인간은 극복되어야 할 그 무엇이다." 그가 보기에 "인간은 짐승과 초인 사이에 놓인 밧줄"이다. 밧줄 저 아래 놓인 삶의 심연을 바라보며 나아가는 고독한 '용기'가 자신을 극복하게 만들고, 그 추동력은 니체 철학의 최종 화두인 '힘에의 의지'다. 어쨌거나 '최악의 적은 자기 자신'인 셈이다.

번뜩이는 천리안으로 서양 정신사 한가운데를 거침없이 누비며 강요된 도덕과 윤리, 선악의 퀴퀴한 지평을 마구 휘젓고 형이상학의 독단을 때려 부수고 그 폐허 위를 뚜벅뚜벅 걸어가며 20세기 사상사의 새벽을 호방하게 열어젖힌 거인 니체. 미지의 영역이던 인간 무의식의 어두운 충동의 세계를 대낮 한가운데로 폭포수처럼 쏟아붓는 거침없는 정신. 악의 가치도 선의 가치도 편견 없이 투시하는 흔들림 없는 시선은 이 작품의 문체에 시종일관 팽팽한 긴장감을 불어넣는다. "피로 쓰라. 그러면 그대는 피가 곧 정신임을 알게 되리라."

2 가치의 전도(轉倒)

니체는 서슴없이 떠나는 방랑자이며, 떠나라고 끊임없이 말하는 철학자다. 희미하게라도 이성의 자유에 이른 자는 지상에서 스스로를 방랑자 이외의 어떤 것으로도 느낄 수 없다는 것이다. 하지만 최종 목표가 어디라고 말하지는 않는다. 그런 목표 따위는 존재하지 않기 때문이다. 생성의 출렁이는 바다에 출발지도 목표도 있을 리가 없다. "우리는 이 세상의 순례자다. 우리의 조국은 어디에나 있고 아무 곳에도 없다."[21]

니체의 분신 차라투스트라 또한 여행자다. 차라투스트라가 보기에 인간의 위대함은 그가 다리(橋)일 뿐 목적이 아니라는 데 있다. 목표가 없다는 것은 돌아가 안주할 곳이 없음을 말한다. 자기 손으로 이미 자기 집을 파괴해 버린 것이다. 한 손에 청진기, 다른 손에 망치를 든 채 자유정신을 가두어 놓은 형이상학의 견고한 성(城)과 그 모든 우상과 종교적 독단을 진

---

21) 데이비드 패럴 크렐·도널드 L. 베이츠, 박우정 옮김, 『좋은 유럽인 니체』(글항아리, 2014), 10쪽.

단하고 두들겨 부수었기 때문이다. 우리가 꾸며 낸 신도 인간의 작품이자 망상이었다.

차라투스트라가 산을 내려와 "신은 죽었다."라고 선언한 것도 같은 맥락이다. 신의 죽음은 곧 『차라투스트라는 이렇게 말했다』의 출발점이며, 이후 그의 방랑과 여정도 신의 죽음이라는 사건과 더불어 눈앞에 펼쳐질 인간의 대지에 대한 탐색이다. 폐허의 신전, 그 자리에 이제 주체적 인간이 자신의 운명과 새로운 가치를 창조해야 하는 것이다. 가치의 창조란 물론 세계에 대한 새로운 해석이다. 결과 대신 유래를 추적하는 것이다. 니체에게 해석은 지배적 가치라는 닫힌 공간을 비집고 들어가 그것에 균열을 내는 실천이고, 인습에서 자신을 해방시키는 자유정신의 냉철한 시선이며,[22] 또한 관점을 설정하는 힘이다.

니체는 '인식'과 '참된 것'의 발견이라는 목적을 무엇보다도 해석과 가치 평가로 대체한다. 관점을 경쾌하게 이동한다. 가치의 이런 경쾌한 전환이야말로 커다란 건강의 징표다. 예컨대 병(病)에서 오히려 건강에 대한 하나의 관점을 발견하는 것이다. "병자에게서 더 건강한 개념들, 더 건강한 가치들을 관찰하고, 그 후에 역으로, 풍요롭고 넘쳐흐르며 자신을 확신하는 생명의 고지(高地)로부터 쇠퇴 본능의 은밀한 작동을 꿰뚫어 본다."[23]라는 식이다. 뒤집어 보고 조롱하고 가벼이 뛰어넘

---

22) 고병권, 『니체, 천 개의 눈 천 개의 길』(소명출판, 2001), 113쪽 참조.
23) 질 들뢰즈, 박찬국 옮김, 『들뢰즈의 니체』(철학과현실사, 2007), 16쪽.

고 유희하면서 새로 시작하고, 새로운 가치들과 가치 평가의 주인이 되는 삶. 그것이 건강한 삶이다. 근육의 강력함이 아니라 시시각각 탄력적으로 관점을 바꾸어 볼 수 있는 능력, 고정된 존재의 관점에서 출렁이는 생성의 관점으로 순간 이동할 수 있는 능력이 건강의 기준인 것이다. 절대적 가치로 보이던 것을 자신의 내부로 끌어들여 소화하고 녹여 버린다. 삶을 사랑하는 철학은 변화하는 건강 상태를 횡단하는 변모의 예술이며, 해석은 새로운 세계를 창조하기 위한 차이의 생성이다.

이러한 가치 전도의 소용돌이 현장을 확 낚아채는 절묘한 표현들이 무더기 무더기로 들이닥친다. 풍자와 역설과 조롱이 넘실거린다. 『차라투스트라는 이렇게 말했다』를 문학으로 쓴 철학이라고 평가하는 것은 그 때문이다. "신은 죽었다."라는 유명한 선언. 이어서 그것을 변주하는 문장들이 줄줄이 이어진다. 예컨대 결혼식장에서 신의 가호를 비는 것에 대한 조롱. "자신이 짝을 지어 주지도 않았으면서 축복을 내리기 위해 절뚝거리며 다가오는 신 또한 나에게서 멀리 떨어져 있으라!" 이 사람, 왜 이리 웃기는가. 가볍게 횡단하고 경쾌한 스텝으로 춤추며 건너간다. 마구 웃음을 날린다.

원래 좋음과 나쁨이라는 대립의 기원은 고귀한 종족, 고귀한 정신적 기질이 조금 더 하위의 종족, 비천한 정신에 대해 가지던 감정이었다. 그런데 그것이 타락하여 선악의 가치 판단으로 왜곡된 것이다. 정신의 고귀함과 비속함이 판단 기준이 아니라 비이기적 행위에 대한 '칭송'이 그 행위를 '좋음'으로 착각하게 한 것이다. 요컨대 칭송이라는 불순물이 끼어 가치 판단을 흐려 놓은 것이다. 영국에서 유래한 당시 평민주의에 대한 니체의 비판도 거기에서 나온다. 좋음은 무엇보다도 타인의 평가가 아니라 자신의 건강함으로부터 나와야 한다. 대지의 삶에 충실하고, 자연적 근원에서 출발해야 한다. 요컨대 생성의 세계는 선악의 저편에 있다. 선과 악의 세계는 표면적이고 시각적인 세계에 지나지 않는다.

『논어』의 경우를 보자. 『논어』의 핵심 원리는 인(仁)이고 그 구체적 실천 방식은 충(忠)과 서(恕)다. 그러나 인간에 대해 의리를 꿋꿋하게 지킨다는 '충'의 건강한 개념이 나중에는 임금에 대한 충이라는 병적이고 추상적인 개념으로 좁아지고 변질된 것과 같은 맥락인 셈이다. 유신 시대에 충효를 강조하던 상황을 생각해 보면 도덕률의 허상이 금방 이해된다. 누가 왜 만들어 놓았는지도 모르는 가치와 규범에 복종하며 의미 없는 삶을 이어 가는 것은 노예의 삶이다. 노예는 개별적 차이를 부정하고 모호한 보편성을 따른다. 야성을 잃어버리고 감옥의 창살에 몸을 비비며 편안함을 느낀다.

이전에 신의 율법은 인간의 선악을 규정하는 절대 명령이었다. 선악 자체는 고정불변의 것으로 여겨졌고, 그것에 대한 반성적 인식은 용납되지 않았다. 그러나 니체가 보기에 도덕은 특정한 시대, 특정한 조건하에 주어진 하나의 결과일 뿐이다. 그런데 그 결과가 주인 노릇을 하면서 인간을 노예로 전락시킨 것이다. 이제 니체는 그 전도된 관계를 역전시키면서 모든 가치의 전환을 시도한다. 밝은 눈과 경쾌한 걸음으로 도덕의 광막하고 아득하며 숨겨져 있는 땅을 탐사하기 위한 여행에 나선다. 그것이 니체의 도덕 계보학이다. 니체의 계보학은 말하자면 가치의 발생과 유래를 추적함으로써 기원과 목적을 신성화하기 위해 가해진 폭력과 겹겹이 쌓인 위선을 드러내는 것이다.[24]

가령 인간의 몸과 정신을 병들게 하는 허무주의의 원천이라고 할 수 있는 양심의 가책이라는 문제에 대한 니체의 해석은 이렇다. 죄의 감정은 원래 가장 오래되고 가장 근원적인 관계, 즉 채권자와 채무자의 관계에서 비롯되었다. 빚을 갚지 못하는 채무자에게 채권자는 그에 상응하는 처벌을 함으로써 쾌감을 얻고 그것은 당연한 권리였다. 손해와 고통이 등가로 여겨진 것이다. 채무자도 그것으로써 죄의식에서 벗어날 수 있었다. 축제의 잔인함은 거기에서 유래했다. 죄(Schuld)는 부채(Schulden)라는 극히 물질적인 개념에서 나왔다. 이집트에서도 로마에서도 채권자가 채무자의 육체에 온갖 종류의 능욕과 고문을 가할 수 있었다는 것은 역사적 사실이다. 고통을 보는 것이 쾌감을 주었고 잔인함 없는 축제란 없는 것이다. 그리고 이러한 잔인함은 현대로 올수록 점점 더 정신화되고 신성화되었다. 양심의 가책은 여기에서 비롯된다.

공동체와 구성원의 관계도 마찬가지로 채권자와 채무자의 관계다. 그리하여 채권자의 덩치가 커짐에 따라, 다시 말해 종족의 권위가 더욱 거대해질수록 채무자의 부채 의식도 점점

---

24) 고병권, 『니체의 위험한 책, 차라투스트라는 이렇게 말했다』(그린비, 2003), 83쪽 참조.

더 깊어졌다. 그리고 그 공포가 마침내 신으로 변형된 것이다. 이제 인간들은 도저히 빚을 갚을 수 없게 되었다. 채무를 갚지 못할 경우 형벌을 받음으로써 죄의식에서 벗어나고 잔인한 쾌감을 얻음으로써 해소할 수 있었던 저 거친 자유의 본능은 이제 발산되지 못하고 내면에 유폐되었다. 신이라는 폭력, 국가라는 폭력에 의해 수천 년 동안 내면화되고 잠재적인 것이 되어 버린 자유의 본능, 억눌리고 뒤로 물러서고 자신을 향해서만 발산하게 된 자유의 본능, 그것이 양심의 가책의 시작이다.

그러므로 우리 현대인은 수천 년에 걸쳐 양심을 찢어발기고 자신의 타고난 동물성을 학대한 상속인이다. 요컨대 양심의 가책은 하늘로부터 주어진 것이 아니며, 타고난 원죄라는 것도 실체가 없다는 것이다. 그러므로 선과 악은 자기 자신으로부터 다시 극복되어야 한다. "신은 죽었다."라는 선언은 이러한 의미다. "신이 존재하는 것은 그가 위대한 존재이기 때문이 아니라 인간이 빈약한 존재이기 때문이다."[25] 아니, 인간이 스스로를 빈약한 존재로 오해한 것이다. 차라투스트라의 등장은 이런 배경을 가진다.

3 주인도덕과 노예도덕: 건강한 인간과 병든 인간

주인도덕이 자기 자신을 당당하게 긍정하는 데서 오는 것

---

25) 같은 책, 358쪽.

이라면, 노예도덕은 자기 밖을 향한다. "높이 오르고자 한다면 그대들 자신의 다리를 사용하라! 그대들은 위쪽으로 실려 가는 일이 없도록 하라!" 자신의 삶을 자신이 장악하지 못하는 것, 그것은 노예의 삶이다.

시선을 자기 자신이 아니라 밖으로 돌리는 것은 '원한'의 감정이다. 노예도덕이 발생하기 위해서는 '자립'이 아니라 '대립'하는 외부 세계가 필요하다. 생리적으로 보자면 외부의 자극이 필요하다. 그러므로 노예도덕은 근본적으로 반작용인 셈이다. 자립과 자발, 긍정적 태도가 아니다. 그래서 선악의 이원적 대립에 피동적으로 매몰된다. 좋음과 나쁨이 아닌 칭송과 원한이라는 이차적 가치 평가에 구속되는 것이다. 『논어』의 한 구절을 인용하자면 "군자구저기 소인구저인(君子求諸己 小人求諸人)". "군자는 자기 자신으로부터 구하고 소인은 남으로부터 구한다."라는 뜻이다.

건강한 자에게도 원한의 감정이 있기는 하나 자신의 적, 자신의 재난, 자신의 병까지 질질 끌며 무겁게 생각하지는 않는다. 형성하고 치유하고 망각할 수 있는 힘을 넘치게 지닌 강하고 충실한 인간이기 때문이다. 생성과 변화의 진원지는 이웃이 아니라 자신의 내면이기 때문이다. 니체는 당대의 인물 중에서 미라보를 이러한 초인의 가장 전형적인 사례로 꼽는다.

"그는 사람들이 자신에게 가한 모욕과 비열한 행위를 기억하지 못했고, 이미 잊어버렸기 때문에 용서할 수도 없었다. 그러한 인간은 다른 인간의 경우라면 몸속으로 파고들었을 많은 벌레를 단 한 번에 흔들어 떨어 버린다. 도대체 이 지상에 진정 적에 대한 사랑이 있을 수 있다면 그것은 오직 그러한 인간에게서만 가능할 것이다."[26]

자잘한 생각도 근심도 곰팡이 같은 것이다. 어중이떠중이 시장의 파리 떼를 때려잡으려고 손을 들어 올릴 필요는 없다. "파리채가 되는 것, 그것은 그대의 운명이 아니다." 니체가 말하는 건강함의 맥락은 이렇다. "그대들이 안락함과 부드러운 잠자리를 경멸하고 연약한 자들로부터 아무리 떨어져 자도 충분치 못하다고 느낄 때, 거기에 그대들의 덕의 근원이 있다." 적게 소유한 자는 그만큼 더 적게 지배된다며 니체는 주인도덕의 조건으로서 '소박한 가난'을 높이 평가한다.

그러므로 동정은 태만의 죄를 범하도록 부추기며 오히려 박애의 가면을 쓰고 더 많이 유혹한다. "불행에 처한 사람들을 구해 낸 것은 그대들의 동정이 아니라 그대들의 용감함이었다." 동정은 자율이 아니라 타율적 행위를 조장한다. 솟구쳐 오르는 '힘에의 의지'가 자율적, 능동적 인간의 추동력이다. 물론 자기 욕망대로 살거나 약한 자를 돕지 말라는 게 아니라 욕망을 극복해 나가고 형성하는 창조적 에너지를 발현하라는 소리다. 힘에의 의지가 능동 상태일 때는 춤추는 자유의 영혼, 즉 선악의 범주 저 너머 대지의 영으로 충만한 주인 도덕, 초인으로 상승하고, 힘에의 의지가 수동 상태일 때는 동물의 삶, 노예의 도덕으로 추락한다. 니체가 기독교적 덕목에 끊임없는 비판을 가하는 것은 이러한 맥락에서다.

---

26) 프리드리히 니체, 『선악의 저편』, 371쪽.

4 이성(理性)과 몸

이성은 망상의 체계를 만들어 내고 몸은 생리적 조건, 무의식의 세계, 자연 현상을 있는 그대로 정직하게 반영한다. 파우스트 박사가 '로고스'를 번역하는 장면도 같은 맥락이다. "태초에 '말씀'이 있었다."라고 번역했다가 최종적으로는 "태초에 '행동'이 있었다."로 바꾼 것이다. 그 행동의 주체는? 없다. 활동, 작용, 생성이 모든 것이니까.

왜 인간들은 하나의 관점에 얽매이는가? 모든 술어에 주어를 쓰는 언어적 습관 때문인가? 가령 "번개가 친다."라는 말은 섬광이나 소리를 '숨어 있는 번개'라는 주체의 행위인 듯 묘사하는 습관 때문일 수 있다. 하나의 현상을 두고 원인으로도 보고 결과로도 보는 모순이다.

그러므로 진리에 대한 사랑 같은 말은 가식적인 표현이다. "무의식적인 인간의 허영심에서 나오는 해묵은 거짓 장식이며 잡동사니, 가짜 금가루에 불과하다. 우리는 그러한 가짜 장식 아래에 있는 자연적 인간이라는 무서운 근본 텍스트에 주목해야 한다. 인간을 자연으로 되돌려 번역하는 것, 지금까지 자연적 인간이라는 저 영원한 근본 텍스트 위에 서툴게 써 넣고 그려 넣은 공허하고 몽상적인 해석과 부차적인 의미를 극복해야 한다."라는 것이다.[27] 인간으로 하여금 인간 앞에 서 있게 하는 것이다. 『파우스트』를 인용하자면 "모든 이론은 잿빛이

---

27) 같은 책, 220쪽.

고/ 생명의 황금 나무는 늘 푸르다".

글도 생리적 리듬이 그 바탕이다. 말하자면 정신 자체가 일종의 신진대사다. 니체는 거듭 말한다. "삶의 진정한 재난은 생리학적인 문제에 대한 무지에 있는 것"이라고. 그러므로 "몸은 성장하는 존재이자 투쟁하는 존재로서 역사 속을 뚫고 나아간다." 그렇다면 정신은 몸에 대해 어떤 의미를 가지는가? 몸의 전투와 승리를 알려 주는 전령이며 몸의 동지이자 메아리다.

니체는 인간의 몸을 경시하는 서양의 전통적 정신세계를 돌파하며 '몸은 하나의 거대한 이성'이고 '정신이라는 작은 이성은 몸의 도구'에 불과하다고 말한다. 우리는 몸을 통해 삶을 체험하고 느끼며 다른 사람과 소통하며 살아간다. 그러나 이 몸에는 전쟁과 평화, 무의미와 의미, 혼돈과 질서, 욕망과 창조적 신성함이 공존하며, 이 양자들의 끊임없는 투쟁을 통해 우리는 삶의 의미를 구성하고 또 다른 사회적 몸과 만난다. 몸이란 서로 경쟁하는 힘 내지는 충동 들의 복합체다. 그런 충동들의 갈등과 경쟁이 조정을 거쳐 일시적 평화를 유지할 때 그 충동들의 잠정적 중심을 우리는 '자아' 또는 '주체'라고 부르는 것이다.[28]

차라투스트라의 말을 빌려 니체 철학의 행보를 어슴푸레하게나마 다시 더듬어 보자. "정신도 덕도 지금까지 수백 번 시도하고 수백 번 길을 잃었다. 그렇다. 인간은 하나의 시도였

---

28) 데이비드 패럴 크렐·도널드 L. 베이츠, 앞의 책, 54쪽.
29) 고병권, 『니체의 위험한 책, 차라투스트라는 이렇게 말했다』, 168쪽 참조.

다. 아, 그 많은 무지와 오류가 우리의 몸이 되었다!" 그는 또 이렇게 말한다. "헛되이 날아간 덕을 나처럼 다시 이 대지로 데려오라. 그렇다. 몸과 삶이 있는 곳으로 다시 데려오라." 요 컨대 니체는 몸의 '기원'을 말하고 또한 그 몸의 '해방'을 말한 다. 정신이라는 좁은 섬에 안주하면서 저 바다의 정체는 무 엇인가 하고 중얼거리지 말고, 곧장 배에 온몸을 던져 출렁이 는 대양의 한가운데로 항해하라는 것이다. 니체는 늘 바닷가 에서 살고 싶어 했다. "바다는 내 머리와 눈을 구원해 줍니다." 니체에게 바다는 그냥 바라보는 곳이 아니라 그 안으로 뛰어 드는 곳이었다.

5 낙타에서 사자로, 다시 어린아이로: 정신의 세 단계 발달 과정과 초인

니체는 인간의 정신 발달 과정을 '낙타', '사자', '어린아이'의 세 단계로 구분한다. 낙타의 단계는 아무 성찰도 없이 기성의 가치들, 도덕, 문화라는 무거운 짐을 진 채 당위적 구속의 세 계에 갇혀 사는 삶이다. 사자의 단계는 모든 우상을 파괴하고 자유를 쟁취하고 의무 앞에서도 신성하게 '아니요!'라고 말할 수 있는 용기 있는 삶이다.

그러나 사자는 마침내 아이가 되어야 한다. "아이는 순진무 구함이며 망각이고, 새로운 출발, 놀이, 스스로 도는 수레바 퀴, 최초의 움직임이며, 성스러운 긍정이 아닌가." 차라투스트라는 이 말을 여러 번 반복한다. 긍정과 부정, 선과 악, 미와 추를 넘어 있는 그대로의 세계를 긍정하는 삶. 자기 자신인 동시에 자기 자신을 벗어나 세계를 긍정하며 유희하는 삶.

'어린아이'는 '초인'의 다른 이름이다. 산을 내려온 차라투스트라는 처음에 군중에게 초인의 존재를 가르친다. 하지만 군중이 그의 말을 알아들을 리 없다. 차라투스트라는 웃음거리가 되고 만다. 하지만 그가 연설한 장소가 시장이라는 사실에 주목할 필요가 있다. 시장이야말로 오늘날 가치가 규정되는 장소이기 때문이다. 여기에서 가치는 얼마나 많은 화폐와 교환될 수 있느냐를 의미한다.[30] 차라투스트라는 이러한 시장 바닥에서 왜소화되고 균일화된 현대의 인간들을 말종(末種)인간(der letzte Mensch)이라고 부른다. 그들 모두는 똑같은 것을 원하고, 똑같을 뿐이며, 삶의 유일한 목표는 자기 보존이다. 그들은 남들이 행복이나 가치라고 아는 것을 자신의 행복으로 여기며, 남들이 가치 있다고 믿는 것을 자신에게도 가치 있는 것으로 여긴다.[31] 그러므로 시장 잡상인들의 딸랑거리는 동전 소리에 차라투스트라의 말이 덮여 버린 것은 당연한 일이었다.

니체가 보기에 당대의 교양 계급과 국가는 대단히 천박한 화폐 경제에 마음을 빼앗기고 있었다. 들뢰즈의 해석에 따르자면 1870년 프로이센·프랑스 전쟁 동안 간호병으로 종군한

---

30) 고병권, 『니체의 위험한 책, 차라투스트라는 이렇게 말했다』, 115쪽 참조.
31) 같은 책, 117쪽 참조.

니체는 자신이 그동안 짊어져 온 최후의 짐들, 즉 민족주의, 프로이센과 비스마르크에 대한 그 어떤 공감에서 완전히 벗어난다. 국가와 문화를 동일시하는 사고방식을 더 이상 용인할 수 없었던 것이다. 이 점에서는 물론 괴테가 그의 선배다.

건강한 자는 가치의 기준을 스스로 정하고 그것에 따라 사물과 행동에 가치를 부여하는 사람이다.[32] 그러므로 건강한 자의 최고 형상이라고 할 수 있는 초인은 말종 인간과 대척점에 있는 존재다. 차라투스트라의 여정은 이러한 말종 인간과 초인 사이에 있는 인간 군상들을 만나고 체험하면서 초인을 향해 나아가는 과정이다. 하나의 길로 돌진하는 것이 아니라 천 개의 오솔길과 천 개의 숨겨진 삶의 섬들을 지나간다. '차원 높은 인간'들과의 만남도 그중 하나다. 아직도 발견되지 않은 채로 무궁무진하게 남아 있는 것이 인간이며 인간의 대지다. 그 방랑 과정에서 나타나는 수많은 관점들의 교차와 상호 충돌이 무성한 숲을 이루며, 그것이 이 책의 몸으로 형성된다. 니체는 하나의 자아의 통일성을 믿지 않으며 그럴 필요성을 느끼지도 않는다. 다양한 자아들 사이에서의 힘과 가치 평가의 미묘한 관계들을 직시한다.

보통 인간이든 차원 높은 인간이든 대체로 반동적 힘에 끌리기 마련이다. 그들은 신의 죽음이 만들어 놓은 생성의 공간에서 반동적으로 뒷걸음친다. 중력의 영(靈)에게 이끌려 간다. 중력의 영이란 강제, 율법, 필요와 귀결, 목적과 의도, 선과 악

---

32) 같은 책, 118쪽 참조.

같은 것이다. 이것이 작품에서 차원 높은 인간들이 차라투스트라가 자리를 비운 사이에 다시 우상을 섬기게 되는 나귀 축제의 의미다. 자기 극복이냐 자기 보존이냐의 갈림길에서 차원 높은 인간들일지라도 모든 가치의 파괴가 일어나는 생성의 공간이 주는 두려움을 극복하기가 쉽지 않기 때문이다. 커다란 용기 없이는 허무주의를 극복하기 힘들다. 초인은 그러한 용기의 인간들이다.

역사적으로 보면 수천 년 동안 제 길을 찾지 못하던 인간의 의지를 새로운 궤도에 올려놓기 위해 과감하게 매듭을 맺는 선구자, 미래의 인간이 초인이다. 니체가 보기에 나폴레옹과 미라보 같은 인간이 그 전형이다. "나는 차라투스트라, 모세, 마호메트, 예수, 플라톤, 브루투스, 스피노자, 미라보를 움직인 그 무엇 속에서 살고 있다."[33] 이들은 선악이라는 꾀죄죄한 카테고리를 넘어서 자신의 가치를 창조하는 인간 유형이다.

신의 죽음은 온갖 우상 숭배의 종식을 의미한다. 니체가 보기에 교회도 신의 무덤과 묘비에 지나지 않는다. 신비주의자 마이스터 에크하르트는 말한다. "나는 나로부터 신을 제거해 달라고 신에게 요구한다."[34] 스탕달은 더 익살스럽다. "신이 할 수 있는 유일한 변명은 그가 존재하지 않는다는 점이다."[35]

차라투스트라가 신의 죽음을 전하는 곳에서 초인을 가르

33) 프리드리히 니체, 『비평 연구본 전집(Sämtliche Werke, Kritische Studienausgabe)』(dtv, 1980), 11권, 642쪽.
34) 같은 책, 5권, 242쪽.
35) 같은 책, 6권, 219쪽.

치려 한 것도 그 때문이다. 초인으로의 변신은 가치의 기준을 자기 바깥에 두고 그것에 복종해 온 인간이 마침내 노예 생활을 끝내고 자기 가치의 주인이 됨을 말한다. 초인(Übermensch)은 문자 그대로 넘어서 나아가며 끊임없이 한계와 제약을 돌파해 나가는 커다란 육체적 이성의 주체다. 인간의 미래에 대한 니체의 비전은 이처럼 긍정적이다. "우리 자신은 계속 자라며 변화한다. 우리는 우리의 허물을 벗고 봄마다 새 껍질을 입으며 계속해서 젊어지고 미래로 채워지며 더 커지고 더 건강해진다."[36]

6 영원회귀와 디오니소스의 춤: 긍정과 부정

니체에게 생명 자체는 힘에의 의지다. "나는 생명 넘치는 자를 발견할 때마다 힘의 의지를 발견했다. 그리고 시중드는 자의 의지에서도 주인이 되려는 의지를 발견했다."

힘에의 의지는 질에 따라 두 가지로 나뉜다. 능동적 힘은 먼저 시작하는 것, 창조하는 것, 자율적인 것, 베푸는 것이다. 반면에 반동적 힘은 권리를 양도하는 것, 무리를 짓는 것, 보편적인 것에 대한 추구다. 니체가 힘에의 의지의 질적 차이를 표현하는 용어는 다양하다. 상승과 하강, 귀족적 평가 방식과

---

36) 프리드리히 니체, 안성찬·홍사현 옮김, 『즐거운 학문·메시나에서의 전원시·유고(1881년 봄~1882년 여름)』(책세상, 2005), 376쪽.

노예적 평가 방식, 자율적 평가 방식과 가축 떼의 평가, 넘치는 건강에서 나오는 해석과 결핍과 고통에서 나오는 해석. 그러나 무엇보다도 중요한 표현은 긍정과 부정이다. '차라투스트라의 머리말'에 나오는 익살꾼과 줄타기 광대, 차라투스트라와 중력의 영이 의인화된 난쟁이, 초인과 말종 인간이 각각 그러한 긍정과 부정의 힘을 대변한다.

부정적 힘에의 의지는 무엇보다도 행위에 대한 금지와 부정 그리고 단념을 조장한다. 부정적 힘에의 의지는 법이나 제도, 관습과 도덕에서 자신의 유용한 도구를 발견한다. 반면 긍정적 힘에의 의지는 스스로 만든 선과 악을 자신에게 부여한다. 그러나 율법의 재판관으로서 자기 자신과 더불어 홀로 있다는 것은 무서운 일이다. 그것은 니체의 표현대로 "하나의 별이 황량한 공간 속으로, 얼음같이 찬 고립의 숨결 속으로 던져지는 것"이다. 이처럼 창조자의 길은 고독하다. 그리고 창조와 파괴를 거듭하는 이러한 내적 동력은 영원히 지속된다. 그것이 영원회귀의 사상이다.

영원회귀는 다시 말해 긍정적 힘에의 의지가 이해하는 세계의 존재 방식이다. 세계 속에서 일어나는 생성과 소멸의 반복을 새로움과 다양성을 만들어 내는 고귀한 운동으로 느끼는 것이다. 반복은 차이와 다양성을 생산한다. 영원회귀는 동일한 반복을 확인하는 문제가 아니라 생성을 반복하는 세계를 긍정할 수 있는가의 문제인 것이다.

"같은 강물에 발을 담그는 것이 가능한가?"라는 유명한 질문을 던진 그리스의 철학자 헤라클레이토스를 이어받은 니체는 차라투스트라의 입을 통해 영원회귀를 이렇게 설명한다. "모든 것은 가고, 모든 것은 되돌아온다. 존재의 수레바퀴는 영원히 굴러간다. 모든 것은 죽고, 모든 것은 다시 피어난다. 존재의 세월은 영원히 흘러간다. 모든 것은 꺾이고, 모든 것은 새로이 이어진다. 존재의 동일한 집이 영원히 세워진다. 모든 것은 헤어지고, 모든 것은 다시 인사를 나눈다. 존재의 둥근 고리는 영원히 자기 자신에게 충실하다. 모든 순간에 존재는 시작한다. 모든 '여기'를 중심으로 '저기'라는 공〔球〕이 회전한다. 중심은 어디에나 있다. 영원의 오솔길은 굽어 있다."

모든 것이 반복된다는 사실, 생성의 시간 고리 안에서 모든 것이 영원히 생성과 소멸의 과정을 반복한다는 사실, 절대적으로 고정된 진리는 아무것도 없다는 진리 앞에서 이러한 디오니소스적 생성의 과정을 직시하고 매 순간 존재가 새로 시작되며, 중심은 어디에나 있다는 역설을 깨닫는 것, 이것이 니체가 말하고자 하는, 허무주의 안에서 허무주의를 넘어서는 방식이다.

영원회귀의 무상함을 온전히 담아낼 수 있는 유일한 형식이 '긍정'이다. 들뢰즈의 해석이다. 부정은 긍정에 대립되지만 긍정은 부정과 다르다. 우리는 긍정을 부정에 대립하는 것으로 볼 수 없다. 이것은 긍정 자체 내에 부정을 위치시키는 문제다.

허무주의의 원천으로 해석될 수도 있는 영원회귀를 "다시 한번!" 하며 긍정적으로 받아들일 수 있는 것은 다른 게 아니라 인간에게 고유한 '용기'다. 자기 목구멍 속으로 기어들어

물고 늘어지는 뱀의 대가리를 과감하게 물어뜯어 버리는 용기, 그것이 차라투스트라를 초인의 경지로 변신케 하고, 힘에의 의지와 영원회귀 사이의 불협화음적 긴장을 더 높은 원리인 디오니소스의 유희로 해소하게 하는 동력이다. 그때 용기가 내뿜는 힘은 저절로 춤이 된다. "모든 무거운 것이 가벼워지고 모든 몸이 춤꾼이 되고 모든 정신이 새가 되는 것, 그것이 나의 알파요, 오메가"다.

그때 인간은 자기 자신을 잊은 채 만물을 자신 안에 간직할 만큼 영혼이 넘쳐흐르게 된다. "그대들은 만물이 그대들을 향하여, 그리고 그대들 속으로 흘러들도록 한다. 그리고 만물이 그대들의 샘으로부터 그대들의 사랑의 선물이 되어 다시흘러 나가도록 한다."

끊임없이 변화하는 세계. 그 한가운데서 병자는 하나의 고정된 절대 진리를 찾으려 한다. 그러나 건강한 자는 생성 속으로 뛰어들어 우연과 필연, 나와 세계가 서로 다르지 않음을 깨닫는다. 그때 우리는 진정한 자유를 누린다. 초인은 우연 속으로 기꺼이 몸을 던지는 가장 필연적인 영혼이다. 자신의 발아래로 강제와 목적과 죄책감이 비처럼 자욱한 가운데 밝은 눈으로 저 아래를 향하여 미소 짓는다.

『화엄경』. 깨달음을 얻고자 편력을 떠난 선재동자. 여러 선지식들을 거친 후 마침내 미륵보살을 만난다. 그러나 선재는 미륵보살의 한 번의 손가락 튀김에 모든 것을 잊는다. 그럼에도 불구하고 선재는 다시 시작한다. 니체의 다시 한번! 무한반복을 초극하는 힘, 그것은 유희 정신이며 디오니소스의 춤이다.

7 니체 이후

『차라투스트라는 이렇게 말했다』의 출렁거리는 문체를 따라가노라면 우리는 어느새 차라투스트라의 여정에 동참하게 된다. 무의식의 세계, 몸의 세계가 활화산처럼 솟구치는 표현들이 넘실거린다. 그렇다고 해서 올망졸망 친절까지 베풀지는 않는다. 그는 이렇게 일갈한다. "나는 흐르는 강물 가에 있는 난간이다. 붙들 수 있는 자는 나를 붙들라! 그러나 나는 그대들의 지팡이는 아니다."

그렇다면 우리는 이 책을, 이 텍스트를 어떻게 읽을 것인가? 니체는 우리더러 떠나라고 하지만, 다시 그에게 기대기로 하자. 그는 책이라는 텍스트를 이런 식으로 펼치라고 말한다. 그가 권하는 독서법은 걸어가거나 춤을 추라는 것이다. "책 사이에서, 책으로부터 자극을 받아 사상을 더듬어 가는 자들은 아니다. (……) 종이 사이에 머리를 처박고 있지 말고, 책 사이로 걷고 뛰고 오르고 춤추며 문 밖에서 생각하는 자."[37] 이러한 자라면 곧 니체의 제대로 된 독자가 아니겠는가.

『차라투스트라는 이렇게 말했다』는 '이야기로 읽는 서양사상사'이기도 하다. 니체의 생동하는 언어를 통해 삶의 실존적 의미를, 선악의 이율배반적 지평과 거기에서 비롯되는 영혼의 고통과 치유의 과정을 체험하는 현장이다. 이 책을 읽노라

---

37) 프리드리히 니체, 『비평 연구본 전집』, 5권, 335쪽.

면 선과 악, 어둠과 빛, 우상과 자유, 고통과 생명, 기만과 진실성, 고독과 즐거움, 우연과 필연, 오류와 진리, 상처와 치유 등 다층적 대립의 요소들이 하나로 소용돌이치며 음악처럼 울려 퍼진다. 니체가 우리에게 선사한 음악은 서양 정신사 전체를 때로는 비판하고 때로는 패러디하면서 새로운 선율로 선악의 저편에서 삶의 심층을 백일하에 드러낸다. 그 중심 주제는 '원한과 증오에 의해 병든 인간이 어떻게 생명력 넘치는 건강한 인간이 될 수 있을 것인가?'이다.

니체는 "사후 나는 신화가 될 것이다."라고 예언했고, 이 말은 사실이 되었다. 헤르만 헤세, 앙드레 지드, 프란츠 카프카 등이 니체로부터 지대한 영향을 받았다. 특히 카프카의 작품은 니체의 절대적 영향하에 있으며, 하이데거와 야스퍼스 등 독일의 실존주의 철학자들도 니체를 실존 철학의 출발점으로 본다. 그리고 1968년 프랑스와 독일의 학생 운동 시기부터 등장한 포스트모더니즘, 포스트구조주의 이론은 니체 사상의 영향 아래 다양한 현상을 하나의 본질로 환원하는 서구 형이상학을 본질주의, 토대주의라고 비판한다.

니체의 근대성 비판으로부터 프랑스인들은 자기 철학을 만들기 시작했다. 그들은 기호(sign)에 대한 '믿음'을 포기하고 그것을 끊임없는 '해석 활동'으로 여겼다. 자유의지를 내세우는 근대적 주체를 해체하고 동일화될 수 없는 차이와 다양성에 대해 사고하기 시작한 것이다.[38] 푸코와 들뢰즈 그리고 데리다가 니체를 각자의 방식으로 계승했다.

푸코는 니체의 주장을 근대성에 대한 돌파로 받아들였다. '신의 죽음'과 '초인'으로부터 인간 존재를 중심에 두는 근대적 인식 틀의 해체를 본 것이다. 하이데거에 의하면 힘에의 의지와 영원회귀 사상은 신의 죽음과 가치 상실에 직면한 근대 세계에 대한 니체의 처방으로, 인간의 강화와 극복을 그 중심에 둔다. 그러므로 니체의 철학은 서구 형이상학의 극복이 아니라 그 정점에 해당한다고 본다. 들뢰즈의 해석은 이와 다르다. 영원회귀는 동일한 것의 반복이 아니라 차이를 만들어 내는 실천의 반복, 즉 차이의 지속적 생산이다. 차이들은 고통의 대상이 아니라 즐거움을 주는 놀이의 대상이다. 이로써 들뢰즈는 니체를 다양성과 차이의 철학자, 서구의 형이상학을 해체한 철학자로 만든다. 들뢰즈의 말대로 힘에의 의지는 무언가를 격렬하게 원하고 획득하는 데 있는 것이 아니라 창조하고 산출하는 데 있다. 또한 데리다는 니체의 영원회귀의 공간을 어떤 권위도 중심도 없는 수많은 해석의 놀이를 가능케 하는 무대로 본다.

현대 무용의 개척자 이사도라 덩컨은 『차라투스트라는 이렇게 말했다』를 가슴에 안고 다녔다. '춤을 추지 않는 자는 인생을 알지 못한다. "한 번도 춤추지 않은 날은 잃어버린 날"이다.'라는 구절은 그의 좌우명이었다. 몸을 옭죄는 의상과 발을 기형으로 만드는 발레 슈즈를 벗어 던지고 맨발로 춤춘 그의 무대는 하나의 도발이었다. '춤추는 자의 귀는 머리 옆이 아니

---

38) 고병권, 『니체의 위험한 책, 차라투스트라는 이렇게 말했다』, 80쪽 참조.

라 발가락에 있다.' 대지의 소리에 귀를 기울인다. "초인은 대지(大地)의 뜻"이니까. 누구의 생각을 따르고 보충하고 서술하는 데 머물지 않고 자기 생각을 만들고 자기 삶을 창조하라는 것이 니체의 의도다. 자유롭다고 말하는 사람보다 환하게 웃고 사뿐사뿐 걸어가는 이가 더 건강한 사람.

니체로부터 커다란 영향을 받은 작가 카프카. 그의 『변신』. 그레고르는 어느 날 아침 자고 일어나니 벌레가 되어 있다. 이러한 부조리의 원천은 어디인가? 카프카의 문학은 무의식의 바다를, 숲을 비추는 탐조등. 이성적으로는 접근 불가능한 무질서의 영역, 좌충우돌하는 인간의 충동들에 대한 묘사의 연속이다. 스토리는 대체로 비극이지만 문체는 어찌 그리 경쾌한가. 대지 위에 수렁과 짙은 슬픔이 있더라도 가벼운 발을 가진 자는 진창 위를 사뿐히 달린다. 커다란 건강과 커다란 웃음은 니체 철학의 방법이자 목표다. 우상이라면 가차 없이 무너뜨린다. 카프카의 경쾌하면서도 조롱하는 시선은 비극을 유쾌하게 횡단하는 힘이다. 우리는 분노함으로써가 아니라 웃음으로써 중력의 영을 죽인다. 분노는 선악에 매몰된 정신 상태고 웃음은 선악의 저편에서 울려 퍼진다.

의식과 무의식의 세계를 종횡으로 횡단하는 카프카. 『변신』에서 한때나마 단란했던 가정의 문을 마구 두드리는 것은 결근한 직원을 찾아온 지배인이라기보다는 제국주의의 미친 듯한 발길질인 것이다. 제국주의의 폭력은 인간의 의식 저 아래 무의식의 세계를 잠식한다. 들뢰즈의 카프카에 대한 해석이다. 니체는 당대의 사회 문제에 대해 거의 언급하지 않았지만 그럼에도 민족주의, 제국주의, 군국주의에 대해서는 대단히 비판적이었다. 니체가 유럽에 대해 품은 희망은 항상 독일 제국에 대한 깊은 절망과 밀접하게 연관되었다. 그는 빌헬름 황제와 비스마르크의 기적이 20세기 유럽에 지옥을 불러올 것이라며 두려워했다. 카프카의 문학은 그러한 불안의 징후였다. 니체가 바그너로부터 돌아선 것도 바그너가 제국에 대한 복종을 상징하는 인물이라고 보았기 때문이다. 그러나 차라투스트라의 메시지는 그와 다르다. 제국주의, 국가와 교회라는 우상에 대한 반대!

니체는 범유럽주의자인 나폴레옹과 괴테에 대해 우호적일 수밖에 없었다. 괴테를 만난 나폴레옹은 "여기에 인간이 있다!"라며 경탄한다. 선악의 저편에서 냉혹한 의지에 따라 세계사의 새로운 장을 연 나폴레옹이 괴테에게서 세계시민주의자이자 대지에 당당히 두 발을 딛고 선 동지를 본 것이다. 요컨대 차라투스트라의 소망은 이렇다. "슬퍼하는 자 모두를 굳건한 땅 위에 튼튼한 발로 다시 서게 하는 것."

우리의 시인 한용운도 그에 못지않게 멋진 오도송을 남겼다. "대장부 발걸음 닿는 곳 그곳이 고향이거늘/ 어찌하여 그대는 나그네 설움에 잠겼는가/ 드넓은 세상을 향하여 크게 소리 한 번 지르니/ 눈 속에 복숭아꽃 붉게 흩어지는구나."

작가 연보

1844년 10월 15일, 뤼첸 부근의 작은 마을 뢰켄에서 목사인 카를 루트비히 니체와 이웃 마을 목사의 딸인 프란치스카 욀러 사이의 세 자녀 중 첫째로 태어남.

1849년 아버지가 뇌연화증으로 사망.

1850년 가족과 함께 나움부르크로 이사.

1851년 '칸디다텐 베버'라는 사설 교육 기관에 들어가 그리스어와 라틴어 수업을 받음.

1853년 성홍열을 앓음. 돔 김나지움에 입학. 작시와 작곡을 시작. 할머니 사망.

1858년 기숙 학교인 '슐포르타'에 입학하여 인문계 중등학교 교육을 받음. 고전어와 독일 문학에서 두각을 나타냄. 처음으로 자서전을 쓰기 시작.

1861년 횔덜린의 시를 좋아하여 그에 대한 글을 씀.

1862년	『운명과 역사』라는 글을 작성하는데, 이 글은 이후 그의 사유에 대한 예견서 역할을 함.
1864년	슐포르타 졸업. 최초의 논문으로 기원전 6세기경에 활약한 고대 그리스의 시인 테오그니스에 관한 고전 문헌학 분야의 글을 완성. 본 대학에서 신학과 고전 문학 공부 시작. 서클 '프랑코니아'에 가입.
1865년	리츨 교수를 따라 라이프치히 대학으로 옮김. 늦가을 고서점에서 쇼펜하우어의 『의지와 표상으로서의 세계』를 우연히 발견하여 탐독.
1866년	디오게네스 라에르티오스에 관한 연구로 라이프치히 대학 당국이 주는 상을 받음. 문헌학자로서의 명성이 알려지기 시작.
1867년	1867년 10월 9일에서 1868년 10월 15일까지 1년 동안 포병으로 복무하면서 승마와 대포 쏘는 법을 배움.
1868년	말을 타다가 떨어져 가슴에 심한 부상을 입고 모르핀 주사를 맞음. 11월에 동양학자인 브로크하우스의 집에서 바그너를 처음으로 만남.
1869년	리츨의 적극적인 추천으로 바젤 대학의 고전어와 고전 문학 원외 교수로 위촉됨.
1870년	『그리스 음악극』에 대해 강연. 4월에 정교수가 됨. 7월에 프로이센·프랑스 전쟁에 자원하여 위생병으로 참가하지만 이질과 디프테리아에 걸려 10월에 바젤로 돌아옴.
1872년	『음악의 정신으로부터의 비극의 탄생』 출간.

1873년	『반시대적 고찰』 1권 출간.
1874년	『반시대적 고찰』 2권, 3권 출간.
1876년	『반시대적 고찰』 4권 출간. 8월 바이로이트 축제의 마지막 리허설이 이루어질 때 그곳에 있었지만, 바그너에 대한 숭배 분위기를 견디지 못하고 축제 도중에 바이로이트를 떠남.
1877년	『인간적인 너무나 인간적인』 집필 계속.
1878년	바그너가 보낸 대본 「파르지팔」에 대해 악평을 함.『인간적인 너무나 인간적인』 1부를 읽은 바그너가 니체와 결별.
1879년	건강이 악화되어 바젤 대학에 사직서를 제출. 제네바로 휴양을 떠남.
1880년	페터 가스터와 함께 베네치아에 머물면서 요양.『아침놀』 집필.
1881년	7월에 『아침놀』 출간. 7월 초에 실스마리아로 감. 그곳에서 산책하다가 영원회귀를 구상.
1882년	『즐거운 학문』 집필. 로마에서 살로메를 처음으로 만남. 이후 두 차례에 걸쳐 청혼하지만 거절당함. 이탈리아 각지를 전전하면서 『차라투스트라는 이렇게 말했다』의 첫 부분을 구상.
1883년	『차라투스트라는 이렇게 말했다』 1부 출간. 3부까지 집필.
1884년	『차라투스트라는 이렇게 말했다』 4부 완성.
1885년	『차라투스트라는 이렇게 말했다』 4부를 출판해 줄 출

판업자를 찾지 못하여 자비로 출판. 실스마리아에서
여름을 보내면서 『힘의 의지』 구상.

1886년 『선악의 저편』 역시 8월에 자비로 출판.

1887년 건강이 악화된 상태에서 6월에 살로메의 결혼 소식을
듣고 우울증에 빠짐. 11월에 『도덕의 계보』 출간.

1888년 『힘의 의지』 집필. 『반그리스도』와 『바그너의 경우』 출간.

1889년 1월 초, 카를로 알베르트 광장에서 채찍질당하는 말을
보호하려고 감싸 안다가 발작을 일으킴. 죽마고우인 오
버베크가 그를 바젤로 데려가 정신 병원에 입원시킴. 이
후 어머니가 와서 그를 예나의 정신 병원으로 옮김. 『우
상의 황혼』, 『니체 대 바그너』, 『이 사람을 보라』 출간.

1890년 5월에 어머니가 그를 나움부르크로 데리고 가서 돌봄.

1894년 여동생이 니체 전집의 편찬을 담당할 니체 문서보관소
설립.

1897년 어머니가 사망한 후에 여동생이 그를 바이마르에 있는
'빌라 실버블릭'으로 데리고 감.

1900년 8월 25일 정오경에 사망.

세계문학전집 **94**

차라투스트라는 이렇게 말했다

1판 1쇄 펴냄 2004년 1월 2일
1판 89쇄 펴냄 2024년 11월 8일

지은이 프리드리히 니체
옮긴이 장희창
발행인 박근섭, 박상준
펴낸곳 (주)민음사

출판등록 1966. 5. 19. (제 16-490호)
서울특별시 강남구 도산대로1길 62(신사동) 강남출판문화센터 5층 (우편번호 06027)
대표전화 02-515-2000 팩시밀리 02-515-2007
www.minumsa.com

© 장희창, 2004. Printed in Seoul, Korea

ISBN 978-89-374-6094-4 04800
ISBN 978-89-374-6000-5 (세트)

세계문학전집 목록

세계문학전집은 계속 간행됩니다.